প্রবীর কুমার ঘোষ

WhiteFalcon
Publishing

Raisina Hill

Probir Kumar Ghosh

Published by White Falcon Publishing
Chandigarh, India

Cover design by White Falcon Publishing, 2024

The contents of this book have been certified and timestamped on the Gnosis blockchain as a permanent proof of existence. Scan the QR code or visit the URL given on the back cover to verify the blockchain certification for this book.

ISBN - 979-8-89222-439-0

স্মরণে যাযাবর

আমার প্রিয় লেখক যাযাবরের স্মৃতিরক্ষার্থে 'রাইসিনা হিল' বইটি নিবেদন করেছি। যাযাবর তাঁর সাহিত্যিক ছদ্মনাম, প্রকৃত নাম বিনয় মুখোপাধ্যায়। যাযাবরের শ্রেষ্ঠ সাহিত্য সৃষ্টি 'দৃষ্টিপাত' বাংলা গদ্যরচনায় আজ একটি মাইলফলক স্বরূপ। সুবিখ্যাত পুস্তক 'দৃষ্টিপাত' প্রকাশিত হয়েছিল ১৯৪৭ সালে। তখন একদিকে চলছে দ্বিতীয় বিশ্বযুদ্ধ অন্যদিকে ভারতবর্ষের স্বাধীনতা সংগ্রাম। তাঁর লেখা সেই বিশেষ বইটি পড়ে চলেছি গত পঞ্চাশ বছর ধরে। যখনই হাতের কাছে পেয়েছি, পড়েছি। দৃষ্টিপাত বইটির সুখপাঠ্যতা অসীম, অতীতে অসম্ভব পাঠকপ্রিয়তা অর্জন করেছিল। সর্বোপরি, বিনয় বাবুর স্বনাম মহিমান্বিত বিনয় আছে বইয়ের প্রতিটি পাতায়। লেখকের লেখনী এতই প্রাঞ্জল এবং সরস, শব্দচয়ন এতই মনকাড়া, এক একটি লাইন কয়েকবার না পড়লে মনে তৃপ্তি আসে না। বর্ণন এবং লিখনশৈলীও অতীব মনোলোভা।

সেদিনের পাঠকপ্রিয়তার কারণ কী ছিল একথা আজ শান্তচিত্তে ভেবে দেখলে স্বীকার করতে হয় ১৯৪২-৪৩-এর দিল্লী শহরের সর্বস্তরের মানুষ ও রাজধানীর পুরনো ও নতুন কালের ইতিহাস এত রম্যভাবে কখনও আর কোনও বইতে উপস্থাপিত হয় নি। ১৯৫০ সালে বাংলা সাহিত্যের শ্রেষ্ঠ গ্রন্থরূপে 'দৃষ্টিপাত' দিল্লী বিশ্ববিদ্যালয়ের স্বীকৃতি লাভ করে এবং লেখক নরসিংহ দাস

পুরষ্কারে সম্মানিত হন। দৃষ্টিপাত বইটির বহু সংলাপ সেকালে প্রবাদপ্রতিম হয়ে উঠেছিল। কোনও গদ্যলেখকের পক্ষে সামান্য কৃতিত্ব নয়। গোটা চারপর্বে আমি দৃষ্টিপাত গ্রন্থ থেকে উইট, হিউমার, স্যাটায়ার ইত্যাদি বহু জায়গায় কোট করেছি।

দিল্লীর পাঠকসমাজে দৃষ্টিপাত বইটির চাহিদা আজ একেবারে শুন্য বললেই চলে। দেজ' প্রকাশনী 'দৃষ্টিপাত' বইটি আজও তাদের বিভিন্ন মেলার স্টলে প্রথম সারির র‍্যাকে সাজিয়ে রাখে। পশ্চিমবঙ্গে এবং বাংলাদেশে 'দৃষ্টিপাত' গ্রন্থটি একদা বেস্ট সেলার তালিকায় অন্তর্ভুক্ত ছিল।

রাজধানীর পাঠক সমাজে 'দৃষ্টিপাত' বইটি যাতে চিরস্মরণীয় থেকে যায় সেই উদ্দেশ্যে আমি 'রাইসিনা হিল' রচনাসমগ্র লেখক যাযাবরের সম্মানে উৎসর্গ করেছি। 'দৃষ্টিপাত' বইটি দিল্লীর বাসিন্দাদের জন্য লেখকের তরফ থেকে এক মহত্তম অবদান।

গুণমুগ্ধ অনুরাগী

যে সব লেখা আছে

Delhi: Red Fort to Raisina traces the journey of Shahjahan's new capital of the Mughal Empire, Shahjahanabad built on the banks of river Yamuna in 1638 to New Delhi, the new capital of British-ruled India. Though there seems no affinity between the 'garden city' of New Delhi and the seventeenth-century 'Old Delhi', yet when one looks deeper, Shahjahan's city and the British capital were both the result of a passion for building, both imperial in scale and designed to awe.

MEN WHO RULED DELHI
FROM RED FORT TO RAISINA

SHAHJAHAN
1628-58

AURANGZEB (Alamgir I)
1658-1707

BAHADUR SHAH I
1707-12

JAHANDAR SHAH
1712-13

FARRUKHSIYYAR
1713-19

Men Who Ruled Delhi from Red Fort to Raisina

MUHAMMAD SHAH
1719-48

AHMAD SHAH
1748-54

ALAMGIR II
1754-59

SHAH ALAM
1759-1806

AKBAR II
1806-37

BAHADUR SHAH II
1837-1858

VICEROYS

EARL CANNING 1858-62
EARL OF ELGIN 1862-63
LORD LAWRENCE 1864-69
EARL OF MAYO 1869-72
LORD NORTHBROOK 1872-76
LORD LYTTON 1876-80
MARQUESS OF RIPON 1880-84
EARL OF DUFFERIN 1884-88
MARQUESS OF LANSDOWNE 1888-94
EARL ELGIN 1894-99

LORD CURZON 1899-1905
EARL OF MINTO 1905-10
LORD HARDINGE 1910-16
LORD CHELSMFORD 1916-21
MARQUESS OF READING 1921-26
LORD IRWIN 1926-31
EARL OF WILLINGDON 1931-36
MARQUESS OF LINLITHGOW 1936-41
LORD WAVELL 1941-47
EARL MOUNTBATTEN 1947

ডাউন দ্য মেমোরি লেন

আমার লেখা-লিখির অভ্যাস চাগিয়ে উঠেছিল ২০১৭ সালের শেষাশেষি অর্থাৎ চাকরি জীবন থেকে স্থায়ী অবসর নেওয়ার পরে। টপিক বেছে নিয়েছিলাম দিল্লীর ইতিহাস। ভারাক্রান্ত মনে উপলব্ধি করেছিলাম আগামী কয়েক বছরের মধ্যে একটি প্রজন্ম এই পৃথিবী ছেড়ে চলে যাবে। সুতরাং দিল্লীর সম্পূর্ণ ইতিহাস লিপিবদ্ধ করে যাওয়া একান্ত আবশ্যক নতুবা বিরাট ভ্যাকুম থেকে যাবে। I have experienced the 20th century (1901-2000) and 21st century (2001-present). Additionally, I have lived in two different millennia. The 20th century belonged to the 2nd millennium (1001-2000), and the 21st century belongs to the 3rd millennium (2001-present). These details provide a comprehensive understanding of the time periods I have witnessed and experienced throughout my life.

আমার জীবনটাও ক্রমশঃ ছোট হয়ে আসছে, এখনও অনেক কাজ বাকি আছে। কে জানে আর আসা হবে কি না। সময়ের গতি বড়ো দন্তর, বড়ো ধারালো। মৃত্যুর আগে প্রত্যেকের এই পৃথিবীতে ফুটপ্রিন্ট রেখে যাওয়া উচিত। একটা বই কিংবা পেন্টিং। অথবা নিজের হাতে তৈরি বাগান। হাতে পোঁতা কোন গাছ কিংবা তার ফুলের পাপড়িতে কেউ যদি কখনো হাত ছোঁয়ায় তাহলে সৃষ্টিকারীর ক্ষীণ উপস্থিতি অপরজনে যেন অনুভব করতে পারে।

রাজধানীর ইতিহাস সবিস্তারে সাজিয়ে তুলে ধরেছিলাম তিন খণ্ডে। প্রথম কিস্তিতে প্রকাশিত হয়েছিল – 'মুছে যাওয়া দিনগুলি' তারপরে অখণ্ডিত আকারে 'নানা রঙের দিনগুলি' এবং 'তিন পয়সার পালা' প্রকাশিত হয় ২০২১ সালে। ভেবেছিলাম তিন অধ্যায় দিল্লীর ঠাসবুনোন ইতিহাস সম্পূর্ণ করা যাবে কিন্তু তা সম্ভব হয়ে ওঠেনি। তারপরেও বহু ঘটনাবলী অপ্রকাশিত থেকে গেছে, তাই আমি 'রাইসিনা হিল' বইটি লেখার ভাবনা চিন্তা শুরু করি। প্রায় আড়াই বছর সময় লেগেছে দিল্লীর অবশিষ্ট টুকরো টুকরো ইতিহাস লিপিবদ্ধ করতে। যাই লিখি না কেন যত্ন করে লিখতে হবে তো। চতুর্থ পর্ব সমেত প্রায় হাজার খানেক পৃষ্ঠা এযাবৎ লিখে ফেলেছি।

বইটি শেষ করে আমি যারপরনাই সন্তুষ্ট হয়েছি কারণ গোটা চার পর্ব ডিজিটাইজ মোডে অর্থাৎ ই-বুক আকারে ছাপানোর দায়িত্ব পাবলিশার্স নেয়। তার মানে গোটা দিল্লীর ইতিহাস ভবিষ্যতে কখনো আউট অফ প্রিন্ট হবে না। গুগল ই-বুক প্ল্যাটফর্মে সার্চ করলেই আমার রচিত বইগুলো পৃথিবীর যে কোন ঠিকানায় বসে পাঠক এক লহমায় ডাউনলোড করে নিতে পারবে। বিশেষ একটি সমীক্ষায় জানতে পারা যায় –

According to a report by the Indian Readership Survey (IRS) the e-book market in India is expected to grow at a compound annual rate of 20% between 2023 and 2025. This surge in demand can be attributed to the increasing penetration of smartphones and affordable data plans, which have made digital content more accessible to a broader audience.

ছেলেবেলার মধুর স্মৃতি জীবনের সন্ধ্যাকালে আমার মনে নিদারুণ আনন্দ দেয়। নতুন বইটির মাধ্যমে পাঠক-পাঠিকাদের মনেও ততোধিক আনন্দ যদি দিতে পারি তবেই আমার প্রচেষ্টা সার্থক হবে।

I have thoughly enjoyed working on this, and hope it will draw lots of Delhiwalas out into the wonderful history with which they are surrounded. We all have to discover Delhi for ourselves.

The Kohi-i-noor. Courtesy: The Royal Collection @ 2007
Her Majesty Queen Elizabeth II

The marriage precession of Dara Shikoh, the eldest son of Emperor Shahjahan: Courtsey, National Museum.

দৃষ্টিপাত

- যাযাবর

পাঠান সম্রাট আলাউদ্দিন খিলজী তৈরী করেছিলেন একটি মসজিদ সেদিনকার দিল্লির এক প্রান্তে। তাঁর মৃত্যুর দীর্ঘকাল পরে একদা এক ফকির এলেন সেই মসজিদে। ফকির নিজামুদ্দিন আউলিয়া। স্থানটি তাঁর পছন্দ হলো। সেখানেই রয়ে গেলেন এই মহাপুরুষ। ক্রমে প্রচারিত হলো তাঁর পুণ্যখ্যাতি। অনুরাগী ভক্তসংখ্যা বেড়ে উঠল দ্রুত বেগে।

স্থানীয় গ্রামের জলাভাবের প্রতি দৃষ্টি আকর্ষণ হলো তাঁর। মনস্থ করলেন খনন করবেন একটি দীঘি সেখানে তৃষ্ণার্ত পাবে জল, গ্রামের বধূরা ভরবে ঘট এবং নামাজের পূর্বে প্রক্ষালন দ্বারা পবিত্র হবে মসজিদের প্রার্থনাকারীর দল। কিন্তু সংকল্পে বাধা পড়ল অপ্রত্যাশিতরূপে। উদ্দীপ্ত হলো রাজরোষ। প্রবল পরাক্রান্ত সুলতান গিয়াসুদ্দিন তোগলকের বিরক্তিভাজন হলেন এক সামান্য ফকির দেওয়ানা নিজামুদ্দিন আউলিয়া।

গিয়াসুদ্দিনের দৃঢ়টা ছিল শক্তি ছিল, রাজ্যশাসনের দক্ষতা ছিল। কিন্তু ঠিক সে অনুপাতেই তাঁর নিষ্ঠুরতা ছিল ভয়াবহ। কিন্তু গিয়াসুদ্দিনের বিচক্ষণতা ছিল। সেকালে মুঘলদের আক্রমণ এবং তাঁর আনুষঙ্গিক হত্যাকাণ্ড ও লুণ্ঠন ছিল উত্তর ভারতের এক নিরন্তর বিভীষিকা। গিয়াসুদ্দিন তাদের আক্রমণ করতে পত্তন করলেন নূতন নগর, তৈরী করলেন নগর ঘিরে দুর্ভেদ্য প্রাচীর

এবং প্রাচীরদ্বারে দুর্জয় দুর্গ। একদিকে ক্ষুদ্র পর্বত আর একদিকে প্রাচীর বেষ্টিত নগরী, মাঝখানে খনিত হলো বিশাল জলাশয়। বর্ষার দিনে শৈলশিখর থেকে ধারাস্রোতে জল সঞ্চিত হতো এই জলাশয়ে; সংবৎসরের পানীয় সম্পর্কে নিশ্চিত আশ্বাস থাকতো প্রজাপুঞ্জের।

ফকির এবং সুলতানে সংঘর্ষ ঘটলো এই নগর-নির্মাণ, কিংবা আরও সঠিকভাবে বললে বলতে হয় নগরপ্রাচীর নির্মাণ উপলক্ষ্য করেই।

নিজামুদ্দিন আউলিয়ার দীঘি কাটাতে মজুর চাই প্রচুর। গিয়াসুদ্দিনের নগর তৈরী করতেও মজুর আবশ্যক সহস্র সহস্র। অথচ দিল্লিতে মজুরের সংখ্যা অত্যন্ত পরিমিত, দু'জায়গায় প্রয়োজন মিটানো অসম্ভব। অত্যন্ত স্বাভাবিক যে, বাদশাহ চাইবেন মজুরেরা আগে শেষ করবে তাঁর কাজ, ততক্ষণ অপেক্ষা করুক ফকিরের খয়রাতী খনন। কিন্তু রাজার জোর অর্থের, সেটা পরিমাপ করা যায়। ফকিরের জোর হৃদয়ের, তার সীমা শেষ নেই। মজুরেরা বিনা মজুরিতে দলে দলে কাটতে লাগলো নিজামুদ্দিনের তালাও। সুলতান হুঙ্কার ছেড়ে বললেন,- 'তবে রে-'

কিন্তু তাঁর ধ্বনি আকাশে মিলাবার আগেই এত্তালা এল আশু কর্তব্যের। বাংলাদেশে বিদ্রোহ দমন করতে ছুটতে হলো সৈন্য সামন্ত নিয়ে।

অবশেষে সুলতানের ফিরবার সময় হলো নিকটবর্তী। প্রমাদ গণনা করল নিজামুদ্দিনের অনুরাগীরা। তারা ফকীরকে অবিলম্বে নগর ত্যাগ করে পলায়নের পরামর্শ দিল। ফকির মৃদু হাস্যে তাদের নিরস্ত করলেন,- "**দিল্লি দূর অস্ত**।" **দিল্লি অনেক দূর**।

প্রত্যহ যোজন পথ অতিক্রম করছেন সুলতান। নিকট হতে নিকটতর হচ্ছেন রাজধানীর পথে। প্রত্যহ ভক্তরা অনুনয় করে ফকিরকে। প্রত্যহ একই উত্তর দেন নিজামুদ্দিন,- **দিল্লি দূর অস্ত**।

সুলতানের নগর প্রবেশ হলো আসন্ন, আর মাত্র একদিনের পথ অতিক্রমণের অপেক্ষা। ব্যাকুল হয়ে শিষ্য প্রশিষ্যেরা অনুনয় করল সন্ন্যাসীকে, এখনও সময় আছে, এই বেলা পালান। গিয়াসুদ্দিনের ক্রোধ এবং নিষ্ঠুরতা অবিদিত ছিল না কারো কাছে, ফকিরকে হাতে পেলে কী দশা হবে তাঁর সে কথা কল্পনা করে তারা ভয়ে শিউরে উঠলো বারংবার। স্মিত হাস্যে সেদিনও উত্তর করলেন বিগতভয় সর্বত্যাগী সন্ন্যাসী,- "**দিল্লি হনুজ দূর অস্ত**"। **দিল্লি এখনও অনেক দূর**। হাতে জপের মালা ঘোরাতে লাগলেন নিশ্চিন্ত উদাসিন্যে।

নিজামুদ্দিনের দরগায় প্রবেশ করে আজও প্রথমেই চোখে পড়ে আউলিয়া খনিত পুকুর। তার পাশে এক প্রশস্ত চত্বরে যার মাঝখানে সমাধিস্থ হয়েছে ফকিরের দেহ। সমাধির উপরে ও আশেপাশে হয়েছে সুদৃশ্য ভবন ও অলিন্দ। উত্তরকালে সম্রাট সাজাহান সমাধির চারদিকে ঘিরে তৈরী করেছেন শ্বেত

পাথরের খিলান; প্রাঙ্গণ বেষ্টিত করেছেন সূক্ষ্ম কারুকার্য-খচিত জালিকাটা পাথরের দেয়ালে। দ্বিতীয় আকবর রচনা করেছেন সমাধির উপরিস্থ গম্বুজ। ফকিরের পুণ্য নামের সঙ্গে আপনাকে যুক্ত করে নিজেকে তাঁরা ধন্য জ্ঞান করেছেন।

গিয়াসুদ্দিনের রাজধানী তোগলকাবাদ আজ বিরাট ধ্বংসস্তূপে পরিণত। একমাত্র প্রত্নতাত্ত্বিকের গবেষণায় এবং টুরিস্টদের দ্রষ্টব্য হিসাবে আজ তার গুরুত্ব। নিজামুদ্দিনের দরগায় আজও মেলা বসে প্রতি বছর। দূর-দুরান্ত থেকে পুণ্যকামীরা আসে দর্শনাকাঙ্ক্ষায়। সেদিনের রাজধানী তার অভ্রভেদী অহংকার নিয়ে বহুদিন আগে মিশেছে ধূলায়; দীন সন্ন্যাসীর মহিমা পুরুষানুক্রমে ভক্তজনের সশ্রদ্ধ অন্তরের মধ্য দিয়ে রয়েছে অম্লান। তার আকর্ষণ দুরকালে প্রসারিত।

হিন্দুর অন্তিম অভিলাষ গঙ্গাতীরে দেহরক্ষার ন্যায় শত শত বর্ষ ধরে দিল্লির বিত্তশালীরা কামনা করেছেন আউলিয়ার কবরের নিকটে সমাধিস্থ হতে, চেয়েছেন জীবনান্তে 'মীর মজলীসে'র সান্নিধ্য। তাই তার আশেপাশে আছে সংখ্যাতীত আমীর ওমরাহের সমাধি। তারই মধ্যে একটি গর্ভে আছে কবি খসরুর দেহাবশেষ।

খসরুর প্রতিভা ছিল বিস্ময়কর; খ্যাতি ছিল বহুবিস্তৃত। দিল্লির কবিগোষ্ঠীতে তিনি ছিলেন অনন্যসাধারণ। আপন অনুপম ছন্দে গ্রন্থিত করে খিজির খানের বীরত্ব-কাহিনীকে তিনি কালজয়ী অমরত্ব দান করে গেছেন।

নিজামুদ্দিনের সলগ্ন সমাধিক্ষেত্রে আর একনি কবি রয়েছে চিরনিদ্রিত, যাঁর রচনা আজও উর্দু সাহিত্যে অজাতশত্রু। কবি গালিবের সমাধিটি আড়ম্বরহীন, সাধারণ প্রস্তর-বেদিকায় মাত্র আবৃত। উনবিংশ শতাব্দীর উর্দু সাহিত্য অম্লান রেখেছে তাঁর স্মৃতি, কাব্যে ও গাথায়। জগতে বহু ঐশ্বর্যময় সৌধ রচিত হয় অক্ষম ব্যক্তিদের সমাধির উপরে। কিন্তু কবি'পরে ভার থাকে নিজ মেমরিয়ালের।

হিন্দু যুগে রেওয়াজ ছিল না স্মৃতিসৌধের। তার কারণ মরলোকের চাইতে পরলোকের দিকে হিন্দুদের দৃষ্টি ছিল বেশী। তাই শ্মশানে দালান খাড়া করে প্রিয়জনের স্মৃতি অক্ষয় করার কথা কখনও তাদের মনে হয়নি। মৌর্যরাজদের আমল থেকে পৃথ্বীরাজ পর্যন্ত কোনো হিন্দু রাজা রাখেননি কোনো স্মৃতি-সৌধ। রাজপুত রাজোনেরা গড়েননি কোনো সফদারজঙ্গ বা হুমায়ুন'স টুম্ব। তাঁরা জলাশয় খনন করেছেন, মন্দির স্থাপন করেছেন, ভূমিদান, গোদান করেছেন ব্রাহ্মণকে। সমস্তই জগৎ-হিতায় অশোক যে স্তম্ভ রচনা করেছিলেন, তা নিজ কীর্তি ঘোষণার জন্য নয়, জনশিক্ষার উদ্দেশ্যে। বুদ্ধ গড়েছিলেন চৈত্য ও বিহার সঙ্ঘের জন্য, শঙ্করাচার্য স্থাপন করেছেন মঠ বেদান্তচর্চার মানসে।

সে যুগে হিন্দুর জীবনে শেষ কথা ছিল ভক্তি। সূর্যমুখী ফুলের মতো তার সমস্ত কর্ম, চিন্তা, ধ্যান, ধারণা, সাক্ষাৎ বা পরোক্ষেভাবে ভগবানের নামে ঊর্ধ্বমুখীন। ঐহিক সম্পর্ককে তারা যথেষ্ট গুরুত্ব দেয়নি। যখন কা তব কান্তা কস্তে পুত্র, তখন প্রেম দিয়ে আর হবে কী? ময়ামযমিদম অখিলং বিশ্বম। কাজেই পিতাকে হতে হয়েছে পরমং তপঃ, স্বামীকে হতে হয়েছে পতিদেবতা, স্ত্রীকে হতে হয়েছে সহধর্মিণী। নারী যে সহমৃতা হয়েছে তার কতটা প্রেমের আকর্ষণে আর কতটা পুণ্যলোভবশে তা বলা শক্ত। স্বয়ংবরা যাঁরা হয়েছেন, তাঁরা প্রেমে পড়ে নয়। সংযুক্তা পৃথ্বীরাজের গলায় মালা দিয়েছিলেন তার খ্যাতি ও বৈভবের জন্য যেমন একালের তরুণীরা আংটি পরিয়ে দেন আই সি এসের অঙ্গুলিতে।

মুসলমানেরাই আনল ভিন্ন জীবনাদর্শ। বৈরাগ্য সাধনে মুক্তি সে তাদের নয়। তারা পরকালকে থোড়াই পরোয়া করল, ইহকালকে করল সর্বস্ব। তারা জীবনকে করল ভোগ, কাঁদল, কাঁদালো এবং ভালবাসল। তাই নারীর জন্য করল লুন্ঠন, প্রেমের জন্য করল অপহরণ এবং প্রিয়জনের জন্য হনন ও বহু অপকর্ম সাধন। বলা বাহুল্য, এর সবগুলি সমর্থনযোগ্য নয়। কিন্তু প্রেম কি কারও সমর্থনের অপেক্ষা রাখে। মেনে চলে নীতির অনুশাসন? অহল্যা করেছে সমাজের বা শাস্ত্রের সমর্থনের অপেক্ষা? মহাভারতে অর্জুন করেছে? বৃন্দাবনের কানু করেছে? করেছে রিজিয়া বেগম, বা লেডি হ্যামিল্টন?

মুসলমানেরা প্রিয়তম প্রিয়তমার স্মৃতিকে করতে চেয়েছে কালজয়ী। রাখতে চেয়েছে স্মারকচিহ্ন। তাই সৌধ গড়েছে পিতার, পতির, পত্নীর এমন কি উপপত্নীর সমাধিতে। হিন্দু তপস্বী তারা দিয়েছে বেদ ও উপনিষদ। মুসলমানেরা শিল্পী তারা দিয়েছে তাজ ও রঙমহল। হিন্দুরা সাধক, তারা দিয়েছে দর্শন। মুসলমানেরা গুণী, তারা দিয়েছে সঙ্গীত। হিন্দুর গর্ব মেধার, মুসলমানের গৌরব হৃদয়ের। এই দুই নিয়ে ভারতবর্ষের অতীত; এই দুই নিয়েই হবে তার ভবিষ্যৎ।

ইতিহাসে সম্রাট আলমগীরের শাসন বিধর্মী নির্যাতনের দুরপনেয় কলঙ্কে মলিন; সে-তথ্য স্কুলপাঠ্য পুস্তকে আছে। কিন্তু এই হৃদয়হীন অথচ অমিত-বিক্রম যোদ্ধা নৃপতির জীবন যে দুটি বিশিষ্ট উপদ্রুতা বন্দিনীর উষ্ণ দীর্ঘশ্বাসে অভিশপ্ত ছিল, সে-কথা যথোচিত বিদত নয় জগতে।

জাহানারা ও জেবুন্নেসা দু'জনেই ছিলেন আওরঙ্গজেবের অতি নিকটতম আত্মীয়া। একজন অনুজা, অপর জন আত্মজা, দু'জনেই ছিলেন অসাধারন নির্ভীক ও তেজস্বিনী। দু'জনেই চিরকুমারী এবং দু'জনেরই জীবনের সুদীর্ঘকাল কেটেছে আওরঙ্গজেবের কারাগৃহে।

কিন্তু আরও এক জায়গায় এই দুই দুর্ভাগিনীর মিল ছিল গভীরতর। তারা দুজনেই ছিলেন কবি। মুঘল যুগের মহিলা কবি।

জাহানারার সমগ্র রচনা সযত্নে রক্ষিত হয় নি। গহন অরণ্যে প্রস্ফুটিত পুষ্পের মতো প্রায় সবই লোকচক্ষুর অন্তরালে ধূলিতে হয়েছে বিলীন। দু'একটি মাত্র নিদর্শন আছে ইতস্তত বিক্ষিপ্ত। জাহানারা আমাকে আকৃষ্ট করেছেন শৈশব থেকে। ইতিহাস পরীক্ষার পূর্বক্ষণে সন তারিখে কন্টকাকীর্ণ মুঘল কাহিনী কন্ঠস্থ করার দুরুহ প্রয়াস করতেম প্রাণপণে দীর্ঘরাত্রিব্যাপী। ঘুমে চোখের পাতা আসতো জড়িয়ে, দেহ হত অলস, মাথা ঝিমিয়ে পড়তো ঢুলুনিতে। এরই মধ্যে জাহানারা উপাক্ষ্যান পড়ে কল্পনায় আঁচ করার চেষ্টা করতেম তাঁর চেহারা।

ফিরোজশাহ-কোটলা দিল্লীর পঞ্চম নগরীর ধ্বংসাবশেষ। ভারতের শেষ হিন্দু সম্রাট পৃথ্বীরাজের সময়ে দিল্লী নগরী ছিল বর্তমান কুতুবের নিকটস্থ মেহেরোলীতে। পুরাতত্ব বিভাগ কিছু কাল পূর্বে এই রাজধানীর নগর প্রাচীর মৃত্তিকাগর্ভ থেকে আংশিক উদ্ধার করেছেন। জনপ্রবাদ এই যে, নিজ প্রিয়তমা কন্যার যমুনা দর্শনাভিলাষ পুরণার্থে পৃথ্বীরাজ তৈরী করেছিলেন কুতুব মিনার। প্রত্যহ অপরাহ্ন বেলায় প্রসাধন সমাপনান্তে রাজনন্দিনী আরোহণ করতেন তার শীর্ষে, অবলোকন করতেন দূরবর্তী যমুনার জলধারা। কিন্তু ঐতিহাসিকেরা এ কাহিনী বিশ্বাস করেন না। তাঁদের অভিমত, পাঠান সম্রাট কুতুবুদ্দিন আইবেক নির্মাণ শুরু এবং আলতামাস শেষ করেন জগতের সর্বোচ্চ বিজয়স্তম্ভ এই মিনার।

দ্বিতীয় দিল্লী নগরী প্রতিষ্ঠা করেন সুলতান আলাউদ্দিন খিলজী। তাঁর রাজত্বকালে দুর্ধর্ষ মুঘল দস্যুদল ভারতবর্ষ আক্রমণ করল, হত্যা ও লুন্ঠনের দ্বারা বহু নগরনগরী বিধ্বস্ত করে উপনীত হলো দিল্লীতে। দিল্লীর সমতল ভূমীতে তাদের প্রতিরোধ করা সহজ ছিল না। সম্রাট পশ্চাদপসরণ করলেন কুতুবে। মুঘলেরা দিল্লীর পার্শ্ববর্তী অঞ্চল দখল করে আমীর ওমরাহদের ধনরত্ন লুন্ঠন করল এবং সাধারণ কৃষকদের শস্যক্ষেত্র বিধ্বস্ত করল। অবশেষে দিল্লীর অসহনীয় গ্রীষ্মের প্রখরতায় ক্লান্ত ও রোগাক্রান্ত হয়ে দস্যুদল দিল্লী পরিত্যাগ করল। আলাউদ্দিন এই দস্যুদলের পুনরাক্রমণ প্রতিরোধের জন্য নির্মাণ করলেন সুদৃঢ় প্রাচীরবেষ্টিত নব নগরী, নাম দিলেন সিরি। এই নগরীতে সুলতান নির্মাণ করেছিলেন নিজের জন্য এক মহার্ঘ প্রাসাদ, তার স্তম্ভ সংখ্যা ছিল এক সহস্র। আজ সে প্রাসাদের চিহ্ন মাত্র নেই।

আলাউদ্দিন খিলজী ছিলেন অসমসাহসিক যোদ্ধা। রাজ্য-জয়ের নেশা ছিল তাঁর রক্তে। তিনি রাজপুতদের পরাজিত করে চিতোর অধিকার করেছিলেন। দাক্ষিণাত্যে প্রথম মুসলিম অধিকারও প্রতিস্থিত করলেন তিনি। সেই বিজয় গৌরবকে চিরস্মরণীয় করতে নির্মাণ শুরু করলেন,- দ্বিতীয় কুতুব। প্রথম কুতুবের পাশেই। প্রথম কুতুবের চাইতে এর আকার হবে দ্বিগুণ,- এই

অভিলাষ ছিল সুলতানের মনে। কিন্তু আরব্ধ কাজ শেষ করার মতো আয়ুর মেয়াদ ছিল না তাঁর। অর্ধসমাপ্ত এই নব পরিকল্পিত কুতুবের চিহ্ন আজও দর্শকজনের কৌতূহল উদ্রেক করে।

সৌধ নির্মাণে ফিরোজশাহের গভীর অনুরাগ ছিল। এদিক দিয়েও সম্রাট সাজাহানের সঙ্গে তাঁর চরিত্রের মিল ছিল। কুতুব মিনারের ঊর্ধ্বতন যে দুটি তলা শ্বেত পাথরে গড়া তা ফিরোজশাহেরই কীর্তি। ভূমিকম্পে যে ক্ষতি ঘটেছিল তারও সংস্কার তিনিই করেছিলেন। দিল্লীর হিন্দুরাও হাসপাতালের সংলগ্ন 'রীজে' এখনও তাঁর নির্মিত মৃগয়াগৃহের ভগ্নাবশেষ বর্তমান।

সিরি, বিজয়মণ্ডল ও কুতুবে তিন তিনটি নগরী থাকা সত্ত্বেও ফিরোজশাহ যমুনার ধারে আর একটি নূতন নগরের পত্তন করলেন। একেবারে যমুনার ঠিক গায়ে নির্মাণ করলেন রাজপুরী ফিরোজশাহ-কোটলা। আজ তোরণপথে ঢুকলেই বাঁ দিকে চোখে পড়ে বিস্তীর্ণ তৃণআচ্ছাদিত অঙ্গন। একদা সেখানে ছিল ফিরোজশাহের দরবার গৃহ।

ফিরোজশাহের সৌধাবলীতে সবচেয়ে উল্লেখযোগ্য, চতুষ্কোণ স্তম্ভের ব্যবহার, দ্বারপথে ও বারান্দায় আর্চের বদলে হিন্দু পদ্ধতির গঠন এবং প্রস্ফুটিত পদ্ম উৎকীর্ণ প্রাচীর-সজ্জা। ফিরোজশাহ নির্মিত হাউস খসের পরবর্তী অংশগুলিতে আছে এর প্রকৃষ্ট পরিচয়।

অশোক স্তম্ভটি প্রাসাদের যে অংশে স্থাপিত সেটা ফিরোজশাহের অন্দরমহলের অন্তর্ভুক্ত বলে কথিত। স্তম্ভটি প্রস্তর নির্মিত। আম্বালার নিকটবর্তী এক গ্রামে সম্রাট অশোক কর্তৃক এই স্তম্ভটি স্থাপিত হয়েছিল খৃষ্টজন্মের প্রায় আড়াই শত বৎসর পূর্বে। একদা মৃগয়া থেকে প্রত্যাবর্তনের পথে তা' ফিরোজশাহের চোখে পড়ল। পুরাকীর্তিতে ফিরোজশাহের গভীর আগ্রহ ও অনুরাগ ছিল। সেখান থেকে স্তম্ভটি তুলে নিয়ে এলেন তিনি দিল্লীতে, তাঁর রাজধানী ফিরোজশাহ-কোটলায়।

বিয়াল্লিশ চাকার গাড়িতে চাপিয়ে শত শত মজুর টেনে এনেছিল এই স্তম্ভটিকে। স্তম্ভটির শীর্ষে একটি স্বর্ণ নির্মিত আচ্ছাদন ছিল। পরবর্তী যুগে জাঠ দস্যুরা দিল্লী লুণ্ঠনকালে তা' আত্মসাত করেছে। বহুবর্ষ পরে স্তম্ভের গায়ে পালি ভাষায় উৎকীর্ণ লিপির পাঠোদ্ধার হয়েছে। অহিংসা ও সর্বজীবে দয়াপ্রদর্শনের অনুরোধ জানিয়ে ভগবান বুদ্ধের অনুগামী সম্রাট অশোক সমগ্র ভারতবর্ষে যে বহুশত অনুশাসন প্রচার করেছিলেন, এই স্তম্ভে তারই একটি সাক্ষ্য রয়েছে।

অশোক স্তম্ভের পাশে দাঁড়িয়ে দেখা যায় অদূরবর্তী যমুনার জলস্রোত। ফিরোজশাহের আমলে মুনার ধারা কোটলার পাদদেশ স্পর্শ করতো সে কথা বুঝতে আজও কিছুমাত্র কষ্ট হয় না।

Photo: A painting depiciting Prince Aurangzeb's hunting adventure with an infuriated elephant. Courtesy: Mumtaz Mahal Museum, Red Fort (ASI).

East side of royal palaces in the Red Fort. Watercolour on paper,
Company School, Delhi c. 1836.

Exquisite jail work in the Red Fort.

The barracks at the Red Fort built by the British after 1857.

Republic Day Tableaux

Kashmere Gate

LOCATION: Near the Inter-State Bus Terminal (ISBT).

SIGNIFICANCE: Built in the 1650s during Shahjahan's reign. This is one of the four surviving gates of the original fourteen gateways of Shahjahanabad. The road through it eventually led to Kashmir, hence, the name. During the Great Indian Mutiny of 1857, when the situation was extremely grave, it was via the Kashmere Gate that British forces entered Delhi at dawn on 14 September 1857.

EXPLICATIONS: This Gate has two arched openings with compartments on either side, while a domed roof and battlements form the seminal constituents of the edifice.

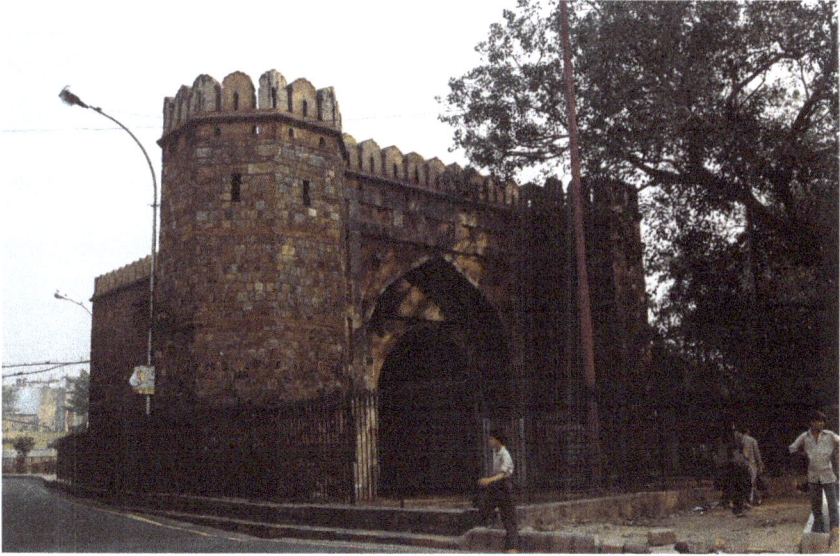

Delhi Gate

LOCATION: Daryaganj, at the intersection of Asaf Ali Road and Netaji Subhas Marg.

SIGNIFICANCE: Built in the 1650s, this is one of the four surviving Gates of the original fourteen gateways of Shahjahanabad. It is called the Delhi Gate because it opened towards the old cities of Delhi during the time of Emperor Shahjahan.

EXPLICATION: Constructed with the local stone and in a simple design, this domed roof gateway has pointed arched openings with bastions at each end, while mouldings and battlements complement its attractive dimensions.

Kotla Firoz Shah

Chandni Chowk – the principal street of Delhi before 1857

Along the Jamuna

Evening prayer, Jama Masjid Old Delhi.

A portrait of Emperor Shah Jahan

The seat of Emperor Shah Jahan at the Diwan-e-Am panelled
with marble and inlaid with precious stones.

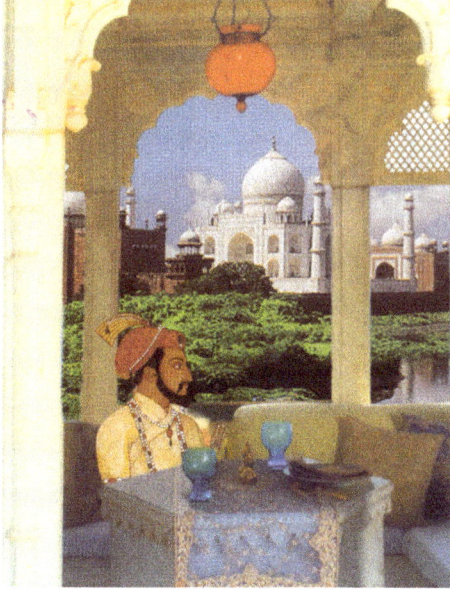

অভিশপ্ত শা-জাহানাবাদ

গভীর তৃপ্তির দিন ছিল দিল্লী বিশ্ববিদ্যালয়ে সেই সময়। বিশ্ববিদ্যালয়ে তখন রীতিমত চোখধাঁধানো উজ্জ্বলের দিন। শিক্ষকমণ্ডলীতে অষ্ঠবজ্রসম্মেলন ঘটেছে। অর্থনীতির দুই মহারথী অমর্ত্য সেন ও সুখময় চক্রবর্তী সাতাশ বছর বয়সেই জগৎবিখ্যাত। তপন রায় চৌধুরী সবে ইতিহাসের অধ্যাপক নিযুক্ত হয়েছেন। দিল্লী বিশ্ববিদ্যালয়ে বহু বঙ্গসন্তান তখন অধ্যাপক পদে আসীন, নয়নজ্যোতি লাহিরি, উৎপল ব্যানার্জি, প্রণব বর্ধন, সুখময় চক্রবর্তী, অশোক মিত্র, মৃণাল দত্ত চৌধুরী, ভাস্কর চক্রবর্তী, অভিজিৎ সেন, কৌশিক বাসু, রামাচন্দ্র গুহ, জগৎজোড়া তাঁদের নাম।

মোগল সাম্রাজ্যের ইতিহাস শোনার উৎসাহে ছাত্ররা তাদের গল্প-কইয়ে সদ্য নিযুক্ত শিক্ষক তপন রায়চৌধুরীর সাথে কোন এক ভোরের বেলায় লালকেল্লা প্রাঙ্গণে আসর জমায়। কাহিনীর শুরু সেখান থেকেই।

দিল্লী বিশ্ববিদ্যালয় ক্যাম্পাসকে পিছনে রেখে খোয়া-বাঁধানো পথের উপর দিয়ে মন্থর গতিতে চলেছে টাঙ্গা। পেছন পেছন সাইকেল আরোহীর দল টাঙ্গাটিকে নিঃশব্দে অনুসরণ করছে। শেষ রাত্রের অন্ধকারে রীজের জঙ্গল

অদ্ভুত দেখায়। অন্ধকার পক্ষ। অরণ্যের অন্ধকার গাঢ়তর। বনটা থমথম করছে। অজস্র ঝিল্লির শব্দতরঙ্গ অবিচ্ছিন্ন, অবিরাম একটানা বেয়ে যাচ্ছে শব্দের ঝরনার মত। কি নিদারুণ স্তব্ধটা। জঙ্গলের চারিপাশে জোনাকির দীপ্তি জ্বলে আর নেবে – জ্বলে আর নেবে। অন্ধকার রাতে ঘোড়া গাড়ির কাঠের চাকার বিনিয়ে বিনিয়ে কান্নার সুরের মতো একটা সকরুণ শব্দ শুধু মাত্র শোনা যায়। সাথে ঝিঁঝিঁ পোকারা একটানা ডেকেই চলেছে।

ভোর পাঁচটার সময় দিল্লী শহর কুয়াশার কম্বল মুড়ি দিয়ে তন্দ্রাসুখ উপভোগ করছে। নির্জন কেল্লার ফাটকে গাড়োয়ান টাঙ্গা থামিয়ে নেমে এসে বিশুদ্ধ উর্দুতে বলল, 'হুজুর লালকিল্লা আ গিয়া'। গাড়োয়ানের চেহারা চাবুকের মতো লিকলিকে। চুস্ত পাজামা ও চুড়িদার কুর্তায় আরও লিকলিকে দেখাচ্ছে। রঙ তামাটে ফরসা, চোখে সুর্মার রেশ, ঠোঁটের দুই কোণে গতরাত্রির পানের ছোপ শুকিয়ে আছে; মাথায় রোমশ পশমের ঝাঁকড়া টুপি। বয়স আন্দাজ পঁচিশ, লোকটি মুসলমান।

লালকেল্লার ফাটকে টাঙ্গা থেকে অধ্যাপক তপন রায় চৌধুরী ছাত্রদের নিয়ে নেমে এলেন। আরও জনা পাঁচেক পড়ুয়াদের গাছতলার নীচে সারি বেঁধে সাইকেল দাঁড় করাতে দেখা যায়। ভোরের আলো ফুটে উঠেছে। কেল্লার ধারে বট গাছের তলায় সিমেন্টে বাঁধানো বেদীর ওপরে খেজুর চ্যাটাই পেতে অধ্যাপক তাঁর ছাত্রদের নিয়ে গোল করে উবু হয়ে বসেছেন। কেল্লার চারিপাশে কি নিভৃত শান্তি, কি অদ্ভুত নির্জনতা। কেল্লার পিছন দিকে যমুনা নদী ভেদ করে টকটকে লাল সিঁদুরের গোলার মতো সূর্য সবে উঁকিঝুঁকি দিচ্ছে। পূর্বদিগন্ত আসন্ন সূর্যের ছটায় স্বর্ণাভ হয়ে উঠেছে।

জীবন–ঊষা

দেও করতালি, জয় জয় বলি,
পূরিয়া অঞ্জলি কুসুম লহ।
ঐ যে প্রাচীতে, হাসিতে হাসিতে
উদয় অরুণ ঊষার সহ।।

– হেমচন্দ্র বন্দ্যোপাধ্যায়

ভোরের বেলা চৌধুরী স্যার উৎসুক ছাত্রদের শাহাজানাবাদ নগরীর অতৃপ্ত কাহিনী ধীর কন্ঠে শোনাতে শুরু করে দিলেন –

তোমরা মোগল সাম্রাজ্যের গৌরব দেখেছ, এখন কি দেখিতেছ

যথায় পাপ ও কপটাচারিতা, তথায় অবনতি ও মৃত্যু। এক্ষণে তাহা অবলোকন করো।

সমস্ত রাত্রি ঝড়ও থামে না, ক্রন্দনও থামে না। আমি নিষ্ফল পরিতাপে ঘরে ঘরে অন্ধকারে ঘুরিয়া বেড়াইতে লাগিলাম। কেহ কোথাও নাই, কাহাকে সান্ত্বনা করিব। এই প্রচণ্ড অভিমান কাহার, এই অশান্ত আক্ষেপ কোথা হইতে উত্থিত হইতেছে।

পাগল চীৎকার করিয়া উঠিল, "তফাৎ যাও, তফাৎ যাও। সব ঝুঁট হ্যায়, সব ঝুঁট হ্যায়।"

দেখিলাম, ভোর হইয়াছে এবং মেহের আলি এই ঘোর দুর্যোগের দিনেও যথানিয়মে প্রাসাদ প্রদক্ষিণ করিয়া তাহার অভ্যস্ত চীৎকার করিতেছে। হঠাৎ আমার মনে হইল, হয়তো ওই মেহের আলিও আমার মতো এক সময় এই প্রাসাদে বাস করিয়াছিল, এখন পাগল হইয়া বাহির হইয়াও এই পাষাণ-রাক্ষসের মোহে আকৃষ্ট হইয়া প্রত্যহ প্রত্যুষে প্রদক্ষিণ করিতে আসে।

আমি তৎক্ষণাৎ সেই বৃষ্টিতে পাগলের নিকট ছুটিয়া গিয়া তাহাকে জিজ্ঞাসা করিলাম, "মেহের আলি, ক্যা ঝুঁট হ্যায় রে?"

সে আমার কথায় কোনো উত্তর না করিয়া আমাকে ঠেলিয়া ফেলিয়া অজগরের কবলে চতুর্দিকে ঘূর্ণমান মোহাবিষ্ট পক্ষীর ন্যায় চীৎকার করিতে করিতে বাড়ির চারি দিকে ঘুরিতে লাগিল। কেবল প্রাণপণে নিজেকে সতর্ক করিবার জন্য বারংবার বলিতে লাগিল, "তফাৎ যাও, তফাৎ যাও, সব ঝুঁট হ্যায়, সব ঝুঁট হ্যায়।"

সুদূর অতীতের নিবিড় অন্ধকার হইতে আমি তোমাদের সম্বোধন করিতেছি। আমি অমর আত্মা, প্রাগৈতিহাসিক যুগ হইতে আকাশে-বাতাসে, সমুদ্রে-নদীতে, অরণ্যে-পর্বতে, মরুভূমির উষরতায়, শস্যক্ষেত্রের শ্যাম-শোভায় অহরহ সঞ্চরণ করিয়া ফিরিতেছি। আমি মরি নাই। তোমাদের ধর্মে-কর্মে সংস্কৃতিতে, কাব্য শাস্ত্রে, চিন্তা ধারার বৈচিত্রে, রক্ত-ধারার অনু-পরমানুতে আজও আমি স্পন্দিত হইতেছি। কবরভুমি খনন করিয়া আমাকে অনুসন্ধান করিও না, আত্মানুসন্ধান কর, তোমার মধ্যেই আমাকে পাইবে। তোমার মধ্যেই আজও আমি ওতপ্রোত হইয়া আছি। আমার আদিতম রূপ কি ছিল তাহা আমি জানি না, আমি ছিলাম, আছি এবং থাকিব – এইটুকুই শুধু নিঃসংশয়ে জানি। কিন্তু কাহিনী বলিতে হইলে একটা আরম্ভ থাকা চাই। সুতরাং একস্থান হইতে আরম্ভ করি।...

কতবার হাসি কত নির্মোক
ত্যজিলে হেলায় দিল্লিপুরী
কত বেশে আহা কালে কালে তুমি
জগতের মন করিলে চুরি।

– সত্যেন্দ্রনাথ দত্ত

বাদশা শাহজাহান যমুনা নদীর পশ্চিমতীরে পুরানা কেল্লার উত্তরে নূতন কেল্লা, নূতন শহর গড়ছেন, কেল্লার নাম হবে লালকেল্লা, কিল্লা মুবারক, শহরের নাম শাহজানাবাদ। পরিত্যক্ত দিল্লির জাদুময় ভূখণ্ড করলো শাহজাহানকে আকর্ষণ। গড়া আরম্ভ হল শাহজাহানাবাদ ও লালকেল্লা, মুঘল শাসনের প্রধান ও শেষ রাজধানী। বছরের পর বছর ময়দানবের চেলারা গড়ে তোলে নূতন শহর যমুনা আর পাহাড়টার মধ্যে উত্তরে দক্ষিণে লম্বা। দক্ষিণ দিকে দিল্লি দরবাজা পুরানা কিল্লার দিল্লি দরবাজার মুখোমুখি আর পশ্চিম-উত্তর কোণে কাশ্মীরী দরবাজা। ওই কাশ্মীরী দরবাজা বাদশাকে স্মরণ করিয়ে দেয় সুদূর কাশ্মীরের পাহাড় আর উপত্যকা, ঝরনা আর ঝিলম, বন আর বাগিচা। তৈরি হয় চোদ্দটা দরবাজা আর চোদ্দটা ছোট দরবাজা আর সেই সঙ্গে গাঁথা হয়ে ওঠে লাল পাথরের প্রাচীর, তিন বর্গ মাইল শহরকে ঘিরে সাত মাইল যার ব্যাস। আর কী প্রাচীর। মাঝে মাঝে বুরুজ, দশ থেকে পনেরোটা কামান সাজানো চলে। পনেরো ফুট চওড়া, ত্রিশ ফুট দেয়ালের নীচ বরাবর পঁচিশ ফুট গভীর খড়খাই। সেকালে এমন কামান ছিল না যে ভাঙতে পারে এই প্রাচীর।

ধীরে ধীরে বাদশার নিজের হাতে আঁকা নকশা দেখে কারিগরেরা পত্তন করে যায় শহর। কেল্লার লাহোরী দরবাজা থেকে শহরের লাহোরী দরবাজা পর্যন্ত চাঁদনী চক সড়ক, মাঝখান দিয়ে জলের নহর, তার দুই পাশে ফুলের গাছ, ফলের গাছ, এক সঙ্গে দেয় ছায়া সুগন্ধ আর সৌন্দর্য, হার মানিয়ে দেয় ইস্তাম্বুল বোগদাদ সমরকন্দ বোখারার রাজপথকে। আবার কেল্লার পশ্চিম বরাবর ফ্যাজাবাজার সড়ক, তার জলুসও কম নয়। পাশেই ফুলকী মণ্ডী, ফুলের বাজার, দুনিয়ার এমন ফুল নেই যা পাওয়া যায় না এখানে। আর রূপের ফুল। হাঁ, তারও সেরা বাজার শাহজানাবাদ।

চাঁদনী চকের উত্তরে বেগমবাগ। তার কাছে ঘেঁষে পশ্চিম দিকে গলি সরবানু আর কাটরা নিকায় দুনিয়ার বাগানে ফোটে এমন সমস্ত ফুল, অস্ফুট কুঁড়ি থেকে ঝরে পড়বার মুখে – সব রকম ফুল। আবার ওই চাঁদনী চকের সমান্তরালে উত্তর বরাবর বেগম বাগের মাঝখান দিয়ে চলেছে আলি মর্দান খাঁর প্রধান কীর্তি যমুনা খাল। সেলিম গড়ের কাছে যমুনায় এসে পড়েছে। কেল্লার খড়খাই ভরিয়ে দিয়ে যমুনার নীল জল নহর বরাবর শহর ভেদ করে কাবুল দরবাজা দিয়ে ঢুকেছে কিষেনগঞ্জ পেরিয়ে, রোশেনারা বাগ পেরিয়ে অনেক দূর থেকে। আর ওই যে লালকেল্লার প্রাচীর আর বুরুজ ছাড়িয়ে মাথা তুলে দাঁড়িয়ে আছে জামি মসজিদের মিনার আর গম্বুজ। জামি মসজিদের পরেই প্রসিদ্ধি চাঁদনী চকের সোনেরি মসজিদ। দারার ছিন্নমুণ্ডবাহী শোভাযাত্রার দর্শক, বাদশা ফারুক-শিয়রের শবযাত্রার সাক্ষী আর স্বকর্ণে শুনেছে নাদির

শার কোতলে আম হুকুম। হায়, মানুষের গড়া শহরের পাথরগুলো যদি কথা বলতে পারতো।

তব সৈন্যদল
যাদের চরনভরে ধরণী করিত টলমল
তাহাদের স্মৃতি আজ বায়ুভরে
উড়ে যায় দিল্লির পথে ধূলি-'পরে।

– রবীন্দ্রনাথ

বেলা প্রায় দেড়টা। রৌদ্রদগ্ধ আকাশ পাণ্ডুর এবং বাতাস প্রচুর ধূলীকীর্ণ। লাল কেল্লা জনবিরল। কক্ষ প্রান্তরের পূর্ব পশ্চিম উত্তর দক্ষিণ ঊর্ধ্ব-অধঃ – যে দিকে যতদূর দৃষ্টি চলে উত্তপ্ত বাতাসের এক কম্পমান নিঃশ্বাস ছাড়া আর কিছুই ইন্দ্রিয়গোচর নয়। রুদ্র বৈশাখ – কথাটা এতকাল রবি ঠাকুরের কাব্যে পড়া ছিল; কিন্তু লোলুপ চিতাগ্নি শিখা লেহি লেহি বিরাট অম্বর' সত্যি যে কী বোঝায় দিল্লির নিদাঘ মধ্যাহ্নে তারই খানিকটা আভাস পাওয়া যায়।

দিল্লি হনুজ দূর অস্ত। দিল্লি এখনও অনেক দূর।

নগরপ্রান্তে পিতার জন্য মহম্মদ তৈরী করেছেন মহার্ঘ মণ্ডপ। কিংখাবের সামিয়ানা। জরীতে, জহরতে, ঝলমল। বাদ্যভাণ্ড, লোকলশকর, আমীর ওমরাহ মিলে সমারোহের চরমতম আয়োজন। বিশাল ভোজের পরে হস্তিযূথের প্রদর্শন-প্যারেড।

মণ্ডপের কেন্দ্রস্থলে ঈষৎ উন্নত ভূমিতে বাদশাহের আসন, তার পাশেই তাঁর উত্তরাধিকারীর। পরদিন গোধূলি বেলায় সুলতান প্রবেশ করলেন অভ্যর্থনা মণ্ডপে। প্রবল আন্দোচ্ছাসের মধ্যে আসন গ্রহণ করলেন। সিংহাসনের পাশে বসালেন নিজ প্রিয়তম পুত্রকে। কিন্তু সে মহম্মদ নয়, তার অনুজ।

ভোজনান্তে অতি বিনয়াবনত কণ্ঠে মহম্মদ অনুমতি প্রার্থনা করলেন সম্রাটের। জাঁহাপনার হুকুম হলে এবার হাতির কুচকাওয়াজ শুরু হয়, হস্তিযূথ নিয়ন্ত্রণ করবেন তিনি নিজে। গিয়াসুদ্দিন অনুমোদন করলেন স্মিতহাস্যে।

মহম্মদ মণ্ডপ থেকে নিষ্ক্রান্ত হলেন ধীর শান্ত পদক্ষেপে।

কড় কড় কড়ড কড়াৎ।

একটি হাতির শিরসঞ্চালনে স্থানচ্যুত হলো একটি স্তম্ভ। মুহূর্ত মধ্যে সশব্দে ভূপতিত হলো সমগ্র মণ্ডপ। চারিদিকে ছড়িয়ে পড়ল অসংখ্য কাঠের থাম। চাপাপড়া মানুষের আর্ত কণ্ঠে বিদীর্ণ হলো অন্ধকার রাত্রির আকাশ। ধূলায় আচ্ছন্ন হলো অগণিত হতভাগ্যের দল। এবং বিভ্রান্তকারী বিশৃঙ্খলার মধ্যে উদ্ধারকর্মীরা ব্যর্থ অনুসন্ধান করল বাদশাহের।

পরদিন প্রাতে মণ্ডপের ভগ্নস্তূপ সরিয়ে আবিষ্কৃত হলো বৃদ্ধ সুলতানের মৃতদেহ। যে প্রিয়তম পুত্রকে তিনি মনোনীত করেছিলেন মনে মনে, তার প্রাণহীন দেহের উপরে সুলতানের দুই বাহু প্রসারিত। বোধ করি আপন দেহের বর্মে রক্ষা করতে চেয়েছিলেন তাঁর স্নেহাস্পদকে।

সমস্ত ঐহিক ঐশ্বর্য প্রতাপ ও মহিমা নিয়ে সপুত্র গিয়াসুদ্দিনের শোচনীয় জীবনান্ত ঘটল নগরপ্রান্তে। দিল্লি রইল চিরকালের জন্য তাঁর জীবিত পদক্ষেপের অতীত।

দিল্লি দূর অস্ত। দিল্লি অনেক দূর।

শাহজাদী জাহানারা চোখ বুজে ফেললেন। খানিকবাদে চোখ খুলে দেখেন ছত্রশাল নেই। দুর্গের অনেক আলো নিভে গেছে। অনেক তারা তখনো আকাশে। মহতব বাগের গায়েই বিরাট এক তেঁতুলগাছের শেকড় ছুঁয়ে যমুনার জল পাক খাচ্ছে। অনেকগুলো সাদা ফুল তুলে নিলেন জাহানারা। তারপর নিজেই মালা গাঁথতে থাকলেন। তাঁর মনে হলো, জ্যোৎস্নার আশমান এখন হলুদ কাচ হয়ে আছে। সারা দুনিয়া আমার আনন্দের জন্য সেজেছে। আশমান জুড়ে আমারই জন্য তারার প্রদীপ। যমুনার জল ভাঙার আওয়াজ জুড়ে জুড়ে ঠিক কোন রাগিণী হয়ে উঠলো। আজ কি আমি স্বয়ংবরা হবো? ছত্রশালের চোখ কি গভীর! কি উজ্জ্বল। চওড়া কাঁধ। বিশাল বুক। সরু কোমর। যেমন একজন লড়াকুর হয়ে থাকে। অথচ এই মানুষটি হাসলে তার ভেতর আমি সরল শিশুকে দেখতে পাই।

শাহজাদী বুকের ভেতর থেকে অনেকদিন আগের একখানি চিরকুট বের করলেন। তাতে আলতো করে নিজের ঠোঁট রেখে তুলে নিলেন। মনে মনে বললেন, আগের এই চিঠিতে তুমি বলেছো – আমি তোমায় আনন্দ দিয়েছি। তুমি আমাকে দেবী বলেছো। লিখেছো – আমি সংযুক্তা হলে – তুমি পৃথ্বীরাজ। আমার সমস্ত দুনিয়া আজ গোলাপ হয়ে ফুটে উঠলো। রাজা!

তুমিই মনে করিয়ে দিলে – আমরা আওরত – আমরা দীঘির মতো। তোমরা মরদ। রাজহাঁসের মতো সাঁতরে চলেছো। আমার হৃদয়ই সেই দীঘি। সেখান থেকে দূরে গেলে তোমার আর কী থাকবে। তোমার চিঠিতে আমি ভেসে গেছি।

মনে পড়ে? একদিন আমরা চাঁদনীচকের ভেতর দিয়ে আসছিলাম। তখন দরবারের সময় হয়ে এসেছে। হাতি আর ষাঁড়কে জোড়ায় জোড়ায় সাজিয়ে নিয়ে একদল লোক চলেছে কোন উৎসবে। তাদের গায়েও উৎসবের সাজ। বাতাসে কস্তুরী, জাফরান, অগুরু-চন্দনের সুবাস। আকাশে নানা রঙের ঘুড়ি।

চাঁদনীচকে সমস্ত পৃথিবীর মানুষ আসে। জাঞ্জিবার, সিরিয়া, ইংলিস্তান, তুর্কিস্তান, খোরসান, কাবুলিস্তান, চীন – কোত্থেকে নয়। ডালিম, কুল, তরমুজ, আঙুরে বাজার ভরে গেছে। সেদিন রাস্তার ছক সাজিয়ে বসে থাকা নক্ষত্রের নবীন ভাষাবিদকে মনে মনে বলেছিলাম – বলো তো আমার ভাগ্যে কী আছে? আমার জন্য কি আনন্দের মুহূর্ত আসবে না।

জাহানারার জীবননাট্যের শেষ দৃশ্যগুলি বেদনাবিধুর

আওরঙ্গজেব জাহানারাকে দিতে চেয়েছিলেন বাদশাহ-বেগমের পদ। কিন্তু জাহানারা প্রত্যাখ্যান করলেন সে অনুরোধ। স্বেচ্ছায় বরণ করলেন সাহাজানের সহ–বন্দিত্ব। পিতার পরিচর্যার জন্য। চতুর্দিকে ক্রূর প্রবঞ্চনা, সীমাহীন বিশ্বাসঘাতকতার ঘন অন্ধকারের মধ্যে সেদিন একমাত্র জাহানারা রইলেন অচল, অটল, অকম্পিত দীপশিখার মতো দীপ্তিময়। সাজাহানের দ্বিতীয় কন্যা রোশেনারা আওরঙ্গজেবের পক্ষ নিলেন, হলেন তাঁর প্রিয়পাত্রী। দিল্লির সিভিল লাইনসে আছে তাঁর উদ্যান। সেখানে এ আমলে স্থাপিত হয়েছে রোশেনারা ক্লাব, দিল্লির মনটিকার্লো।

দিনের পর দিন গত হয়, মাসের পর মাস। চক্রাকারে আবর্তিত হয় ষড় ঋতু। গ্রীষ্ম গত হয় তার উত্তাপ ও প্রভঞ্জন আহুতি নিয়ে। বর্ষার মেঘকজ্জল দিবসের দীর্ঘ ছায়া নামে যমুনার কালো জলে। বর্ষণমুখর রাত্রির বিদ্যুৎ চমকে উৎফুল্ল ভবনশিখীরা নৃত্য করে প্রাসাদের মর্মর অলিন্দে। শরতের আলো–ছায়া বিজড়িত প্রভাতে নদীতীরে কাশের বনের লাগে দোলা। হেমন্ত আনে কুহেল; শীত দেয় হতাশ্বাস। বসন্তের ফুলের মঞ্জরী আন্দোলিত হয় শিরিষের শাখা প্রশাখায়। আগ্রার প্রাসাদে প্রাচীরের অন্তরালে জাহানারা বন্দী জীবনে একটি করে বৎসর বৃদ্ধি, আয়ু থেকে খসে পড়ে একটি করে বছর। কর্মহীন অবসরে শাহজাদী কবিতা রচনা করেন আপন মনে।

একদা নিশীথকালে আওরঙ্গজেবের কাছ থেকে এসে পৌঁছল একটি সুদৃশ্য মোড়ক। পুত্র পাঠিয়েছে পিতাকে উপহার। তবে কি অনুতপ্ত পুত্রের ক্ষমা প্রার্থনার প্রথম নিদর্শন? আগ্রহকম্পিত হস্তে বৃদ্ধ সাজাহান খুললেন মোড়ক। পরতের পর পরত। খুলতে খুলতে শেষকালে হাত থেকে গড়িয়ে পড়ল সাজাহানের প্রিয়তম পুত্র দারাশিকোর খণ্ডিত মুণ্ড। সম্রাট মূর্ছিত হয়ে পড়লেন জাহানারার অঙ্কে।

সাজাহানের জীবনের শেষ দিন পর্যন্ত নূর–ই–জহানের রইলেন তাঁর পাশে। স্থবির পিতার পরিচর্যা করলেন অমিত নিষ্ঠা ও অবিচলিত ধৈর্যে। তাঁর মৃত্যুর পর প্রত্যাবর্তন করলেন দিল্লিতে।

অবশেষে রমজানের এক পুন্য তিথিতে মৃত্যুর শান্তশীতল ক্রোড়ে মুক্তি লাভ করলেন বন্দিনী। তাঁরই ইচ্ছায় তাঁর দেহ সমাধিস্থ হলো ফকির নিজামুদ্দিন

আউলিয়ার সমাধির পার্শ্বে। সে সমাধির উপরে না রইল মণ্ডপ, না রইল আচ্ছাদন, না রইল ঐহিক ঐশ্বর্যের লেশমাত্র আভাস। শুধু তাঁরই স্বরচিত একটি কবিতা উৎকীর্ণ হলো তার গায়ে, -

“বেগায়র সবজা না পোশাদ কসে মাজারে মারা
কে কবর পোষে গড়িবান হামিন গিয়াহ বসন্ত।
বহুমুল্য আভরণে করিও না সুসজ্জিত কবর আমার
তৃণশ্রেষ্ঠ আবরণ দীন আত্মা জহান-আরা সম্রাট-কন্যার।

“একমাত্র ঘাস ছাড়া আর যেন কিছু না থাকে আমার সমাধির উপরে। আমার মতো, দীন অভাজনের সেই তো শ্রেষ্ঠ আচ্ছাদন।”

পুণ্যশ্লোক নিজামুদ্দিন আউলিয়ার অনুগামিনী সাজাহান দুহিতা নশ্বর জাহানারার এই তো যোগ্য সমাধি।

নব শ্যাম দূর্বাদল ছেয়ে আছে ক্ষুদ্র নিরলঙ্কার সমাধি। নির্মল আকাশ থেকে প্রত্যহ নিশীথে সঞ্চিত হয় বিন্দু বিন্দু শিশির, প্রভাতে স্পর্শ করে তরুন অরুণের প্রথম কিরণ রেখা, সন্ধ্যায় ছড়িয়ে পড়ে গোধূলি আলোকের সোনালী আভা। তারা কি পায় শতাধিক বর্ষ পূর্বে সমাধিস্থ সেই অঙ্গের ললিত সুবাস? পায় তাঁর সুকুমার বক্ষের নীচে ভক্তিনত হৃদয়ের মৃদু স্পন্দন ধ্বনি?

গরীব-গোরে দীপ জ্বেল না ফুল দিও না
কেউ ভুলে
শ্যামা পোকার না পোড়ে পাখ, দাগা না পায়
বুলবুলে।

সত্যেন্দ্রনাথ দত্ত

রাত তখন দশটা - স্থান **নিগমবোধ ঘাট**

ঘন অন্ধকার, সদ্য এক ফালি চাঁদ উদয় হয়েছে, কালো আকাশে চলন্ত সাদা মেঘ ছুটে চলেছে। যমুনার জল ছলাৎ ছলাৎ করে ঘাটে এসে লাগছে। পরিশ্রান্ত রায় চৌধুরী স্যার ন্যাড়া চাঁপা গাছটার নিচে, ধোঁয়ার জ্বালায় কালো হয়ে গেছে বাজ পড়া গাছটা, সেখানে দাঁড়িয়ে তাঁর ছাত্রদের শেষ গল্পটি শোনাতে শুরু করে দিলেন -

বহু যুগ আগের কথা বলতে বসেছি। সিপাহী বিদ্রোহের আগুন জ্বলছে সারা ভারতে। এই আগুনের উত্তাপ সেদিন এসে লেগেছিল যমুনা উপকূলে নিগমবোধ

ফাটকের নিকটে একটি শান্ত কুটিরে – কুটির ধ্বংস তো হলোই, সেই সাথে কুটিরের অধিষ্ঠাত্রী দেবী প্রতিমার অঙ্গপ্রত্যঙ্গ চূর্ণ হয়ে গেল। এই দেবী প্রতিমা ছিলেন কৃষ্ণানন্দ ব্রহ্মচারীর অমর কীর্তি, অষ্ঠধাতু নির্মিত দক্ষিনাকালী।

১৮৫৭ সালের শেষের দিকে – সিপাহী বিদ্রোহের অরাজকতায় ছিদ্রপথেই দেবমন্দির ধ্বংস হল। মন্দিরের অধিষ্ঠাত্রী দক্ষিনাকালী প্রতিমা হাত পা ভাঙ্গা অবস্থায় যমুনার বালুচরে পড়ে রইলেন।

একদা চিতার ভস্মে-ভূষিত এল এক কাপালিক/ব্যোম ব্যোম রবে কেঁপে ওঠে মন কেঁপে ওঠে দশদিক/বিজন শ্মশান রাত্রি আঁধার/কুন্ঠা ঘুচাও চাহ একবার, তুমি মরে গেছ? শ্মশানে শুয়েছ? তবে তাহে নাই ডর?এই কি মরণ? . . . এই মৃত দেহ?. . . মৃত্যু কি মনোহর/কালের পরশে নাই বিভীষিকা/তুমি শিখাইলে অয়ি রূপশিখা/মরনের বেশে মনের মানুষ শ্মশানে পাতিলে ঘর/শবাসীন হয়ে সেইদিন হতে অমানিশি করি ক্ষয়/মরণের মাঝে মাধুরী পেয়েছি হয়ে গেছি তন্ময়/স্মৃতিসতী-দেহ বহি নিশিদিন/ শ্মশানে-শ্মশানে ফিরি উদাসীন/তবু কপালিনী! দয়া কি হল না?. . .এখনো অনিশ্চয়
– সত্যেন্দ্রনাথ দত্ত

মরণ রে,
তুঁহুঁ মম শ্যামসমান।
মেঘবরণ তুঝ, মেঘজটাজুট,
রক্ত কমলকর, রক্ত অধরপুট,
তাপবিমোচন করুণ কোর তব
মৃত-অমৃত কর দান
তুঁহুঁ মম শ্যামসমান

– রবীন্দ্রনাথ

দুনিয়ার সর্বত্র দিনের শেষে নামে রাত, রাতের পিছু পিছু আসে দিন। নিগমবোধ ঘাটেও সে নিয়মের ব্যতিক্রম হয় না।

সুপ্তিমগ্না প্রকৃতির ধমনীতে নতুন জীবনের জোয়ার তুলে যে জ্যোতির্ময় উদিত হন ধরণীর বুকে তিনি নিগমবোধ ঘাটকে সভয়ে এড়িয়ে চলেন। নিগমবোধ ঘাটে দিন আসে ওস্তাদ যাদুকরের বেশ ধরে। ভেল্কি-বাজির সাজ-সরঞ্জাম-বাঁধা প্রকাণ্ড পুঁতলিটা পিঠে ফেলে আঁধার কালো যবনিকার অন্তরাল থেকে নিঃসাড়ে পা টিপে টিপে আবির্ভূত হয় নিগমবোধের দিন। ধীরে ধীরে যবনিকাখানি চোখের ওপর মিলিয়ে যায়। আলোর বন্যায় ভেসে যায় রঙ্গমঞ্চ। হেসে ওঠে নিগমবোধ ঘাট। পোড়া কাঠ, ছেঁড়া মাদুর, চট কাঁথা, বাঁশ চাটাই, হাড়গোড়, ভাঙ্গা কলসী সবাই সচকিত হয়ে ওঠে। হাড়গিলাদের ঘুম ভাঙ্গে।

শকুনিরা ডানা ঝাপটে সাড়া দেয়। আকাশের দিকে মুখ তুলে শেয়ালেরা শেষবারের মত বলে ওঠে – হুক্কা হুয়া-হুয়া-হুয়া-হুয়া। অর্থাৎ কি না, হে নিশা, আবার ফিরে এস তুমি, দিনের আলোয় আমরা বড় চক্ষুলজ্জায় পড়ে যাই, কাঁচা মড়া নিয়ে টানাটানি করতে। তার ওপর ওই ওরা জেগে উঠে পাখা ঝাপটাচ্ছে, এখনি ভাগ বসাতে আসবে আমাদের ভোজে।

ততক্ষনে নিগমবোধের দিন তার জাদুর পুঁটলি খুলে ফেলেছে। শুরু হয়ে গেছে মায়াবী জাদুকরের জাদুর খেল। পুঁটলিটা থেকে কি যে বেরুবে আর কি যে না বেরুবে তা আন্দাজ করে কার সাধ্য। খেলার পর খেলা চলতেই থাকে। কথা আর কথা, কথার ইন্দ্রজালে সব কিছু ঘুলিয়ে যায়। যা জ্বলজ্বল করছে চোখের সামনে এক ফুঁ দিয়ে দেয় তা উড়িয়ে। সবই অদ্ভুত – সবই তাজ্জব কাণ্ড। আগের খেলাটির সঙ্গে পরেরটির কোনওখানে কোনও মিল নেই।

বেঁচে থাকার বিড়ম্বনা ভোগ। এর নাম বেঁচে থাকা নয়, শুধু টিকে থাকা। মরা ফুল যেমন গাছের ডালে শুকনো বোঁটা আঁকড়ে ঝুলতে থাকে। আজ মনের দুয়ারে ভিড় করে এসে দাঁড়ায় – নিগমবোধ শ্মশানের কত কথা, কত কাহিনী। কোনটিকে ফেলে কোনটি বলি। এমন একটি দিনও তখন আসেনি যেদিন কিছু না কিছু কুড়িয়ে পেয়ে তুলে রাখিনি মনের মণি-কোঠায়। সেই সব ভাঙ্গিয়ে এখন এই মরা দিনগুলোর গুজরান হচ্ছে। মহাশ্মশান – নিগমবোধ ঘাটে কুড়িয়ে পাওয়া মণি-মুক্তাগুলির আভা আজও এতোটুকু ম্লান হয়নি।

অভিশপ্ত শাহাজানাবাদ কাহিনীর শেষে

ক্লান্ত অভুক্ত ছাত্রের দল ফিরে যাবার উদ্যোগী হয়েছে। নিগমবোধ ঘাট শ্মশানে তখনও দাউ দাউ করে জ্বলছে সারি সারি আলোকময় চিতা। রাম-নাম-সৎ-হ্যায় ধ্বনির সাথে ঘাটে মৃত আত্মীয় পরিজনদের মৃদু বিলাপ শোনা যায়।

ছলছলিয়ে যমুনার জল বয়ে চলেছে। হঠাৎ আরম্ভ হল শ্মশানের ভেতর থেকে – ক্যা হুয়া ক্যা হুয়া হুক্কা হুয়া হুক্কা হুয়া। যমুনার ওপার থেকে ওপারের ওরা সাড়া দিল। সামনের চিতার পর চিতা সাজানো – দমকা হাওয়া লেগে এক একবার দাউ দাউ করে জ্বলে ওঠে চিতাগুলো। আবার ঝিমিয়ে পড়ে। শিয়ালরা ছোঁক ছোঁক করে ঘুরতে থাকে। আগুনটা নিভে না এলে এগুতে সাহস পায় না ওরা।

যমুনার ওপার থেকে দ্বিতীয় প্রহর ঘোষণা করা হয়েছে। দূরে যমুনার জল ছুঁয়ে চিতা সাজিয়ে একটা হাড্ডিসার বুড়িকে চড়িয়ে দিয়ে গেছে কারা। সেখান থেকে চড় চড় চটাশ শব্দ উঠেছে। সেইদিকে চাইতে গিয়ে দেখা যায় বুড়িটা আস্তে আস্তে খাড়া হয়ে উঠে বসেছে জ্বলন্ত চিতার ওপরে। তার মুখেও চাঁদের আলো এসে পড়েছে। এতদূর থেকে স্পষ্ট দেখা যায় মুখ চোখ দুটোর মধ্যে

আর কিছু নেই। ওপর থেকে চাঁদের আলো আর নীচ থেকে আগুনের আভা পড়ে অদ্ভুত রঙ খুলেছে বুড়ির।

যমুনার এপার ওপার থেকে শেষ প্রহরের শেষ ডাকাডাকি অনেকক্ষণ শেষ হয়ে গেছে। চাঁদখানার রঙ কেমন যেন দেখতে ফ্যাকাশে লাগছে। বট পাকুড় গাছের লম্বা ছায়া পড়েছে শ্মশানের ভেতর। বুড়ি তার চিতার উপর শুয়ে পড়েছে আবার। চিতাটাও প্রায় নিভে এল।

যমুনার ওপারে আকাশ থেকে একটি তারা খসে পড়ল। তীর বেগে নামতে নামতে হঠাৎ গেল মাঝপথে মিলিয়ে। ওপারে ঐ ওধারের শেষ চিতা থেকে ছিটকে পড়ল একখানা জ্বলন্ত কাঠ। অনেকগুলি স্ফুলিঙ্গ লাফিয়ে উঠল আকাশের দিকে। অসীম অনন্ত আকাশ। অসংখ্য গ্রহ নক্ষত্র মহাবেগে ঘুরে মরছে আপন আপন কক্ষপথে। কালো হয়ে উঠেছে আকাশের কালো চোখ। গুমরে গুমরে কাদছেন তাঁরা, মোচড় দিচ্ছে আকাশের মর্মস্থলে সেই সকরুণ বিলাপ। ম্লানমুখী শুকতারা বিদায় নিচ্ছে আকাশ থেকে। কাঁদতে কাঁদতে বিদায় নিচ্ছে; অশান্ত ক্রন্দনবিলাপ ক্রমে ক্রমে চাপা পড়ে যাচ্ছে।

নিগমবোধ ঘাট দিয়েই করেছে সবাই শেষ যাত্রা। সে যাত্রার ও-কূল দু-কূল নেই। কিছুই সঙ্গে নিতে পারে নি। সব পড়ে আছে এ-কূলে।

বিধ্বস্ত ঘাটবাবু বিশম্বর তার সাগরেদদের ম্লান স্বরে অবিরত বলে চলেছে –

মোটা মোটা গেঁটে কাঠগুলো আর দিস না, পুড়তে বড় দেরি করে, আর ধিকি ধিকি করে জ্বলে। এখানে ঠাঁই নিতে এসে যেন কারও কষ্ট না হয়, যেন ব্যথা না পায় শবগুলো।

সকল মানুষের যা চরম পরিনতি – কালো কয়লা এবং সাদা হাড় – অনির্বাণ চিতাবহ্নিতে যেখানে অহরহ সেই পরিণামের ভিয়ান বসেছে।

দূরে ক্লক টাওয়ার থেকে আকাশে বাতাসে রাত বারোটা বাজার ঘন্টা ধ্বনি শোনা যাচ্ছে, দু-দশ মাইলের মধ্যে কোথাও জনমানবের দেখা নেই। গাছগাছালির ফাঁক ভেদ করে আবছা দেখা যায় নিঝুম রাতের তরুণ আরোহীরা টাঙ্গার সাথে সাথে সাইকেল চালিয়ে কুয়াশায় ঘেরা রীজের জঙ্গলের ধূলিধূসরিত সঙ্কীর্ণ পথে ঢিমে গতিতে ফিরে চলেছে।

অনন্ত আকাশে লক্ষ কোটি যোজন দূরের যে তারকা-শ্রেণী অনিমেষ নয়নে এই বিপুলা ধরিত্রীর পানে তাকিয়ে আছে, তারা সাক্ষী রইল সকরুণ কাহিনীর। যুগযুগান্ত ধরে এমন কতশত অশ্রুসজল বেদনাবিদুর নাট্য অভিনীত হয়েছে তাদের পলকহীন নয়নের অকম্পিত দৃষ্টির সম্মুখে। কত খেলা গেছে ভেঙ্গে, কত ফুল ঝরেছে ধূলায়, কত বাঁশরী হয়েছে নীরব।

Photo: An artist's impression of Shah Jahan looking at the Taj Mahal

THE SHRINE OF NIZAMUDDIN AULIYA
British Library, London.

হজরত নিজামুদ্দিন

- তারাশঙ্কর বন্দ্যোপাধ্যায়

খুদা ঝুট ঈশ্বর ঝুট বিলকুল ঝুট
বলেছিলেন এক ফকীরসাহেব।

দিল্লীতে নিজামউদ্দিন আউলিয়ার দরগায় গিয়েছিলাম। সেখানে আকস্মিকভাবে এই বৃদ্ধ ফকীরের সঙ্গে দেখা হয়ে গেল এবং আলাপও হয়ে গেল।

১৯৬০ সাল থেকে আমাকে কর্মসূত্রে দিল্লীতে গিয়ে মধ্যে মধ্যে কিছুদিন থাকতে হত। কাজ খুব বেশী ছিল না। অবসর ছিল বেশী। এই অবসরের মধ্যে স্বাভাবিক শখ জেগেছিল হারিয়ে যাওয়া পুরনো কালের ইতিহাস আর ঐতিহাসিক নিদর্শনগুলি দেখে বেড়ানো। কুতুবমিনার তার পাশে অসমাপ্ত মিনার আলাই দরওয়াজা দেখেই খুশী হয়নি মন – সুলতানা রিজিয়ার কবরস্থান খুঁজে খুঁজে দেখে এসেছিলাম। তোগলকাবাদের ধ্বংসাবশেষের মধ্যে ঘুরে বেড়াতাম।

বিকৃতমস্তিষ্ক অথচ বিপুল পাণ্ডিত্যের অধিকারী বাদশাহ মহম্মদ তুগলকের কথা ভেবেছি, চামড়ার পিতলের চাকতি খুঁজে খুঁজে বেড়িয়েছি যা নাকি বাদশাহ সোনা রুপার মোহর সিক্কার বদলে মোহর সিক্কা বলে চালাতে চেষ্টা করেছিলেন। অনেক ইরানী তুরানী নারীদের কল্পনা করেছি। তারা অবশ্যই সে ডবল বেণী ঝুলানো কৃপাণহস্তা ভীমা ভয়ংকরী নয় – তারা অবশ্যই কোমলাঙ্গী সলজ্জ আয়তনয়না চকিত ভীরু দৃষ্টি গোলাপপুষ্পবর্ণা কুঞ্চিতকেশবতী নূপুরচরণা বীণাদণ্ডমণ্ডিতভূষা দুর্লভা বরনারী। ফিরোজ কোটলা লালকেল্লার ভিতরে ঘুরে ঘুরে বেড়াতাম স্বপ্নাবিষ্টের মত। কেবল হজরত নিজামুদ্দিন আউলিয়ার সমাধিস্থলে গিয়ে অভিভূত হয়ে যেতাম। নির্বাক হয়ে থাকতাম কিছুক্ষণ।

স্থানটি বড়ই পবিত্র।

সারা মুঘল আমলের শ্রেষ্ঠ ফকীর এখানে সমাধির অভ্যন্তরে ধ্যানমগ্ন। সারা মুঘলবংশের শ্রেষ্ঠ রুপসী এবং মহীয়সী কন্যা জাহানআরা বেগম এখানে সমাধির তলে শান্তিনিদ্রিত। তাঁর সমাধির উপর মর্মরের আচ্ছাদন নেই, আছে সবুজ ঘাসের আস্তরণ। নিজেকে তিনি দীন জাহানআরা বলে অভিহিত

করেছিলেন। তাঁর নাকি এক আশ্চর্য রূপ ছিল – তার মধ্যে জাগতিক সৌন্দর্য ছাড়াও আরও এমন কিছু ছিল যার জন্য সর্বভূক যে আগুন সে আগুন তাঁর দেহের আতরমাখানো ভাঁজে ভাঁজে জড়ো-করা সূক্ষ্ম মসলিনে লেগে জ্বলে উঠে সারা দেহটা পুড়িয়ে তাঁর মুখের সামনে এসে থেমে গিয়েছিল, নিভে গিয়েছিল আপনি। তাঁর সমাধির সামনে এসে যখন দাঁড়াতাম তখন যেন কেমন হয়ে যেতাম আমি।

সারা মুঘল সাম্রাজ্যের কালের শ্রেষ্ঠ কবি মির্জা গালিব এখানে শায়িত আছেন। তাঁর সমাধির পাশে দাঁড়িয়ে কতদিন চোখে জল এসেছে। মনে মনে বলেছি –“আমার এই হৃদয় ইটেরও নয় পাথরেরও নয় কাঠেরও নয়। মানুষের এই হৃদয় আশ্চর্য। কাঁদতে দাও। আমি কাঁদব – হাজারোবার কাঁদবো – আমাকে কাদতে তোমরা কেউ মানা করো না। আমাকে কাঁদতে দাও।’

এর অল্প একটু দূরেই বাদশাহ হুমায়ুন শাহের সমাধি। বাদশাহ নিজের জন্য প্রশস্ত এবং বিশাল সমাধি নির্মাণ করিয়েছিলেন। তিনি জানতেন না যে তাঁর বংশের যাঁরা ভাগ্যহত তাঁরা মৃত্যুর পর তাঁরই সমাধির পাশে এসে স্থান নেবেন। শাহবুলন্দ ইকবাল শাহজাদা দারা সিকো এখানে শায়িত আছেন। হিন্দু মুসলমানের প্রেম এবং ঐক্যের দ্বারা অভিষিক্ত এক নূতন শস্য সম্পদে সমৃদ্ধ হিন্দোস্তান তিনি রচনা করতে চেয়েছিলেন।

দিল্লীর শেষ বাদশাহ – কবি বাদশাহ বাহাদুরশাহ জাফরশাহের ছেলেদের ফাঁসি দিয়েছিল ফিরিঙ্গীরা, খুনী দরওয়াজায় তাদের দেহ লটকানো ছিল তিন দিন।

দিল্লীর এই অঞ্চলে একটা আশ্চর্য মোহ আছে। অন্ততঃ আমার জন্য আছে। এই কারণে মধ্যে মধ্যে আসতাম এখানে। ফুল নিয়ে আসতাম, আগরবাতি নিয়ে আসতাম, বাতি নিয়ে আসতাম। ওখানে গাইডের মধ্যে আফজল বলে একজন লোক আছে। আফজলকে আমি টাকা দিয়েছি – সে আউলিয়া দরগাহে বেগমসাহেবার সমাধির পাশে এবং মির্জা গালিবের সমাধির ধারে ইসলামী পরবে একটি করে চেরাগ জ্বেলে দিত। এই আফজলই আমাকে এই ফকীরসাহেবের সঙ্গে পরিচয় করিয়ে দিয়েছিল।

আফজল বাঙালী মুসলমান এবং আমার জেলা বীরভূমের লোক সে। মুসলমান যাঁরা তাঁদের কাছে অনেকটা পাণ্ডাগিরি করে। সঙ্গে আগরবাতি ফুল রাখে। ঘুরিয়ে ঘুরিয়ে দেখায় অমুসলমানদের গাইডের কাজ করে। উর্দু ভালই বলে, ইংরেজীও বলে ভাঙা ভাঙা।

Hazrat Nizamuddin Aulia – Fakir Sab – great Fakir – not dead but sleeping only. He talks in dream when you sleep, understand. Ask anything not me – him; ask in mind and he will say answers in dream.

আমার সঙ্গে কিন্তু সে উর্দু বা ইংরেজীতে কথা বলেনি – বলেছিল – আসেন বাবুজী, আসেন। আমি সব দেখাব বাবুজী – আপনি বাঙালী আমি বাঙালী – সব আমি জানি, আসেন।

A view of the Delhi Durbar, 1 January 1877. Courtesy:
Mumtaz Mahal Museum, Red Fort (ASI).

দরবার ফিরল দিল্লিতে

- অরুপ বন্দ্যোপাধ্যায়

১ এপ্রিল, ১৯১২। ভারতের রাজধানী হিসেবে কাজ শুরু হল দিল্লির। মর্যাদা হারাল কলকাতা। কেন এই সিদ্ধান্ত? আজ তারই নেপথ্য কাহিনী।

১৯১১ সালের ডিসেম্বর মাস। রাজঅভিষেকের জন্য লন্ডন থেকে জলপথে বম্বে, তারপর রেলপথে দিল্লি যাত্রা করলেন ইংল্যাণ্ডেশ্বর জর্জ ও রানি মেরি। যদিও ৭ ডিসেম্বর প্রধান রেলস্টেশনে নামলেন না পঞ্চম জর্জ ও রানি মেরি। পা রাখলেন সালিমগড় কেল্লার কাছে, ছোট্ট একটা ষ্টেশনে। তারপর যমুনা পেরিয়ে মুঘল সম্রাটের মতো রাজকীয়ভাবে প্রবেশ করলেন লালকেল্লায়। দিল্লিতে যমুনার ধারে তখন অপেক্ষারত অসংখ্য ভারতীয়। সেই নেটিভদের

বুঝিয়ে দেওয়া হল, এই রাজাও মুঘল সম্রাটদের মতোই প্রবল প্রতিপত্তিশালী। অতএব, তাঁর আনুগত্য স্বীকার করে নিতে হবে।

দিল্লি শহরে আগমন ঘটেছে রাজার। তেত্রিশটি বিধিনিষেধ আরোপ করা হল নাগরিকদের জন্য। উদ্দেশ্যহীনভাবে ঘুরে বেড়ানো, বিনা অনুমতিতে দরবারে প্রবেশের মতো 'অপরাধে' বিধান তখন একটাই – চরম শাস্তি। রাজার শোভাযাত্রা বের হল চাঁদনি চকের রাস্তায়। দু'পাশে উৎসুক নীরব প্রজাদের ভিড়। রাজা-প্রজার দূরত্ব রক্ষার কড়া পুলিসি প্রহরা ব্যবস্থা। কিন্তু মুঘল সম্রাটদের মতো হাতির হাওয়দায় না বসে রাজা পঞ্চম জর্জ বেছে নিলেন ঘোড়া। ফলে শোভাযাত্রার ভিড়ে রাজাকে দেখতেই পেলেন না দর্শকরা। কিন্তু হঠাৎ কোন পরিস্থিতে রাজাকে আসতে হল? দেখে নেওয়া যাক ...

সিপাহী বিদ্রোহের আগুন নিভে যাওয়ার সঙ্গেই অস্তমিত হল ঐতিহ্যশালী দিল্লি শহরের গরিমা। ইষ্ট ইন্ডিয়া কোম্পানির হাত থেকে ভারতের শাসনভার কেড়ে নিল ব্রিটিশ সরকার। মুঘল স্থাপত্যের ধ্বংসস্তূপের মধ্যে চাপা পড়ল রাজধানী দিল্লির ইতিহাস। লক্ষাধিক মানুষের রক্তে ভেজা মাটি থেকে ঔপনিবেশিক শাসনের কেন্দ্রস্থলের শেষচিহ্নটুকু সরিয়ে নিয়ে যাওয়া হল বাংলায়। ব্রিটিশ অধিকৃত ভারতের রাজধানী হয়ে উঠল কলকাতা।

এরপর কেটে গেল অর্ধ শতকের বেশি সময়। দিল্লি তখন পাঞ্জাব প্রদেশের অধীনে প্রায় গুরুত্বহীন সামান্য এক জেলা মাত্র। কিন্তু ভারতে সাম্রাজ্যবাদ বিরোধিতা ততদিনে ভিন্ন দিকে মোড় নিয়েছে। স্বরাজের দাবি আর সন্ত্রাস – নাস্তানাবুদ তখন ইংরেজরা। হিন্দু ও মুসলিমদের মধ্যে বিভেদ সৃষ্টি করলে যে রাজত্ব চালাতে সুবিধা, সেটা সিপাহী বিদ্রোহের পরে তারা বুঝেছিল। ফলে মুঘল নির্মিত শহরকে বিধস্ত করে সব লুটে নিতে বিশেষ সময় নেয়নি ব্রিটিশ বাহিনী। শাহজানের স্বপ্নের কেল্লায় বানানো হল ইংরেজ সৈন্যদের ব্যারাক। জামা মসজিদের মুসলমানদের নামাজ পড়ার উপরেও বসল নিষেধাজ্ঞা। সেখানে মদের আড্ডা বসাত অত্যাচারী সেনারা। পাশাপাশি, ভারতীয় ধনী ব্যবসায়ীদের কাছে মুঘল সাম্রাজ্যের বহু প্রাসাদ ও মসজিদ বিক্রি করল ইংরেজরা। জামা মসজিদ অবশ্য শর্তাসাপেক্ষে ফিরিয়ে দেওয়া হল ওয়াকফ বোর্ডকে। কিন্তু ততদিনে নয়নাভিরাম দিল্লি পরিণত হয়েছে ভগ্নস্তূপের ক্ষতচিহ্ন বয়ে বেড়ানো উপেক্ষিত এক শহরে।

১৯১০। মৃত্যু হল ইংল্যান্ডের রাজা সপ্তম এডওয়ার্ডের। মুকুট উঠল পঞ্চম জর্জের মাথায়। বড়লাট (ভাইসরয়) তখন লর্ড হার্ডিং। দিল্লিতে রাজার অভিষেকের আয়োজনের জন্য তিনি আবেদন করলেন রাজদরবারে। এর আগে রাজা সপ্তম এডওয়ার্ডকে আমন্ত্রণ জানিয়েছিলেন তদানীন্তন বড়লাট

লর্ড কার্জন। কিন্তু তাঁর অভিষেক আগেই লন্ডনে অনুষ্ঠিত হয়েছিল। সেই অনুষ্ঠানের পুনারাবৃত্তি করে লোক হাসাতে চাননি তিনি। তাই শ্যাম ও কুল, দুই-ই রাখার জন্য পাঠান প্রিন্স অব ওয়েলসকে। কিন্তু এবার রাজা পঞ্চম জর্জ সাদরে আমন্ত্রণ গ্রহণ করলেন।

এই প্রথম কোনও ইংল্যাণ্ডেশ্বর ভারত ভ্রমণে আসবেন। দিল্লি দরবার বসাতে ঝাঁপিয়ে পড়লেন লর্ড হার্ডিঙ্গ। সুউচ্চ প্রাচীর দিয়ে ঘেরা শাহজানাবাদ শহরের বাইরে এক নতুন জায়গায় বসবে দরবার – কিংসওয়ে ক্যাম্পে।

কলকাতা থেকে দিল্লিতে রাজধানী সরিয়ে নিয়ে আসার প্রস্তাব অবশ্য লর্ড হার্ডিঙের লেখা এক প্রশাসনিক নোটের ভিত্তিতে আগেই স্থির হয়েছিল। ৮ ডিসেম্বর, ১৯১১। মুঘল সম্রাট শাহাজান ও তার উত্তরসূরিদের অনুকরণ করে রাজা পঞ্চম জর্জ পত্নী সহ ঝরোখা দর্শনে হাজিরা দিলেন কেল্লার জানালায়। যমুনার বালুকাবেলায় তখন মেলা বসেছে। রাজার মনোরঞ্জনের জন্য। ঠিক এখানেই মুগল সম্রাটরা হাতির লড়াই দেখতেন। রাজার থেকে বেশি পুলকিত হয়ে নতুন রাজধানী নির্মাণে হাত বাড়ালেন রানি মেরি। অবশ্যই নেপথ্যে। রাজার অভিষেক পর্ব বা দরবার বসার দিন স্থির হল ১২ ডিসেম্বর। প্রায় আড়াই লক্ষ মানুষের সামনে অভিষেক হল পঞ্চম জর্জের। এরপরেই চমক। রাজা ঘোষণা করলেন, স্থানান্তারিত করা হবে ব্রিটিশ ভারতের রাজধানী। কলকাতা থেকে সরিয়ে দিল্লিতে। তাঁর এই ঘোষণায় শুধু দেশীয় রাজারাই নয়, ইউরোপের বণিক সমাজ পর্যন্ত বিস্মিত হল। ক্রমে সেই খবর পৌঁছল কলকাতায়। জোর শোরগোল বেঁধে গেল সেখানেও। কলকাতার যে সমস্ত ব্যবসায়ী ইংরেজদের ব্যবসায় টাকা লগ্নি করে রেখেছিলেন, প্রতিবাদে গর্জে উঠলেন তাঁরা। কিন্তু সব প্রতিরোধ উপেক্ষা করে রাজধানী দিল্লির ভিত্তিপ্রস্তর স্থাপিত হল রাজার হাতে, পুরনো শহর শাহজানাবাদ থেকে বহু দূরে, উত্তর দিশায়। মুঘলদের হাতে তৈরি প্রাচীর ঘেরা শহর তখন জনবহুল। সে শহর ইংরেজদের বসবাসের উপযুক্ত নয়। ইংরেজরা বসবাস করে সিভিল লাইন্সে। সেটি অনেক সাফসুতরো জায়গা।

দিল্লিতে নতুন এক শহর গড়ে তোলার কথা ঘোষণা করে দেশে ফিরে গেলেন রাজা। বড়লাট হার্ডিং হলেন কার্যত ভারতের রাজা। ১৫ ডিসেম্বর বড়লাটের শোভাযাত্রা বেরোল লালকেল্লা থেকে। চাঁদনি চক হয়ে শোভাযাত্রা যাবে ফতেহপুরি মসজিদ পর্যন্ত। ঠিক এই পথেই শোভাযাত্রা বের হতো মুঘল সম্রাটদের। জাঁকজমকের সঙ্গে। হার্ডিং বসলেন হাতির হাওয়দায়। চাঁদনি চকের ফোয়ারার কাছে শোভাযাত্রা আসতেই গাছের আড়াল থেকে বড়লাটের হাওদা লক্ষ্য করে ছোড়া হল বোমা। সামান্য আঘাত পেলেন হার্ডিং। মারা গেলেন তাঁর ছত্রধর। বন্ধ করে দেওয়া হল শোভাযাত্রা।

হামলাকারীরা ধরা পড়ার পর শুরু হল নতুন শহর গড়ার পরিকল্পনা। ইতিপূর্বে ছ'টি বিভিন্ন শহর তৈরি হয়েছিল দিল্লির বুকে। সেগুলি প্রায় নিশ্চিহ্ন। কার্যক্ষেত্রে দেখা গেল, একটি নতুন শহর তৈরি ছেলেখেলা নয়। উত্তর দিশায় শহর গড়ে তোলার নানান অসুবিধা বড়লাটদের সামনে তুলে ধরলেন আমলারা। নিজের নির্বাচিত স্থানকে অস্বীকৃত হতে দেখে বেজায় ক্ষুব্ধ হলেন সদ্যনিযুক্ত লুটিয়েন্স। দলবল নিয়ে বেরিয়ে পড়লেন জমি খুঁজতে। দক্ষিণ দিকে, রাইসিনা পাহাড়ের মাথায় বড়লাটের বাসস্থান বানানোর পরিকল্পনা মঞ্জুর করলেন হার্ডিং স্বয়ং। শুধু অনুচ্চ পাহাড়টা একটু কেটে সমতল করে নিলেই কাজ শুরু করা যেতে পারে – রায় দিলেন আর এক স্থপতি। এই প্রাসাদ ঘিরেই গড়ে উঠবে বাকি জনপদ। নাম দেওয়া হবে – 'নিউ দিল্লি'। আগের জায়গা থেকে তুলে এনে রাইসিনা পাহাড়ে সরিয়ে আনা হল রাজার স্বহস্তে লাগানো নতুন শহরের ভিত্তিপ্রস্তর। কানাঘুষো শোনা গেল, লাল বেলেপাথরটা নাকি কোন এক প্রাচীন মুঘল কবর থেকে তুলে আনা হয়। সেই কারণে নতুন রাজধানীকে ভুতে পেয়েছে!

ইতিমধ্যে লুটিয়েন্স সাহেবের পারদর্শিতা নিয়ে বড়লাটের কাছে সন্দেহ প্রকাশ করেছেন সমালোচকরা। কিন্তু রানি মেরির আবার তাঁকে একটু বেশিই পছন্দ। লুটিয়েন্সের নামে প্রধান নালিশ হল, তিনি একেবারে হুবুহু পুরনো স্থাপত্যের নকল বানাতে ওস্তাদ। তাতে নিজস্বতা ছোঁয়া থাকে না। তবে এবার মুঘল স্থাপত্যের ছোঁয়া যাতে নতুন শহরে থাকে, সেদিকে বিশেষ নজর দিতে বলা হল লুটিয়েন্সকে। শহরের নির্মাণ কাজে বরাদ্দ করা হল বিপুল পরিমাণ অর্থ। ঠিক হল, চার বছরের মধ্যে গড়ে তোলা হবে এই শহর। কিন্তু প্রথম বিশ্বযুদ্ধের দামামা বেজে উঠতেই থমকে গেল সেই কাজ।

১৯১৮ সালে শেষ হল প্রথম বিশ্বযুদ্ধ। দু'বছর পর, ১৯২০ সালে দক্ষিণে সফদরজঙ্গ গম্বুজের মাঝে গড়ে উঠবে নতুন দিল্লি। বড়লাটের নিবাস বানাতে সব স্থাপত্যের যেন মিশ্রণ বানালেন লুটিয়েন্স। গথিক শিল্প থেকে মুঘল স্থাপত্য – কিছুই বাকি রইল না লাল বেলেপাথরে তৈরি সেই বাসভবনের নির্মাণ কৌশলে। বিশ্বযুদ্ধের শহিদদের স্মরণে তৈরি হল ইন্ডিয়া গেট। বড়লাটের নিবাস থেকে ঢালু পথ গিয়ে মিশল সেখানে। স্থপতি হারবার্ট বেকার বানালেন প্রশাসনিক ভবন, নর্থ ও সাউথ ব্লক। 'কুইন্সওয়ে;, যা পরবর্তীকালে জনপথ বলে খ্যাত হয়, নির্মিত হল তাঁর তৈরি নকসায়। এই পথের দু'দিকে ইস্টার্ন ও ওয়েস্টার্ন কোর্ট বসিয়ে দিলেন বেকার। এর মধ্যেই এল হার্ডিঙের আদেশ। সাফ জানালেন - নতুন শহরের প্রশস্ত পথগুলির সংযোগস্থল হবে বৃত্তাকার। প্রবল আপত্তি জানালেন লুটিয়েন্স। অবশ্য তা ধোপে টিকল না।

নতুন আইনে ভারতে নির্বাচিত প্রতিনিধিদের দ্বারা চালিত সদ্য গঠিত সংসদের অধিবেশনের জন্য গড়ে তোলার পরিকল্পনা হল 'পার্লামেন্ট হাউস'। লুটিয়ান্স আর বেকার দু'জনের যৌথ পরিকল্পনায় শুরু হল কাজ। আট বছর লাগল নির্মাণে। ইংল্যান্ডের কনট প্রদেশের ডিউক, প্রিন্স আর্থার এলেন ভিত্তিপ্রস্তর স্থাপন করতে। তিনি আবার সম্পর্কে রাজার পিতৃব্য। সংসদ ভবনের অনতিদূরে, মুঘল চাঁদনি চকের অনুকরণে গড়ে তোলার পরিকল্পনা হল একটি বাজার। এক কিলোমিটার বেশি ব্যাসার্ধের দু'টি সমকেন্দ্রীয় বৃত্তাকার বাজারের নকশা বানালেন স্থপতি রবার্ট টর রাসেল। যে জমিতে সেই বাজার নির্মাণ হল, আগে সেখানে ঘন জঙ্গলে মুঘল আর ইংরেজরা শিকার করতে যেত। ভারতীয় ও বিদেশি ব্যবসায়ীদের প্রলুব্ধ করতে জলের দরে জমি বেচে দিল ইংরেজ সরকার। ভ্রমণরত ডিউকের নাম চিরস্মরণীয় করতে নাম রাখা হল – 'কনট সার্কাস'। শেয়াল আর হায়নার রাজত্বের মাঝেই ভিত্তিপ্রস্তর স্থাপন করলেন রানি ভিক্টোরিয়ার তৃতীয় সন্তান, কনটের ডিউক প্রিন্স আর্থার।

২৬ বর্গ কিলোমিটার জুড়ে লুটিয়েন্স বানালেন এক ধাঁচের বাংলো, যেখানে প্রশাসনের উচ্চ পর্যায়ের আমলারা বসবাস করবেন। তার ঠিক পিছনে নির্মিত হল কেরানি বাবুদের বাসস্থান। নতুন দিল্লির কাজ শুরু হলে শাহজানাবাদে রেলওয়ে ষ্টেশন হয়ে গেল পুরনো দিল্লি রেলওয়ে ষ্টেশন। ১৯২৬ সালে পাহাড়গঞ্জ আর আজমেরি গেটের মাঝে, কনট সার্কাসের গা ঘেঁষে নির্মিত হল নতুন দিল্লি রেলওয়ে ষ্টেশন।

১৩ই ফেব্রুয়ারি, ১৯৩১ সালে আনুষ্ঠানিকভাবে জন্ম নিল ভারতের নতুন রাজধানী। পর্দা তুললেন বড়লাট আরউইন। দিল্লির ইতিহাসে সপ্তম শহর 'নতুন দিল্লি' এরপর থেকে স্বাধীনতা পূর্ববর্তী পর্যায় পর্যন্ত সাক্ষী হয়ে রইল নানা রাজনৈতিক পালাবাদলের।

Photo: The Dilli Chalo Park which was at one time a river

King George V (1910-36), by a Delhi artist, 1911. George V was the first British monarch to visit India which he did as Emperor of India in 1911. During the Delhi Durbar on 11 December, 1911 he announced the transfer of the capital of British India from Calcutta to a new city of Delhi.

Lord and Lady Curzon

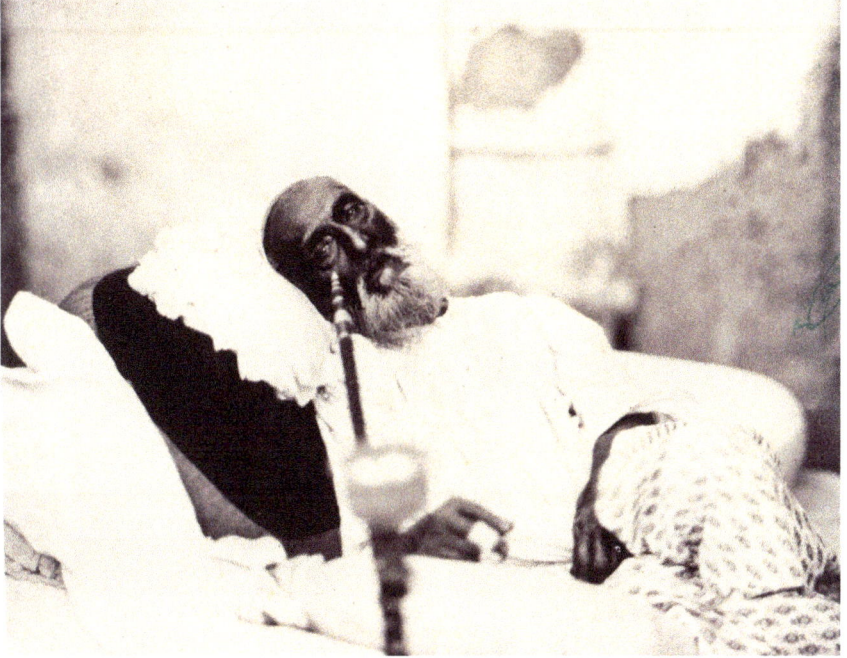

BAHADURSHAH IN PRISON, by Robert Tytler and Charles Shepherd, May 1858. This portrait of Bahadur Shah II, the last Mughal emperor (1837-58), shows him in captivity awaiting trial by the British for his support of the Uprising of 1857-58. It was, apparently common practice for Europeans to visit the ex-king in his captivity. He was kept in the house of Mirza Nili in the Bazaar Naumahal in the Red Fort. Shortly, afterwards he was sentenced to permanent exile in Rangoon with his favourite wife Zinat Mahal and their son Jawan Bakt. He died in Rangoon in 1862 where he lies buried.

British Library, London

Mirza Ghalib ki Haveli

LOCATION: 2298, Gali Qasim Jaan, Ballimaran, Chandni Chowk.

SIGNIFICANCE: Mirza Ghalib, the great nineteenth century poet shifted to this haveli in 1860. He continued to live there till his death on 9 February 1869.

EXPLICATION: Originally known as Karora Wali Haveli, the entrance from Gali Qasim Jaan has a slightly projected central arch which leads to a gallery representing the works of Mirza Ghalib. The central arch is flanked by two arches and staircases on either side. The haveli, now a memorial, depicts the life history of Mirza Ghalib through portraits, manuscripts and exhibits displayed in showcases.

Early years of Ghalib

Ghalib was married at the age of thirteen to Umrao Begum, daughter of Illahi Baksh Khan, younger brother of Ahmed Baksh Khan, Nawab of Ferozpur, Jhirka Loharu. He shifted to Delhi within a year or two of his marriage and stayed with his father-in-law, before moving out and living in different rented houses in Ballimaran.

Skinner's Family Cemetery

LOCATION: St. James' Church Compound, Kashmere Gate.

SIGNIFICANCE: Apart from its immense architectural significance, this nineteenth-century cemetery is the burial ground of James Skinner, the Englishman who built St. James' Church in 1836.

EXPLICATION: The tombstones, several of which are rather well preserved, are made of white marble. The fine artistic and aesthetic sense is applicable.

Grave tales

Near this cemetery lie two important graves-those of William Fraser and Thomas Metcalfe. William Fraser, Resident of Delhi, was the first Commissioner and Agent to the Governor General at Delhi in 1832.

The same year the Resident was re-designated Civil Commissioner and Agent to the Governor General at Delhi. Fraser lived in Hindu Rao's mansion on the Ridge, before he was murdered in 1835. Thomas Metcalf (full name Thomas Theophilius Metcalfe) was the younger brother of Charles Metcalfe. He arrived in Delhi in 1832 and succeeded David Ochteriony as the British Resident.

St. Mary's Church

LOCATION: S.P. Mukherjee Marg, Presentation Convent School Complex, Chandni Chowk.

SIGNIFICANCE: Built in 1865, the church was laid out in a cruciform plan with the arms of the building in a semi-circular shape.

EXPLICATION: At the entrance of the church one finds a semi-circular arched decorative gateway and a bell tower. The blind arcade on the first floor is a special feature of the church. The interior of the church has some magnificent decorative features such as stained glass windows and mouldings. The Ten Commandments written inside the church are an added attraction.

Old Secretariat

LOCATION: Shamnath Marg, Civil Lines.

SIGNIFICANCE: Calcutta (now Kolkata), not Delhi, was the capital of India until 1911. The Legislative Council used to meet at the Government House in Kolkata. Following the decision to transfer the capital to Delhi, E. Montague Thomas, an Englishman, designed the Old Secretariat building that was completed in 1912.

EXPLICATION: The Old Secretariat is a handsome building with a long front line and two lateral structures. The portion facing Alipur Road (Shamnath Marg) curves gracefully in the centre like a half moon. A large varanda with square archways and rounded pillars runs in front of the office.

Venue for debates

The first convocation of the Delhi University was held in the Assembly Hall here on 26 March 1923 with 750 invitees. Mahatma Gandhi visited

Delhi in March 1919 and heard a debate in the historical chamber of the Old Secretariat Luminaires such as Mottilal Nehru, Maualana Abul Kalam and Mohammad Ali Jinnah also debated here.

Haveli Shamnath Marg

LOCATION: 17, Shamnath Marg, Civil Lines, Delhi.

SIGNIFICANCE: Built in 1902 by Lala Shriram, the son of Rai Bahadur Madan Gopal, a well-known Barrister. The family traces its roots to Raja Todarmal (he was one of the nine jewels of Akbar's court, who was a legendary land reformer).

EXPLICATION: The architecture of this mansion reflects a strong colonial influence. It has circular pillars, mouldings, an arched entrance, high ceilings and a well-maintained courtyard with a fountain and a well. The house has three bedrooms and a drawing room. Antiques such as metal sculptures, period furniture and beautiful glass artefacts can be found. The family still has the original documents of the mansion pertaining to the British period, with the signatures of Lord Metcalfe.

Hotel Oberoi Maidens

LOCATION: Shamnath Marg, Civil Lines

SIGNIFICANCE: Mr. Maiden built this hotel in 1900. It was among the first hotels to be built in the city.

EXPLICATION: The three-storeyed building has a small projecting porch leading to the lobby and the varanda. The large wooden and glass windows and doors between the coloumns of the ground floor and the high ceilings are commendable features of this gracious hotel.

Those who checked in

Edward Lutyens, the architect of Rashtrapati Bhavan lived here and it was here that a grand ball was organized in honour of the 27-year old Edward, Prince of Wales.

Indraprastha College

LOCATION: Shamnath Marg, Civil Lines

SIGNIFICANCE: Indrapastha College for Women was founded in 1924. Its first principal Leonara G Miner was an Australian. The present premises of the college were the office cum-residence of the British Commander-in-Chief. It is also referred to as Alipure House and was built in 1912. The college was formally inaugurated on 7 February 1939.

EXPLICATION: The signle-storeyed building has a façade marked by a series of semi-circular arches supported on circular columns. The front courtyard has royal palm trees and a fountain.

Famous visitors

The college is the oldest women's college. Many famous personalities, such as the Late Indira Gandhi, Annie Besant and Prime Minister Atal Bihari Vajpayee have paid it a visit.

VP seeks corporate funds as IP College turns 'golden'

Vice-President Jagdeep Dhankhar says: The journey of a hundred years is never easy but this institution has an unrivalled record of traversing a journey of a century with commendable achievements, high creditintials making everyone proud. The Times of India 8.2.24

Queen Mary's School

LOCATION: Sarai Phoos, Tis Hazari

SIGNIFANCE: Helen Jerwood, an Englishwoman, established the school in 1912. The main objective was to educate women at a time when education for women was not encouraged.

EXPLICATION: Built around a central courtyard in the same year as its establishment, the building has sandstone framing for arches and battlements over the entrance. Stately high ceilings and colonial elements mark the inner rooms. Local stone has been used in the construction of the original school building and school auditorium. The alumni include such illustrious personalities as Anita Desai, Begum Abida Ahmed and Sucheta Kripalini.

Old St. Stephen's College

LOCATION: Zorawar Singh Marg, opposite St. James Church, Kashmere Gate.

SIGNIFICANCE: Designed by Samuel Swinton Jacob, this building came into existence in 1890.

EXPLICATION: The two-storeyed building has magnificent engravings on sandstone on its façade and a majestic porch. Arched colonnades and semi-octagonal turrets with a domed pavilion lend a stately appeal to the building. It was part of the old campus of St. Stephen's College.

To the glory of god

There is a plaque at the entrance to the office that states. To the glory of God and for the advancement of sound learning and religious education, St. Stephen's College, Delhi. Sir Charles A. Eliot, K.E.S.I. laid the foundation stone on Friday 11 April 1890. The building presently houses the office of the Election Commisssion, Government of the National Capital Territory (NCT) of Delhi.

Town Hall

LOCATION: Main Road, Chandni Chowk.

SIGNIFICANCE: This is the Office of the Municipal Commissioner of Delhi and was built on the site of Begum Ki Sarai and Bagh (the present Company Bagh) in 1860-64 according to the Victoria plan. It was among the first British buildings to be built in Shahjhanabad after the 1857 Mutiny.

EXPLICATION: An impressive double-storeyed building with arched openings, it is built around a courtyard. The Town Hall has arched window openings, parapets, Corinthian capitals, mouldings and a beautiful porch.

When statues were switched

Known as Lawrence Institute and later as Institute Building, the Town Hall has a significant history. The Municipal Corporation of Delhi purchased it after much effort in 1866. To remove the last traces of a colonial past, the statue of Swami Shradhanand replaced that of Queen Victoria in front of the Town Hall. The famous Ghanta Ghar stood nearby. On the main road, the statue of Swami Shradhanand has a plaque that mentions the special assembly of the Congress, the Rowlett Act of 1929, and a historic procession.

Street photographer, Old City, Delhi, 1966. Henri Cartier-Bresson.

Traffic at Chawri, Delhi, 1965 Raghu Rai

Gali Parathewali

Certain families that settled here specialized in making parathas with
different vegetable stuffings. so it become famous for its delectble

parathas. The space is still renowned for its traditional cuisine. The photographs shows that Pandit Jawahar Lal Nehru at the Gali with Vijay Laxmi Pandit, Indira Gandhi and Babu Jagjivan Ram. Till date Shri Atal Bihari Vajpayee relishes the dishes served here.

UNDER WRAPS FOR TOO LONG

শতাধিক বৎসর প্রাচীন গোল মার্কেট

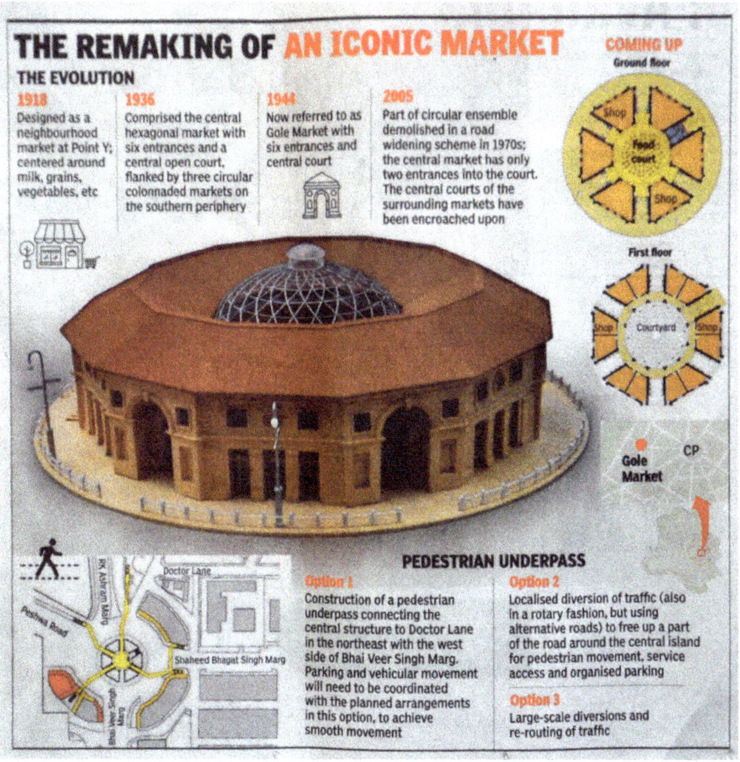

THE REMAKING OF AN ICONIC MARKET

COMING UP
Ground floor

THE EVOLUTION

1918
Designed as a neighbourhood market at Point Y; centered around milk, grains, vegetables, etc

1936
Comprised the central hexagonal market with six entrances and a central open court, flanked by three circular colonnaded markets on the southern periphery

1944
Now referred to as Gole Market with six entrances and central court

2005
Part of circular ensemble demolished in a road widening scheme in 1970s; the central market has only two entrances into the court. The central courts of the surrounding markets have been encroached upon

First floor

Gole Market   CP

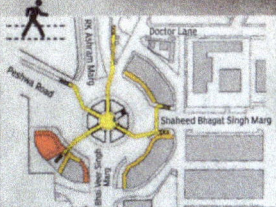

PEDESTRIAN UNDERPASS

Option 1
Construction of a pedestrian underpass connecting the central structure to Doctor Lane in the northeast with the west side of Bhai Veer Singh Marg. Parking and vehicular movement will need to be coordinated with the planned arrangements in this option, to achieve smooth movement

Option 2
Localised diversion of traffic (also in a rotary fashion, but using alternative roads) to free up a part of the road around the central island for pedestrian movement, service access and organised parking

Option 3
Large-scale diversions and re-routing of traffic

DONNING A NEW AVATAR

Photos: **Anindya Chattopadhyay**

- Gole Market was planned as a neighbourhood market in 1918
- The octagonal building has six entrances and a central open court flanked by three circular colonnaded markets
- The two-storey building is listed as grade-2 heritage structure
- Now it will be restored and redeveloped as a museum

SALIENT FEATURES

- Glass dome roof structure at central courtyard
- Insulated roof structure, including false ceiling
- Centralised airconditioning system
- Ornamental fitting and fixtures as per museum requirement
- Subway, lift for easy access to the building from RK Ashram side
- Service tunnel
- 2L-litre water storage tank for firefighting

Designed by Lutyens, neglected Gole Market Still Charming

A neighbourhood in the heart of the national capital has a dodecagonal structure which back to the British rein in India. Somewhat similar to the structure of Connaught Place, this miniature market is popularly known as Gole Market.

By the turn of 21st century, 28 shops operated in the market, most of them dating back in the 1920s. Over the years, the façade deteriorated as a result of unauthorized construction and was in the state of disrepair.

Source: The Asian Age

A new Gole Market: Iconic marketplace is finally set for revamp

Curious about the role of women in the development of the city? In a few years from now, the proposed museum on Women of Delhi, to be located where the iconic Gole Market currently stands, will acquaint you with the contribution of well known and unsung giants alike, from backgrounds as varied as literature, culture, sports, education, politics, health and the performing and visual arts in shaping the capital of India.

New Delhi Municipal Council gave its go-ahead to the proposal to rejuvenate Gole Market and build a museum there. The restoration and renovation of the historic and iconic Gole Market was pending since 2006. With its theme now finalized and tenders floated, officials said the redevelopment work would start soon.

'A glass dome in the central courtyard, insulated roof, central air-conditioning, ornamental fitting and fixtures and a provision for a subway and lifts are some other features of the project', said an NDMC member. "Though it is expected to take 24 months after the award of the work. NDMC is firm on completing the work within 12 months."

The colonial-era heritage building, which completed 100 years in 2021, was one of the New Delhi's oldest surviving commercial areas.

The Times of India, June 30, 2023

Centre's nod to change of 3 plots for health services

Of the three, three acre plot A is located at the roundabout of Mother Teresa Crescent round and Park Street/Talkatora Road.

Part of the two-acre plot B, located at Kali Bari Marg-Old R.K. Ashram Marg, junction, is earmarked as residential and part as recreational.

Plot C, measuring around 0.9 acre, is located near Kendriya Vidyalaya, Gole Market on Old RK Ashram Marg.

These plots will be utilized by the RML hospital for expansion of its healthcare services. According to RML hospital administration, three acres of land will be utilized for construction of the medical college building. While two acres will be used for maternity and child care centre and 0.89 acre for hospital services expansion.

The Times of India, October 14, 2023

15 Years On, LG Lays Foundation Stone To Restore, Conserve It As Museum

Lieutenant Governor VK Saxena finally laid the foundation stone for the restoration and conservation of Gole Market as a museum on Saturday, a project pending for over 15 years.

He also announced that the name of the museum would be "Virangana' to honour the women achievers of the country.

The LG said, "Though New Delhi Municipal Council has targeted completion of the project in two years, all efforts will be made to complete it in less than that."

Saxena assured that the originality of the historic hexagonal market would not be tampered with when carrying out the restoration works. The project cost is estimated at Rs. 21.6 crore.

Sunday Times of India, October 22,2023.

NDMC's 1st hi-tech library to be ready by early next year

New Delhi Municipal Council is constructing its first hi-tech multimedia library next to Navyug School, Mandir Marg to provide a peaceful reading space in the middle of the city.

The three-storeyed structure, with a total built up area of 2,250 sqm costing Rs. 6.8 crore, has many advanced features. The library will have provision for 30,000 books and a total sitting capacity of 200 people.

The ground floor of the library will have a multipurpose auditorium and green room that can be used by the children of Navyug School. Besides, there will be a lift lobby for visitors to access the library on first and second floors.

Sunday Times Of India, October 22, 2023

Jumbo revamp! RML roundabout to get 5 sculptures, fountains and more

New Delhi Municipal Council plans to redevelop the roundabout opposite Ram Manohar Lohia Hospital (previously named 'Willingdon' Hospital) as part of its effort to beautify roundabouts in Lutyens' Delhi by installing waterbodies, sculptures, illiminution and greenery.

"The revamp plan includes installation of five sculptures of elepahants, fountains of medium height, tile work and paved pathways around a water channel and the roundabout periphery for walking."

NDMC envisions the redeveloped RML roundabout as harmonizing aesthetics with functionality of urban spaces. The roundabout is a meeting point for Sheikh Mujibur Rehman Marg, Baba Kharak Singh Marg, Talkatora Road and Mother Teresa Crescent.

The Times of India 02.02.2024

Centre allots 8.8 acres to RML for new hosp block, houses for docs

Atal Bihari Vajpayee Institute of Medical Sciences and Dr Ram Manohar Lohia Hospital has been allotted 8.8 acres of land between Mandir Marg, Opposite Birla Mandir, for a new hospital block to be used for patients.

Authorities said the hospital proposes to build a residential facility for doctors, nurses and other supporting staff besides the proposed treatment facilities. The land was allotted to the hospital by MOHUA on March 5 at a cost of about Rs.60 crore. The land is 450-500 metres from the existing campus.

D.I.Z / GOLE MKT. AREA
RAJA BAZAR

[NOT TO SCALE] DURING 1947

RECALLING-MEMORY
By PROKASH BOSE
DRAWN
(P.C.BOSE)

W — N — E — S (compass)

TALKATORA RD
NORTH AV
MP'S QRS
MP'S QRS
GOVT. BUNGLOW
WILLINGDON CRESCENT
GOVT.
BARRACKS
TALKATORA GARDEN
PARK STREET
PARK ST
DE FERRARS LANE
TALKATORA CLUB / TENNIS COURT
BUNGLOWS
PARK LANE

GOVT. BUNGLOW
ALLENBY ROAD
IRWIN RD
HOSTEL
WILLINGDON HOSPITAL / OPD
HASTINGS
CHHOTA LAKE
(Bara) LAKE CORNER
(Bara) LAKE
CHHOTA TUGHLAK PLACE

GOVT. QRS
GOVT. BUNGLOW
ASHOK ROAD
SAHIB PARK / BANGLA
BANGLA SAHIB RD
GOVT. BUNGLOWS
MAHADEO RD
ACADEMY LANE
UNION ACADEMY
BAIRD SQUARE
BAIRD ROAD
CHAWRI
P&T CLASS IV GOVT. QRS
CORNWALLIS SQUARE
HAVLOK ST
NICHOLSON
TUGHLAK PLACE
SHIVAJI PLACE

IRWIN RD
GOVT. QRS
BAIRD ROAD
KALI BARI
ELECTRIC
SARDI MKT
MARKET SQUARE
ASTHBUJA
MB GIRLS HR. SEC. SCHOOL
GOVT. BUNGLOW QRS
NDMC TEACHERS
MARKET RD
TAYLOR SQ
WILSON SQ
RAVI
MAUR
MAURI
EDWARD PLACE
EDWARD GARDENS
JUFFRY

LADY HARDINGE RD
LADY HARDINGE HOSPITAL
MANDIR
RATAN / SHOPS
KABAR STHAN
DOCTOR LANE
KABAR
TELEGRAPH SQ
FOCH SQ
FOCH SQ
HAIG SQ
HAIG SQ
GOVT. QRS

KALAWATI SARAN
TELEGRAPH RD
GOVT. QRS
SHOPS
ALBERT
ALBERT SQ
GOVT. QRS
BARAF KHANA
CLASS IV GOVT. QR

BAIRD ROAD
KUAN ROAD
SHOPS
GOVT. QRS
PUNCH KUAN MARKET
PIR BANDRA
ANDHA SCHOOL
PUNCH KUAN
ARAMBAGH PLACE
PRIVATE LAND

RLY QRS
CHRISTIAN CEMETERY
RAMA KRISHNA MISSION

IBBETSON ROAD
READING ROAD
BIRLA MANDIR
BUTLER SCHOOL
MADRASI BOYS HR. SEC. SCHOOL
RAISINA BENGALI
P.S.

SWAMI LUMBA RAM ROAD
JUFFRY
DAL IBBETSON RD
PESHWA RD

NOSTALGIC REMINISCENCE

Gole Market area in DIZ (Around 1940-1970)

Prepared by: Prokash Bose, former resident of 18 Reading Road

Those who lived in the neighbourhood around Gole Market in Lutyenian DIZ area, say five to seven decades back, they often suffer from nostalgic thoughts. This is specifically so, if they were residents of those single storey government quarters of 'Squares' and 'Places' and on 'Roads' surrendering the regions. These places were mainly named after British rulers except of Indians of fame.

Of late, in due course of time, most of those structures were demolished to give way for new lay out and multi storey buildings.

There have been demands from different corners, several people specifically like my elderly friend Devabrata Sengupta and my dynamic student Probir Ghosh, to get the map drawn. Public Works Department of NDMC could be approached to get the authenticated map, but in that case the charm of reminiscence or nostalgia would have lost.

Efforts are made to draw the map recalling from memory, discussing/ confirming the same from others and actually surveying the sights for days together. Obviously, the correctness of the map can not be claimed nor it is as per scale'. The names of the roads and places are mentioned as those were in the days of Lutyen & Baker.

Most of the residents of our concerned area had some rough idea about other inhabitants, irrespective of class, creed, religion or province. They were mainly the government servants and perhaps due to that they could be considered as a very extended family. Regarding study of 'Who's Who', a separate project can be undertaken. The residents usually had large families of say 5 to 10 members. And those with smaller families, often had some (unauthorized) tenants having perfect co-existence.

Then, there existed the 'Orthodox Quarters' and 'Chamery', the words are not found in dictionaries. The Chamery in Gole Market area, were unique in the sense that those were the only double storey houses, originally meant for bachelors or officials on transit.

This region of our interest is bound by: [i] Panch Kuan Road & Paharganj in North [ii] Raja Bajar, Lady Hardinge Hospital just before reach CP & towards Central Secretariat in East [iii] Talkatora Road & Garden in West.

Some of the prominent OLD names in the Map and corresponding NEW names stated below:

1. Reading Road   Mandir Marg
2. Maude Road   Udayan Marg
3. Ibbetson Road   Ramkrishna Ashram Marg
4. Market Road   Bhai Vir Singh Marg
5. Baird Road   Bangla Sahib Marg
6. Irwin Road   Baba Kharak Singh Marg
7. Willingdon Crescent   Mother Teresa Crescent
8. Lovers Lane   Mandir Lane
9. Havelock Road   Kali Bari Marg
10. Lady Hardinge Road   Shaheed Bhagat Singh Marg
11. Queen Mary Road   Pandit Pant Marg
12. Allenby Road   Dr. Bisambhardas Marg

WITH PASSAGE OF TIME, EVERYTHING CHANGES but NOSTALGIA PERSISTS

রিডিং রোড অতিক্রম করে যদি তালকাটোরা গার্ডেনে ঢোকেন তাহলে দেখতে পাবেন ওপেন এয়ার এমপ্লি- থিয়েটার। ১৯৬৬-৬৭ সালে NSD তাদের বিখ্যাত নাটক 'অন্ধযুগ' তালকাটোরা গার্ডেনে মঞ্চস্থ করেছিল। নাটকটির পরিচালনায় ছিলেন NSD-র পরিচালক ইব্রাহিম আলকাজী। এই উন্মুক্ত নাট্যশালার পাশেই ছিল ইনডোর তালকাটোরা মঞ্চ, জায়গাটা বর্তমানে Central Secretariat Club-এর অধীনে। লক্ষ্য করলে দেখবেন এই দুটো নাট্য মঞ্চ ছাড়া রিডিং রোডে আরও তিনটি রঙ্গশালা আছে বা ছিল। যেমন নিউ দিল্লী কালীবাড়ির স্টেজ, বিড়লা মন্দিরের উদ্যানে রামলীলা গ্রাউণ্ড এবং লুপ্ত সত্যমূর্তি অডিটোরিয়ম। রাইসিনা স্কুলের হলে যেখানে আজ সরস্বতী পুজো হয় সেখানে মাস্টাররা অনেক ছোটখাটো নাটকের মহড়া ছাত্রদের দেওয়াতেন। ওপরের ছবিটি তুলেছে অশেষ, অভিনেতা পরিচালক শ্রদ্ধেয় পরেশ দাসের পুত্র।

Reading Lane

17 Tughlaq Place

18 Reading Road

কালীবাড়ির পাশে এমনই এক আস্তাবল ছিল

BIRLA MANDIR

Shibaji Place

Satyamurti Auditorium

Rama Place

Raisina School

Reading Road Police Station

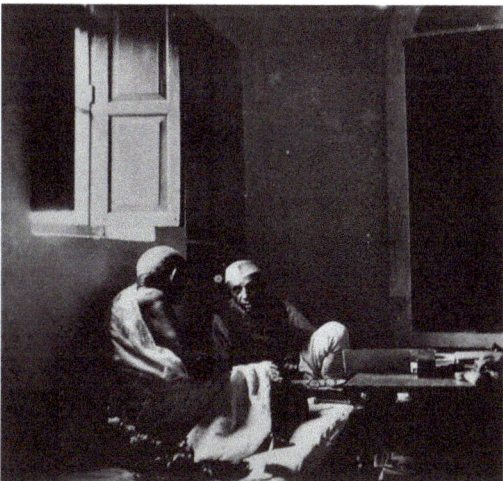

Jawahar Lal Nehru met Mahatma Gandhi at
Balmiki Colony-extreme end of Reading Road

2 Lake Square

45 Lake Square

46–50 Outram Square (Bhattacharjee Family)

My uncles and father standing before 38 Outram Square

Outram Square – My mother,
brother and sister

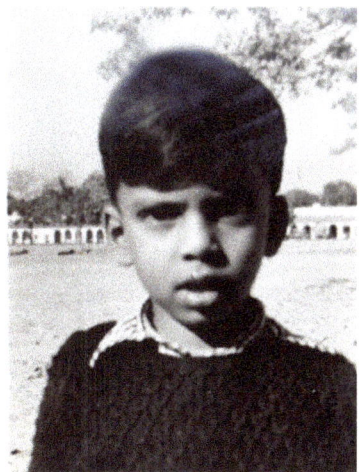

My brother standing at play ground

Havelock Square Enquiry Office

Telegraph Place

Doctors Lane

রিডিং রোড বাংলো বাড়ির রহস্য

আমাদের কালীবাড়ি পাড়ার ভোম্বলদা খুব ভালো গল্প বলিয়ে ছিলেন। বাস্তবিক গল্প বলার অসাধারণ ক্ষমতা ছিল – তাঁর বলার ভঙ্গী ছিল এমন যাতে শ্রোতারা অভিভূত হয়ে যেতেন। ওনার মতন মজলিসি ব্যক্তি এ-যুগে বিরল। তিনি হাসাতেন তবে হাসতেন কদাচিৎ। অন্যে কথা কবে তুমি রবে নিরুত্তর, এই ফিলোসফিতে বিশ্বাস করতেন। ভোম্বলদার জীবনের ব্রত ছিল মড়া-পোড়ানো – 'রাজদ্বারে শ্মশানে চ যঃ তিষ্ঠতি স বান্ধব:' এই শাস্ত্রবাক্যে অটল ছিলেন ভোম্বলদা। শিবের যেমন শ্মশান-মশান, ভণ্ডুল-তাণ্ডবের জীবন – ভোম্বলদাও ছিলেন সেরকমই ডাকাবুকো স্বভাবের।

ভোম্বলদা কে অবিবাহিত বলা যাবে না। কারণ বিয়ের এক মাসের মধ্যে বৌ বাপের বাড়ি চলে গেছিল কারণ ছন্নছাড়া লোকের সাথে ঘর করবে না। ভোম্বলদা পেশায় ছিলেন ফটোগ্রাফার, বিড়লা মন্দিরের পেছনের বাগানে ওনার অস্থায়ী স্টুডিও ছিল।

বন্ধুমহলে বা কোনও বৈঠকে তিনি ঘন্টার পর ঘন্টা অনায়াসে নানারকম হাস্যপরিহাস ও খোশগল্প করে শ্রোতাদের নন-স্টপ জমিয়ে রাখতে পারতেন।

গল্পের জাহাজ ছিলেন; গল্পের গরুকে ভোম্বলদা মাঝে মাঝে শূলেও চড়িয়ে দিতেন। একবার ভোম্বলদা এমন জমিয়ে সাপের গল্প বলেছিলেন যে খানিকক্ষন পরে চার-পাঁচজন প্রাপ্তবয়স্ক লোক খাটিয়ার ওপরে পা তুলে উঠে বসেছিলেন। কৌতূহলী পাঠকদের সাপ মারার গল্পটা সংক্ষেপে শুনিয়ে রাখি।

সেইযুগে কালীবাড়ির জমিটা জঙ্গলাকীর্ণ ছিল এবং অসম্ভব সাপের উপদ্রবে সেখানে পা রাখা যেত না। সর্প দংশনে কালীবাড়ির প্রাঙ্গণে নীলকন্ঠ পুরোহিতের অকাল মৃত্যুও ঘটেছিল।

তা একবার নাকি কাঠুরেরা বিশ্রাম এবং তামাক খাওয়ার প্রয়োজনে একটা গাছের গুঁড়ির উপর বসে অনেকক্ষণ ধরে গাল গল্প করছিল। তামাক পুড়ে গেলে কেউ একজন কলকের আগুন ঠুকেঠুকে সেই গাছটির উপর ফেলছিল এবং আবার তামাক সাজাচ্ছিল। হঠাৎ দেখা যায় গাছটা নড়ে ওঠে। কাঠুরেরা দেখে যে, ওটা আসলে গাছ নয়, একটা অজগরের শরীর। তখন তারা কুড়ুল দিয়ে আগা-ল্যাজা কেটে সেটাকে মারে।

সাপ মারার গল্প শোনাবার পরে ভোম্বলদা কুয়োর জলে বালিকা রাণু ও আরও একটি শিশুর ডুবে যাওয়ার কাহিনী সেই আসরে শুনিয়েছিলেন। গভীর জলের কুয়োটি খনন করা হয়েছিল বিড়লা মন্দিরের পেছনের উদ্যানে। কন্যা রাণু কীভাবে কুয়োতে আচমকা পড়ে গেছিল তা আজও রহস্য থেকে গেছে। প্রাচীন লোকেরা অনেকে আবার বলতেন ওই ভাবে সেই বালিকা মারা যাইনি। যাইহোক দুর্ঘটনার প্রতক্ষ্য সাক্ষীর অভাবে প্রকৃত কারণ যাচাই করা কখনো সম্ভব হয় নি। পরবর্তী সময় শোকার্ত পরিবার বালিকার স্মৃতিরক্ষার্থে কালীবাড়ি ভবনে রাণুর পাঠশালা গড়ে দিয়ে যায়।

দ্বিতীয় অঘটনটি ভোম্বলদা শুনেছিলেন তাঁর বাবার মুখে। গ্রীষ্মকালে বিড়লা মন্দিরের গীতা ভবনে প্রত্যূষে কোন এক সুগায়ক গান ধরেছিলেন। তখন অজ্ঞাতা নারী শিশুপুত্রকে কোলে নিয়ে কাকচক্ষু নির্মল কুয়োর জল তুলতে এসেছিল। বাতাসে ভেসে আসা গানের সুর নারীর কানে মধু বর্ষণ করে এবং এমনই ভুলিয়ে দেয় যে সে কলসীভ্রমে শিশুর গলায় দড়ি বেঁধে তাকে কূপে নামিয়ে দিয়েছিল।

এবারে ভোম্বলদার মুখে আসল গল্পটা শুনে ফেলি, যদিও ভোম্বলদার গল্পে আজগুবিয়ানা থাকত ষোল আনা কিন্তু শ্রোতারা সর্বদা মোহিত হয়ে শুনত। উনি গল্প জমাবার জন্য যথেচ্ছ বর্ণনার রংতুলি ব্যবহার করতেন। গল্পের কোথাও যদি রঙের প্রলেপ বাড়াবাড়ি ঠেকত তাহলে প্রবীণ শ্রোতারা গলাখাঁকারি দিয়ে ভোম্বলদাকে সচেতন করে দিতেন।

সত্তরের শুরুতে কালীপূজোর রাতে ক্লাবের ছেলেরা ভোম্বলদাকে ঘিরে কাঠের চেয়ারে জমিয়ে আড্ডা দিচ্ছে। গোবিন্দ রাম, বুদ্ধা ও মথুরীপ্রসাদ

কালীবাড়ির মাঠে বালি ঢেলে তার ওপর থান ইট সাজিয়ে যাত্রা মঞ্চ বাঁধতে ব্যস্ত। সেই সময় ভাইফোঁটা উপলক্ষে দুদিন শ্রীমতি অপেরা ও আদি শ্রীমতী অপেরা ঐতিহাসিক যাত্রা পালা মঞ্চস্থ করত।

আমরা মোটামুটি সবাই কালীপূজোয় নির্জলা উপোস যেতাম। মাঝরাতে পাকশালা থেকে মুসুর ডালের খিচুড়ি আর ইলিশ মাছ ভাজার গন্ধ আকাশে বাতাসে ম ম করছে। চনমনে হয়ে আমরা তখন ভাবতে শুরু করেছি আজ ভোররাতে অধিকারী পাচকের খিচুড়ি ভোগ খেতে কেমন হবে। আমাদের মধ্যে লঙ্কুদা আধো অন্ধকারময় প্যান্ডেলে দাঁড়িয়ে সিগারেটে সুখটান দিতে তখন ব্যস্ত। সেই সময়ে লঙ্কুদা দেদার হাতখরচা বাড়ি থেকে পেত তাই গোল্ড ফ্লেক সিগারেট সকলকে মুক্ত হস্তে দরাজ দিলে বিলোত। আমরা ঠাট্টা করে বলতাম লঙ্কুদা 'কাকের ছানা কিনেছে' অর্থাৎ জানালা দিয়ে পয়সা ছোঁড়ার ক্ষমতা রাখে। আসরে ধুমপান করতে করতে লঙ্কুদা ভোম্বলদাকে দুম করে জিজ্ঞেস করে বসল

'আচ্ছা ভোম্বলদা আপনি ভুতের ভয় পেয়েছেন কোনোদিন?'

উত্তরে ভোম্বলদা অম্লানবদনে বলে উঠলেন উনি ভূতে বিশ্বাস করেন না, কিন্তু ভয় করেন। তারপর স্বগতোক্তি করেছিলেন 'আমাদের চারপাশে অধিকাংশ চরিত্র ভগবানকে তখনই ডাকে যখন তাদের কোনোরকম বিপদ বা অসুবিধে হয়। মন্দিরে উপাসনার সময় চোখ বুজে যাকে এত স্তুতি করা হয় তার সঙ্গে মৃত্যুর কোথাও একটা ঘনিষ্ঠ যোগ আছে। পৃথিবীতে মৃত্যু যদি না থাকত, তা হলে সেই দুর্বোধ্য শক্তিকে কেউ এত স্তবস্তুতি করতো না।

এই ক্ষণভঙ্গুর জীবন সম্বন্ধে আমরা নিরন্তর সন্ত্রস্ত, কেবলই আমাদের সতর্কতা; অবশ্যম্ভাবী মৃত্যুর দিকে আমরা ক্ষণে ক্ষণে তাকাই, প্রতিদিন প্রভাত থেকে রাত্রি পর্যন্ত মৃত্যুর কবল থেকে আত্মরক্ষা করতে করতে সবাই আমরা ক্লান্ত হয়ে উঠি। অথচ জানি একদিন আর পালাতে পারবো না, ধরা একদিন দিতেই হবে। এত সাজসজ্জা, এত বিলাস, এত উপকরণ দিয়ে একদিন আত্মবলি দিতেই হবে মৃত্যুর পদতলে! আজ যারা নবীন, যাদের চোখে নতুন আলো, নব উদ্যম ও অনুপ্রেরণা, কাল তারা পক্বকেশ ও প্রবীণ, সংসার থেকে তাদের প্রয়োজন নিঃশেষে ফুরিয়ে গেল, তারা আবার ছুটলো মৃত্যুর গর্ভে। দুরন্ত উল্লাসে বারে বারে তারা ছুটে আসে, দুর্দান্ত তাড়নায় বারে বারে তারা ছুটে পালায়। এর নাম জীবন ।

প্রত্যেক মানুষের জীবনটাই নাটকীয় উপাদানে ভরা। কমেডি আর ট্র্যাজেডির টানাপোড়েনে বোনা মানব-জীবন যেন নকশী কাঁথার এক একটি বিচিত্র ডিজাইন, কোন এক অদৃশ্য শিল্পী সবার অলক্ষে থেকে আপন মনে এঁকে চলেছেন।

অধৈর্য সানিদা গল্পের মাঝে ভোম্বলদাকে থামিয়ে মরা পোড়ানোর ভীতিকর অভিজ্ঞতা তাঁর মুখে শুনতে চাইলেন। ভোম্বলদা খানিকক্ষণ পিটপিট করে সানিদার দিকে তাকিয়ে গল্পের মোড় ঘুরিয়ে নিগমবোধ ঘাটে কর্মরত বিশম্বর ডোমের বংশপরিচয় আমাদের শোনাতে শুরু করে দিলেন।

ঘাটে মরা নিয়ে যাবার জন্য প্রতি গাঁয়ে দু-একদল লোক আছে। মরা বওয়া হচ্ছে তাদের পেশা। কে কোথায় মরো মরো সে খোঁজ তারা রাখে। মরার সঙ্গে সঙ্গে জুটবে গিয়ে সেখানে। তখন দর কষাকষি চলবে। এক বোতল কাঁচি মদ, নগদ টাকা এত। আর যাওয়া আসায় যে কদিন লাগবে সেই কদিনের জন্য চাল ডাল নুন তেল তামাক মুড়ি গুড়। সব জিনিষ বুঝে পেলে মড়াটাকে কাঁথায় মাদুরে জড়িয়ে একটা বাঁশে ঝুলিয়ে হাঁটতে শুরু করবে শ্মশানের দিকে। এরাই হল বিশম্বরের জ্ঞাতি ভাই 'কেঁধো'।

কিন্তু মুশকিল হল হামেশা আর মরছে কটা লোক? একবারের বেশী দু'বার ত মরবে না কেউ ভুলেও, একবার মলেই একজনের মরার পালা সাঙ্গ হয়ে গেল জন্মের মত। তখন আবার আর একজনের দিকে তাকিয়ে কেঁধোদের দিন গুণতে হয়।

দূর দুরান্তের মরা কাঁধে নিয়ে মাঠের পর মাঠ ভাঙ্গতে হয় কেঁধোদের। রান্না খাওয়া সব কিছু সঙ্গে আছে, পথে কোথাও থেমে খাওয়া-দাওয়া করা হবে তার জন্য এক-একটা আম জাম বট পাকুড় গাছ ঠিক করাই আছে। ঘণ্টা পাঁচ- ছয় সমানে চলে – সেই গাছতলায় পৌঁছে প্রথম মড়াটাকে টাঙিয়ে রেখে নিশ্চিন্ত হয়ে আশেপাশের খানা ডোবা পুকুরে ডুব দিয়ে এসে সকলে রান্নাবান্নায় লেগে যাবে সেই গাছতলাতেই। সেই গাছগুলোয় পিশাচ থাকার প্রবাদ ছিল – বলা হত 'মরা গাছানের গাছ'। কত শব নাকি হারিয়েছে এখানে। গাছে যখন লাশ ঝুলত অন্ধকারে দেখতে লাগত ঠিক যেন বাবুই পাখির বাসা। প্রশস্ত মাঠটায় সেকালে নিশিথে আলেয়া জ্বলে জ্বলে বেড়াত। গাছতলায় মদ গাঁজার শ্রাদ্ধ হত। খাওয়া দাওয়ার পর সেই গাছতলাতে পড়ে লম্বা বেহুঁশ ঘুম। ঘুম ভাঙ্গলে মড়া নাবিয়ে দিয়ে হাঁটা।

আবার এর মধ্যেই অনেক রকমের সব গড়বড়ও হয়। বর্ষার সময় বিচার বিবেচনা করে মাঠের মধ্যে কোনও নালায় ফেলে দিলে মড়াটাকে। দিয়ে যে যার কুটুমবাড়ি চলে গেল দূর গাঁয়ে। কাটিয়ে এল কটা দিন। প্রাপ্যটা ষোল আনাই মিলে গেল দিগদারি না ভুগে।

ভোম্বলদা আরো শুনিয়েছিলেন, যে বাঁশে মরা ঝুলিয়ে আনে তা নাকি পোড়াতে নেই। কেঁধোরা কায়মনোবাক্যে এ কথাটা বিশ্বাস করে। মানুষের চিতায় কাঠ জোগালে পুণ্য অর্জন হয়ে তবুও তারা সেই কাঠ চিতায় তোলে না। ডোম শেষ পর্যন্ত কোন বাঁশ বেছে নেয় আমাদের প্রবাদে তার হদিশ

মেলে না। কেঁধোদের ধারণা ফাঁসির দড়িও বড্ড পয়মন্ত হয় অথচ ফাঁসী তো অপঘাত। ফাঁসুরুদের থেকে তারা লাশের সাথে আদায় করে নেয় ফাঁসি কাঠে ঝোলানো ষোল ফিটের শণের রজ্জু।

জহ্লাদের থেকে ফাঁসির রজ্জু জোগাড়ের সময় তারা একবার রোমহর্ষক কাহিনী শুনেছিল। চীন দেশে নাকি যে লোক যতবার খুন করে (অর্থাৎ সিরিয়াল কিলার) তার ততবার ফাঁসি হয়। চীনেরা একটা সূক্ষ্ম প্রক্রিয়া আবিস্কার করেছিল। আসামীর গলায় ফাঁস দিয়ে আস্তে আস্তে তার দম বন্ধ করে আনতে আনতে তাকে অজ্ঞান করে ফেলা হয়। অজ্ঞান হওয়া মাত্রই ফাঁস ঢিলে করে দিয়ে জল ঢেলে, হাওয়া করে ফের সংবিতে আনা হয়। যে যবার খুন করেছে, তার উপর এই প্রক্রিয়া আবার চলে।

তারপর ভোম্বলদা 'টাওয়ার অফ সায়লেন্স'-এর গল্প শুরু করে দিলেন। পার্সিদের কি নাম হয় তোমরা জান? 'কাগড়া' অর্থাৎ ক্রো। প্রথম কারণ তারা কালো কোট টুপি পরে, দ্বিতীয় কারণ পাঁচটা পার্সি একত্র হলেই কাকের মতো কিচির মিচির করে, তৃতীয় কারণ কাকের মতো খাদ্যাখাদ্য বিচার করে না। আর শেষ কারণ মরে গেলে তাদের মাংস কাকে খায়।

পার্সিদের দাহ বা কবর হয় না। পার্সিদের সৎকার হয় টাওয়ার অফ সায়লেন্স-এ। 'মৌন শিখর' যা আসলে কুয়োর মত গোল করে গড়া হয়। যার দেওয়ালে ভিতর দিকে শেলফে কুলুঙ্গি বা 'নিশ' কাটা থাকে। সেগুলোর উপরে মৃতদেহকে বিবস্ত্র করে শুইয়ে দেওয়া হয়। বোম্বাই-টোম্বাই অঞ্চলে বিস্তর শকুন ওত পেতে বসে থাকে। হাড্ডিগুলো ছাড়া তিন মিনিটেই সব সাফ। শববাহক ব্যাপারে পার্সিরা বামুনদের চেয়েও গোঁড়া। শববাহক না হলে তাদের চলবে না। মৃতদেহকে বয়ে নিয়ে যাওয়া এবং টাওয়ার অফ সাইলেন্সের মধ্যে ঢোকার একমাত্র অধিকার তাদেরই রয়েছে।

ভোম্বলদা মুখে তখন গল্পের প্লাবন বইছে, থামেন না আর। ভোম্বলদার গল্প শেষ হতেই বাবুদা বলে বসলেন 'আপনারা দু-চারজন যা বৃদ্ধ বেঁচে আছেন মরে গেলে আর ভূতের গল্প শুনতেই পাবো না। তাই বলছিলাম কি কালীপূজোর ভোগ পরিবেশন হতে তো ঢের দেরি আছে একটা ভুতের গল্প শোনান দেখি।

ভোম্বলদা রাত জাগার অবসাদে বা নির্জলা উপবাসের জেরে টালমাটাল করতে করতে অগত্যা নিমরাজি হয়ে গেলেন।

আমরা যেখানে বসে আছি তার ঠিক উল্টো দিকে ২৯ নম্বর রিডিং রোডে থাকতেন আবি চ্যাটার্জি। উনি প্রেসিডেন্ট এস্টেটে চাকরিরত ছিলেন সাথে বাড়িতে তন্ত্র সাধনা করতেন। তার আগে উনি থাকতেন ১২ নম্বর রিডিং রোডে। সেই সময়ে আবি বাবু টাঙ্গা চেপে প্রেসিডেন্ট এস্টেটে চাকরি করতে

যেতেন। বয়েস কালে পাওয়ারের মোটা চশমা পড়ে থাকতেন। জ্যোতিষ শাস্ত্রে উনি নিপুণ ছিলেন। ওনার গণনা না জেনে অনেকেই গুরুতর কাজে হাত বাড়াত না। তিনি নাকি নির্ভুল করকোষ্ঠী করতে পারতেন। মানে হাত দেখে জন্মসময় বের করে কোষ্ঠী করতেন। জ্যোতিষশাস্ত্রের মতো তিনি প্ল্যানচেটে বিশ্বাসী ছিলেন। তিনি কয়েকবার প্ল্যানচেটে অশরীরী আত্মাদের সঙ্গে কথাও বলেছিলেন। বড়রা বলতেন উনি ত্রিকালসিদ্ধ পুরুষ।

তান্ত্রিক চ্যাটার্জি'র পুজোর ঘরের দেয়ালে বিরাট কালী ঠাকুরের পেন্টিং সাঁটানো ছিল। সেকালে হেন ভিআইপি ছিল না যাঁরা কালিপুজোর রাতে ওনার বাড়িতে নিমন্ত্রিত হতেন না। শিল্পপতি ডালমিয়া ও অন্যান্য বিশিষ্ট ব্যক্তিরা কালিপুজোর রাতে ২৯ নম্বর রিডিং রোডের বাড়িতে পুজো দেখতে আসতেন। কাশ্মীরের যুবরাজ করণ সিংহ সেকালে অমাবস্যার রাতে ক্ষণিকের জন্য অন্ততঃ সে বাড়িতে দেখা দিতেন।

চ্যাটার্জি তান্ত্রিকের প্রতিবেশী সিকান্দার প্লেসের দিকে ছিলেন তাপস সেন ও বসন্ত চ্যাটার্জি, রঞ্জিত প্লেসের দিকে থাকতেন সারদা কৃষ্ণমূর্তি। যতদিন কালীবাড়ির বেদী তৈরি হয়নি গৌর পাল বসন্ত বাবুর বাড়ির বারান্দায় দুর্গা প্রতিমা গড়তেন। ওদিকে বালিকা সারদা তখন সরমা বসুর কাছে কালীবাড়িতে গানের তালিম নেওয়া শুরু করেছেন। সেই সারদা তারপরে গানের জগতে এক ডাকে গায়িকা কবিতা কৃষ্ণামূর্তি নামে বিখ্যাত হলেন। সাথে মান্না দে'র শ্যালিকা হিসাবেও গানের জগতে পরিচিত হন। 'মধু গন্ধে ভরা' ও 'তোমার হলো শুরু' গান দুটি কবিতা কৃষ্ণামূর্তি প্রথম গেয়েছিলেন লতার সঙ্গে। ১৯৭৩ সালে 'শ্রীমান পৃথ্বীরাজ' ছবিতে 'সখী ভাবনা কাহারে বলে' রবীন্দ্রসঙ্গীত গেয়েছিলেন, সুরকার ছিলেন হেমন্ত কুমার।

যাই হোক আমার মনে অনেক দিনের ইচ্ছে ছিল জাগ্রত মাকালীর পুজো চাক্ষুষ দেখবো। কানাঘুষা শুনেছিলাম কালীপূজোর ভোর রাতে সেই পুজো ঘরে মাকালী আবছাময় রূপে দর্শন দেন ও শালপাতার প্রসাদের দোনায় টুকরো সন্দেশে আলতামাখা চরণের ছাপ স্পষ্ট ফুটে ওঠে। কিন্তু মুশকিল হল আমাদের মতো সাধারণ লোকেদের সেই পুজো দেখার অনুমতি মিলতো না। আমার ইচ্ছে শুনে বয়স্করা জিব কেটে বলতেন – 'বাপ-রে সে কি হয়? কত সাধ্য সাধনা করে তবে অধিকার জন্মায়।' বড়রা একান্তে বলাবলি করতেন, ভুতে পাওয়া লোকেদের মাথায় সুপুরি রেখে খড়ম পিটিয়ে শ্মশান চিকিৎসাও তান্ত্রিক চ্যাটার্জির নাকি জানা ছিল।

আমি তখন একটা উপায় বার করলুম। পাশের বাড়িতে মানে গুলু ঘোষালের বাড়ির পেছনের আম গাছ টপকে তারপর ড্রেন পাইপ বেয়ে ছাদে চড়ে ওয়াটার ট্যাঙ্কের পাশে কালিপুজোর রাতে অপেক্ষা করতে লাগলাম।

গভীর রজনীতে ঘাপটি মেরে বসে আছি, ভয় হচ্ছে মাথা তুললেই আকাশে ঝাঁকে ঝাঁকে উড়ন তুবড়ির আলোকমালার ঝলকে আমাকে কেউ দেখে ফেলতে পারে। আকাশে হাউই বাজি সমানে ফেটেই চলেছে। নিভু নিভু উড়ন তুবড়ির খোল ফটাস ফটাস করে ট্যাঙ্কের ঢাকনিতে মাঝে মাঝে মুখ থুবড়ে এসে পড়ছে। পোড়া বাজির বারুদ আর আতসবাজির হলকা দিয়ে আমার ভীষণ আতঙ্ক ছিল। তার এক বছর আগে পণ্ডিত গুরুপদ ঠাকুরের মেজো ছেলে পাহাড়গঞ্জ থেকে কেনা তুবড়ির মসলা হামান্দিস্তায় পিষতে গিয়ে অগ্নিদগ্ধ হয়ে গেছিল। যদিও প্রশ্নাতীত ভাবে বাজী সম্রাটের শিরোপাটি ওনার মেজো ছেলেটির মাথায় শোভা পেত। কতটা ফোর্স হলে উড়ন তুবড়ি হাত থেকে ছাড়তে হয় তা ওর নখদর্পণ ছিল।

বিনিদ্র যামিনী যাপনের ফলে বসে বসে ঢুলছিলাম, পিচকালো বোবা আকাশে তারার খই ফুটেছে। আশেপাশে কেমন যেন থমথম করছে। কালীবাড়ির পেছনের জঙ্গল দিয়ে হঠাৎ হঠাৎ শেয়াল ডেকে উঠছে। রাত যে এতো রহস্যময়ী, নির্জন ছাদে একাকী বসে না থাকলে বোঝা যেত না।

সূচীভেদ্য নৈঃস্তব্ধ রাত্রির একটা নিজস্ব ভাষা আছে। তবে তা শোনবার মতো কান থাকা চাই। না-শুধু কান থাকলেই হবে না, সে ভাষা শোনার জন্যে যেতে হবে সেই সমস্ত স্থানে যেখানে রাত্রি কথা বলে। সর্বত্র তো রাত্রি কথা বলে না, আর যদিও বলে অন্য গোলমালে শুনতে পাওয়া যায় না সে কথা, খুবই চুপিচুপি বলে কিনা।

হঠাৎ মড় মড় করে আমার পাশেই গাছের ডাল ভেঙ্গে পড়ল। বিশাল কদবেলের গাছ থেকে শুকনো বেল ন্যাড়া ছাদে গড়াগড়ি খেতে লাগল। পেঁচারা একবার না দুবার ডেকেই চুপ মেরে গেছে। রাতজাগা পাখীরা প্রহরে প্রহরে যাম ঘোষণা করে চলেছে জঙ্গলের উঁচু গাছের ডালে বসে।

তারপর আমি রাত একটা নাগাদ আলো ছায়া মাড়িয়ে চুপিসাড়ে হামাগুড়ি দিয়ে পাশের ২৯ নম্বর বাড়ির ছাদে উঠে এলাম। আমার তখন একমাত্র উদ্দেশ্য স্কাইলাইটের ফোকর দিয়ে ২৯ নম্বর বাংলো বাড়ির পুজো ঘরের কিছুটা যদি দেখা যায়।

খড়খড়ির ফাঁকে ক্ষীণ আলোকরশ্মিতে দেখতে পেলাম ঘরের ভেতর প্রদীপের মিটিমিটি আলোর ছায়া কাঁপছে। মনে হচ্ছে অশুভ শক্তি চারপাশ থেকে হিলহিল করে ছুটে আসছে। তান্ত্রিক চ্যাটার্জি তখন ভৌতিক গলায় প্রেতাত্মাদের ডাকছেন 'আয় আয়'। চোখের ভুল কি না জানি না, তান্ত্রিক চ্যাটার্জি ক্রমশই একটি লাল আগুনের মতো উজ্জ্বল থেকে উজ্জ্বলতর হচ্ছেন। প্রতিবার আয় বলছেন আর মুখ দিয়ে যেন ভলকে ভলকে নীল আগুন ছুটছে, বেশ মোটা বিদ্যুতের রেখার মতো।

নগ্নগাত্রে মস্তক জটামুণ্ডিত, কপালে রক্তচন্দনের ফোঁটা গলায় রুদ্রাক্ষ, রীতিমত পিলে চমকানো বেশ। তারপর চ্যাটার্জি তান্ত্রিক বামা কণ্ঠে খাম্বাজী ডাক ছাড়লেন, আয় আয় কালী আয়, আয় কালী আয়, এবার তোরা পাগলির জয়ধ্বনি দে। ডাক ডাক, গলা ছেড়ে ডাক। একবার তেড়েফুঁড়ে ওঠ মা। একবার তেড়েফুঁড়ে ওঠ। বন থেকে এক পাল শেয়াল বেরিয়ে এসে সমস্বরে সাড়া দিল – হুক্কা হুয়া, হুক্কা হুয়া। রাত প্রায় তখন কাবার হতে চলেছে।

ভস্মের প্রলেপ মাখা চ্যালা-চামুণ্ডারা তাদের মাথায় লাল শালুর ফেটা বেঁধে চিমটে কমুণ্ডল বাজিয়ে ক্ষান্ত হল না। পরের মুহূর্তে প্রচণ্ড নিনাদে রামশিঙায় ফুঁ'দিল। সাথে সাথে বেজে উঠল জয়ঢাক, তাদের আওয়াজে কানে তালা লাগবার জোগাড়। ধূপ, দীপ, ঘন্টা ও ঢোলের শব্দে চার দিক মাতিয়ে তুল্লে। ভক্তরা নৈবিদ্দীর ধারে চন্দন ফুল বিল্বপত্র মুঠোয় নিয়ে হোমকুণ্ডের জ্বলন্ত অঙ্গারের সামনে অঞ্জলি দিচ্ছে। পূজোর বাসন ঝকমক করছে, নানা উপাচার সাজানো রয়েছে, সন্দেশের ওপর পেস্তাটি পর্যন্ত দেখা যাচ্ছে। চ্যাটার্জি তান্ত্রিক সবাই চলে গেলে গাওয়া ঘিয়ে তৈরী করা লুচি আর হালুয়া দিয়ে নিভৃতে কালীর সেবা করতে শুরু করে দিলেন।

সারা গায়ে আমার তখন কাঁটা দিয়ে উঠেছে। কি অদ্ভুত সাধনাপদ্ধতি, কি সমস্ত অলৌকিক ক্রিয়া কর্ম। এমনটি আমি কোথাও দেখিনি। আমি ধ্যান দেখেছি, জপ দেখেছি, ভাবে বিভোর হয়ে মানুষকে নাচতে দেখেছি, সাধনাসঙ্গীতে অশ্রু বিসর্জন দেখেছি, হোম দেখেচি। এ জিনিস দেখিনি।

অমাবস্যার রাত তায় শনিবার। হঠাৎ কে যেন পিছনে দাঁড়িয়ে আমার ডান কানের ওপর কনকনে নিঃশ্বাস ফেললো। স্তব্ধ নিশীথ রাত ঝাঁ ঝাঁ করছে। হাওয়া নেই, শব্দ নেই, নিজের বুকের ভেতরটা ছাড়া যতদূর চোখ যায়, কোথাও এতটুকু প্রাণের সাড়া পর্যন্ত অনুভব করার জো নেই। সর্বশরীর আমার তখন বাঁশপাতার মত ঠক ঠক করে কাঁপছে।

অনর্গল গল্পের স্রোত ক্রমে ঢিমে হতে শুরু করে দিয়েছে, উপস্থিত শ্রোতাদের রা-কাড়বার মত অবস্থা নেই, ছুঁচ পড়লেও তখন শোনা যাবে। আমরা স্থাণুবৎ, বাক্যহারা, স্পীকটি নট, সকলে চিত্রার্পিতের মত বসে আছি। ভোম্বলদা আপন স্বপন মাঝে বিভোল ভোলায় মগ্ন। শিবনেত্র শান্ত সমাহিত ভোম্বলদা শেষমেশ নিম্নস্বরে আত্মালাপ শুরু করে দিলেন –

'জন্ম, মৃত্যু, পাপ-পুণ্য, ইহকাল-পরকাল কোন কিছুরই কূল-কিনারা পেলাম না। সারা জীবনটা চোখের সামনে নদীর স্রোতের মত বয়ে চলে গেল। আমি নামক লোকটি যেন এই জীবন-নাটকের নাম-ভূমিকার অভিনেতা। কিন্তু নাটকটা যাঁর লেখা-তাঁর ইচ্ছা ও মর্জির বাইরে এক পা ফেলবার

ক্ষমতা আমার নেই। এখনও যে অঙ্কগুলি বাকি আছে–তাতে যে আমাকে কি অভিনয় করতে হবে, তাও জানবার উপায় নেই। মৃত্যুকালে কি মানুষ ভূত ভবিষ্যৎ দেখে।'

এই আত্মা জন্মরহিত শাশ্বত ও পুরাতন শরীরকে হনন করলেও ইনি নিহত হন না

ভোররাতে শুনতে পাওয়া যায় কালীবাড়ির সম্পাদক নিহার বাবু গুরুগম্ভীর গলায় ঘোষণা করছেন -

'বামুনদের পাতা পড়েছে তারপরে কায়স্থদের জায়গা হবে'। ভোম্বলদা কালবিলম্ব না করে পড়িমরি ছুটে সটান বামুনের পঙক্তিতে গিয়ে বসে পড়লেন।

ভোম্বলদা যখন মারা জান, আমি তখন দিল্লীতে ছিলাম না। খবরটা পেয়ে সিনেমার রিলের মতো সেই কালীপূজোর রাতের ফ্ল্যাশব্যাক ভেসে উঠেছিল। কালীপূজো এলেই ভোম্বলদাকে ভীষণ মনে পড়ে, আষাঢ়ে গল্প বলতে উনি ছিলেন একমেবাদ্বিতীয়ম। ভোম্বলদা চিরকাল আমাদের কাছে আইকনই থেকে গেছেন।

হারিয়ে যাওয়া শৈশব

প্রত্যেক মানুষ তার আশৈশবকে নিয়ে আমৃত্যু চলেছে!

আমার শৈশব ও কৈশোর কেটেছে মড রোডে, এখন যার নাম রাখা হয়েছে উদ্যান মার্গ। জীবনের প্রথম কুড়ি বছর আউট্রাম স্কোয়ারে ৩৮ নম্বর সরকারী একতলা কোয়ার্টারে বসবাস করেছিলাম।

এই রচনামালা, নিতান্ত স্মৃতিচিত্রণ নয়, এর সঙ্গে আমার বেদনা ও ভালোবাসা জড়িত।

বিখ্যাত সাহিত্যিক যাযাবর দ্বিতীয় বিশ্বযুদ্ধের সময় তাঁর দৃষ্টিপাত উপন্যাসে গোল মার্কেট পাড়ার অতীব মনোরম বিবরণ দিয়েছিলেন। তারপর নব্বই দশকের শুরুর দিকে রাজা বাজারের বাসিন্দা পীযূষ কান্তি রায় গোল মার্কেট পাড়াকে কেন্দ্র করে বিস্তারিত ভাবে লিখেছিলেন। সেই লেখনীতে বহু বাঙালী দোকানের খোঁজ পীযূষবাবু দিয়েছিলেন। যাযাবর ও পীযূষ রায় বর্ণিত গোল মার্কেট পাড়া আজ স্মৃতির অতলে ডুবে গেছে।

যাযাবর 'দৃষ্টিপাত' উপন্যাসে এক জায়গায় লিখে ছিলেন –

নয়াদিল্লির রাস্তাগুলি নয়নাভিরাম। ঋজু, প্রশস্ত এবং ছায়াচ্ছন্ন। রাস্তার পরিচয় আমলাতান্ত্রিক। তাই নুরজাহান লেন অপেক্ষা বেয়ার্ড রোড অধিকতর অভিজাত।

বেয়ার্ড রোড প্রসঙ্গে আমার মনে পড়ে যায় নয়া দিল্লীর মানচিত্রে অতীতের সেই পাড়াটি দেখতে খুবই সুন্দর ছিল। প্রায় আধকিলোমিটার পরিধির মধ্যে

পাশাপাশি জোড়া মাঠে দু-ডজনের ওপর E-শেপের সারি সারি ভিলা জাতীয় বাংলো বাড়ি দেখা যেত। মাঠ দুটো এতো বড় ছিল যে দু'দিকে গোলপোস্ট খাড়া করে মোহনবাগান – ইস্টবেঙ্গল ম্যাচ খেলা সম্ভব হত। সবুজ ঘাস লন-মৌর দিয়ে পরিপাটি ছাঁটা। মাঝখানে বৃত্তাকার ফুলের কেয়ারী। তাকে বেষ্টন করে টকটকে লাল সুরকির রাস্তা। ফটকের গায়ে একপাশে কাচের উপর বড় হরফে লেখা বাড়ির নম্বর। কাচের একদিকে ছোট্ট একটু খুপরি। রাত্রিবেলায় তাতে লন্ঠন জ্বেলে রাখা হয়, অনেক দূর থেকেও যাতে বাড়ির নম্বরটা চোখে পড়ে। সেই মাঠে মাথা উঁচু করে দাঁড়িয়ে থাকত বিশাল বিশাল সিসেম গাছ। সমগ্র গোল মার্কেট পাড়াগুলোর তুলনায় বেয়ার্ড রোড ছিল নজরকাড়া নয়নরম্য পাড়া – যাকে বলা যায় *jewel in the crown.*

আমার পাড়াটিতে বায়ান্নটি সরকারী একতলা বাড়িতে বেশ কয়েক ঘর বাঙালী পরিবার বসবাস করতো। আশেপাশে আরও অনেক স্কোয়ার ও প্লেস ছিল যা আজ বহুতলে পরিবর্তিত হয়েছে। আউট্রাম স্কোয়ার পাড়াটির জায়গায় এখন চারতলা ও আটতলা ভবন বিরাজমান।

শৈশবে ষাটের দশকে দেখেছিলাম পাশেই শিবাজি প্লেস ও লরেন্স স্কোয়ার ভাঙতে। লরেন্স স্কোয়ার ভেঙ্গে সেই স্থানে ষাটের দশকের শেষের দিকে Willingdon Hospital-এর নয়া ভবন তৈরী হয়েছিল। রাম মনোহর লোহিয়া হাসপাতাল এখন লুপ্ত ছোট Hastings Square পর্যন্ত ছড়িয়ে ছিটিয়ে রয়েছে।

যাযাবর ও পীযূষ রায়ের লেখা পড়ে ও পাশেই রাইসিনা হিলে সেন্ট্রাল ভিস্তার নানান প্রকল্পের খবর শুনে আমি স্থির করি লুটাইন্স জোনের অন্তর্গত গোল মার্কেট পাড়ার বর্তমান ছবি অর্থাৎ গোটা এলাকাটির হালহকিকত লিখে দিয়ে যাবো, তুলনায় সাথে থাকবে পুরনো দিনের সংক্ষিপ্ত বিবরণ।

পর্যাপ্ত সময় নিয়ে পুরনো লুপ্ত পাড়ার সরেজমিন সার্ভে শুরু করি ২০২২ সালের জুলাই মাস থেকে। সম্পূর্ণ গোল মার্কেটের আশেপাশে ঘুরতে গিয়ে এলাকাটির আমূল পরিবর্তন চোখে পড়েছে। স্মৃতিপ্রখর অবশিষ্ট প্রাক্তন বাসিন্দারা যদি আমার দেখা নতুন ছবির বর্ণনায় তাঁদের পুরনো গোল মার্কেট পাড়ার কোন মিসিং লিঙ্ক খুঁজে পান তাহলে এই লেখা যথার্থই সার্থক হবে। পুরনো বাসিন্দারা অনেকেই আমরা লুপ্ত পাড়ার ব্যাপারে অতিমাত্রায় নস্টালজিক তা নাহলে আশি বছর বয়সে আমার স্কুলের শিক্ষক প্রকাশ বসু উক্ত পুরনো পাড়ার স্কেচ সম্পূর্ণ স্মৃতি নির্ভর করে এত নিখুঁত এঁকে দিতে পারতেন না।

গোটা লুটাইন্স অঞ্চল পরিক্রমাকালে DIZ পাড়ার নতুন চেহারা দেখে আমি আশ্চর্য হয়ে যাই। আসুন তাহলে আপনারা লুটাইন্স পাড়ার 'দিন বদলের' এলব্যাম দেখুন ও নিজেদের পাড়াগুলোকে চেনার চেষ্টা করুন। আমি শৈশব

থেকে আজ অবধি আমার ভুলভুলিয়া পাড়া ও আশেপাশের প্রতিটা রাস্তায় ক্রমাগত ঘুরপাক খেয়েই চলেছি। যা আমি বর্তমানে দেখেছি তাই গাছতলায় বা ল্যাম্পপোস্টের তলায় বসে নানা সময় সুযোগ বুঝে ডায়েরিতে নোট করে রেখেছিলাম। যখনই কলম হাতে নিয়েছি অবচেতন মন ফিরে গেছে আমার বাল্যজীবনে।

অনেক স্মৃতি ঝাপসা হয়ে গেছে কিন্তু কয়েকটি ছবি একেবারে অক্ষয় ভাবে উজ্জ্বল হয়ে আছে মনের পর্দায়। অতীতের স্মৃতির সঙ্গে যা জড়ানো সে রকম সব জায়গা আবার দেখতে ইচ্ছে করে বোধ হয় সকলেরই। দেখলে কিন্তু অনেক সময় হতাশ হতে হয়। হতাশ না হলেও বেশ একটু বিস্মিত আর বিষণ্ণ। সময়ে সব কিছুর স্বাভাবিক পরিবর্তন আছেই। তা ছাড়াও অতীতের স্মৃতির সঙ্গে বর্তমানের বাস্তব যেন মিলতে চায় না। ছোটবেলার দেখা সব কিছুই যেন আরও বড় ছিল মনে হয়, আরও উজ্জ্বল আর রহস্যময়।

বড় হয়ে বয়স্ক চোখে দেখলে সেগুলো ছোট হয়ে গেছে মনে হয়, আর কেমন ম্লান। অতীতের ক-টা জায়গাই বা আবার নতুন করে দেখার সুযোগ হয়। হঠাৎ পুরনো দিনের কোথাও অপ্রত্যাশিত ভাবে গিয়ে পড়লে পৃথিবীটা গুটিয়ে ছোট হয়ে গেছে মনে হয়। আয়নায় নিজের চেহারা দেখার মতো। কৈশোর কী কী ধাপে যৌবনে পৌঁছুছে, আর যৌবন গিয়ে মিশেছে বার্ধক্যে তা স্পষ্ট করে কি মনে করা সম্ভব?

গোল মার্কেট পাড়ায় আমার যাতায়াত করা খুবই সহজ কারণ আমি যেই পাড়ায় শিফট করে গেছি তার থেকে পয়লা নম্বর পিন কোডের দূরত্ব দশ কিলোমিটার মাত্র। আমাকে কনট প্লেস যেতে হলে গোল মার্কেট পাড়া পেরিয়েই হামেশা যেতে হয়। বর্তমানে পাড়াটির দ্রুত রূপ পরিবর্তন নিয়েই আমার এই প্রতিবেদন।

গোল মার্কেট ভবন

যাযাবর তাঁর দৃষ্টিপাত উপন্যাসে লিখেছিলেন

'কলকাতার লালদীঘির জল সাদা এবং গোলদিঘীর আকার চতুষ্কোণ। কিন্তু এখানকার গোলমার্কেট সার্থকনামা। সেটা গোলই বটে। চারটি রাস্তার সংগম স্থলে বৃত্তাকার দ্বীপের মত এ-বাজারটি। দোতলা বাড়ি। উপরে দরজীর দোকান, নীচে শাকসবজী, মাছ, মাংস, ফল ইত্যাদি। পৃথক পৃথক কক্ষ। ইংরেজীতে লেখা আছে বিজ্ঞপ্তি – কোনটাতে মাছ, কোনটাতে বা মাংস। প্রবেশপথগুলিতে সূক্ষ্ম তারের জাল-আঁটা দরজা। স্প্রীং দেওয়া আছে, যাতে আপনিই বন্ধ হয়ে যায়। মাছের ঘরটিতে উঁচু সিমেন্টের বেদীতে রাখা হয় মাছ, তার উপর দিয়ে গেছে জলের কলের সছিদ্র পাইপ। ছিদ্রপথে অবিরাম বিন্দু বিন্দু করে ঝরছে জল। আপনি ধুইয়ে নিচ্ছে বেদীটি। আইসচেস্টের

ভিতরে থাকে মাছ। পরিষ্কার, পরিচ্ছন্ন। মাছির উপদ্রব নেই, কর্দমাক্ত জল সিঞ্চনে পঙ্কিল হওয়ার আশঙ্কা নেই ক্রেতাদের বসন। মার্কেটের দু'ধারে মনিহারী দোকান, মুদী ও ময়রা ইত্যাদি। বাঙালীর দোকান আছে কয়েকটি, তার মধ্যে একটিতে মিলে দৈ, সন্দেশ ও অন্যান্য বাঙালীর খাবার'।

বর্তমানে গোল মার্কেট ভবন গত প্রায় তেরো বছর ধরে টিনের আচ্ছাদনে ঢাকা পড়ে আছে, NDMC গোল ভবনটিকে museum তৈরী করার কথা ভাবছে তাই গোটা জায়গাটাকে তারা সিল করে দিয়ে গেছে।

গোল মার্কেটে প্রায় সাতাশটি রমরমা বাঙালী দোকান বহু বছর আগে বন্ধ হয়ে গেছে শুধু বেঙ্গল সিল্ক ট্রেডিং দোকানটি আজও খোলা আছে। সমস্ত গোল মার্কেট অঞ্চলে হাজারের ওপরে সরকারী একতলা বাড়ি ভেঙ্গে দশ হাজার খানেক নতুন বহুতল বাড়ি তৈরী হয়েছে। আশ্চর্য হয়ে লক্ষ্য করেছি কোথাও কোন ফ্ল্যাটে বাঙালী পরিবার বসবাস করে না। অর্থাৎ কেন্দ্রিয় সরকারী চাকরীরত বাঙালী এখন একেবারেই নেই বোধহয়।

লেডি হার্ডিং রোড Lady Hardinge Road

সড়কটির নতুন নাম 'Shaheed Bhagat Singh Marg'. গোল মার্কেটের গোল ভবন ধরে সোজা মাদ্রাস হোটেল যেতে গেলে প্রথমেই দেখা যেত বাম দিকে Great Eastern Stores. তার বিপরীতে ডান দিকে ছিল নগেন দাসের সরস্বতী বুক ডিপো এবং কিতাব ঘর। দোকানগুলোর ওপর তলায় ছিল অনঙ্গ মোহন বসুর 'বসু লজ'। তারপর সেই রাস্তায় ছিল সারি সারি অবাঙালীদের দোকান।

পাশেই ভগত সিংহ মার্কেট আগে গোটাটাই ছিল কবরস্থান। বাড়িতে মাটির উনুন তৈরি করার জন্য পাড়ার প্রাচীন বাসিন্দারা এই কবরস্থান থেকে মাটি তুলে বস্তা ভরে নিয়ে যেত। ভগত সিংহ মার্কেটে মুখোমুখি পর পর চারটি রো আছে। সেখানে স্কুলের বই খাতার দোকান Prakash Brothers – Punjabi Behen Di Hatti আজও খোলা আছে। Prakash Brothers পাশেই তাদের আর একটা দোকান খুলেছে। এছাড়া এখনো দেখা যায় Mercury Drycleaners Arora Cloth House Chadda Sports. হাতে গড়া রুটি ও তড়কা দেওয়া ডাল খেতে আমরা প্রায় হাজারা হোটেলে যেতাম, সেই দোকানটি বন্ধ হয়ে Vaishnov Hotel নামে আরেকটি ধাবা খুলেছে। পাশের গলিতে ডাক তার বিভাগের ছোট্ট টেলিগেরাপ আপিস ছিল, আজ আর দেখা যায় না। আগে এখানে বেশ কয়েকটি বেকারির দোকান ছিল এখন একটাই দোকান পাউরুটি বিস্কিট ইত্যাদি তৈরি করে। মনে পড়ে যায় মা মাসিমারা এখান থেকেই বাড়ির জন্য হাতে গড়া বিস্কুট তৈরি করিয়ে নিয়ে যেতেন। আটা, চিনি আর ডালডা দিলে এক ক্যানেস্তার বিস্কিট করার মজুরি নিত আট আনা।

বেকারি দোকানের কথা আজও আমার মনে আছে। দোকানে পাউরুটি তৈরি করা হচ্ছে। একজন ঠাসা ময়দাকে একেক কোপে পাউন্ড মাপে কাটছে। আরেকজন সেটি ওজন করে দেখছে প্রায় প্রত্যেকবার মাপ নির্ভুল। আরো একজন টিনে করে ওগুলোকে উনুনে বেক হতে নিয়ে যাচ্ছে।

শহীদ ভগত সিংহ মার্গে চৌরাস্তায় লাল বাতি পেরিয়ে কিছু দূর হেঁটে গেলে এখনো দেখা যায় Jain Happy School ও শিবাজি হকি স্টেডিয়াম। আমাদের স্কুলের পেছনে ধোবী ঘাট এখন রঘুমল স্কুলের পাশে স্থানান্তরিত হয়েছে। রঘুমল স্কুলের কেউ লোকেশন জানতে চাইলে বলা হত মেয়েদের স্কুলটির সঠিক ঠিকানা হল শিবাজি হকি স্টেডিয়ামের ঠিক বিপরীতে।

এখন ভগত সিংহ মার্গের রাস্তার ওপরে ডান ধারে সবকটি দোকান প্রায় বন্ধ হয়ে গেছে। বাম দিকে বাংলা মিষ্টির দোকানের পাশেই DAV স্কুল ভেঙে Godrej Connaught One - Condominium Complex তৈরীর কাজ চলছে। এই কমপ্লেক্সে ফ্ল্যাটের প্রস্তাবিত দাম শুরু হয়েছে ষোল কোটি টাকার ওপরে। Godrej Company তাদের এই আবাসন প্রকল্পে যে বিজ্ঞাপনটি রিলিজ করেছে তা যথেষ্ট আকর্ষণীয় –

Situated at 14 Lady Harding Road, Connaught Place – Your grand new home now just 7 minutes from India Gate – 9 minutes from Rashtrapati Bhavan 19 minutes from Safdarjang Tomb

The only one that can boast of a pincode like 110 001 with execlusively crafted homes for the exclusive few.

আমাদের গোল মার্কেট পাড়া যে কখন Connaught Place-এর সাথে মার্জ হয়ে গেল তা আমরা কেউ টেরই পেলাম না। আশঙ্কা হয় আমাদের গোল ভবন কোন ব্যবসায়ী প্রতিষ্ঠান চুপিসাড়ে দখল করে না নেয়।

ডক্টরস লেনে গুপ্তা সাইকেল সারাইয়ের দোকান ও পাশেই Novelty শাড়ির দোকান শুধুমাত্র আজ খোলা রয়েছে। General Stores দোকানটি Doctors Lane থেকে শিফট করে এখন বন্ধ হয়ে যাওয়া মহামায়া স্টোর্সের জায়গায় খুলেছে।

দিল্লীর ইতিহাসে জায়গাটির বিবরণে লেখা আছে 'On the other hand, shops for produce such as poultry and fish, and a wide variety of grocers were located in Gole Market rather than Connaught Place, presumably because it was not the sahibs and memsahibs themselves, but their domestic staff, who shopped for these daily essentials'.

Godrej Connaught One প্রকল্পিত আবাসনের তুলনায় আমাদের পুরনো পাড়াগুলি ছিল একেবারেই সাধারণ ধরণের। লেখক যাযাবর তাঁর 'দৃষ্টিপাত' উপন্যাসে আমাদের পাড়ার বর্ণনা দিতে গিয়ে লিখেছিলেন –

'রিডিং রোডের একপাশে মন্দির, অন্যদিকে কোয়ার্টার। গভর্নমেন্টের কেরানী ও অনুরূপ কর্মচারীদের বাসস্থান। লম্বা একটানা ব্যারাক, কোনটার ইংরেজী L অক্ষরের মতো একপ্রান্ত প্রসারিত, কোনটার বা E'র মতো আকৃতি, শুধু মাঝখানের বাড়তিটুকু বাদ। সামনে খানিকটা মাঠ। এক একটা ব্যারাকে ত্রিশ, চল্লিশটি পরিবারের বাসব্যবস্থা। অল্প বেতনের কর্মচারীদের জন্য সুলভ সরকারী আয়োজন। এ-পাড়াটা নয়া দিল্লীর ইস্ট এন্ড।

দেখতে ভালো না হলেও থাকতে মন্দ নয় এই কোয়ার্টারগুলি। বিশেষ করে সুলভতা বিচার করলে অভিযোগ করার উপায় থাকে না। বেতনের এক দশমাংশ ভাড়া। মাসের শেষে আপিস থেকেই কেটে নেয় নিয়মিত। সেক্রেটারিয়েটের কেরানীদের সর্বনিম্ন বেতন ষাট টাকা। সুতরাং ছ'টাকা ভাড়ায় বাড়ি। দুখানা শোবার ঘর, একখানা রান্নার, একটি ভাঁড়ার। ভিতরে একটু উঠান, বাইরে ছোট বারান্দা। জলের কল আছে, বাথরুম আছে, আছে ইলেকট্রিক আলো – আছে বড় একটি সিলিং ফ্যান। বাড়িতে রোদ আসে, বাতাস আসে এবং ধূলিরও বাধা নেই। কলকাতা শহরে এমন ভাড়ায় এমন বাড়ি কোটিকে গুটিক মিলে না।

শুধু বাড়ি নয়। ফার্নিচারও। বিবাহ সভায় সালঙ্কার কন্যার মতো গভর্নমেন্টের বাড়িও আসবাবপত্রসহ পাওয়া যায়। সেন্ট্রাল ডব্লিউ ডি'র ফার্নিচার। দু'টাকা মাসিক ভাড়ায় পাওয়া যায় দু'খানা তক্তাপোশ, একটি আলমারি, একটি টেবিল ও তিনখানা চেয়ার।

এক একটা ব্যারাক ও তার সামনে খোলা মাঠটুকু নিয়ে এক একটা 'স্কোয়ার'। অধিকাংশই ভারতে ব্রিটিশ সাম্রাজ্য প্রতিষ্ঠাতাদের নামের দ্বারা গৌরবান্বিত।'

টেলিগ্রাফ প্লেসের বিপরীতে কলাবতী হাসপাতাল কমপ্লেক্সে দেখা যায় আকাশচুম্বী Lady Harding Medical College, তার পাশেই নতুন ভবন নির্মাণের কাজ জোর কদমে চলছে। শিবাজি স্টেডিয়ামকে এখন দেখতে লাগে নবসাজে সজ্জিত অলিম্পিক মানের হকি খেলার মাঠ। ক্লক টাওয়ার রেস্টুরেন্টটি ধূলিসাৎ করে সেখানে বাস স্ট্যান্ড তৈরি হয়েছে। তার পাশেই পাঁচতারা হোটেল আছে Hotel Connaught. এই পথেই বিরাজমান Lady Hardinge College, ভারতবর্ষে পুরুষের সম্পর্কশূন্য একমাত্র মহিলা মেডিকেল কলেজ।

মার্কেট রোড Market Road

সড়কটির নতুন নামকরণ হয়েছে ''Bhai Veer Singh Marg. এই রোডের শেষে আছে গোল ডাক খানা। এছাড়া বাম দিকে ছিল মার্কেট স্কোয়ার ও পাশেই আছে St Columba's School. তখন স্কুলটির একটি মাত্র বিল্ডিং ছিল, আমরা তার পাশের গলি দিয়ে Union Academy স্কুলে হেঁটে যেতাম। পরে দক্ষিণ দিকের মার্কেট স্কোয়ারের অবশিষ্ট বাড়িগুলো ভেঙ্গে এই স্কুলের আর একটি ভবন তৈরী হয় ফলে আমাদের স্কুল যাতায়াতের পথ অর্থাৎ পাওয়ার সাব-স্টেশনের রুটও দিকভ্রস্ত হয়ে যায়। এই স্কুলেই ফিল্ম অভিনেতা শাহরুখ খান ও পদ্মশ্রী ডঃ সিদ্ধার্থ মুখার্জি (recipient of Pulitzer Prize) পড়েছিলেন এবং দুজনেই স্কুলের তরফ থেকে Sword of Honour পদে ভূষিত হয়েছিলেন।

মার্কেট রোডের ডান দিকে Joffrey Square-এর কাছে ছিল সারি সারি সরকারি বাংলো বাড়ি। তখনও চারতলা লাল বাহাদুর সদনের ফ্ল্যাটগুলো তৈরী হয় নি। Royal Store-Dhir Poultry Firm থেকে হ্যাভলক স্কোয়ার Enquiry Office ব্যারাক পর্যন্ত ছিল সারি সারি বাংলো বাড়ি। Royal Store এখন টুকরো টুকরো চারটি দোকানে পসরা সাজিয়ে একই ছাদের তলায় চালাচ্ছে। এই পথেই এখন মুক্তধারা মঞ্চের ঠিকানা, নাম রাখা হয়েছে বঙ্গ সংস্কৃতি ভবন।

বাম পাশের রাস্তায় Refugee Market-এর ঠিক পাশেই বিশাল শীততাপ নিয়ন্ত্রিত লাইব্রেরী ভবন তৈরী হয়েছে -Bhai Vir Singh Sahitya Sadan. 'দশটা-পাঁচটা'জনসাধারণের জন্য এই লাইব্রেরি খোলা থাকে ও শনিবারে হাফ ডে হয়। রাস্তার বিপরীতে মুক্তধারা ভবনে বাংলা বইয়ের দোকান খোলা হয়েছে, এটিই বোধহয় নয়া দিল্লীতে একমাত্র বাংলা বইয়ের দোকান রয়ে গেছে। দোকানটি দিল্লীর প্রতিটা বাংলা স্কুলে বই সাপ্লাই করে।

পাশেই Refugee Market থেকে রাজা বাজার মোড় পর্যন্ত দুপাশেই ছোট আকারের সারি সারি দোকান দেখতে পাওয়া যায়। গুলাটির দোকানে আজ আর স্টোভ সারাই হয় না। গুলাটির দোকানের বিপরিতে সরু গলিতে গম পেষার চক্কির দোকান আর Ridss Travels গল্পকথা হয়ে গেছে। বসু বোর্ডিং-এর উলটো দিকে কয়লার টালও আজ নিখোঁজ।

ভগত সিংহ মার্কেটে তৃতীয় ও শেষ সারিতে কোনের দোকানের (Arora Cloth Shop/Azad Saloon) বিপরীতে একটি শপিং কাম অফিস কমপ্লেক্স ও তার পাশে বিরাট ফার্নিচার মার্কেট খোলা হয়েছে। পাশে আছে পাঁচ তারা Metropolitan Hotel.

মার্কেট রোডে দেখা যায় স্পীড পোস্ট অফিস, পেট্রল পাম্প ও ফার্নিচার মার্কেট। তার পাশেই পরশনাথ ক্যাপিটাল টাওয়ার। বহুতল ভবনটিতে অজস্র মাল্টি ন্যাশনাল কোম্পানি তাদের আপিস খুলেছে। এই পথেই দেখতে পাবেন পর পর করোল বাগ ক্লাব, CPM office-Intuc Office ও সবশেষে নতুন নির্মিত গির্জা ঘর। হেলি রোডে একদা অবস্থিত বঙ্গ ভবন Bengal Association শিফট করে বঙ্গ সংস্কৃতি ভবনে তাদের দফতর বসিয়েছে।

বেয়ার্ড রোড (Bangla Sahib Road)

বাটা দোকানের সামনের রাস্তায় লাল বাতি ক্রসিং দিয়ে সোজা বাংলা সাহিব গুরদ্বারা চক পর্যন্ত হাঁটলে দেখা যেত দুই দিকে সারি সারি সরকারী বাংলো বাড়ি। বাটার দোকানের বিপরীতে Kaleva Sweet-এর পাশেই আরও কয়েকটি দোকান তারা খুলেছে। **Kaleva** প্রথমে British Medical Hall দোকানটিকে কিনেছিল তারপর Delhi Tent House ও J. Daish সুরার দোকানের জায়গায় আরও দুটো দোকান খুলেছে। বিপরীতে Sikand & Co – Basant Stores – Onilco - চশমার দোকান আজ হারিয়ে গেছে। পাশেই Sahni Typewriter Shop ও উলটো হাতে Jain Typewriter Shop-এ এখন টাপিং-এর বদলে কম্পুটার শেখানো হয়। শোনা যায় না আর টাইপরাইটার মেশিনের খট খট আওয়াজ। টাইপ মেশিনে টাইপ শেখা আজ দরকার পরে না। পাশেই Central Dry Cleaners ও Dr. Sarin Homeopath দোকান দুটি বর্তমানে টিমটিম করে চলছে।

বেয়ার্ড রোডের ডান দিকে ছিল ছোট্ট কালীবাড়ি। আর একটু এগিয়ে গেলে বাম দিক থেকে একাডেমী লেনে ঢোকা যেত। বিপরীতে আছে **Jesus** & Merry School, সেই স্কুলের দেয়াল ধরে এগোলেই দেখা যেত ইলেকট্রিক পাওয়ার সাব-স্টেশন। রাস্তাটা শেষ হত লক্ষ্মী নিবাসে গিয়ে। তার পাশেই আছে মেয়েদের এমবি স্কুল NP Girls Sr. Sec. School. এখন সেই রাস্তাটা বন্ধ হয়ে গেছে, লাল বাহাদুর সদনের পাশের সরু রাস্তা দিয়ে হেঁটে স্কুলে যেতে হয়। লক্ষ্মী নিবাসের পাশে হ্যাভলক স্কোয়ারের পেছনের সরু রাস্তাটা আজকাল বন্ধ রয়েছে। স্কুল ছুটির পরে আমরা সেই সরু রাস্তা দিয়ে হেঁটে বাড়ি ফিরতাম।

বেয়ার্ড রোডে ছোট কালীবাড়ি মন্দিরের পাশে নির্মিত হয়েছে Videsh Sanchar Nigam. Baird Road সড়কের বিপরীতে বিশাল মাঠে বাংলো বাড়িগুলো ভেঙ্গে চারতলার বেশ কয়েকটি সরকারী আবাসন তৈরী করা হয়েছে। ছোটবেলায় বেয়ার্ড রোড-এর মাঠ পেরিয়ে রাজা বাজার অতিক্রম করে দল বেঁধে আমরা স্কুলে যাতায়াত করতাম। সেই বিশাল মাঠটি ছিল আমাদের স্কুলের ছাত্রদের ফুটবল খেলার প্রিয় জায়গা।

ছোট কালীবাড়ির বিপরীতে একাডেমী লেনে ঢুকলেই দেখা যেত বাঁ দিকে গাছতলার নিচে অজানা কোন এক পীরের কবর যা আজ নিখোঁজ হয়ে গেছে। একাডেমী লেনে একটি নতুন স্কুল তৈরী হয়েছে নাম Vidya Public School.

ইরউয়িন রোড Irwin Road – বাবা খরগ সিংহ মার্গ

রিভোলি সিনেমা ও গাঙ্গুলী ব্রাদার্স দোকানের লাল বাতি ক্রসিং থেকে পথটি গোল ডাকখানা পেরিয়ে সোজা শেষ হয়েছে Willingdon Hospital-এর চৌরাস্তার মোড়ে। ছেলেবেলায় দেখেছিলাম Mohan Singh Place কমপ্লেক্স আমাদের সামনে তৈরী হচ্ছে। তার আগে সেখানে খান চারেক বাড়ি ছিল। হনুমান মন্দিরের বিপরীতে সরকারী বাড়িগুলো ভেঙ্গে গড়ে উঠেছে বিভিন্ন প্রদেশের Emporium. সেই ফুটপাথের ওপরে প্রচুর তেঁতুল গাছ ছিল, আজ সবকটা গাছই কেটে দেওয়া হয়েছে। স্কুল ছুটির পরে দলবেঁধে কাঁচা মিঠে তেঁতুল ফল কুড়োতে Irwin Road-এ আমরা ঘুরে বেড়াতুম।

ইরউইন রোডে দুপাশে দুটো পেট্রোল পাম্প ছিল, এখন নেই। হনুমান মন্দির পেরুলেই দেখা যায় কনট প্লেস পুলিস স্টেশন নব সাজে সজ্জিত হয়ে বিরাজমান। পাশেই DLF-NDMC বিরাট অফিস কমপ্লেক্স – Multi Level Car Parking তৈরী করেছে। বাম পাশের পেট্রোল পাম্পের জায়গায় বিশাল শিবাজি মেট্রো স্টেশন গড়ে উঠেছে। বাংলা সাহিব গুরদ্বারা কমিটি পাশেই চিলড্রেন ট্র্যাফিক পার্ক অবধি তাদের শাখা প্রশাখা ছড়িয়ে দিয়েছে। গোল ডাক খানা পেরিয়ে গেলে দেখা যায় Willingdon Hospital (Ram Manohar Hospital)-এর কাছে Akshara Theatre. অবাক হয়ে লক্ষ্য করেছি মঞ্চটির ঠিকানায় Havlock Square উল্লেখ আছে। যেহেতু আমি ওই অঞ্চলে জীবনের প্রথম কুড়ি বছর কাটিয়েছি তাই জোর দিয়ে বলতে পারি; ঠিকানাটি সঠিকই বটে। এই নাট্যশালার আরো একটু পেছনে ছিল Lawrence Square.

দৃষ্টিপাত উপন্যাসে যাযাবর লিখেছিলেন –

এ শহরে ফুলের অভাব নেই। পথের দু'পাশেই সরকারী বাংলোগুলির বিস্তৃত অঙ্গন পুষ্পসম্ভারে সমৃদ্ধ। পথচারণে দৃষ্টি মুগ্ধ হয়। রাস্তার চৌমাথায় বৃত্তাকৃতি পার্কগুলিতে আছে ফুলের কেয়ারী। ডাকঘরের পাশে, হাসপাতালের মাঠে ফুটে রয়েছে প্রচুর মরসুমী ফুল'।

স্বনামধন্যা সুলেখিকা লীলা মজুমদার বহুকাল আগে সরকারী কাজে দিল্লী ভ্রমণে এসেছিলেন। উনি ওনার আত্মজীবনীতে ইরউয়িন রোডের স্বল্প বর্ণনা লিখে গেছিলেন –

১৯৫৪ সালে জানুয়ারিতে দিল্লি গেলাম সেন্ট্রাল অ্যাডভাইজরি বোর্ড অফ এডুকেশনের বার্ষিক অধিবেশন করতে। বিকেল পাঁচটায় দিল্লি পৌঁছলাম। কোন একটা বড় গেটের পাশে বাসস্ট্যান্ড। ভেবেছিলাম কেউ নিতে আসবে।

এই প্রথম দিল্লি আসা, পথঘাট চিনি না। শেষটা ট্যাক্সি করে নিজেরাই ৫নং হনুমান রোডে পৌঁছলাম। দোতলার ওপর ওদের সুন্দর সুন্দর ফ্ল্যাট। কাছে হনুমানজির মন্দির, তাই পথ কখনো নির্জন হয় না।

ওখানকার ঘরকন্না তখন ভারি সুবিধার ছিল। রোজ সকালে একজন লোক গরম কোট মাংকি-ক্যাপ পরে, ঠেলা সাইকেল বোঝাই রসদ নিয়ে গেটের কাছে হাঁক দিত – 'মীটওয়ালা'! এমন অভিনব ডাক শুনে দোতলার বারান্দা থেকে দেখলাম গৃহিণী লোকটির কাছ থেকে দেড়টাকা সেরে (তখনো কিলোর চল হয়নি) তাজা পোনা মাছ, মটন কিনল। ঐ ভাবে ঘরে বসে ফল তরকারি, রুটি মাখন ইত্যাদি কেনা যেত। সে তরকারি দেখবার মতো। দামও খুব সুবিধার।

সে আস্তানা ৫ নং হনুমান রোড থেকে উঠে গিয়ে আমার মনে বাসা বেঁধে আছে।

রিডিং রোড (Mandir Marg)

শঙ্কর রোডের ঢালু পথে রীজের জঙ্গল অতিক্রম করে নেমে আসার সময় লক্ষ্য করবেন বাম পাশে ১ নম্বর থেকে ২৪ নম্বর বাংলো বাড়িগুলো ও লাভার্স লেনের পাশে কয়লা টাল সম্পূর্ণ নিশ্চিহ্ন হয়ে গেছে। কিন্তু শঙ্কর রোডের ডান পাশে জঙ্গলের দিকে সারি সারি রিডিং লেনের বাড়িগুলোতে সরকারী কর্মচারীরা তাদের পরিবার নিয়ে বসবাস করছেন। তারপর শুরু হয় কালীমন্দিরের পাথরের দেয়াল। লাভার্স লেনের সরু লেনটিও পুলিশ 'গ্রিন করিডর' সুবাদে ব্যারিকেড বিছিয়ে রাতের বেলায় ঘেরাবন্দী করে রাখে। নিউ দিল্লী কালীবাড়ি থেকে রাস্তাটি আরামবাগের দিকে যেখানে শেষ হয়েছে সেখানে ছোট্ট করে সাইনবোর্ড নজরে আসে 'NDMC limit ends'।

লাভার্স লেনের ঠিক পাশে জঙ্গলের ধারে ১৭ নম্বর রিডিং রোডে থাকতেন চৌধুরী পরিবার। সেই বাড়ির বাসিন্দা সুজিতবাবু আমায় একবার কথাচ্ছলে জানিয়েছিলেন 'সন্ধ্যে হতেই পেছনের খিড়কি দরজা বন্ধ করতে হত। রোজ ওখানে কুড়ি পঁচিশটা শেয়াল একসাথে চেঁচাত। কোন এক পূর্ণিমা রাতে হঠাৎ শুনেছিলাম ঘুঁঘুরের আওয়াজ, উঠোনের বারান্দায় দেখি দুটো full grown সজারু ঘুরে বেড়াচ্ছে। তেঁতুল বিছে, কাঁকড়া বিছেরা ছিল নিত্য সঙ্গী।'

রিডিং রোডের ফুটপাথ ধরে হাঁটলে আজও দেখা যায় পর পর কয়েকটি মন্দির ও ছটি স্কুল ভবন। কালীবাড়ির ঠিক পাশেই যেখানে গোশালা ও আস্তাবল ছিল সেখানে NDMC Community Hall-Swati Working Girls Hostel তৈরী করেছে। বিড়লা মন্দির ও হারকোর্ট বাটলার স্কুল পেরুলেই হিন্দু মহা সভা প্রাঙ্গণে বিয়ের লাল শামিয়ানা বারো মাস টাঙ্গানো থাকে। এখানে বিয়ে শাদি উপলক্ষে মালাবদল হতেই থাকে। সেকালে বাড়ি থেকে

পালিয়ে বহু কপোত-কপোতী তাদের বিয়ের রেজিস্ট্রি এই হিন্দু মহাসভা আপিসে নথিভুক্ত করাত। আমরা জায়গাটাকে 'মিলন কুঞ্জ' বলতাম। অনেকটা কালীঘাটে গোপনে বিয়ে করার মত ব্যাপার স্যাপার ছিল।

South India Club আজ ধুলিস্মাত হয়ে গেছে। 'হিন্দু' নিউজ পেপারে ছাপা একটি বিশেষ খবরের অংশবিশেষ পাঠকদের অবগত করার জন্য নিচে তুলে ধরলাম

Mafia trying to grab land: Demolition of the erestwhile South India Club on Mandir Marg has set alarm bells ringing with the Delhi Tamil Education Association (DTEA) school authorities next-door saying that the 'building mafia is actively trying to grab the government land and raise a commercial building...

Since Delhi did not have any auditorium at that point, the Satyamoorthi Auditorium was built on the premises. The auditorium was inaugurated by then Tamil Nadu Chief Minister K. Kamraj.

এখন সাউথ ইন্ডিয়া ক্লাবের যায়গাটিতে বহুতল ভবন তৈরি হচ্ছে, তবে খুব সম্ভবত আদালতের নির্দেশে কাজ স্থগিত রয়েছে। ঠিক এর বিপরীতে রাম মনোহর লোহিয়া হাসপাতালের চারতলা ডক্টরস হস্টেল ফর বয়েজ (Willingdon Hospital) দেখা যায়। পাশেই তারা ধর্মশালাও খুলেছে।

এছাড়া রিডিং রোড পুলিশ স্টেশন এখন Economic Offence Wing দখল করে নিয়েছে। তার পাশে নতুন ভবনে রিডিং রোড থানা অর্থাৎ মন্দির মার্গ হাজতঘর তৈরি হয়েছে। পুলিশ বিভাগ তাদের পিসিআর গাড়ির তেল ভরাবার জন্য একটি নতুন পেট্রোল পাম্প ফাঁড়ির ভেতর খুলেছে।

থানার পাশেই St. Thomas School-এ একদা Queen Elizabeth এসেছিলেন। স্কুলটি ১৯৩০ সালে খুলেছিল। শোনা কথা স্কুল সফরে রানি দ্বিতীয় এলিজাবেথ কালো হুডখোলা ডজ গাড়িতে চেপে এসেছিলেন।

পথের শেষে বাল্মিকি মন্দিরে মহাত্মা গান্ধী এক নাগাড়ে দুশো দিন থেকে ছিলেন। পাশেই বাল্মিকী কলোনিতে থাকত হরিজনেরা। তাদের অশিক্ষিত ছেলে মেয়েদের গান্ধীজী হিন্দি ইংরেজি পড়াতেন। দু বেলাই গান্ধীজী জায়গাটা ঝাড়ু দিয়ে নিজের হাতে পরিষ্কার করে রাখতেন। এই বাল্মিকী মন্দিরে প্রধানমন্ত্রী নেহরু, রাষ্ট্রপতি কে আর নারায়ণ এসেছিলেন। প্রধান মন্ত্রী মোদী ২০১৪ সালে Clean India Mission উপলক্ষ্যে Reading Road Police Station ও বাল্মিকী মন্দির ঘুরে গেছিলেন।

রিডিং রোড যেখানে শেষ হয়েছে সেই সড়কের ওপারে একটি Multi-speciality হাসপাতাল খুলেছে – Delhi Heart & Lung Institute. তার পাশের মাঠে এখন আরামবাগের দুর্গা পুজো হয়। সত্তরের দশকে সেই মাঠে কয়েকবার জগদ্ধাত্রী পুজোও হয়েছিল। ষাটের দশকের গোড়াতে জগদ্ধাত্রী পুজো ডঃ দাসের চেম্বারের পাশে পাহাড়গঞ্জের ত্রিকোণা পার্কে প্রথম শুরু হয়েছিল।

এই সড়কের শুরুতে একদা অবস্থিত তুঘলক প্লেস থেকে রাইসিনা স্কুলের বিপরীতে রামা প্লেস ও গনেশ প্লেস অবধি নতুন ছবিতে দেখা যায় চারতলা ও পেশওয়া রোডের ওপর আটতলা সরকারী বাড়ি। রীজের জঙ্গলের ভেতর দিয়ে কালীবাড়ির ঠিক পাশেই পাথুরে পথ কেটে লাভার্স লেন সাহেবরা তৈরী করিয়েছিলেন। সেই সরু রাস্তা লরেন্স স্কোয়ার পর্যন্ত আগে সোজাসুজি যাওয়া যেত ও রাস্তাটির নাম দেওয়া হয়েছিল Lawrence lane. সুন্দর নির্জন রাস্তাটি বর্তমানে ধূলিসাৎ করে দেওয়া হয়েছে।

Harcourt Butler School–এর বিপরীতে Samru Place-Lumsdon Square মুখো রাস্তাটি বন্ধ করে সেখানে এখন তৈরী করা হয়েছে Navyug School. Harcourt Butler School–এর বিপরীতে পুরনো বাস স্ট্যান্ড শিফট করে বিড়লা মন্দিরের সামনের শিবাজি প্লেসের দিকে উঠে এসেছে। সাম্রু প্লেসের কথায় বাল্যকালের স্মৃতি মনে ভেসে আসে।

সাম্রু প্লেসের বারাদরির পেছনে একটা ছোটো ধাবা ছিল। ধাবার মালিক রুটি বানাবার জন্য গর্ত খুঁড়ে মাটি লেপে তন্দুর বানিয়েছিল। সে চাকি বেলুনে আটা বেলে দু হাতে গোলাকার লেচি থাবড়ে লোহার আঁকশিতে গেঁথে তন্দুরের গনগনে আগুনে চাপাটি সেঁকতো। লিখতে লিখতে মনে পড়ে যায় রুটি সেঁকার সময় রুটিওয়ালার মুখ তন্দুরের উষ্ণতায় উজ্জ্বল হয়ে উঠত।

ঘোর বর্ষায় বাড়ির উঠোনে রাখা উনুন জ্বালাবার কয়লা-কাঠ বৃষ্টির জলে সময়ে অসময়ে আধভেজা হয়ে যেত তাই বাড়িতে উনুন জ্বালানো সম্ভব হত না। কেরোসিন তেলের স্টোভ কারুর বাড়িতে তখনো ঢোকে নি। শ্রাবন সন্ধ্যায় প্রায়ই মা মাসিমারা ছেলেদের হাতে থালা ভর্তি শুকনো আটা ধরিয়ে দিয়ে সেই ধাবা থেকে রুটি বানিয়ে নিয়ে আসতে পাঠাতেন। ধাবা মালিক প্রতি গরম ফুল্কো-হাতরুটি গড়তে এক পয়সা নিত ও সাথে তরকা দেওয়া ডাল ফ্রি’তে দিত।

ধাবার সেই দৃশ্যটা এখনো মনে গেঁথে আছে। লন্ঠনের আলোতে অস্পষ্ট একটি মানুষ গনগনে আগুনের সামনে আপনমনে রুটি গড়ে চলেছে। বালকটি মাটিতে ইট পেতে উনুনপাড়ে বসে চাকি বেলুনে রুটি বেলার শিল্পকলা এক মনে দেখছে, দোকানীর জীর্ণ চাল ভেদ করে তার মাথায় টপটপ করে বৃষ্টির জল পড়ছে, আপাদমস্তক ভিজে ঠকঠক করে সে কাঁপছে।

পুরনো দিনের অনেক ঘটনাই স্মৃতির অন্তরালে আজ লুপ্ত।

বিড়লা মন্দিরের বাইরের প্রাঙ্গণে ফুলের দোকান আজও খোলা আছে। সেই ফুলের দোকান থেকে বহু পাণিপ্রার্থী বরমালা কিনে পাশেই হিন্দু মহা সভা ভবনের বিবাহ বাসরে নিয়ে যেত। এই ধরণের বিয়ে কে হিন্দু সমাজে বলা হত 'love marriage'. বিয়ে সম্পন্ন হয়ে গেলে কপোত কপোতীরা জোড়ায় জোড়ায় বিড়লা মন্দিরের বাইরের প্রাঙ্গনে ফটো তোলাত। মন্দিরের ধর্মশালার লাগোয়া ছিল ফ্রি রিডিং রুম, এখন তা বন্ধ পড়ে আছে। বিশ্বস্ত সূত্রে জানতে পারা গেছে বিড়লা মন্দিরের বিপরীতে একটি অতি-আধুনিক গ্রন্থালয় খুলতে চলেছে।

আমাদের পাড়ায় তিনটি মিষ্টির দোকান ছিল। প্রথমটি বাটলার স্কুলের ঠিক পাশে তা আজও খোলা আছে। পাড়ার মা মাসিমারা অষ্টমী পুজোর নির্জলা উপোস রেখে বিড়লা মন্দিরের পাশের সেই মিষ্টির দোকান থেকে মিষ্টি কিনে নিয়ে হেঁটে কালীবাড়িতে পুজো দিতে যেতেন। করোল বাগ ও পাহাড়গঞ্জ পাড়ার বাসিন্দারা পুজোর দিনে তাদের টাঙ্গা থামিয়ে এই দোকান থেকে পুজোর মিষ্টি কিনতেন। তালকোটরা ক্লাবের ভেতরে ও G Point-এ মিষ্টির দোকান ছিল, সেই দুটো দোকান আজ হারিয়ে গেছে।

মড রোড Maude Road

আমার ছেলেবেলার বাড়ি - ৩৮ নম্বর Outarm Square পাড়ার সামনের রাস্তার নতুন নাম এখন *Udyan Marg*. রাস্তাটি তখন শুরু হত ছোট লেক স্কোয়ার থেকে এবং শেষ হত Albert Square-এর পাশে কবরস্থান পেরিয়ে Haig Square প্রান্ত সীমায়। সেই Haig Square পাড়ায় থাকতেন বম্বে সিনেমা জগতের অভিনেত্রী হেমা মালিনি। এখন এই রাস্তায় তালকোটরা বাগ পেরিয়ে ঢুকলে প্রথমেই দেখতে পাওয়া যায় ছোট লেক স্কোয়ারের ডান পাশে ইলেকট্রিক পাওয়ার স্টেশন। তারপর দুপাশে চারতলা সরকারী সারি সারি বাড়ি।

সামান্য এগুলেই ডান দিকে দেখা যায় Robert Square মাঠে Central School. Robert Square-এর বিপরীত ব্লকটিতে এখন তৈরি হয়েছে Tirupati Balaji Temple. মন্দিরটির পেছনে ১১ নম্বর সিকন্দর প্লেসে কোন এক সময় থাকতেন আলোর জাদুকর তাপস সেন।

মন্দির পরিচালনার ভার রয়েছে Tirumala Tirupati Devasthanams সংস্থাটির অধীনে। সরকার মন্দির গড়তে আশি দশকে ১.১৭২ একর জমি দেয় এবং মন্দির ভবন স্থাপনা করতে এই সংস্থার প্রায় এগারো কোটি টাকা খরচ হয়েছিল। প্রকাশ্যে এসেছে অন্ধ্রপ্রদেশে তিরুপতি তিরুমালা মন্দিরে এদের আকাশছোঁয়া সম্পত্তির হিসেব। জানা গেছে প্রতিষ্ঠানের দশ টনের বেশি সোনা এবং নগদ ১৫ হাজার কোটি টাকার সম্পত্তি রয়েছে। বড়দের মুখে শোনা

কথা, পাশেই কালীবাড়ি গড়তে গত শতাব্দীর তিরিশ দশকে খরচ হয়েছিল মোটামুটি ৩৭ *হাজার টাকা। উনিশ শ' বত্রিশ সালে আরাবলি পাহাড় কেটে শুরু হয় বিড়লা মন্দির নির্মাণের কাজ এবং শেষ হয়েছিল উনিশ শ' আত্রিশ সালে। যুদ্ধপূর্বকালে মন্দির গড়তে খরচের হিসেব প্রায় কুড়ি লাখ টাকা।*

হারিয়ে যাওয়া আউট্রাম স্কোয়ারের সামনের রাস্তায় বুড়ো নিমগাছের তলায় বসে ডায়েরি কলম বার করে জায়গাটির বর্তমান বিবরণ লিখতে লিখতে আমি ফিরে যাই গত শতাব্দির ষাটের দশকে আমার ছেলেবেলায়–

'৩২ *নম্বর বাড়ির বাইরে শিমুল গাছটা কে গোল পোস্ট বানিয়ে পাড়ার ছেলেরা বিকেল বেলায় হুটোপুটি করে ফুটবল খেলছে। বাড়ির জানালার সার্সিতে অস্ত রবির ঠিকরানো ঝলকে ক্ষুদে খেলোয়াড়দের চোখ তেতে যাচ্ছে।*

বাবা ও পাড়ার জেঠুরা বাড়ির বাইরে শিমুল গাছের ছায়ার নিচে খাটিয়া পেতে বসে ছেলেদের খেলা দেখছেন। সেই মাঠটি ছিল ডানপিঠেদের আড্ডা। শীতকালের দুপুরে ভাঙ্গা ব্যাট আর ক্যাম্বিসের বল নিয়ে ক্রিকেট খেলতে গিয়ে কত জানালার কাচ ভেঙ্গেছি তার ইয়ত্তা নেই। হেন খেলা নেই যা আমরা খেলিনি। টেনিস বল খেলা, ছাতার বাঁট নিয়ে হকি খেলা, হাডু-ডু খেলা। এই রকম আরও কত কী!

সন্ধ্যাবেলায় মা মাসিমারা টুকটাক গল্প করতে করতে বাড়ির পেছনের গলিতে কয়লা জ্বালিয়ে হাতপাখা দিয়ে তোলা উনুন ধরাবার তোড়জোড় করছেন। উনুনের ধোঁয়ায় জায়গাটা আবছাময় দেখাচ্ছে।'

মনে পড়ে যায় বাড়ির ঠিক পেছনে ২৫ নম্বর ক্লাইভ স্কোয়ারে থাকত একটি খ্রিস্টান পরিবার। তারা শখের মুরগি পুষতেন ও প্রতিবেশী খোকা খুকুদের হাতে মাঝে মধ্যে ডিম ধরিয়ে দিতেন। ডিম খুঁজতে গিয়ে তারা খাঁচার মুরগি ঠেলে সরিয়ে তলা থেকে দু-চার দিনের তা দেওয়া ডিম মুঠোয় পাকড়াও করে এনে হাতে গুঁজে দিয়ে সস্নেহে আমাদের কোলে তুলে নিতেন। কিন্তু বাড়িতে ডিম সেদ্ধ করে ভেঙ্গে দেখা যেত প্রায় প্রত্যেকটাই নানা পর্যায়ে মুরগি-ছানা তৈরি হচ্ছে। সেই প্রথম আমি জানতে পারি যে মোরগে ডিম পাড়ে না। মোরগা-মুরগীর ক্যাঁক-ম্যাক চেল্লাচেল্লিতে ওদের উঠোনটা সবসময়ে সরগরম থাকত।

তখন হালি হিসাবে ডিম বিক্রি হত। চারটে ডিমে এক হালি। পঞ্চাশ দশকে যখন বাবা মা লোডি রোড সরকারী বাড়ি ছেড়ে আউট্রম স্কোয়ারে শিফট করেছিলেন, তখন গোল মার্কেটে এক হালি ডিমের দাম ছিল নাকি কুড়ি পয়সা। শুনেছি লোডি রোডে থাকাকালীন বাবারা দুধ কিনতেন এক টাকায় আট সের। খাঁটি ঘি ছিল এক টাকা সের। আমার পাশের পাড়ার প্রাক্তন প্রতিবেশী Dr Atish Mojumdar তাঁর স্মৃতিচারণে লিখেছিলেন–

My childhood memories (Gole Market)

One day, I witnessed two tongas (horse driven wagons with two wheels) parked in front of our residence on Lodi Road. My mother carefully packed all the utensils, clothes, and bedding, while my father loaded the boxes onto the cart. The children (three of us) were then lifted and seated on the cart. With my father riding his bicyle ahead of us, we embarked on a slow journey to our new location in New Delhi known as Gole Market.

As we travelled on the wagon, I vividly recall passing through the wide avenues of New Delhi, adorned with trees and flower beds at the roundabouts. The roads were surprisingly empty, devoid of any traffic lights at the intersections. Finally, after a leisurly journey, we arrived at our new residence, 2 Lumsden Square, with the setting sun casting long shadows in the late afternoon. My sister and I were filled with excitement and anticipation for our new home. Exploring the premises, we discovered a delightful courtyard where we could play to our heart's content. It didn't take long for us to settle down and adapt to the new surroundings. My father, especially was overjoyed to return to an area where he had spent his boyhood. We were surrounded by Bengali families in the neighbourhood, adding to the sense of familiarity. Notably, there were two captivating temples nearby, namely Kali Bari and the sprawling Birla Mandir which added to the charm of our new location.

মনে পড়ে যায় আমার বাড়ির পেছনে গোশালা ছিল। সেখানে বিকেল চারটেয় পেতলের ঘটি করে দুধ নিতে ঠাকুমার সাথে যেতাম। গোয়ালারা সেই সময় গরুদের গা ধুইয়ে দুধ দুইতে শুরু করত। আমি গয়লাবউদের দেখতাম টিনের পরাতে গোবর-মাটি মেখে নিকোতে। হাতে থাবড়ানো ঘুঁটেগুলোর সাইজ হত থালার মত, তারপর তারা মাথা ঘুঁটেগুলো রোদে শুখোতে দেয়ালে লেপে দিত। আমরা জায়গাটা কে 'ডেয়ারি' বলতাম। এই ডেয়ারিতে মুলতানী মোষ সাড়ে-কুড়ি সের দুধ দিত।

এছাড়া, গোশালায় ইয়া বড় বড় পাঞ্জাবের গাই বাঁধা থাকত। গরুকে দোয়ার সময় সেই দুধ দেখে নেওয়া একটা গুরুত্বপূর্ণ কাজ হত আমার ঠাকুমার। মাপ দেখে নিতে হত। পরিমাণে না কমিয়ে জল মিশিয়ে দুধ চুরি করলে গোয়ালাদের হাতে-নাতে ধরা ছিল দুঃসাধ্য। গরুর বাঁট থেকে এত সুন্দর দোয়ানো দুধ বেরতো যে লোটাতে বাড়ি আনতে আনতে ঝাঁকানিতে দুধ থেকে মাখন ভেসে উঠত। দুধ জ্বাল দিলেই চমৎকার পুরু সর পড়ত। ঠাকুমার হাতে ঘরে তৈরী টাটকা মাখন খেতে খুব ভালো হত।

হারানো আউট্রাম স্কোয়ারের প্রাচীন অশোকতরুর ছায়ার নিচে বিমনা হয়ে বসে আছি আমার কলম আর কিছুতেই লিখতে চাইছে না – ভারাক্রান্ত মন বলে ওঠে - দাও ফিরিয়ে স্মৃতিমধুর শৈশব। কত মুখ, কত নাম, কত ঠিকানা। অনেক ভালোবাসাভরা স্মৃতি, অনেক বেদনাভরা দুঃখ। কত কিছু আবছা, অস্পষ্ট হয়ে গেছে।

স্মৃতিকাতরতায় আচ্ছন্ন হয়ে আমি ভর সন্ধ্যায় বাড়ির পুরনো আমগাছটার খোঁজে বেরিয়ে পড়ি। আমার ৩৮ নম্বর বাড়ির উঠোনের সেই আমগাছটার অস্তিত্ব আজ আর খুঁজে পাওয়া যায় না। ঠাকুমা ঠাট্টা করে বলতেন পলাশির আম বাগান। মানসনেত্রে দেখতে পাই আমাদের বাড়ির আম গাছে মুকুল ঝরে গিয়ে সদ্য গুটি ধরেছে অনেকটা থোকা থোকা আঙুরগুচ্ছের মতো। ঠাকুমা আমগাছটার তলায় উঠোনে বসে গাছের কাঁচা আম তেল-নুন মাখিয়ে পাথর বাটিতে ঝাঁকাতে ঝাঁকাতে সুর করে বলছেন “আম পাকে, জাম পাকে, মামা-বাড়ির বেথুন পাকে”। নাড়তে নাড়তে সেগুলো নরম হয়ে যেত, তখন খেতে সুন্দর সুস্বাদু লাগতো।

হঠাৎ শিশুকণ্ঠের চিৎকারে চমকে উঠলুম, দেখ না মা, দাদা কি করছে? কার কন্ঠস্বর এ? স্তম্ভিত বিস্ময়ে আকুল হয়ে আমি আশেপাশে খুঁজে বেড়াতে লাগলুম, মায়ের মৃদু ধমক যেন কানে ভেসে এল – কেন খোকাকে জ্বালাতন করছিস রে?

আজ মনে হয়, যদি সে কন্ঠস্বর একবার শুনতে পাই, বুক ঠেলে আমার হাহাকার বেরিয়ে আসে। মাথার ওপর সস্নেহ প্রহরা, আমরা বড় নিরাপদ মনে করতাম। নিটোল সুন্দর পরিবারটি ছিল আমাদের। একে একে ছোটবেলাকার অবলম্বনগুলো কালের নিয়মে বিলীন হয়ে গেছে। সমস্ত কৈশোরটা থান থান করে আমার মাথার ওপরে ভেঙে পড়েছে। কোথায় হারিয়ে গেল আমার ঠাস বুনটের কৈশোর।

Dalhousie Square-এর মোড়ে লালাজির দোকান আজ মলিন ধুসর ছবি। অবচেতন মনে দেখতে পাই পাড়ার ছেলেরা সাইকেল সারাই ‘হরি রাম’ মিস্ত্রি কে গোল করে ঘিরে তাদের ফুটবলের ব্লাডারে পাম্প দেওয়াচ্ছে। এই

চৌরাস্তার কোণে টিউবওয়েল থেকে আঁজলা করে জল খেয়ে সামান্য জিরিয়ে সেকালের সিমলা ইয়ংস-এর প্লেয়াররা সাইকেল চালিয়ে তালকোটরা বাগে ফুটবল প্র্যাকটিস করতে যেত।

Wilson Square-এ এখন দেখা যায় Indraprastha Gas Station, Amar Ujala Office, Chugh Dharamshala. Wilson Square-Shibaji Place-এর পেছনের সরু গলি দিয়ে ধোবী ঘাট পেরিয়ে আগে সোজা যাওয়া যেত রামা প্লেস ও রাইসিনা স্কুলে। মড রোড ধরে সোজা হেঁটে গেলে Parshing Square - পেশওয়া রোড ডিঙিয়ে Albert Square পর্যন্ত আর এগিয়ে যাওয়া যায় না। সেখানে আরও একটি Navyug School খুলেছে। সেই জায়গায় খোলা আকাশের নিচে কয়েকখানি পাথর দিয়ে বানানো ছিমছাম কবর ছিল। ওই কবরস্থান যেখানে খনন করা হয়েছিল সেখানে এখন সারি সারি ক্লাসরুম তৈরি হয়েছে। বাইরের কম্পাউণ্ডে ছাত্রদের প্রার্থনা সঙ্গীতের গুঞ্জন কান পাতলে হালকা শোনা যায়। সেকালে সূর্যাস্তের সময় বহু মুসলমান Albert Square মাঠে নমাজ পড়তে আসত, সন্ধ্যা হলেই নামাজের আজান শোনা যেত। সেই কবরস্থান আজ ধুলিস্মাত হয়ে গেছে – কে কোথায় জন্মায়, কার কাছে মাটি পায় ঈশ্বরই জানেন।

ইবেটসন রোড Ibbetson Road

ষাটের দশকে Ibbetson Road সড়কটি দিয়ে টানা পাহাড়গঞ্জের রামকৃষ্ণ মিশন পর্যন্ত যাওয়া যেত। এই রোডে ২৫ নম্বর নিকলসন স্কোয়ারে ১৯৭৬-৭৮ সালের সময়কালে বাড়িশুদ্ধু সবাই আমরা থেকেছিলাম। সাড়ে চার দশক পেরিয়ে গেছে তাও মনে পড়ে যায় গোটা পরিবার সমেত কোন এক রবিবার সকালে Outram Square থেকে Nicholson Square-এ শিফট করেছিলাম। সেকালে কোন বাড়িতেই বিস্তর আসবাবপত্র থাকত না তাই হাতে টানা ঠেলা গাড়িতে ও সাইকেলে জিনিসপত্র চাপিয়ে চারবারে নিয়ে আসা হয়েছিল।

ওই ধরণের ঠেলা গাড়িতে করেই সেকালে পাড়া প্রতিবেশীদের বাড়িতে G Point কয়লা টাল থেকে উনুন জ্বালাবার কাঠ ও কয়লা সাপ্লাই হত। কয়লা টানা ঠেলার চালকদের দেখতে লাগতো কালো ভুতের মত কারণ তাদের সারা গায়ে সর্বদা কয়লার মিহি আস্তরণ জমে থাকতো। ঠেলা চালকেরা সাধারণত বাড়ির উঠোনে তাদের ঠেলা গাড়ি উপুড় করে কয়লা ঢেলে যেত। দাঁই করা কয়লা পড়ে থাকতে দেখে যথারীতি মায়েরা অল্পবিস্তর তাদের বকাঝকা করতেন। এদের আমরা ডাকতাম লাকরীওলা, এছাড়া অন্য ফেরীওয়ালাদের পাড়ার সবাই মস্কোরা করে হাঁকত সজীওলা, আণ্ডাওলা ইত্যাদি ইত্যাদি।

লিখতে লিখতে একটি হাস্যকর দৃশ্য চোখের সামনে ভেসে ওঠে। আমাদের বাড়িতে যে ঠেলাওয়ালা কয়লা দিতে আসতো সে ছিল রীতিমত বেঁটে। তার

নাম দিয়েছিলাম ঠাট্টা করে ভূতনাথ। একবার সে আমাদের উঠোনে কয়লা উপুড় করে ঢালতে গিয়ে ব্যালেন্স হারিয়ে ঠেলা গাড়ির হাতল ধরে ফাঁসির আসামীর মত শূন্যে ঝুলে গেছিল। তখন তার ছোট পা দুটো ঘুরপাক খেয়ে দুলছে। বাবা দেখতে পেয়ে দৌড়ে এসে তার ঠ্যাঙ টেনে নিচে নামিয়েছিলেন। সেই হারানো স্মৃতি মনে পড়লে ঠেলাওয়ালার বোকাসোকা মুখটা চোখের সামনে ভেসে ওঠে, তাকে দেখলে মনে হত বম্বে ফিল্ম জগতের হাস্য অভিনেতা 'মুকরী'-র অবিকল অবয়ব।

আরও কয়েকটি টুকরো টুকরো স্মৃতি নিকলসন স্কোয়ারকে ঘিরে মনে পড়ে যায়। পাড়ার New Delhi Youth Club-এর বন্ধুরা একবার আইফেক্স মঞ্চে নাটক মঞ্চস্থ করেছিল। তখন আমাদের বাড়ির ভাঙ্গা সোফা ঠেলা গাড়িতে করে তারা আইফেক্স অডিটরিয়ামে তুলে নিয়ে গেছিল। কারণ স্টেজে নাটকের কল্পিত ড্রয়িংরুমের দৃশ্যে সোফা দিয়ে সাজিয়ে দর্শকদের দেখানো হবে। স্কুল ছুটি হলে পাশেই মেয়েদের MB স্কুল থেকে প্রচুর ছাত্রী কলরব তুলে হেঁটে বাড়ি যেত। Lady Irwin School-এর সবুজ বাস আমাদের নিকলসন স্কোয়ারের রাস্তা দিয়ে যাওয়া আসা করত। ১৯৭৮ সালে ফেব্রুয়ারি মাসে সরকারী বাড়িটা ছেড়ে যখন যেতে হয় তখন যোগাযোগ সূত্র রেখে যাওয়ার জন্য বারান্দার দেয়ালে আলকাতরা দিয়ে বড় বড় অক্ষরে নতুন বাড়ির ঠিকানা লিখে দিয়ে যাই।

নিকলসন স্কোয়ারে নয় নম্বরে ষাটের দশকে থাকতেন Willingdon Hospital-এ কার্যরতা বিশিষ্ট স্ত্রীরোগ বিশেষজ্ঞ ডঃ মিসেস গৌরী সেন। উনি এক সময় বার্মায় নেতাজীর আই এন এ-র রানি ঝাঁসি রেজিমেন্ট-এ যোগ দিয়েছিলেন। তখন তিনি ছিলেন বার্মার প্রগতিবাদী প্রখ্যাত আইনজীবী নীলকন্ঠ ভট্টাচার্যের প্রথমা কন্যা লেফটেন্যান্ট গৌরি ভট্টাচার্য। ছোটবেলায় আমি প্রায়ই দেখতাম ওনাকে ফিয়েট গাড়ি চালিয়ে ইবেটসন রোড ধরে হাসপাতালের দিকে যেতে।

বাবা জেঠুরা ইবিটসন রোড দিয়ে সাইকেল চালিয়ে পাহাড়গঞ্জ থেকে রবিবার সকালে সব্জি বাজার করে নিয়ে আসতেন। কারণ গোল মার্কেটে শাক-সব্জির দাম ছিল বড়ই চড়া। আজও পাহারগঞ্জ সব্জি বাজারে চোদ্দ শাক ও গোটা সেদ্ধর জিনিস কালী পুজো ও সরস্বতী পুজো উপলক্ষে কিনতে পাওয়া যায়।

সেকালে ছোট Hastings Square থেকে পাহারগঞ্জ থানা পর্যন্ত টাঙ্গা চলত। আউট্রাম স্কোয়ারে থাকাকালীন বাড়িতে দাদা দিদি বা আমার জ্বর হলে মা Clive Square পথে চলমান টাঙ্গা থামিয়ে Diaz Square ব্যারাকে CGHS সেন্টারে ডাক্তার দেখাতে নিয়ে যেত।

এই টাঙ্গা দ্বিচক্রযান। ঘোড়ায় টানে। অশ্বের গলায় ঝুলিয়ে দেওয়া হত ঝুনঝুনি। দূর থেকে ঝুনঝুনির মিষ্টি শব্দ শুনে টাঙ্গার দূরত্ব আন্দাজ করা যেত। সামনে পিছনে চারজন বসা যায়। টাঙ্গার গতি মন্থর, আসন আরামহীন। টাঙ্গার ঘোড়াগুলি ভারতীয় যোগীপুরুষদের মতো নির্লিপ্ত, নিরাসক্ত ও নির্বিকার; কোন কিছুতেই তাদের উত্তেজিত করা সহজ নয়। বেগবৃদ্ধি প্রায় সাধ্যাতীত। তাই ঘোড়ার পিঠে মৃদু মৃদু ছড়ি মারতে মারতে টাঙ্গা চালক মুখে আউরিয়ে যেত 'হ্যাট হ্যাট হ্যাট'। মনে পড়ে যায় যখন সহিসের তাড়া থাকতো সে তখন জোরে টাঙ্গা হাঁকাতে শুরু করে দিত আর আরোহীদের বারণ সত্ত্বেও ঘোড়ার পিঠে দে চাবুক, দে চাবুক। অন্ধকার নির্জন রাতে টাঙ্গার চাকার ঘর্ঘরে বিকট আওয়াজ ও অশ্বের হ্রেষাধ্বনির শোরগোলে পাড়া প্রতিবেশী সচকিত হয়ে উঠত।

'শোলে' সিনেমাটি যখন রিলিজ হয় তখন কালীবাড়ির পাশের আস্তাবলের এক বুড়ো সহিস আমাদের আজগুবি এক গল্প শুনিয়েছিল। 'শোলে' ফিল্মের নায়িকা বসন্তি ওরফে 'হেমা মালিনী-ড্রিম গার্ল' ছোটবেলায় 'হেগ' স্কোয়ারে থাকত। সেই চঞ্চলমতি বালিকা নাকি প্রায়ই টাঙ্গার সামনের আসনে বসে ঘোড়ার লাগাম অশ্বচালকের হাত থেকে খেলার ছলে কেড়ে নিয়ে দড়ির রাশ ঢিলে ছেড়ে দিত। ঘোড়াটা তারপরেও যখন দুলকি চালে চলত বালিকা হেমা মালিনী চাবুক তুলে শুন্যে সপাসপ ঘোরাত।

সহিস চাচার ভ্রান্ত ধারণা হয়েছিল যে দ্বিচক্রযান চালানোতে ছোটবেলায় কন্যাটির সামান্য কিছুটা অভিজ্ঞতা থাকার জন্য ঘোড়সওয়ার গব্বর সিংহের আক্রমণ থেকে বাঁচতে দ্রুত টাঙ্গা ছুটিয়ে পালাতে পেরেছিল। সহিসের মুখে গল্পটা শুনে আমরা খিক খিক করে হেসে উঠেছিলাম বটে কিন্তু মনে মনে গর্ব হয়েছিল যে বসন্তি একদা আমাদের গোল মার্কেট পাড়ার প্রতিবেশিনী ছিল। শোলে সিনেমাটি দেখার পরে বুড়ো চাচা তার ঘোড়াকে মাঝে মাঝে আদর করে পিঠ থাবড়ে 'ধন্নো' নামে ডাকত! আস্তাবলে বাঁধা প্রতিটা ঘোড়াকে আমরাও দুষ্টুমির ছলে 'ধন্নো' ডাকে খ্যাপাতাম। ঘোড়াগুলো তখন আপন খেয়ালে গরগর করে নাক দিয়ে শব্দ ছাড়ত, কেমন যেন লাজুক ভরা। কবি সত্যেন্দ্রনাথ দত্ত ঘোড়াদের নিয়ে ভারী সুন্দর কবিতা লিখে গেছিলেন –

ঘোড়াটি আমার ভালবাসিত গো শুনিতে আমার গান/এখন হতে সে ঘোড়াশালে বাঁধা র'বে সারা দিনমান।/জিনি' তরঙ্গ সুন্দরী মোর তাতার বাসিনী সাকী/লীলা-চঞ্চলা রঙ্গনিপুণা,-শিবিরে এসেছি রাখি/ঘোড়ার আমার জুটিবে সওয়ার, ইয়ার পাইবে সাকী/শুধু মা আমার এ বুড়ো বয়সে কাঁদিয়া মুদিবে আঁখি!

যাইহোক আমার মূল কাহিনীতে ফিরে আসি। Ibbitson Road পথে প্রথমেই ছোট-বড় Hastings Square ছিল এবং তারপরে Cornwallis Square, Clive Square, Nicholson Square, Taylor Square ও আরও কয়েকটি পাড়ার পরে পথটি শেষ হত রামকৃষ্ণ মিশনে গিয়ে।

Ibbetson Road সড়ক দিয়ে হাঁটলে এখন Taylor Square জায়গাটা অতিক্রম করা যায় না, সোজা রাস্তাটা বন্ধ হয়ে গেছে। পথটির আগাগোড়া বর্ণনা দিয়ে রাখি তাহলে প্রাক্তন বাসিন্দাদের বুঝতে সুবিধে হবে। ছোট এবং বড় Hestings Square জায়গাটিতে Willingdon Hospital-এর একটি বহুতল আকাশচুম্বী মেডিকাল কলেজ তৈরী হচ্ছে। তার নাম Atal Bihari Vajpayee Institute of Medical Sciences & Dr. Ram Manohar Lohia Hospital.

Cornwalis Square-এর ওপরে চারতলা ডক্টরস হোস্টেলের কাছে আরও একটি তেইশ তলা ডক্টরস হোস্টেল বর্তমানে তৈরি হচ্ছে। সেখানে ডাক্তারদের থাকার জন্য ৮২৪টা রুম ও নীচের ভূতলে তিনটি তিনশো খানেক গাড়ি পার্ক করার ব্যবস্থা থাকবে। মনে পড়ে যায় ষাটের দশকের গোড়ার দিকে হেস্টিংস স্কোয়ারের পেছনে গোশালার কাছে ছিল Willingdon Hospital Casualty Wing.

গোটা NDMC আওতায় এই তেইশ তলা ভবনটি উচ্চতায় আশে পাশে সবকটি বহুতল ভবণ কে আগামী দিনে ছাড়িয়ে যাবে। শঙ্কর রোড দিয়ে ওতরাই নামতে গেলে প্রথমেই চোখে পড়ে আকাশচুম্বী সেই ভবনটি। Taylor Square অতিক্রম করার পর চামেরীর জায়গায় এক বিশাল সুসজ্জিত পার্ক দেখা যায়। Joffrey Square- এর জায়গায় দেখলাম একটি নতুন স্কুল খুলেছে নাম Jain Happy School. স্কুলটির বিপরীতে দেখি আর একটি স্কুল পরে ভালো করে লক্ষ্য করে বুঝেছিলাম ওটি মেয়েদের পুরনো MB School. কেন আমার এই বিভ্রম হয়েছিল তা স্কুলটি ভাল করে দেখার পর পরিষ্কার হয়েছিল। আসলে চামেরীর দোতলা বাড়িগুলো ভেঙ্গে দেওয়া হয়েছে তাই MB School দেখলে মনে হয় জায়গাটির অবস্থান সামান্য এগিয়ে এসেছে।

পাশেই লাল বাহাদুর সদনের চারতলা বাড়িগুলো সন্ধ্যা বেলায় দেখতে লাগে প্রেতপুরী। তারপর পেশওয়া রোড পর্যন্ত সারি সারি চারতলা বাড়ি দেখা যায়। Diaz Square-এর বিপরীতে Royal Store-Taj Meat Shop এখনো চালু আছে।

শোনা কথা গোল ভবনের পাশেই মিষ্টির দোকানের (কমলালয়) প্রধান আকর্ষণ ছিল কমলা রঙের রসগোল্লা। এই সুস্বাদু রসগোল্লা মিশনে পালা পরবে পরিবেশন করা হত। সেই মিষ্টির দোকানে নাকি চমচম খাসা খেতে ছিল। বয়ে নিয়ে যাওয়ার জন্য মুখে সরা চাপা, ময়দা দিয়ে আঁটা মাটির হাঁড়িতে

থরে থরে চমচম সাজিয়ে রাখা থাকত। ৬০'র দশকের প্রাক্কালে এক টাকায় ১৬+১ রসগোল্লা পাওয়া যেত।

কমলালয় দোকানটির অবস্থান ছিল সরস্বতী বুক ডিপোর কয়েকটি দোকান ছাড়িয়ে অর্থাৎ লুপ্ত গান্ধী টেন্ট হাউজের পাশে। মিষ্টির দোকানের সাইনবোর্ডে নাকি লেখা থাকত – পরমানন্দে সন্দেশ আহার করতে আসুন। আনা দুয়েকের সন্দেশ কিনে খান'।

সেই সময়ের মিষ্টি বিলাসী খদ্দেররা আজ আর কেউ বেঁচে নেই।

এলোমেলো পথ এগিয়ে যেতে যেতে গিয়ে আমি দিশাহারা হয়ে যাই। Foch Square-French Square-এর সামনের পথে এসে দেখি আমার দিকভ্রম হয়েছে। Ibbetson Road অতিক্রম করে গোল ভবনের কাছে গিয়ে বুঝতে পারি রাস্তাটি ঈষৎ হেলে গেছে। পথটির বর্তমান নাম রামকৃষ্ণ আশ্রম মার্গ। সড়কটি ধনুকের জ্যায়ের মত অর্ধচন্দ্রআকারে বেঁকিয়ে আছে। কাত হয়ে যাওয়া পথটির সূক্ষ্ম পরিবর্তন সহজে কোনো পথচারীর চোখে পড়বে না। কিন্তু গোল মার্কেট পাড়ায় জন্ম হওয়ার সুবাদে জুহুরি চোখ আমার কারসাজিটা ধরে ফেলেছিল। রাস্তার ধারে অবশিষ্ট কয়েকটি শিমুল গাছ এখনো কেটে ফেলা হয় নি। সেই গাছগুলো দেখে পুরনো রাস্তার অবস্থান আমি অনুমান করে ফেলি। দারুন নস্টালজিক স্বভাবের না হলে প্রাচীন পাড়ার প্রতিবেশীরা এই রাস্তার অদৃশ্য দিক পরিবর্তন ধরতেও পারবেন না।

Ibbetson Road পথের শেষের ঠিকানা রামকৃষ্ণ মিশন। শ্রীরামকৃষ্ণ মঠের দিল্লী শাখা প্রথম আত্মপ্রকাশ করেছিল গারস্টিন বেষ্টন রোডের একটা ভাড়া বাড়িতে ১৯২৭ সালের ৪ঠা মে। ১৯৩১ সালে পাহাড়গঞ্জ এলাকায় পাঁচকুই রোডের গায়ে দুই একরের একটি জমি সরকারের কাছে আবেদন করে পাওয়া গেছিল।

গত শতকের মাঝামাঝি সময়ে Ibbetson Road-এর পথের শেষে এককোণে গাছপালায় আচ্ছন্ন তপোভূমির চেহারার আশ্রমটির দিকে তেমন কারও নজর পড়ত না। এখন ফি বছর মহারাজের পদধূলিধন্য পুণ্যভূমিতে হাজার হাজার দীক্ষার্থীর সমাগম হয়। ভক্তরা ঠাকুর রামকৃষ্ণদেবের 'তোমাদের চৈতন্য হোক' বাণী আজও স্মরণে রেখেছে।

আনন্দবাজার কাগজে ১৬ অক্টোবর, ২০২৩ তারিখে একটি বিশেষ খবর ছেপেছিল –

মাটির প্রতিমায় পাঁচ দিনের পুজো এ বার রামকৃষ্ণ মিশনেও। ছিয়ানব্বই বছরের ইতিহাসে এই প্রথম দিল্লিতে বিশুদ্ধ সিদ্ধান্ত মতে মাটির দুর্গাপুজো করবে দিল্লির রামকৃষ্ণ মিশন। ভারতে বেলুড় মঠ-সহ ২৯টি রামকৃষ্ণ মিশন কেন্দ্রে দুর্গাপুজো হয়। দিল্লির রাম কৃষ্ণ মিশন ৩০তম কেন্দ্র হিসেবে যোগ

দিল। এত দিন মহাঅষ্টমীর দিন দুর্গা ঠাকুরের ছবিতে বিশেষ পুজো হত। এ বার প্রথম মাটির মূর্তিতে বোধন থেকে দশমী পর্যন্ত পুজো হবে।

সেরার সেরা আমাদের পাড়া

আমার পুরনো পাড়ার পোস্টাল ঠিকানা পিনকোড ১০০ ০০১ – গোটা দিল্লীতে ১১০ ০০১ থেকে পিনকোড শেষ হয় ১১০ ১১০ ডিজিটে – তারপর NCR পাড়ার বিস্তার ক্রমাগত হয়েই চলেছে। কেন শৈশবের পুরনো পাড়া most sought after তার কারণ আমি খুঁজে বার করেছি।

আমাদের পুরনো পাড়াটির অবস্থান heart of the city বললেও অত্যুক্তি হবে না। এই পাড়ায় বাসস্থান মানে সেখানে থাকাটা রীতিমত status symbol বলা যেতে পারে। আমার জানাশোনার মধ্যে কেউ পিনকোড ১০০ ০০১ পোস্টাল ঠিকানায় আজ আর থাকে না। এই পাড়ার বর্তমান নিবাসীদের এখন ঠাট্টা করে ডাকা হয় 'Khan Market Gang' বা Lutyens' elite. আমি নিজেই এখন ছিটকিয়ে ১১০ ০৩৫ পিনকোডের ছত্রছায়ায় আশ্রয় নিয়েছি।

অনলাইন কোম্পানিগুলো তাদের ডেলিভারি তালিকায় লুটিয়ান্স জোন আওয়তায় গোল মার্কেট পাড়াটিকে বর্তমানে top priority দিয়ে রেখেছে।

GPS Navigation

যদি কোনো চালক তার বাহন নিয়ে কনট প্লেসে রাজীব চক মেট্রো বা নিউ দিল্লী স্টেশন (পাহাড়গঞ্জ) থেকে দক্ষিণ দিল্লী বা পশ্চিম দিল্লীর দিকে GPS নেভিগেশন অন করে নিজের গাড়ি অথবা Ola Uber বাহনে যান তাহলে খেয়াল করে দেখবেন গাড়ির GPS-এর কাঁটা অবধারিত ভাবে কালীবাড়ি মার্গ – মন্দির মার্গ (Reading Road) - Willingdon Crescent – Mother Teresa Crescent বা শঙ্কর রোডে রীজ মুখো পথ বাতলাবে। অর্থাৎ গোল মার্কেট পাড়ার গুটিকয়েক নির্জন রাস্তা GPS বেজায় পছন্দ করে। আমাদের পুরনো পাড়ায় একেবারেই ট্র্যাফিক যানজট নেই এবং GPS navigator ট্র্যাফিক জ্যাম কে সাধারণত এড়িয়েই চলে।

Dedicated Airport Corridor শিবাজি মেট্রো স্টেশন (Irwin Road) থেকে Airport Terminal-3 যেতে মাত্র একুশ মিনিট সময় লাগে। বিমানযাত্রীরা শিবাজি মেট্রো স্টেশনে তাদের ব্যাগেজ সিকুরিটি ক্লিয়ারেন্স করিয়ে এই মেট্রোতেই অধিকতর সময়ে যাতায়াত করে। সহজেই পথের যানজট এড়িয়ে আকাশপথের যাত্রীরা দ্রুত এয়ারপোর্ট পৌঁছে যায়। এছাড়াও Blue Line Metro – Yellow Line Metro, Meganta Line (to be commissioned soon) ও রাজধানী শতাব্দী বন্দে মাতরম ইত্যাদি নানান ট্রেন ধরার জন্য পাশেই তিনটে স্টেশন আছে – Rajiv Chowk – R.K. Ashram Marg ও New Delhi Railway Station.

বিদ্যা মন্দির - মন্দির মার্গকে রিডিং রোড কেন বলা হত?

এই পাড়ায় কুড়িটার বেশী স্কুল ও একটি মেডিকাল কলেজ আছে। Hastings Square-এ আরও একটি মেডিকাল কলেজ নির্মাণের কাজ চলছে। এলাকাটিকে মা সরস্বতীর পীঠস্থান বললেও অত্যুক্তি করা হবে না। গত শতাব্দীর তিরিশ দশকের *পরবর্তী সময় থেকে আজ অবধি কয়েক লাখ ছাত্র এই পাড়ার বিভিন্ন স্কুল থেকে প্রাথমিক বিদ্যা লাভ করেছে। সহজেই দাবী করা যায় দিল্লীতে কোন পাড়ায় এত স্কুলের ছয়লাপ নেই।*

স্কুলের নাম জানতে পাঠক নিশ্চয়ই কৌতূহলী হয়েছেন। নামগুলোর তালিকাটি আর একবার দেখে নিন তাহলে –

President Estate School, Kendriya Vidyalay, Ranur Pathsala, Harcourt Butler School, Navyug School-Opp: Birla Mandir, Delhi Tamil Education Association Sr. Secondary School, Atal Adarsh Bal Vidyalaya (formerly NP Boys Senior Secondary School), Raisina Bengali School, Dayanand Model School, St Thomas School, Navyug School, Nutan Marathi Senior Secondary School, DAV School, Chitra Gupta Road, Ramjas School, Chitragupta Road, Jain Happy School-Sector – 2, Near Lal Bahadur Sadan, M.B. Girls School, St. Columba's School, Convent of Jesus Mary School, Kristh Raja School, Union Academy School, Raghumal School, Jain Happy School, Raja Bajar, Lady Hardinge Medical College. এছাড়া কাছাকাছির মধ্যে আছে Modern School Lady Irwin School Vidya Bhawan Bal Bharati Springdells ও St Anthony School.

ভজন পূজন আরাধনা-এই পাড়ায় বহু ঈশ্বরের অবস্থান–

যত ধর্ম স্তত জয়-মন্দিরেতে কাঁসরঘন্টা বাজল ঠং ঠং – জায়গাটি যথার্থই সাধনার পীঠস্থান।

গোল মার্কেট পাড়ার আশেপাশে সমেত দশটি ছোট বড় মন্দির আছে। গির্জা ঘর আছে চারটি তার মধ্যে হ্যাভলক স্কোয়ার ইনকোয়ারি অফিসের ব্যারাকের কাছে মার্কেট রোডে একটি নতুন চার্চ খুলেছে। তাছাড়া তিনটি গুরদ্বারা ও রামকৃষ্ণ মিশন আছে। গোটা অঞ্চলটিকে সর্ব ধর্মীয় - সিকুলার পাড়া বলা চলে এবং জাতিধর্ম-নির্বিশেষে সত্যনিষ্ঠ শিষ্যদের জন্য এলাকাটি যথার্থই নমস্যস্থল, ঈশ্বর রক্ষতু।

সন্ধ্যাবেলায় কালীবাড়ির পাশ দিয়ে গেলে আরতির পরে রেকর্ডে গান শোনা যায় –

মায়ের পায়ে জবা হয়ে ওঠ না ফুটে মন

সামান্য এগোলেই বুদ্ধ মন্দির থেকে শুনতে পাবেন

বুদ্ধং শরনং গচ্ছামি

ধর্মং শরনং গচ্ছামি

সঙ্ঘং শরনং গচ্ছামি।।

বিড়লা মন্দিরে গীতা ভবন থেকে ভেসে আসে সুগায়কের কন্ঠস্বর

রঘুপতি রাঘব রাজারাম সবকো সম্মতি দে ভগবান

বাংলা সাহিব গুরদ্বারার আশে পাশে শোনা যায় –

বাবা নানক দুখিয়া দে নাথ ভে ...

গোল ডাকখানার পাশেই রোমান ক্যাথলিক চার্চ, সমস্ত গির্জাঘর ভরে ওঠে যন্ত্রধ্বনিতে। ক্যাথলিকরা দেখে মা-মেরিকে জননীরূপে তাই মা-মেরির দেবী-মূর্তি লক্ষ লক্ষ নরনারীর চোখের জল দিয়ে গড়া। আত্ম পিপাসার্থ বেদনাতুর হিয়া যখন পৃথিবীর কোনোখানে আর কোনো সান্ত্বনার সন্ধান পায় না, তখন তার শেষ ভরসা মা-মেরির শুভ্র কোল। 'ধন্য হে জননী মেরি, তুমি করুণাময়ী'।

রামকৃষ্ণ মিশনের গায়ে লাগানো মেট্রো স্টেশনে দাঁড়ালে শুনতে পাবেন সুগম্ভীরস্বরে প্রভাত বন্দনা–

খণ্ডন ভব বন্ধন জগ বন্ধন বন্দি তোমায় - নিরঞ্জন নর-রূপ-ধর নির্গুণ গুণময় ...

সবুজ পাড়া

এলাকাটিকে *সবুজ দ্বীপের রাজা* বলা যেতে পারে। আপনারা যদি রীজের পাশে শঙ্কর রোড দিয়ে নিচে নামেন তাহলে দেখবেন আরাবলির অরণ্যের দুপাশে দূরদূরান্ত পর্যন্ত হরিৎ উপত্যকার ওপরে বাবলা-পলাশ গাছে ছেয়ে আছে। Willingdon Crescent – Shankar Road ঢালাইয়ের দুপাশে লতাপ্রাচীরে ঘেরা ছায়াছন্ন পথ অতিক্রম করার সময় উপলব্ধি করবেন নির্মল শীতল বাতাস আপনার দেহে প্রগাঢ় শান্তির আমেজ এনে দিয়েছে, শরীর মন জুড়িয়ে যাবে। আনন্দে মন আপনার পালকের মতো নেচে উঠবে। রীজের আশেপাশের দিল্লীর অন্য পাড়া থেকে অপেক্ষাকৃত চার-পাঁচ ডিগ্রি তাপমাণ সর্বদা কম থাকে। গোটা অঞ্চলটি সম্পূর্ণ pollution free এবং air quality index (AQI) গ্রাফ সর্বদা ভালো থাকাতে বাতাসে মিষ্টি সুঘ্রাণ পাবেন। সেই কারণে আজও

তালকোটরা উদ্যানে প্রচুর প্রাতঃভ্রমণকারীরা ভিড় জমায়। যাযাবর তাঁর দৃষ্টিপাত উপন্যাসে জায়গাটির বর্ণনা দিতে গিয়ে লিখেছিলেন –

'নির্মল আকাশ থেকে প্রত্যহ নিশীথে সঞ্চিত হয় বিন্দু বিন্দু শিশির, প্রভাতে স্পর্শ করে তরুণ অরুণের প্রথম কিরণ রেখা, সন্ধ্যায় ছড়িয়ে পড়ে গোধূলি আলোকের সোনালী আভা'।

শঙ্কর রোডের পাহাড়ি পথে নিচের দিকে নামলেই নবাগতরা দেখতে পাবেন ডান পাশে তালকোটরা পার্ক। তার পেছনেই আছে ভারতবর্ষের সেরা ফুলের বাগান। বসন্তের সময় মুঘল বাগিচা Mughal Garden দেখতে হাজার হাজার টুরিস্ট নন্দন কাননে ভিড় জমায়। North Avenue পাড়ায় বাতাসে ভেসে আসে গোলাপের মধুর গন্ধ। রাস্তার দুধারে প্রাচীন বৃক্ষের সারি নীলাকাশ ভেদ করে সগর্বে আজও দাঁড়িয়ে আছে।

জন্মগৌরব স্থানটি মনে ভেসে উঠলেই আমি আনন্দে আত্মহারা হয়ে যাই। ছবি থাকে না। প্রায় সবই হারিয়ে যায়। -অনেক দিনের চেনা ছবি, অনেকটাই আজ মলিন। পাড়াটি আমাকে অহরহ হাতছানি দিতে থাকে তা আমি কোনদিনই উপেক্ষা করতে পারি না। পিছুটান! ৬৭ বছর ধরে আমি গোল মার্কেট পাড়ার মায়া কুহকে পথভ্রষ্ট পথিকের মত ঘুরেই চলেছি ... জানিনা এই পথ পরিক্রমা কবে শেষ হবে। গভীর রাত্রিতে নিশি ডাকে বলেই তো শুনেছি। তবে কি দিনেও?

লেখনীটি শেষ করতে গিয়ে মনে হয়েছে সমস্ত জীবনের প্রতিবিম্ব আমার কলমে এসে পড়েছে যে জীবন প্রায় কাটিয়ে শেষ করে উঠলাম। প্রভাতটি ছিল প্রশান্ত, দ্বিপ্রহরে উগ্র তারপর এই সৌম্য গোধূলি।

Royal Store

Taj Meat Shop

New shop in place of Bengal Sweet Home

Bangla Sweet House

Saraswati Book Depot

শতাব্দীপ্রাচীন রাইসিনা স্কুল

অবনীস্যারকে সত্যিই জানি না ...

—সুজাতা ঘোষ

আমাদের বাড়ীর সব ভাইবোনেরই আঁকার হাত আছে বলা যেতে পারে। একমাত্র ছোটদা দিল্লী আর্ট কলেজে পড়াশোনা করলেও আমার অন্য দাদারা, এমন কি ছোট বোনও আমার মনে হয় আর্ট কলেজে পড়লেও পড়তে পারত। মায়ের হাতের লেখা তো ছিল মুক্তাক্ষর সাজানো। ব্যতিক্রম ছিলাম এই আমি। আঁকার ব্যাপারে 'আঁ' করে উঠতাম সেই ছোট্টবেলা থেকেই। বাবার কিছুটা ধাত পেয়েছিলাম। বাবারও আঁকায় বোধ থাকলেও আঁকার হাত ছিল না।

ছোটবেলায় মনে আছে কিছু আঁকতে হলে সে ছবির অপেক্ষাকৃত সহজ যেটি লাগত সেটি আগে এঁকে নিতাম। ক্লাসে একবার বাংলা বই থেকে সুকুমার রায়ের 'বিদ্যে বোঝাই বাবু মশাই' কবিতার ইলাস্ট্রেশনটা দেখে আঁকার ছিল। আমি বাবুর, মাঝির, নৌকার বা নদীর ঢেউ ছেড়ে আগে বাবুর হুঁকোটি

আঁকতে শুরু করেছিলাম। ভাবটা এই আগে সোজা জিনিসটা তো এঁকে নিই, বাবু মাঝি ফাঝি পরে দেখা যাবে।

রাইসিনা স্কুলে বছর চার পড়ার সুবাদে এ হেন আমার আঁকার ক্লাসে শিক্ষক হয়ে এলেন অবনী স্যার। তখন আমি ফোর ফাইভে পড়ি! বাড়ীর বড়রা সব ওনাকে চিনলেও, আমি চিনতাম না। অবনী স্যার কে, উনি কোন মাপের শিল্পী, শিল্প জগতে ওনার সুনাম খ্যাতি, পরিচয় ও প্রতিভার তখন কোনও ধারণাই ছিল না। ফোর ফাইভের একটি মেয়ের পক্ষে জানা সম্ভবও নয়।

তবে ওনার ব্যক্তিত্ব আমাদের সব ছেলেমেয়েদের দারূণ ভালো লাগত। অমন প্রাণবন্ত উপস্থিতি ছাত্রছাত্রীদের মনে উৎসাহ জাগাত। লম্বা চেহারা, না মোটা না রোগা। ঋজু শরীর। রং ফর্সার দিকে। সর্বদা ইস্তিরি করা পরিচ্ছন্ন সাদা ধূতি পাঞ্জাবীতে ফিটফাট চেহারা। শীতকালে খয়েরী জহর কোট। মাথায় চুল পাতলা হলেও তেল দিয়ে আঁচড়ান – মনে হত সবে স্নান করেছেন এত ফ্রেশ লাগত।

মনে আছে ক্লাসে ঢুকেই একটা অদ্ভুত হাঁক দিতেন – যা শুনে হোল ক্লাসের ছেলেমেয়েরা বয়সের গুণে বা দোষে একসাথে হেসে ফেলত। ওমা, তারপর সব এক্কেবারে চুপ!

উনি বেশীর ভাগ আমাদের মন থেকে এবং মাঝে মাঝে কোনো আঁকা দেখে আঁকতে বলতেন। ক্লাসে সীতেশ, পাঁচু – এরা সব দারুণ আঁকত। সব সময় ভি ভি গুড পেতই। কিন্তু এযে অবনীস্যার! কাউকে নিরাশ করতেন না। অনুরোধে উদার হয়ে ভি ভি গুড দিয়ে দিতেন ছাত্রছাত্রীদের। ক্লাস আহ্লাদে ডগমগ। আবার যে যত আবদার করছে অকৃপণ হাতে 'ভি'-র সংখ্যা বাড়িয়ে দিতেন যত খুশী। এমন কি আমিও ভি ভি গুড পেয়েছি। আমাদের তো ভাল লাগবেই ওনার ক্লাস। সালটা তখন ১৯৬৫র আগে পিছু হবে, সম্ভবত এই সময়েই উনি রাইসিনা স্কুলের চাকরী জীবন থেকে 'অবসর' নেন। যা তাঁকে আরো দরাজ ও মুক্তহস্ত করেছিল।

আর মনে পড়ে আমাদের, বিশেষত মেয়েদের মাঝে মাঝে একটি বিশেষ ছোট্ট কাজ করতে বলতেন। যা করবার জন্যে আমরা মুখিয়ে থাকতাম। আমরা তখন স্কুলের প্রাইমারী বিল্ডিং-এ বসতাম। পুরোনো বিল্ডিং-এর যেখানে খাবার জলের কল ছিল – তার আশেপাশে গাছ-গাছালির মাঝে টবে কিছু তুলসী গাছও ছিল। উনি আমাদের কাউকে গুটি কয়েক তুলসী পাতা আনতে পাঠাতেন। আবার বলেও দিতেন হাত ধুয়ে, তালি মেরে তবেই যেন তুলসী পাতা তুলি। আমার দু'দুবার এই সৌভাগ্য হয়েছিল। একাদশী না বৃহস্পতিবার হলে (ঠিক মনে নেই) তুলসী পাতা তুলতে পাঠাতেন না।

আবার একটি হর্ষ বিষাদ মাখা ঘটনা বলে আমার এ স্মৃতিচারণ শেষ করব। ক্লাস ফাইভের ফাইনাল বা হাফ ইয়ারলি পরীক্ষার কয়েকদিন আগে অবনীস্যার বলে দিলেন– 'ড্রইং পরীক্ষায় তোমাদের দুটি ছবি আঁকতে হবে। একটা কোশ্চেন পেপারে ছাপা আঁকা দেখে দেখে, আরেকটি মন থেকে আঁকবে। দুটোতেই রং দেবে। তোমাদের মন থেকে আঁকার সাবজেক্ট বলেই দিচ্ছি – 'গ্রো মোর ফুড' অর্থাৎ আরও খাদ্য শস্য উৎপন্ন করো। সবাই তৈরী হয়ে এসো'।

আসলে তখন লাল বাহাদুর শাস্ত্রী প্রধান মন্ত্রী ছিলেন। দেশের অবস্থা ভাল নয়। পাকিস্তানের সাথে যুদ্ধ এই লাগলো বুঝি! শাস্ত্রীজীর স্লোগান ছিল 'জয় জওয়ান জয় কিষাণ, মিস এ মিল এভরি উইক, গ্রো মোর ফুড' ইত্যাদি!

শেষের দিকে ড্রয়িং পরীক্ষা ছিল। আর ভাগ্যিস তার আগে দু'তিন দিন ছুটি ছিল। মনে টেনশন ছিল, এতো ড্রয়িং-য়ের ভি ভি গুডের ক্লাস নয়, রীতিমত পরীক্ষা।

দিল্লী আর্ট কলেজের তখন ছাত্র ছিল আমার ছোটদা। ধরে বসলাম তাঁকে। 'আমার পরীক্ষা, আমাকে তুই 'গ্রো মোর ফুড' আঁকা শিখিয়ে দে।' অনেক সাধাসাধির পর, কাকুতি মিনতির পর রাজী হলেন ছোটদা। আসলে মনে মনে এই সাধাসাধি তাঁর খুব পছন্দের ছিল। গম্ভীর স্বরে বললেন – 'বেশ তোকে হেল্প করবো, তবে একটা শর্তে। এই তিনদিন যা যা বলবো শুনতে হবে, পালন করতে হবে'।

মনে আছে দিনরাত এক করে ছোটদার এঁকে দেওয়া আর গাইডেন্স পেয়ে একটা ছবি দেখে আমার প্র্যাকটিস চললো। হাফ ফিগার একটি গ্রামীণ বৌ। হাতে ধানের আঁটির বোঝা। আমার আঁকার দৌড় কদ্দুর বুঝে কোমর থেকে পা অবধি বাদ। হাতের প্রায় সব আঙুল শস্যের মাঝে অদৃশ্য। ছবির পেছনে শস্যের ক্ষেত, হালকা সবুজ গাছ, নীল আকাশ ওপর থেকে ক্রমশ হালকা হয়ে নেমে এসেছে। একমাত্র বৌটির আর ধানের আঁটিতে ব্ল্যাক দিয়ে আউট লাইন। ড্রয়িং পেপার আর প্যাস্টেল কালারের অভাব নেই ছোটদারই দৌলতে। আশ্চর্য, বার কয়েক আঁকার পর সত্যসত্যিই মনে হল ইম্প্রুভ হচ্ছে। ছোটদা যদিও মনপুতঃ না হয়ে বলল – 'বৌটার মুখটা অন্ততঃ আরো বার দুই কর। যেন একটু হাসি খুশী ভাব থাকে'।

যথাবৎ পরীক্ষায় সেই 'গ্রো মোর ফুড'। আমি প্রাণ দিয়ে আঁকলাম। অর্থাৎ যা মুখস্ত করেছিলাম, আঁকতে হল ঐ কাগজেরই পেছনে সাইক্লোস্টাইলে ছাপা স্যার-এরই আঁকা তিনটে ঘোড়া দৌড়াচ্ছে। বেজায় শক্ত। দুটোই দশ নম্বরের। আমার সাধ্যমত সেটিও আঁকলাম, কিন্তু নিজেই বুঝলাম বিচ্ছিরি হয়েছে। রবার ঘষে ঘষে একশা!

নম্বর সহ যেদিন পরীক্ষার কাগজটি স্যার-এর হাত থেকে পেলাম, দেখে আমি তো আহ্লাদে আটখানা। দশে আট! অবিশ্বাস্য!! অবনীস্যার আমাকে দশে আট দিয়েছেন? ভয়ে ভয়ে উল্টো পিঠে ঘোড়া এঁকে কত পেয়েছি দেখে আমার চোখে জল আসার জোগাড়। স্যার তাতে দিয়েছেন – দশে স্রেফ গোল্লা! একদম জিরো!

বাড়ীতে কেউই ধরতে পারছে না এটা আমি কি এঁকেছি? ঘোড়ার তো নামগন্ধই নেই! এটা কি পাখী ...না 'মথ' পতঙ্গ?

ফেল আমি করিনি। দুটো মিলিয়ে কুড়িতে আট। অর্থাৎ আমি পাশ।

উপসংহারঃ

লেখালেখিতে আমার কোনও দখল নেই। সেদিন দিল্লী থেকে সেজদাদা ফোনে বললেন –'তুই তো অবনী স্যারের ছাত্রী ছিলি। ওনার সম্বন্ধে কিছু স্মৃতিকথা লিখে পাঠা, দরকার আছে'। আমি তো বেজায় চিন্তায় পড়লাম। মহামুস্কিল! ঘটনাচক্রে আমার ছোটদা কলকাতায় আমাদের ফ্ল্যাটের কাছেই আর একটি ফ্ল্যাটে থাকেন। তাকেই গিয়ে ধরলাম – 'আমার ছোটবেলার গল্পগুলো জানিস তো তুই। লিখে দেনা আমার বকলমে। অবসর প্রাপ্ত ছোটদার এখন সে রকম বাজার দর নেই। কোন রকম ওজর না তুলেই বললেন – 'বেশ, আমি জানলেও তুই নোতুন করে তোর যা যা অবনী স্যার প্রসঙ্গে মনে আসে তুই বলে যাবি, আমি দরকার মত তথ্যগুলো কাগজে লিখে নেবো। কিন্তু দুটি শর্তে – এক, ঘটনা বা তথ্যাদি আর ভাব সব তোর, ফাইনাল ভাষা আর লেখা-বিন্যাস আমার। দ্বিতীয় শর্ত হল ফাইনাল অ্যাপ্রুভাল হবে তোর। আমার কোন চিন্তা বা ভাবনা যেন মিশে না যায়'।

সময় করে যথারীতি দু'জনে বসা গেল। আমি আবেগভরে প্রাসঙ্গিক অপ্রাসঙ্গিক সেই ছোটবেলার কথা, স্কুলের কথা, নিজের কথা, বাড়ীর কথা এবং স্যারের কথা বলে চললাম। অনর্গল বকবকানির পর অবশেষে থামলাম। কলম বন্ধ করে ছোটদা উঠে দাঁড়িয়ে হঠাৎ-ই প্রশ্ন করলেন – 'তোর ফুলদাদার সেই নীল শক্ত মলাটের সেভেন এইটের ড্রয়িং খাতাটার কথা মনে আছে'? ফুলদা অর্থাৎ ছোটদার ঠিক বড় দাদা যিনি।

'মনে আবার থাকবে না' – আমি উচ্ছ্বসিত হয়ে বলি। 'সে খাতাটার কথা ভোলাই যায় না। বরাবরই আকর্ষণ করতো ভেতরের আঁকাগুলো। আবদার করে চেয়ে প্রায়ই হাঁ করে দেখতাম খরগোশ কুকুর ছাগল ঘোড়া শিংহীন বাছুর ...গাঢ় পেন্সিলে আঁকা, শুধু লাইনে, কোন শেড নেই। কি সুন্দর কি সুন্দর! বিশেষ করে কুকুরটার ড্রয়িং। তোদের ইউনিয়ন একাডেমির বর্মণ স্যারের সুন্দর সই সহ প্রতি পাতায় এক্সিলেন্ট আর সুপার এক্সিলেন্টের ছড়াছড়ি। হ্যাঁরে, এখনও নিশ্চয়ই যত্নে রাখা আছে ফুলদাদার কাছে? ছোটদা

বললেন – 'অসাধারণ খাতাটা সবারই প্রিয় ছিল। তিনবার বাড়ী বদলের পর অক্ষত ছিল। তবে এখন ফুলদা ভীষণ অগোছল হয়ে গেছে, বলতে পারবো না আছে কিভাবে। তবে আছে কোথাও নিশ্চয়ই'।

তারপর কিছুক্ষণ থেমে বললেন – 'ঐ আঁকাগুলো অবনীস্যারের ছাপা বই থেকে দেখে আঁকা তোর কি জানা আছে? বোর্ডের সিলেবাস অনুযায়ী তখন আমাদের ওই বইটা ছিল। Burnt Cayenne ঘেঁষা রং-এ অরিজিনাল বইটা বহুদিনই হারিয়ে গেছে'।

অবনীস্যারের বই থেকে দেখে আঁকা? সত্যি'? আমি যুগপৎ বিস্মিত ও হতবম্ব হয়ে গেলাম। সাথে লজ্জা পেলাম ততোধিক। চুয়ান্ন বছরের পর আজ এ কথা প্রথম জানলাম!

অবনীস্যারকে এখনও সত্যিই জানি না। ধ্যাৎ ... কেন যে সেজদার কথায় রাজী হলাম ...

*অনুলিখনঃ বিলাস বসু

RAISINA ALUMNI

১994 সালে নিউ দিল্লী কালীবাড়ির সৌজন্যে 'বাংলা ডাইরেক্টরি' (Yellow Pages) প্রকাশ করার সময় রাইসিনা স্কুলের স্বল্প মাত্র তথ্য জোগাড় করতে সক্ষম হয়েছিলাম।

রাইসিনা স্কুলের সামান্য যে সব তথ্য চোখে পড়েছিল তা পড়ে জানা যায় সাধারণত শিক্ষকরা তাঁদের চাকরির মেয়াদ শেষ হলে নিজের নিজের দেশের বাড়িতে তল্পিতল্পা গুটিয়ে ফিরে যেতেন। তারপর সুদূর বাংলাদেশ থেকে রাজধানী দিল্লীর সাথে যোগসূত্র রাখা আর সম্ভব হত না। নতুন প্রজন্মের কাছে সুতরাং সেইসব মাস্টাররা অপরিচিতই থেকে গেছেন। পোষ্টকার্ড বা খামের মারফতে গ্রাম বাংলা থেকে স্কুলের কর্মরত সহ-শিক্ষকদের সাথে আলাপ আদানপ্রদান এক তরফা বেশী দিন স্থায়ী থাকা সম্ভব হত না। তেমনি স্কুলের ছাত্ররাও এগারো ক্লাস পাস করে তাদের সহপাঠীদের সাথে বিচ্ছিন্ন হয়ে যেত। সেকালে টেলিফোন বস্তুটি ছিল বিরল। ক্লাসের ফেয়ারওয়েলের দিন ছাত্ররা তাদের ছোট্ট পকেট ডায়রিতে সহপাঠীদের বাড়ির ঠিকানা টুকে নিত।

কিন্তু তারপর বাস্তবে দেখা যেত প্রাক্তন ক্লাসের বন্ধুরা তাদের বাসা বদলে অজানা ঠিকানায় চলে গেছে। বলা বাহুল্য যে দিল্লীর বাঙালির বসবাস তখন দুটি ভাগে সিমাবদ্ধ ছিল। দরিয়াগঞ্জ, কাশ্মীরি গেট, টিমারপুর নিয়ে পুরনো দিল্লী এবং নিউ দিল্লী কালীবাড়ি এবং তৎসংলগ্ন অঞ্চল নিয়ে নিউ দিল্লী।

পরিপূর্ণ তথ্যের অভাবে পুরনো মাস্টার ও ছাত্রদের তালিকা তৈরি করা আমার পক্ষে একটা চ্যালেঞ্জ হয়ে দাঁড়িয়েছিল। কালীবাড়ির ইয়লো পেজ ডাইরেক্টরিতে শুধু মাত্র স্কুলের ঠিকানা ছাপাতে পেরেছিলাম।

Raisina Bengali School Ph: 343594
Mandir Marg, New Delhi-110 001
Principal Shri Amar Nath Banerjee

রাইসিনা স্কুলের ইতিহাস খুঁজতে গিয়ে একটি ঐতিহাসিক বই আমার হাতে আসে, নাম Connaught Place and the Making of New Delhi by Swapna Liddle. বইটির সংক্ষিপ্ত অংশ আমি এখানে তুলে ধরলাম –

Since many of the Indian clerical employees of the government were Bengali and Tamil, they applied for land for schools that would cater to the special cultural and educational needs of their children. The Raisina Bengali School and the Delhi Tamil Educational Association School both opened in 1925. The latter (originally the Madrasi Educational Association School) was given land on the Ridge, on Reading Road (now called Mandir Marg). The Raisina Bengali School was also eventually given premises on Reading Road, after having functioned from various locations within New Delhi. This road, in fact, became the address of several schools. In October 1932, a boys' high school (now known as N.P. Boys Senior Secondary School) was opened. Harcourt Butler School, which used to shift seasonally between Simla and Delhi as the Government of India moved between its summer and winter capitals, had in Delhi premises here. Also on this road was St Thomas School, an Anglican missionary school founded in 1930. Some other denominational schools also opened, at other locations – the Convent of Jesus and Mary in 1923, and St Columba's School in 1941. Some schools which had originally been set up outside the New Delhi area, also moved to New Delhi. For instance, Modern School, which had begun in 1920 in Daryaganj, applied for and was granted land on Barakhamba Road in 1930.'

২০২২ সালে ইউনিয়ান একাডেমী স্কুলের প্রাক্তন শিক্ষক প্রকাশ বসু আমাকে তাঁর স্মৃতিচারণ পড়তে দিয়েছিলেন। স্মৃতিরোমন্থনের অংশবিশেষ আমি এখানে তুলে ধরেছি –

স্কুল সমিতি আমাকে আমার পুরনো দিনের রাইসিনাতে আমন্ত্রণ করে যে সুযোগ, সমাদার ও সম্মান শিরোধার্য করেছেন, আজীবন মাথায় করে তা রাখার মত।

এই হলুদ স্কুলবাড়ি ক্লাসঘর, গাছগুলো, দেয়ালের পাথর আর থামগুলোর সঙ্গে সিঁড়ি, যেন গ্রীক মন্দির – এর সবই আমার সুপরিচিত।

রাইসিনা স্কুল – আগেই বলেছি, এর সব কিছুই আমার পরিচিত। এখন যেখানে নবনির্মিত ভবনের সুন্দর সৃষ্টির এক অংশে বসে, এটা তো ছিল রীজের একটা বিসদৃশ্য অংশ – যেখানে লোকে বিশেষ প্রয়োজন ছাড়া আসতো না। পিছনদিকে – যেখানে এখন রবীন্দ্রশালা সেখানে তো একটা গভীর ডোবা ছিল। আশে পাশে দক্ষিণ ভারতীয়রা বসবাস আরম্ভ করে দিয়েছিল। 'ঝুজ্জি ঝোপরী' কথাটা তখন চালু হয়নি – সেও রবীন্দ্র শতবার্ষিকীর আগের কথা। করোলবাগের রাস্তা ছিল ভুলভাটিয়ারী আর জোড়া ট্যাংকের পাশ দিয়ে। ডানপিটে ছেলেরা কখন সখন প্রিন্সিপালের চোখকে ফাঁকি দিয়ে সেখানে এ্যাডভেঞ্চার করতে অথবা করোলবাগের জন্য সর্টকাট রুটে যেতো।

রাইসিনা আর ইউনিয়ান একাডেমীর ছাত্ররা – তখন সতাতো ভাই। এখানে তখন সহ-শিক্ষা আরম্ভ হয় নি। আসল মোকাবিলা যত না বোর্ডের পরীক্ষায় তার থেকে বেশী ভুপেন মিত্র শিল্ডের খেলায় হত ফুটবলের মাঠে।

সেকালে স্কুলের কোন ছাত্র পাশ করার পর যদি স্টিফেন্স বা হিন্দুতে ভর্তি হতো, Ragging-এর সময় সিনিয়াররা বলতো – Raisina?' You mean you come from that historic village? কারণ রাই সিংঘা তো নিউ দিল্লী তৈরী হবার আগে একটা গ্রামই ছিল। রাইসিনা সত্যিই একটা গ্রাম ছিল এই নিউদিল্লীতে। রায় পিথোরার পৃথ্বীরাজের বোন – বেলা যে সতী হয়েছিল – এই বেলা সতীর সমাধি মন্দির স্কুলের কাছেই, পাঁচকুইয়ার শ্মশানের পাশে আজও আছে। রাকাবগঞ্জ গ্রামের পাশে – Raisina Hills-এর উপরেই Herbert Baker and Edwin Lutyens-এর সৃষ্টি Vice Regal House – এখনকার রাষ্ট্রপতি ভবন।

গ্রহ তারা শশীর মত পৃথিবীতে সৃষ্টির ধারাও স্থির থাকে না। সময়ের সাথে পরিবর্তন হয়। স্কুল আজ মন্দির মার্গের উপর, দু'দিন আগেও সে রাস্তার নাম ছিল রিডিং রোড। আর তারও আগে নাম ছিল লোয়ার রীজ রোড। আজ এই রাস্তার পশ্চিম দিকে যে চার বা আটতলা সরকারী কর্মচারীদের ফ্ল্যাট, আগে সেখানে ছিল একতলা বড় বড় কোয়ার্টার্স যাতে ফ্ল্যাটের মত স্থানাভাবের প্রশ্নই উঠত না, মাঝে মাঝে প্লেসগুলো – গনেশ, রামা, সমরু, শিবাজী, রণজিৎ, সিকান্দার, তুঘলক ইত্যাদি। আর তার পেছনদিকে ছিল ইংরেজ লর্ডের নামাঙ্কিত বিভিন্ন স্কোয়ারগুলো। কলকাতার কেউ কেউ 'ডালহাউসী স্কোয়ার দেখে হেসে লুটোপুটি খেত। রাইসিনার বেশীরভাগ ছাত্ররা কাছাকাছি এখানে সেখানে ছড়িয়ে ছিটিয়ে থাকতো। স্কুলবাসের প্রয়োজন হত না। মিন্টো রোড, পাহাড়গঞ্জের অনেক ছেলে আসতো। বেশিরভাগই পায়ে হেঁটে।

২০০০ খ্রিষ্টাব্দের ১লা জানুয়ারী একটা স্মরণীয় দিন হবে – যা একশো বছরে একবারই আসে। যারা এই স্কুলের সঙ্গে যুক্ত, তাদের জন্য নবশতাব্দীর প্রথম দিনের থেকেও দ্বিতীয় দিনটি হবে আরও স্মরণীয় কারণ সেদিন তাদের Alma Mater-এ ৭৫ বছরের Platinum Jubilee. দুর্গাপুজায় ঢাক বাজাবার জন্য কলকাতা থেকে ঢাকি আনা হয়। আমার ইচ্ছে ২০০০ সালের শুরুতে, সেইদিন মনের আনন্দে ঢাক বাজিয়ে জানাবো রাইসিনা ইস্কুলের সফলতার ইতিহাস। আর আমার আন্তরিক শুভেচ্ছা।

শিক্ষক প্রকাশ বসু তাঁর স্মৃতিচারণে আর এক জায়গায় লিখেছিলেন – 'প্রচলনটা শুরু হয়ে ছিল – Punjab Matric'-এর Result নিয়ে। যারা Higher Secondary পাস করতে পারতো না, কেউ কেউ এই পরীক্ষা দিত। পড়াশুনায় যারা অপারগ, প্রিন্সিপাল তাঁদের টিটকারি দিতেন 'যা' 'যা' – পাঞ্জাব দে।'

আমাকে শ্রী চিন্ময় সরকার, রাইসিনার ১৯৫২ সালের পাস আউট ছাত্র ওনার স্কুল জীবনের গল্প শুনিয়েছিলেন। চিন্ময়বাবু ও আরও কিছু সহপাঠী পুসা থেকে হেঁটে জঙ্গলের রাস্তা অতিক্রম করে প্রাত্যহিক রাইসিনা স্কুলে যাওয়া আসা করতেন। একবার উনি নাকি বাড়ি ফেরত যাওয়ার সময় জঙ্গলের ঝোপে কুল পাড়তে গিয়ে স্কুল ব্যাগ মাটির ঢিবিতে ভুলে রেখে এসেছিলেন। শঙ্কর রোডের চৌমাথায় এসে চিন্ময় বাবুর খেয়াল হয় যে স্কুল ব্যাগ নিয়ে আসতে ভুলে গেছেন। তারপর সবাই মিলে আবার জঙ্গল পথে ফিরে গিয়ে স্কুল ব্যাগ উদ্ধার করেন।

চিন্ময়বাবু ২৫.০৩.২০২২ তারিখে আমাকে ব্যক্তিগত চিঠি লিখে জানিয়েছিলেন –

Good morning Probir. I'm writing to you from Naperville, Illinosis, which is a suburb of Chicago. Just finished reading your nice write-up titled 'Unknown Story of Reading Road and Gole Market'. As you know my school (Raisina) was located at Reading Road and I used to go past Gole Market almost everyday on my way back home, so I am swayed by a feeling of nostalgia upon reading your write-up. Keep up the good work.

আরও মনে পড়ে, চিন্ময়বাবু যখন আমাকে তাঁর ছেলেবেলার গল্প ফোনে শুনিয়েছিলেন ওনার উচ্ছাসময় কন্ঠস্বর শুনে মনে হয়েছিল উনি যেন কিছুক্ষনের জন্যে হারানো স্মৃতি ফিরে পেয়েছেন। চিন্ময়বাবু স্বল্প সময় ২৫ তুঘলক প্লেসেও থেকেছিলেন এখন উনি ক্যানেডায় থাকেন।

পুরনো দিনের ছাত্রদের পরিচয়

রাইসিনা স্কুল থেকে পাশ করেছে হাজার হাজার বাঙালী ছাত্র, তাঁদের মধ্যে বয়স্ক অনেকেই আজ পরলোকে অথবা বিশাল জনসমুদ্রে হারিয়ে গেছেন। মেধাবী ছাত্রদের সম্বন্ধে লিখতে গিয়ে জানা যায় তাঁদের কেউ অবস্থাপন্ন পরিবার থেকে আসেননি। Private tutition ছাড়াই বেশ কয়েকটি বিষয়ে এগারো ক্লাসে distinction নিয়ে পাস করেছিলেন। প্রিন্সিপাল রুমের 'honours board-এ সেইসব মেধাবী ছাত্রদের নাম আজও খোদাই করা আছে। মনে পড়ে যায় বোর্ডের পরীক্ষার ফলাফলের দিন প্রিন্সিপাল অভিভাবকদের যেচে ডেকে বলতেন –

আমাগো অমুক চারটা লেটার লইয়া ফার্স্ট ডিভিশনে পাশ করেছে। সে কুথায়? ছাত্ররা ভা-ল পা-শ ক-রে-ছে, বড় খুশী হয়েছি – বেশ! বেশ!' কোন বিষয়ে ৮০% পেলে, সেই বিষয়ের নামের আদ্যক্ষর থাকত। তাকে বলা হত 'লেটার পাওয়া'।

চিত্তরঞ্জন পার্ক শিব মন্দিরের সহ-সভাপতি ডঃ প্রদীপ মজুমদার রাইসিনা স্কুল নিয়ে একদা খুব সুন্দর মন্তব্য করেছিলেন –

তখনকার দিনে অর্থাৎ ষাটের দশকের কথা বলছি যখন বিনয় নগর বেঙ্গলী স্কুলে পড়ি, তখন বাঙালী স্কুলের মধ্যে রাইসিনা স্কুলের নাম শীর্ষে। আমি হায়ার সেকেন্ডারি পরীক্ষা পাশ করেছি – ১৯৬৫ সালে। তার আগে ১৯৬০ থেকে ১৯৬৪ সাল পর্যন্ত আমার স্কুল থেকে একজনও প্রথম বিভাগে পাশ করেনি বলে পড়াশুনোয় ভালো ছেলেদের রাইসিনা স্কুলে মাইগ্রেট করার একটা বিরাট প্রবণতা ছিল।

রাইসিনা স্কুলের ইতিহাস এবং যা কিছু তথ্য খুঁজে পেয়েছিলাম তা 'নানা রঙের দিনগুলি' সিরিজে আমি লিখেছিলাম। Facebook – What's App-এ রাইসিনা স্কুলের বিভিন্ন গ্রুপ থেকে আরও কিছু স্কুল বিষয়ে খবর আমি জোগাড় করে রেখেছিলাম। যেমন শ্রদ্ধেয় মাস্টার স্বর্গত সুশান্ত ভট্টাচার্য যখন মারা যান তখন ওনার স্মরণে শোক বার্তা সোশ্যাল মিডিয়া ওয়াল থেকে সংগ্রহ করেছিলাম।

HOMAGE TO SUSHANTA KUMAR BHATTACHARYA
This bright morning brought me the gloomiest news …
SAD DEMISE of my long-term friend since PGT days …
We tried for each other's Principalship…
So full of life …
A great loss for academic world.
R.I.P. P.C. Bose

Shri Sushanta Bhattacharya passed away. He was a principal of Bal Bharati Public School. He used to be very handsome man. We used to call him 'hero' even. He left Raisina Bengali School. However, he used to come to take special classes for students who were appearing in 'higher secondary' exams – ex-student

৩০ মার্চ, ২০২২ সালে ফেস বুক পাতায় রাইসিনা স্কুলের এলমনি'র এক ছাত্র জানিয়েছিলেন 'শ্যামল স্যার আর নেই'। স্কুলের এলমনি সদস্যদের মধ্যে প্রচুর প্রাক্তন ছাত্র যারা প্রাচীন যুগে অর্থাৎ শ্যামল স্যারের অধিনে পড়েছিলেন ফেসবুকে শোক ব্যক্ত করেছিলেন। ছাত্রদের পাঠানো কয়েকটি শোক বার্তা আমি এখানে তুলে ধরলাম

Best Maths teacher I have ever seen – Bidisha Banerjee

Remembered as best Maths Teacher - Ashim Kumar Mondal

He had his unique way of teaching. Through his lectures he used to get indepth idea of students' mathematical conception – Supriya Basu

Shyamal Sir wasn't just a teacher who taught Mathematics; in his pep-talks, he used to give us life lessons. From language to culture, he had a different perspective on everything. His unmistakably wit humour made him a distinguished academician – Sourabh Sengupta

রাইসিনা স্কুলের প্রাচীন ছাত্র কালুদা (সুশান্ত দাস) ছিলেন চেনা মহল নাট্যদলের সুবিখ্যাত অভিনেতা। উনি মারা যাবার পরে এই স্কুলের এক জুনিয়র প্রাক্তন ছাত্র, বিবেক চ্যাটার্জি ফেসবুক ওয়ালে অবিচুয়ারিতে লিখেছিলেন –

ছেলেবেলা কেটেছে তোমাদের স্টেজে দেখে। যাত্রা নাটককে ভালবাসতে শেখালে তোমরা। তোমাদের সে ঝলমলে পোষাক, কোমরে তলোয়ার, গ্রিনরুমে সে মেকআপের গন্ধ, র‍্যাম্প দিয়ে ওঠা নামা – কখনো শাহ শুজা, কখনো ইংরেজ অফিসার ইংগ্রাম সাহেব আবার কখনো রসরাজ অমৃত বোস। গলার আওয়াজ ইনফিনিটি কে ও হার মানায়-এই সবই আডিওলাইজ করেছি। অনেক কিছু শিখেছি তোমাদের থেকে, সাথে কাজ করে ও দেখে। দিল্লির নাটক ও যাত্রার উন্নয়নে তোমাদের অনুদান অপরিসীম। তোমরা সবাই এক একটি ইন্সটিটিউট নিজের মধ্যে'।

লক্ষ্য করে দেখলাম পুরনো দিনের ছাত্ররা পৃথিবীর নানা জায়গা থেকে তাঁদের কুশলবার্তা পাঠিয়েছেন। প্রাক্তন ছাত্রদের পোস্ট পড়ে আমার মনে হয়েছে অনেকেই ক্লাসের সহপাঠীদের দীর্ঘ পঞ্চাশ বছর পরে ভুলে গেছেন। ফেসবুকে তাঁরা এক অপরকে জিজ্ঞেস করেছেন – তুমি কোন ব্যাচের ছাত্র ছিলে?' অনেকে আবার ঠাট্টা করে তাঁদের রোল নম্বর জানিয়েছেন বা অমুক ক্লাসে মনিটর ছিলেন। একজন আবার রসিকতা করে জানিয়েছেন তিনি ক্লাস টেনে তিন বছর এক নাগাড়ে পড়েছেন এবং শ্যামল স্যার তাকে পড়া না বুঝতে পারলে মাঝে মাঝেই কানমলা দিতেন।

ফেসবুকে রাইসিনা স্কুলের প্রাচীন প্রাক্তন ছাত্র, শ্রী কৃষ্ণনন্দ গুপ্ত লিখেছিলেন –

দিল্লিতে ফুটবল খেলার চল ছিল, সিমলা ইয়ংস, রাইসিনা স্পোর্টিং, সিটি ক্লাব। আমাদের রাইসিনা স্কুল থেকে ভালো প্লেয়ার্স বেরুত। পুসার মাঠেও খেলা হত নিয়মিত। আমার বাবার ফুটবল খেলা দেখে ওনাকে আমার দিদিমা জামাই বলে মনোনীত করেছিলেন – এ কথা দিদিমা আমায় বলেছিলেন।

উনি আরেক যায়গায় লিখেছিলেন– 'আমি রাইসিনা স্কুলে পড়তাম, রবিন বাবু (রবীন্দ্রনাথ মিত্র) ইংরাজি পড়াতেন। স্যার বলতেন আমার পড়ানোর পর তোমায় যদি অন্য কারুর কাছে পড়তে হয় সেটা আমার অপমান।'

আমার শৈশবের বন্ধু অমল গাঙ্গুলি (বলাই), পূর্বতন রামা প্লেস ও চিত্রগুপ্ত রোডের বাসিন্দা; ওয়াটস এ্যাপ গ্রুপে কোন এক বৃষ্টি বাদলার দিনে মন মাতানো পোস্ট পাঠিয়েছিল –

'মুড়ির টিনের স্কুল বাসে বর্ষার দিনে স্কুলে যাওয়া এক এ্যাডভেঞ্চার ছিল, জানালায় পর্দা ছিল না, ছাত দিয়ে টুপ টুপ করে জল পড়ত। ওই বাসটায় ব্রেক একবার প্যাডেল টিপলে হত না, যেখানে থামবে তার বেশ কিছুটা আগে থাকতে কয়েকবার পাম্প করতে করতে ড্রাইভার অতি কষ্টে বাস দাঁড় করাত। আর হর্ন এর বোতাম ছিল, ওটা টিপলেই মিহি আওয়াজ হত, সে জন্য বাইরে বেলুন হর্ন। আর ইন্ডিকেটার মানে শুধু ডান দিকে একটা নড়বড়ে হাতল। ওটা নিচের দিকে ঠেলে দিয়ে ড্রাইভারের একটা হাত বাস থেকে বের হয়ে দ্রুত মেলতে দেখা যেত।

সে বার স্কুলে গিয়ে দেখি খাঁ খাঁ করছে, ক্লাস ফাঁকা। প্রাইমারি সেকশনের সামনের চাতালে জল থৈ থৈ, আমাদের দুই ভাইয়ের (কানাই) পায়ে ত' প্লাস্টিকের চটি। একটু পরেই ছুটি হয়ে গেল। স্কুল বাস অচল, যাবে না। উল্টো দিকের ফ্ল্যাটগুলো সবে তৈরি হয়েছে, লোক আসে নি। তারই একটার সামনের বারান্দায় দুজনে দাঁড়িয়ে, কাঁধে ব্যাগের বস্তা। হিন্দির স্যার ও (মুখাল) এসে দাঁড়ালেন, বৃষ্টি তখনও বেশ। আমাদের বললেন বাড়িতে পৌঁছে চা যেন খাই, ঠাণ্ডা লাগবে না। একটু একটু করে এগোতে লাগলাম পঞ্চকুইয়া মোড়ের দিকে, কি জলের স্রোত। বাড়ি ফিরলাম তখন ভিজে ঢোল।

প্রাক্তন স্কুলের ছাত্র দেব বাউল ফেসবুকে লিখেছিলেন –

'স্যারেরা আর দিদিমণিরা 'বিসর্জন' নাটক করেছিলেন। নারায়ণ স্যার রঘুপতি আর শ্যামল স্যার ওঁর শিষ্য (চরিত্রের নাম মনে পড়ছে না) হয়েছিলেন। রবীন স্যার ক্লাস ইলেভেনের ছেলেদের দিয়ে 'জুলিয়াস সিজার' এর murder scene করিয়েছিলেন। আমিও ৭৭ ব্যাচ'।

বহুকাল আগে স্কুলের হলঘরে অবনী স্যারের আঁকা একটি তৈলচিত্র দেয়ালে টাঙ্গানো ছিল। সেই ছবিটি সম্বন্ধে এক প্রাক্তন ছাত্র সুন্দর বর্ণনা লিখেছিলেন –

অবনী স্যার এঁকেছিলেন নটরাজের প্রলয়ঙ্করী নৃত্যের ভঙ্গী। তাতে ফুটে উঠেছে দেশের হানা-হানির ছবি, বিধ্বংসী কোন অগ্নিকাণ্ডের ছবি, এমনকি প্রলয়ঙ্করী ভূমিকম্পের ছবিও প্রস্ফুটিত। ছবির বক্তব্য – এবার মা স্বয়ং যেন সব ধ্বংস করতে নেমে এসেছেন সেই শিবলোক থেকে। এসেছেন এই ভ্রষ্টাচার দূর করতে – ব্যভিচার আর অনাচার দূর করতে।

দুই জানুয়ারি ২০২৩ সালে স্বনামধন্য অভিনেতা পরেশ বাবুর ছেলে অশেষ দাস ফেসবুকে স্কুল নিয়ে বিশেষ মন্তব্য প্রকাশ করেছিলেন। স্কুলের বেশ কিছু প্রাক্তন ছাত্র ছাত্রি কমেন্ট সেকশনে উত্তরে যা লিখেছিলেন তা আমি হুবুহু এখানে তুলে ধরেছি –

Foundation Day of Raisina Bengali School, Mandir Marg –

2nd January is Raisina School's Foundation Day. As long as my father, Shri Paresh Das (1952 Alumni), was in the world, his presence was always assured on the foundation day of Raisina School. I could not understand the reasons for his behavior at that time. I always thought it was one of his self-imposed rituals. Now that I understand why and have make it a point to never to miss it ... this feeling cannot be explained in words alone.

However, when we were in school, we would eagerly wait for those two 'laddus,' which the school authorities used to give us to celebrate the occasion. I still look forward to having them to this day.

Now that I can afford it, I can buy as many 'laddus' as I want, but these 'laddus' will never bring me the happiness, joy, and sweetness that those 'laddus' did ...never ever ...

'Laddus, Matthis, Panditji's Toast, Saraswati puja's Sabji khichuri payes, Gunga's churan can never be bought – Krishnanda Gupta

'Life moves on, but these memories will live forever, and you've portrayed our emotions very well. The sweetness of those 2 laddus in kagojer thonga can't be compared with any other expensive sweet of these days... loved the article – Mohua Sinha Roy Sarkar

'Our NCC days... And the refreshment after that boiled egg bread jam chole and banana wow!!! – Bibek Chatterjee

শ্রী উজ্জ্বল দত্ত ফেস বুকে কোন এক সময়ে স্কুল নিয়ে লিখেছিলেন, লেখার কিছু অংশ এখানে তুলে দিলাম –

১৯৭৫ সাল। রাইসিনা বঙ্গীয় বিদায়ালয়ের স্বর্ণজয়ন্তী। খুব ধুমধাম করে পালন করা হচ্ছে সেবার। আমাদের প্রিন্সিপাল স্যার নিকুঞ্জ বিহারি রায় হলেন কম্যান্ডার ইন চীফ। তাঁর অধীনে সমস্ত স্যারেরা, ম্যাডামরা, অন্যান্য কর্মচারীরা, ছাত্র ছাত্রীরা প্রাণপণে খাটছে এই উৎসবকে সফল করার জন্য। চারদিন ধরে উৎসব চলবে।

তিন দিন উৎসব হয়ে গেছে, চতুর্থ দিন ছিল পুরোপুরি পূর্ব ছাত্রদের জন্য। সেদিন উৎসবের সভাপতি ছিলেন দিল্লী রামকৃষ্ণ মিশনের তৎকালীন প্রধান স্বামী বন্দনানন্দজি। বহু বিখ্যাত পূর্ব ছাত্ররা সেদিন এসেছিলেন স্কুলে, তারা নানা রকম অনুষ্ঠান করেছিলেন। হারমোনিক্স বলে একটি বাদ্যযন্ত্র গ্রুপ সে সময় দিল্লীতে বিখ্যাত ছিল। সে গ্রুপে স্কুলের বেশ কিছু পূর্ব ছাত্ররা ছিলেন। খুব সুন্দর প্রোগ্রাম করল তারা। আরেকটা পূর্ব ছাত্রদের গ্রুপ মঞ্চস্থ করেছিল বিখ্যাত নাটক – ক্যাপ্টেন হুররা। অনেকে গান বাজনা করলেন। অনেকে স্মৃতিচারণ করলেন।'

উজ্জ্বল বাবু স্কুলের লাইব্রেরির বিষয়ও তাঁর অভিজ্ঞতা ফেসবুকে শেয়ার করেছিলেন –

আমার স্কুলের লাইব্রেরি ছিল দুর্দান্ত। লাইব্রেরির জন্য ছিলেন একজন পুরো সময়ের লাইব্রেরিয়ান, একজন এ্যাসিসটেন্ট লাইব্রেরিয়ান ও একজন গ্রুপ ডি স্টাফ। অন্যান্য ক্লাসরুমের তুলনায় আমাদের লাইব্রেরি ছিল খুব পরিষ্কার পরিচ্ছন্ন। আমাদের স্কুলের ছিল (এখনো আছে) বিশাল ব্রিটিশ আমলের বিল্ডিং। আর বিশাল বিশাল দুটো ঘর নিয়ে ছিল পাঠাগার। একটা ঘর ছিল বড় বড় সুন্দর কাঠের আলমারিতে বোঝাই বই, যার পাল্লায় কাঁচ লাগানো। বাংলা বই ছাড়াও অনেক ইংরেজি বই ছিল।

এই ঘরের এক কোণায় ছিল আরেকটা বিশাল ঝকঝকে আলমারি। তাতে রাখা ছিল Encyclopedia, এ্যানিমাল ওয়ার্ল্ড-এর উপর খুব সুন্দর ছবিওয়ালা বই, দু-ধরণের বাংলা বিশ্বকোষ, দেব সাহিত্য কুটিরের ছোটদের বুক অফ নলেজ, নানা ধরণের অভিধান, রামায়ণ, মহাভারত, বাংলাদেশ স্বাধীন হবার পর সেই সম্বন্ধীয় দলিল পত্রের কুড়ি (নাকি পঁচিশ) ভল্যুম বইয়ের সেট ইত্যাদি। তবে এই বইগুলো ইস্যু করা যেতনা। লাইব্রেরিতে বসেই পড়তে হত।

পরবর্তী জীবনে অনেক বড় বড় ও বিখ্যাত লাইব্রেরির সদস্য হবার ও সেখানে বসে পড়াশুনো করার সুযোগ হয়েছে। কিন্তু আজও আমি নিজের স্কুলের লাইব্রেরিকে ভুলিনি। আমার পড়াশুনোর অভ্যাস গড়ে তোলার পেছনে আমার স্কুলের লাইব্রেরির দান অপরিসীম।'

প্রাক্তন ছাত্ররা তাদের স্কুল জীবনের অভিজ্ঞতা নিয়ে বন্ধু মহলে চটুল-সরেস গল্প বিভিন্ন সময় পোস্ট করেছিলেন এবং আমি Whats App থেকে টেক্সটগুলো সযত্নে কুড়িয়ে আমার মোবাইলে সেভ করে রেখেছিলাম। গল্পগুলো যাচাই করা সম্ভব নয় কারণ আমি কখনোই রাইসিনা স্কুলের ছাত্র ছিলাম না। স্যারেদের (সবকটি নাম কাল্পনিক) বিষয় নানা সময় যেসব মনোরম বর্ণনা আমি পেয়েছিলাম তা এখানে রি-পোস্ট করলাম –

'তখন ইতিহাস ক্লাশ, অবনীবাবু দেখতে ঐ রকম ভালো মানুষ হলে কি হবে, আসলে উনি হলেন প্রচণ্ড বদরাগী। বই থেকে চোখ তুলে তাকাবার সাহস আমাদের হত না।

ঘন্টা পড়লেই, অঙ্কের বই হাতে করে অনঙ্গবাবু আসতেন। কড়ে আঙ্গুলে দোয়াত ঝুলিয়ে উনি ক্লাসে প্রবেশ করতেন। স্যার রেগে গেলে মাঝে মাঝে অঙ্কের বই বা কালিভরা দোয়াতের শিশি ছুঁড়ে মারতেন। মাঝে মাঝে গণিতে অজ্ঞ ছাত্রদের হাঁটুর উপর হাত দিয়ে পিঠ নিচু করে দালানে দাঁড় করিয়ে রাখতেন। আশে পাশের জুনিয়ার ক্লাসের ছেলেরা শাস্তির বহর দেখে সর্বদা ত্রস্ত থাকত।

ওনার তেল-চিটে বাঁশ-বেয়ে-বাঁদর-ওঠার অঙ্ক, ও আমার মাথায় কখনই ঢুকত না। প্রশ্নের উত্তর না দিতে পারলে বলতেন, 'এই দণ্ডেই তুই স্কুল ছেড়ে চতুষ্পাঠীতে যা। সেখানে তোর সত্য বিদ্যা হবে।' অথচ উনি ছিলেন অঙ্কশাস্ত্রে সুপণ্ডিত। তবে ওনার চটি কেন সব সময় হারায় সেটির কারণ খুঁজে পেতেন না, কিন্তু চাঁদের গ্রহণ লাগায় সিকি সেকেন্ড দেরি কেন হয় এ তাঁর অঙ্কের ডগায় ধরা পড়বেই।

এই অঙ্কের মাস্টার জীবনে একবারই ফুরফুরে মেজাজে ক্লাসের ছাত্রদের সুকুমার রায়ের মজাদার গল্প শুনিয়েছিলেন –

'সাত দুগুণে কত হয়? কই জবাব দিচ্ছ না যে। সাত দুগুণে কত হয়। তখন ওপর দিকে তাকিয়ে দেখি, একটা দাঁড় কাক স্লেট পেনসিল দিয়ে কি যেন লিখছে, আর ঘাড় বেঁকিয়ে আমার দিকে তাকাচ্ছে। আমি বললাম, 'সাত দুগুণে চোদ্দো।'

কাকটা অমনি দুলে-দুলে মাথা নেড়ে বলল, 'হয় নি হয় নি, ফেল।' আমার ভয়ানক রাগ হল। বললাম নিশ্চয় হয়েছে। সাতেক্কে সাত, সাত দুগুণে চোদ্দো, তিন সাত্তে একুশ।'

কাকটা কিছু জবাব দিল না খালি পেনসিল মুখে দিয়ে খানিকক্ষণ কি যেন ভাবল। তার পর বলল, 'সাত দুগুণে চোদ্দোর নামে চার, হাতে রইল পেনসিল।'

ক্লাসময় তখন হাসির হুল্লোড় উঠেছে।

তারপর রতন মাস্টারের বাংলা ক্লাশ। ঢিলে-হাতার লম্বা পাঞ্জাবী পরে কোঁচা দুলিয়ে ঢুলু ঢুলু চোখ করে কোনও দিকে না তাকিয়ে উনি রবিবাবুর কবিতা পড়তে শুরু করে দিতেন। রতন মাস্টার একটা কবিতা শেষ করে, অন্যমনস্কভাবে চারিদিকে একবার তাকিয়ে, আবার আরেকটা সুর করে পড়তে শুরু করে দিতেন। ঘন্টা পড়ে গেছে, রতন মাস্টার পড়েই যাচ্ছেন। নগা-বটুরা মহা হট্টগোল লাগিয়ে দিতো, 'স্যার, ঘন্টা পড়ে গেছে স্যার।'

রতন মাস্টার অন্যমনস্কভাবে বই বন্ধ করে কি যেন ভাবতে ভাবতে চলে যেতেন'।

একজন মাস্টারমশাই ছিলেন ভয়ানক কাঠখোট্টা ধরণের। একদিন তিনি ক্লাসে পড়াচ্ছেন হঠাৎ কয়েকটা ময়ুর পেছনের জঙ্গলে সমরবে ডেকে উঠল যাকে বলে "ময়ূরের কেকারব"। মাস্টারমশাই ক্লাসের একজন ছেলে কে জিজ্ঞাসা করলেন, "ময়ূর কিরকম ডাকে?"

ছেলেটি ময়ূরের ডাকের চমৎকার নকল করল। তক্ষুনি মাস্টারমশাই তাকে বেঞ্চে দাঁড় করিয়ে দিলেন – "অত জোরে ডাকলে ক্যান?" করে শুধু মিছে কোলাহল! এ ব্যাটা গাড়লস্য গাড়লই থেকে যাবে। একেবারেই অজমূর্খ। শোনা কথা, উনি নাকি শুধু ছেলে ঠেঙাবার লোভে নানা জায়গায় মাস্টারি করেছেন।

এই মাস্টারমশাই "দাঁড়া" বলতে পারতেন না, বলতেন "দারা"। আমরা যখন স্কুল-স্কুল খেলা করতাম তখন মাস্টার সেজে খেলার ছলে ছাত্রদের শাসন করে বলতাম – "দারা! দারা! দারাইয়া থাক!

একদিন 'দারা' স্যারের ক্লাস চলছে, সেই শিক্ষক ক্লাসের ছেলেদের জিজ্ঞাসা করলেনঃ "দারা, সুজা, ঔরঙ্গজেব ও মুরাদ লইয়া একটা বাক্য রচনা কর।"

তৎক্ষণাৎ সিলেটি এক ছাত্র উঠে দাঁড়িয়ে জবাব দিল "কাউয়ের মুরাদ নাই যে উরঙ্গজেবরে কয় 'সুজা হইয়া দারা'।"

এক অপরিচিত ছাত্র আরও এক শিক্ষকের বর্ণনা দিয়েছিলেন। সেই শিক্ষককে ছাত্ররা আড়ালে ডাকত 'Multi Tasker Sir'. তিনি এ্যালজেব্রা শেখাতেন, ভূগোল পড়াতেন মায় জ্যামিতি-ব্যাকরন বাদ দিতেন না। ওনার হাতে সর্বদা থাকত ক্যাম্বিস আর কাঠের তৈরী রোল করা মানচিত্র। বলতেন পৃথিবী গোল।

স্কুলের ছাত্রদের কথা লিখতে বসে কতিপয় দুষ্টু ছাত্রদের গল্পও আমার কলমের ডগায় উঁকিঝুঁকি দিচ্ছে। সেকালের মাস্টাররা বাচাল ছেলেদের নিয়ে ক্লাসে নানা কটূক্তি করতেন –

'ছেলেগুলো একদম বিচ্ছু, ওদের পুঁতলে বিছুটি গাছ হবে। বিছুটির ঘা মারলেও ও-ছেলেদের কিচ্ছুটি হবে না'। ভূতো বেণী মটরা হেবো – এরা আকাটমূর্খই থেকে যাবে। ফোর মাস্কেটিয়ার্স থেকে নিয়ে 'চার মর্কট' কত রকমের নামে যে তাদের ডাকা হত তা লিখে শেষ করা যাবে না।

ক্লাসে এক দস্যু বালককে সবাই 'আলেকজেণ্ডার' নামে ডাকত। ছাত্রটি লেখাপড়ায় অত্যন্ত কাঁচা ছিল এবং তিন বছর ক্লাসে সে প্রমোশন পাইনি। নতুন নামটি তার অল্পদিনের উপার্জন – এর পেছনে একটু ইতিবৃত্ত আছে। ক্লাসে একদিন তাকে জিজ্ঞাসা করা হয় – জেন্ডার কয় প্রকার?

সে উত্তর দিলে – 'তিন প্রকার; ম্যাস্কুলিন, ফেমিনিন, আর-আর-আর? আর-টা কিছুতেই তার মনে আসছিল না। পাশের ছেলেটি ফিস-ফিস করে তাকে কী বলেছে। তার প্ররোচনা আর মাস্টারের প্রতারণা, এই দুয়ের তাড়ায় সে বলে ফেলল – 'আর আলেকজেণ্ডার।'

বলে ফেলেই সে বুঝতে পারল যে ভুল হয়েছে; কেননা এই তৃতীয় জেন্ডারটি গ্রামারের নয়, ইতিহাসের। কিন্তু তখন আর ফিরিয়ে নেবার তার উপায় ছিল না। মাস্টার মশাইও ছাড়বার পাত্র নন, তিনি বললেন – 'উদাহরণ দাও।'

তার উদাহরণ সে কী দেবে? তাই সে অগত্যা মুখখানাকে এরকম শশব্যস্ত করল যেন উদাহরণটা তার জিভের তলার গোড়ায় এসেছে কিন্তু জিভের ডগায় আসছে না।

মাস্টারমশাই বললেন- 'ভেবে পাচ্ছ না? তার উদাহরণ যে সামনেই রয়েছে গো!' তুমিই আলেকজেণ্ডার!'

প্রবল হাস্যরোলের মধ্যে সেদিন থেকে তার ওই নামটাই রটে গেল, সকলেই তাকে ওই নামে ডাকতে শুরু করল – ফলে, তার যে পৈতৃক আর একটা নাম আছে সে সম্বন্ধে তার নিজের অনেক সময় সন্দেহ হতে লাগল।

এই হল তার অভিনব নামকরণের ইতিহাস।

আমার বন্ধু প্রাক্তন ১৭ তুঘলক প্লেস নিবাসী ও রাইসিনা স্কুলের ছাত্র শুভঙ্কর রায়চৌধুরী তার প্রতিবেশী রাইসিনা স্কুলেরই আর এক ছাত্রের দুরন্তপনার গল্প শুনিয়েছিল –

ভারত পাক যুদ্ধের সময় black out-এর রিহার্সাল হত। সাইরেন বাজার সাথে সাথেই আলো নিভিয়ে দিতে হত। সেই সময় বাড়ির জানালার কাঁচে ব্রাউন পেপার সাঁটা হত যাতে যদি কোন আবশ্যক কারণে আলো জ্বালায়, সেই আলো যেন বাইরে থেকে না দেখা যায়। আমাদের পাড়ার তাপস ভাওয়াল এই ব্ল্যাক আউট রিহার্সালের সময় একবার উড়ন তুবড়ি ছেড়েছিল, আর রিডিং রোড থানার পুলিশ ঠিক জায়গা আন্দাজ করে তুঘলক প্লেসে পৌঁছিয়ে গিয়েছিল। ভাগ্য ভাল ব্যাপারটা বেশী দূর গড়ায়নি।'

আমার শৈশবের বন্ধু অনীশ রায়চৌধুরী থাকত ১ নিকলসন স্কোয়ারে। তার আঁকার হাত ছিল অপূর্ব। অনীশ ছিল হালকা মেজাজের ছেলে এবং ড্রয়িং ক্লাসে তার মুখে অনবরত হাসি-ঠাট্টার খই ফুটত । একবার ক্লাসের ছেলেরা তাকে জিজ্ঞেস করে বসল – আড়চোখে কি রকম করে আঁকতে হয় জানিস। অনীশ প্রশ্ন শুনে লাজবাব উত্তর দিয়েছিল।

'খুব সোজা'। আণ্ডার মতন আঁকতে হবে। মাথায় ইচ্ছেমত চুল বসাও। কপালে নিরেনব্বই লেখ, তার নীচে একটা কাত-করা বিসর্গ, তার নীচে একটা

পাঁচ। যদি দাঁত দেখাতে হয় তবে চুয়াল্লিশ বসাও। আর যদি মোনা-লিসার ধরণের নিগুঢ় হাসি ফোটাতে চাও তবে আট লেখ।

অনীশের উত্তর শুনে মানব স্যার হো হো শব্দে হেসে উঠেছিলেন। ক্লাসেময় ছেলেদের তখন আক্কেলগুড়ুম অবস্থা, অনীশের আজব জবাবটা বুঝতে না পেরে তারা ওর দিকে ফ্যালফ্যাল করে চেয়ে ছিল। সেই অনীশ আমাদের ছেড়ে বহুকাল হল বিদায় নিয়েছে।

আরও দুটি আজব নামকরণের কাহিনী লিখতে গিয়েও সামান্য ইতস্ততা আমার মনে এসেছে। সেই দাদাদের মধ্যে একজন আমার পাড়াতেই থাকতেন, আজ বেঁচে নেই। কারুর অবর্তমানে তাঁর সম্বন্ধে হাসিঠাট্টা করা আদৌ শোভনীয় নয়। নাম দুটো প্রাচীন ছাত্রদের হাসির খোরাক ছিল। 'মূর্ধন্য ণ' এবং 'চন্দ্রবিন্দু' –

বিসর্গ-এর ভুঁড়ো পেট, চন্দ্রবিন্দুর মাথা হেঁট
দন্ত্য ন, মুধন্য ণ নয়

রাইসিনা স্কুলের ফুটবল টিমে দুজনে বহু আকর্ষক ম্যাচ খেলেছিলেন। 'মূর্ধন্য ণ'-দা'র গোলে দাঁড়িয়ে বিচিত্র পোজে বল সেভ করা ও চন্দ্রবিন্দু'দার খেলার মাঠে প্রতিপক্ষের খেলোয়াড়কে পেটে হাঁটুর গুঁতো মারাতে অদ্ভুত জোড়া নাম যুগলে অর্জন করেছিলেন। সেই সমস্ত হাস্য কীর্তিকলাপ সেকালে talk of the town হয়েছিল।

ইস্কুলের ছেলেমেয়েরা এখন অনেক পড়াশুনা করে। অনেক তাদের বইয়ের ভার, অনেক তারা জানে। পুরনো দিনে ফিরে তাকালে মনে হয়, সে তুলনায় আমরা ছিলাম কতই অপরিণত! মূর্ধন্য ণ - চন্দ্রবিন্দু মিলেমিশে যায় আমাদের বুকের মাঝখানে। ইস্কুলসুদ্ধ সবাই কি তা-ই নয়।

মূর্ধন্য ণ চন্দ্রবিন্দু কোত্থাও নেই আর? হতেই পারে না তা। পুরনো কাল চলে যায়, নতুন কাল আসে – পুরনো কালের সঙ্গে যা পুরনো হয় তাকে পুরনো কালের সঙ্গে যেতে হয়, নতুন কালে তার স্থান নেই – স্থান হয় না।

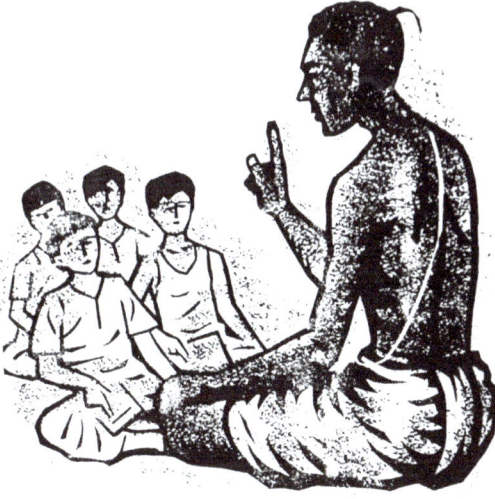

মাস্টারমশাই

২০২১ সালে আমার লেখা 'রাইসিনা স্কুল যুগ যুগ জিও' পড়ে প্রচুর প্রাক্তন ছাত্র সোশ্যাল মিডিয়া প্ল্যাটফর্মে তাঁদের তীব্র প্রতিক্রিয়া ব্যক্ত করেছিলেন। প্রাচীন ছাত্ররা রাইসিনা স্কুলের লেখনীটা পড়ার পরে রীতিমত বিচলিত হয়ে যান। প্রাক্তন ছাত্রদের ধারণাই ছিল না যে বাস্তবে বাংলা স্কুলের শিক্ষকরা কি নিদারুণ আর্থিক সংকটে দিন যাপন করতেন।

'রাইসিনা স্কুল যুগ যুগ জিও' লেখায় শেষের দিকে উল্লেখ আছে –

পণ্ডিতমশাই যখন ক্লাশে নিজের পরিবারকে লাট সাহেবের পোষা কুকুরের একটি ঠ্যাংয়ের সঙ্গে তুলনা করেন, গল্পটি গোঁত্তা খেয়ে পৌছয় গভীরতায়। এ আকস্মিক রসপরিবর্তনে গল্পের অভিঘাত আরও তীব্র হয়ে ওঠে। 'নীরবতা হিরণ্ময়' প্রবচনটি আবিষ্কৃতার সঙ্গে মরার আগে একলা একটি বার পাবার আশা পোষণের কথাও ঘোষণা করেন তিনি।

স্কুলের অভাবী হতাশগ্রস্থ শিক্ষক বাংলা পিরিয়ডে কোন দুর্বল মুহূর্তে আত্ম-অবমাননার নির্মম পরিহাস নিজের সর্বাঙ্গে মেখেছিলেন ছাত্রদের সাক্ষী রেখে। পণ্ডিতমশাইয়ের মুখ তখন লজ্জা তিক্ততা-ঘৃণায় বিকৃত হয়ে গেছে। আজও মনে হয় পণ্ডিতমশাই আমাদের উত্তরের অপেক্ষায় বসে আছেন। সেই জগদ্দল

নিস্তব্ধতা ভেঙ্গে কতক্ষণ পরে ক্লাসে শেষের ঘণ্টা বেজেছিল কেউ তখন খেয়াল করে নি।

পুরনো রিডিং রোড পাড়ার দাদাস্থানীয় একজন আমার লেখাটি পড়ে ইউনিয়ন একাডেমী স্কুলের বাংলা পণ্ডিতমশায়ের চালচলন ও পোশাকআশাক বৃত্তান্ত লিখে পাঠিয়েছিলেন –

'... ওনার কথা এই জন্য লিখলাম সত্যিই কি আর্থিক কষ্টের মধ্যে তখনকার মাস্টাররা দিনযাপন করতেন, উনি তাঁর মূর্ত প্রতীক। ছেঁড়া কেডস পরে আসতেন ... পায়ের আঙুল দেখা যেত। এবং কেডসের রং যে সাদা ছিল, খানিকটা কল্পনা করে নিতে হত, এতটাই পুরোনো। মনে পড়ে যায় পণ্ডিতমশাই জীর্ণ ইস্ত্রি বিহীন নিজেহাতে কাচা ফতুয়া (তার দু'চার জায়গায় রিপুকর্মের চিহ্ন প্রকট) আর হাঁটু ছুঁই ছুঁই খাটো ধুতি পড়ে খালি পায়ে বেঞ্চে চড়ে সারাক্ষণ উবু হয়ে বসে পড়াতেন। এক কথায় বলা যায় উনি ছিলেন বিমর্ষতার মূর্তিমান প্রতীক।

দেবতুল্য সরল সজ্জন ব্যক্তি, আঙুলে গোণা গুটিকয়েক মানুষের মধ্যে একজন। অমন নিরহংকারী পণ্ডিতগুণীজন আজকের দিনে বিরল। বাহ্যিক আড়ম্বরহীন ... নিজের সম্পর্কে উদাসীন অথচ কর্তব্যপরায়ণ; এ যুগে পাওয়া যায় না। ওনাকে আমি খুব অল্প সময়ের জন্য পেয়েছিলাম। এমন শিক্ষক শিক্ষিকা পাইনি যাঁরা মনের গভীরে ছাপ রেখে গেছেন। কিন্তু ওনার কথাই আলাদা, উনি ছিলেন আমার একমাত্র গুরুস্থানীয় আদর্শ শিক্ষক, ছাত্রগত প্রাণ ছিল।

'রাইসিনা স্কুল যুগ যুগ জিও' লেখাটির শেষের অংশে সৈয়দ মুজতবা আলীর বিখ্যাত ছোটগল্প 'পাদটীকা' থেকে স্বল্প অংশ তুলে ধরেছিলাম। ব্রিটিশ আমলের হতভাগ্য এক পণ্ডিতমশায়ের জীবনকাহিনী। গল্পে পরাধীন ভারতবর্ষের শিক্ষকদের বিশেষত পণ্ডিতদের শোচনীয় দৈন্য এবং অসম্মানের ছবি ফুটে উঠেছে এ-গল্পের কথক ছাত্রের চোখ দিয়ে।

গল্পের কেন্দ্রীয় চরিত্র পণ্ডিতমশাই। তাঁর স্বভাবসিদ্ধ বৈঠকি মেজাজে মুজতবা আলী এই চরিত্রের নানা দিকের পরিচয় দিয়েছেন। এই ধরণের পণ্ডিতমশায়ের চরিত্র নানা গল্পে উল্লেখ হয়ে এসেছে। 'পাদটীকা' গল্পে স্কুল পরিদর্শন সক্রান্ত একটি ঘটনা আছে – যা আপাত লঘু, কিন্তু তার পরিণাম বেদনাবহ – ট্র্যাজিক। সেই বেদনাক্রান্ত গল্পটি 'নানা রঙের দিনগুলি' গ্রন্থে (রাইসিনা স্কুল যুগ যুগ জিও)-পৃষ্ঠা ৩৫-এ খুঁজে পাওয়া যাবে। 'পাদটীকা' গল্পের আর আরও খানিকটা অংশ এখানে এবারে তুলে ধরেছি –

গত শতকের শেষ আর এই শতকের গোড়ার দিকে আমাদের দেশের টোলগুলো মড়ক লেগে প্রায় সম্পূর্ণ উজাড় হয়ে যায়। পাঠান-মোগল আমলে

যে দুর্দৈব ঘটেনি ইংরাজ রাজত্বে সেটা প্রায় আমাদেরই চোখের সামনে ঘটল। অর্থনৈতিক চাপে পড়ে দেশের কর্তাব্যক্তিরা ছেলেভাইপোকে টোলে না পাঠিয়ে ইংরেজি ইস্কুলে পাঠাতে আরম্ভ করলেন। চতুর্দিকে ইংরেজি শিক্ষার জয়-জয়কার পড়ে গেল – সেই ডামাডোলে বিস্তর টোল মরল, আর বিস্তর কাব্যতীর্থ বেদান্তবাগীশ না খেয়ে মারা গেলেন।

এবং তার চেয়েও হৃদয়বিদারক হল তাঁদের অবস্থা, যাঁরা কোনোগতিকে সংস্কৃত বা বাঙলার শিক্ষক হয়ে হাই-স্কুলগুলোতে স্থান পেলেন। এঁদের আপন আপন বিষয়ে অর্থাৎ কাব্য, অলংকার, দর্শন ইত্যাদিতে পাণ্ডিত্য ছিল অন্যান্য শিক্ষকদের তুলনায় অনেক বেশী কিন্তু সন্মান এবং পারিশ্রমিক পেতেন সবচেয়ে কম। শুনেছি কোনো কোনো ইস্কুলে পণ্ডিতের মাইনে চাপরাসীর চেয়েও কম ছিল।

আমাদের পণ্ডিতমশাই তর্কালঙ্কার না কাব্যবিশারদ ছিলেন আমার আর ঠিক মনে নেই কিন্তু এ কথা মনে আছে যে পণ্ডিতসমাজে তাঁর খ্যাতি ছিল প্রচুর এবং তাঁর পিতৃপিতামহ চতুর্দশ পুরুষ শুধু যে ভারতীয় সংস্কৃতির একনিষ্ঠ সাধক ছিলেন তা নয়, তাঁরা কখনো পরান্ন ভক্ষণ করেননি – পালাপরব শ্রাদ্ধনিমন্ত্রণে পাত পাড়ার তো কথাই ওঠে না।

বাঙলা ভাষার প্রতি পণ্ডিতমশাইয়ের ছিল অবিচল, অকৃত্রিম অশ্রদ্ধা – ঘৃণা বললেও হয়তো বাড়িয়ে বলা হয় না। বাঙলাতে যেটুকু খাঁটি সংস্কৃত বস্তু আছে তিনি মাত্র সেইটুকু পড়াতে রাজী হতেন – অর্থাৎ কৃৎ, তদ্ধিত, সন্ধি এবং সমাস।

পণ্ডিত মহাশয়ের বর্ণ ছিল শ্যাম। তিন মাসে এক দিন দাঁড়ি-গোঁফ কামাতেন এবং পরতেন হাঁটু-জোঁকা ধুতি। দেহের উত্তমার্ধে একখানা দড়ি প্যাঁচানো থাকতো-অজ্ঞেরা বলত সেটা নাকি দড়ি নয় চাদর। ক্লাসে ঢুকেই তিনি সেই দড়িখানা টেবিলের উপর রাখতেন, আমাদের দিকে রোষকষায়িত লোচনে তাকাতেন, আমাদের বিদ্যালয়ে না এসে যে চাষ করতে যাওয়াটা সমধিক সমীচীন সে কথাটা দ্বি-সহস্রবার মতো স্মরণ করিয়ে দিতে দিতে পা দু খানা টেবিলের উপর লম্বমান করতেন। তারপর যে কোন অজুহাত ধরে আমাদের এক চোট বকে নিয়ে ঘুমিয়ে পড়তেন। বেশ নাক ডাকিয়ে, এবং হেডমাস্টারকে একদম পরোয়া না করে। কারণ হেডমাস্টার তাঁর কাছে ছেলেবেলায় সংস্কৃত পড়েছিলেন এবং তিনি যে লেখাপড়ায় সর্বাঙ্গনিন্দনীয় হস্তীমূর্খ ছিলেন সে কথাটি পণ্ডিতমশাই বারম্বার অহরহ সর্বত্র উচ্চকণ্ঠে ঘোষণা করতেন।

বহু বৎসর হয়ে গিয়েছে, সেই ইস্কুলের সামনে সুরমা নদী দিয়ে অনেক জল বয়ে গিয়েছে কিন্তু আজো যখন তাঁর কথা ব্যাকরণ সম্পর্কে মনে পড়ে

তখন তাঁর ছবিটি আমার চোখের সামনে ভেসে ওঠে সেটি তাঁর জাগ্রত অবস্থায় নয়; সে ছবিতে দেখি, টেবিলের উপর দু'পা-তোলা, মাথা একদিকে ঝুলে-পড়া, টিকিতে দোলা-লাগা কাষ্ঠাসন শরশয্যায় শায়িত ভারতীয় ঐতিহ্যের শেষ কুমার ভীষ্মদেব। কিন্তু ছিঃ আবার 'দোলা-লাগা' সমাস ব্যবহার করে পণ্ডিতমশায়ের প্রেতাত্মাকে ব্যথিত করি কেন?

সে-সময়ে আসামের চীফ কমিশনার ছিলেন এন.ডি. বীটসন বেল। সায়েবটির মাথায় একটু ছিট ছিল। প্রথম পরিচয়ে তিনি সবাইকে বুঝিয়ে বলতেন যে তাঁর নাম আসলে 'নন্দদুলাল বাজায় ঘন্টা। 'এন ডি'তে হয় 'নন্দদুলাল' আর বীটসন বেল অর্থ 'বাজায় ঘন্টা' – দুয়ে মিলে হয় 'নন্দদুলাল বাজায় ঘন্টা'।

সে নন্দদুলাল এসে উপস্থিত হলেন আমাদের শহরে।

ক্লাসের জ্যাঠা ছেলে ছিল পদ্মলোচন। সে-ই একদিন খবর দিল লাটসাহেব আসছেন স্কুল পরিদর্শন করতে – পদ্মর ভগ্নিপতি লাটের টুর ক্লার্ক না কি, সে তাঁর কাছ থেকে পাকা খবর পেয়েছে।

লাটের ইস্কুল আগমন অবিমিশ্র আনন্দদায়ক অভিজ্ঞতা নয়। একদিক দিয়ে যেমন বলা নেই, কওয়া নেই হঠাৎ কসুর বিন-কসুরে লাট আসার উত্তেজনায় খিটখিটে মাস্টারদের কাছ থেকে কপালে কিলটা চড়টা আছে, অন্যদিকে তেমনি লাট চলে যাওয়ার পর তিন দিনের ছুটি।

হেডমাস্টারমশায়ের মেজাজ যখন সক্কলের প্রাণ ভাজা ভাজা করে ছাই বানিয়ে ফেলার উপক্রম করেছে এমন সময় খবর পাওয়া গেল, শুক্কুরবার দিন হুজুর আসবেন।

ইস্কুল শুরু হওয়ার এক ঘন্টা আগে আমরা সেদিন হাজিরা দিলুম। হেডমাস্টার ইস্কুলের সর্বত্র চর্কিবাজীর মতন তুর্কীনাচন নাচছেন। যে দিকে তাকাই সেদিকেই হেডমাস্টার।

পদ্মলোচন বলল 'কমন-রুমে গিয়ে মজাটা দেখে আয়।'

'কেন কি হয়েছে?'

'দেখেই আয় না ছাই।'

পদ্ম আর যা করুক কখনো বাসি খবর বিলোয় না। হেডমাস্টারের চড়ের ভয় না মেনে কমন-রুমের কাছে গিয়ে জানালা দিয়ে দেখি, অবাক কাণ্ড। আমাদের পণ্ডিতমশাই একটা লম্বা-হাতা আনকোরা নতুন হলদে রঙের গেঞ্জি পরে বসে আছেন আর বাদবাকি মাস্টাররা কলরব করে সে গেঞ্জিটার প্রশংসা করছেন। নানা মুনি নানা গুণ কীর্তন করছেন; কেউ বলছেন পণ্ডিতমশাই কি বিচক্ষণ লোক, বেজায় সস্তায় দাঁও মেরেছেন, কেউ বলছেন আহা, যা মানিয়েছে, কেউ বললেন যা ফিট করেছে। শেষটায় পণ্ডিতমশায়ের ইয়ার

মৌলবী সায়েব দাড়ি দুলিয়ে বললেন, 'বুঝলে ভশচায, এ রকম উমদা গেঞ্জি দু'খানা তৈরী হয়েছিল, তার-ই একটা কিনেছিল পঞ্চম জর্জ, আর দুসরাটা কিনলে তুমি। এ দুটো বানাতে গিয়ে কোম্পানী দেউলে হয়ে গিয়েছে, আর কারো কপালে এ রকম গেঞ্জি নেই।'

চাপরাসী নিত্যানন্দ দূর থেকে ইশারায় জানাল, 'বাবু আসছেন।'

তিন লম্ফে ক্লাসে ফিরে গেলুম।

সেকেন্ড পিরিয়ড বাঙলা। পণ্ডিতমশাই আসতেই আমরা সবাই ত্রিশ গাল হেসে গেঞ্জিটার দিকে তাকিয়ে রইলুম। গেঞ্জি দেখে আমরা এতই মুগ্ধ যে পণ্ডিতমশায়ের গালাগাল, বোয়াল চোখ সব কিছুর জন্যই আমরা তৈরী কিন্তু কেন জানিনে তিনি তাঁর রুটিন মাফিক কিছুই করলেন না। বকলেন না, চোখ লাল করলেন না, লাট আসছেন কাজেই টেবিলে ঠ্যাং তোলার কথাও উঠতে পারে না। তিনি চেয়ারের উপর অত্যন্ত বিরস বদনে বসে রইলেন।

পদ্মলোচনের ডর ভয় কম। আহ্লাদে ফেটে গিয়ে বলল, 'পণ্ডিতমশাই, গেঞ্জিটা কদ্দিয়ে কিনলেন?' আশ্চর্য, পণ্ডিত-মশাই খ্যাঁক খ্যাঁক করে উঠলেন না, নির্জীব কণ্ঠে বললেন, 'পাঁচ সিকে।'

আধ মিনিট যেতে না যেতেই পণ্ডিতমশাই দু হাত দিয়ে ক্ষণে হেথায় চুলকান ক্ষণে হোথায় চুলকান। এক তো জীবন-ভর উত্তমাঙ্গে কিছু পরেননি, তার উপর গেঞ্জি, সেও আবার একদম নূতন কোরা গেঞ্জি।

বাচ্চা ঘোড়ার পিঠে পয়লা জিন লাগালে সে যে-রকম আকাশের দিকে দু' পা তুলে তড়পায় শেষটায় পণ্ডিতমশায়ের সেই অবস্থা হল। কখনো করুণ কণ্ঠে অস্ফুট আর্তনাদ করেন, 'রাধামাধব এ কী গব্ব-যন্তণা', কখনো এক হাত দিয়ে আরেক হাত চেপে ধরে, দাঁত কিড়িমিড়ি খেয়ে আত্মসম্বরণ করার চেষ্টা করেন – লাট সায়েবের সামনে তো সর্বাঙ্গ আঁচড়ানো যাবে না।

শেষটায় থাকতে না পেরে আমি উঠে বললুম, 'পণ্ডিতমশাই, আপনি গেঞ্জিটা খুলে ফেলুন। লাট সায়েব এলে আমি জানালা দিয়ে দেখতে পাব। তখন না হয় ফের পরে নেবেন।'

বললেন, 'ওরে জড়ভরত, গব্ব যন্তণাটা খুলছি নে, পরার অভ্যেস হয়ে যাবার জন্য।'

আমি হাত জোড় করে বললুম, 'একদিনে অভ্যেস হবে না পণ্ডিতমশাই, ওটা আপনি খুলে ফেলুন।'

আসলে পণ্ডিতমশাইয়ের মতলব ছিল গেঞ্জিটা খুলে ফেলারই; শুধু আমাদের কারো কাছ থেকে একটু মরাল সাপোর্টের অপেক্ষায় এতক্ষণ বসেছিলেন। তবু সন্দেহ-ভরা চোখে বললেন, 'তুই তো একটা আস্ত মর্কট – শেষটায় আমাকে ডোবাবি না তো? তুই যদি হুঁশিয়ার না করিস, আর লাট যদি এসে পড়েন?'

আমি ইহলোক পরলোক সর্বলোক তুলে দিব্যি, কিরে, কসম খেলুম।

এর পর আর কোনো বিপদ ঘটল না। পণ্ডিতমশাই থেকে থেকে রাধামাধবকে স্মরণ করলেন, আমি জানালা দিয়ে তাকিয়ে রইলুম, আর সবাই গেঞ্জিটার নাম, ধাম, কোন দোকানে কেনা, সস্তা না আক্রা, তাই নিয়ে আলোচনা করল।

আমি সময়মত ওয়ার্নিং দিলুম। পণ্ডিতমশাই আবার তাঁর গব্ব যন্তণাটা উত্তমাঙ্গে মেখে নিলেন।

লাট এলেন; সঙ্গে ডেপুটি কমিশনার, ডাইরেকটর, ইনসপেকটর, হেড মাস্টার, নিত্যানন্দ – আর লাট সায়েবের এডিসি ফেডিসি না কি সব বারান্দায় জটলা পাকিয়ে দাঁড়িয়ে রইল। 'হ্যালো পানডিট বলে সায়েব হাত বাড়ালেন। রাজসন্মান পেয়ে পণ্ডিতমশায়ের সব যন্ত্রণা লাঘব হল। বার বার ঝুঁকে ঝুঁকে সায়েবকে সেলাম করলেন – এই অনাদৃত পণ্ডিত শ্রেণী সামান্যতম গতানুগতিক সন্মান পেয়েও যে কি রকম বিগলিত হতেন তা, তাঁদের সে-সময়কার চেহারা না দেখলে অনুমান করার উপায় নেই।

সে কথা থাক। লাট সায়েব চলে গিয়েছেন, যাবার পূর্বে পণ্ডিতমশায়ের দিকে একখানা মোলায়েম নড করাতে তিনি গর্বে চৌচির হয়ে ফেটে যাবার উপক্রম। আনন্দের আতিশয্যে নূতন গেঞ্জির চুলকুনির কথা পর্যন্ত ভুলে গিয়েছেন। আমরা দু'তিনবার মনে করিয়ে দেবার পর গেঞ্জিটা তার শ্রীঅঙ্গ থেকে ডিগ্রেডেড হল।'

School's Scout Batch - late 1930

Dr. Shyama Prosad Mukherjee alongwith members of
school management outside Raisina School compound

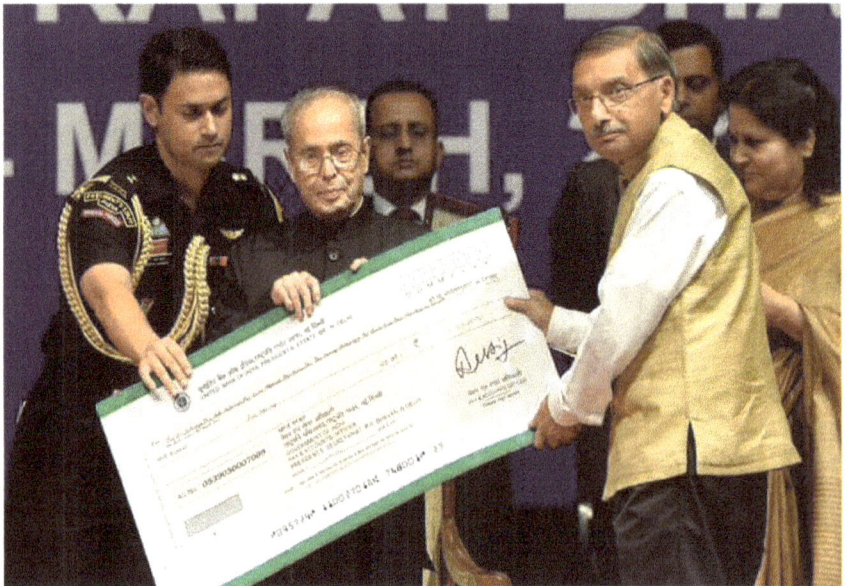

Dr Aloke Bhattacharya, ex-student of Raisina

The School Buildings

প্রিয় প্রবীর

তোমাকে কথা দিয়েছিলাম – দেরীতে হলেও ইউনিয়ন একাডেমি স্কুলের লাগোয়া তখনকার দিনের (আমি ১৯৬৩ সালে হায়ার সেকেন্ডারী পাশ করেছি) ধোবী ঘাটের illustration পাঠালাম। সম্পূর্ণ স্মৃতি নির্ভর, স্কুল জীবনের দিনগুলি ভিজুলাইজ করে। ছবির ব্যাকগ্রাউণ্ডের বিল্ডিংটাই আমাদের স্কুলের সাইন্স ব্লক। আর সবচেয়ে ওপোরের ডানদিকের কোনের জানালার কাছেই শ্রদ্ধেয় বর্মণস্যার পিঠ করে বসতেন। আঁকাটায় আমার অনভ্যাসের ছোঁওয়া আছে। সঙ্গে একটি স্মৃতিচারণ পাঠালাম যাতে প্রয়াত বন্ধু সুপ্রিয়র সঙ্গীত প্রিয়তার কথা বিশেষভাবে আছে। এটি মাত্র একটি দিক তাঁর ঘটনা বহুল জীবনের।

আঁকা এবং লেখা পাঠিয়ে ভারী হালকা বোধ করছি। অনেকদিন ধরেই মনটা খচ খচ করছিল – প্রবীরকে কথা দিলাম অথচ কাজে করতে পারছি না ভেবে।

আমার আন্তরিক স্নেহ ভালবাসা ও শুভেচ্ছা রইল।

ইতি
বিলাস বসু

স্মৃতিচারণ ... সঙ্গীত ও সুপ্রিয়

- বিলাস বসু

নিউ দিল্লী কালীবাড়ির সন্নিকটে ১৮ নং রিডিং রোডে আমরা থাকতাম। এখন যে রাস্তার নাম মন্দির মার্গ। আর ৭ নং সিকান্দার প্লেসে থাকত সুপ্রিয় বা সানিরা। যখন বছর ছ' সাত বয়স, তখন থেকেই আমাদের বন্ধুত্বের সূচনা হয়। ঢিল ছোঁড়া দূরত্বে দুটি কোয়ার্টার হওয়াতে আমাদের অবাধ মেলামেশায় কোনো বাধা ছিল না। আমাদের দুই পরিবারের মধ্যে এত গভীর হৃদ্যতা ছিল, যে অনেকেই আমাদের একই বাড়ির বলে ভেবে বসত। *আমরা দুজনেই ইউনিয়ন একাডেমিতে পড়েছি।*।

আমরা শৈশবের বন্ধু, সে জন্য আমার ছোট থেকে বড় হওয়ার কোন কিছুই সুপ্রিয়র অজানা ছিল না। ঠিক তেমনি আমারও ওর সম্পর্কে প্রায় সব ঘটনাই জানা। আমাদের দুজনের একসাথে কি ভাবে সঙ্গীত দুনিয়ায় প্রবেশ হল, সে কথাই এবার বলছি।

শঙ্করস ইন্টারন্যাশানাল চিলড্রেনস আর্ট কম্পিটিশনের কথা সবারই প্রায় জানা। বসে আঁকো এবং বাড়িতে এঁকে স্কুলের মাধ্যমে আঁকা পাঠিয়ে এক সময়ে এই অঙ্কন প্রতিযোগিতায় অংশ নিতে উদগ্রীব হয়ে থাকতো হাজার হাজার ছোট ছোট ছেলেমেয়েরা। দেশের এবং বিদেশেরও।

কিন্তু শঙ্করস চিলড্রেনস ডান্স ড্রামা এন্ড মিউজিক কম্পিটিশনের কথা খুব কম লোকেই শুনেছেন। বিখ্যাত কার্টুনিস্ট শঙ্করের (যিনি এই বিশাল প্রতিযোগিতার আয়োজক ছিলেন) ছেলে খোদ শ্রীকুমার শঙ্করও আমার কাছে প্রথম এ খবর শুনে বিস্ময়ে হতবাক হয়ে গিয়েছিল পরবর্তীকালে। আসলে এ প্রতিযোগিতা খুবই স্বল্পায়ু হওয়ায় এর একটা অন্যতম কারণ।

সালটা ১৯৫৫। আমার পিতৃদেব (স্বর্গত শ্যামাচরণ বসু) ঠিক করলেন পাড়ার ছোট ছোট ছেলেদের ভজন-কীর্তন শিখিয়ে এই প্রতিযোগিতায় অংশ গ্রহণ করার। বাবাদের হরিসভা তখন কালীবাড়ির ধর্মশালার একটি ঘরে নিয়মিত চলত। বলা বাহুল্য সুপ্রিয়র পিতৃদেব (স্বর্গত কেশব চন্দ্র ঘোষ) কাকাবাবুও এই হরিসভার একজন অপরিহার্য সভ্য ছিলেন। বাৎসরিক উৎসব

ছাড়াও দোলপূর্ণিমা জন্মাষ্টমী ইত্যাদি ধূমধাম করে এই হরিসভায় পালন করা হত কালীবাড়ির ইশানতোষ হলে। এলাকার বাঙালীরা দলে দলে তাতে যোগদান করত – আমরাও বাদ যেতাম না। যাইহোক "হরিসভা শিশু বিভাগ" নামকরণ করে পাড়ার জনা ষোলো ছোট ছোট ছেলেদের নিয়ে দল করে বাবা আমাদের নিয়মিত গান শেখাতে আরম্ভ করলেন। কাকাবাবুও অবশ্যই সাথে সাথে ছিলেন। এই ষোলো জনের মধ্যে সুপ্রিয় ও আমি খোলবাদক হিসেবে ছিলাম। মূল প্রতিযোগিতায় অংশ নিতে আমাদের আগে প্রাথমিক প্রতিযোগিতায় উত্তীর্ণ হতে হয়েছিল। অত্যন্ত আনন্দ ও গর্বের বিষয় মূল প্রতিযোগিতায় আমরাই অর্থাৎ 'হরিসভা শিশু বিভাগ' বিজয়ী ঘোষিত হয়েছিল। শিল্ড সহ প্রশংসা-পত্র দিয়েছিলেন তখনকার ভারতের উপরাষ্ট্রপতি ডঃ সর্বপল্লী রাধাকৃষ্ণণ। সুপ্রিয় এবং আমি এই প্রতিযোগিতা উপলক্ষেই প্রথম খোলবাদক হিসেবে আত্মপ্রকাশ করি। বেশ মনে আছে – আমাদের ভারী খোল নিয়ে স্টেজের দু'পাশে দাঁড়িয়ে নেচে নেচে বাজাতে হয়েছিল।

সুপ্রিয় বা সানি পরে খোল/তবলা বাদক হিসেবে দিল্লীতে যথেষ্ট পরিচিতি লাভ করে। এই খোল তবলা বাজানোর সূত্রে তার বিদেশে যাত্রাও ঘটে। সুপ্রিয়র একটা বিরল প্রতিভা ছিল। হাতের কাছে যা পেত তাই দিয়েই সুন্দর শ্রুতি মধুর তাল ছন্দ লয়ের সৃষ্টি করতে পারতো। হয়ত কফি হাউসে বা বেড়াতে গিয়ে কোনো রেস্টুরেন্টে বসে আছি – চা-কফি বা খাবার আসতে দেরী হচ্ছে, সুপ্রিয় চামচে, কাপ, ডিশ, ফুলদানী এশট্রে যা পেত তাই দিয়ে অদ্ভুত এক বাতাবরণের সৃষ্টি করে ফেলত। কিছু না পেলে সামান্য স্কুটারের চাবি, হাতের আংটি বা আঙুলের টোকায় অসাধারণ দক্ষতায় সকলকে আনন্দ দিত। মনে পড়ছে ষাটের দশকের প্রথম দিকে হেস্টিংস স্কোয়ার এবং পরে চামেরীতে (আবছা স্মৃতিতে মনে আছে) থাকতেন পঙ্কুদা। গীটারে পঙ্কুদা ও সাথে 'বঙ্গ'-তে সঙ্গত করতে ছোটখাটো অনুষ্ঠানে ভীষণ ভাবে ব্যস্ত থাকত সুপ্রিয়। মাঝে একটা সময়ে (১৯৬২-৬৩ সালে) নিয়ম করে রোজ বিকেলে তাদের বাড়ির উঠানে আমাদের গানের আসর বসত। কাঁচের স্লাইডে হাতে এঁকে অরিজিনাল স্ক্রিপ্টে "কালু ডাকু" নামে হিন্দী সিনেমাও আমরা বানিয়ে ওদের বাইরের বারান্দায় প্রদর্শিত করেছিলাম – যাতে অবধারিত ভাবে স্বরচিত মৌলিক সুরে গানও ছিল বৈকি! সুপ্রিয়র ছোট ভাই সুমন্ত টেকনিকাল ব্যাপারটি সামলে ছিল।

আমরা একসাথে কত গান বাজনা করেছি, অনুষ্ঠান করেছি। নিউ দিল্লী কালীবাড়ি ছাড়া আমাদের স্কুলে, বিভিন্ন নাটকে, টেলিভিশনে, বাবাদের হরিসভার সাথে রাষ্ট্রপতি ভবনের 'দরবার হলে' এবং 'অশোক হলে", বেঙ্গলী ক্লাবে, রাজধানী কয়্যরে, রবীগীতিকার বিভিন্ন অনুষ্ঠানে (তার মধ্যে

কলকাতায় রবীন্দ্রসদনে এবং আশুতোষ মেমোরিয়াল হলে-ও)এ মুহূর্তে এ সকল নামই মনে আসছে। এ ছাড়া বন্ধুদের সাথে নিজেদের আড্ডায় বা কোনো কোনো রবিবার বাড়িতে ঘরোয়া বৈঠকে আমাদের সঙ্গীতচর্চা তো ছিলই। একটা আলাদা তৃপ্তি পেতাম আমার সাথে সুপ্রিয় যখন সঙ্গত করত। একটা গর্বও অনুভব করতাম তখন এই ভেবে – "আমার সাথে যে বাজাচ্ছে, সে হেমন্ত কুমারের সাথেও বাজিয়েছে।"

১৯৬২ সালের জাতীয় শ্রেষ্ঠ চলচ্চিত্র পুরস্কার লাভ করে 'দাদাঠাকুর' সিনেমা। পুরস্কার নিতে শিল্পীরা যখন দিল্লীতে আসেন, নিউ দিল্লী কালীবাড়িতেও ঈশানতোষ হলে ওনাদের এক সকালে সম্বর্ধনা জানানো হয়। শিল্পী কলাকুশলীদের মধ্যে বিশ্বজিৎ, সুলতা চৌধুরী এবং হেমন্ত মুখোপাধ্যায় ছিলেন। অনুষ্ঠান শেষে হেমন্ত কুমার তাঁর সাবলীল মধুর কণ্ঠে গান ধরেন "এই কথাটি মনে রেখো"। হ্যাঁ ... বন্ধু সুপ্রিয়ই তখন নিপুণ দক্ষতার সাথে সুচারু ও মার্জিতভাবে যথাযথ সঙ্গত করেছিল।

আমিও সুপ্রিয়র সাথে সঙ্গত করতাম বৈকি। আসলে ছেলেবেলা থেকেই সঙ্গীতে ওর স্বভাবগত দখল ছিল। মাত্র পাঁচ ছ'দিনেই ওকে হারমোনিয়াম শিখে ফেলতে আমি স্বচক্ষে দেখেছি। একবার শ্যামাসংগীত প্রতিযোগিতায় কালীবাড়িতে ও পুরস্কৃত হয়েছিল এবং পরবর্তীকালে একটা সিডি-ও প্রকাশ করেছিল। তবুও বলব – মূলত বাদ্যশিল্পী হিসেবেই ওর প্রতিভা বেশী ছিল।

আশৈশব একসাথে আমরা বেড়ে উঠেছি সুতরাং সঙ্গীতকে কেন্দ্র করে আমাদের অজস্র গল্প থাকবে এ কথা বলাই বাহুল্য। শুধু দু'টি গল্পই উল্লেখ করবো আজকের এই নিবন্ধে। প্রথম ঘটনাটি ঘটেছিল শৈলশহর সিমলায়। আমরা ছ'সাত বন্ধু, আমরা দু'জন ছাড়া প্রণব বাদল জয়ন্ত সুপ্রতীকও ছিল, সম্ভবত ১৯৭৪ সালের গ্রীষ্মে বেড়াতে গিয়েছিলাম। উঠেছিলাম সিমলা কালীবাড়ির ধর্মশালায়। পাহাড়ে, প্রাকৃতিক সৌন্দর্যে অন্তরঙ্গ বন্ধুদের সাথে উপভোগ করার মজাই আলাদা। তিন দিনের প্রোগ্রাম ছিল যতদূর মনে পড়ছে। সারাদিন হৈ হৈ করে বেড়ানো ... আড্ডা গল্প-গুজবে সময় হু হু করে কাটছিল।

এক সন্ধ্যাবেলায় মা কালীর আরতি দর্শনও করলাম। শান্ত স্নিগ্ধ পরিবেশে তেমন কোনো ভীড় নেই। গুটি কয় ভক্ত শুধু। বন্ধুরা, বিশেষ করে প্রণব ধরে বসল – "ওরে মন্দিরে হারমোনিয়াম আছে রে ... তুই শ্যামা সঙ্গীত গা-না বিলাস।"

ফুর্তি করতে বেরিয়ে একেবারে হালকা মুড-এ ছিলাম। সুতরাং শুধু প্রস্তুতি নয়, গান গাইবার কোনো ইচ্ছেই ছিল না আমার। তাছাড়া গানের খাতাও সাথে নেই! কিন্তু তারা নাছোড়।

আমি বাহানা খুঁজলাম – "কই তবলা তো দেখছি না! তবলা যদি থাকে আর সুপ্রিয় যদি বাজায়, তবেই গাইবো ... নচেৎ নয়।

ব্যাস, আমাদের মধ্যে সবচেয়ে করিৎকর্মা প্রণব হুঙ্কার দিয়ে উঠলো –

"তোর তবলা হলে গাইবি তো? আমি দেখছি।"

ওমা ... সত্যসত্যিই কোন লোকাল লোককে ধরে আলোহীন পাহাড়ী এবড়ো-খেবড়ো পাকদণ্ডী পথে ঘোরাঘুরি করে এক অজানা অচেনা বাঙালী পরিবারের বাড়ি থেকে বিশ মিনিটের মধ্যেই একজোড়া তবলা নিয়ে হাজির। চড়াই উৎরাই করে রীতিমত হাঁপাচ্ছে। প্রণব বলেই এমনটা সম্ভব! এরপর আর কথা চলেনা।

দায়সারা ভাবে প্রথমটা আরম্ভ করলেও সানি বা সুপ্রিয়র তবলার যাদুতে মুহূর্তেই আমার ভাবান্তর ঘটল।। একের পর এক যে ক'টা শ্যামাসংগীত ঠিক ঠিক জানা ছিল প্রাণভরে গাইলাম। গান শেষে চোখ খুলে আশপাশ পিছন দেখে আমি হতবাক। কখন একঘর শ্রোতা এসে বসে গেছেন – জানিই না। মনে আছে বন্ধুবর জয়ন্ত বলেছিল – তুই যখন গাইছিলি, সকলে ভাবে বিভোর ছিল, একজন বয়স্কা ভদ্রমহিলা তো রীতিমত শুনতে শুনতে কাঁদছিলেন। কালীবাড়ির অভিনব শান্তিময় পরিবেশই এর জন্য দায়ী।

দ্বিতীয় গল্পটি আরো আগের – ১৯৭১ এর মার্চ। রাজস্থান ভ্রমণের উদ্দেশ্যে বার হয়েছিলাম সুপ্রিয় প্রণব আর আমি। তিনজনেই তখন চাকরীতে ঢুকেছি। বাড়ির লোক বা আত্মীয় ছাড়া বন্ধুদের সাথে বাইরে ঘুরতে যাওয়ার প্রথম অভিজ্ঞতা। মাত্র চারদিনের জয়পুর চিতোর উদয়পুর আজমীর ও সাথে পুষ্করের সে এক হ্যারিকেন ট্রিপ। কম বয়সের টগবগে উৎসাহের সেই চারটি দিন স্মৃতিতে উজ্জ্বল হয়ে আছে এখনও। তিন "জিগরি দোস্ত'-এর একসাথে থাকা খাওয়া শোওয়া বসা... গান হাসি ঠাট্টায় ভরা মধূর সেই স্মৃতি।

এবার সঙ্গীতের কথায় আসি – রাজস্থানে এসেছি সুতরাং সিনেমায় হিন্দি গানের সাথে সাথে ওখানকার লোকসংগীতও কানে ধরা পড়ছে – এক কথায় অপূর্ব। যেমন সারল্য তেমনই শ্রুতি মধুর। সঙ্গে ছড় দিয়ে যে যন্ত্রটি তারা সাধারণত বাজায় (এ মুহূর্তে সঠিক নাম মনে পড়ছে না) তার মূর্ছনা একেবারে হৃদয় ছুঁয়ে যায়। তবে যে ঘটনার কথাটি বলব, সেটা ঘটেছিল চলন্ত ট্রেনে। জয়পুর চিতোর দেখার পর দিনে দিনে (যদিও বেশীর ভাগ জার্নিই রাতে করেছিলাম) আমরা সাধারণ প্যাসেঞ্জার ট্রেনেই চলেছি উদয়পুরের দিকে – মার্চ মাসের গরমের মধ্যে। জানালা দিয়ে চোখে পড়ে বিস্তীর্ণ প্রান্তর – রুক্ষ জমিতে ইতস্ততঃ বাবলার জঙ্গল। ধূসর দিকচক্রবলে ... কচ্চিৎ নীলগাই ও উট নজরে আসে। কামরায় বেশীর ভাগই রাজস্থানের স্থানীয় মেওয়াড়ী যাত্রী। কিছু কিছু কামরায় মধ্যবিত্ত পর্যটকও ছড়িয়ে ছিটিয়ে আছে। দশটা

সাড়ে দশটার অলস সকাল – একমাত্র ট্রেনের যান্ত্রিক শব্দ ছাড়া একরকম নীরবতাই ঘিরে ছিল।

হঠাৎ-ই চমকে দিয়ে একটা সূরেলা গানের সূর নাড়া দিয়ে গেল আমাকে। সুপ্রিয়ও দেখলাম নড়ে চড়ে উঠে গানটি শোনার চেষ্টা করছে। পাশের কামরা থেকে ভেসে আসছে সুশ্রাব্য নন ফিল্মী গানের কলি! আমরা তিনজনেই আকৃষ্ট হয়েছিলাম যার গানে, অনতিকাল পরেই তার প্রবেশ ঘটল এই কামরায়। বছর ১৫/১৬ একটি ছেলে, আর আরও ছোট–বছর দশেকের তার সাগরেদ। অনুমান করলাম তারা দুই ভাই। ছিপছিপে চেহারা, গরিবী ছাপ থাকলেও চোখ দু'টি বেশ উজ্জ্বল। মুখে হাসি। কোনো ভনিতা না করেই খোলা গলায় গান ধরল যার কথাটা – "ইয়ে হ্যায় দো দিনকা মেলা... কাহে করে তু ঝমেলা ঝমেলা, ইয়ে হ্যায় দো দিনকা মেলা"। সূরে বাঁধা একটু উঁচু স্কেলের কন্ঠস্বর, সম্ভবত ডি-শার্প-এ। কোনো কৃত্তীমতা নেই ... সম্পূর্ণ মৌলিক... ছোট ভাইটি দু'হাতে দু'জোড়া ভিন্ন ভিন্ন আকারের পাতলা পাতলা পাথর দিয়ে অদ্ভুত দক্ষতায় তাল সঙ্গত করতে আরম্ভ করল। আমি, প্রণব সুপ্রিয়- তিনজনেই শুনতে শুনতে বিস্ময়ে বিমূঢ় ...

কখন গান শেষ হয়েছে জানি না, খেয়াল হল যখন ওরা এগিয়ে পরের কামরাতেও এই গানটিই ধরেছে – কানে ভেসে এল – "ইয়ে হ্যায় দো দিনকা মেলা"। আমাদের মুখে কথা নেই – গানটি শেষ হলে পরিষ্কার শুনতে পেলাম এক মহিলার কন্ঠস্বর, ... "ইয়ে লোও ভাই এক রুপিয়া, গা ভাই ফিরসে ঔর একবার গা।- "দো দিনকা মেলা। পুরস্কৃত হয়ে দ্বিগুণ উৎসাহে তারা আবারও আরম্ভ করল। তৃতীয়বার যখন শুনলাম, গানটির কথা ও সূরের অনুরণন অনেকটাই আমার চেতনায় ছেয়ে গেছে – বেশ রপ্তও হয়ে গেছে। ছেলে দু'টি আরো দূরের কামরাতে বা কোন ছোট স্টেশনে গাড়ী দাঁড়াতেই হয়তো নেমে গিয়েছিল জানিও না। সম্মোহিতের মত বসে রইলাম।

হঠাৎ-ই আমাতে কি যে বিদ্যুৎ তরঙ্গ খেলে গেল বুঝলাম না। নিজের অস্তিত্ব সম্পূর্ণ বিস্মৃত হলাম – আমি কে, কোথায় থাকি, কি করতে যাচ্ছি! এক অদ্ভুত প্রেরণায় মন্ত্রমুগ্ধ হয়ে দাঁড়িয়ে উঠে গান ধরলাম সদ্য শেখা – "ইয়ে হ্যায় দো দিনকা মেলা ... কাহে করে তু ঝমেলা ..." হুবুহু সেই-ই সূরে। এবং ... এবং ... বলতে হল না সুপ্রিয়ও যন্ত্রচালিতের মত উঠে সেই কাঠের বেঞ্চে আংটি পরা হাতে নিপূণ ভাবে তালে তালে ঠেকা দিয়ে এক অভিনব পরিবেশের সৃষ্টি করল। কি অনবদ্য মেজাজে। মুহূর্তের মধ্যে অন্য মাত্রায় পৌঁছে দিয়ে। যদিও বিভোর আমি সে ভাবে খেয়াল করি নি। পরে প্রণব হাসতে হাসতে বলেছিল – "তোরা কি কান্ড করলি বলত! সমস্ত কামরা

তোদের এই যুগলবন্দী হাঁ করে শুনছিল। আজ ভাবতে অবাক লাগে, আমার মত ইন্ট্রভার্ট টিমিড ছেলের এ রকম বহির্প্রকাশের কথা ভেবে!

এই রাজস্থানে ঘোরার পর থেকে আমাদের নিজেদের মধ্যে কেউ কিছু বেগড়বাই করলেই আমরা তাকে সূর করে বলেছি– "কাহে করে তু ঝমেলা ... ঝমেলা"। ব্যাস তার সমস্ত মতানৈক্য বা বিরোধ সঙ্গে সঙ্গে গলে জল। মাঝে মাঝে আমাকেও শুনতে হয়েছে বৈকি! এটা একটা কথার মাত্রা হয়ে দাঁড়িয়েছিল ক্রমশ। প্রায়ই নিজেদের মধ্যে গাইতাম যখন, সঙ্গত করে সুপ্রিয় গানটিকে আরো উচ্চ পর্যায়ে পৌঁছে দিত। গানটির শেষ কটি লাইন ভীষণ ভাবে নাড়া দেয় –

"লোগো কহতে হ্যায় রুপিয়া সে হোতা হ্যায় সব কাম
লেকিন ভুল যাতে হ্যায় লেনা প্রভুজী কা নাম
জিতনা ভী অমীর হো রাজা, মালিক বেশক
দোস্তো রিস্তো সাথ দেঙ্গে সিরফ শমসান তক
কমর মে বন্ধে রহেগা না অধেলা ... ইয়ে হ্যায় দো দিনকা মেলা।।"

সহজ সরল গানটিতে ফুটে ওঠে আমাদের সনাতনী জীবন দর্শন। গাইবার পরও গুঞ্জরিত হতে থাকে হৃদয় মধ্যে।

জীবনটা দু'দিনের মেলাই বটে! সুপ্রিয় আজ আর আমাদের মাঝে নেই। ও চলে যাবার পর আরও ভাল ভাবেই সে কথা বুঝেছি। একটা ফাঁক রেখে গেছে। সুপ্রিয়র বিদায়ের সাথে সাথে এই বিশেষ গানটিও আর গাইতে পারি না – আমার কন্ঠস্বর থেকে এ গান চিরদিনের জন্য বিদায় নিয়েছে। সূর তালের বিস্মরণ ঘটে ... রুদ্ধ হয় বাকশক্তি। সংসারের এটাই নিয়ম। শুধু স্মৃতিতে সে সব ঘটনাগুলি রয়ে গেছে। আজ এখনকার মত থামছি। যেখানেই থাকিস ভালো থাকিস সানি। সেখানেও নিশ্চয়ই সঙ্গীত নিয়ে আছিস আন্দাজ করছি *... auf Wiedersehen*

Union Academy Higher Secondary School

Rai Bahadur A.C. Das

The Union Academy Higher Secondary School is the direct descendant, in spirit and in substance of the 'Bengalee Boys High School' which was founded in the year 1887 by a handful of Bengalee residents in Simla, most officials of the Central Government, to impart proper education to their boys in harmony with their native culture and heritage.

The 'Bengalee Boys' High School' which registered a phenomenal growth and all round expansion in the years to follow came to be known as the 'Harcourt Butler High School' in 1918. In course of time, its student population outgrew its limits and it became increasingly manifest that the objective with which the school was originally set up could no longer be realized. Over the years, the Bengalees had been reduced to a minority in the school which they had ushered in and fostered and consequently, they lost their identity, impact and deciding voice in its administration.

The unmanageable size of the school which was almost bursting at the seams in the early thirties was adversely commented upon by the then educational authorities who mooted the suggestion that the school be divided into two self-contained units. The desire for setting up a new high school which was already simmering in many hearts thus gained a new vigour and momentum and culminated in a public meeting in the Simla Kali Bari Hall on the 22nd September, 1934, under the Chairmanship of Sir Nripendra Nath Sircar, the then Law member of the Viceroy's Executive Council. On that fateful day, Shri Nripendra became the symbol of the hopes and aspirations of the whole community.

In this meeting, attended by more than three hundred persons, a unanimous decision was taken 'for the establishment of a high school for boys which would be free all denominational complexion, provincial prejudice and religious or communal bias', which bears an eloquent testimony to the fact that the pioneers of the school were not motivated by an parochial or sectarian spirit. The venture required funds. The authorities of the Harcourt Butler High School an overflow of whose students was to constitute the bulk of the student population of the new school were, however, not prepared to share its assets with the proposed school. An appeal was, therefore, made in the meeting for funds which was responded to with unprecedented spontaneity and generosity. A sum of Rs. 11,000/- was promised on the spot which was increased to 17,000/- within a year. The entire community was electrified with the ardent desire to build an institution which would provide adequate facilities for the education of their boys and vouchsafe their cultural moorings. One and all, rich and poor, came forward, forgetting their differences, to contribute their mite for the noble cause. It was an ennobling, uplifting moment for all. A provisional Managing Committee consisting of 26 members were elected 'for starting work in connection with the proposed school.' The provisional Managing Committee in its first meeting held on the 23rd September, 1934 decided to name the new school temporarily as 'The Simla Bengalee Boys' School' which was subsequently changed to '**The Union Academy**' to reflect its non-denominational character. The first batch of students from the school appeared in the Matriculation Examination as private candidates. From 1937 onwards, the students of the school sat for the Matriculation Examination of the Board of Secondary Education, Delhi province which meanwhile granted provisional recognition to the High Department of the school.

The school was registered in the Delhi Province under the Registration of Societies Act, XXI on the 29th November, 1935.

The school was housed in hired accommodation and corrugated sheet hutments with slate flooring till it was housed in Simla from 1937 onwards in a four-storeyed building constructed for it by the Simla Kali Bari authorities and in New Delhi, in its spacious building from 1939 onwards, constructed on the land measuring 1.6 acres allotted by the Government of India.

The school moved between Simla and New Delhi upto 1940, making adequate arrangements for the students in Simla not affected by the exodus of the Government of India. Thereafter, it was permanently located in New Delhi, a branch functioning in Simla which was wound up in 1952 when the Government for it ceased.

The Hon'ble Sardar Bahadur Sobha Singh, O.B.E. constructed the building for the school at cost within an incredibly short period of six months and received payment in instalments. It was formally opened on the 13th December, 1939 by Mr. E.M. Jenkins, C.I.E., I.C.S., the then Chief Commissioner of Delhi who made a handsome grant of Rs. 25,000/- out of the Delhi Budget to the school for the building, cost Rs.20,000/- The balance was met from donations.

The school secured permanent affiliation in 1940 for the primary, lower and upper middle department in 1941 for the high department. The introduction of the scheme of higher secondary education for which the school was recognized from the beginning entailed all round reorganization – additional class-rooms, expansion of laboratories, strengthening of staff etc. The construction of an additional block for Science classes and the three laboratories which thus became imperatively necessary could be taken in hand only in 1949 when it was entrusted to Sir Sobha Singh & Co. who built the main building of the Academy. It cost Rs. 93.000/- which was met partly from donation and partly from the Government grant. The number of students in the Primary Department also increased by leaps and bounds and the necessity for an additional building to house it was acutely felt. Another building was accordingly constructed in 1956 at a cost of over Rs. 36,000/- to house the Primary Deparment, the bulk of the expenditure being met from donations. The donations have always played a very tangible and significant part in the progress of the school. It will be individious to single out individual donors but the names of the following gentlemen, etc will be remembered for long for their generous financial help in recent years to the school in very critical times:-

i) Shri A. B. Mitra for his help in money, material and expertise in carrying out extensive repairs to the school buildings; and in general support of the finances of the school.

ii) Shri B. K. Banerjee for his donation of Rs. 11,000/- in general support of the finances of the school.

iii) M/s Jindal pipes (P) Ltd. for their donation of Rs. 10,000/- in general support of the finances of the school.

Apart from the general donations, certain medals and prizes have also been instituted by a number of donors of which the particulars are as follows:-

i) Nisith Memorial Silver Medal : Instituted by Shri Jogesh Chandra Majumdar in the name of his son by the endowment of a sum of Rs. 500/-, the interest of which is utilized towards awarding a medal every year to the boy who stands first in Bengali in the Higher Secondary Examination from the Academy.

ii) Silver Jubilee Award : Instituted by Sarvashri A. P. Mitra, B. P. Mitra and K. P. Mitra on the occasion of the Silver Jubilee of the Academy by the endowment of a sum of Rs. 3000/-, the interest of which is utilized every year for a cash award to the boy who stands first in the aggregate in the Promotion Examination from Class X.

iii) Binoy Chanda Majumdar Memorial Silver Medal : Instituted by Shri Jogesh Chandra Majumdar on the occasion of the birthday centenary of his brother by the endowment of a sum of Rs. 500/-, the interest of which is utilized towards awarding a medal to the boy who stands first in the aggregate in the Higher Secondary Examination from the Academy.

iv) Santosh Kumar Banerjee Silver Medal: Instituted by Shri H.K. Banerjee in the name of his father by an endowment in his bank, the interest of which (Rs. 50/-) is remitted to the Academy every year and utilized towards awarding a Gold Centred Silver Medal to the boy adjudged as best in the qualities of initiative, imagination and social service on the completion of the academic courses.

v) Bimala Charan Ghosh Memorial Prize: Instituted by Shrimati Shanti Kusum Ghosh in the name of her husband, who was a veteran teacher of English in the Academy and died in harness, by the endowment of a sum of Rs. 200/-, the interest of which is utilized towards a prize awarded to the boy who stands first in English in the Higher Secondary Examination from the Academy.

vi) A. C. Banerji Memorial Medal: Instituted by Shri B. K. Banerji in the name of his father by the endowment of a sum of Rs. 500/-, the interest of which is utilized towards awarding a medal to the boy securing the highest mark in Sanskrit among the successful candidates of the Academy in the Higher Secondary Examination.

vii) Lalmoni Bhattachary Memorial Medal: Awarded by the Staff of the Union Academy in the name of their colleague, who was a veteran teacher of Mathematics and died in harness, to the boy securing the highest mark in Mathematics in the Promotion Examination from Class X.

The achievements of the school in the field of academics and co-curricular activities have been consistently of a high order and the school has been receiving formal appreciation of the Education Department of the Delhi State/Administration on its brilliant results. Space will not permit a detailed description of the achievements of the boys in various fields, but even so, the following names (distinction secured in High School Examination/Higher Secondary Examination shown in bracket) deserve special mention: -

High School Examination

S/Shri A. K. Banerji (Fifth), T. K. Dutt (First in English), U. Roy (First), Rabindra Nath Ghosh (Second), R. Swaminathan (Fourth), Sukriti Bhattacharya (Fifth), Shashanka Mohan Roy (Second), M. Adhikary (First in Bengali), Ashish Chatterjee (First in Geography).

A review of the school will remain incomplete without a special mention of the teachers who work in silence and anonymity. The school has been singularly fortunate having always had an excellent team of well qualified and dedicated teachers who have been serving it with stead fast devotion in the face of crushing difficulties. Indeed, they are the very soul of the institution. It is largely due to their crusading spirit, self-abnegation, unflinching devotion to duty, tireless zeal for the welfare of the students that the school has achieved the pro-eminent position which it occupies today. The selfless services of stalwarts like Late B. C. Ghosh and L. M. Bhattacharya, both of whom, alas! in died in harness, and of Shri Animesh Chandra Guhamajumdar who retired 30th June 1975 are recalled with pride and gratitude.

Shri B. K. Ghosh, the next Principal, worked with sincerity and devotion for over sixteen years to maintain the standard and progress of the school.

It is also highly gratifying that the school is now poised for yet another 'leap forward' under the inspiring guidance and competent stewardship of its new Principal, Shri M. B. Bhattacharya, who besides being a teacher par excellence is a dynamic Administrator with rare qualities of head and heart. He has already identified himself with the lofty ideals of the institution, envisioned by its pioneers and is toiling day and night for its welfare and advancement in all spheres.

A word for the parents and guardings of the boys. Their unstinted co-operation in all matters and active financial assistance have helped the management considerably in its task of running institution on a high level of efficiency and in ensuring its all round progress. They are indeed the bullwork of the institution.

The school had a number of outstanding personalities in its management. Of the pioneers, mention must be made of Shri Nripendra Nath Sircar who was the guiding force of all the activities of the school; Rai Bahadur A. L. Banerji, who as the first President of the Governing Body did an immense lot of pioneering work along with Rai Sahib A. C. Mukerji who was its first Secretary. Rai Bahadur A. C. Das during whose stewardship as Secretary the present site of the school was acquired and the main building was erected; Rai Sahib S. C. Roy during whose tenure as Secretary, the Higher Secondary Scheme was implemented with all its concomitant expansion in staff, laboratories and library; Rai Bahadur S. C. Sircar whose term as Secretary was marked by an all round expansion of the school and the addition of the Science and Primary blocks. Rai Sahib A. C. Mukherji whose name has already been mentioned always shunned the limelight and yet worked for the welfare of the school silently but ceaselessly for wellnigh the quarter of the century. Fortunately he is still with us to guide our steps as a beacon light.

Let us all join in the noble task of serving the high ideals which the pioneers of the institution had before them and make it a living monument of their vision*.

- The factual information in this article is based on an article contributed by Late Rai Bahadur A. C. Das of revered memory in the school magazine.

স্মৃতির সরণী বেয়ে

- অসীম কুমার মিত্র

'স্মৃতির সরণী বেয়ে' স্মৃতিচারণ লিখেছিলেন আমাদের স্কুলের সাইন্স স্যার শ্রদ্ধেয় শ্রী অসীম কুমার মিত্র। ওনার autobiography থেকে অংশবিশেষ এখানে আমি তুলে ধরেছি কারণ লেখার কয়েক জায়গায় আমাদের স্কুল নিয়ে স্যার লিখেছিলেন।

'...দিল্লীর চাকুরীটাই বাছলাম। দিল্লীর চাকুরীতে ইন্টারভিউয়ে আমি একা আমাকে বলা হল, সামান্য মাইনেতে (৩২৭.৫০ টাকা) সংসার চালাতে পারব কিনা বললাম, চেষ্টা করব।'

একাই কালকা মেলে রওনা হলাম। ১৪ই নভেম্বর (১৯৬১) চাচা নেহেরুর জন্মদিনে নতুন স্কুলে 'জয়েন' করতে গেলাম। গিয়ে দেখি কোন ছাত্র নেই, শিক্ষক নেই, অধ্যক্ষ মহাশয় অফিসে একা বসে আছেন, দু'জন গ্রুপ ডি-র কর্মচারী ছোট খাটো কাজে ব্যস্ত। নমস্কার ও প্রতি নমস্কারের পর বললাম - 'স্যার, আজতো কোন ছাত্র নেই, কাল জয়েন করব। বললেন, আজই জয়েন করুন, খুবই 'ভাল লাগল।'

পরদিন থেকে পড়ানো শুরু করলাম। পালাম থেকে স্কুল এক ঘন্টার পথ, বাসও এক ঘন্টা অন্তর। সকাল ৯টায় বেরিয়ে ১০টায় স্কুলে পৌঁছুতাম। বাস না পেলে Airforce Officer বা কর্মীদের স্কুটারে lift চাইতাম, তাঁদের 'কনট

প্লেস'-এ (স্কুলের কাছেই) কাজ থাকত। আমি যাঁর স্থলাভিষিক্ত হলাম তাঁর নাম লালমণি ভট্টাচার্য (M.Sc. Gold Medalist) কর্মরত অবস্থায় মৃত্যু হয়। XI ক্লাশের ছেলেরা আগেই IX, X তাঁর কাছে পড়েছে।

ছেলেদের সঙ্গে মেশার চেষ্টা করি, ক্লাশ control-এ অসুবিধা হত। এভাবে এক বছর চলল, তারপর সব ঠিক হল। অধ্যক্ষ ভূপতি ঘোষ মহাশয় আমাকে খুবই স্নেহ করতেন, আমাদের বাড়ীতে আসতেন, আমাকে কিছু অতিরিক্ত কাজ করতে হত। উনি আমাকে 'Bursar' (কোষাধ্যক্ষ) করলেন, কাজ প্রতিমাসে শেষদিনে প্রথম থেকে একাদশ শ্রেণী পর্যন্ত (দুটি করে section) ছেলেদের দেয় মাহিনার হিসাব ও হাজিরার সংখ্যা পরীক্ষা করতে হত, fees collection অবশ্য ক্লাশ টিচারই করতেন। বিনিময়ে প্রতিমাসে ২৫ টাকা পেতাম।

পালাম থেকে যাতায়াত করি, নিজস্ব আস্তানা দরকার। সপ্তাহ তিনেক পরে 'করোলবাগে' (মধ্য দিল্লী) নইওয়ালা গলিতে এক সর্দারের বাড়ি ভাড়া নিলাম, সাকুল্যে ৬২.৫০ টাকা ভাড়া। একখানা ঘর, রান্নাঘর বর্জিত স্নান ও প্রাতঃকৃত্যের জন্য, শোবার জন্য ছোট একটা জায়গা।

পালাম থেকে চলে এলাম। অতীন্দ্র মজুমদার স্কুলের প্রাইমারী সেকশনের হেড, উনি আমাকে দ্বিতীয় দিনে বাড়ীর কাছেই বিশাল বাজার আজমল খাঁ মার্কেটে নিয়ে গেলেন – স্টোভ, হাঁড়ি, কড়াই, হাতা, থালা, বাটি, কেরোসিন তেল, চাল, আলু, মাখন, কাঁচা লংকা, সর্ষের তেল, দেশলাই, আরও কিছু কেনালেন। বাসায় এসে স্টোভ জ্বালিয়ে হাঁড়ি চড়ালাম, চাল ধুয়ে হাঁড়িতে দিলাম, উনি কোনটাতেই হাত দিলেন না। শুধু কীভাবে কি করতে হবে দেখালেন। ভাতের ফ্যান গাললাম, বললেন যতদিন একা থাকবেন এভাবে চলবেন। ওঁর কাছে আমি কৃতজ্ঞ। গৃহকত্রী অত্যন্ত ভাল ছিলেন, আমার কোন অসুবিধা হয়নি। ১২ দিন পর স্ত্রী বিছানাপত্র ও অন্যান্য জিনিসসহ এল।

ঐ সময় অতীনদা আমাকে একটা tution দিলেন, Minto Road-এ ছেলেকে পড়াতে হবে (১১ ক্লাস), সপ্তাহে তিনদিন, ৭০ টাকা মাইনে।

আমার চাকুরীর শর্ত অনুযায়ী ১২ বছর পর বিনা বাধায় senior scale এবং ২৪ বছর পর selection scale পাবার কথা। ১২ বছর পর ১৯৭৩ সালে ম্যানেজিং কমিটি প্রয়োজনীয় কাগজপত্র ডিপার্টমেন্টে পাঠাল না। ৫ বছর ছোটাছুটির পর আমাদের পারিবারিক হৈতেষী রাজ্যসভায় কর্মরত মানবেন্দ্র সরকারের সাহায্যে ঐ স্কেল পেলাম।

১৯৬৮ সালে আমাদের সংগঠন GASTA-Government Aided School Teachers Association (১৮৪ স্কুলের সংগঠন)-এর ডাকে সর্দার নকভির নেতৃত্বে ধর্মঘট শুরু হল। বেতন বৃদ্ধির দাবীতে। আমাদের 'জোন' ইউনিয়ন একাডেমী, রাইসিনা, হারকোর্ট বাটলার, রামজশ, লেডি আরউইন, ডিএভি,

দুটি মিউনিসিপ্যাল স্কুল, আরও কয়েকটি সব মিলিয়ে ১৫/১৬টি স্কুল নিয়ে গঠিত। আমাকে, আমার সহকর্মী অরুণ দেব, রাইসিনার সুনীল রায় (librarian) ও মিঃ ভট্টাচার্যকে জোনের দায়িত্ব দেওয়া হল। প্রথমে হুমকি পরে চাকুরী থেকে বরখাস্ত করার নির্দেশ, শুরু হল জেল ভরো আন্দোলন। তিহার জেলে প্রায় ৪০০ শিক্ষক আইন অমান্য করে (১৪৪ ধারা) ঢুকলেন।

আমাদের কাজ ছিল, সকাল ৯টা থেকে স্কুলে স্কুলে পিকেটিং; বেলা ২টায় রাইসিনা স্কুলের মাঠে সবার সামনে zonal reporting. মাসাধিককাল ধর্মঘটের পর শিক্ষামন্ত্রী আলোচনায় বসলেন, বেতনক্রম ঘোষিত হল – প্রাইমারী শিক্ষকের বেতন ৩৩০ টাকা থেকে শুরু, মাধ্যমিক ৪৪০ টাকা থেকে (দশম ক্লাস পর্যন্ত যাঁরা পড়ান) উচ্চ মাধ্যমিক শিক্ষকের ৫৫০ থেকে এবং অধ্যক্ষের ১১০০ টাকা থেকে তৎসহ DA HRA City Allowance যুক্ত হবে। এছাড়া অসুস্থ ভাতা ৪০ টাকা, মেনে নেওয়া ছাড়া গত্যন্তর ছিল না।

১৯৮৩ সালে সংগঠনের নেতৃত্বে (GASTA) পশ্চিম বিহারে (দিল্লীর প্রাণকেন্দ্র ‘কনট প্লেস’ থেকে ২০ কিমি দূর) আবাসন গড়ে ওঠে – নাম GASTA HOUSING COMPLEX, ‘৮৪ সালে ওখানে চলে যাই। ১৫২টা ফ্ল্যাট প্রতি ব্লকে ৬টা করে ঘর, ৩ একর জমিতে প্রাকৃতিক পরিবেশে এই প্রকল্প রূপায়িত হয়। ৬০ ঘর বাঙালী, প্রায় প্রতিটি রাজ্য প্রতিনিধিত্ব করছে এমন শিক্ষক-শিক্ষিকা – হিন্দু, শিখ, খ্রিস্টান, জৈন সবাই একত্র যেন মিনি ভারতবর্ষ। অত্যন্ত আনন্দে ছিলাম, নিজ গৃহে স্বাধীন জীবনযাপন, অফুরন্ত জল, নির্মল বায়ু আর কী চাই’।

আমি ছিলাম কমার্স সেকশনে তাই মিত্র স্যারের সাথে সাক্ষাতে পরিচয় আদানপ্রদান কোনদিনই সেইভাবে হইনি। কিন্তু গত কয়েকবছর লেখালিখির মাধ্যমে ওনার সাথে ফোনে কলকাতায় যোগাযোগ হয়। যখন স্যারের রচনাটি কপি করছি তখন মিত্র স্যারের বয়েস ৯২ কিন্তু ফোনে কথা বললে মনে হয় না উনি নব্বইয়ের কোঠা অতিক্রম করে গেছেন। ওনার আর একটি ব্যাপার লক্ষ্য করে আমি হতবাক হয়ে গেছি। স্যার যথেষ্ট কম্পুইটার স্যাভি এবং আমার ‘নানা রঙের দিনগুলি’ বইটি অনলাইনে Amazon সাইটে অর্ডার দিয়ে আনিয়েছিলেন।

আমি স্যারের দীর্ঘায়ু কামনা করি।

আমার বন্ধু উৎপল মুখার্জি

- প্রকাশ বসু

আমরা যারা নিউ দিল্লীর গোলমার্কেট এলাকায় অতীতে থেকেছি, তারা সকলেই নষ্টালজিয়ায় ভুগি। আর যারা কোন সূত্রে নাট্যজগতের সঙ্গে যুক্ত থেকেছে, তারা মঞ্চের বিগত দিনের কথা ভুলতে পারে না। সে রকম কোন আর্কাইভস নেই, যেখানে এর রেকর্ড পাওয়া যাবে। আমার প্রিয় ছাত্র, প্রবীর কুমার ঘোষ, এই দুই বিষয়ে যথেষ্ট উৎসাহী হয়ে একাধিক বই লিখে একটা উদাহরণ সৃষ্টি করেছে। তার ইচ্ছে ছিল, আমি যেন নাট্যজগতে সুপ্রতিষ্ঠিত, আমার ঘনিষ্ঠ বন্ধুদের অন্যতম, শ্রী উৎপল মুখার্জির সম্বন্ধে একটা আলেখ্য লিখি। ইতিমধ্যে প্রবীর তার 'নানা রঙের দিনগুলি'তে উৎপলের নাট্যজগৎ কেন্দ্র করে একটা লেখা উপহারে দিয়েছে। আমার লেখা তারই অনুপূরক বলা যেতে পারে।

উৎপল ছিল আমার একনিষ্ঠ আন্তরিক বন্ধু – আমাদের যখন নয়-দশ বছর বয়স তখন থেকে তার অকাল বিয়োগ, প্রায় ষাট বছর বয়সে।

উৎপল আর আমার পঞ্চাশ বছরের সময়কাল কেটেছে ছাত্রাবস্থায় চাকরীর কর্মক্ষেত্রে আর নাট্যমঞ্চের বিভিন্ন ব্যক্তির বা ঘটনার মধ্য দিয়ে। ঘনিষ্ঠ বন্ধু হিসেবে উৎপল ওরফে বাবলুকে মধ্যমণি ভাবতে আমি দ্বিধা করবো না।

ডজন খানেক নাট্যসংস্থার সঙ্গে প্রতক্ষ্য অথবা পরোক্ষভাবে উৎপল নিজেকে জড়িয়ে রাখতো। সঙ্গে আমাকেও জড়াতো।

ঘুরে ফিরে আমাদের কর্মস্থল এক সময়ে একই হল – আমাদের স্কুল, ইউনিয়ন একাডেমী। কয়েকজনের মধ্যস্থততায় যোগাযোগ আরও ঘনিষ্ঠ হয়ে উঠেছিল। তাদের মধ্যে সব থেকে উল্লেখনীয় আমাদের শ্রদ্ধেয় প্রিন্সিপাল ভুপতি কুমার ঘোষ আর বন্ধু প্রদীপ ভট্টাচার্য ওরফে টুনটুন, আর স্থানীয় যোগসেতু ছিল ইউনিয়ন একাডেমী আর গোলমার্কেটের ডক্টরস লেন।

ডক্টরস লেনে প্রথম যাবার দিন মনে আছে, শীতকাল কি কারণে একদিন হাফডে হয়ে যাওয়ায় প্রদীপ আমাকে আর সুপ্রিয়কে একটা বাড়ীর কুলগাছের কুল খাবার আমন্ত্রন দিয়ে নিয়ে গেছিল। একটা বাড়ীর ছাদে উঠে দেখি, বিরাট গাছে টুইটুম্বুর থোকা থোকা কুল ঝুলছে।

এমন সময় দুইভাই, উৎপল আর শ্যামল ওরফে বাবলু কাবুল ছাদে উঠে এল। এটা আসলে তাদের মামার বাড়ী, একান্নবর্তী বিরাট পরিবার। দাদু-দিদাও বর্তমান ছিলেন। কার কি সম্পর্ক হয়, তা গুলিয়ে ফেলতাম।

ঐ মোড়ের বাড়ীর উল্টোদিকে থাকতেন দুই বিখ্যাত বাঙালী স্কুলের দুই প্রিন্সিপাল – রাইসিনার অজিত চক্রবর্তী আর একাদেমীর ভুপতি ঘোষ। ১ নম্বর ডক্টরস লেনের একতলায় ছিল প্রতিস্থিত ডাক্তার তারকনাথ ঘোষের চেম্বার। বাকি অধিকাংশ ভাগে থাকতো প্রদীপরা। ওর বাবা ডঃ পি সি ভট্টাচার্য ছিলেন মিউনিসিপ্যালিটির হোমরাচোমরা মেডিকাল অফিসার।

আরও সব টুকরো ঘটনা - ১৯৫৭ সালে ক্লাস টেনে উঠে জানতে পারলাম Chemistry Lab. Assistant Sohan Singh নাকি TB হয়ে মারা গেছে। দুঃখ হলো বটে, কিন্তু গোলমালে উৎপল আবার আমার দৈনন্দিন জীবনে ফিরে এলো; এই post-এ। প্রতিবেশী এবং হৈতেষী প্রিন্সিপাল ভুপতি কুমার ঘোষের সহায়তায় স্কুলে উৎপল যোগ দিল তার তখন চাকরির বয়স আঠারোই হইনি। আমাদের লাভই হল। পরীক্ষায় সাহায্য তো করতোই, কলেজে যখন পড়ি আমাকে একটা Brokerage Charge থেকে বাঁচালো; একটা Crucible দিয়ে।

১৯৫৯ সালে স্কুল পাশ করে কলেজে পড়ছি, আমাদের ছাত্রাবস্থা সময়ের দিকপাল প্রিন্সিপাল ব্রজমাধব ভট্টাচার্য ফিরে এসেছেন। এসেই স্কুলের Silver Jubilee করলেন। আমার সৌভাগ্য 'ভানু মেমোরিয়াল' পদক পাবার জন্য স্কুল থেকে নিমন্ত্রন পেলাম। ভুপতিবাবু সাময়িক ভাবে বিনয়নগর স্কুলে প্রিন্সিপাল হিসেবে চলে গেলেন। আর উৎপলও ব্রজমাধব বাবুর প্রিয় পাত্র হয়ে উঠলো। এটাও তার একটা কৃতিত্ব।

M.Sc পাশ করার পর ১৯৬৭ সালে আমি আবার একাডেমীতে যোগ দিয়ে তার সহকর্মী হলাম। আবার দুজনেই প্রিন্সিপালের আস্থার আর স্নেহের পাত্র হয়ে গেলাম। দুজনকেই প্রিন্সিপাল ডেকে চাকরী দিয়েছেন। আমাকে বলতে গেলে অনুরোধ করে, সেদিকে আমি ভাগ্যবান।

অফিসের কাজ বাদ দিয়েও পারিবারিক বা ব্যক্তিগত কাজে আমাদের সঙ্গে, বিশেষ করে উৎপলের সঙ্গে ভুপতিবাবুর সম্পর্ক আলাদা ছিল। ওনার ছেলের বিয়েতে উৎপল আমি আর তাদের এক জামাই ছিলাম প্রধান উদ্যোক্তা।

আরও টুকরো ঘটনা – কিছু দুঃখের, কিছু মজার, কিছু অবান্তর

সে এক বছর, বোর্ডের পরীক্ষায় স্কুলের রেজাল্ট খারাপ হয়ে ছিল। ভুপতিবাবু বিভ্রান্ত। স্কুলে গিয়ে দেখি সময় আরও খারাপ। কল্যাণীদির ‘জিওগ্রাফী রুমে’ আগুন। যারা উপস্থিত ছিল কোন রকমে আগুন নিভিয়েছে।

দমকল বাহিনী খুব সহযোগিতা করেছে। খাকি ড্রেস পরা যে অফিসার এসে ছিলেন তিনি আর কেউ নয় – নাট্যজগতের পরিচিত বঙ্কিম গাঙ্গুলী, ততোধিক সুপরিচিত আমাদের পিসিমা সুশীলা গাঙ্গুলীর ভাই। আমার মনে হয়েছিল একটা জীবন্ত নাটক হচ্ছে।

উৎপল পরিশ্রান্ত হয়ে চিঁচিঁ গলায় বললো – ‘এক গেলাস খাবার জল’। Waterman ইন্দর সিংহের বক্তব্য জল দেওয়া সম্ভব না, কারণ যে পউয়া দিয়ে ঘড়া থেকে জল বার করা হয় ‘বহ ডুব গেয়া’। অফিসের কেষ্টবাবু মন্তব্য করলেন – ‘সবই তো ডুবেছে, এটা ডোবার বাকি ছিল।

গরমকালের একদিনের কথা। দরকারের সময় টেলিফোনের ডাইরেক্টরিটা পাওয়া যাচ্ছিল না। পিয়ন গুমন সিংহের কোন পাত্তা নেই। উৎপল আমাকে ইশারায় ডেকে দেখালো – পাশের ছোট্টঘরে গরমের দিনে, গুমন সিংহ ‘ডাইরেক্টরিটা’ মাথায় বালিস করে ফ্যান চালিয়ে ঘুমুচ্ছে।

নাট্যমঞ্চের হিরো

উৎপল যে কত নাটকের দলের সঙ্গে বিভিন্ন সময়ে নিজেকে যুক্ত রেখেছে আর আমাকেও ভিড়িয়ে দিয়েছে তার ইয়ত্তা নেই। যেমন নবোদয় গোষ্ঠী, এনকোর, খেয়ালী, শনিচক্র, চেনামুখ, নাট্যকাল, যাযাবর, প্রবাসী, বিকল্প, বৃশ্চিম, উত্তর দিল্লী নাট্য সমাজ ইত্যাদি। আর প্রতক্ষ্য ভাবে সেই সব নাটক আমার মনে ছাপ রেখেছে – তাদের মধ্যে আছে ‘অলিকবাবু’, ক্যাপ্টেন হুররা, বিদ্যাসাগর, নদের নিমাই, অঙ্গার ইত্যাদি। আমার তো মনে হতো – উৎপল নিজেই এক ‘অলিক বাবু’। ওর সঙ্গে আমি দিল্লীর বাইরেও নানান জায়গায় গিয়েছি – লখনউ, এলাহাবাদ, জয়পুর... ওরই যোগসূত্রকে কেন্দ্র করে ওদের পৈতৃক বাড়ী চুঁচড়োতে গিয়ে ভাই কাবুলের স্ত্রী নীলুর সঙ্গে দেখা করেও এসেছি। কাবুল Simla Youngs-এর ফুটবলার হিসেবেই পরিচিত ছিল।

আমার অলিকবাবুর আন্তরিকতা আর পরপোকারিতা ঘটনাগুলো লক্ষণীয়। কোন আপন জনের সঙ্গে অনেকদিন পরে দেখা হলে দরদ দিয়ে বলতে শুনতাম – কি গো, কি খবর? 'কি গো' কথাটা খুবই শ্রুতিমধুর লাগতো।

আর পরপোকারিতা – কতজনকে নিয়ম ডিঙ্গিয়ে স্কুলে admission করে দিয়েছে তার ফিরিস্তি লম্বা। একদিন ক্লাসটিচারের সঙ্গে রাগারাগি করে ঝগড়া করছে তাও দৃষ্টান্ত। এক প্রিয় ছাত্র কথায় কথায় জানিয়েছিল উৎপল কি করে without TC class VIII-এ সরাসরি ভর্তি করিয়েছিল। এটা খুব ছোট ক্লাসে করা যায় তাও out of the way, উৎপল হয়তো তাইই করেছিল।

একদিকে উৎপলের সৎগুণের কথাগুলো যেমন বললাম, অন্যদিকে ওর উশৃঙ্খল – বাউণ্ডুলেপনার কথা বলতেও দ্বিধা করবো না। স্কুলের সঙ্গে কি নিয়ে যেন গোলমাল হওয়ায় সে একদিন হঠাৎ সরকারী চাকরী ছেড়ে দিল। ঠিক করলো কোলকাতায় গিয়ে যাত্রা কোম্পানিতে যোগ দেবে।

১৯৯৮; আমার ও ছন্দার ২৫তম বিবাহ বার্ষিকী উপলক্ষ্যে বিশেষ আয়োজনে সমবয়েসী জনা ৪০ বন্ধুরা উপস্থিত ছিল, তার মধ্যে উৎপল মুখার্জি আর প্রদীপ ভট্টাচার্য অন্যতম ছিল। তারা অনেক কথাই মনে করিয়ে দিল। কাবুল বাবলুদের বাড়ীর কুলের গাছ, যার ভারে একদিন নিচের বিরাট ঘর collapse হয়ে ভেঙ্গে পরে ছিল, তার কথা। উৎপল মাঝে মাঝে নাওয়া খাওয়া ভুলে ঐ ঘরে দলবল নিয়ে রিহার্সাল দিত। একদিন ছোট বোনেদের একজন তাড়া দিয়ে বলতে এসেছিল – দাদাভাই, তিনটে বেজে গেছে, খাবি না, উৎপল তো রেগে আগুন, তাকে কাজের সময় বিরক্ত করার জন্য। আসলে ঐ বাড়ীর মাসিমারা থিয়েটারের জন্য বিখ্যাত। ছোটমামা দুর্গা ভট্টাচার্য কে মনে আছে, মিলন সমিতিতে প্রতাপাদিত্য নাটকে গামবুট পরে রাজার পার্ট করতে। ওর মাসী-বোনদের আমি মেক-আপ দিয়েছি।

আগেই বলেছি, উৎপলের অনেক সদগুণ ছিল। কিন্তু তার সঙ্গে একটু বাউণ্ডুলেপনা অলক্ষ্মীয় বিদ্যমান ছিল। ওর যা উপার্জন, তাতে ওর ঠিকমত চলে যাবার কথা। আমরা বছর পাঁচেক একসঙ্গে কাজ করার পর একবার সামান্য ধার চেয়েছিল। সামর্থ হিসেবে আমি তা দিয়েও ছিলাম। পরে সেই টাকা ফেরত চেয়ে নিই। উৎপল তাদের জামাই আর আমাদের বন্ধু প্রতাপ বসুর বাড়ীতে মারা যায়। নেহাতই অকালে, মাত্র ৫৯ বছর বয়েসে। কর্তব্য হিসেবে স্ত্রী ছন্দাকে নিয়ে তাদের বাড়ী গিয়ে শ্রাদ্ধের জন্য, দশগুণ টাকা দিতে চেয়েছিলাম। কিন্তু সেইভাবে অর্থ দেওয়ার কোন অর্থ হয় না। ছন্দা তার এক মস্ত বড় ফ্যান ছিল আর তাদের মধ্যে একটা আন্তরিক যোগাযোগ ছিল। এসব কথা, মনে কষ্ট, আজও আমাকে দংশন করে।

দূরত্ব বেড়ে গিয়েছিল

তবে এও বলি, জীবনের শেষের দিকে; সে যখন frustrated দিশেহারা আমি তখন নিজের সরকারী দায়িত্বের জন্য তার সঙ্গে বা নাট্যমঞ্চের সঙ্গে যোগাযোগ রাখতে পারছিলাম না। ক্রমশঃ দূরত্ব বেড়ে গেছিল। জীবনের শেষের দিকে সে যেমন নাটকের জন্য এভারেস্টের শিখরে পৌঁছেছিল, অভাব তাকে যেন আরও দিশেহারা করেছিল, এ যেন পর্দার পেছনে শিশির ভাদুরীর মত অবস্থা।

উৎপল মোটামুটি আমারই বয়সী – বেঁচে থাকলে ৮২/৮৩ হত। দুঃখের বিষয় ওর মত একটা নটসূর্য, শ্রেষ্ঠদের একজন বলতে দ্বিধা করবো না, মাত্র ৫৯ বছরে মারা যায়। অর্থকষ্টকে সঙ্গী করে তার মৃত্যু স্মরণ সভা শ্রীরাম সেন্টারে আয়োজিত হয়, তাতে অনেক দিকপালরা ভাষণ দিয়েছিল। আমার আর তার ফ্যান ছন্দার অনুপস্থিতিতে কেউ কেউ দেখে থাকবে। না গিয়ে বাড়ীতেই বসেছিলাম।

Statesman পত্রিকার New Delhi Note Book-এ তার Obituary ছাপা হয়। সেটা আমার কাছে যত্নের সঙ্গে রাখা আছে। আমার স্বর্গীয় স্ত্রী ছন্দার সম্বন্ধেও ঐ column-এ ছাপা হয় অবশ্য তার জীবদ্দশায় আর বিষয়টা ছিল স্বাধীনতার উপর আয়োজিত প্রদর্শনী। ঐ দুটোই আমার দুই প্রিয়জনের স্মৃতির সম্বল।

ব্রজমাধব স্যার

- প্রকাশ বসু

যথা সময়ে ঐ স্কুলেই ভর্তি হলাম। তারপর এগারো বছর স্কুলের ছাত্রজীবনের পর ১৯৫৯ সালে হায়ার সেকেণ্ডারী। M.Sc. পাশ করে ষোল বছর সেখানেই শিক্ষকতা, শেষে বছর কুড়ি শিক্ষা দপ্তর ও সেন্ট্রাল বোর্ডে নানান পদে থাকাকালীন বিভিন্ন প্রয়োজনে, কখনও বিনা প্রয়োজনে স্কুলে বার বার যাতায়াত হয়েছে। এটা স্বাভাবিক, এত বছরে অনেক পরিবর্তন হয়েছে, কিন্তু ব্রজমাধব বাবু প্রিন্সিপাল থাকাকালীন স্কুলের সঙ্গে যারা যুক্ত ছিল, তা যে কোন সূত্রেই হোক না কেন, তাদের কাছে ইউনিয়ন একাডেমী আর প্রিন্সিপাল স্যার আজও অবিচ্ছিন্ন স্মৃতি হয়ে বেঁচে আছেন।

পৃথিবীর বিভিন্ন প্রান্ত পরিক্রমার পর অবসর নিয়ে ব্রজমাধব স্যার দিল্লীতে স্থিত হলেন। এবং সেই সময়ই ওনার সঙ্গে নতুন করে যোগাযোগ হল। যখনই তাঁর সঙ্গে কারো দেখা হয়েছে, কথায় এসে গেছে 'আমার স্কুল, ইউনিয়ন একাডেমী'। চেয়েছেন তাঁর ছাত্ররা বার বার তাঁর কাছে আসে। শেষ জীবনে চোখে না দেখতে পাওয়ায়, অনেকেরই হাত চেপে উপস্থিতি অনুভব করতে চেয়েছেন। তাঁর সৃষ্ট সরস্বতীর পীঠস্থান ইউনিয়ন একাডেমীকে ভুলতে পারছেন না।

স্যারের জীবনী লেখা আমার উদ্দেশ্য না, তাইতো লেখার মধ্যে কোন ধারাবাহিকতা নেই। ব্রজমাধব স্যারকে প্রিন্সিপাল হিসেবে যা দেখেছি, তাই মুলতঃ লিখেছি।

ব্রজমাধব বাবু ছিলেন ‘গ্লোবট্রটার’। পৃথিবীর বিভিন্ন প্রান্তে গেছেন, যেখানে লোকে কমই যায়। ওনার রচিত কবিতার একটি চটি বই – ‘অয়নান্তে’ আমার সঞ্চয়ের ঝাঁপিতে আছে। সুনীল গঙ্গোপাধ্যায় কে উৎসর্গ করা–সংকলন– ছাপার অক্ষরে না, সত্যিই তাঁর মুক্তাক্ষরে হাতে লেখা, ব্লক করে ছাপানো। বিভিন্ন প্রান্তে যখন যেখানে গেছেন – সেখানে লেখা।

স্কুল যোগদানের আগে কাশীতে বা কোলকাতায় অথবা স্কুল ছাড়ার পর ব্রিটিশ গায়না ওয়েস্ট ইণ্ডিসে স্কুল কলেজ স্থাপনা করার সাফল্য, পৃথিবীর বিভিন্ন প্রান্তে ভ্রমণ করা, সাহিত্য ও কবিতার রাজ্যে প্রতিষ্ঠা পাওয়া কত ওনার কীর্তিকলাপ। ‘প্রবাসী’তে ছোট গল্প দিয়ে শুরু করে উত্তর জীবনে কতশত বই লিখেছেন। পাণ্ডিত্য, গান, বাজনা, খেলাধুলা – সবই দেখেছি ওনার মধ্যে বিদ্যমান।

সুদর্শন, রুচিসম্পন্ন ব্যক্তিত্ব; মুগ্ধ হয়ে দেখতাম যেন ছায়াছবির নায়ক। স্যার চিরকালই খেলাধুলোর পৃষ্ঠপোষক ছিলেন। স্কুলের নিজের স্পোর্টস ডে হলেও তখনকার দিনে সরকারের পক্ষ থেকে কোন খেলারই প্রতিযোগিতার চল ছিল না। তাই স্কুল আরম্ভ করেছিল ভুপেন্দ্র মেমোরিয়াল চ্যালেঞ্জ শিল্ড প্রতিযোগিতা। তাতে দারুণ সফলতা পাওয়ায় সুধীর সরকার ক্রীড়াপ্রতিযোগিতার নামে ভলিবল টুর্নামেন্ট শুরু হয়। দূর দূর থেকে বহু স্কুল এই দুই টুর্নামেন্টে খেলতে আসতো।

দুরাণ্ডে যে দিন কোন মারাত্মক খেলা হত, সম্ভব হলে স্যারও দিল্লী গেটের মাঠে পৌঁছে যেতেন। আর স্কুলের পৃষ্টপোষকতায় ‘ছাত্রসঙ্ঘ’ সুভাস মেমোরিয়ালের মত ছোটোদের টুর্নামেন্ট খেলতো। স্কুলে যখন সাইন্স ব্লক তৈরি হচ্ছিল, মাঠের অবস্থা খেলার মত ছিল না। বছর কয়েক ঐ খেলা আমাদের মাঠে না হয়ে সেন্ট কলম্বাস মাঠে হয়। তখনকার দিনে ক্রিকেট ছিল আভিজাত্যের খেলা। তখন টিভিও ছিল না। কদাচিৎ বিদেশী সাহেবরা এসে কোটলা গ্রাউন্ডে পাঁচ দিনের টেস্ট খেলতো।

খেলাধুলা ছাড়াও ব্রজমাধব বাবুর উৎসাহ ছিল সবদিকেই। উল্লেখনীয় ছিল বাণীচক্র’র মারফতে সাংস্কৃতিক অনুষ্ঠান, স্কুলের অনুশাসন দেখার জন্য ছাত্রদের নিয়ে ‘ব্রতীদল’, আর স্কুলের ম্যাগাজিন ‘বাণী’।

তখনকার দিনে, প্রত্যেক ক্লাসরুমে ‘পাবলিক এড্রেস সিস্টেম’ আর ‘স্কুল পার্লামেন্ট’ বিরল হলেও ব্রজমাধব বাবুর উদ্যোগে আমাদের স্কুলই ছিল পুরোগামী। তাছাড়া স্কাউটিং ছিল স্কুল স্টেটের মধ্যে অগ্রগামী।

প্রিন্সিপাল থাকাকালে, কখন কখন নিয়ম ডিঙিয়ে কিছু কাজ করতেন যা স্কুল, ছাত্র বা শিক্ষকদের ভালোর জন্য। পার্টিশনের সময় এক নিঃস্ব শিখ যুবক সব হারিয়ে প্রাণ হাতে করে কোন রকমে স্কুলে উপস্থিত। নাম তার

ঈশ্বর সিংহ আহুজা – পাকিস্তানে কোন স্কুলে গেমস আর স্কাউট মাস্টার ছিল কিন্তু বর্তমানে তার কাছে কোনরকম প্রমাণপত্র নেই। ব্রজমাধব বাবু শিক্ষা দপ্তরের ডাইরেক্টর কে ধরা করা করে শিখ যুবককে চাকরী করিয়ে দিলেন। উত্তরকালে ঈশ্বর সিংহ নিজেকে একজন আদর্শ শিক্ষক হিসেবে প্রতিষ্ঠিত করতে পেরেছিলেন।

আমাদের স্কুলের এক শিক্ষক সপরিবার গোলমার্কেট এলাকায় কোয়ার্টার্সে একটা ঘরে ভাড়া করে থাকতেন। সাইকেল করে স্কুলে আসার পথে প্রিন্সিপাল দেখলেন ঐ বাড়ির সামনে একটা ছোট্ট টেন্ট লাগানো। স্কুলে এসে খবর নিয়ে জানলেন ঐ মাস্টারমশাইয়ের স্ত্রীর যক্ষ্মা হওয়াতে তাঁর বাড়িতে স্থানাভাবের জন্য ঐ ব্যবস্থা। এখন দিন গুনছেন। কিন্তু সেই মাস্টারমশাই নিষ্ঠার সঙ্গে নিয়মিত এখনও ক্লাস নিচ্ছেন। জানলেন তাঁর আর ছুটি নেই বলে মুমূর্ষু স্ত্রীর সেবা না করে নিয়মিত স্কুল আসছেন। স্যার ব্যবস্থা করলেন ওনাকে হাজিরা দিইয়ে রেজিস্টারটা দেরাজে চাবি দিয়ে রাখার। আর ওনাকে বললেন – আপনি স্ত্রীর সেবা করুন।

তিনি ছিলেন বিরাট মহীরুহ বটবৃক্ষ। স্মৃতির ভাণ্ডার হাতড়ালে যখন কিছু মনে পড়ে, বাতাসে যেন বটবৃক্ষের পাতা নড়ে, আমার হৃদয়ে আনন্দের ঢেউ খেলে যায়।

রবীন্দ্র জয়ন্তী

ব্রজমাধব বাবুর চিন্তাধারায়, ওনার শিরা উপশিরায়, হৃদয়ের অলিন্দ-নীলয়ে, রক্তধারায়ও বয়ে শুধু ঐ একাডেমী। যেন প্রতীক্ষা করছেন কবে আবার বরণ করে স্কুলে ডেকে নিয়ে যাবে। গ্লোবট্রটারের দেশে ফেরা হয়েছে কিন্তু বাড়ি ফেরা যেন বাকি আছে। অবশ্য দীর্ঘজীবনের শেষের দিকে একাধিক বার ওনাকে স্কুলে আনার পরিকল্পনা হয়েছে কিন্তু শেষ পর্যন্ত ওনার শারীরিক কারণে তা হয়ে ওঠেনি। স্কুলের হীরক জয়ন্তীর সময় বিশেষ সন্মান দেবার জন্য নিমন্ত্রণ করা হয়, তাতেও আসতে পারেননি।

তবে, প্রায় চল্লিশ বছর আগে, সম্ভবতঃ ১৯৬৯-৭০-এ একবার রবীন্দ্র জয়ন্তী উপলক্ষ করে আমরা তাঁকে স্কুলে পেয়েছিলাম। মনে আছে, চির পরিচিত স্কুলের রবীন্দ্রনাথের পোর্ট্রেট মালা দিয়ে সাজানো, তক্তপোষের উপর সাদা ফরাশ-তাকিয়া দিয়ে বাঁধানো ষ্টেজ, মাঝে ধুতি-পাঞ্জাবীতে ব্রজমাধব বাবু বিরাজ করছেন। সেখানে রবীন্দ্রনাথের থেকে ওনার উপস্থিতি যেন বেশী গুরুত্বময়, কি দৃশ্য। গোলাপের গুচ্ছ দিয়ে ওনাকে অভ্যর্থনা করা হল। বহুদিন পরে মুগ্ধ হয়ে ওনার উপস্থিতি দেখছি। মনে আছে, মেকানিক্যাল ড্রয়িংএর টিচার দিলীপ রঞ্জনের উদ্ভাসিত গলায় গাওয়া তার স্বনির্বাচিত প্রিয় রবীন্দ্রসঙ্গীত – 'আকাশ ভরা, সূর্য তারা বিশ্বভরা প্রাণ'।

দারুণ গাইতো, দারুণ গেয়েছিলও, সকলে স্তব্ধ, গানের সুর-গুঞ্জন পরিবেশে সভার সবাই মুগ্ধ – ‘বিস্ময়ে তাই জাগে’, যাকে বলে ‘স্পেল বাউন্ড’, মাইন্ড ব্লগিং আর সভার বাতাবরণ তুঙ্গে উঠলো যখন তাকিয়ায় ঠেস দেওয়া ধুতি পাঞ্জাবী পরা ব্রজমাধব বাবু ‘জলসাঘর’-এর ছবি বিশ্বাস স্টাইলে, প্রশংসা করার প্রতিক হিসেবে একটা সুন্দর গোলাপফুল দিলীপের দিকে ছুঁড়ে দিলেন। উপস্থিত মুগ্ধ শ্রোতারা একসঙ্গে হাততালি দিয়ে উঠেছিল।

স্মৃতিতর্পণ

গতকমাস সময় আমার জন্য নিয়ে এসেছে একাধিক প্রিয়জনের মৃত্যু সংবাদ। কেউ সময়ে, কেউ অসময়ে। ১৬ই ডিসেম্বের, আমার প্রিয় ছাত্র রণজিতের টেলিফোন মারফৎ মৃত্যুর সংবাদ পাই, তা যেন একটু ব্যতিক্রম – ‘আমাদের পূজনীয় প্রিন্সিপাল স্যার ব্রজমাধববাবু দেহ রেখেছেন।

ইদানীং মৃত্যুর আগের কয়েকমাস প্রায় বলতেন – ‘আমাকে কোথাও নিয়ে চল, এখানে ভাল লাগছে না। শ্যালকমশাই যখনই বলেছে – ‘বলুন, কোথাও যেতে চান?’ উনি চুপ হয়ে যেতেন। হয়তো সেখানের পার্থিব পিন-কোড জানা নেই। কিংবা, জীর্ণবসন ত্যাগ করে, আত্মার অন্য বস্ত্র ধারণ করার কথা ভাবছিলেন।

প্রাক্তন শিক্ষকদের ‘স্মৃতিরোমন্থন দিবস’ হিসেবে ১৯শে নভেম্বর ২০০৫ সালে এক প্রচেষ্টা হয়েছিল। স্কুল প্রাঙ্গণে আমরা কুড়ি-পঁচিশজন একত্রিত হতে পেরেছিলাম। অনেকেই আসতে পারেন নি কারণ তাঁদের নামের আগে চন্দ্রবিন্দু লেগে গেছে। আমন্ত্রিতের সর্বশীর্ষে নাম ছিল ব্রজমাধব ভট্টাচার্য। দুঃখের বিষয়, ৯৬ বছরের মাস্টারমশাই বহু ইচ্ছা থাকলেও আসতে পারেননি। ওনার অনুপস্থিতিতে পাঠানো বক্তব্য-বাণী আমাকেই পাঠ করার আদেশ দিয়েছিলেন। সে লেখা আমি বারবার পড়েছি; বুঝতে পেরেছি, কোথায় তাঁর গর্ব, আনন্দ আর ব্যথা। সেই বাণীই এই প্রবন্ধের শেষে পেশ করছিঃ

বহুদিন ধরে বহু ক্রোশ দূরে
বহু ব্যয় করে বহু দেশ ঘুরে
দেখিতে গিয়াছি সিন্ধু
দেখা হয় নাই চক্ষু মেলিয়া
ঘর হতে শুধু দুই পা ফেলিয়া
একটি ধানের শীর্ষের ডগায়
একটি শিশির বিন্দু

"রবীন্দ্রনাথের লেখা প্রসিদ্ধ পঙক্তি কয়েকটি আজ কেবলই মনে হচ্ছে। কত দেশ ঘুরে কত স্কুল রচনা করে এলাম কিন্তু আমাদের এই ভবন আর বিদ্যামন্দিরকে কই, একটুও তো ভুলতে পারি নি। আপনারা আমাকে অন্তর দিয়ে ডেকেছেন আমাদের স্কুলের প্রাঙ্গণে যে প্রাঙ্গণের সাথে আমাদের বাঁধন নাড়ীর বাঁধন। শেষ বয়সে শান্তিনিকতনের পরিণত রূপ দেখে রবীন্দ্রনাথের মনে কী হয়েছিল আমি তা জানি না। কিন্তু দেশে-বিদেশে রবীন্দ্রনাথের নামে তিন চারটি কলেজ স্থাপন করে আসার পরেও এই ইউনিয়ন একাডেমীকে আমি একদিনের জন্য ভুলতে পারিনি, ভুলতে চাইও না। এর স্থপতি আমার মনে মৃতসঞ্জীবনী সুধা বইয়ে দেয়। এর ছাত্ররা, এর শিক্ষকরা, এর বন্ধুরা, এর শত্রুরা, সকলে একসাথে জড়ো হয়ে আমার স্মৃতির শিয়রে এসে দাঁড়ায়। ইউনিয়ন একাডেমী (আপনারা হয়তো জানেন না) সারা ভারতের একাডেমিক ইতিহাসে একটি খ্যাতিসম্পন্ন বিদ্যায়তন, ইহা অভিভাবকদের এবং শিক্ষকদেরও মনে পরিশীলিত বায়ু বইয়ে দেয়। আজ যে দিতে পারে না, সেটা মনে করলে তীব্রশোকে আমাকে আচ্ছন্ন করে, তা থেকে মুক্তি পেতে তো চাই, কিন্তু তা দিতে বর্তমান শিক্ষকমণ্ডলী পারেন। আমি আর কারও প্রতি কোনও আশা করি না কিন্তু বর্তমান শিক্ষকমণ্ডলীর কাছ থেকে এ আশা খুবই করি। আপনাদের সহানুভূতিতে প্রাক্তন ছাত্ররা যে তাদের বিদ্যায়তনকে মনে রেখে আজও একত্রিত হয়, আজও গায়ে 'সঙ্কোচের বিহ্বলতা নিজেরে অপমান'। এ কথা স্মরণে আনতেও আমার দেহ মনে পুলক জাগে। কিন্তু এখনকার দিনে স্মৃতিচারণ করে কেউ কি বলতে পারে, আমি কখনও কাউকে শারীরিক কোনও আঘাত দিয়েছি কিনা? এরূপ আঘাত দেওয়াকে আমি কাপুরুষতা মনে করতাম। ছাত্ররা আমার এতই আদরের সামগ্রী ছিল যে, তাদের অদেয় আমার কাছে কিছুই ছিল না, আজও নেই। আমি জানতাম দেশকে বড় করে তুলতে গেলে কেবল ক্যারিকুলাম-আশ্রিত পরীক্ষানবীশ হয়ে ওঠাটাই একটা বড় আদর্শ বা লক্ষ্য হতে পারে না। দেশের ও দশের উপকার ও সেবা যখন লক্ষ্য থাকে, তখনই কিশোরদের শিক্ষ্যা পূর্ণতা পায়। আমার বিশ্বাস, আমার ছাত্ররা সেই পূর্ণতার অধিকারী হয়েছে; আমাদের চেষ্টাকে সার্থক করেছে, কিন্তু এর ভবিষ্যৎ ধীরে ধীরে ম্লান হয়ে আসছে, তেলবিহীন প্রদীপের দশা পাচ্ছে। এটিকে উজ্জ্বল করে রাখার দায়িত্ব আপনারা সকলেই বহন করুন, আমার ছিয়ানব্বই বছর বয়সে আপনাদের কাছে এই প্রার্থনা।"

বনফুলের একটা ভুলে যাওয়া ছোট্ট গল্পের কথা লেখার শেষে মনে এল। এক ছাত্রকে তার ছোটবেলার স্বর্গীয় মাস্টারমশাই স্বপ্নে দেখা দিয়ে বললেন – 'ভীষণ তেষ্টা পেয়েছে, শীতল জল দে। গ্রীষ্মের তপ্ত দুপুরে মেঠো পথ ধরে পদব্রজে পুত্রসম প্রিয় ছাত্র চলেছে গ্রামের বাড়িতে – মাস্টারমশাইয়ের তর্পণ করতে।

স্বর্গপ্রাপ্ত গুরুজন পিতৃপুরুষের আত্মার তৃপ্তি সাধন করাই 'তর্পণ'। পিতার তর্পণ করা তো পুত্রের অধিকার আর স্যার তো অসংখ্য ছাত্রভক্ত-অনুগামী-অনুরাগীদের পিতা সমান। ছাত্র ওরফে শিষ্য, শিক্ষক ওর্ফে গুরুর পুত্রসমান।

The world may change, but values do not. If I am successful in imparting moral goodness in your heart, I consider that I have done my job well.

দিল্লির বাঙালি

- চিত্তরঞ্জন পাকরাশী

পৃষ্ঠা ৮৫ ...

দেশ বিভাগের সেই ভয়ঙ্কর সময়ে নিজের জীবন তুচ্ছ করে ব্রজমাধব ভট্টাচার্য দিল্লিতে একটি মুসলমান পরিবারকে আক্রমণকারীদের হাত থেকে রক্ষা করে নিজের বাড়িতে আশ্রয় দিয়েছিলেন এবং ডা. জাকির হুসেনের হস্তক্ষেপে তাঁদের পুনর্বাসনের ব্যবস্থা করেছিলেন। ডা. হুসেন তাঁকে প্রস্তাব দিয়েছিলেন তাঁর মন্ত্রীসভায় যোগ দেবার জন্য। ব্রজমাধব সবিনয়ে তা প্রত্যাখ্যান করেছিলেন। সেই সূত্রে তখনকার দিনের চাঁই নেতাদের সঙ্গে পরিচয় এবং ঘনিষ্ঠতা। তা সত্ত্বেও নিজের জন্য কোনও সুবিধা কখনও কারও কাছ থেকে নেননি, বরং সুবিধার কথা কেউ প্রস্তাব করলে সবিনয় তা প্রত্যাখ্যান করেছেন। স্বয়ং প্রধানমন্ত্রী নেহরু তাঁকে প্রস্তাব দিয়েছিলেন রাজ্যসভার সদস্য হয়ে তাঁর মন্ত্রীসভার শিক্ষামন্ত্রীর পদ গ্রহণ করতে। ব্রজমাধব নেহরুজীকে বলেছিলেন, আমি একজন শিক্ষাব্রতী, কোনও রাজকার্যে আমার রুচি নেই, বরং শিক্ষকতার কাজ পেলে করি। বস্তুত আজীবন তিনি আদর্শ নাগরিক তৈরি করবার প্রয়াস চালিয়ে গেছেন। রাজকার্যে রাজি না হওয়ায় নেহরুজী ব্রজমাধবকে গায়েনা ত্রিনিদাদ এবং টোবাগো স্থিত ভারতীয়দের জন্য বিদ্যালয় স্থাপন করে, তাদের শিক্ষাদানের জন্য অনুরোধ জানালেন। সানন্দে তিনি রাজি হলেন। ওখানে গিয়ে বিদ্যালয় স্থাপন করে ভারতীয়দের জন্য শুধু শিক্ষাই নয়, এইসব দেশছাড়াদের মনে তাঁদের মাতৃভূমির প্রতিও গৌরববোধ জাগিয়ে তোলবার জন্য গান, নাটক এবং চারুকলা বিষয়ক রচনা তৈরি করে দিলেন। অনেকগুলো মন্দির স্থাপনা করে দিলেন, যাতে তাঁদের মনে ধর্মভাবের উন্মেষ হয়। এইসব মানুষের কাছে তাঁর পরিচয় 'বাবা'। এই নামেই তাঁকে ডাকতেন তাঁর ভক্ত অনুরাগীরা। ১৯৫৭ সালে তিনি গায়েনাতে স্থানীয় মানুষের কাছে চাঁদা সংগ্রহ করে প্রথম বিদ্যালয় স্থাপন করেন 'টেগোর মেমোরিয়াল হাই স্কুল' নাম দিয়ে। ১৯৬২ থেকে ১৯৬৯ সাল পর্যন্ত বেশ কয়েকটি স্কুল এবং

কলেজ স্থাপনা করেন ব্রজমাধব বিদেশের মাটিতে। সেইসব বিদ্যালয়ে পড়াশুনা করেন অনেক কৃতি বিদ্যার্থী। ত্রিনিদাদ টোবাগো ছাড়াও আমেরিকা, ক্যানাডা, ইংল্যান্ড ইত্যাদি নানা দেশে বিশিষ্ট পদে যোগ দিয়ে তাঁদের কাছে যোগ্যতার স্বাক্ষর রেখেছেন।

মোটকথা, যেখানেই ওঁর ছোঁয়া লেগেছে, যাদুকরের স্পর্শে তা যেন বিকশিত হয়ে উঠেছে মানব কল্যাণ হেতু। দীর্ঘ তেইশটি বছর 'বাবা' ওয়েস্ট ইন্ডিস-এ কাটিয়েছেন ওখানকার মানুষের সার্বিক উন্নতির জন্য।

এসব ঘটনার অনেক আগে ব্রজমাধব যোগ দিয়েছিলেন নৈনিতালের ইউ. কে. হাই স্কুলে প্রিন্সিপালের পদে, কিন্তু ইংরেজ অধিকারিকদের সঙ্গে মতানৈক্যের কারণে ইস্তফা দিয়ে তিনি যোগ দেন দিল্লির ইউনিয়ন একাডেমির প্রিন্সিপালের পদে। মাঝখানে এত কর্মকাণ্ডের মধ্যেও ইউনিয়ন একাডেমির সঙ্গে একটা বিশেষ হৃদ্যতার সম্পর্কে তিনি বজায় রেখেছিলেন সারা জীবন।

একসময় ব্রজমাধবের বিশেষ নজর পড়ল ল্যাটিন আমেরিকার প্রতি। পেরু, ব্রাজিল, মেক্সিকো, বলিভিয়া এবং ক্যারিবিয়ান দেশগুলোতে ভ্রমণ করে পাঁচটি ভ্রমণকাহিনী লিখে ফেললেন তাঁর অবিস্মরণীয় গ্রন্থ – 'The Sun of Cyprus', দক্ষিণ এবং উত্তর আমেরিকা এবং ওয়েস্ট ইন্ডিস-এ বেশ কয়েক বছর কাটিয়ে লিখলেন, সমাজ বিজ্ঞান বিষয়ক পুস্তক 'The History of Human Trade', যার প্রশংসায় পঞ্চমুখ ছিলেন ড. সুনীতি কুমার চট্টোপাধ্যায়। ওঁর দুটো কবিতার বই 'Alien Corn' এবং 'Magic Casement'-এর প্রকাশক অক্সফোর্ড বুক হাউস। লিখেছেন 'Shaivism and the Phallic World', 'The World of Tantra', এবং 'Images of Indian Myths', ওই সময়ে ইংরেজিতে ব্রজমাধব ১১টি বই লেখেন, যার মধ্যে 'The Religion of Love' অন্যতম। বিভিন্ন সময়ে লন্ডন, অক্সফোর্ড, জার্মানি, ফ্রান্স এবং ইংল্যান্ডের প্রত্যন্ত প্রদেশে ভ্রমণ করেছেন। ঐ সব জায়গায় যেসব মহান লেখককুল কালজয়ী সাহিত্য রচনা করে গেছেন, তা সচক্ষে দেখতে। ইটালি ও গ্রিস সমেত ইউরোপের বিখ্যাত সব মিউজিয়ামগুলো মনোযোগ দিয়ে দেখেছেন। উদ্দেশ্য ছিল লেখার উপকরণ সংগ্রহ করা। এই কারণে তিনি ভ্রমণ করেছেন ভারতের কাশ্মীর থেকে কন্যাকুমারী, গুজরাট থেকে অরুণাচল প্রদেশ। বলিভিয়া, মেক্সিকো, পেরু এবং দক্ষিণ পূর্ব এশিয়া নিয়ে বই 'Three Oceans' ওঁর রচিত ৪২টি প্রকাশিত পুস্তকের অন্যতম। এর মধ্যে ১২টি নভেল এবং ৮টি বাংলা কবিতার বই।

জীবনের শেষ বইটি তিনি লিখেছিলেন যখন বয়স তাঁর ১০০ বছর, চোখ দুটি পুরোপুরি অন্ধ। হাতে কলম ধরিয়ে দিলেও কোথায় লিখতে হবে তা তাঁর বোধগম্য নয়। তবে কী করে লেখা হল সেই বই। ৩০০ পৃষ্ঠার সম্পূর্ণ বইটি তিনি মুখে মুখে বলে গেলেন দ্রুত লিখিয়েদের কাছে। এভাবেই সৃষ্টি হল

Bhakti, the Religion of Love পুস্তকটি, যেটির প্রকাশক দিল্লির মনোহরলাল সংস্থা। পুস্তক প্রকাশনের ইতিহাসে এর বোধ হয় নজির নেই। ওই বয়সেও গীতার শ্লোক তিনি অনর্গল বলে যেতেন। রবীন্দ্র রচনার তিনি ছিলেন বিশেষ ভক্ত। রবীন্দ্রনাথের বহু কবিতা ছিল তাঁর মুখস্থ।

শতবর্ষপূর্তি উপলক্ষ্যে তাঁর শিষ্য এবং গুণগ্রাহীদের জন্য দেওয়া আশীর্বাণীতে এই একাধারে দার্শনিক, কবি, লেখক, উপন্যাসিক, নাট্যকার, ইতিহাসবিদ, চিত্রকর এবং সর্বোপরি একজন সফল শিক্ষক এবং পথপ্রদর্শক ব্রজমাধব বলেছিলেনঃ

"The world may change, but values do not. If I am successful in imparting moral goodness in your heart, I consider that I have done my job well."

হ্যাঁ, তিনি তাঁর কাজটি সুচারুরূপেই সম্পন্ন করেছিলেন, যার ফলস্বরূপ আমাদের দেশ পেয়েছে প্রশান্ত কুমার ঘোষ, ডা. পূষন কুমার দত্ত, প্রকাশ বোস, ডা. এচ. কে. তিওয়ারী, মানস ঘোষ, ডা. মানবেন্দ্র অধিকারী, প্রণবরঞ্জন দাসগুপ্ত, সমিত দত্ত, লে. জেনেরাল মলয় কুমার ঘোষ, ডা. অমিত ব্যানার্জি, মনিরত্ন মুখার্জি, দেবাশিস বাগচী এবং আরও অনেক শিষ্য এবং অনুগামী, যাঁরা বিভিন্ন ক্ষেত্রে এবং বিভাগে তাঁদের কার্যক্ষমতা, সহযোগিতা ও সততার স্বাক্ষর রেখে তাঁদের বিদ্যালয় এবং গুরুকে গৌরবান্বিত করেছেন।

একাডেমী লেনে ধোবি ঘাট

আমাদের স্কুলের পেছনে অর্থাৎ কনট প্লেসের দিকে ক্লাসরুমের জানালা দিয়ে ধোবি ঘাট দেখা যেত। সেই ঘাটের ছবিটি আমার অনুরোধে বিলাসদা (বসু) এগারো ক্লাস পাস করার ছয় দশক পরে সযত্নে এঁকে আমাকে উপহারে দিয়েছিলেন। হাতে আঁকা ধোবি ঘাটের নিখুঁত ছবিটি দেখে আমি যারপরনাই মুগ্ধ হয়ে গেছিলাম বিশেষ করে বর্মণ স্যারের ড্রয়িং রুমের জানালা আর বাইরের দেয়াল দেখে। এখনও চোখের সামনে ভেসে ওঠে চুনকাম করা চার দেয়ালের নির্মল ছবি। বিলাসদা আমাকে চিঠি লিখে জানিয়েছিলেন, "ছবির ব্যাকগ্রাউণ্ড ভবনটি সাইন্স ব্লক ছিল, বোধহয় এখনও তাই আছে। জানালার কাছেই শ্রদ্ধেয় বর্মণ স্যার পিঠ করে বসতেন"।

A picture is worth a thousand words. History can be written & re-written. Photos can't be taken again – Raghu Rai

ছবিটি দেখে আমি কিছুক্ষণের জন্যে আমার ছাত্র জীবনে হারিয়ে গেছিলাম। লুপ্ত ধোবি ঘাটের ছবি আমি বিলাসদার থেকে আবদার করে চেয়েছিলাম। আসলে আমাদের সময়ে সকলেই জানতেন স্কুলের পেছনেই ধোবি ঘাট ছিল এবং সেই কারণে অনেকে রসিকতা করে বলতেন স্কুল এবং ধোবি ঘাট একই সাথে রাজাবাজার পাড়ায় একে অন্যকে টেক্কা দিয়ে রমরমিয়ে চলে। তারপর স্কুল জীবন পেরিয়ে আসার পর সমস্ত রাজা বাজার ভেঙ্গে দেওয়া হয় এবং সময়ের করাল গ্রাসে ধোবি ঘাটও ধূলিস্মাত হয়ে যায়। বিলাসদা ছিলেন পেশায় আর্টিস্ট এবং বর্মণ স্যারের অতি প্রিয় ছাত্র। Delhi School Of Arts College থেকে উনি বহুদিন আগে স্বেচ্ছা-অবসর নিয়েছিলেন। তাই আমার মনে হয়েছিল একমাত্র উনিই পারবেন বিলুপ্ত ধোবি ঘাটের প্রাণ ফিরিয়ে দিতে। বিলাসদা হুবুহু তাই এঁকে দিয়েছেন।

Down the memory lane

সকাল বেলায় ক্লাস বসার আগে প্রেয়ারের সময় হেড পিওন মহাবীর কাঠের হাতুড়ি মুঠোয় ধরে ঘন্টা বাজাতো। দিকবিদিক প্রতিধ্বনিত করে দীর্ঘ সময় নিয়ে স্কুল বসার প্রথম ঘন্টা বাজিয়েই যেত – থামতে আর চাইতো না।

ঘন্টার দ্রুততালে ঢনো ঢনো ঢনো ঢনো শব্দের একটি তরঙ্গ সৃষ্টি করে শেষে আবার বিচ্ছিন্ন একক উচ্চ ঢং শব্দ। ঠিক পূর্ণচ্ছেদের মতো। সারা রাজাবাজার চত্তর তখন ঘন্টার শব্দে গমগম করত। ঘন্টা বাজার সাথে সাথেই আশেপাশে বেয়ার্ড রোড বাজারের দোকানীরা তাদের দোকানের ঝাঁপ খুলতে শুরু করে দিত। স্কুলের ছাত্রদের মন তখন বিষণ্ন হয়ে উঠত – এই এখন স্কুল বসার ঘন্টা পড়ছে, কলির সবে শুরু।

মহাবীর ছিলেন আমাদের স্কুলের দ্বাররক্ষী। তিনি ছিলেন স্কুলের প্রতিটি পড়ুয়ার অলিখিত অভিভাবক। স্কুল ছুটির পর তারা বাড়ি ফিরল কি না, কেন স্কুলে আসতে দেরি হল, খেলতে গিয়ে কেউ চোট পেল কি না – সব খোঁজই রাখতেন। একা কুম্ভের মত মহাবীর স্কুলের সামনে দিবারাত্রি দাঁড়িয়ে থাকতেন। মহাবীরের চোখে আমরা সবাই ছিলাম সমান। স্কুলের একজন দ্বাররক্ষীকে নিয়ে এ আমার সামান্য স্মৃতিচারণ। কেউ কি আজ মহাবীর কে মনে রেখেছেন।

পূর্ব দিকে স্কুল ভবনের থান চার-পাঁচ দোতলা ক্লাসরুমের জানালা দিয়ে ধোবি ঘাট স্পষ্ট দেখা যেত। পাশেই রঘুমল স্কুলের যখন পিরিয়ড ওভার হত তখন ক্লাস শেষ হওয়ার ঘন্টা সশব্দে বেজে উঠত। সেই যুগে আমাদের কারুর কাছে হাতঘড়ি থাকত না তাই রঘুমল স্কুলের ঘন্টার আওয়াজ শুনে আন্দাজে সময় নির্ধারিত করতাম কারণ তাদের স্কুলের ঘড়ি সঠিক সময় ধরে চলত। শোনা কথা ওদের স্কুলের দেয়াল ঘড়িটা পাশেই গাঙ্গুলি ব্রাদার্স থেকে উপহারে পেয়েছিল।

এ ছাড়া শেষের ক্লাসের সময় সূর্যের আলো আমাদের ক্লাসরুমে ঝিলিক দিত। আমরা দেয়ালে প্রতিফলিত সূর্য রশ্মির অবস্থান বুঝে পেন্সিল দিয়ে দাগ কেটে রাখতাম। দেয়ালে একটি বিশেষ কেটে রাখা দাগের ওপরে যখন সূর্যের আলো প্রতিফলিত হত তখন বুঝতে পারতাম বিকেল চারটে বাজে তার মানে এবার তাহলে স্কুল ছুটি হবে। শেষের ক্লাসের ঘন্টা বাজলে আমরা মুক্তির আনন্দে স্কুলের কম্পাউণ্ডে ছুটোছুটি করতাম, হৈ-চৈ, চীৎকার লাফালাফি দাপাদাপি জুড়ে দিতাম।

ছাত্ররা ক্লাস চলাকালীন যারা পূব দিকের জানালার ধারে বেঞ্চিতে বসত তারা প্রায় ধোবার কাপড় কাচার শিল্প কলা বারে বারে ঘাড় ঘুরিয়ে দেখত। পাশের ছবিটা লক্ষ্য করলে দেখবেন ধোবারা বীরবিক্রমে ভেজা কাপড়কে মুগুর ভাঁজার মত সিমেন্টের স্ল্যাবে আছড়ে ধুপধাপ ধুচ্ছে। আর তাদের মুখ দিয়ে সমানে তখন 'হেঁইয়ো হেঁইয়ো' শীৎকার বেরত। সেই সময়তো আর ওয়াশিং মেশিন ছিল না তাই জামা কাপড় ওই ভাবেই ওরা চৌবাচ্চার জলের অবিরাম স্রোতের ধারায় কাচত।

ধোবি ঘাটের পাশে রাজা বাজার স্কোয়ারে ধোবাদের কয়েকটা পোষা গাধা (খচ্চর) চড়ে বেড়াত। গাধাদের পিঠে কাচা পরিষ্কার ধোপধুরস্ত কাপড়জামা পিছমোড়া করে বেঁধে ধোবারা বাড়িতে বাড়িতে বয়ে নিয়ে যেত। আমার মনের ভুল কিনা জানিনে, ধোবা কখনো গাধাদের হাঁকিয়ে নিয়ে যেত না, দেখে মনে হত গাধাদের সবকটি ঠিকানা যেন মুখস্থ ছিল। এমনও দেখা গেছে ধোবা গাছতলায় বসে হুঁকো টানছে আর চালাক গাধা উক্ত ঠিকানায় ঠায় দাঁড়িয়ে তার মালিকের অপেক্ষা করছে।

মাদ্রাস হোটেলের পাশেই ছিল Band Box–ড্রাইক্লিনার শপ। ধোবারা তাদের গাধার পিঠে কাপড় চাপিয়ে যখন শিবাজি স্টেডিয়াম কে টপকে 'ব্যান্ড বক্স' দোকানের দিকে এগিয়ে যেত, তখন গাধাদের হাঁটার তৎপরতা দেখে মনে হত তাদের ঐ দোকানের ঠিকানা আগেভাগে জানা আছে। অবশ্য আজকের প্রজন্ম আমার এই গল্পকে গাঁজাখুরি বলে হেসে উড়িয়েও দিতে পারে, বলবে GPS ছাড়া কী কোথাও যাওয়া সম্ভব।

যাযাবর তাঁর 'দৃষ্টিপাত' উপন্যাসে লিখেছিলেন –

রজক বাইসিকেলের পশ্চাতে যে পর্বতপ্রমাণ কাপড়ের বোঝা চাপিয়ে আসে তা দেখে ত্রেতাযুগে পবনন্দনেরও বিস্ময়ের উদ্রেক হতে পারে'।

মনে পড়ে যায়, বাংলা ক্লাসে একবার ধোবার কাহিনী শুনেছিলাম। গল্প বলার আগে ব্ল্যাকবোর্ডে স্যার চক দিয়ে বড় বড় অক্ষরে লিখেছিলেন –

'ধোবা নিত্য উঠিয়া কাপড় ধোয় ত্রিবেণীর ঘাটে' – দশটা গাধা মিললে একটা ঘোড়া হয়'। দুই লাইন ব্ল্যাকবোর্ডে লিখে তারপর ঘুরে ছাত্রদের মুখোমুখি দাঁড়িয়ে স্যার ভারী মজার এক গল্প শুনিয়েছিলেন।

"রজক–তনয় রাজারাম এবং রাজপুত্র রাম একই পাঠশালায় পড়াশুনো করেছে, একই গুরুর কাছে। যাকে বলে ক্লাসফ্রেন্ড তাই আর কী।

কালক্রমে রাজারাম পৈত্রিক পেশা রজকের জীবিকা গ্রহণ করে এবং রাজপুত্র রাম রাজা হয়। রাজারাম ছিল রাজপ্রাসাদেরই খাস ধোবা। প্রতিদিন খুব ভোরবেলা রাজবাড়ির লোকেরা ঘুম থেকে ওঠার অনেক আগে রাজারাম তার গাধার পিঠে কাচা কাপড়ের বস্তা নিয়ে আসত। তারপর সেই কাপড় দিয়ে আবার বস্তা বেঁধে, সেদিনের ময়লা কাপড় নিয়ে যেত। ভোর ভোর অন্ধকারেই রাজারাম কাজ মিটিয়ে ফিরে যেত, কারণ সকালে উঠেই রাজবাড়ির লোকেরা যদি রজকের মুখ দেখে ফেলে তাতে নাকি তাদের খুব অমঙ্গল হবে।

রাজারাম এতে কিন্তু বিশেষ কিছু মনে করত না। তার কাজ সে স্বাভাবিক ভাবেই করে যেত।

কিন্তু একদিন একটা গোলমাল হল।

সেদিনও খুব সকাল সকাল গাধার পিঠে কাপড়ের বোঝা চাপিয়ে রাজারাম রাজবাড়িতে এসেছে। ঠিক তখনই তার সহপাঠী রাজা রাম রথে চড়ে বেরোচ্ছে। রাজা মৃগয়ায় যাচ্ছেন। রাজজ্যোতিষী, তিনি আবার রাজসভার একজন বিশিষ্ট সচিব, পাঁজিপুঁজি দেখে, গ্রহ নক্ষত্র বিচার করে আজকের দিনটি নির্বাচন করেছেন মৃগয়ার উপযুক্ত দিন বলে। সূর্যোদয়ের আগেই সবচেয়ে শুভ লগ্ন। তাই রাজা এত সকালেই লোকলস্কর হাতি ঘোড়া নিয়ে রথে চড়ে রাজপ্রাসাদ থেকে বেরিয়ে পড়েছেন। কয়েক ক্রোশ দূরে গভীর বন, সেই বনে যাবেন শিকার করতে।

বেরোনোর মুখেই পুরনো সহপাঠী রজক রাজারামের সঙ্গে দেখা। রাজজ্যোতিষী চেষ্টা করেছিলেন রজক যাতে রাজার মুখোমুখি না পড়ে যায়। এই যাত্রার মুখে সে বড় অমঙ্গল।

কিন্তু রাজা বলেই বোধ হয় রামের মনে কোনও সংস্কার নেই। দূর থেকে গাধার পাশে রাজারামকে দেখে তাড়াতাড়ি রথ থামিয়ে রাজা নেমে পুরনো বন্ধুর কাছে এগিয়ে গেলেন।

দুজনের মধ্যে কুশল বিনিময় হল। দুয়েকটা পুরনো কথা হল। রাজারাম যে প্রতিদিনই রাজপ্রাসাদে আসে অথচ রাজার সঙ্গে দেখা হয় না, রাজা সেটা জানেন, রাজারামকে একদিন বিকেলের দিকে অবসরের সময় আসতে বললেন, তারপর বললেন, আমাদের আজকে একটু তাড়া আছে, যাই।

রাজারাম তখন জিজ্ঞাসা করল, এত লোকজন, হাতিঘোড়া, অস্ত্রশস্ত্র নিয়ে কোথায় যাচ্ছ, যুদ্ধ-টুদ্ধ নাকি?

রাজা বললেন, না, না। যুদ্ধ কীসের! মৃগয়ায় যাচ্ছি।

রাজারাম চিন্তিত মুখে বললেন, আজকের দিনে তুমি মৃগয়ায় যাচ্ছ?

রাজা বললেন, কেন দিনটা খারাপ নয়। রাজজ্যোতিষী অনেক বেছে দিনটা বার করেছেন। মৃগয়ার পক্ষে খুবই শুভ দিন।

ততক্ষণে রাজজ্যোতিষী এসে পড়েছেন। তিনি সামান্য রজকের সঙ্গে রাজার এই অন্তরঙ্গতা মোটেই পছন্দ করেন না, তিনি এসে আগ বাড়িয়ে বললেন, রাজামশায়, আর দেরি করবেন না, লগ্ন পার হয়ে যাচ্ছে। তারপর রাজারামকে বললেন, দিনটা খারাপ তোমাকে কে বলেছে?

রাজারাম বলল, আজ মৃগয়ার পক্ষে খুব খারাপ দিন। আর একটু পরেই ভয়ংকর ঝড়, বৃষ্টি আসবে। আকাশ ভেঙে পড়বে।

তখন সকালবেলার সূর্যের আলোয় রাজবাড়ির ফুলের বাগান, সবুজ গাছপালা ঝলমল করছে। রাজজ্যোতিষী চারদিকে তাকিয়ে হেসে ফেললেন, বললেন, রাজারাম তোমার মাথা খারাপ হয়েছে। যা তা বকছ। তারপর রাজাকে নিয়ে দ্রুত পদে এগিয়ে গেলেন।

হাতি ঘোড়া লোকলস্কর সুদ্ধ রাজার রথ দ্রুতগতিতে ছুটে গেল জঙ্গলের দিকে।

কী এক কার্যকারণে সেদিন সকাল সাড়ে আটটা-নয়টার সময় আকাশ অন্ধকার করে ঘন কালো মেঘ ছুটে এল। অবিশ্রান্ত বৃষ্টি আর প্রবল ঝোড়ো হাওয়া।

জঙ্গলে ঢোকার মুখেই এই ঘটনা ঘটল। রাজার মাথার মুকুট হাওয়ায় উড়ে গেল। জামাকাপড়, জুতো ভিজে গেল। বৃষ্টিতে নেয়ে ঠাণ্ডা বাতাসে ঠক ঠক করে কাঁপতে কাঁপতে রাজপ্রাসাদে ফিরে এসে রাজা প্রথমেই তার সেই বিশিষ্ট রাজজ্যোতিষীকে বরখাস্ত করলেন। তারপর এত্তেলা পাঠালেন রজক রাজারামকে।

রাজারাম আসতে রাজা তাকে বললেন, তুমি এত ভাল জ্যোতিষ জানো, এত ভাল দিন-গণনা করতে পারো, এসব কবে শিখলে? আমি তোমাকে আজ থেকে সচিব নিযুক্ত করলাম, তুমি হবে আমার জ্যোতিষী ও পরামর্শদাতা।

সব শুনে রাজারাম বলল, কিন্তু আমি সামান্য ধোপা। জ্যোতিষী তো আমি জানি না।

রাজা তখন অবাক হয়ে বললেন, তা হলে তুমি কী করে ভোরবেলা বললে আজ এত ঝড়বৃষ্টি হবে?

প্রশ্ন শুনে রাজারাম বলল, ও, ওই কথা! সে তো আমার গাধার লেজ দেখে টের পাই। যত ঝড়বৃষ্টির সম্ভাবনা দেখা দেয় ততই আমার গাধার লেজটা শক্ত হয়ে খাড়া হয়ে উঠতে থাকে। আজকের সকালে ওটার লেজটা একেবারে টানটান খাড়া হয়ে উঠেছিল, তাই দেখে বুঝেছিলাম খুব ঝড়বৃষ্টি হবে।

তখন রাজা বললেন, তা হলে তোমার গাধাটাকেই নিয়ে এসো।

গাধাটা নিয়ে আসার পর গাধাটাকে রাজা তার পরামর্শদাতা ও রাজজ্যোতিষী নিয়োগ করলেন।

এবং সেই শুরু। তারপর থেকে শুধু গাধারাই উচ্চ রাজপথে নিযুক্ত হয়ে আসছে।”

বহু পরে সৈয়দ মুজতবা আলীর রচনাসমগ্র পড়তে গিয়ে জানতে পারি উক্ত গল্পটি পঞ্চতন্ত্রের শেষ গল্প।

এখানেই কিন্তু ধোবি ঘাটের গল্প শেষ হয়নি। ২০২২-২৩ সালে রাজাবাজার এলাকা ও স্কুল পরিক্রমা কালে পুরনো ধোবি ঘাট আমি খুঁজে পাই। রঘুমল স্কুলের পাশে আজও কয়েকটি রাজাবাজার স্কোয়ারের সরকারী একতলা বাড়ি অক্ষত আছে। তারই ছবি তুলতে আমি গেছিলাম। তখন দেখি সেই তিন-চারটে বাড়ির পাশে একটা সরু প্যাসেজের ভেতরে আমাদের পুরনো ধোবি ঘাট স্থানান্তরিত হয়েছে। তবে নতুন ধোবি ঘাটটি আগের মত আর দেখতে নেই।

একাডেমী লেনের অলিগলি ঘুরতে গিয়ে দেখলাম লুপ্ত ৭ নম্বর রাজা বাজার স্কোয়ারের বাড়ির পেছনে কয়লা টালের জায়গায় একটা সুন্দর পার্ক তৈরি হয়েছে। একাডেমী লেনে কালীবাড়ির বিপরীত পথ দিয়ে ভেতরে ঢুকলে দেখতে পাবেন নতুন আরও একটি স্কুল ভবন, নাম বিদ্যা একাদেমী।

২০২৩ সালের সরস্বতী পুজোর দিন আমাদের স্কুলের লনের মাঝখানে দাঁড়িয়ে দেখলাম খেলার ময়দানটি যেন আকারে আরও বড় দেখতে লাগছে। আমাদের সময়ের গোলপোস্ট দুটি এখন হাপিশ হয়ে গেছে। তার মানে ময়দানে ছাত্ররা আর ফুটবল খেলে না। দোতলায় ড্রয়িং রুমের কোণের ছোট পাঁচিলের পাশে একটা আঁকাবাঁকা-spiral লোহার সিঁড়ি লাগানো হয়েছে, বোধহয় ছাত্রদের জন্য emergency exit. জীবতরামের ক্যান্টিন এখন দেয়াল দিয়ে ঢেকে দেওয়া হয়েছে। দেখে মনে হয়েছিল আমাদের প্রিয় জীবতরামকে সিমেন্টের কবরে সমাধিস্থ করা হয়েছে।

লাইব্রেরী ঘরটা ছাত্ররা সুন্দর করে সাজিয়ে রেখেছে তা দেখে আমি অভিভূত হয়ে গেছিলাম। এই লাইব্রেরী থেকে আমি প্রথম বই 'আম আঁটির ভেঁপু' ইসু করিয়ে বাড়িতে পড়েছিলাম। সরস্বতী ঠাকুরের বেদীর সামনে দেখলাম অবাঙ্গালী ছাত্ররা পুষ্পাঞ্জলি দিচ্ছে, মনে হয় বাঙ্গালী ছাত্রের স্কুলে বড়ই অভাব। বেদী ঘরের পাশ দিয়ে সিঁড়ি ভেঙ্গে ওপরে উঠে দেখি ধোবি ঘাটের জায়গায় সুন্দর একটি বৃহৎ পার্ক হয়েছে। বেদী ঘরের বিপরীতে গেটের কাছে একটি চালু ক্যান্টিনও দেখলাম।

মনে পড়ে যায় যেই ক্লাসরুমে এখন সরস্বতী পুজো হয় তার ঠিক পাশের খোলা প্রাঙ্গণে সিনিয়র ক্লাসের ছাত্ররা ও বর্মণ স্যার উবু হয়ে বসে পলি মাটি দিয়ে বিগ্রহ তৈরী করতেন। আমি যখন ক্লাস ফোরে পড়ি তখন ঐ রুমে আমাদের নিয়মিত ক্লাস হত। একবার প্রচণ্ড বৃষ্টিতে ভিজে নেয়ে ক্লাসে ঢুকেছিলাম। অতীন স্যার আমাদের ভিজে ঠক ঠক করে কাঁপতে দেখে জামা কাপড় খুলিয়ে বেঞ্চে শুকোতে দিয়েছিলেন। সকলকে ওনার ক্লাসে বিবস্ত্র দাঁড় করিয়ে নিজের ধুতির কোঁচা দিয়ে আমাদের গা-হাত-মাথা যত্ন করে মুছিয়ে দিয়েছিলেন। দুজন শিক্ষক আমার বড়ই পছন্দের মানুষ ছিলেন, এক ভূপতি স্যার অন্যজন অতীন স্যার।

আমি এবং কয়েকজন স্কুলের প্রাক্তন বন্ধু প্রিন্সিপাল রুমে সরস্বতী পুজোর দিন আয়েসে বসে স্কুলজীবনের স্মৃতিচারন করেছিলাম। তখন লক্ষ্য করে দেখেছিলাম শ্রদ্ধেয় প্রিন্সিপাল ভুপতী স্যার যেখানে চেয়ার নিয়ে বসতেন তার পেছনের দেয়াল ভেঙ্গে 'এ্যাটাচ ওয়াশরুম' তৈরি করা হয়েছে। রুমটি এখন শীত-তাপ নিয়ন্ত্রিত অর্থাৎ এসি লাগানো রয়েছে।

২০২৩ সালের সরস্বতী পুজো আমার জীবনের চির স্মরণীয় দিবস হয়ে থাকবে।

স্কুলের রচনাটি শেষ করতে গিয়ে প্রিন্সিপাল ভূপতি স্যারের করুণ মুখটা চোখের সামনে ক্রমাগত ভেসে উঠছে। একটি ছোট্ট মর্মান্তিক বেদনাময় ঘটনা পাঠকদের সাথে শেয়ার করলাম, যদিও ঘটনাটি গোপন থাকাই শ্রেয় ছিল কিন্তু আমার আবেগ যে আমার নিয়ন্ত্রণে নেই –

১৯৮০ সালে নিউ দিল্লী কালীবাড়ির দুর্গা পুজোর হীরক জয়ন্তী উপলক্ষে চাঁদা সংগ্রহের জন্য আমরা কয়েকজন গোল মার্কেট পাড়ার বন্ধুরা চিত্তরঞ্জন পার্ক পাড়ায় গেছিলাম। সেকালে কালীবাড়ির নাম শুনলে মোটামুটি সব বাড়ির বাসিন্দারা মুক্তহস্তে আমাদের চাঁদা দিতেন। দিনটি রবিবার ছিল। প্রায় বেলা বারোটা থেকে চাঁদা চাইতে চাইতে তিনটে নাগাদ কোন এক বাড়িতে গিয়ে দেখি লোহার গেট খোলা কিন্তু সদর দরজায় তালা ঝুলছে। পাশেই খোলা জানালায় চোখ যেতেই আচমকা দেখি ভূপতিবাবু শূন্য দৃষ্টিতে জানালার গরাদ ধরে একাকী দাঁড়িয়ে আছেন। প্রথমে আমাদের উনি চিনতে পারেননি, আমরা ওনার স্কুলের পুরনো ছাত্র হিসেবে পরিচয় দেওয়াতে উনি ভীষণ খুশি হয়েছিলেন। ওনার কথাবার্তা শুনে মনে হয়েছিল তাঁর এক মাত্র ছেলে বাবাকে ঘরবন্দি করে বাইরে কোন কাজে বেড়িয়েছে। চাঁদা না চেয়ে চলে আসার সময় ওনার ম্লান মুখ আজও আমার বুকে মোচর দেয়। বিপত্নিক বৃদ্ধের দীর্ঘ সময় বেঁচে থাকাটাই শেষের জীবনে চরম দুর্ভোগ হয়ে দাঁড়ায়।

Staff Members of

UNION ACADEMY SENIOR SECONDARY SCHOOL

Shri M. B. Bhattacharyya, M.A. (Eng) B.Ed. Principal

Shri Arjun Sharma, M.A. (Econ) L.L.B., L.T., Shastri Vice Principal

Shri Ashim Kumar Mitra, M.A. (Maths, & Eng.) B.T.

Shri Kalyani Bhattacharya, M.A, (Geog) L.T.

Shri Prakash Chandra Bose, M.S.c (Phys), B. Ed. Diploma in 'Project Technology' (UK)

Kumari Namita Guha Roy, M.A. (Hist) L.T.

Shri Subir Kumar Basu, M. Sc. (Botany)

Shri Nimai Chandra Nayak, M.Sc. (Chem) Gold Medalist

Shrimati Lakshmi Ghosh, M.A. (Beng) B.T.

Shri Pratap Narayan Kapoor, M.A. (Hindi) M.Ed.

Shri Jyotish Chandra Dey, M.Com, B.Ed. Pravin & Pragya (Hindi)

Shri Mahendra Dev Goyal, M.A. (Hist & Eng) M.Ed.

Shri N. L. Sharma, M.A. (Econ) L.T.

Shri Rash Bihari Goswami, B.A., B.T.

Shri Bhabendra Nath Kolay, B.Sc., B.T.

Shri Arun Kumar Deb, B.Sc.

Shri Prabodh Ranjan Chakraborty, M.A. (Beng), B.T. Kobid (Hindi)

Shri Shambu Prasad Nagendra, B.A., B.Ed.

Shri Amit Kumar Majumdar, M.Sc. (Chem), B.Ed.

Shri Prakash Chandra Gupta, M.Sc. (Maths) B.Ed.

Kumari Tripti Dutta, M.A. (English) B.Ed.

Shri Atul Prasad Talukdar, Diploma in Arts Drawing

Shri Tapan Kumar Neogi, Diploma in Mech. Drawing

Shri Hawa Singh Bharadwaj, M.A. (Pol. Sc.) D.P. Ed.

Shri Virendra Kumar Arya

Shri Shubh Prakash Gupta, Inter, Sudhakar, S.V.T.

Kumari Nibha Bhattacharya, B.A. Happy Trained, Ratna (Hindi)

Smt. Mamata Dasgupta, Matrik, Junior Basic Trained

Smt. Arati Sen, B.A. Prabhakar (Hindi), Basic Trained

Kumari Amiya Ray, Inter, Senior Teacher Trained

Smt. Bithi Banerji, Inter, C.T.

Smt. Protibha Chowdhury, M.A. (History), Senior Teacher Trained

Shri Hari Prasad Mukherjee, B.A. (Hons)B.Ed.

Shri Suresh Pal Singh, B.A. (Drawing) B.Ed.

Smt. Kumkum Dhar, M.A. B.Ed.

Shri Chiranjay Talukdar. B.Com. (Head Clerk)

Shri Rabi Roy (Librarian)

Shri Gour Chandra Das, B.A. Labs. Asstt (Phy)

Shri Mrityunjoy Bhattacharya, Labs. Asstt (Chem)

Shri Aloke Sen Gupta Labs. Asstt (Biology)

Shri Gumnam Singh, Peon

Shri Inder Sen Ram, Waterman

Shri Keshav Dutt, Chowkidar

Shri Hardev Lal, Mali

Shri Om Prakash, Sweeper

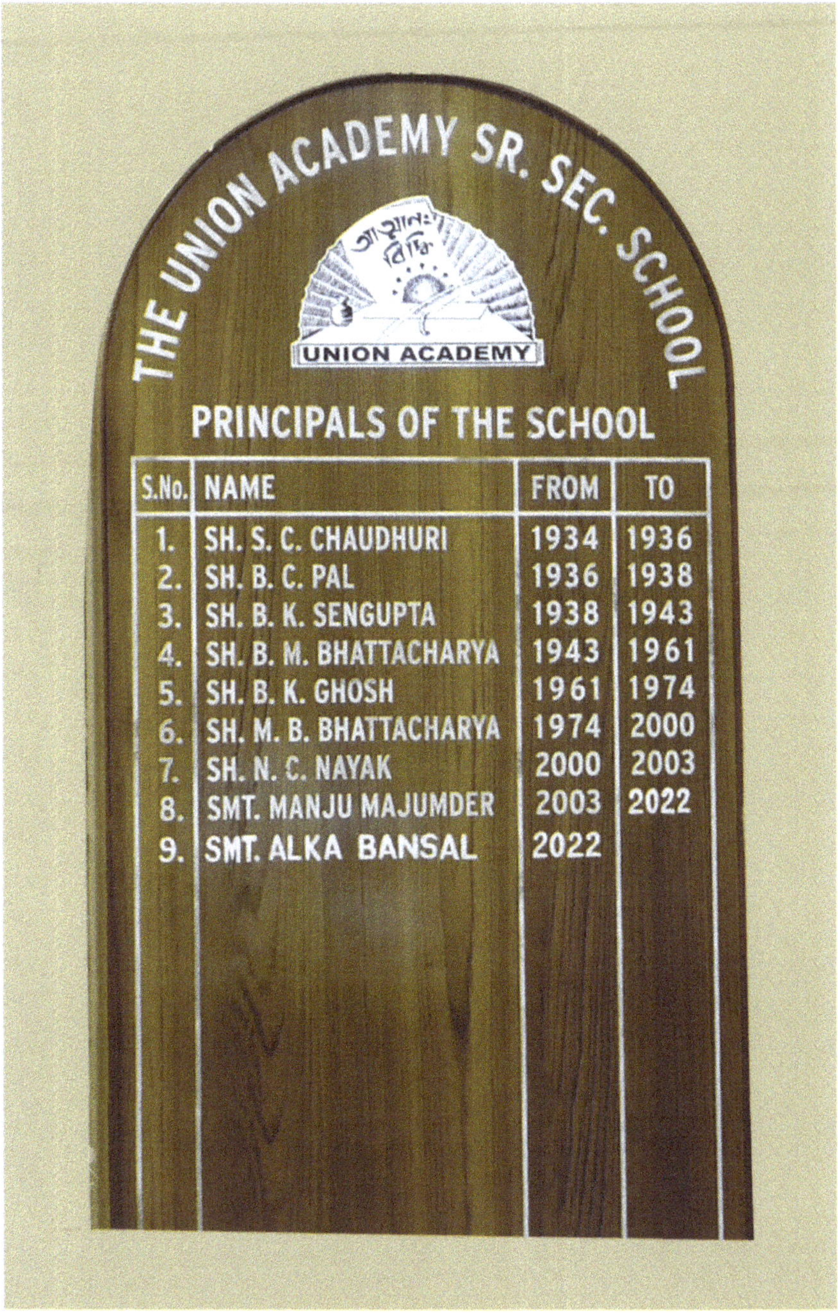

THE UNION ACADEMY SR. SEC. SCHOOL

UNION ACADEMY

PRINCIPALS OF THE SCHOOL

S.No.	NAME	FROM	TO
1.	SH. S. C. CHAUDHURI	1934	1936
2.	SH. B. C. PAL	1936	1938
3.	SH. B. K. SENGUPTA	1938	1943
4.	SH. B. M. BHATTACHARYA	1943	1961
5.	SH. B. K. GHOSH	1961	1974
6.	SH. M. B. BHATTACHARYA	1974	2000
7.	SH. N. C. NAYAK	2000	2003
8.	SMT. MANJU MAJUMDER	2003	2022
9.	SMT. ALKA BANSAL	2022	

Ex-students of Union Academy School

ইউনিয়ন একাডেমী স্কুলের প্রাক্তন ছাত্র জয়ন্ত দাস কিরোরিমল কলেজে বিখ্যাত 'শের আফগান' নাটকটি মঞ্চস্থ করেছিল। সময়টা ছিল ১৯৬৮ সাল। বলা বাহুল্য জয়ন্তদা নিজেই শের আফগানের চরিত্রটি অভিনয় করে। এই নাটকটি অবশ্য পরে দিল্লির 'শনিচক্র' এবং 'বেঙ্গলী ক্লাব কাশ্মীরী গেট-এর সৌজন্যেও মঞ্চস্থ হয়েছে। তবে সব ক্ষেত্রেই নাম ভূমিকায় ছিল জয়ন্তদা।

আরাবল্লি রীজের চিকণ-সবুজ বনানী

শৈশবে আমার পাড়াটির অবস্থান ছিল রীজের জঙ্গলের ঠিক পাশেই। পাড়ার বন্ধুরা দল বেঁধে শীতের দুপুরে রীজের গহন অরণ্যে কূল পাড়তে যেতুম। পশলা বৃষ্টি হলে রাইসিনা স্কুলের ছাত্ররা মাদ্রাসি স্কুলের পেছনে উঁচু টিলায় ময়ূরের নাচ দেখতে ছুটত। তারপর রোদ উঠলে দেখা যেত আকাশে লেপটে আছে অনন্ত রামধনু। তখন ক্লাসের কথা ভুলে হাঁ করে তারা তাকিয়ে থাকত রামধনুর দিকে। চোখে মুখে কী অপার তাদের বিস্ময়ে। কী অসীম পরিতৃপ্তির ছাপ।

৩৮ নুম্বর আউট্রম স্কোয়ারে, আমার বাড়ির উঠোনে একটি বেশ বড় মিষ্টি আমের গাছ ছিল। ছোট্ট ছোট্ট হলুদ রঙের পেয়ারাফুলির মত আম অসংখ্য ঝুলত আমের সময়। কি মিষ্টি সেই আম। শৈশবের কত স্মৃতি আজ মনে পড়ে যায় বিশেষ করে আম্রমুকুলসৌগন্ধ্যে প্রাণ উতলা হয়ে উঠত। কালবৈশাখীর ঝড় উঠলেই চারিদিকে অন্ধকার হয়ে যেত আর টালির ছাদের ওপরে আমপাতা ছড়িয়ে ছিটিয়ে পড়ে থাকত। ঝড়ের সময় টিপ ঢাপ করে টালির ছাদে আম পড়ার শব্দ শুনতাম। ঝড়ো হাওয়া উঠলেই আমি আর দিদি বাড়ির উঠোনে আম কুড়োতে ব্যস্ত হয়ে যেতাম। আজও মনে পড়ে যায় সেই ঝড়ের কি প্রচণ্ড তেজ ছিল, আশে পাশে গাছে-গাছে সোঁ -সোঁ-বোঁ-বোঁ শব্দে বাতাস বইছে, ঝড় ক্রমে ঘোর রবে বেড়েই চলত। আমি আর দিদি উচ্ছ্বাসে কলরব তুলে ছুটোছুটি করে আম কুড়োতাম। বাইরে তখন চলছে আঁধির ঝড়ো হাওয়া সাথে অঝোরধারায় বৃষ্টি। চড়বড় চড়বড় শব্দে বড় বড় ফোঁটা তীরের মতো গায়ে বিঁধতো। রাশি রাশি জল কারা যেন ছুঁড়ে মারছে। জলের তোড়ে দম বন্ধ হবার উপক্রম হত।

বছরগুলো ঝরা পাতার মত খসে খসে পড়েছে। আজও যখন কালবৈশাখীর ঝড় ওঠে আমি তখন 'আম আঁটির ভেঁপু' বইটি নিয়ে পড়তে বসি –

'বৈকালের দিকটা হঠাৎ চারিদিক অন্ধকার করিয়া কালবৈশাখীর ঝড় উঠিল। অনেকক্ষণ হইতে মেঘ-মেঘ করিতেছিল, তবুও ঝড়টা যেন খুব শিঘ্র আসিয়া পড়িল। দুর্গা বাড়ির বাহির হইয়া আম কুড়াইবার জন্য দৌড়িল। অপুও দিদির পিছু-পিছু ছুটিল। সোনামুখী তলায় পোঁছিয়াই অপু মহা উৎসাহে চীৎকার করিতে করিতে লাফাইয়া এদিক-ওদিক ছুটিতে লাগিল – ঐ যে দিদি, ওই একটা পড়লো রে দিদি – ঐ আর একটা রে দিদি। চীৎকার যতটা করিতে লাগিল, তাহার অনুপাতে সে আম কুড়াইতে পারিল না। দুর্গা আট-নয়টা আম কুড়াইয়া ফেলিল, অপু এতক্ষণের ছুটাছুটিতে পাইল দুটা। তাই সে খুশির সহিত দেখাইয়া বলিতে লাগিল – এই দ্যাখ দিদি কত বড় দ্যাখ। ঐ একটা পড়লো – ওই ওদিকে।'

আমাদের আম গাছে একটা বহু পুরনো মৌমাছির চাক ছিল, মনে পড়ে যায় ঝড় উঠলেই ঠাকুমা প্রায়ই বলতেন ওই চাক যেদিন যাবে সেদিন আমার ঘরের লক্ষীও বিদায় নেবে। সেই মৌমাছির ছাতা নিয়ে আমাদের ভয়ের সীমা ছিল না কারণ ঠাকুমা আমাদের বলতেন মৌমাছির ঝাঁককে বাঘ-সিংহীও এড়িয়ে চলে।

ভবঘুরের জীবন আমার। নিকটজনেরা বলে আমার মধ্যে ইদানিং নাকি পলাতক মনোবৃত্তি চাগাড় দিয়ে উঠেছে। রীজের অরণ্যের অভ্যন্তরে ঘুরে ঘুরে নৈসর্গিক দৃশ্য দেখে বেড়াই। অরণ্যের অভ্যন্তরে ঘুরে ঘুরে উপভোগ করি শ্যামলী মায়ের অবদান আর ক্যামেরা বন্দী করে রাখি প্রাকৃতিক বৈচিত্র। নিজের খামখেয়ালির এই ঝক্কি বাড়ির কাউকে পোয়াতে হয় না। মাসকাবারি পেনশনের টাকাটা সবটাই তুলে দিই বাড়ির হাতে। ফলে বাড়ীর সবাই খুশী।

রীজের ঘন জঙ্গলে কতবার ঘুরেছি তাও কখনো শ্বেত পলাশ গাছের সন্ধান খুঁজে পাই নি। সেই জঙ্গলে হলদে পলাশ গাছ আমি অনেক দেখেছি যে গাছে লাক্ষার রং রোদ্দুরে সোনার মত দেখতে লাগে। বিভুতিবাবুর 'আরণ্যক' উপন্যাসটি পড়ার পর থেকেই আমার বনে-জঙ্গল ঘোরার নেশা আরও চাগিয়ে ওঠেছে। রবীন্দ্রনাথ অরণ্যের সুন্দর বর্ণনা দিয়েছিলেন –

হরীতকী আমলকী শাল ও গাম্ভারীর বন।'

এয়ারপোর্ট মেট্রো এক্সপ্রেস ধরে টানেল ভেদ করে এলিভেটেড লাইনে উঠে আসার সময় বনভূমি দেখার অনুভূতি নিজে কেউ চোখে না দেখলে ভাষায় প্রকাশ করা আমার পক্ষে সম্ভব নয়। গভীর শ্রাবণে গাছগাছালিরা ভিজে নেয়ে

গাঢ় সবুজ হয়ে যায়। রীজের খোলতাই হয় ভরা বর্ষায়। অরণ্যের সৌন্দর্য যতদূর চোখ যায় উপভোগ করি। মেট্রোর কাঁচ দিয়ে সুদূরে আবছায়ায় রাষ্ট্রপতি ভবনের গম্বুজশিখর ও সিদ্ধার্থ হোটেলের গগনচুম্বী অট্টালিকা দেখা যায়।

ক্ষণে ক্ষণে অরণ্যের রূপ বদলায়, কত রংই না খেলে যায়। আরও সুন্দর লাগে মেঘ আর কুয়াশার খেলা দেখতে। রাশি রাশি পেঁজা তুলোর মত মেঘ। রোদে ভরা নীল আকাশের নিচে কি প্রশান্ত সুন্দর এই অরণ্য। আকাশ জুড়ে মেঘের খেলা, কোথায় তার সীমানা – একেবারেই আকাশের কোণ পর্যন্ত। গভীর নীলাম্বুজের মত নবীন নীলাকাশ হংশ শুভ্র মেঘের ঝালর ঝুলিয়ে চন্দ্রাতাপ সাজিয়েছে। মাঝখানের আকাশ ফিরোজাতে শ্বেত-চন্দনের প্রলেপ লাগিয়েই যাচ্ছে। মেট্রো লাইনের পথে ক্রমে দুই ধারে অরণ্য নিবিড় হয়ে আসে, দূরদুরান্ত অবধি অনাবিল শান্তি বিরাজ করছে।

এই তো পেয়েছি শান্তিনিলয়; খরতাপ হেথা নাই
জীবন-সাঁঝের শেষ ক'টি দিন কাটাব হেথায় আমি
স্বপনের মোহে কল্পনা বুনে। গাছেতে ছায়াতে হেথা
আমারে রাখিবে সোহাগে ঘিরিয়া – কাটাব দিবস-যামী।

জীবনানন্দ লিখেছিলেন - অনেক কমলারঙের রোদ ছিল//অনেক কাকাতুয়া পায়রা ছিল/মেহগনির ছায়াঘন পল্লব ছিল অনেক//সকালের আলোয় টলমল শিশিরের চারিদিকের বন ও আকাশ ময়ূরের সবুজ নীল ডানার মতো ঝিলমিল করছে।'

সর-সর শব্দে বসন্ত-বাতাস থেকে-থেকে বয়ে চলে। স্নিগ্ধমধুর বাতাস বনফুলের লজ্জাজড়িত গন্ধ মন কে আচ্ছন্ন করে দেয়।

কবি সত্যেন্দ্রনাথ দত্ত লিখেছিলেন –

রৌদ্র এখনো হয়নি অসহ/এখনো তাতেনি পথের বালি/ মধুযামিনীর মোতিহার ছিঁড়ে/ছড়ায়ে পড়েছে মহুয়া ফুল/তোতার তুতিয়া রঙের নেশায়/বনভূমি আজ কী মশগুল/রেশমী সবুজে সাজে দেবদারু/পশমী সবুজে রসাল সাজে/আবৃত ধরার কিশোর-গরব//সবুজের মখমলের মাঝে/কত ফুল আজি পড়িছে ঝড়িয়া /পড়ুক ঝড়িয়া নাহিক ক্ষতি/হালকা হাওয়ার দিন সে ফুরাল/উদিল জীবনে তপের জ্যোতি/বসন্ত আজ মাগে অবসর/যৌবন-শোভা পড়িছে/চির-নবীনের ওগো নবদূত/তোমারে আজিকে বরণ করি/এস গো মৌন মর্ত ভুবনে।।

রীজের জঙ্গল ঘোরা এখন আমার ঘোরতর নেশায় দাঁড়িয়ে গেছে।

একদিনের কথা। সেদিন ছিল দোল উৎসব। বসন্তের ভোরে জনশুন্য রীজের অভ্যন্তরে পথ কেটে কূল ঝোপ মাড়িয়ে হেঁটে চলেছি। প্রকৃতির এখন রঙিন সাজ। শিমূল-পলাশে রাঙা হয়ে উঠেছে রীজ। মাঝে মাঝে গাছের ছবি ক্যামেরায় শুট করছি। বৃক্ষলতার ফাঁক দিয়ে আকাশের দিকে তাকিয়ে চলেছি হঠাৎ দেখি কৃষ্ণচূড়া গাছের পাশেই কসমস ফুলের ঝোপে বিরল বসন্ত গৌরি পাখী চুপটি করে বসে আছে। আমাকে দেখে সে সাড়া দেয় 'চিক'। আমি অপলক নয়নে তার দিকে তাকিয়ে থাকি। নিমিষে বর্ণময় গৌরী পাখীটা আমার ক্যামেরার লেন্সে উন্মীলিত হল – ক্লিক ক্লিক ক্লিক।

কত বিচিত্র রঙের প্রজাপতি আশে পাশে ঘুরে বেড়াচ্ছে। এক ধারে কয়েকটি রক্তকরবীর গাছ দেখা যাচ্ছে, লাল ফুলের সমারোহের উপরে এসে পড়েছে নবীন সূর্যের কিরণছটা। রক্তাম্ব সূর্যাস্ত – লালিমা আকাশে হেথা হোতা লেগে আছে। এতটুকু-টুকু লতা, বেগনি, হলদে, নামহারা ফুল, অতি ছোট ছোট; মাঝে মাঝে ছোট আকারের অচেনা গাছ, তার নীল নীল ফুলের বুকের মাঝখানে ছোট্ট একটুখানি সোনার ফোঁটা কোথাও বা কালোমেঘের লতা।

ছোটবেলায় পাঠ্যপুস্তকের কবিতার একটি পঙক্তি কিশোর মনকে দোলা দিয়েছিল, 'কুবো পাখি কুব কুব ডাকিছে কোথায়?' কুব পাখি ডাকত একটানা। আওয়াজটা তখন শোনাত কুব-কুব- কুব-এর মতো। এদের প্রায়ই সকালে রোদ পোহাতে দেখা যেত। এ ছিল তাদের সূর্যস্নান। ছোটবেলায় এ পাখি অনেক দেখেছি, এখন চোখে পড়ে না।

গাছতলায় পাথরের ঢিলায় একাকী বসে থাকতে থাকতে মনে হয়েছে রীজের বনে সারি সারি সজীব সবুজ গাছগুলো বসন্তকালকে সাদর সম্ভাষণ জানাচ্ছে। গাছগুলো যেন উচ্ছ্বাসে গান গেয়ে চলেছে।

সত্যিই বসন্তের নীলাকাশে পেঁজা তুলোর মতো ভাসমান মেঘের উপর পুবের ভোরের সূর্য কিরণের রক্তাভ আলোর ছটা এক অপরূপ মায়াবী জগতের সৃষ্টি করেছে, স্বর্গের দেবতারা যেন অপ্সরীদের সঙ্গে আকাশের বুকে রঙিন আবিরের খেলায় মেতে উঠেছে। প্রকৃতি অকৃপণ হাতে তার দ্বার খুলে সবাইকে আহ্বান করছে। আকাশ বাতাস মথিত করে বাতাসে ভাসে সেই আনন্দ-সংগীত।

রবীন্দ্রনাথ লিখেছিলেন "বসন্ত উদাসীন, গৃহত্যাগী। বসন্ত আমাদের মন কে চারিদিকে বিক্ষিপ্ত করিয়া দেয়। বসন্তে আমাদের মন অন্তঃপুর হইতে বাহির হইয়া যায়, বাতাসের উপর ভাসিতে থাকে, ফুলের গন্ধে মাতাল হইয়া জ্যোৎস্নার মধ্যে ঘুমাইয়া পড়ে। আমাদের মন বাতাসের মতো, ফুলের গন্ধের মতো, জ্যোৎস্নার মতো লঘু হইয়া চারিদিকে ছড়াইয়া পড়ে। বসন্তে বহির্জগৎ গৃহদ্বার উদ্ঘাটন করিয়া, আমাদের মনকে নিমন্ত্রণ করিয়া লইয়া যায়।"

যে বসন্তকাল আমাদের মন বহির্জগতে ছড়িয়া পড়ে – সেই ছড়িয়ে পড়া মনের জন্যই বসন্তৎসব। গৃহবাসীকে ‘খোল দ্বার খোল বলা কেবল ধ্বনিমাধুর্যের রেশ নয়, গানের অলঙ্কার নয়, তার মধ্যে একটি বার্তা আছে। দুয়ারের সঙ্গে সঙ্গে গৃহ, গৃহের সঙ্গে অন্তরটিকে খোলার বার্তা।

ছবি তৈরি হয় মনের মধ্যে, হাত দিয়ে কাগজের ওপর নয়, সে তো শুধু সেই মনের ছবিটার বাইরের প্রকাশ। গোটা ছবি মনের মধ্যে তৈরি না হয়ে গেলে, বইয়ের ছবি দেখলে আবেগ সৃষ্টি হয়না।।

সৈয়দ মুজতবা আলী লিখেছিলেন –

গাছে গাছে দেখন-হাসি, পাতায় পাতায় আড়াআড়ি – কে কাকে ছেড়ে তাড়াতাড়ি গজিয়ে উঠবে। কোন গাছ গোড়ার দিকে সাড়া দেয়নি, হঠাৎ একদিন একসঙ্গে অনেকগুলো চোখ মেলে দেখে আর সবাই ঢের এগিয়ে গেছে, সে তখন এমনি জোর ছুট লাগাল যে, দেখতে না দেখতে আর সবাইকে পিছনে ফেলে, বাজী জিতে, মাথায় আইভি মুকুট পরল, কেউ ধীরে সুস্থে সর্বাঙ্গে যেন সবুজ চন্দনের ফোঁটা পরতে লাগল। এতদিন বাতাস শুকনো ডালের ভিতর দিয়ে হু হু করে ছুটে চলে যেত এখন দেখি কী আদরের পাতাগুলোর গায়ে ইনিয়ে-বিনিয়ে হাত বুলিয়ে যাচ্ছে।’

দখিন হাওয়া কিন্তু মনে মনে সান্ত্বনা মানে; একা সে-ই ভীরু নয়, তার চেয়েও ভীরু আছে, একটি ক্ষুদ্র পুষ্প – মাধবী। উত্তরের বাতাসকে শেষ অভিযানে সম্পূর্ণ পরাজিত করে আবার সে যখন বনে বনে আড়ালে আড়ালে কোণে কোণে ডালে তার বিজয় পতাকার কুসুম-কুসুম গরম পরশ বুলিয়ে দেবে, তখন সঙ্গে সঙ্গে ফুটে উঠবে পারুল পলাশ পারিজাত, করবী দেবে সাড়া, বকুল পাবে ছাড়া, শিরীষ উঠবে শিউরে, চমকি নয়ন মেলি চামেলি রইবে তাকিয়ে অপলক দৃষ্টিতে। তবু ভীরু মাধবীর দ্বিধা যায় না, দখিন পবনের প্রতি-বিজয় অভিযানের পরও, আঙ্গিনায় এসে যেন থমকে দাঁড়ায় – কিন্তু ঐ ভীরুটি, ঐ শঙ্কিতা-হিয়া কম্পিতা-প্রিয়া না এলে তো উৎসব অসম্পূর্ণ থেকে যাবে। গেয়ে ওঠে সবাই সমস্বরে –

হে মাধবী, দ্বিধা কেন,
আসিবে কি ফিরিবে কি-
আঙ্গিনাতে বাহিরিতে
মন কেন গেল ঠেকি।।

দেখেছি, দেখেছি, সব দেখেছি যুদ্ধশেষের প্রথম বসন্তে। দখিন বাতাস বসন্তে ঘুরে মরে একা একা।’

পাহাড়ের নীলে আর দিগন্তের নীলে/শুন্যে আর ধরাতলে মন্ত্র বাঁধে ছন্দ আর মিলে/বনেরা করায় স্নান শরতের রৌদ্রের সোনালি/হলদে ফুলের গুচ্ছে মধু খোঁজে বেগুনী মৌমাছি/ মাঝখানে আমি আছি/চৌদিকে আকাশ ওই দিতেছে নিঃশব্দে করতালি. . .কবিগুরু

লতাবিতানের ফাঁকে ফাকে বসন্তের বাতাস থেকে থেকে আপন উচ্ছাসে মর্মরিত হয়ে উঠছে। সূর্যদেব নামছেন অস্তাচলে। সন্ধ্যাবেলাকার নীল আকাশ সূর্যাস্তের লাল আবির মেখে দিয়ে ঘন বেগুনী থেকে আস্তে আস্তে গোলাপির দিকে এগিয়ে চলেছে। কোথাও কোথাও গাছে গাছে অরণ্যপক্ষীর সন্ধ্যাকাকলী শুরু হয়েছে।

বিভূতিভূষণ বন্দ্যোপাধ্যায় ‘আরণ্যক’ উপন্যাসে লিখেছিলেন – এমন সময় আসিবে হয়তো দেশে, যখন মানুষ অরণ্য দেখিবে না তখন তাহারা আসিবে এই নিভৃত অরণ্যপ্রদেশে, যেমন লোকে তীর্থে আসে। সেইসব অনাগতদিনের মানুষদের জন্য এ বন অক্ষুণ্ণ থাকুক।’

PANORAMA OF DELHI SEEN FROM THE RIDGE, attributed to Mazhar Ali Khan, c. 1845. The view is taken from the Ridge, in the neighbourhood of Hindu Rao's house, and encompasse the northern and eastern walls with the Kashmiri, Mori, Kabuli, and Lahori gates. Within the city Jama Masjid, the Red Fort and Salimgarh, and St. Jame's Church are prominent, as are the minarets of the Fatehpuri Masjid and the Akbarbadi Masjid. Outside the walls, the military camp is very prominent while on the left the Civil Lines and Ludlow Castle are seen with the river beyond. Felice Beato took a photographic panorama from this same spot in 1858.

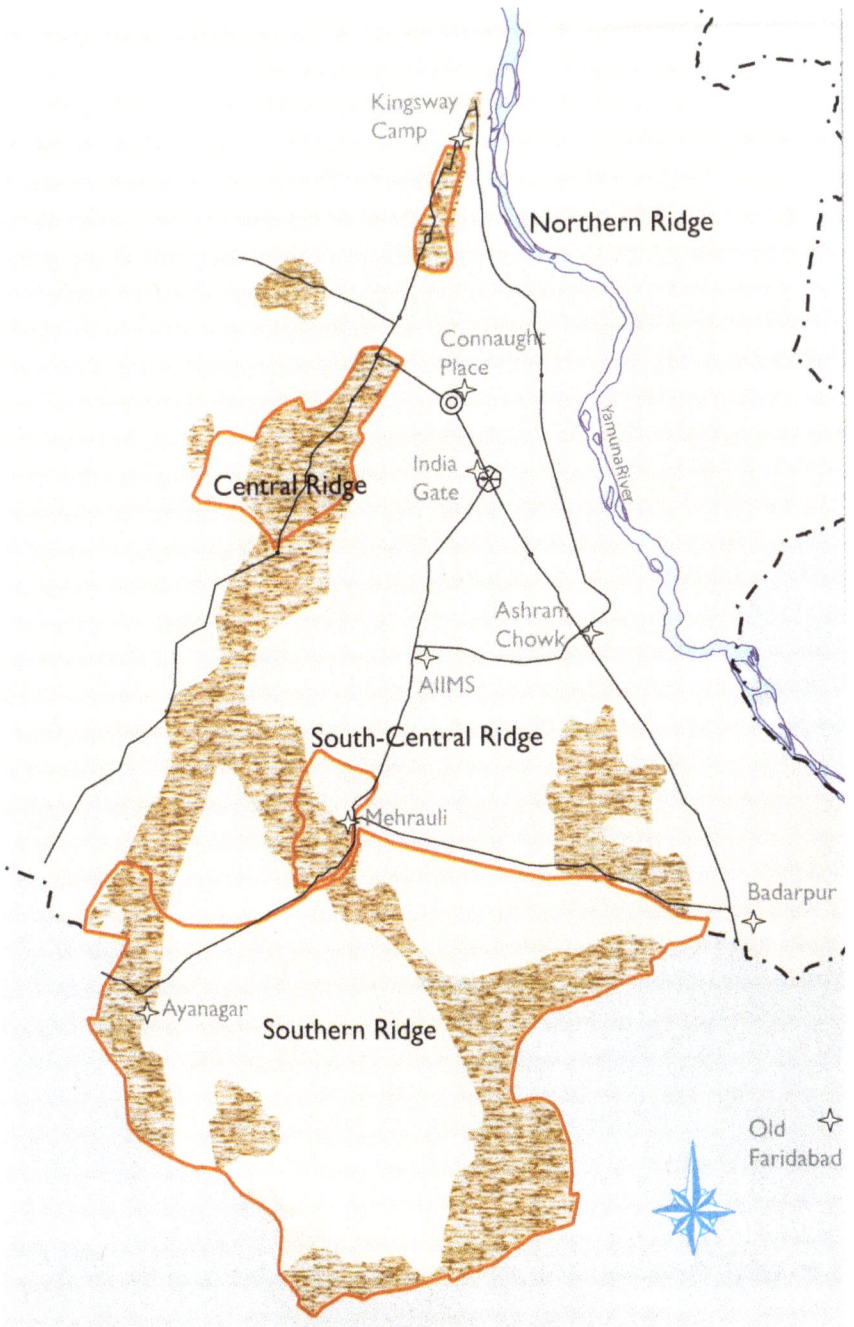

MAP showing the rockyland form of the Ridge (shaded grey), and the notified Ridge zones (with red boundaries)

WHERE EXACTLY IS THE RIDGE?

Delhi's 'Ridge' is the tail-end-or the beginning, if you like – of the ancient Aravalli hills. 1500 million years old (compared to just 50 million for the Himalaya). The Aravallis stretch 800 kilometers from Gujarat through Rajasthan and Harayana, pushing into Delhi from Gugaon on the south-west. Here, one branch bends eastwards to create the broken spurs and ravines of Tughlakabad, Jaunapur and Bhatti. The main spine of low hills continues in a north-easterly axis through Mehrauli and Vasant Vihar into Chanakyapuri. Just short of Sadar Bazar, the hills disappear only to surface again near the Barafkhana, where the road climbs steeply past the Mutiny Memorial to Hindu Rao hospital. This low, narrow section forms the historic 'mere mound' where British soldiers dug in during the uprising of 1857.

The Ridge finally peters out in a gentle bluff near Wazirabad to the north. In 19th-century maps of Delhi, the precise terminal point is a small rocky headland overlooking a sharp bend in the Yamuna. But the river has changed course and the ancient hills now terminate somewhat ingloriously, stranded in the middle of nothing in particular.

Delhi has not treated these hills with half the care they deserve. Large swathes of the Ridge have been lost, beginning in the second half of the 19th century when precincts such as Paharganj and Paharipur – whose names recall their hilly character – were levelled. But the great dismantling of the Ridge took place after Independence, especially since the 1970s, as the population swelled and new suburbs pushed south of the new capital city.

THE RIDGE TODAY for administrative reasons is divided into 4 separate zones whose boundaries and legal status, to state it plainly, are in a horrible mess. But the zones are still useful in thinking about the exploring the Ridge.

THE OLD DELHI or NORTHERN RIDGE denotes the hilly area near Delhi University and is by far the smallest segment of the Ridge. Nearly 170 hectares were declared a Reserved Forest in 1915. Less than 87 hectares remain today.

The NEW DELHI or CENTRAL RIDGE was made into a Reserved Forest in 1914 and stretches from just south of Sadar Bazar to Dhaula Kuan. It extends over 864 hectares, but some bits have been nibbled away.

The MEHRAULI or SOUTH-CENTRAL RIDGE is centres on Sanjay Vana, near JNU, and encompasses 633 hectares. Large chunks have been encroached and built upon.

THE TUGHLAKABAD or SOUTHERN RIDGE sprawls across 6200 hectares and include the Asola and Bhatti wildlife sanctuaries. This is the least urban of the 4 segments of the Ridge, but a lot of it is village – or privately – owned farmland.

Restoration of Sunder Nursery

The vast open space that stood between Humayun's Tomb and his fort – Purana Quila – was locally known as Azim Bagh possibly due to the early Mughal era Serai of Azimganj that stands here. Bound by the river on the east and the Grand Trunk road on the west, this land stood in close proximity to the dargah of Hazrat Nizamuddin Auliya and since it is considered to be auspicious to be buried near a saint's grave a profusion of tomb building happened here, especially during the Akbari era.

In the early twentieth century this area was used to experiment and grow plants for the upcoming British city of New Delhi thus establishing the Sunder Nursery. Since 2007, the Agha Khan Trust for culture in consultation with the Central Public Works Department and the Archeological Survey of India is developing a city park which will define the buffer zone of the World Heritage Site. It is aimed to create a major landscaped space of truly urban scale, deriving inspiration from the traditional Indian concept of congruency between nature, garden and utility coupled with environmental conservation. The space will also provide a major new green space for public recreation.

The 70-acre Sunder Nursery is home to nine Mughal period structures and the grand Mughal Azimganj Seria abutting it on the north, all of which are undergoing careful conservation work with master craftsmen. Similarly the three early Mughals tombs standing in the adjoining 17 acre Batashewala Complex are being conserved using traditional building crafts, tools and techniques by master craftsmen. As part of the project, the planned micro-habitat zone/ arboretum will simulate a microcosm of Delhi's fast disappearing biodiversity, including kohi (hill), khandar (riverine), bangar (alluvial) and dabar (marshy) zones.

On completion, the three project zones of Humayun's Tombs, Nizamuddin Basti will be interconnected by nature trails and heritage walks.

PS: SUNDER NURSERY was laid out by Percy Lancaster to provide for trees in New Delhi. Located in the heart of the national capital, the Aga Khan Trust for Culture is presently landscaping the nursery and undertaking conservation work on the monuments that stand here.

Source: Sketch by Himanshu Das, The Aga Khan Trust for Culture

স্বপ্নের মোগল গার্ডেন

গভীর নিশুথি রাতে টেবিল ল্যাম্পের আলোয় আনন্দবাজার পত্রিকা পড়তে বসেছি। প্রথমেই ছোট্ট একটি খবরে আমার চোখ চলে যায়।

'খুলল মোগল গার্ডেন। মোট এগারো রকমের টিউলিপ, লনে ফুলের কার্পেট। ফুলের রঙে এ বছর সাদা, হলুদ, লাল ও কমলার প্রাধান্য। ছোট্ট একটা ক্যাকটাস কর্নার। তার সঙ্গে বাতাস পরিশুদ্ধ করা গাছের সম্ভারও রয়েছে। শীত গিয়ে বসন্ত আসতেই খুলেছে রাষ্ট্রপতি ভবনের সুপরিচিত গার্ডেন; নতুন নামকরণ হয়েছে 'অমৃত উদ্যান'। কবি হেমচন্দ্র বন্দ্যোপাধ্যায় লিখেছিলেন

'নামে কি করে?
গোলাপে যে নামে ডাকো,
গন্ধ বিতরে।'

বসন্ত যেন জাগিয়ে তোলে মনের গভীর কোণে সূক্ষ্ম পুলকিত কোকিলের কলতানে মৌমাছির গুঞ্জনে। ফাল্গুন আসে বনে বনে, চঞ্চল হয় জিবকূল নীড় বাঁধার আকুলতায়। আসে বসন্ত, বাংলা বছরের শেষ ঋতু, ধীর পায়ে শীতের

অবসানে। আমরা ছটি ঋতু অনুভব করলেও বিশ্বের অধিকাংশ দেশে বসন্ত, গ্রীষ্ম, হেমন্ত ও শীত এই চার ঋতু প্রকাশ পায়'।

খবরটা পড়ে আমি আমার শৈশব জীবনে ফিরে যাই। আমার বাড়ি ছিল রাষ্ট্রপতি ভবনের তিন কোশ দূরে। আমার পাশের বাড়ির দুই বাল্য বন্ধু পড়ত প্রেসিডেন্ট এস্টেট স্কুলে। তাদের সঙ্গে আমি বহুবার সেই স্কুলের মাঠে ফুটবল খেলা দেখতে যেতাম। পাশেই প্রেসিডেন্ট এস্টেট ক্লাবঘরে ষাটের দশকের শেষের দিকে সাদা কালো টেলিভিশন সেট সবে এসেছে। সেকালে প্রতি বুধবারে চিত্রহার দেখানো শুরু হয়নি, শনি ও রবিবারে দুই কিস্তিতে হিন্দি সিনেমা টিভিতে সন্ধ্যেবেলায় দেখানো হত। এছাড়া দূরদর্শনে দেখতে পাওয়া যেত কৃষি দর্শন প্রোগ্রাম। আমার পাড়ার দুই বন্ধুর সাথে প্রেসিডেন্ট এস্টেট ক্লাবঘরে টিভির পর্দায় সিনেমা দেখতে যেতাম।

গোটা প্রেসিডেন্ট এস্টেটে সিকুরিটির কোন কড়াকড়ি ছিল না, অবাধ গতিবিধি ছিল আমাদের তখন সেখানকার ছোট্ট বাজারে, স্কুলের মাঠে ও পাশের ক্লাবঘরে। বিকেল বেলায় দেখতাম কর্মক্লান্ত মালীরা দল বেঁধে মোগল উদ্যান থেকে সাইকেল চালিয়ে বাড়ি ফেরত যাচ্ছে। তাদের সাইকেলের পেছনের ক্যারিয়ারে বাঁধা থাকত খুরপি কোদাল আর খাদের খালি বস্তা। অনেকে আবার কাস্তে হাতে চুবড়ি মাথায় হেঁটে আসত। সেই সব মালীদের বংশ পরিচয় খোঁজ করলে জানা যায় এরা অনেকেই 'স্যানি' সম্প্রদায় থেকে এসেছিল। বাগান পরিচর্যার কাজে বংশানুক্রমে এদের নতুন প্রজন্ম মালির জীবিকায় রয়েছে। মালীরা ছিল কল্পনাপ্রবণ তা না হলে এরকম বাহারী ফুলের বাগান ফুটিয়ে তোলা সম্ভব নয়। কোথায় যেন এই উদ্যানের ছবিতে দেখেছিলাম তারা কোদাল দিয়ে মাটি কুপিয়ে কনকলতার চারা রোপণ করছে। রাষ্ট্রপতি ভবন এস্টেটে সরকারী বাড়িতে মালীদের বাসস্থান এ্যালট করা আছে। কাজের গুরুত্ব চিন্তা করে মালীদের চাকরি জীবনে অন্য কোথাও ট্রান্সফার করা হয় না। বর্ষাকালের পর থেকে বসন্তকাল পর্যন্ত মালীরা সকাল থেকে বিকেল পর্যন্ত অক্লান্ত পরিশ্রম করে নিজেদের উজাড় করে গড়ে তোলে সর্বাঙ্গসুন্দর উদ্যানকে। রাষ্ট্রপতি ভবন বাগানে শতাধিক কর্মরত মালীদের অবদান চিরটা কাল নেপথ্যেই থেকে গেছে।

দেশের দর্শনীয় স্থানগুলির অন্যতম হল ১৫ একর জমির উপরে বানানো এই 'অমৃত উদ্যান'- নতুন নামে অলংকৃত হয়েছে আজ। ১৯১৭ সালে স্যার এডউইন লাটিয়েন্স উদ্যানটি বানানোর পরিকল্পনা করেন। জম্মু-কাশ্মীরের মোগল গার্ডেন ও তাজ মহলের চারপাশের উদ্যানগুলির অনুপ্রেরণায় বানানো হয় এই উদ্যান। আজও তাই অমৃত উদ্যানে দেখা যায় মোগল সজ্জা ও ইউরোপীয়দের ফুলের সম্ভার। উদ্যানটির আকর্ষণের কেন্দ্রবিন্দুতে রয়েছে প্রায়

১৫৯ রকমের গোলাপ। মোগল গার্ডেনের আকাশে বাতাসে গোলাপ, রজনীগন্ধা ও ছাতিম ফুলের মধুময় গন্ধ মন কে ফুরফুরে করে তুলতো। ছেলেবেলা থেকেই আমার ভীষণ শখ ছিল মোগল গার্ডেনে ফুলের বাহার দেখবার কিন্তু গেট পাস ছাড়া সেই বাগিচায় প্রবেশ ছিল নিষিদ্ধ।

দ্বিতীয়বার আমি ২০১৩ সালে মোগল গার্ডেন ঘুরে দেখি। সেই সময়ে ভারতের রাষ্ট্রপতি ছিলেন শ্রদ্ধেয় প্রণব মুখার্জি । নর্থ এভিনুউ পাড়ায় সারি সারি দোতলা এম পি ফ্ল্যাটের শেষের রো ছাড়িয়ে সামান্য এগিয়ে রাষ্ট্রপতি ভবনের পেছনে বাম পাশে ৩৫ নম্বর গেটে 'এন্ট্রি পাস' দেখিয়ে মোগল গার্ডেনে ঢুকেছিলাম। প্রবেশদ্বার থেকে স্বল্প হেঁটে বাগানের চারিপাশের পরিবেশ ও সৌন্দর্যতা দেখে আমি রীতিমত মুগ্ধ হয়ে গেছিলাম, এ যেন ঋতুরাজের বসন্ত বিলাস। বসন্ত-পুষ্পের সমারোহে আর পাখির কলকাকলি জানিয়েছিল আমাকে আনন্দ-অভিনন্দন। সেই বাগানে নিজেকে বড়ই বেমানান মনে হচ্ছিল যেন আমি চন্দন বনে ফনি মনসা।

প্রথম বসন্তে প্রস্ফুটিত রাঙা ফুলের মেলা, হলুদ রঙের বড় বড় সূর্যমুখী ফুল মৃদু সুগন্ধে আকাশ বাতাস মাতিয়ে রেখেছে। আরও কত যে পুষ্প ফুটেছে, নানা জাতীয় লতা ও অর্কিডের ফুল – বহুপ্রকার পুষ্পের সুগন্ধে একত্র মিলিত হয়ে মৌমাছিদের মত আমাকেও মাতাল করে তুলেছিল। কোন এক অজানা ফুল কে দেখলাম ঠিক নক্ষত্রের মত আকৃতি, রঙ হলদে সর্বত্র আলো করে ফুটে উঠেছে। ফুরফুরে নীল আকাশ ছেঁড়া ছেঁড়া মেঘ নীলকন্ঠ ফুলের লতাগাছ, তার সবুজ পাতা ঢেকে গেছে নীল ফুলে, সেগুলো হালকা হাওয়ায় তীর তীর করে কাঁপছে। বাগানে শ্বেতকাঞ্চন আর টগরের শাদা ফুল থই থই করছে। গন্ধরাজ ফুলের ঝারে কয়েকশো গন্ধরাজ ফুটেছে। দেখলে মনে হয় সব কটি গাছের তলায় সুগন্ধী গালচে পাতা রয়েছে, রাশি রাশি পাপড়ি ঝরে পড়ে রয়েছে সেখানে। আশে পাশে মে-ফ্লাওয়ারের ঝোপ গজিয়ে উঠেছে, বসন্তকালে ফোটে ওরা। সাদা থোপা থোপা, সঙ্গে জড়িয়ে আছে ছাড়া ছাড়া গোলাপ – লতার ফুল। একেকটি বোঁটায় সাতটি করে ফুল। কদমগাছে দেখলাম বলের মত গোল গোল হলদে ফুলে ভরে আছে। বাগানের দুধারে লম্বা লম্বা সীতাহার -বক ফুলের গাছের সারি। মিষ্টি গন্ধওয়ালা সুন্দর সাদা সীতাহার-বক ফুল রাশি রাশি ঘাসের উপর পড়ে আছে। পাশেই ঝাউ গাছের গা বেয়ে গোলাপের লতা উঠে গেছে তার ফুলে একেবারে ভরে রয়েছে – যেন ঝাউ গাছগুলোকে কেউ ফুলের মালা দিয়ে সাজিয়ে দিয়েছে। কোথায় যেন কোন এক কবিতায় পড়েছিলাম –

ফুলের গাছে দোয়েল নাচে, ছায়া কাঁপে . . .

বড় চমৎকার বাগান, যেন পরীর দেশ। ছোট ছোট ঝরনা। সেই জলে জলজ লিলির দল ফুটেছে। গাছের ডালে ডালে নানা রঙের টিয়া পাখি চোখ ঝলসে দিয়ে উড়ে বেড়াচ্ছে। বড় বড় ঘাসের মাথায় শাদা ফুল, অর্কিডের ফুল ঝুলছে গাছের ডালে।

কোথাও একরাশ পপী উগ্র ছটায় মৌমাছিদের আকর্ষণ করছে। ওদিকে সুইট-পীর ঝাড় পরস্পর জড়াজড়ি করে লাল ফুলের প্রজাপতি ফুটিয়ে রেখেছে। স্থানে স্থানে দু'একটা চন্দ্রমল্লিকা কোঁকড়া মাথা দুলিয়ে, নিষ্কলঙ্ক শুভ্র হাসি হাসছে। গাঢ় লাল রঙের চন্দ্রমল্লিকা – কঞ্চির ঠেকানোতে সগর্বে মাথা তুলে দাঁড়িয়ে আছে। এক প্রস্থ ফুল এসেছে শুকিয়ে, ঝরে পড়ছে – পিঙ্ক, এসটার, পিটোনিয়া, ডালিয়া। ঐ যে মল্লিকার ঝাড়ে মুক্তো-বিন্দু দিয়েছে দেখা, কুঞ্চিত কলির স্তবক মাথায় করে রজনীগন্ধার শীষ আসছে বেরিয়ে। বাগানে এই হল মৌন বাণী আজ আমার কাছে – সে শোনাচ্ছে জগৎ-সত্য, – নবীন আসছে নবসজ্জায়, নবোল্লাসে।

এই বাগানেই নাকি ঋতুতে ঋতুতে নতুন ফুল ফোটে – বসন্তে নবমল্লিকা জাতী ঝুথী, গ্রীষ্মে চম্পক বকুল পিয়াল, বর্ষায় গোকর্ণ কদম্ব কেতকী। কত রকমের ফুল যে দেখলাম মোগল গার্ডেনে – পলাশ, কৃষ্ণচূড়া, কোকনদ, জবা, টকটকে লাল ডালিয়া শোণিত-শোভা চন্দ্রমল্লিকা, পদ্মপলাশনয়নী ডালিয়া আছে মালতী, রজনীগন্ধা। ফুলের গন্ধে আমোদিত হয়ে উঠল আমার মন, দমকা হাওয়ায় পুষ্পিত করবীর ঝাড়কে দুলিয়ে দিল।

সৌরভ স্নিগ্ধ মধুর সুখ তন্দ্রায় আমি শ্বেতচন্দন গাছের নীচে দূর্বাঘাসের চাপড়ায় ঘুমে ঢলে পড়েছিলাম। স্বপ্নের ভেলায় ভাসতে ভাসতে দেখি আকাশে ঝলমলে চাঁদ উঠেছে। দেখা যায় এক ঝাঁক বক নিঃশব্দে উড়ে চলেছে আকাশে। জ্যোৎস্নায় যেন ফিনিক ফুটছে। এক ধরণের রাত্রিচর পাখির ডাক শুনছিলাম রাত্রে, সে সুর ছিল অপার্থিব ধরণের মিষ্টি। দূরে গাছপালার ফাঁকে জ্যোৎস্নায় ধোয়া শাদা ধবধবে পরিষ্কার আকাশে দু-একটি তারা জাজ্বল্যমান এখানে-ওখানে।

অনতিদূরে দেখলাম অচেনা এক সৌম্যকান্তি ব্যক্তি চন্দন জলে সিক্ত পথের ধারে সবুজ নীড়ের বৃক্ষতলায় দোল মঞ্চে বসে পাক খাচ্ছেন। ভদ্রলোক সুষম ব্যক্তিত্বে পরিপূর্ণ। কাছে গিয়ে দেখি পরনে নিপুণ হাতে গিলে করা অতি পরিপাটি ধবধবে সাদা আদ্দির পাঞ্জাবি আর ফিনফিনে তাঁতের ধুতি, কাঁধে সিল্কের উড়ুনি। অচেনা ভদ্রলোক চন্দ্র কিরণে বিভূতিভূষণ বন্দ্যোপাধ্যায়ের লেখা 'আরণ্যক' উপন্যাসটি অনুচ্চ কন্ঠে পড়ছেন –

কিন্তু আমার এ স্মৃতি আনন্দের নয়, দুঃখের। এই স্বচ্ছন্দ প্রকৃতির লীলাভূমি আমার হাতেই বিনষ্ট হইয়াছিল, বনের দেবতারা সেজন্য আমায় কখনও ক্ষমা করিবেন না জানি ...

ভদ্রলোককে চিনি চিনি করেও আমি চিনতে পারছিলাম না যদিও ওনার মুখটা আমার ভীষণ পরিচিত ঠেকছিল। প্রমোদকাননে ওনার পাশেই চোখ জুড়ানো ফুটফুটে রাজকন্যা বসে নিজের দুই হাঁটু এবং হাত দিয়ে দ্রুত উচ্চারণে আগদুম-বাগদুম খেলছে। ফুল তুকতুক, লাল-টুকটুক বালিকাকে চাঁদের মিহি আলোয় সাদা ডানাকাটা পরীর মত দেখতে লাগছিল – চুলে নতুন ধরণের কবরীবন্ধ, মুখে অলকা-তিলক, সিমন্তে একগুচ্ছ মুক্তার ঝুমকো। মুগ্ধ চোখে আমি পালকের মত হালকা মিষ্টি বালিকাকে দেখছি সে যেন তার পেখম উড়িয়ে ফুলে ফুলে মধুপান করে বেড়াচ্ছে। বালিকাকে দেখি সোনার খাঁচায় বন্দী কয়েকটা ধব ধবে সাদা খরগোশকে কপি পাতা, পানের বোঁটা খাওয়াচ্ছে। খরগোশগুলোর চোখ লাল কাঁচের মত ঠোঁট নাক আর লম্বা কানের ভিতর দিকটা গোলাপী, ভারি সুন্দর দেখতে লাগছে।

একটি সোনার হরিণছানাকে বালিকার আশেপাশে ঘুরে বেড়াতে দেখলাম, তার বাদামী রঙের গায়ে যেন চন্দনের ফোঁটা কাটা। কিছু দূরে সবুজ কাঠের বাক্সে জেরেনিয়ম ফুল ফুটেছে। পান্না-হীরা রঙের কয়েকটি ময়ূরকেও উদ্যানে নেচে বেড়াতে দেখলাম।

তারপর বালিকার আবদারে ভদ্রলোক এক গাল হেসে বইটি এক পাশে রেখে আপন অনুপম ছন্দে গেয়ে উঠলেন

পুষ্পে পুষ্পে ভরা পাখি
কুঞ্জে কুঞ্জে গাহে পাখি
গুঞ্জরিয়া আসে অলি পুঞ্জে পুঞ্জে ধেয়ে
তারা ফুলের ওপর ঘুমিয়ে পড়ে
ফুলের মধু খেয়ে

আলতা পরা নুপুর বাঁধা দুটি পায়ে কন্যাটি হাসিতে-খুশিতে উছলে ঝম ঝম করে নেচে উঠল তারপর বায়না জুড়ে দিল তাকে গল্প শোনাতে হবে – শিশুসুলভ গপ্পিয়ে দাদু মুখিয়ে বসেছিলেন যেন, উনি বালিকাকে মহা উৎসাহে রূপকথার গল্প শোনাতে শুরু করে দিলেন –

রাণী মা ময়ূর সেজে অপেক্ষাই করছিলেন। পাখীদের ডাক শোনা মাত্র রাজকুমারকে পিঠে নিয়ে উড়লেন আকাশে। সে এক অদ্ভুত দৃশ্য ময়ূরের পিঠে চড়ে চলেছেন রাজকুমার। আর তার পিছু পিছু চলেছে আকাশ ভেদ করে অসংখ্য বহু রঙিন পাখি। চেনা পাখিদের মধ্যে টিয়া, ময়না, বুলবুল, হীরেমন, দোয়েল, হরবোলা, পাপিয়া, চাতক, কোকিল, ফটিকজল, বউ-কথা-কও, পায়রা, হরিয়াল, ঘুঘু, বক, সারস, চিল, শঙ্খচিল, বাজ,

টুনটুনি, দর্জিপাখি, কুলোপাখি, চোরপাখি, চড়াই, ফিঙে, কাঠঠোকরা, টিট্রিভ, মাছরাঙা, ভরত, খঞ্জন, ফুল্কি, বসন্তবউ, বাঁশপাতি, সোনাপাখি, মুনিয়া, বাবুই, আবাবিল, শ্যামা, নীল, ময়না, বটের, তিতির, বনমুরগি। এরা তো ছিলই, অচেনা পাখি কত যে ছিল তার ইয়ত্তা নেই। মানস সরোবর আর মেরুপ্রদেশ থেকে পেঙ্গুইনরা, খঞ্জনরা ছিল সব শেষে।

পাখীদের ডাকে মুখরিত হয়ে গেল দশদিক। তাদের ডানায় আকাশ ঢেকে গেল। ক্রিমশন, গ্লোরি, টকটকে লাল ডালিয়া, শোণিত-শোভা চন্দ্র মল্লিকা আর দুপহর চন্দ্রিকা সবাই হঠাৎ ভীড় করে এল লাল দোপাটির সঙ্গে। নবারুণের উজ্জ্বল লাল আলো তাদের ওপর পড়ল। লজ্জিত নববধূর আরক্তিম কপোলের আভা আর চেলাঞ্চলের আভাস দুলে উঠল যেন চকিত চমকে। ছড়িয়ে পড়ল আবীর, কুঙ্কুম আর সিঁদুরের অসংযম প্রলাপ। লাল রূপান্তরিত হল কমলা রঙে। সোনার মেঘ নামছে যেন। স্বর্ণময় হয়ে গেল অন্তর-বাহির।

কল্পনার আকাশে বর্ণজ্জ্বল পাখীর ঝাঁক দেখে বালিকা রুমুক ঝুমুক রিমি ঝিম চালে নাচতে-গাইতে শুরু করে দিল। দেখে মনে হয় যেন ফুলে ফুলে ভোমরা নাচছে। ভুবনমোহিনী পরীর দ্রুত হতে দ্রুততর লয়ে তাথিয়া তাথিয়া নৃত্যঙ্গণ অপূর্ব অলিম্পনে পরিপূর্ণ করে তুলল।

বালিকার সঙ্গীত-শ্রবণে মধু বর্ষণ করে উঠল -

প্রভাতে বাগানে গিয়ে দেখে এলেম সই,
কিবা অপরূপ কথা শুনে এলেম সই।

দাদু। আজ কি দেখেছিলি। কি শুনেছিলি।
বালিকা। এই শুন না।

ফুটেছে মালতী ফুল গন্ধেতে করি আকুল,
ধেয়ে এল অলিকুল, দেখে এলেম সই।

দাদু। এই দেখেছিলি, আর কিছু না?
বালিকা। এই শুন না।

অলি এসে গান গায়, ফুল শুনে মুগ্ধ হয়,
'তুমি নাথ' ফুলে কয়, শুনে এলেম সই।

দাদু হাসিতে হাসিতে কহিলেন, - তুই অতিশয় দুষ্টা, তোর গান বুঝিয়াছি, এ ফুলের নাম কি বল দেখি?
বালিকা। ফুলের আবার নাম কি

ফুলের নাম পুষ্প। পুনরায় গাইতে লাগিল –

অলিরাজ ধেয়ে যায়, বায়ু ফুলের মধু খায়,
ফুল কবে সত্য কয়, দেখিতে পায় কই?
প্রভাতে বাগানে গিয়ে দেখে এলেম সই - কিবা অপরূপ কথা শুনে এলেম সই।

বালিকা হাসিয়া নাচিয়া করতালি দিয়া গাইল –

আর শুনেছ আর শুনেছ নূতন কথা কই,
পুষ্পের হইবে বিয়ে কিনতে যাই গো খই।
ধেয়ে এল বায়ুরাজ, গায়ে পরিমল সাজ,
অলির মাথায় পড়ে বাজ, শুনলে কিনা সই!

আনন্দবাজার পড়তে পড়তে কখন যে স্বপ্নের রাজ্যে ভেসে গেছিলাম তা আমি নিজেও টের পাইনি।

তারপর? তারপর আজও আমি মাঝে মাঝে সুগন্ধি কুসুমে সুশোভিত বাগিচার খোয়াব দেখি। এখনও নাকি ফুলপরীরা নেমে আসে নন্দন কাননে। নিবিড় রাতে চাঁদ উঠলে পরির নাচন দেখতে পাওয়া যায়। শুনতে পাওয়া যায় মৃদু শান্ত গুঞ্জরণ। সারা রাত ফুলবনে হাত ধরাধরি করে যত্র তত্র ঘুরে বেড়ায়। ভোর না হতে পরির দল অদৃশ্য হয়ে যায়। সকালবেলা সেখানে গেলে দেখা যায় তাদের চরণের লঘু স্পর্শে ঘাস হেলে পড়েছে। প্রত্যুষে পরিরা প্রজাপতি হয়ে এই উদ্যানে মধু খেয়ে বেড়ায়।

সবুজ পরী! সবুজ পরী! সবুজ পাখা দুলিয়ে যাও,
এই ধরণীর ধূসর পটে সবুজ তুলি বুলিয়ে দাও
তরুণ-করা সবুজ সুরে
সুর বাঁধ গো ফিরে ঘুরে,
পাগল আঁখির 'পরে তোমার যুগল আঁখি ঢুলিয়ে চাও।
ঘাসের শিষে সবুজ করে শিস দিয়েছ, সুন্দরী!
তাই উথলে হরিৎ সোহাগ কুঞ্জবনের বুক ভরি।

INDIRA GANDHI, LORD MOUNTBATTEN, LADY MOUNTBATTEN AND JAWAHARLAL NEHRU at a performance in the Mughale Gardens at the farewell party for the entire staff. The entertainment included various performances, watched by the Mountbattens, surrounded by staff and friends, June 1948.

রাজপথে অনেক জনস্রোত বয়ে গেছে

২৩শে অক্টোবর, ২০২২ সালে আমি মেট্রোয় চেপে প্যাটেল চকে আন্ডারগ্রাউণ্ড রেল মিউজিয়াম ঘুরে দেখার পরে সেন্ট্রাল সেক্রেটারিয়েট স্টেশনে নেমেছিলাম। সেখান থেকে জনশুন্য রাজপথে হেঁটে রাষ্ট্রপতি ভবন নর্থ-সাউথ ব্লক পার্লামেন্ট ভবন স্বল্প দূর থেকে দেখেছিলাম।

নর্থ এবং সাউথ ব্লকের মাথায় বিরাট গম্বুজ ও ওল্ড পার্লামেন্ট হাউজ আলোর মালা দিয়ে সাজিয়ে রাখা হয়েছে। রাষ্ট্রপতি ভবন লাল, নীল, সবুজ আলোয় ঝলমল করছে। দেখে মনে হবে প্রজাতন্ত্র দিবসের প্রস্তুতি চলছে।

তারপর দু-কিলোমিটার পথ হেঁটে ইন্ডিয়া গেট অবধি যাই। পথের দু'পাশে শ্যামল আস্তরণে ঢাকা বিস্তৃত প্রাঙ্গণ। পাশে কৃত্রিম ঝিল, তাতে সারিবন্দি ফোয়ারা থেকে অবিরাম উৎসারিত হচ্ছে জলরাশি।

জায়গাটার নাম দেওয়া হয়েছে এখন Central Vista Avenue. আশেপাশে চার হাজারেরও বেশী গাছ সংরক্ষিত করে রাখা হয়েছে। প্রাচীন জাম গাছগুলো দেখলাম এখনও মাথা উঁচু করে সদম্ভে দাঁড়িয়ে আছে।

ইন্ডিয়া গেটে এসে দেখি কালো গ্রেনাইট পাথর কুঁদে নেতাজীর আকাশচুম্বী স্ট্যাচু রাষ্ট্রপতি ভবনের দিকে মুখ করে বসানো হয়েছে। দিপোজ্জ্বল সৌম্য মূর্তি দেখে আমি আনন্দে আটখানা হয়ে গেছিলাম। এ যেন বাঙালীর পরম গর্বের প্রতীক। ভারতবর্ষে আমি আরও দুটি টুরিস্ট স্পটে গিয়ে এরকম ভাবেই

পুলকিত বোধ করেছিলাম। প্রথম দেখেছিলাম কন্যাকুমারীতে বিবেকানন্দ রক। তারপর পন্ডিচেরিতে ঋষি অরবিন্দ আশ্রম। তিনটি দ্রষ্টব্যস্থলই আজ বাঙালীদের কীর্তিসাফল্যের দৃষ্টান্ত।

১৯৪৫ সাল থেকে নেতাজী আজ অবধি বিতর্কিতই থেকে গেছেন, কত না তদন্ত কমিটি ওনার নিখোঁজ হয়ে যাওয়ার তদন্ত চালিয়ে গেছে। কিন্তু নেতাজীর মৃত্যু রহস্যের চাবি কাঠি কালান্তক ক্লাসিফাইড ফাইলের লাল ফিতেতেই বাঁধা থেকে গেছে।

প্রজাতন্ত্র দিবস যখন শুরু হয় তখন জোর গুজব রটতো কুচকাওয়াজের সর্বাধিনায়ক হয়ে সবার আগে সাদা ঘোড়ায় চেপে উন্মুক্ত তরবারী নিয়ে যাবেন তিনি। বনবাসের পালা শেষ – এবার সুভাষচন্দ্র বসু প্যারেড পরিচালনা করবেন। তাইহুক বিমান দুর্ঘটনার খবর গোটাটাই ভিত্তিহীন।

আত্মত্যাগের চরম দৃষ্টান্ত ও অভূতপূর্ব তেজস্বী চরিত্রের মুখোমুখি পড়ে আমি বিস্ময়ে হতবাক হয়ে গেছিলাম। স্বাধীনতা সংগ্রামে একদিন যাঁরা হাসিমুখে প্রাণ দিয়েছিলেন, সেই সব অগ্নিযুগের বিপ্লবীদের ছবি আমার চোখের সামনে ভেসে উঠেছিল।

সুভাষচন্দ্রের উদ্দেশ্যে কবিগুরু রবীন্দ্রনাথ লিখেছিলেন

সুভাষচন্দ্র

'বাঙালী কবি আমি, বাংলাদেশের হয়ে তোমাকে দেশ-নায়কের পদে বরণ করি। গীতায় বলেন, সুকৃতের রক্ষা ও দুষ্কৃতের বিনাশের জন্য রক্ষাকর্তা বারংম্বার আবির্ভূত হন। দুর্গতির জালে রাষ্ট্র যখন জড়িত হয়, তখনই পীড়িত দেশের অন্তর্বেদনায় প্রেরণায় আবির্ভূ'ত হন দেশের অধিনায়ক।

বহুকাল পূর্বে একদিন আর এক সভায় আমি বাঙালী সমাজের অনাগত অধিনায়কের উদ্দেশ্যে বাণীদূত পাঠিয়েছিলুম। তার বহু বৎসর পরে আজ আর এক অবকাশে বাংলাদেশের অধিনায়ককে প্রত্যক্ষ বরণ করছি।..."

মুক্তি পথের অগ্রদূত। পরাধীন দেশের হে রাজ-বিদ্রোহী! তোমাকে শতকোটি নমস্কার।

'তব পদচিহ্ন ধ্যান করি দিবানিশি, পশিয়াছ কত যাত্রী জশের মন্দিরে
জনস্রোত রাজপথে বহিছে কল্লোলে

THE BIRTH OF A REPUBLIC

এল মুক্তির দিন। এখন রাত ১১টা। ১৪ আগস্ট, ১৯৪৭। দিল্লীর রাজপথে এত রাতেও বেশ ভীড়। সকলেই সংবিধান সভা ভবনের দিকে যাচ্ছে। সেখানে ইতিমধ্যে একটি বিশেষ অনুষ্ঠান শুরু হয়েছে। সভাপতি ডঃ রাজেন্দ্র

প্রসাদ বললেন, আমাদের প্রথম কর্মসূচী 'বন্দে মাতরম' গাওয়া। আসুন আমরা সকলে উঠে দাঁড়াই। আর গলা মেলাই। আমি আহ্বান করছি শ্রীমতী সুচেতা কৃপালনীকে। সুচেতা কৃপালনী এগিয়ে এলেন। সভাপতির ঠিক নীচের জায়গায়টায় রাখা আছে মাইক্রোফোন। সেখানে দাঁড়িয়ে বন্দে মাতরম সঙ্গীত গাইলেন তিনি।

সকলে উপবিষ্ট হওয়ার পর রাজেন্দ্র প্রসাদ এক অসামান্য বক্তৃতায় স্মরণ করলেন আত্মবলিদান দেওয়া স্বাধীনতা – সংগ্রামীদের। এই পবিত্র ক্ষণে বহু সংগ্রামের পর আমরা এই দেশের দায়িত্ব গ্রহণ করার মাহেন্দ্রক্ষণে হাজির হয়েছি। যাঁরা হেঁটে গিয়েছেন হাসিমুখে মঞ্চের দিকে, যাঁরা বুকে নিয়েছে বুলেট, আমরা তাঁদের স্মরণ করি ... আসুন স্বাধীনতার জন্য প্রাণ বিসর্জন দেওয়া সেই মহৎ আত্মাদের শ্রদ্ধা জ্ঞাপন করি।

১২টার ঘড়ির কাঁটা স্পর্শ করতে সামান্য দেরি আছে। রাজেন্দ্র প্রসাদ সংবিধান সভার সদস্যদের বললেন, মধ্যরাতে ঠিক প্রাক্কালে আমরা একটি শপথ গ্রহণ করব। আপনারা পাঠ করবেন।

তিনি এবং ভারতের সংবিধান সভার সদস্যরা উচ্চারণ করলেন সেই শপথ –

'বহু আত্মবলিদান বেদনার মাধ্যমে ভারত আজ যে স্বাধীনতা অর্জন করল, আমি সংবিধান সভার এক সদস্য সেই ভারতবর্ষ এবং তাঁর নাগরিকদের সেবার কাজে নিজেকে অন্তিম মুহূর্ত পর্যন্ত মানবিকতার সঙ্গে সমর্পণ করছি। যতক্ষণ না পর্যন্ত এই মহান প্রাচীন ভূমী বিশ্বসংসারে এক উচ্চস্থান লাভ করছে, ততক্ষণ পর্যন্ত আমার সার্বিক সদিচ্ছা যেন মানবকল্যাণের জন্য নিজেকে নিয়োজিত করি।

শপথবাক্য পাঠ সমাপ্ত হতেই ঠিক ১২টা। ঘড়ির দিকে তাকিয়ে রাজেন্দ্র প্রসাদ বললেন, এবার আমরা ভাইসরয়কে এই বার্তা প্রদান করলাম যে, ভারতের সংবিধান সভা ভারতের শাসন ক্ষমতা নিজের হাতে গ্রহণ করেছে। আজ থেকেই অর্থাৎ ১৫ আগস্ট ১৯৪৭ সালে লর্ড মাউন্টব্যাটনকে ভারতের গভর্নর জেনারেল পদে মনোনীত করার সুপারিশ করছে।

সকলের চোখ এবার একটি কাপড়ের দিকে। তেরঙ্গা। এই হল ভারতের নতুন আত্মবিশ্বাসের প্রতীক। জাতীয় পতাকা। শ্রীমতী হংস মেহতা এগিয়ে এলেন। তাঁর হাতে ভারতের জাতীয় পতাকা। বললেন, আমি দেশের নারীজাতির পক্ষ থেকে আজ স্বাধীন ভারতের হাতে তুলে দিলাম জাতীয় পতাকা। এই পতাকা আজ থেকে গোটা বিশ্বকে প্রদান করবে অন্ধকার থেকে আলোয় যাওয়ার এক দৃঢ় প্রতিজ্ঞা।

গোটা সংবিধান সভা করতালি এবং হর্ষধ্বনিতে স্বাগত জানায় এই ঐতিহাসিক মুহূর্তকে। সর্বশেষ অনুষ্ঠান – 'সারে জাঁহাসে আচ্ছা'। গানের প্রথম স্তবক এবং তারপর সমবেত গাইবেন সকলে 'জনগণমন'। ভেসে গেল মধ্যরাত জনগণমন অধিনায়ক জয় হে শ্লোকে। শুধু সংবিধান সভার অভ্যন্তর নয়। গোটা ভারত গাইছে তখন সেই গান। মধ্যরাতে যেন সূর্য উদিত হল।

জনগণমন-অধিনায়ক জয় হে ভারতভাগ্যবিধাতা
পঞ্জাব সিন্ধু গুজরাট মরাঠা দ্রাবিড় উৎকল বঙ্গ
বিন্ধ্য হিমাচল যমুনা গঙ্গা উচ্ছলজলধিতরঙ্গ
তব শুভ নামে জাগে, সব সুভ আশিস মাগে,
গাহে তব জয়গাথা
জনগণমঙ্গলদায়ক জয় হে ভারতভাগ্যবিধাতা।
জয় হে, জয় হে, জয় হে, জয় জয় জয়, জয় হে।।

বাংলার মাটিতে তখন তুমুল উত্তেজনা। রাস্তায় রাস্তায় শোভাযাত্রা, বন্দেমাতরম শব্দটি অকস্মাৎ চারিদিকে ছড়িয়ে পড়ল – সংস্কৃত শব্দের সমন্বয়ে রচিত এমন অভিনব, অপরূপ মধুর গান শুনে জনতা মুগ্ধ হয়ে গেল বিস্ময়ে। গমকে গমকে লাউডস্পিকারে বন্দেমাতরম ঢেউয়ের মত আছড়ে পড়ল পাড়ায় পাড়ায় । –

শুভ্র-জ্যোৎস্নাপুলকিত যামিনীং
ফুল্লকুসুমিত দ্রুমদলশোভনীং
সুহাসিনীং সুমধুরভাষিনীং
মাতরং –
বন্দেমাতরং

বন্দেমাতরম!
ত্বং হি দুর্গা দশপ্রহরণধারিনীং
কমলা কমলদলবিহারিনীং
বাণী বিদ্যাদায়িনী নমামি ত্বাম!
নমামি কমলাং অমলাং অতুলাং সুজলাং সুফলাং মা-তরং –
শ্যামলাং সরলাং সুস্মিতাং ভূষিতাং ধরনীং ভরনীং মাতরম –
বন্দে-মা-তরম।

স্বাধীন হল ভারত

We are a free and soverign people today and we have rid ourselves of the burden of the past. We look at the world with clear and friendly eyes and at the future with faith and confidence.

The burden of foreign domination is done away with, but freedom brings its own responsibilities and burdens, and they can only be shouldered in the spirit of a free people, self-disciplined, and determined to preserve and enlarge that freedom.

– Jawaharlal Nehru, August 15, 1947

গলিপথ থেকে রাজপথ

রাজপথ থেকে প্রায় তিন কিলোমিটার দূরে লুটিয়ান্স পাড়ায় আমি থাকতাম। আমার বাড়ির ঠিকানায় লেখা থাকত '৩৮ নম্বর আউট্রাম স্কোয়ার', বিপরীতে ছিল নিউ দিল্লী কালীবাড়ি ও বিড়লা মন্দির। ষাটের দশকের শেষাশেষির সময়ের কথা। মাঝে মাঝে দাদার সাথে পাশেই গোল মার্কেট থেকে সাইকেল ভাড়া নিয়ে জনহীন রাজপথে জাম পাড়তে যেতাম। আমি সাইকেলের রডে বসে হ্যাণ্ডেল আঁকড়ে ধরে পা ঝুলিয়ে বসে থাকতুম। আবার কখনো স্কুলের বন্ধুদের সাথে গরম কালে বোট ক্লাবের কৃত্রিম সরোবরে চান করতে ছুটতুম। সেই সরোবরে হাঁটু জলে কাঠ ফাটা রোদ্দুরে আমরা আনন্দে আত্মহারা হয়ে ঘন্টা খানেক হুটোপুটি ও পরস্পরকে জল ছেটাবার খেলায় মত্ত হয়ে থাকতাম।

আমার বাবা তখন চাকরি করতেন নির্মাণ ভবনে। সেই আপিসের বেসমেন্টে আধ ডজন টেবিল টেনিস বোর্ড পাতা থাকত। গ্রীষ্মের ছুটিতে আমরা অর্থাৎ পাড়ার বাল্য বন্ধুর দল বাড়ি থেকে বেরিয়ে নর্থ এভিনুউ দিয়ে হেঁটে বাঁ পাশে চার্চ লেনে Cathedral Church of The Redemption ও রকাবগঞ্জ গুরদ্বারা – পণ্ডিত পন্ত মার্গকে পেছনে রেখে রাষ্ট্রপতি ভবন কে অতিক্রম করে রাজপথে এসে পৌঁছুতাম। আজ আর চার্চের পাশ দিয়ে রাষ্ট্রপতি ভবনের দিকে যাওয়া যায় না। পথটিতে লোহার গেট বসিয়ে বন্ধ করে দেওয়া হয়েছে, প্রবেশদ্বারের মাথায় কালো অক্ষরে লেখা '৩৮নম্বর গেট'। জানা গেছে পাশেই বাস স্ট্যান্ড ও চিলড্রেন পার্ককে ভেঙে প্রাইম মিনিস্টার ও ভাইস প্রেসিডেন্টের বিশাল বাড়ি তৈরি হবে।

তখনকার দিনে এতো সিকুরিটির কড়াকড়ি ছিল না, তাই আমরা রাষ্ট্রপতি ভবনের সামনে আয়েশী চালে হাঁটতে হাঁটতে লোহার ফটকের দুপাশে বসানো জোড়া কামানে হাত বুলিয়ে এগিয়ে যেতাম। শোনা কথা রানি ভিক্টোরিয়ার রাজত্বকালে ইংল্যান্ডের রয়্যাল গান ফ্যাক্টরিতে ১৭৯৬ সালে তৈরি হয়েছিল এই ঢালাই লোহার কামান। ৩২ পাউণ্ড ওজনের গোলা বর্ষণকারী এই কামান ইংরেজদের সব যুদ্ধজাহাজে বসানো হয়েছিল। এমনকি, ব্রিটিশ পদাতিক গোলন্দাজ বাহিনীও ভারতের বিভিন্ন যুদ্ধে এমনতরো কামান ব্যবহার করেছিল।

রাইসিনা হিলের শিখর শিখায়ে দাঁড়িয়ে সুদূরে দেখতে পেতাম ইন্ডিয়া গেট অবধি নয়নাভিরাম পথটি যান-বাহনহীন নিরিবিলি জন্যশুন্য, সরকারী চাকুরেরা দিনের বেলায় তাঁদের আপিসে কাজে ব্যস্ত। শুধু লাঞ্চের অবকাশে আপিসের বাবুরা বোট ক্লাবের মাঠে টিফিন করতে বা তাস খেলতে আসতেন। বিকেল বেলায় দফতর ছুটির পর তাঁরা সাইকেল চালিয়ে দল বেঁধে বাড়ি ফেরত যেতেন। ওনাদের সকলের বাড়ি তখন গোল মার্কেটের আশে পাশে বা বিনয় নগর-আর কে পুরমে ছিল।

এখন যেমন জন্তর মন্তরে বিরোধী রাজনৈতিক দলের মিছিল প্রদর্শন হয় তখন হত বোট ক্লাবের সবুজ ঘাসের লনে। শুধু মিছিলের দিনে রাজপথ প্রাণবন্ত হয়ে উঠত। ৬ই মার্চ ১৯৭৫ সালে বোট ক্লাব লনে জয়প্রকাশ নারায়ণ জনসমাবেশ করেছিলেন। যদিও জনসাধারণকে সেই সমাবেশে যাওয়া থেকে নিরস্ত করতে ইন্দিরা সরকার যথাসাধ্য চেষ্টা করেছিল তা সত্ত্বেও সমাবেশটি অত্যন্ত সফল হয়েছিল।

সেকালে রাতের বেলা ইন্ডিয়া গেটের ময়দানে পিকনিক ইত্যাদির চল ছিল না। কোন আইসক্রিমের ঠেলা গাড়িও সেখানে দেখা যেত না। মাঝে মাঝে দুপুর বেলায় শুধু ইন্ডিয়া গেটের 'অমর জ্যোতি' সার্কালের কাছাকাছি হিন্দি সিনেমার শুটিং হত। সন্ধ্যে বেলায় জায়গাটা খাঁ খাঁ করত।

রাজপথে কুচকাওয়াজ

তখনও রাস্তার আলো নেবেনি, বাস চলাচল শুরু হয়নি। কাকার সাথে অশোক রোডের পথ ধরে ইন্ডিয়া গেটের দিকে হেঁটে চলেছি। শীতের শেষরাত্রি, হু হু করে উত্তরে হাওয়া বইছে। নির্জন পথ। ছাব্বিশে জানুয়ারীর দিন দিল্লী শহর এক মহোৎসবের রূপ ধারণ করে।

ইতিহাস পরীক্ষার পূর্বক্ষণে প্রজাতন্ত্র দিবসের ইতিহাস মুখস্থ করার দুরুহ প্রয়াস করতে করতে ঘুমে চোখের পাতা জড়িয়ে আসত, মাথা ঝিমিয়ে পড়তো ঢুলুনিতে। রাজপথের কাহিনী লিখতে লিখতে ছেলেবেলায় ইংরেজিতে মুখস্থ করা কয়েকটি লাইন মনে পড়ে যায় –

The parade marches from the Rashtrapati Bhawan along the Rajpath, to India Gate and from there to Red Fort. It opens with the unfurling of the national flag by the President of India. This is followed by marching from several regiments of the Army, Navy and Air Force, alongwith their bands. Tableau from various states signifying their cultures are displayed. A beating retreat ceremony signifies the end of the parade. The flypast included the Tangail formation which saw one Dakota and two Dornier flying in Vic formation. This was a tribute to the Tangail airdrop operations of the 1971 war. There was also a Meghna formation of 1 Chinook and four Mi-17s.

ছোটবেলায় সেই একবারই চাক্ষুষ প্যারেড দেখেছিলাম। এখনও আবছা মনে পড়ে ভিড়ের কারণে নির্মাণ ভবনের সংলগ্ন মাঠে কাঠের গ্যালারির ওপরের সারিতে বসে রঙবেরঙের ঝাঁকি, উট ঘোড়া হাতি রাজপথে মার্চ করতে দেখেছিলাম। সমানে হাতে ধরে রেখেছিলাম ছোট্ট ত্রিবর্ণ রঞ্জিত জাতীয় পতাকা। মাহুত উট-চালক ঘোড়সওয়াররা রকমারি সাজপোশাকে সজ্জিত হয়ে রাজপথের ওপর দিয়ে তাদের সজীব বাহনের পিঠে বসে দুলকি চালে এগিয়ে চলেছে। প্যারেড চলাকালীন রাষ্ট্রপতির সুউচ্চ ময়ূর সিংহাসনের গায়ে মোলায়েম রোদের প্রতিঝলক উঁকিঝুঁকি দিচ্ছে।। গজেন্দ্রগমনে হেলে দুলে হাতির দল চলেছে, তারপর রাষ্ট্রপতির সুসজ্জিত সিংহাসনের কাছে এসে তাদের শুঁড় আকাশে তুলে চিঁহি চেরা ডাকের মুহূর্তটি খুবই রোমাঞ্চকর-ভয় ভীতিকর ছিল। হস্তিযূথের প্রদর্শন-প্যারেডে দেখেছিলাম লড়াকু হাতিদের গায়ে লোহার বর্ম আঁটা, তারা রাজপথের ওপর দিয়ে তোপ টেনে নিয়ে চলেছে। সেই সব সুসজ্জিত ঐরাবত হস্তীরা মাহুতের কথামত দু'পা মুড়ে বসেছে তারপর শুঁড় গুটিয়ে নিজেদের কপালে ঠেকিয়ে রাষ্ট্রপতি কে সেলাম জানাচ্ছে। সাদা ধবধবে তাগড়াই আরবী ঘোড়াদের দেখেছিলাম রাষ্ট্রপতির বিপরীতে এসে দাঁড়িয়ে বোঁ করে দু-পাক ঘুরে কুর্নিশ করতে। শুনেছিলাম হাতিগুলো পুষতে প্রায় সাদা হাতী পোষার খরচাই লাগত।

বাংলার Tableau-ঝাঁকি'তে পুরুলিয়ার সাঁওতালরা তাদের বিখ্যাত সাঁওতাল নাচ নেচে দেখাচ্ছে। গলায় মালাপরা, ঝাঁকড়া চুলওয়ালা সাঁওতাল ছেলেরা মাদল বাজাতে বাজাতে রাজপথে ঝাঁকির সাথে সাথে হেঁটে চলেছে আর খোঁপায় ফুল-গোঁজা গয়নাপরা সাঁওতাল মেয়েরা হাত ধরাধরি করে গোল হয়ে সুন্দর নাচছে। সাথে ড্রিমি-ড্রিমি মাদলের বাজনা বেজে চলেছে।

পেছনের সারিতে দু'পাশে বিরাট নাকাড়া অনেকটা মনে হয় যুদ্ধের দামামা পিঠে বয়ে দু'জন চলেছে। সাথে দৈত্যের মতো দেখতে একটা লোক দুই হাতে দুটি মুগুরের মতো কী-একটা সমান তালে পেটাচ্ছে। প্রচণ্ড আওয়াজ হচ্ছে ডুম ডুম ডুম। কিছু সাঁওতাল তির-ধনুক-টাঙ্গি আর বল্লম হাতে বিচিত্র পোশাকে সজ্জিত হয়ে চলেছে। মাথায় তাদের পাখির পালকের টুপি। গলায় ঝুলছে নানা রঙের পাথর আর ফলের বিচিত্র মালা। বুকে আর পিঠে শক্ত করে বাঁধা আছে নানা বন্য জন্তুর গায়ের চামড়া।

গত শতাব্দীর ষাট দশকে দিল্লীতে টেলিভিশন আসেনি, রেডিওতে যশদেব সিংহের কমেন্টারি শোনার জন্য আমরা মুখিয়ে থাকতাম। সেই বিখ্যাত কমেন্টটর এক টানা ৪৮ বছর রাজপথে প্রদর্শিত প্যারেডের মনোরম বর্ণনা তাঁর সুন্দর সতেজ গলায় আমাদের শুনিয়েছিলেন। উনি চলে যাওয়াতে ছাব্বিশে জানুয়ারি আজকাল বড়ই ফাঁকা ফাঁকা লাগে।

প্যারেড শেষ হয়ে গেলে আমরা আমাদের বাড়ির ছাদে বা কালীবাড়ির ধর্মশালা ভবনের চারতলার কার্নিশে উঠে নীল আকাশে উল্কা গতিতে উড়ে যাওয়া জেট ফাইটার প্লেনের কানামাছি খেলা (Aerobatic Display) সতৃষ্ণ নয়নে দেখতাম। সাথে ছাদে ভিড় করে দাঁড়িয়ে থাকত কলকাতা থেকে আগত পর্যটকেরা। ষাটের দশকে গোটা লুটাইন্স অঞ্চলে কোন বহুতল ভবন নির্মিত হয়নি একমাত্র কালীবাড়ি ধর্মশালা ভবন ছাড়া। সেই ছাদে দাঁড়ালে রাষ্ট্রপতি ভবনের চুড়া ও পার্লামেন্ট হাউজ পরিষ্কার দেখা যেত।

ঐতিহাসিক রাজপথের ওপর দিয়ে পদাতিক শোক মিছিল যাওয়ার প্রথম প্রথা শুরু হয় মহাত্মা গান্ধী যখন নাথু রাম গডসের হাতে নিহত হন। গান্ধীজীর শব যাত্রা দেখতে রাজপথে আবালবৃদ্ধবনিতা ভিড় জমিয়েছিল।

অতুল্য ঘোষ তাঁর আত্মজীবনীতে এক জায়গায় লিখেছিলেন –

'দিল্লীর সেদিনকার অবস্থা ভোলা শক্ত। একটি প্রাণ যেন দিল্লীর সকলকার প্রাণকে হরণ করে নিয়ে গেছে। দু'চারজন লোক যে চলেছে, তাও নিঃশব্দে। কোথাও দোকান খোলা নেই। সেদিন বোধহয় দিল্লীতে টেলিফোন ব্যবহার হয়েছিল সবচেয়ে কম।'

গান্ধীর শবযাত্রার দৈর্ঘতা ছিল আট কিলোমিটার এবং বিড়লা হাউজ থেকে রাজপথ হয়ে রাজঘাট পৌঁছুতে সময় লেগেছিল পাঁচ ঘন্টা। তার আগে দিল্লীর আইটিও পাড়ায় সেন নার্সিং হোমে সার্জন ডঃ সন্তোষ সেন গুলিবিদ্ধ রাষ্ট্রপিতার শব-ব্যবচ্ছেদ (post mortem) স্বয়ং নিজের হাতে করেছিলেন।

Melville de Mellow ছিলেন তখন ইন্ডিয়ান রেডিও ব্রডকাস্টার। উনি গান্ধীজীর শব মিছিলের একটানা সাত ঘন্টা ধারাবাহিক রেডিও কমেন্টারি শোকাহত শ্রোতাদের শুনিয়েছিলেন। সাথে রেডিওতে রবিশঙ্করের সেতারে

বাজানো বেদনাক্রান্ত সুরের টিউন শুনতে পাওয়া গেছিল। রবিশঙ্কর সেদিন 'মোহনকোষ' বাজিয়েছিলেন। অল ইন্ডিয়া রেডিওর তৎকালীন অধিকর্তা গান্ধীজীর স্মরণে রবিশঙ্করকে সেতার বাজাতে অনুরোধ করেছিলেন। ওইদিনই তিনি রাগটি তৈরি করে বাজিয়েছিলেন। যেহেতু মোহন চাঁদ কর্মচন্দ গান্ধীর স্মরণে এই রাগ, তাই তিনি রাগটার নাম দিয়েছিলেন 'মোহনকোষ'। তার অনেক পরে প্রধানমন্ত্রী ইন্দিরা গান্ধীর অনুরোধে দূরদর্শনে সিগনাচের টিউন তৈরি করেছিলেন পণ্ডিত রবিশঙ্কর। 'সারে যাঁহা সে আচ্ছা'-র লাইনের সুরের আদলে।

জহরলাল নেহরু মর্মস্পর্শী শোকবার্তা রেডিও মারফৎ জনসাধারণকে শুনিয়েছিলেন –

The Light Has Gone Out

"Friends and Comrades,

The light has gone out of our lives and there is darkness everywhere. I do not know what to tell you and how to say it. Our beloved leader, Bapu as we called him, the Father of the Nation, is no more.

The cremation will take place on Saturday in Delhi city by the side of the Jamuna River. On Saturday forenoon, about 11.30 a.m., the bier will be taken out at Birla House and it will follow a prescribed road and go to the Jamuna River.

রাষ্ট্রপিতার অন্ত্যেষ্টিকরণ হয়েছিল রাজঘাটে ৬ ফেব্রুয়ারি ১৯৪৮ সালে। মিছিলে অগুনিত উপস্থিত শোকার্ত মাথার সংখ্যা রাজপথের আকাশে পাক খাওয়া হেলিকপ্টারে বসা পাইলটের অনুমানে ছিল ২,০০০,০০০।

পরবর্তী সময়ে এই রাজপথ দিয়ে নেহরুজীর মর দেহ নিয়ে যাওয়া হয়েছিল, উনি মারা গেছিলেন ২৭শে মে, ১৯৬৪ সালে।

মৃত্যু মৃত্যু মৃত্যু।

পরবর্তী সময় দীর্ঘ রাজপথে যে দিকে তাকিয়েছি শুধু মৃত্যুই চোখে পড়েছে। মৃত্যুরা যখন আসে সারি বেঁধেই আসে।

১৯৮০ সালের জুন মাসে বিমান দুর্ঘটনায় মারা গেছিলেন সঞ্জয় গান্ধী।

তার ঠিক চার বছরের মাথায় ১৯৮৪ সালে ইন্দিরা গান্ধী তাঁর নিজস্ব ফ্যানাটিক দুই দেহরক্ষীর হাতের অটোমেটিক কারবাইনের নল থেকে নিক্ষিপ্ত ঝাঁকে ঝাঁকে গুলির আঘাতে ঝাঁজরা হয়ে যান।

১৯৯১ সালের মে মাসে জনসভার ভিড়ের মাঝে মানব বোমার (suicide bomber) বিস্ফোরণে রাজীব গান্ধীর দেহ খণ্ড- বিখণ্ড হয়ে যায়। শবযাত্রার মূক মিছিলও রাজপথের ওপর দিয়ে গেছিল। ইতিহাস সাক্ষী আছে, নেহরু পরিবারে চারটি মৃত্যুর মধ্যে তিনটি ছিল split second sudden death. চারজনেরই শব মিছিল রাজপথ অতিক্রম করে যমুনা নদীর ঘাটে দাহ সংস্কারের জন্য নিয়ে যাওয়া হয়েছিল।

চিতার শিয়রের কাছে বসে বিড়লা মন্দিরের মুখ্য পুরোহিত গোস্বামী গিরধারি লাল উপস্থিত শ্মশান যাত্রীদের মহা প্রস্থানের শ্লোক বার্তা সংস্কৃতে শুনিয়েছিলেন যার সারমর্ম ছিল –

জন্ম-জরা-মৃত্যু নেই, তার পথ চিররাত্রি-চিরদিন উত্তীর্ণ হয়ে লোক-লোকান্তরের দিকে চলে গেছে। পার হবে সে মর্তলোক, পার হয়ে যাবে গ্রহ-নক্ষত্র-সৌরজগৎ, অকুল আলোক-সমুদ্র সন্তরণ করে একদা সে পৌঁছুবে জীব-কল্পনার অতীত কোন এক স্বর্গলোক।

শ্রীমতী ইন্দিরা গান্ধীর জীবনের অন্তিম দৃশ্যগুলো ছিল বেদনাবিধুর। মাইকেল মেঘনাদের অন্তেষ্টিক্রিয়ার পর শুন্য লঙ্কা পুরীর বর্ণনা 'মেঘনাদ বধ কাব্যে' রচে গেছিলেন

'বিসর্জিত প্রতিমা যেন দশমী দিবসে'

মনে পড়ে যায় শ্রীমতী ইন্দিরা গান্ধীর জনসভার শেষ ভাষণ –

"Even if I died in the service of the nation, I would be proud of it. Every drop of my blood... will contribute to the growth of this nation and to make it strong and dynamic."

Gandhi passed a wicket gate guarded by Satwant and Beant Singh, and the two men opened fire. Beant fired three rounds into her abdomen from his. 38 (9.7 mm) revolver, then Satwant fired 30 rounds from his Sterling sub-machine gun after she had fallen to the ground. Both men then threw down their weapons and Beant said, "I have done what I had to do. You do what you want to do."

'বিধির বিধান, না ভাগ্যের বিড়ম্বনা' এই প্রবাদটি আমরা সকলেই বারম্বার শুনেছি। দৈবচক্রে গান্ধী পরিবারের প্রথম অস্বাভাবিক মৃত্যুর প্রত্যক্ষদর্শী সাক্ষী

ছিলাম আমি। গোড়া থেকে আমার চাক্ষুষ দেখা সত্য কাহিনীটা আজ আমি পাঠকদের শোনাবো।

আমি তখন Cement Research Institute of India, বল্লভগড়ে কাজ করি। Willingdon Hospital স্ট্যান্ড থেকে কোম্পানির বাস আমাকে নিয়মিত পিক করতো। সেদিন ছিল তেইশে জুন, ১৯৮০ সালের সকাল। লেট করে আসার জন্য আমার বাস মিস হয়ে যায়।

কোম্পানির বাস ছাড়া আশির দশকে ফরিদাবাদ-বল্লভগড় যাওয়া ছিল খুবই কষ্টকর। অগত্যা আমাকে অফিস কামাই করতে হয়েছিল। বাবার চাকরির মেয়াদ শেষ হয়ে যাওয়াতে তার দুবছর আগে আমি গোল মার্কেট পাড়া ছেড়ে দশ কিলোমিটার দূরে একসাথে শিফট করে গেছি। আমার এক বন্ধু Willingdon Hospital-এর পাশেই ক্লাইভ স্কোয়ারে থাকত। তার দাদা ছিল সাংবাদিক। অতঃপর সারা দিনটা কাটাতে তার বাড়িতে হাজিরা দিলাম।

বন্ধুর সাথে বাইরের ঘরে টুকটাক গল্প আড্ডা দিচ্ছি হঠাৎ তাদের কালো টেলিফোনটা ক্রিং ক্রিং শব্দে বেজে ওঠায় আমরা একসাথে সবাই চমকে উঠি কারণ সেকালে ফোন সাধারণত ডেড পড়ে থাকত। বন্ধুর দাদা তাই তাড়াতাড়ি ফোন উঠিয়ে হ্যালো বলার কয়েক সেকেন্ড পরে দেখলাম ফোনের রিসিভার নামিয়ে রেখে কেমন যেন উত্তেজিত হয়ে পায়চারী শুরু করে দিয়েছে। তারপর দুম করে আমাদের সে জানালো কিছুক্ষণ আগে সঞ্জয় গান্ধী সফদরজং বিমানঘাঁটি থেকে ছোট্ট এয়ারক্রাফটে কো-পাইলট সমেত আকাশে উড়েছিলেন কিন্তু এখন রাডারে তাদের ক্ষুদে উড়োবাহনটি আর খুঁজে পাওয়া যাচ্ছে না। সঞ্জয় গান্ধীর দাদা রাজীব গান্ধী ছিলেন দক্ষ পাইলট । Flying had been Rajiv's passion all of his adult life. For most of his 13 years with Indian Airlines, he had flown propeller-driven DC-3s, F-27s and HS-748s.

দাদার উড়ান চালানোতে দক্ষতা দেখে ভাইয়ের আকাশ পথে ওড়ার শখ মাস কয়েক ধরে চাগিয়ে উঠে ছিল। বেলা নটা নাগাদ গুজব ছড়াল যে সঞ্জয় গান্ধী ও তার সঙ্গী পাইলট কাম ফ্লাইট ইনস্ট্রাক্টর ক্যাপ্টেন সুভাস সাক্সেনা এয়ারক্র্যাশে মারা গেছেন।

খবরটা শুনেই বন্ধুর দাদা আমাকে ও ভাইকে নিয়ে ফিয়েট গাড়ি চালিয়ে ছুটল তিনমূর্তি-মালচা মার্গ রীজের জঙ্গলের দিকে। জঙ্গলের অভ্যন্তরে পৌঁছে দেখি ইতিমধ্যে বেশ কয়েকজন সাংবাদিক জটলা করে ইতস্তত ছড়িয়ে ছিটিয়ে দুর্ঘটনার জায়গাটা হন্যে হয়ে খুঁজে বেড়াচ্ছে। কিন্তু পুলিশের দল কাউকে অকুস্থলের কাছাকাছি ঢুকতে দিচ্ছে না।

আমি যা চাক্ষুষ দেখেছিলাম তারই বর্ণনা আজ লিখতে বসেছি। খবর কাগজের সাংবাদিকদের সেই যুগে রিপোর্টিং করার পদ্ধতি আর আজকের যুগে investigative journalism দুটোর মধ্যে কোন তুলনাই হয় না। সেদিন দুজন মাত্র ফটো জার্নালিস্ট মান্ধাতা আমলের ক্যামেরা নিয়ে ঘুরছিল। বাকিরা হাতে নোট বই নিয়ে টুকটাক লিখে চলেছিল। তাজা খবর জোগাড় করা সেকালে খুবই দুষ্কর কাজ ছিল।

তারপর ভাসা ভাসা খবর এল কিছুক্ষণ আগে শ্রীমতী গান্ধী নাকি অর্ধদগ্ধ কপ্টারের ভেতরে লকারের চাবি খুঁজতে এসেছিলেন। অর্থাৎ সেকালেও গুজব ভিত্তিক খবর দুমদাম কাগজে ছাপত, আজকে যাকে আমরা ফেক নিউজ বলি। আশির দশকে খবর যাচাই করার কোন সুযোগই ছিল না। সেই যুগে বিবিসি নিউজ মাধ্যমে শুধু মাত্র খবরের সত্যতা জানা সম্ভব হত। যতদূর মনে পরে তখন Mark Tuli ছিলেন BBC broadcaster.

টু-সিটার এয়ারক্রাফটে বোধ হয় black box থাকে না তাই সেই বিমান দুর্ঘটনার কারণ অজানাই থেকে গেছে।

তারপর আমরা কয়েক ঘন্টা Willingdon Hospital-এর বাইরে উদগ্রীব জনতার ভিড়ের সাথে মিশে অপেক্ষা করতে লাগলাম। ইতিমধ্যে খবর ছড়িয়ে গেছে হাসপাতালে সঞ্জয় গান্ধীর শবদেহের ময়না তদন্ত চলছে। ডঃ করোলি নিজের হাতে নাকি ক্ষতবিক্ষত দেহের কাঁটা ছেঁড়া করছেন।

প্রায় চার ঘন্টা পরে দেখেছিলাম একটি হুডখোলা মিলিটারি ট্রাকে সঞ্জয় গান্ধীর নিথর দেহ হাসপাতাল থেকে নিয়ে প্রধান মন্ত্রীর নিবাসের দিকে রওয়ানা দিতে। মৃত দেহের মাথার দিকে বিবশ হয়ে বসে আছেন কালো চশমা পরে ইন্দিরা গান্ধী। সাথে মানেকা গান্ধী তাঁর নিহত স্বামী সঞ্জয় গান্ধীর দেহের দিকে ফ্যালফ্যাল করে তাকিয়ে বসে আছেন। শাশুড়ি-বউ কে সেই মুহূর্তে দেখে মনে হয়েছিল যে খবরটা তাঁদের তখনও বোধগম্য হয় নি। আরও আশ্চর্য হয়েছিলাম দেখে খোলা ট্রাকে বসা শবযাত্রীরা কেউ কান্নাকাটি করছে না। ট্রাকের সামনের দিকে তখন করজোড়ে জেল সিংহ উপস্থিত বিহ্বল স্তব্ধ জনতাকে অভয় দেবার পোজে দাঁড়িয়ে আছেন। উনি যতদূর মনে পড়ে কেন্দ্রিয় গৃহ মন্ত্রী ছিলেন তখন, তার কিছু কাল পরে রাষ্ট্রপতি পদে নির্বাচিত হন।

তার পরের দিন অর্থাৎ ২৪শে জুন খবর কাগজে যা পড়েছিলাম তা প্রায় সাড়ে-চার দশক অতিক্রম হয়ে যাওয়ার পরেও নেহরু পরিবারের অভিশপ্ত অতীতচারন লিখতে বসে পরিষ্কার মনে আছে –

When his mother, former Prime Minister Indira Gandhi saw his mangled remains, the Iron Lady of India broke down and wept.

Prime Minister Gandhi, who had ridden in an open jeep appeared composed. But friends said her eyes behind the dark glasses which has worn since her son's death were red and swollen from crying.

The flags in India's capital flew at half mast today, not for Gandhi but for V. V. Giri, a former President of India who died on 24th June, 1980.

আরও একটি খবর কিছুদিন আগে পড়েছিলাম –

Priyanka Gandhi revealed an incident about ex-PM Indira Gandhi that the latter went to work to serve the nation the next day after her son, Sanjay Gandhi died. Priyanka further added that Indira continued to serve the nation until she died. Notably, Priyanka was eight years old when her uncle, Sanjay, died in a plane crash in Delhi.

সন্ধ্যে বেলায় টিভির ফ্ল্যাশব্যাক নিউজে দেখেছিলাম শবযাত্রার মিছিল দুপুরে ১ নম্বর সফদরজং রোড থেকে বেরিয়ে অকবর রোড, ইন্ডিয়া গেট-রাজপথ অতিক্রান্ত করে তিলক মার্গ, আইটিও, বাহাদুর শাহ জফর মার্গ পেরিয়ে শান্তি বন প্রাঙ্গণে পৌঁছেছিল। আশ্চর্য যোগসূত্র, নেহরুর সমাধির ঠিক পাশেই সঞ্জয় গান্ধীর মুখাগ্নি হয়েছিল। চিতার সামনে সর্বক্ষণ দাঁড়িয়ে থাকতে দেখা গেছিল আর কে ধাওয়ান ও যোগা গুরু ধীরেন্দ্র ব্রহ্মচারীকে। মনে পড়ে যায় ধীরেন্দ্র ব্রহ্মচারীও তার কিছু বছর পরে আকস্মিক বিমান দুর্ঘটনায় মারা গেছিলেন।

এরপরে ঠিক চার বছরের মাথায় ৩১শে অক্টোবর ১৯৮৪ সালের সকালে সঞ্জয় গান্ধীর মা ইন্দিরা গান্ধী মারা যান এবং খবরটা দূরদর্শনে যখন টিভি এনাউন্সার সলমা সুলতান বিকেল বেলায় শুনিয়েছিলেন সেই মুহূর্তে আমার দেবকান্ত বড়ুয়ার বিখ্যাত শ্লোগানটি মনে পড়ে গেছিল

Indira is India, India is Indira

রাজপথের কাহিনী লিখতে গিয়ে কত কথাই আজ মনে পড়ে যায়। শাহি সড়কটির প্রথম পরিচয় ছিল **'কিংসওয়ে'** নামে তারপর বলা হত **'রাজপথ'** এখন আমাদের প্রিয় সড়কটির নতুন নামকরণ হয়েছে **'কর্তব্য পথ'**। রাজপথ হারিয়েছে দিকশুন্যপুরে। হারিয়ে গেছে সময়ের স্রোতে। শুধু জাম গাছগুলো উন্নতশিরে অতন্দ্র প্রহরীর মত দাঁড়িয়ে আছে। যারা আমরা চল্লিশ পঞ্চাশ বা

ষাটের দশকে জন্মেছি তাদের 'রাজপথ' নামটি অন্তরে চিরস্থায়ী গেঁথে আছে।
নতুন নাম কে অতীতকালের দিল্লীর বাসিন্দারা সহজে মেনে নিতে পারেন নি।

ইজ্জতে শহরতে উলফতে চাহতে
স্যব কুছ ইস দুনিয়া মে র্যহেতা নেহি
আজ ম্যায় হুঁ যাঁহা
ক্যল কোই আউর থা
ইয়ে ভি এক দউর হ্যায়
ওহ ভি এক দউর থা।

Gandhi arrested

In March, 1930 Mahatma Gandhi, the Indian Nationalist Leader launched his campaign of satyagrah or peaceful civil disobedience. His immediate target was the British government's salt laws, which established a government monopoly on salt and levied a tax on the purchase.

Above: Lord and Lady Louis Mountabatten are enthroned as the last Viceroy and Vicerine of India.

Next: The Mountabattens had execellent relations with the leaders of both parties in India. Here, they talk to Mathatma Gandhi.

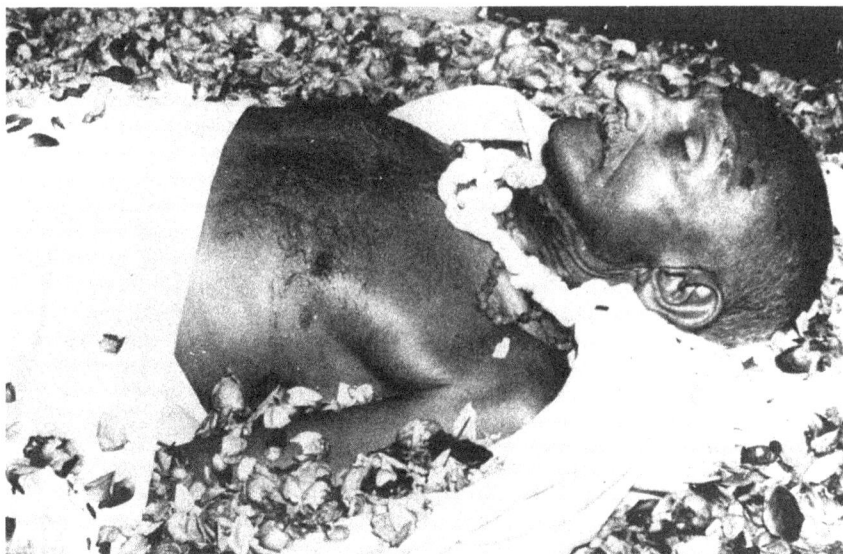

The Mahatma's petal-strewn body lies in state shortly before his cremation.

Next: The Governor-General is escorted by his bodyguard on his way to Gandhi's funeral.

Statue of Queen Victoria, Mahatma Gandhi's Funeral, Delhi.

Crowds waiting to pay their last respects as the Gandhi funeral cortege approaches
the cremation ground, Delhi. 1948 Henri Cartier-Bresson.

Pandit Jawaharlal Nehru being administered the oath of office as the first Prime Minister of Independent India on 15 August, 1947 by Lord Mountbatten, the Governor General. Also seen are Lady Edwina Mountbatten Sardar Vallabhbhai Patel and Maualana Abul Kalam Azad. Coutesy: Nehru Meuseum and Library.

Jawaharlal Nehru signing after being sworn-in as Prime Minister, 1952.

The first Prime Minister of independent India, Pandit Jawaharlal Nehru addressing the country on its first Independence Day from the Red Fort. Courtesy: Nehru Memorial Museum Library.

A momentous occasion, President of the Constituent Assembly Dr. Rajendra Prasad signing the Constitution of India, on 24th January, 1950.

History in the making – President Dr. Rajendra Prasad making his maiden speech on the founding of the Republic of India at the Darbar Hall in Rashtrapati Bhavan on 26th January, 1950 after taking the oath as the first President of India. Seated is Shri C Rajagopalchari, the first Governor General of Independent India.

The first President of India Dr Rajendra Prasad taking the salute at the Rashtrapati Bhavan, on the way to the First Republic Day Parade.

THE FIRST REPUBLIC DAY PARADE 1950

The President Buggy (horse driven carriage) on the RAJPATH (Erstwhile Kingsway Road)

Jhanki passes through Connaught Place inner circle

Jhanki passed under Minto Road railway bridge

President Dr S Radhakrishnan with Lord Mountbatten

President S Radhakrishnan at Beating the Retreat, taking the salute of the PBG.

The wedding took place on 26 March 1942 in Anand Bhawan. The sari Indira wore for the occasion was of light pink khadi, woven from cotton yarn spun by her father in prison.

For the wedding ceremony, both Rajiv and I observed the family tradition in wearing khadi, my sari was of pnk cotton, his achkan (coat) of off-white silk. He wore a pink safa (turban), as did all his male friends and cousins. My jewellery again was made of fresh flowers by Mrs. Vakil, who had done the same for her former pupil, Indira, at her wedding. My mother-in-law had chosen, as our sloka for the Jaimala, a verse from the Rigveda which she translated into English for Rajiv to explain to me:

Sweet blow the winds.

Sweet flow the rivers.

May the herbs be sweet to us.

May the nights and days bring us happiness.

May the dust of the earth yield as happiness.

May Heaven, our father send us happiness.

May the trees make us happy with their fruit.

May the Sund endow us with happiness.

May the directions bring us happiness.

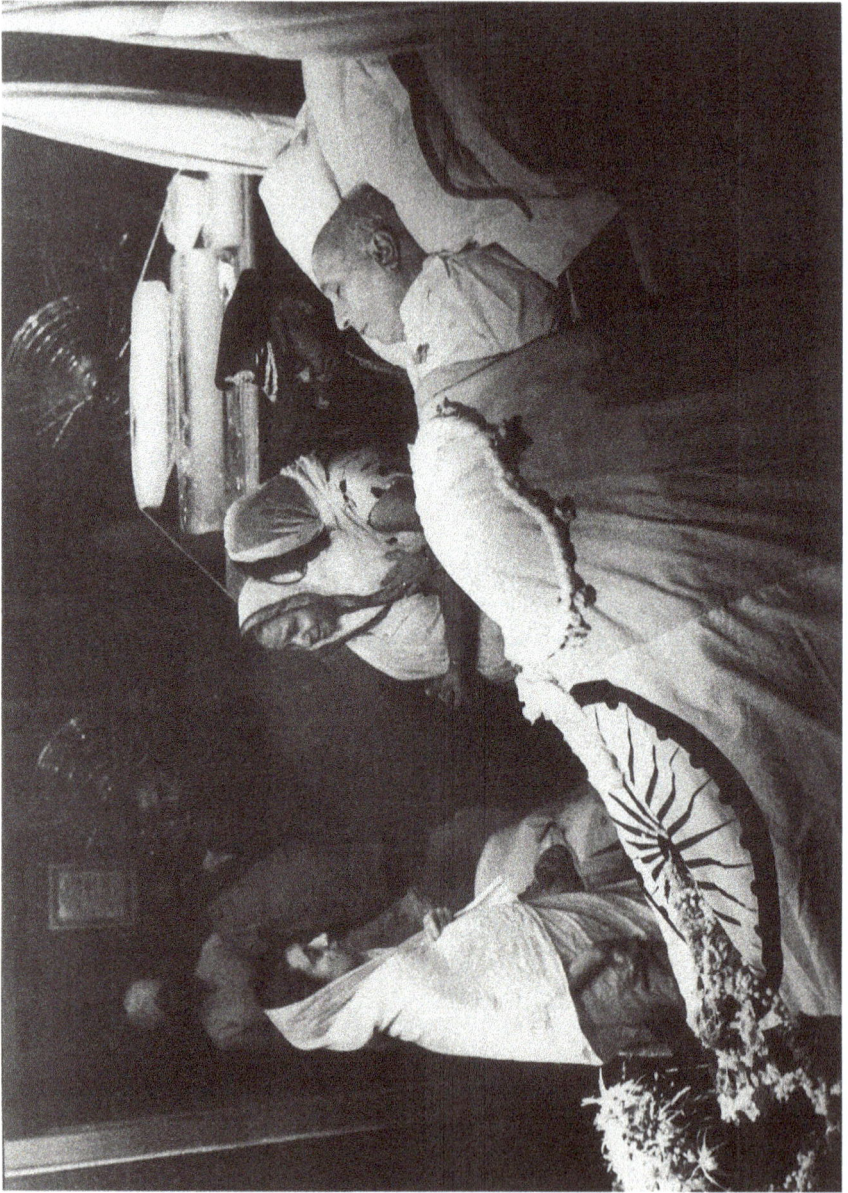

Jawaharlal Nehru died on 27 May 1964. Rajiv was in Cambridge and rushed home to be by his mother's side. It was a turning point in Independent India's political history, a difficult time with memories still fresh of the traumatic border conflict with China just 18 months earlier. There were growing economic problems as well, and soon there were to be further conflicts, this time with Pakistan. Lal Bahadur Shah, who took over from Jawharlal, died of a heart attack of signing a peace agreement with Pakistan.

On June 1980, while we were in Italy visiting my family, Sanjay died in a plane crash, leaving a widow of 23 and a three-month-old son. For Rajiv it was the loss of his only brother with whom he had shared so much of his life. For my mother-in-law it was a devastating blow; she had lost not only a beloved son but her most trusted political aide. Rajiv by Sonia Gandhi

Indira Gandhi with Garlands, 1980 Raghu Rai

Queuing up for a last glaimpse of Indira Gandhi

Rajiv was addressing a public meeting at Contai in Midnapore district on 31 October 1984 when he was told that his mother had been injured. He drove at once to Kolaghat where a helicopter picked him up and brought him to Calcutta. On the flight back to Delhi the news that his mother had been assassinated was confirmed. He was sworn in as Prime Minister the same evening.

On 30 July, 1987 in Colombo, when Rajiv was inspecting a farewell Guard of Honour, a naval rating stepped out and struck him with his rifle butt. Rajiv sensed the blow and ducked. It barely missed his head but he took its full force on his left shoulder. It all happened so suddenly that few people present were aware of what had occurred.

On 21 May 1991 at 10.20 p.m., Rajiv was killed by a terrorist bomb in Sriperumbudur.

On the morning of 22 May, Priyanka and I brought his body back from Madras. We took him home, and from there to Teen Murti House, where he lay in state for two days, in the spot where the bodies of his grandfather and his mother had in turn rested before their last journey.

On 24 May at 5.25 p.m., his cremation rites were performed by our son according to the instructions Rajiv had set down.

On 27 May the ashes from Rajiv's funeral pyre was distributed to every state and immersed in the sacred waters of his beloved country. A special train brought his remains from Delhi to Allahabad, his ancestral home.

On 28 May at 12.50 p.m. they were immersed in the Sangam, the confluence of the Ganga and Jamuna, into which the ashes of his ancestors had been cast.

This family group photograph was taken in the Kremlin in 1975.

Former Prime Minister Shri Atal Behari Vajpayee addressing to the nation from the Red Fort on Indpendence Day.

COUNCIL HOUSE, NEW DELHI: The Princess' Chamber designed by Sir Herbert Baker.

SECRETARIAT COURTYARD: The original caption for this photograph from the 1940s read "A majority of Government servants in India go office on cycles. A typical scene five minutes after office-opening time in one the Central Secretariat courtyards' – a nostalgia–provoking contrast to the scene today of hosts of official cars, struggling for parking space.

Imperial War Musueum, London

A CARICATURE DEPICTING A CONFRONTATION BETWEEN SIR LUTYENS AND
SIR HERBERT BAKER. Both men are shown brandishing drawing instruments and
have drawing boards strapped to their bodies.

The exterior of a typical 'Lutyens Delhi' private residence set within large, spacious lawns, lined with formal flowerbeds, shaded by wonderful indigenous, flowering trees that are home to a variety of birds that make their presence felt, loud and clear, as dawn breaks.

Cyclists (office goers) passing through Raisina Hill

আউট্রাম স্কোয়ারের প্রবাসিনী মায়েরা

বিংশ শতাব্দীর ষাটের দশকের গল্পগুচ্ছ; আমার এ লেখা বহুলাংশে স্মৃতি নির্ভর, মুখের মতো আমার কলম অবিরাম কথা বলতে চায়। বাড়ির পুরনো এ্যালবামের পাতা ওলটাতে গিয়ে লুপ্ত আউট্রাম স্কোয়ার পাড়ার ফিকে বিবর্ণ ছবিগুলোতে চোখ আটকে যায়। স্মৃতির ভিড়ে নিমগ্ন আমি খাতা কলম নিয়ে সন্ধ্যা রাতে লিখতে বসেছি, যাই লিখি না কেন যত্ন করে লিখতে হবে তো। কলমের আগায় যে কথা ঝরে পড়ে তার উৎস হল মনের গহনে, যেমন মনে পড়েছে তেমনি লিখে গেছি।

খুবই ছোটবেলার কথা সঠিক মনে রাখা শক্ত, কেবলি আগের ঘটনার ওপর পরের ঘটনার ছায়া পড়তে থাকে। আলাদা আলাদা কয়েকটা ধুসর ছবি, কারো সঙ্গে কারো যোগ নেই। মনে হয় কালকের ঘটনা। নদীর স্রোতের মতো দিনগুলি কেটে গেছিল। এখন সময়ের হিসেব গুলিয়ে যায়। স্মৃতি বড় মায়াবী। হয়তো আমার চোখে যে অতীত স্বপ্নময় সোনাজল হয়ে প্রতিভাত হচ্ছে, এ-যুগে তাকে নেহাতই মামুলি মনে হতে পারে। জীবনকে যদি টেপের মতো rewind করা যেত তাহলে হয়তো অনেক কিছুই ধরা পড়ে যেত।

মনে পড়ে যায় 'বালিকা বধূ'-র প্রথম দৃশ্যের একটি আভাস। গভীর রাত, কেরোসিনের টেবিল ল্যাম্প জ্বলছে, এক বৃদ্ধ পুরনো অ্যালবাম হাতে

নিয়ে পাতা ওলটাতে ওলটাতে চলে যাচ্ছেন তাঁর সুদূর অতীতে। ঠাকুরদা-ঠাকুমা, বাবা-মা, ছোট ভাই, ছোট বোন, পরিবারের আর সকলের ছবি। হঠাৎ একটা পাতায় এসে থমকে যান। দীর্ঘ পঞ্চাশ বছর আগে বিয়ে করে ঘরে এনেছিলেন যাঁকে, অথচ এই প্রথম ওঁদের বিবাহ বার্ষিকীতে উনি পাশে নেই – সেই সদ্যপরিণীতা স্ত্রী – তাঁর ছবি । এখান থেকে শুরু হবে বৃদ্ধের স্মৃতিচারণ। ধাপের পর ধাপ সময় পেরিয়ে, অনেক ওঠা-পড়া, হাসি-কান্না, দুঃখ-সুখের অধ্যায় শেষ করতে করতে সবশেষে আজকের রাতে।

আমার পাড়ায় অর্থাৎ আউট্রাম স্কোয়ারে বায়ান্নটা ব্রিটিশ আমলের সরকারী কোয়াটার্সের মধ্যে প্রায় বারো ঘর বাঙালী পরিবার বসবাস করত। মা ও আমার পাড়ার মাসিমা পিসিমাদের আদি বাড়ি অর্থাৎ বাপের বাড়ি ছিল কলকাতা ও তার আশেপাশের শহরতলিতে। আমার মা শিয়ালদহে এলাকায় সার্পেনটাইন লেনে জন্মেছিলেন।

সার্পেনটাইন লেন হচ্ছে বউ বাজার আর ধর্মতলার মাঝামাঝি জায়গায়। পাশেই ছিল মুচিপাড়া থানা ও সন্তোষ মিত্র স্কোয়ার, সেই মাঠে বিরাট করে দুর্গা পুজো হয়। জায়গাটাকে লেবুতলাও বলে। খুবই ঘোরালো পেঁচালো গলি। কয়েকটি বাড়ির ছাদ দিয়ে হাওড়া ব্রিজ ও কলকাতার চারিপাশে দেখা যেত। বাড়ির কাছেই ছিল বিখ্যাত 'প্রাচী' ছবিঘর তার বিপরীতে আছে 'নীল রতন সরকার' হাসপাতাল। তখনও কিন্তু প্রাচী ছবিঘরের সামনে শিয়ালদহে ফ্লাইওভার তৈরি হইনি তারপর বিদ্যাপতি সেতু সেই রাস্তায় তৈরি হয়। এখন শিয়ালদহে পাতালের সুড়ঙ্গে East West Corridor-এ মেট্রো রেল যাতায়াত করে। প্রাচী সিনেমার পাশে ডিকসন লেনে একদা থাকতেন জ্ঞান প্রকাশ ঘোষ।

Outram Square পাড়ায় প্রতিবেশিনী মাসিমা পিসিমারা এসেছিলেন চন্দননগর, চুঁচড়া, হাওড়া, শেওরাফুলি, শ্রীরামপুর ও নানা অজ পাড়াগাঁ থেকে। তাঁদের পরিচয় ছিল অমুক বা তমুক নম্বর বাড়ির প্রতিবেশিনী মাসিমা-পিসিমা হিসেবে। সেকালে Outram Square পাড়ার মুখোমুখি সারি সারি বায়ান্নটা বাড়ি ও আশেপাশের পাড়ায় ডাকপিওন চিঠি বিলি করতে আসতো। সেই ডাকপিওনরা কাজ করত পাশেই গোল ডাকখানার পোস্টপিসে। পোস্টঅফিসে গেলে আজও দেখা যায় ডাকবাক্স। জীর্ণ লাল ডাকবাক্স দেখলে মনে হয়, সে যেন শুধুই এক ঐতিহ্যের বাহক হয়ে দাঁড়িয়ে আছে। সময়ের সঙ্গে তাল মিলিয়ে চলতে গিয়ে আজ যেন অবহেলার শিকার হচ্ছে সেই ডাকবাক্সগুলো।

আমার পাড়ার মূল ঠিকানা ছিল Outram Square, নয়া দিল্লী পিন কোড ১১০০০১ – লুপ্ত জায়গাটি ও আশেপাশের অবস্থান বইয়ে মানচিত্র এঁকে দেখানো হয়েছে। পাড়াটির বিপরীতে রিডিং রোড পেরুলেই ছিল নিউ দিল্লী

কালীবাড়ি মন্দির। কালীবাড়ির দূরত্ব আমার বাড়ি থেকে যাকে বলে ঢিল ছোঁড়া পথ ছিল।

মা মাসিমা পিসিমাদের সামান্য পরিচয় এখানে আমি দিয়ে রাখি তাহলে সেই মান্ধাতা যুগের সম্বন্ধে নতুন প্রজন্মের কিছুটা ধারণা পরিষ্কার হয়ে যাবে। আমার সংগ্রহে খুঁজে পাওয়া বিশেষ একটি পোস্টকার্ড আমি অজস্র বার পড়েছি, মা মাসিমাদের সম্বন্ধে চিঠিতে লেখা কয়েকটি লাইন পড়লেই স্পষ্ট ধারণা ফুটে উঠবে। বহু হাত ঘুরে ফিরে পোস্টকার্ডটা ভুলবশত একদা আমার হস্তগত হয়েছিল। 'চিঠি' শব্দটি একটি সময় ছিল দূরের প্রিয়জনদের কাছে বার্তা পাঠানোর এক সহজ ও জনপ্রিয় মাধ্যম যাকে নিয়ে থাকত কত স্মৃতি ও অনুভবের হাতছানি।

প্রথমবার পোস্টকার্ডটা পড়বার মৃদু যে কৌতূহল হয়েছিল তার কারণ বোধহয় সে চিঠির হাতের লেখা। আঁকাবাঁকা বড় বড় অক্ষরের বাহার আর বানান ভুলের ঘটা দেখে, তখনকার দিনে যে মেয়েলি হাতের লেখা তা দেখলেই বোঝা যায়।

চিঠির ভাষা এতদিন বাদে অবশ্য মনে পড়ে না, কিন্তু এইটুকু মনে আছে যে, চিঠির সম্বোধন আর তার বক্তব্য থেকে সেটি কোনও গ্রাম্য বধুর স্বামীর কাছে লেখা বলে অনায়াসে বুঝেছিলাম। পোস্টকার্ডে লেখা বলেই কিনা জানি না, চিঠিতে প্রণয় সম্ভাষণ কিছু ছিল না। যা ছিল তা আগের হপ্তায় স্বামীর বাড়ি না আসার অনুযোগ, সামান্য কিছু সাংসারিক খবর আর দু-একটি নিতান্ত সাধারণ ফরমাশ।

চিঠিটা প্রথমবার পড়তে গিয়ে চোখের সামনে স্পষ্ট দেখেছিলাম প্রবাসে নতুন সংসার করতে আসা বড় জোর দ্বিতীয় ভাগ পড়া সেই স্নিগ্ধ সলজ্জ বধূটিকে। আমি যে গাঁয়ের বধূকে কল্পনায় দেখেছিলাম তার মাথায় দীর্ঘ অবগুন্ঠন, চলনে বলনে সব কিছুতেই একটি স্নিগ্ধ মধুর লজ্জার জড়িমা।

চিঠিতে তারিখ-টারিখ কিছু দেওয়া ছিল না। কতদিন আগে সেটা লেখা তা বোঝবার উপায় নেই। নাম ঠিকানা মেয়েলি কাঁচা হাতের নয়, সম্ভবত যার উদ্দেশে চিঠিটা লেখা তার নিজের হস্তাক্ষর। ঠিকানা লেখা অমন খাম পোস্টকার্ড বাড়ির অল্পশিক্ষিত মেয়েদের সুবিধের জন্য লিখে রেখে আসা তখনকার দস্তুর ছিল।

ছেলেবেলায় পাশের বাড়ির ভাড়াটে বাঙালী নবপরিণীতা বধুর গতিবিধি দিবারাত্রি চোখে পড়ে যেত। অবগুন্ঠিতা বধূটির সিমন্তের ওপর জ্বলজ্বলে সিঁদুর – নব সোহাগে গাঢ় করে টানা। দুটি নেহাত সাদাসিধে ছেলে মেয়ে। ছেলেটি মার্চেন্ট অফিসে কাজ করে। মেয়েটি শ্যামবর্ণ সাধারণ গৃহস্থ ঘরের মেয়ে – সলজ্জ সহিষ্ণু মমতাময়ী।

সকালবেলা স্বামীকে খাইয়ে-দাইয়ে হাতে পানের ডিবেটি এগিয়ে দিয়ে মেয়েটি দরজার আড়াল থেকে ঈষৎ মুখ বার করে হাসে – ছেলেটিও ফিরে চেয়ে হাসে। কোনদিন বা মেয়েটি মৃদুমধুর সুরে বলে – 'ওগো তাড়াতাড়ি এসো, কালকের মতো দেরি করো না।'

সন্ধ্যায় দরজায় একটি টোকা পড়তে না পড়তেই দুটি উৎসুক হাতে দরজাটি খুলে যায়; সারাদিনের পরিশ্রান্ত ছেলেটি ধীরে ধীরে গিয়ে পরিচ্ছন্ন বিছানায় একটু বসে আপত্তি করে বলে – "না গো, তোমায় জুতোর ফিতে খুলে দিতে হবে না।" মেয়েটি প্রতিবাদ করে বলে – "ওটা কি আমি নিজে পারি নে?" মেয়েটি খুলতে খুলতে বলে – "তা হোক – তুমি চুপ করো দেখি।"

ছুটির দিন তাদের আসে। সেদিন একটু ভালো খাবার-দাবারের আয়োজন হয়। কোনদিন দুটি একটি বন্ধু আসে নিমন্ত্রিত হয়ে। মেয়েটি সলজ্জ-সঙ্কোচে আপাদমস্তক অবগুন্ঠিত হয়ে পরিবেশন করে। সেদিন বিছানায় আলস্যে হেলান দিয়ে গল্প করবার দুপুর।

ষাটের দশকের অনেক টুকরো ছোট ঘটনা মনকে আজ আচ্ছন্ন করে দেয়।

ছোটবেলায় কলকাতায় গরমের ছুটির অবকাশে প্রথমবার মা মাসি দাদু দিদার সাথে দেওঘর বেড়াতে গেছিলাম। তখনকার কালে ট্রেনে যাওয়া মানে সংরক্ষিত দ্বিতীয় শ্রেণি, কয়লার ইঞ্জিন, জানালা দিয়ে গুঁড়ো কয়লা হাওয়ায় ভেসে আসা, ট্রেন বাঁক নিলে দেখতে পেতাম অনেক দূরের সামনের ইঞ্জিনটাকে।

ভ্রমণকালে আমাদের সঙ্গে ট্রাঙ্ক, হোল্ডল তো যেতই, সঙ্গে যেত সূচ-সুতো, ছাতা, বিছানার চাদর। এ ছাড়াও থাকত হাতা, খুন্তি, কড়াই থেকে রান্নার প্রায় পুরো সরঞ্জাম, এমনকি কেরোসিন তেলের স্টোভও।

যে দিন আমরা ঘুরতে যেতাম, তার এক-দু'দিন আগে দাদু ব্যাঙ্ক থেকে টাকা তুলে আনতেন আর গভীর রাতে দেখতাম দিদা তুলোর বালিশের খোল খুলে তার ভিতরে টাকা ভরে আবার বালিশের খোল সেলাই করে দিচ্ছেন।

মনে পড়ে, স্টেশন থেকে ট্রেনে করে যখন যাচ্ছিলাম দেখতে লাগছিল রেল-রেল খেলা দেখছি। রেল চলেছে ঢিমে গতিতে। মনে হচ্ছিল সাতকুশী গ্রামের চলমান দৃশ্য দেখছি সেই জন্যেই দেখতে আরও রোমাঞ্চকার লাগছিল। – ছোটার সময় বোধ হয় যেন ইচ্ছেমত নেমে পড়া যায়, এ স্টেশনের ছোট ঘর থেকে ও স্টেশনের ছোট্ট ঘরটি যায় দেখা।

মাঝে মাঝে রাস্তার একেবারে ধারে গ্রামও এসে পড়েছে এক-একটা। রাস্তার পাশেই খাল, তার ওদিকেই জেলেদের ঘরই বেশি মনে হল, গায়ে গায়ে বাড়ি, এর উঠোনের মাঝখান দিয়ে, ওর ঘরের পিছন দিয়ে রাস্তা। বড় রাস্তার

সংযোগ কোথাও একটা পাকা পুলের ওপর দিয়ে, কোথাও বা শুধু বাঁশ – গোট। দুই বাঁশের ঢ্যার।

স্টেশনের পর স্টেশন দৃশ্যের পর দৃশ্য ছিটকে বেরিয়ে যাচ্ছে। গ্রামের নীল রেখা পর্যন্ত ধান, ধান, ধান। সবুজের স্রোতে ছবির পর ছবি ভেসে চলেছে, দৃষ্টি অপলক রেখেও দেখতে দেখতে মিলিয়ে যায়। সবুজের সঙ্গে মাখামাখি করতে করতে গাড়িটা চলেছে। শস্যক্ষেত্রে ফসল হরিদ্রাভ হয়ে উঠেছে। দিগন্তবিস্তৃত মাঠ। অদূরে জামরুল গাছে দেখা যায়, থোবা থোবা মুক্ত ফলে রয়েছে। হাঁসের সার পুকুরের ধার বেয়ে উঠে আসছে। নারিকেল গাছের মাথাগুলো একটু একটু দুলছে।

সবকটি গ্রাম নিবিড় ছায়ায় ঢাকা। দেখেছিলাম একটি চাষা-বৌয়ের হেঁসেল তুলতে দেরী হয়েছে, বাসনপত্র মেজে এই পাট সারা হল। বাসনের গোছা হাতে নিয়ে আধ-ঘোমটা টেনে নারকেল গুঁড়ির নিচে দাঁড়িয়ে আছে। লিখতে লিখতে সলিল চৌধুরীর সুরে হেমন্ত মুখোপধ্যায়ের কন্ঠে গানটি মনে পড়ে যায় –

কোনো এক গাঁয়ের বধূর কথা তোমায় শোনাই, শোনো রূপকথা নয়, সে নয়, জীবনের মধুমাসের কুসুম ...

রেলগাড়ির গল্প লিখতে গেলেই 'পথের পাঁচালী'র মনকাড়া একটি লাইন মনে পড়ে যায় –

'অপু, সেরে উঠলে আমায় একদিন রেলগাড়ি দেখাবি?...

গাড়িটা একটু এগুতেই পট-পরিবর্তন, থানকতক বড় বড় ধানের মরাই আর একটা আলোকলতায় বোঝাই কৃষ্ণচূড়া গাছের আড়ালে সমস্তটা ঢাকা গেল পড়ে। এক নম্বর হল্ট। স্টেশন ঘর বলে কিছু নেই, পাশেই হাট বসেছে, তারই খাতিরে গাড়িটা একটু বেশি করে দাঁড়িয়ে রইল। তারপর আমাদের চলন্ত গাড়ীটা হুড়মুড় করে বরাকর নদী পেরিয়ে ছিটকে চলে গেল আরেকটা লাইনে। নদীর ওপর দিয়ে যখন রেলগাড়ি ঝমঝম শব্দ তুলে ছুটছিল দিদিমা জানালার বাইরে তাকিয়ে আপন মনে প্রশ্ন শুধিয়েছিলেন "নদী তুমি কোথা হইতে আসিতেছ? দাদু মুচকি হেসে জবাব দিয়েছিলেন 'মহাদেবের জটা থেকে'।

ইস্টিশনে ইস্টিশনে ফিরিওয়ালাদের 'চাগরম', 'পান-বিড়ি-সিগারেট', 'পুরি-আলু' ইত্যাদি হাঁকের উচ্চারণের ঢং আর আওয়াজের ওজন শুনে সেকালে অনায়াসে বলা যেত গাড়ি কখন হাওড়া ছেড়ে বাংলাদেশ ছেড়ে বিহারে ঢুকল আর তার পর বিহার ছেড়ে যুক্তপ্রদেশে পৌঁছল।

গাড়ি যখন শিমুলতলা স্টেশনে এসেছিল তখন ভোর হয়েছে সবে। সারারাত্রি বৃষ্টি পড়ে এখন থেমেছে। বাক্স বিছানা সমেত ট্রেন থেকে নেমে দাদু স্টেশনের বাইরে দাঁড়ানো ঘোড়ার গাড়ির গাড়োয়ানকে ডেকে পান্থনিবাসের ঠিকানা জিজ্ঞেস করেছিলেন। গাড়িতে বসার আগে 'পানিপাঁড়ে' কে ডেকে দাদু উবু হয়ে বসে আঁজলায় জল খেয়েছিলেন।

শিমুলতলায় গল্পের আসর

আউট্রাম স্কোয়ার পাড়াটি ঘিরে দুটো বড় বড় মাঠ ছিল ও সেই ময়দানে ছড়িয়ে ছিটিয়ে কয়েকটি আকাশ ছোঁয়া শিমুল গাছ সগর্বে তার ডাল পালা মেলে দাঁড়িয়ে থাকত। ৩২ নম্বর বাড়ির বাইরে শিমুল গাছটার ছায়াবীথি ঘেরা গুঁড়িটার ওপরে একটা সিমেন্ট বাঁধানো বেদি পাড়ার মহিলারা গল্প গুজব করার জন্য নিজেরাই তৈরি করিয়ে নিয়েছিলেন।

যাযাবর 'দৃষ্টিপাত' উপন্যাসে এক জায়গায় লিখেছিলেন –

'সাড়ে দশটার মধ্যে গোটা শহরটার সমস্ত পুরুষ নিষ্ক্রান্ত হলো পথে। সব পথের একই লক্ষ্য – সেক্রেটারিয়েট। *বাবু পালাল পাড়া জুড়ালো, গিন্নি এল পাটে।* '

বাবা জেঠুরা আপিসে চলে গেলে মা মাসিমারা সবাই মধ্যাহ্নের আহারাদি সেরে শিমুলগাছের তলায় বেদিতে বসে জমিয়ে আড্ডা দিতেন। পান-চুন-খয়েরের কৌটো, সুপুরি, দোক্তা এবং জাঁতি কোলে রেখে পরিপাটি করে পানপাতায় খয়ের চুন মাখাতে মাখাতে বা জাঁতি দিয়ে কটাকট কয়েক খণ্ড সুপারি কাটতে কাটতে গল্পের আসর শুরু হত। তাঁরা আসরে বসে গেলেন তো কা তব কান্তা, গল্প ফেঁদে আসর গরম করার জুড়ি ছিল না। গরম কালে বাড়িতে আলো চলে গেলে হাতে তালপাতার পাখা নিয়ে গাছের তলায় মজলিশি গল্প চলত প্রায় বেলা চারটে অবদি। বাবা জেঠুরা মহিলাদের আসরের জায়গাটা কে ঠাট্টা করে বলতেন 'স্লো ফল পয়েন্ট'। চৈত্র মাসে আগুন-লাল শিমুলগাছ থেকে পেঁজা পেঁজা শিমুলতুলো ঝরে ঝরে বাতাসে এলোমেলো উড়ে মা মাসিমাদের সর্বাঙ্গে জড়িয়ে যেত। রাতের বেলা তাঁদের চাঁদের আলোয় দূর থেকে দেখতে লাগত অবিকল সর্বাঙ্গসুন্দরী শ্বেতাঙ্গ মেমেদের প্রমীলা বাহিনী। মা মাসিমা পিসিমাদের গাওয়া পূর্ণিমার রাতে মনকাড়া দুটি গান আজও কানে বাজে

'আমি আজ আকাশের মতো একেলা'

'হায় হায় গো, রাত যায় গো, দূরে তবু রবে কি ...'

জ্যোৎস্না রাতে মা মাসিমাদের কপালের টিপ পরা মমতাভরা মুখ থেকে কীরকম যেন অদ্ভুত সুন্দর আলো বেরুত।

লিখতে বসে আজ থেকে ষাট বছর আগের শিমুলতলার ছবি মনের মাঝে অনবরত ঝিলিক দিতে থাকে, শ্যামল ছায়া শীতল ঘেরা বেদিতলে বসে অনেক গল্পই শৈশবে মা মাসিমাদের মুখে শুনেছিলাম কিন্তু সেই কথা কাহিনী আজ ঝাপসা হয়ে গেছে।

গরম কালে রাতের বেলা চাঁদের আলোয় স্পষ্ট দেখা যেত শিমুলতলার নীচে সবুজ মাঠ ধবধবে শাদা হয়ে আছে। শিমুল তুলো ফোটার আগে গাছে গাছে অজস্র লাল টুকটুকে শিমুল ফুল ঝুলে থাকত। যখন লাল ফুলে গাছ ছেয়ে থাকত তখন দেখতে ভারি সুন্দর দেখাত। আজ মনে করলেই অবাক লাগে, বিধাতার কি অপরূপ সৃষ্টি; ফুল ফোটার কিছুদিন পরে ফুলের পাপড়িগুলো ঝরে পড়ে যায় আর ফুলের ভেতর কলার মত দেখতে তুলোর ফল হয়। সেই ফলের আবরণের ভেতরে তুলো থাকে। ফল পাকলে পরে তার খোসাটা ফেটে যায় আর তুলোগুলো বাতাসের সঙ্গে উড়ে যায়। সেই সময় শিমুল গাছের তলায় সবুজ ঘাসের ওপর সাদা তুলো জড়ো হতে থাকে। শিমুল তুলো সমস্ত মাঠটার ওপরে এলোমেলো উড়ে এসে পড়ত আর জায়গাটাকে দেখলে মনে হত মুনলাইটে ঝিরি ঝিরি স্নো-ফল হচ্ছে।

মায়েরা যখন দিনের বেলায় গল্প করতে ব্যস্ত থাকতেন তখন আমার দিদিমা আর প্রতিবেশিনী ঠাকুমারা শিমুলতলার নিচে ঘাসের ওপর পড়ে থাকা তুলো কুড়িয়ে কোঁচরে জড়ো করে রাখতেন। সেই তুলো দিয়ে তাঁরা সুন্দর বালিশ বানাতেন। পূর্ণিমার রাতে আমাদের আউট্রাম স্কোয়ারের মাঠে পড়ে থাকা শাদা তুলোর ওপরে পড়ন্ত চাঁদের আলোর চকমকিতে জায়গাটা ঝকঝকে দেখতে লাগত। তুলো দুইরকমের হয় শিমুল তুলো আর কাপাশ তুলো। আমাদের পাড়াতে পড়ে থাকা শিমুল তুলো পিঁজে বা ধুনিয়ে নিয়ে সুতো কাটাও হত। শিমুল তুলোর গাছ হত প্রকাণ্ড বড় বড়, অজস্র কাঁটা থাকার জন্য গাছে চড়া সহজসাধ্য ছিল না।

শীত কালে মাঠের মাঝে খাটিয়া পেতে মিষ্টি মোলায়েম রোদ খেতে খেতে চিনেবাদাম ছাড়িয়ে স্বল্প দানা আশেপাশে চড়াই পাখীদের মা মাসিমারা ছড়িয়ে ছিটিয়ে দিতেন। সেই মুহূর্তে চড়াই পাখীদের ধুলিস্নান আর অনাগত ক্ষুধে কাঠবেড়ালি ও কাঠঠোকরাদের ঠুকরে ঠুকরে বাদাম খাওয়ার দৃশ্য উপভোগ করার মত ছিল। মাসিমাদের হাসি ঠাট্টার আসরে তাঁদের দেশের বাড়ির নানান গল্প শুনতে পাওয়া যেত। শীতকালে ওনাদের সাথে থাকত উলের গোলা আর বোনার কাঁটা। অনেকে আবার ক্রুশের কাঁটা দিয়ে অপূর্ব সুন্দর

সূক্ষ্ম লেশ বুনতেন। গল্প আড্ডার সঙ্গে সঙ্গে চলত সমানে সোয়েটার বোনা আর চিনেবাদাম খাওয়া।

ষাটের দশকে কালীবাড়িতে পুজোর রাতে মহিলাদের নাটক গান যাত্রা দেখায় নানা বিধি-নিষেধ ছিল। রাশভারী মেজাজি অভিভাবকেরা যখন কালীবাড়িতে যাত্রা নাটক দেখতে ব্যস্ত থাকতেন তখন আমাদের পাড়ার মা মাসিমাদের নৈশ আড্ডা আরও জমজমাটি হয়ে উঠত। মায়ের পাশে বসে বহু গল্প আমি মাসিমা পিসিমাদের মুখে শুনেছি। সেই সব গল্প-কথা আজ মলিন স্মৃতি, মুছে যাওয়া গল্পগুলো স্মৃতির ঝুলি হাতড়িয়ে লেখার প্রয়াস করেছি।

ছাত্রজীবনে সন্ধ্যারাতে বাড়িতে আলো চলে গেলে পড়ার সাথী ছিল কুপি ও হ্যারিকেন। আজ তারা কোথায়? শৈশবে চার বছর বয়সে স্লেট পেন্সিলে হাতে-খড়ি হওয়ার পর থেকেই যেন বেশি করে পরিচিত হল ল্যাম্পের কুপি ও হ্যারিকেনের সাথে। শুধু পরিচিত নয় ছিল আজন্মের এক অকৃত্রিম হৃদ্যতা। স্লেট আর চকের সাথে কসরৎ করতে হয়েছিল মায়ের হাত ধরে। হচ্ছে না, এভাবে করো। ভুল হলে কচি বাম হাত দিয়ে তড়িৎ গতিতে মুছে ফেলতাম। কুপির হাওয়ায় দোলানো শিখায় বিদ্যাভাস শুরু হত। এইভাবেই অ, আ করে বর্ণমালা পাঠ, অক্ষর-বানান রপ্ত করেছিলাম। যদিও ফুলস্টপ দিতে শিখেছিলাম অনেক দেরিতে। সন্ধ্যা হলেই আলো চলে গেলে কুপির কাপড়ের সলতেয় আগুন মাটির উনুন থেকে ধরিয়ে নেওয়া হত। ঝোড় বাতাসে নিভে যাওয়া বা পড়া হলে ফুঁ দিয়ে নিভিয়ে দেওয়ার মধ্যে শিশু মনের এক অনাবিল আনন্দ থাকত। হ্যারিকেনের আলোতে রাতে খাওয়া ছিল আমাদের 'candle light dinner'.

জীবন সায়াহ্নে অকপটে স্বীকার করি হ্যারিকেনের কাছে আজীবন ঋণী হয়ে থাকলাম। এই মুহূর্তে আমি পুরনো পরিবেশ ফিরিয়ে আনতে ইলেকট্রিক সুইচ নিবিয়ে হ্যারিকেনের আলোয় লিখতে বসেছি।

রাত তখন বারোটা কালীবাড়ির প্রাঙ্গণে জমাটি যাত্রা হৈ হৈ করে চলছে। খোলা চকোর মঞ্চ থেকে আর্ত-ডুকরাণি বাতাসে ভেসে আসছে, অভিনেতা-অভিনেত্রীর গলার স্বরে পরতে পরতে আর্তি ফুটে উঠছে –

আমার সাজানো বাগান শুকিয়ে গেল . . .
আমি একলা নারী উপায়হীনা, স্বামী অহর্নিশ বিষ খায়,
আমার কি গতি হইবে . . .
আহা কেন তুমি এইরূপ বিলাপ করিয়া সকলকে কাঁদাইতেছ
তোমার নগ্নতা ঘুচিয়াছে কিন্তু লজ্জা ঢাকে নাই
কখন বা যাত্রার বিবেকের সংলাপ পরিষ্কার শোনা যেত

ভগবান, তুমি যুগে যুগে দূত, পাঠায়েছ বারে বারে, দয়াহীন সংসারে,
তারা বলে গেল "ক্ষমা করো ...
সমুদ্রে পেতেছি শয্যা শিশিরে কি ভয় . . .
হে রুদ্রবীণা, বাজো বাজো বাজো . . .

গভীর নিশুথি যামে আশেপাশের স্কোয়ারে বাজের মতো গমগমে রণ তাণ্ডবের সংলাপ বাতাসে মথিত হতে থাকত, তালে তালে বাজত রণভেরী। আমি লক্ষ করতাম সেই সব আবেগময় যাত্রার সংলাপ শুনতে শুনতে উপস্থিত সকলের মুখ কেমন যেন ম্লান হয়ে যেত। উপেক্ষিতা মা মাসিমা পিসিমারা যে যাত্রা নাটক দেখা থেকে বঞ্চিত হয়েছেন তা তাঁদের মুখে স্পষ্ট ফুটে উঠত।

তারপর শুরু হত তাঁদের দেশের বাড়ির যাত্রার গল্প, যাকে বলা যায় vengeance story চালাচালি – আজ লিখতে বসে মনে হয় তাঁরা যেন গল্প বলার ছলে বিচিত্রানুষ্ঠান না দেখার ক্ষোভ উগড়ে দিতেন –

এমন একটা সময় ছিল যখন দুর্গা পুজা হবে অথচ যাত্রা গান হবে না একথা যেন ভাবতেই পারা যেত না। যাত্রা আসরে গালিচায় ব্রাহ্মণদের বসার ব্যবস্থা থাকত, শতরঞ্জিতে অন্য ভদ্রলোকের, মাদুর শপে অন্যেরা, খেজুর শপে আরও অন্যেরা, আর অতি নিম্নশ্রেণীর জন্য তাল পাতার চাটাই। কে কোন আসনে বসবে, বলে দিতে হত না।

কলকাতাতেও এমনই ব্যবস্থা ছিল। উঠোনে প্রথমে খড়, তার উপরে দরমা, তার উপর মাদরাজি খেরোর জাজিম হাসছে। সেকালে মোক্তাফুরণ ১৭ টাকা ছিল তা অধিকারী মশাই বায়েনা হিসেবে অগ্রিম নিয়ে নিতেন।

এদিক সেদিকে ঢাক পিটিয়ে গ্রামবাসীদের যাত্রা শুনতে ডাকা হত। রাত্রি দেড়টা দুটো থেকে যাত্রা শুরু হত। যাত্রা দলের অধিকারীর মাথায় বাবরি চুল উল্কী ও কানে মাকড়ি পরা থাকত। অধিকারী দুতী সেজে গুটি বারো বুড়ো বুড়ো ছেলে সখী সাজিয়ে আসোরে নাবতেন। প্রথমে কৃষ্ণ খোলের সঙ্গে নাচতেন – রাত্রি একটার মধ্যে পাঁচালি, সঙ, খেউর, ঝুমুর, আখড়াই প্রভৃতি শেষ হত । তারপর টানা যাত্রা অভিনয় দেখা। তখন যাত্রা মানেই সাত-আট ঘণ্টার অভিনয়। ভোর না হলে যাত্রা শেষ করা হত না –অধিকারীর ভাষায় – *ব্যালা আট্টার সময় যাত্রা ভাঙল।*

গ্রামের পুজো প্যান্ডেলে এক সময় আবশ্যক বিনোদন ছিল যাত্রাপালা। যাত্রাভিনয়ের পাত্র পাত্রিরা ছিলেন সেই গ্রামেরই বাসিন্দা। অর্থাৎ শখের যাত্রাদল। পুজোয় অন্তত তিন মাস আগে থেকে শুরু হয়ে যেত মহড়া। মহড়া শুরু হলেই গ্রামে পুজোর আমেজ চলে আসত। সারা দিন যে যার মতো

কাজ করার পর সন্ধেবেলায় মিলিত হতেন গ্রামের চণ্ডীমণ্ডপে বা দুর্গা মণ্ডপে। লন্ঠনের তেল শেষ না হওয়া পর্যন্ত চলত রিহার্সাল।

মাসিমাদের জমাটি গল্পের ক্লাইমেক্স তখন তুঙ্গে। দশ নম্বরের মাসিমা তারপর শোনাতে শুরু করলেন সিমলা স্ট্রিট পাড়ায় একদা মঞ্চস্থ হওয়া যাত্রার গল্প – একবার মহেন্দ্রনাথ দত্ত আর নরেন্দ্রনাথ দত্ত (বিবেকানন্দ) দুজনে সিমলার গোয়াল পাড়ায় 'রাধিকার মান ভঞ্জন' পালা দেখতে গেছিলেন। ঐ দিনের কথায় মহেন্দ্রনাথ দত্ত বলেন –

"আমরা দুই-ভাই, বাবুদের বাটির ছেলে, ঘুম চোখে ঢুলিতে ঢুলিতে উপস্থিত হইলাম। গয়লারা সকলেই আমাদের চিনিত। অতি যত্ন করিয়া আসরের মাঝখানে বসাইল। আমাদের সেজন্য দেখিবার বিশেষ সুবিধা হইয়াছিল। আমরা দু-ভাই বেলা ন'টা-সাড়ে নটার সময়ে ফিরিয়া আসিলাম। তখনও যাত্রার ধোঁয়া মাথায় ঘুরিতেছে। নরেন্দ্রনাথ বাটীতে আসিয়াই ছাদে নাচ শুরু করিল।'

ষাটের দশকে কোন এক দুর্গা পুজোয় কালীবাড়িতে অষ্টমীর সন্ধি পুজোর পুণ্য লগ্ন পড়েছিল রাত বারোটায়। আমি সন্ধ্যে আটটায় বাড়ির বারান্দায় বেছানো দড়ির খাটিয়ায় গা এলিয়ে ঘুমিয়ে পড়েছিলাম। গভীর ঘুমের মাঝে কালীবাড়ির বেদি থেকে ঢাকের তুমুল শব্দে আমার চোখ খুলে যায়। শিমুলতলায় দেখি মা মাসিমারা একমনে বসে কাঁসর ঘন্টা, ঢাকের আওয়াজ শুনছেন – অনেকটা 'ঢোকুম কুম' বাজনার শব্দ। গাছের নিচের ডালে চিনে লন্ঠন ঝুলছে, তার কোমল রঙিন আলোতে ছায়ার ভাগই বেশি। রঙিন চিনে লন্ঠনের ভিতরে একটি ছোট মোমবাতি জ্বালানো, কাগজের ঘেরাটোপে আঁকা রঙিন ছবিটি জাজ্বল্যমান হয়ে উঠেছে। চিনে লন্ঠনের নিচে গোল করে বসে থাকা মা মাসিমাদের সুন্দর দেখতে লাগছে। মাথার ওপরকার নীল আকাশটাকে গাঢ় বেগুনি দেখাচ্ছে, তার ওপরে লক্ষ লক্ষ তারা জ্বলছে। সে তারার আলোই বা কি! চাঁদ না থাকলেও চারিদিক ফুটফুট করছে।

ঘুম চোখে আমি গুটিগুটি পায়ে মায়ের কোলে গিয়ে বসে যাই। গল্পের আসরে এক বয়স্কা বিধবা পিসিমা ছিলেন, বোধহয় তিনিই ছিলেন শিমুলতলার মুল পাণ্ডা, তাঁকে তাঁর সঙ্গিনীরা ডাকতেন 'স্মৃতিঠাকুরানী'। আড়ালে নিন্দুকেরা বলতেন চরকা-কাটা বুড়ি সাথে একটা ছোট্ট ছড়াও তাঁরা আওড়াতেন – এক যে ছিল চাঁদের কোণায়/চরকা কাটা বুড়ি/পুরানে তার বয়স লেখা/সাতশ হাজার কুড়ি।

ছোটখাটো সৌম্য দর্শনা মানুষ ছিলেন তিনি। মা আমার দু'গালে চুমু খাচ্ছে দেখে স্মৃতিঠাকুরানী একবার বলেছিলেন 'ছেলেবেলাকার আদরের উপরে ছেলের ভবিষ্যৎ নির্ভর করে তা জান? এই আদরের স্মৃতি-ছায়া চিরজনম খোকাকে আচ্ছন্ন করে রাখবে।'

সন্ধি পুজো দেখা থেকে বঞ্চিত হওয়াতে ঠাকুরানী তাঁর স্মৃতির ঝুলি থেকে পুজোয় ঢাক বাজানোর গল্প উপস্থিত কাতর শ্রোতাদের শুনিয়েছিলেন –

ঢাকিরা ঢাক বাজাচ্ছে ঠিকই কিন্তু বাদনের মান তেমন ভাল হচ্ছে না। ঢাক বাদ্যির মূল 'পাগলা ছন্দ' মুখ থুবড়ে পড়েছে। শুনে মনে হচ্ছে ঢাকিরা ঢাক কাঁধে নিয়ে নেচে নেচে ঢাক বাজালেও, ঢাক বাদ্যির ব্যাকরন বা শাস্ত্র কিছুই অনুশীলন করতে পারছে না। শুধুমাত্র যন্ত্রটিকে কাঁধে ঝুলিয়ে বোল তোলা যায় না।

ঢাকের বাদ্যির নিজস্ব কিছু তাল, মাত্রা, বোল আছে। ঢাকের বাদ্যির এক অন্য ঘরানাও আছে। যারা নামকরা পণ্ডিত ঢাকি; তারা অনায়াসে বিলম্বিত লয় বাজাতে পারে। ঢাকের সমবেত বা একক বিলম্বিত লয় যে কী মধুর হয়, তা যারা শুনেছেন তারাই জানেন। যে কোনও পুজো উৎসবের বিভিন্ন মুহূর্তে ঢাকের বোল ভিন্ন হয়। ঠাকুরের ঘট আনতে যাওয়া, আরতি, বলিদান, বিসর্জন সবেতে ভিন্ন ভিন্ন ঢাকের বাজনা আর ঠাকুর জাগানোর বাজনা এক নয়। সবেতেই পৃথক ধারা; তান, সুরের বাজনা আছে। সেই বাদ্যি কখনও চার মাত্রা, কখনও আট মাত্রা, কখনও ষোলো মাত্রায় হয়ে থাকে। বোলগুলি পরিস্থিতি অনুযায়ী বদল হয়।

ঢাকের কাঠি যেন কথা বলে – 'ঢাক বাজে, ঢোল বাজে, বাজে করতাল'। তবলাতে যেমন কাহারবা তাল আছে, ঠিক তেমনই কাহারবা তালে ছন্দ মেনে চলে এই বাজনা। আরতির এই বাজনাকে শ্রুতিমধুর করতে কাহারবা-র মাঝে দ্রুত লয়ের দাদরার টুকরো বাদ্যি ঢাকিরা বাজিয়ে থাকে। অপূর্ব, মধুময় লাগত সেই বাদন।

বলিদানের বাজনা, 'দেন দেন দেন ঘ্যাচাং – ঘ্যাচাং। ঘট আনতে যাওয়ার বাজনাতে ঢাকের কাঠি বলে – 'মাকে আনতে যাবো গো, বড় নদীর কূলে'। বাজনাটা শুনতে লাগত, 'ঢ্যাংঢো – ঢ্যাংঢো – ঢা ট্যাঁং ঢ্যাংঢোং। নাকে দেন ট্যাঁটোং ট্যাঁটোং/নাক দেনা দেন নাক দেনা দেন দেন/তাকুড় তাকুড়।

অনেক ঢাকের ঢাকবাদ্যিতে এখন বাজনার রকমফের সে ভাবে শোনাই যায় না। ঢাকের বোল কাঠিতে আনতে দীর্ঘ তালিম লাগে। যে কোন বাজনা বাজাতে ঢাক বাজাতে দুটো হাত, হাতের চেটো, হাতের তালু, হাতের আঙ্গুল ব্যবহার করতে হয়। ঢাক বাদন নির্ভরশীল দুটো কাঠির উপর। ঢাক কাঁধে নিলেই ঢাকি হওয়া যায় না। ভালো ঢাক বাজাতে হলে সুরজ্ঞ্যান, তালজ্ঞ্যান, স্থিরতা, ধৈর্য সর্বোপরি শারীরিক ও মানসিক ক্ষমতা দরকার পড়ে।

ইতিমধ্যে কালীবাড়ির মঞ্চে যাত্রার প্রথম অঙ্ক শুরু হয়ে যাওয়াতে মা ও তাঁর উদগ্রীব সঙ্গিনীরা যাত্রা পালার সংলাপ কান পেতে শুনতে শুরু করে দিলেন অতএব স্মৃতিঠাকুরানীকে চুপ মেরে যেতে হয়। দ্বিতীয় প্রহরে যাত্রা

মঞ্চের সাজানো রণভূমি থেকে অস্ত্রের ঝনঝনানি, অসি ফলকের ঠোকাঠুকি, ধনুতে টঙ্কারের শব্দ, গদার সঙ্ঘাত, তোমরের ঝনৎকার, শর আর ভল্লক্ষেপণের শব্দ আর বীর মহারাণার আস্ফালনধ্বনি, হুঙ্কার-প্রতিহুঙ্কারের শব্দ আউট্রাম স্কোয়ারের বাতাসে মথিত হতে থাকে –

মাটির কেল্লা ভাঙতে আসেন
রানা মহারাজ
দূর রহো, কহে কুম্ভ
গর্জে যেন বাঘ

বিনাযুদ্ধে নাহি দেব সূচাগ্র মেদিনী

ইতিমধ্যে কনসার্ট পার্টি বাজাতে শুরু করে দিল শাঁখ ঘন্টা ঢাল ঢোল কাড়া নাকাড়া তুরি ভেরি দামামা কাঁসি বাঁশি কাঁসর খোল করতাল মৃদুঙ্গ জগঝম্প।

ভেসে আসা রণ হুংকারের তুঙ্গমুহূর্তে স্মৃতিঠাকুরানী ফোড়ন কেটে বসলেন–

ছেলেবেলায় ভুশুণ্ডি কাকের কথা শুনেছি – সে কুরুক্ষেত্রের যুদ্ধ দেখে বলেছিল 'এর চাইতে রামায়ণের যুদ্ধ আর দেবতা অসুরের যুদ্ধটা ভালো হয়েছিল। ধনুতর অসি কোথা গেল খসি'

স্মৃতিঠাকুরানীর ফুট কাটা শেষ হতেই কালীবাড়ির জঙ্গল দিয়ে থ্যাঁকশেয়ালের দল থ্যাক থ্যাক করে হাসতে শুরু করে দিয়েছে। হুতোম পেঁচারা গাছের মগডালে বসে সমস্বরে ডাক দিয়ে উঠল " ভুত-ভুত-ভূঁতুম ! স্মৃতিঠাকুরাণীর রসিকতা আলাপ শুনে নিস্তব্ধ রাতের আসরে দমকে দমকে হাসির লহর উঠেছিল।

স্মৃতিঠাকুরানী মা মাসিমাদের জমাটে আসরে কোন একবার পৌরাণিক গল্প শুনিয়েছিলেন –

শিবের সঙ্গে দুর্গার ঝগড়া হয়েছে। দুর্গা গয়না চেয়েছিলেন, কাপড় চেয়েছিলেন, শাঁখা চেয়েছিলেন শিব বলেছিলেন – আমি ভিক্ষে করে খাই, ওসব কোথায় পাব? এতে একবার দুর্গা রাগ করে বাপের বাড়ি চলে গেছিলেন। তারপর শিব শাঁখারী সেজে শাঁখা পরাতে গিয়ে দুর্গার মান ভাঙ্গিয়েছিলেন।

এইরকম অনেক গল্প আমি রাতের আসরে নানা সময় শুনেছিলাম।

আমাদের পাড়ায় এক বুড়ো ফেরিওয়ালা মাথায় ঝুড়ি বয়ে বেহালা-একতারা বিক্রি করতে আসত। দশ পয়সা করে সে এক একটি বাজনা বিক্রি করত। সেই ফেরিওয়ালার বেহালা বাজাবার হাতও ছিল অসাধারণ। মাঝে মাঝে সেই বেহালা বাদক শিমুলতলায় বসে তন্ময় হয়ে মা মাসিমাদের ছড় টেনে করুণ মূর্ছনা বাজিয়ে শোনাত, প্রবাসিনী মায়েরা গালে হাত দিয়ে মুগ্ধ

হয়ে মন কেমন করা বেহাগের আবেগ শুনতেন, হয়তো তাঁদের দেশের বাড়ির কথা সেই মুহূর্তে মনে পড়ে যেত।

আউট্রাম স্কোয়ারে যে ধুনুরি আসত সে সারা বছর বালিশ তোষক আর শীতকালে লেপের তুলো ধুনে বেড়াত। তার পিঠে থাকত একটা তুলোর বোঝা। হাতে একটা গোল পানা রুলের মতন লাঠি আর ধনুকের মতন যন্তর যার তারে ঝংকার দিয়ে সে বাড়ি বাড়ি ঘুরত। ধুনুরি যখন টং টং শব্দ করে তুলোগুলোকে ধুনে ধুনে মিহি করে পেঁজে তুলত তখন ধুনুরির সর্বাঙ্গে মাখা সাদা তুলোয় তাকে দেখতে লাগত ধবধবে ফর্সা আর তার চতুর্দিকে যেন স্লো মোশনে স্নো ফল হচ্ছে।

গরমকালে আমার দিদিমা ও পাড়ার ঠাকুমারা শিমুলগাছের তলায় তুলো কুড়োতে কুড়োতে ধুনুরিকে ডাক দিতেন। তারপর সেই ধুনুরি গাছতলার নীচে মাটিতে বসে বয়স্কাদের সংগ্রহের শিমুলতুলো ধুনতে শুরু করে দিত। গোল পানা রুলের মতন লাঠি দিয়ে টং টং করে শব্দ করে গাদা গাদা তুলোকে মিহি পেঁজা করতে শুরু করে দিত। ধুনুরির কাজ সারতে ঘন্টা দুয়েক লাগত কারণ তুলো মিহি হয়ে এলে ধুনুরি তারপর বালিশের খোলে তুলো পুরে গুণ ছুঁচে লাচ্চি সুতো পরিয়ে এফোঁড় ওফোঁড় সেলাইয়ের কাজ সারত।

গোল করে তুলো ধুনা দেখতে দেখতে মা মাসিমারা কলকাতায় পথে পথে পসরা কাঁধে নিয়ে ঘুরে বেড়ানো ফিরিওয়ালাদের ও মহানগরের নানান আজব গল্প শুরু করে দিতেন। শুনে মনে হত যেন গল্প বলার প্রতিযোগিতা পাখিদের কলরবের মত শুরু হয়ে গেছে। কে কার গল্প শুনবে, একজন সামান্য থামলেই আরেকজন নতুন গল্প ফেঁদে বসতেন। গাছতলার পাশে কান পাতলেই মনে হত সাঁঝের পাখিরা কিচির মিচির ডাকে ডানা ঝাপটাতে ঝাপটাতে তাদের বাবুই বাসায় ফিরে চলেছে।

কলকাতার ফিরিওয়ালদের আওয়াজকে দু'ভাগে ফেলা হত। যারা হাঁক দেয় আর যারা যন্ত্র বাজাতো। দ্বিতীয় ধরণের আওয়াজ-এর মধ্যে ছিল নানান ধরণের বাসন-কোসন পেটানোর শব্দ, বাঁশি বা শিঙার আওয়াজ। তাছাড়া ছিল রাত্রিতে পাহারাওয়ালাদের পাথরে-মোড়া রাস্তার লাঠি ঠোকার ঠক ঠক শব্দ। তারা হাঁক দিয়ে যেত "বা – বু – জাগলো হো ..."

সারাদিন ধরে যারা তাদের নিজের নিজের আলাদা আলাদা ডাক দিয়ে জিনিষ ফিরি করত তাদের মধ্যে ছিল দুধওয়ালি, চিমনি সাফাইওয়ালা, কয়লার কুচি, ভাঙা কাঁচ আর সুরকি কেনা-বেচার লোক। তখনকার দিনে কার্ড-দেশলাই বিক্রিওয়ালা, ছুরি-কাঁচি শান দেওয়ার লোক, হাপর সারানোর মিস্ত্রি ইত্যাদি রাস্তায় রাস্তায় ঘুরে বেড়াতো।

ঘড়িওয়ালা অচল ট্যাঁক-ঘড়ি বার করে সে সেটিকে দোলাতে দোলাতে খদ্দেরদের বলত এই ঘড়িটির রুপোর কেসটা এমনই শক্ত যে এর খদ্দের মৌতাতি আড্ডা সেরে রাতদুপুরে বাড়ি ফিরলে এই ঘড়ি দিয়ে দড়াম দড়াম করে দরজায় ঘা দিলে বৌ-ঝিরা তখুনি দরজা খুলে দেবেন। দরজার কড়াটা ব্যবহার করতে হবে না, সেটা তোলা থাকবে চিঠির পিওনের জন্যে। তেমনই দরজার কড়া নাড়ার শব্দের ওজন শুনে বোঝা যেত কে বাড়ি এলেন, সেজকর্তা না বাড়ির বড় ছেলে না তের নম্বর বাড়ির যদু না কার্ত্তিক চাকর।

আমাদের ছেলেবেলায় একবার তোপ পড়ত বেলা একটায়। তাই শুনে মনে আছে রোববার রোববার সাতদিন – দমের দেয়াল ঘড়িতে বড়রা সময় মিলিয়ে দম দিতেন। আমাদের দেশে ঘড়ি আসার আগে প্রহরে প্রহরে জমিদার বাড়ি বা রাজবাড়ি থেকে ঘন্টা বাজিয়ে লোকেদের সময় জানান হত। আগেকার দিনে থানা থেকে ঘড়ি পেটানোর রেওয়াজ ছিল। রাত্রির অন্ধকারে সেই ঘড়ি পেটানোর গম্ভীর আওয়াজ আমাদের ভীষণ ভাল লাগত।

অনেক ঘড়িই বাজত পনের মিনিট অন্তর অন্তর। আমরা ছেলেবেলায় রাস্তার ঘড়ির দোকানে ঘড়ির বাজনা কত শুনেছি। আজকালও লোকে সময় জানতে চাইলে বলে কটা বাজে? কিন্তু কথাটাই থেকে গেছে। এখনকার প্রায় কোন ঘড়িই আর বাজে না। তোপ পড়ার আগেই শ্যামবাজারের গলিতে যে শব্দ কানে আসত তা হল গঙ্গায় চান করতে যাওয়া বুড়ি গিন্নিদের কথাবার্তা আর হাসির শব্দ। তাঁদের বেশির ভাগ কথাবার্তাই ছিল বৌ-ঝিদের মুণ্ডপাত। প্রত্যহ প্রাতে বাজনা বাজিয়ে গোরার পল্টন কামানের গাড়ি কুচ করে যেত। গড়ের মাঠ ছাড়া আমরা আগে যে রাস্তায় বিলিতি বাজনা শুনেছি তা হল বিয়ের বাঁধা রোশনাই-এর সঙ্গে দিশী ব্যান্ড।

কলের জল আসার আগে বাড়িতে বাড়িতে পাতকুয়া ছিল, একটা রান্নাঘরের কাছে হত, আর একটা ভেতরের বাড়িতে আর সদর বাড়িতে হত। অনেক বাড়িতেই একটা করে জলের ঘর থাকত যেখানে মাটির বড় বড় জ্বালায় গঙ্গাজল মজুদ থাকত। গঙ্গার জলে পোকা হয় না বোলে জল বহুদিন রাখা যেত আর খাওয়া ও পুণ্যকাজে লাগত।

গোঁড়া হিন্দু মহিলারা আর বিশেষ করে বিধবারা কলের জল ছুঁতেন না। পরে কলের জল এলে সেটা কেবল খাবার জন্য ব্যবহার হত, স্নান পাতকুয়া বা অন্য পুকুরে হত। প্রথম প্রথম কলের জল খাওয়ার মতন কলকাতায় যখন বরফ চালু হয় তখন হিঁদুদের তা খেলে জাত যেত।

সাহেব পাড়ায় ছাগলের চামড়ার মশক করে ভিস্তিরা জল ফিরি করত।

দেশলাই দেখে প্রথম লোকেদের মনে নানান ধরনের ভয় আর সন্দেহ হয়। ‘এ আবার কি সর্বনেশে জিনিস এলো রে বাবা’ বলে লোকজন মন্তব্য করে। দেশলাই জ্বালাতে গিয়ে কোথায় কার হাত পুড়েছে, কার কাপড়ে আগুন ধরে ইত্যাদির কথা খবরের কাগজে ছাপা হয়। দেশলাই আসার আগে বাড়ির মেয়েরা মালসায় করে সুঁদরি কাঠের ধিকিধিকি করা আগুন কিম্বা নিজেদের তৈরি গন্ধকের দেশলাই দিয়ে উনুন, বাতি ইত্যাদি ধরিয়ে নিতেন। এই গন্ধকের দেশলাই জ্বালানোর জন্য প্রথমে চকমকি ঠুকে শোলা ধরানো হত। তারপর সেই জ্বলন্ত শোলায় গন্ধকের কাঠি লাগালেই জ্বলে উঠত।

জাতকের প্রথম নিপাঠের তৃতীয় কাহিনীতে বলা হয়েছিল বুদ্ধদেব তাঁর এক পূর্ব জন্মে সেরি রাজ্যে ফিরিওয়ালা হয়ে জন্মেছিলেন। সেই রাজ্যের অন্য ফিরিওয়ালাদের মতন বোধিসত্ত্বও রাস্তায় ‘কলসি কিনবে, কলসি কিনবে হাঁক দিয়ে বেড়াতেন।

যেমন ছিল পুরনো কলকাতার তপসে মাছ বলে অলিতে গলিতে হেঁকে বেড়ান।

বিকেলের দিকে অনেক মুসলমান ফিরিওয়ালাদের দেখা যেত। তাদের ডাক ছিল ‘বিলিতি চুড়ি চাই, কাঁচের খেলনা চাই, সাবান চাই। যদি কোন বিধবা লুকিয়ে চুরিয়ে একটু আধটু সাবান মাখতেন তা জানা পড়ে গেলে পাড়ায় ঢিঢি পড়ে যেত। সেকালে বেলোয়ারি চুড়ি পরার খুব রেওয়াজ ছিল। ছেলেদের পুজোর সময়ে যেমন নতুন জুতো কিনে পায়ে দিতেই হবে, পঞ্চমী ষষ্টির দিন তেমনি মেয়েদের বেলোয়ারি চুড়ি চাই-ই-চাই।

রাস্তার গাইয়েরা এসে নানান ধরনের গান গেয়ে সকাল থেকে পাড়ায় পাড়ায় বেড়াত। কেউ গাইত মাখনচোরার গান, কেউ গাইত রামায়ণের গান ও কেউ নানান ধরনের ভক্তিমুলক গান। সারা বছর যে ডাক শোনা যেত সেটি ছিল ‘জয় রাধে ভিক্ষে পাই বাবা’।

‘পুরনো কাগজ বিক্রি’ হাঁক দিয়ে যে কাগজ কিনতে আসত সে ছিল মুসলমান। এক দিস্তে পুরনো খবর কাগজের দাম চোদ্দ পয়সা, তার চেয়ে কেউ এক কানাকড়িও বেশি দিত না। এক দিস্তে মানে চব্বিশটা কাগজ। অর্থাৎ স্টেটসম্যানের মতন ভারি হলে দু কিলো আন্দাজ। কলকাতার পুরনো খবরের কাগজের কারবারিরা এক কিলো ইংরিজি কাগজের জন্য বাংলা ও অন্যান্য দিশি ভাষার কাগজের চেয়ে বিশ থেকে পঁচিশ পয়সা বেশি দাম দিত। তারা বলত যে প্রতি কপি ইংরিজি কাগজ দুতিন বা বড় জোর চার জন পড়ে কিন্তু একটা বাংলা কাগজ অন্তত বার চোদ্দ জনের হাত ঘোরে। ফলে বাংলা কাগজ ইংরিজি কাগজের চেয়ে বেশি জখম হয়ে যেত। তার জন্যই এই দামের তফাত।

এখন যেমন রাস্তায় রাস্তায় নানান সুরে শোনা যায় 'চানাচুর গরম!' আমরা ছেলেবেলায় শুনতাম 'সাড়ে-ব-ত্রি-শ ভা-জা' রকমের ভাজাভুজি এবং মশলা নাকি তার মধ্যে থাকত, তার উপরে আধখানা ভাজা লঙ্কা বসানো, তাই 'সাড়ে বত্রিশ!'

এই সব ফিরিওয়ালা ছাড়া অন্য সব হাঁক ছিল, যেমন 'পুরনো লোহা বিক্রি, পুরনো ছাতা বিক্রি, ঢং ঢং ঢং কাঁসারির আওয়াজ, কাটাও শিল চাকতি জাঁতা, সাপে-বাঁদরের তামাসার খেলা, হাঁসের ডিম চাই গো, চুড়ি নিবি গো, ঘটি বাটি সারাবে, ঘড়া পিলসুজ সারাতে আছে। বা ভাঙ্গা বাসুন সারাতে আছে, বাক্স সারাতে আছে। আর এক ধরনের বাসনওয়ালা বাসন বিক্রি করত। তাদের ডাক ছিল 'ঠাকুরবাটির বাসন গো, ঠাকুরবাটির বাসন। আগেকার দিনে যখন বাড়িতে বাড়িতে চীনে মাটির বাসনের বদলে কাঁসার বাসন-কোসনের চল ছিল তখন একধরণের বড় বাটিকে জাম বাটি বলা হত।

'চাই নারকোল দানা, চানাচুর গরমাগরম, চাই বরফ, আপদ মুস্কিল আসান করায় গো -

এই ডাকগুলোর মধ্যে 'মুস্কিল আসান' ছিল সন্ধ্যাবেলায় একটা জ্বলন্ত মশাল নিয়ে মুসলমান ফকিরদের হাঁক। এরা মুসলমান পীরদের নামে হিন্দু বাড়ির দোরে দোরে ঘুরে পয়সা চাইত। কোন হিন্দু বাড়ির গিন্নিরা এদের খালি হাতে বিদেয় করতে সাহস করতেন না। এর কারণ ছিল জাগ্রত ফকিরের ভয়, তাছাড়া এমন কোন সংসার ছিল না যেখানে বিপদ-আপদ-অশান্তি লেগে নেই। ফকিরের দয়ায় ছেলের ব্যামো সারবে, বারফটকা স্বামী বাড়িমুখো হবে, হুড়কো বউ পোষ মানবে আর সংসার থেকে সবরকম বিপদ-আপদ দূর হবে। আর তার জন্য লাগবে কত? মাত্র এক পয়সা। অতএব পীরকে ডাকতে ক্ষতি কি?

'চাই হাঁসের ডিম গো, চাই হাঁসের ডিম' যা আজও কলকাতার পাড়ায় শোনা যায়। যদিও আজ বহুকাল ধরে এই 'মুসলমান ফিরিওয়ালারা' হাঁসের ডিমের সঙ্গে মুরগির ডিমও বেচে তবুও এখনও তারা 'চাই হাঁসের ডিম' বলেই হাঁক দেয়। এর কারণ এখনও কলকাতায় অনেক হিন্দু বাড়িতে মুরগির ডিম ঢোকেনি। হরিদাস যখন বাড়ি থেকে পালিয়ে যাচ্ছে তখন এক জায়গায় সে বলছে প্রত্যূষে কুক্কুট ধ্বনি শুনিয়া বুঝিলাম কোন এক যবন পল্লীর সমীপস্থ হইয়াছি। মাইকেল তাঁর 'একেই কি বলে সভ্যতা'য় 'চাই বেলফুল' আর 'চাই বরফ-এর হাঁকের উল্লেখ করেছেন।

শ্রীরামকুমার চট্টোপাধ্যায়ের গলায় গানটি শুনলে আজও অন্তরঙ্গতা আর মাধুর্যে মন ভরে যায়

'বেলফুল ফিরি করি পাড়ায় পাড়ায়
এফুল পরিলে গলে – বিরহিদের প্রাণ জুড়ায়
আমার দেখা পাবার আশে
মেয়েরা বসে থাকে জানালার পাশে
ফুলের মধুর বাসে হৃদয় হারায়।।
যদি, পয়সা নাহি থাকে ঘরে
কিনে নাওনা আজকে ধারে
কাল না হয় শোধ দিও কড়ায় গণ্ডায়।।

বিকেলে আসত মাথায় চাঙারি, গলায় পৈতে পরে একদল ফিরিওয়ালা যাদের ডাক ছিল 'চাই পাউরুটি বিস্কুট'। পাড়ায় পাউরুটির কারখানা ছিল। সেখানে দেখা যেত হুকে অনেকগুলো পৈতে ঝুলছে। আর ফিরিওয়ালারা পাউরুটির চাঙারি নিয়ে বেরুবার সময়ে একটা করে পৈতে পরে নিত। লোকে বামুনের হাতের পাউরুটি খাচ্ছে বলে বিশ্বাস করত। তখনও বাড়িতে চায়ের চল হয়নি। তাই বাড়িতে অসুখ বিসুখ হলে রুগীদের জন্যে লোকে পাউরুটিই উপযুক্ত মনে করতেন।

পাউরুটিওয়ালার পরেই আসত কেরোসিন তেলওয়ালা। এরা বোতলে কেরোসিন তেল ভর্তি করে দরজায় ফ্রেমের ওপরে খড়ি দিয়ে একটা দাঁড়ি টেনে চলে আসতো – তেলের হিসেব। মাসের শেষে দাগ যোগ করে হিসেব কষে দাম নিয়ে যেত। তারপর যখন আস্তে আস্তে সন্ধ্যে হতো তখন বাড়িতে বাড়িতে একে একে শাঁখ বাজতো আর সেই শাঁখের গম্ভীর আর মিষ্টি আওয়াজে পাড়া ভরে যেত।

আর তারপর আসত চিরপরিচিত গ্যাসের বাতিওয়ালা। তার কাঁধে থাকত একটা ছোট্ট হালকা মই। সে বাতিওয়ালা তার মই দেওয়ালে ঠেশ দিয়ে দেওয়ালে লাগানো অদ্ভুত সুন্দর পেটা লোহার কারুকার্য করা গ্যাস বাতি জ্বালিয়ে যেত। বাতিওয়ালা চলে যাওয়ার পর অন্ধকার একটু গাঢ় হলে প্রায়ই দেখা দিত বহুরূপী। বহুরূপী এলেই পাড়ার মধ্যে একটা সাড়া পরে যেত।

তখনো কলকাতায় বিজলী আলো আসে নি, ছিল গ্যাসের আলো আর তেলের বাতি। বিজলী পাখার বদলে ছিল হাত পাখা আর টানা পাখা। কাপড়ের কিম্বা মাদুড়ের ঝালরওয়ালা লম্বা লম্বা কাঠের ডাণ্ডা কড়িকাঠ থেকে ঝোলানো থাকত, দড়ি দিয়ে টানতে হত বলে তাকে বলত 'টানা পাখা'। ঘরের মধ্যে লোকে আরামে কাজকর্ম করত, বিশ্রাম করত কিম্বা ঘুমোত, আর পাখা-কুলী বাইরে বসে দড়ি ধরে একবার টানত একবার ঢিল দিত। দড়ির টানে পাখা দুলত, তাতেই বাতাস হত।

রাত্রি দশটার পর আস্তে আস্তে এক এক করে রাস্তার ডাক নিস্তব্ধ হয়ে আসত। কখনও কখনও রাত্রির নিস্তব্ধতা ভঙ্গ করে শুনতাম মালাই বরফওয়ালার মধুর গম্ভীর হাঁক ‘চাই বরফ’। কুলপী-বরফওয়ালা সন্ধ্যাবেলায় চটে মোড়া মাটির হাঁড়িতে করে কুলপী আনত। সাধারণ কুলপী এক আনা, মালাই কুলপী দু-আনা, ডবল মালাই তিন আনা।

সবশেষে বহু দূরে কোথায় যেন হালকা বেহালার করুণ সুর ভেসে আসত।

স্মৃতিমধুর শ্রুতিলিখনের ইতি টানতে গিয়ে মায়ের মায়াবী মুখটা ভুলতে পারছি না, বুকটা টনটন করে উঠছে; স্নেহহাস্যময় জননীর মতো মিষ্টি আশ্রয় আর কোথায় পাবো! এই লেখায় মা মাসিমাদের না দেখা দিক বারে বারে উদ্ভাসিত হয়ে ওঠে। যদি পারতাম আউট্রাম স্কোয়ার পাড়ার সমস্ত আলো হাওয়া মাধূর্যসুদ্ধ ধরে দিতাম। যাঁর কোলে জন্ম নিলাম, যাঁদের স্নেহের ছায়ায় বড় হলাম সেই সব মানুষেরা আজ কত দূরে চলে গেছেন, কিন্তু তাঁদের সকলের স্মৃতি নিয়ে মনের মধ্যে উজ্জ্বল হয়ে রয়েছে ছেলেবেলার সেই মধুর আনন্দময় দিনগুলি।

মা হ’য়ে যে আছে সকলের মাঝে,
মার স্নেহে স্নেহ যার
হয়েছে হতেছে হ’বে প্রকাশিত
তাঁহারে নমস্কার।

তারপর? তার আর পর থাকে না। সবই যখন রেণু রেণু হয়েও স্মৃতিতে থেকে যায়, তাকে ‘অতীত বলি কী করে? সময় একসময় থেমে গেছে, আজ পর্যন্ত থেমেই আছে। আপন স্বপন মাঝে বিভোল ভোলা। *শৈশবো জয়তু!*

এতক্ষণে তাদের বনে-ঘেরা বাড়িটার উঠানটাতে ঘন ছায়া পড়িয়া আসিতেছে, কিচ কিচ করিয়া পাখি ডাকিতেছে, সেই মিষ্ট নিঃশব্দ, শান্ত বৈকাল – সেই হলদে পাখিটা আজও আসিয়া পাঁচিলের উপরের কঞ্চির ডালটাতে সেই রকমই বসে, মায়ের হাতে পোঁতা লেবুচারাটাতে হয়তো এতদিন লেবু ফলিতেছে।. . .

আরো কিছুক্ষণ পরে তাহাদের সে ভিটায় অন্ধকার হইয়া যাইবে, কিন্তু সে সন্ধ্যায় সেখানে কেহ সাঁঝ জ্বালিবে না, প্রদীপ দেখাইবে না, রূপকথা বলিবে না। জনহীন ভিটার উঠান-ভরা কালমেঘের জঙ্গলে ঝিঁ ঝিঁ পোকা ডাকিবে, গভীর রাত্রে পিছনের ঘন বনে জগডুমুর গাছে লক্ষ্মীপেঁচার রব শোনা যাইবে। . . . কেহ কোন দিন জানিবে না, ওডকলমীর ফুল ফুটিয়া আপনা-আপনি ঝরিয়া পড়িবে, কুল নোনা মিথ্যাই পাকিবে, হলদে-ডানা তেড়ো পাখীটা কাঁদিয়া কাঁদিয়া ফিরিবে।

পাড়ার মাঠে শিমুল গাছের ছবি

শতাব্দীপ্রাচীন কালীবাড়ির দুর্গাপূজো

ওপরের ছবিটি শনাক্ত করার মত কতিপয় মানুষ আজ বেঁচে আছেন এবং তাঁদের খুঁজে পাওয়া দুষ্কর। সেকালে হারানো এই বেদীতেই কালীবাড়ির দুর্গাপুজো অনুষ্ঠিত হত। বিরল ছবিটি বাবা মায়ের অ্যালবাম থেকে আমি খুঁজে পেয়েছিলাম। কালীবাড়ির পুজোর একশো বছর পদার্পণ করার উপলক্ষ্যে স্মৃতিচারণ লিখতে গিয়ে আমার মনে হয়েছে সকলের প্রিয় হারানো বেদীর ছবিটি লেখার প্রারম্ভে তুলে ধরা প্রাসঙ্গিক হবে।

১৯২১ সালে ডালহাউসী স্কোয়ার পাড়ায় কালীবাড়ির আদি দুর্গাপুজো শুরু হয়েছিল, তখন নিউ দিল্লী কালীবাড়ি তৈরী হয়নি। সেই যুগে দিল্লীতে শুধু মাত্র কাশ্মীরি গেট ও টিমারপুরে পুজো হত। আমার লেখা 'দিল্লী ত্রয়ী' Delhi Trilogy অর্থাৎ 'মুছে যাওয়া দিনগুলি' 'নানা রঙের দিনগুলি 'তিন পয়সার পালা'য় নিউ দিল্লী দুর্গাপূজা সমিতি কর্তৃক আয়োজিত শারদ পুজোর ইতিহাস বিষদে লেখা আছে। অতএব পুজো সমিতির ইতিহাস পুনরাবৃত্তি করা এখানে নিষ্প্রয়োজন।

২০২০ সালে অক্টোবর মাসে সমগ্র দিল্লীতে দু'একটি পুজো বাদে কোথাও দুর্গাপুজো অনুষ্ঠিত হয়নি কিন্তু নিউ দিল্লী কালীবাড়ি প্রাঙ্গণে যথারীতি পুজো

আয়োজিত হয়েছিল। সর্বত্র করোনার মারাত্মক প্রকোপের কারণে কালীবাড়ির শারদ পূজোর শতাব্দী সমারোহ ধুমধাম সহকারে ২০২০ সালে পালন করা সম্ভব হয় নি।

আমি নিজেকে খুবই ভাগ্যবান মনে করি কারণ ছোটবেলায় অর্থাৎ ১৯৭১ সালে কালীবাড়ির প্রাঙ্গণে সুবর্ণ জয়ন্তী উৎসব দেখার সুযোগ পেয়েছিলাম। তারপরে যুবক বয়সে আমি দেখেছিলাম ১৯৮০ সালে হীরক জয়ন্তী শারদীয়া পূজো।

শুরুতে ১৯৪৫ সালে দুর্গাপূজোর পঁচিশ বর্ষ পূর্তি ও রজত জয়ন্তী উৎসব দেখার প্রশ্ন ওঠে না কারণ আমার জন্ম হয়েছিল ১৯৫৭ সালে। এখন যখন পুজোর স্মৃতিচারণ লিখতে বসেছি তখন আমি ষাটের শেষাশেষির কোঠায় এসে পড়েছি। লকডাউনের সময় মাঝে মাঝে আমার মনে হয়েছিল করোনার উদ্যত আক্রমণে আমি হয়তোবা বাঁচবো না। ২০২০ সালে আমার দেখা কালীবাড়ির দুর্গাপুজোয় ভক্তদের ভয় মিশ্রিত ছবি আজও আমি ভুলি নি।

২০২০ সালে নবমীর রাতের ঘটনা লেখার আগে ফিরে যাই ১৯৮০ সালে। লেক স্কোয়ারের বাসিন্দা নাম অরুণ সোম সেবার পুজোর স্মারকপত্রে স্পর্শকাতর স্মৃতিচারণ লিখেছিলেন তা আমি নিচে আংশিক তুলে দিলাম –

“ষাট বছরে অনেক বদলিয়েছে। কিন্তু বদলায়নি এখানে ওখানে হজহারা মেঘের হালকা ছোপ লাগা আকাশের রঙ গাঢ় নীল হয়ে যাওয়া। বদলায়নি গোধূলির ফিকে হলদে আলোয় ‘সে কি আসে, সে কি প্রত্যাশা। কখনো উন্মাদনা, কখনও অকারণ বিষাদ ভরা মনটাও ত বদলায়নি। পূজোর দিন যত এগিয়ে আসে ততই যেন কালীবাড়ি টানতে থাকে চুম্বকের মত। পূজোর একটা দিন গিয়ে দাঁড়াতেই হয় পূজো প্রাঙ্গণে।

সিঁড়িতে পা দেওয়া মাত্র গা শিরশির করে ওঠে। পুজোর নহবত ভৈরবীতে বাজছে। হু হু করে বছর পিছিয়ে যেতে থাকে। আমার চোখের সামনে ভেসে উঠেছে পাঁচ ছ-বছরের একটা শিশুর মুখ। মার হাত ধরে চলেছে পুজো প্যান্ডেলে, অন্য হাত দিয়ে চোখ মুছছে মাঝে মাঝে। তার ইচ্ছের বিরুদ্ধে জোর করে পরিয়ে দেওয়া হয়েছে ধুতি পাঞ্জাবী। বেসামাল কোঁচাটাকে রাগে ক্ষোভে পায়ের তলায় চেপে ছেঁড়ার ব্যর্থ প্রয়াস করছে মাঝে মাঝে। অষ্টমীর দিনটা ঐ কারণেই ওর ভাল লাগত না। কারণ ঐ দিন অঞ্জলি দিতে হত, পরতে হত ধুতি পাঞ্জাবী। জীবন সায়াহ্নে এসে ঠেকা মানুষটা তখন হারিয়ে যায়।

‘কেমন আছিস?’ একটা চেনা মুখ ফিরিয়ে আনে বাস্তবে।

কোন কোন বছর হয়তো তাও হয় না। চোখ দুটো বৃথাই ঘুরে মরে অনেক অচেনা মুখের মধ্যে একটা চেনা মুখ আবিষ্কার করার জন্য।”

বর্ষা শেষে শরৎ আসে।

শরৎ আসে তার প্রমাণ সকালে ঘাসের পাতায় শিশির বিন্দু ভোরের আলোয় নক্ষত্রের মত চিক চিক করে। কুমারী সব ছোট ছোট মেয়েরা সক্কাল বেলায় শিউলী তলায় এসে জড়ো হয় ফুল কুড়োতে। কেউ শিউলী কুড়িয়ে কোঁচড়ে রাখে কেউ বা ফুল রাখে ফুলের চুপড়িতে। শিউলী ফুলের মালা গাঁথতে হবে যে। মা আসছেন। সপ্তমী অষ্টমীতে মায়ের গলায় শিউলীর মালা না দিলে কি দুর্গাপূজা মানায়।

এসব ছাড়া প্রকৃতির স্নিগ্ধ সকালে আকাশে থাকে সাদা মেঘের ছড়াছড়ি, আরও কাশের বনে প্রস্ফুটিত দোদুল্যমান কাশ ফুল। পথে প্রান্তরে, রেললাইনের দুপাশেই দেখতে পাওয়া যায় শরৎকালীন স্নিগ্ধ সমুজ্জ্বল কাশফুলের রাশি।

মা আসেন। বৎসরান্তে মা দুর্গা যখন পিত্রালয়ে মানে মর্তে আসেন, শুন্যে উড়ে; অথচ বছরের পর বছর বিচিত্র রকম যান ব্যবহার করেন তিনি। পঞ্জিকার নির্দিষ্ট পৃষ্ঠায় অর্থাৎ শারদ শুক্লা ষষ্টির পাতায় দেখা যাবে এ বছর জগদজ্জননী কেমন যানে আসবেন। তিনি প্রত্যেক বছর একই যান ব্যবহার করেন না। কোনো বছর যদি ঘোড়ার পিঠে চড়ে এলেন তো তার আগে পঞ্জিকা খুললে দেখা যাবে গতবার নৌকায় এসেছিলেন আবার পরের বছর দেখা যাবে যে দেবী হাতির পিঠে চড়ে আসছেন।

আনন্দময়ী মা দুর্গা আসেন প্রতি বছর এই শরৎকালে বাঙালীর ঘরে। সেই অনন্তকাল থেকে। মহিষাসুর নিধন হওয়ার কাল থেকেই মা এসেছেন সপরিবারে সবাহনে।

সেই সুদূর হিমালয় পর্বতে শিবের আশ্রয় থেকে মা দুর্গা মাত্র পাঁচটি দিনের জন্য ছুটি নিয়ে মর্তে এসে বিশ্ববাসী তথা ভারতবাসীর পুষ্পাঞ্জলি গ্রহণ করেন আর মর্তবাসী জনগণকে আশীর্বাদ করে যান, তাদের মনোবাঞ্ছা পূরণ করে যান। তাই ষষ্টি, সপ্তমী, অষ্টমী, নবমী, দশমী এই পাঁচ দিন ধরেই চলে মণ্ডপে মণ্ডপে মায়ের বিহিত পূজা পাঠ, চণ্ডীপাঠ। ব্রাহ্মণদের বৈদিক মন্ত্রোচ্চারণ আর ভক্তবৃন্দের অঞ্জলি প্রদান।

দুর্গোৎসব তথা শারদোৎসব বাঙালীদের নিজস্ব উৎসব।

দেশে যদিও মৃন্ময়ী মায়ের মূর্তি তৈরীর রেওয়াজ আছে তবে বিদেশে এই মৃন্ময়ী মূর্তি নিয়ে যাওয়া সহজসাধ্য নয় জেনে কেউ বা বাংলার প্রতিমা শিল্পীদের নিয়ে যান বিদেশের মাটিতে দুর্গা মূর্তি তৈরীর জন্য। কেউ বা শোলার প্রতিমা নিয়ে যান প্লেনে করে।

যাই হোক বাঙালীর এই উৎসবে শুধু বাঙালীই নয় বাঙালী-অবাঙালী বোধ করি হিন্দু মুসলমান সবাই মেতে ওঠেন পুজোকে কেন্দ্র করে। এটাই ভারতের বড় জাতীয় উৎসব।

পূজায় চাই নতুন জামা, নতুন কাপড়, নতুন জুতো। আর তারই আশাতে সারা বছর অপেক্ষায় থাকে প্রতি ঘরের প্রতিটি ছেলেমেয়ে, আবাল বৃদ্ধ বণিতা।

ছেলে মাকে শাড়ী দেয়। স্বামী স্ত্রীকে। বাবা ছেলে মেয়েকে জামা কাপড় কিনে দেয়। ষষ্টির দিন এ সব নতুন জামা কাপড় পরাই একটা চলতি রীতি। পবিত্র মন, শুভ্র শুচি বসনেই তো মায়ের আরাধনা চলে।

সেই ষষ্টির দিন থেকেই বাড়ীর সব ছেলে মেয়েরা বেরিয়ে পড়ে ঠাকুর দেখতে। ষষ্টির দিন থেকে দেখলে তবেই তো চার দিন ধরে নানান জায়গায় নানান বৈচিত্রের প্রতিমা দেখতে পাওয়া যাবে।

বিজয়ার দিন তো আর বাড়ী থেকে বেরোন যায় না। বিজয়া সারতে আসবে কত বন্ধু বান্ধব, আত্মীয় স্বজন, পাড়া প্রতিবেশী। মাকে শেষ প্রণাম জানিয়ে প্রতিমা নিরঞ্জন অন্তে চলবে ভাইয়ে ভাইয়ে, বন্ধুতে বন্ধুতে কোলাকুলি। ভ্রাতৃত্ব মৈত্রীর বন্ধন যাতে সারাটি বছর ধরে অক্ষুণ্ণ থাকে তারই প্রার্থনা।

একাদশীর দিন আসলেই মনে হয় ঠাকুর এলো আর চলে গেল। তখনও ঢাকের বাদ্যির সেই সুরটা যেন ঘুরে ফিরে বাজতে থাকে কানে। তাই বিজয়া আসার আগেই ষষ্টির দিন থেকে প্রতি সন্ধ্যায় পূজো প্যান্ডেলে প্যান্ডেলে ভিড় উপছে পড়ে।

রচনাটি লিখতে লিখতে মনে পড়ে কালীবাড়ির প্রাঙ্গণ থেকে বাড়িতে ভেসে আসত মাইক থেকে চণ্ডীপাঠের মন্ত্রধ্বনি। বোধহয় কলাবউ চান করিয়ে নিয়ে গেল ঢাক বাজাতে বাজাতে। দেবীর বোধন হবে।

কোন এক পূজোর সকালের ঘটনা, আমি কালীবাড়ির মণ্ডপের দিকে এগোতেই মাইকে ভেসে এল কতকগুলি কথা। শুনতে পেলাম কে যেন বলছে সপ্তমী হারিয়ে গেছে। সপ্তমীকে পাওয়া যাচ্ছে না। অল্প সময়ের জন্য তাকে পূজা মণ্ডপে দেখা গিয়েছিল। যাই হোক আপনারা যারা অষ্টমীকে দেখতে চান মণ্ডপে চলে আসুন। অঞ্জলি দেওয়া শুরু হবে।

প্রথমে বুঝতে পারিনি ব্যাপারটা। বড় পোস্টারে অঞ্জলির দিনক্ষণ দেখে বুঝতে পেরেছিলাম আজই সপ্তমী ছিল সকাল ৮টা পর্যন্ত তারপর অষ্টমী পড়ে গেছে। সুতরাং অষ্টমীর বিহিত পূজা ও অঞ্জলি ৮ টাতেই প্রশস্ত। সুতরাং সপ্তমীর হারানোর রসিকতা সূচক ঘোষণটি এবার বোধগম্য হল। মনে মনে হেসেছিলাম ঘোষকের এই বৈচিত্রময় ঘোষণা শুনে। কাজেই আমাদের কাছে পুজোর একটি দিন হারিয়ে গেল। কেউই ভাল করে সপ্তমীপুজো উপভোগ করতে পারলাম না।

শামিয়ানার নীচে দেখি একদল ছেলে বসে আছে, কাঠের চেয়ারে। কালীবাড়ির স্টেজে বাজছে স্টিরিও টেপে দেবী দুর্গার স্তোত্র পাঠ। সেই বীরেন

ভদ্রের চণ্ডীপাঠ – সুললিত মন্ত্রোচ্চারণ। জঙ্গলের ধারে পাঁচিলে ঝুলছে মাত্র একটি মারকারী ল্যাম্প। এতেই আলোকিত হয়ে রয়েছে সমস্ত চত্বরটা। দাঁড়িয়ে কিছুক্ষণ তন্ময় হয়ে বীরেন ভদ্রের চণ্ডীপাঠ শুনলাম।

“যা দেবী সর্বভূতেষু”
দেবী! মহাদেবী! ভদ্রা! প্রকৃতি!
নিত্যধাত্রী! শিবা!
রৌদ্ররূপিণী! রুদ্রাণী নম
সুখদা! ইন্দুনিভা!

বৃদ্ধিরূপিণী, সিদ্ধিরূপিণী,
কল্যানি যিনি আর,
যিনি অলক্ষী লক্ষ্মীও যিনি
তাঁহারে নমস্কার!

যাযাবর তাঁর ‘দৃষ্টিপাত’ উপন্যাসে লিখেছিলেন –

মন্দিরের সামনে উন্মুক্ত-প্রান্তর। সেখানে শরৎকালে ত্রিপলঢাকা মণ্ডপে দুর্গাপুজা হয় মহা আড়ম্বরে। বাঙালী ছেলে-মেয়েদের হাতেগড়া কারুশিল্পের প্রদর্শনী বসে। দিনের বেলায় বালকবালিকারা পায় প্রসাদ, নিশাযোগে থিয়েটারে গোঁপ কামিয়ে মিহি স্বরে মেয়ের পার্ট করে সখের দলের তরুণ সম্প্রদায়’।

আমি যখন ছোটবেলায় পূজোয় স্বেচ্ছাসেবক হতাম তখন কোন একবার আমাকে ঈশানতোষ হলের ভেতরে আয়োজিত চিত্র প্রদর্শনী তদারকির ডিউটি দেওয়া হয়েছিল। হলের বাইরে একটি পোস্টারে লেখা ছিল – আসুন অভিনব দুর্গা প্রতিমা দর্শন করুন। হলের ভেতরে দেয়ালে সাদা জিন কাপড়ে আটকান রয়েছে বেশ কিছু দুর্গা প্রতিমার ছবি। তা ত্রিশ পঁয়ত্রিশ খানা হবে। ছবিগুলোর মাথায় ও নীচে একটি করে টিউব লাইট জ্বলছে। ফলে দুর্গা প্রতিমাগুলি হয়ে উঠছে সমুজ্জ্বল।

প্রায় ষাট বছর পরে যখন সেই প্রদর্শনীর কথা লিখতে বসেছি তখন লক্ষ্য করলাম সবটাই আমার হুবুহু মনে আছে।

প্রথমেই দেখেছিলাম ঋষি বঙ্কিমচন্দ্রের দণ্ডায়মান এক বিরাট তৈলচিত্র। একটি টেবিলের পাশে তিনি দাঁড়িয়ে আছেন আর তাঁর ডান হাতের কাছে খোলা একটি বই – নাম আনন্দমঠ।

তারপরই দেখলাম সেই অপরূপ সর্বাঙ্গসম্পন্না সর্বাভরণভূষিতা জগদ্ধাত্রী মূর্তি।

নীচে লেখা – মা যা ছিলেন।

“ইনি কুঞ্জার কেশরী প্রভৃতি বন্য পশু সকল পদতলে দলিত করিয়া বন্য পশুর আবাস স্থানে আপনার পদ্মাসন স্থাপিত করিয়াছিলেন। ইনি সর্বালঙ্কার পরিভূষিতা হাস্যময়ী সুন্দরী ছিলেন। ইনি বালার্কবর্ণাভা সকল ঐশ্বর্যশালিনী।

ইহাকে প্রণাম কর।

প্রথম সিরিজে এরূপ বেশ কয়েকখানি ছবি যা সকলের নজর কাড়ে। ভক্তিতে মাথা নত হয়ে আসে। প্রতিমা দেখার স্বাদ পূরণ করে বৈচিত্রের গুণে।

দ্বিতীয় সিরিজের দিকে এগোতেই চোখে পড়ল এক কালীমূর্তি।

নীচে লেখা আছে – “দেখ মা যা হইয়াছেন।”

“কালী অন্ধকার সমাচ্ছন্না কালিমাময়ী হৃতসর্বস্বা। এই জন্য নগ্নিকা। আজি দেশের সর্বত্রই শ্মশান। তাই মা কঙ্কালমালিনী। আপনার শিব আপনার পদতলে দলিতেছেন।

হায় মা।”

বল বন্দেমাতরম।

এখানেও রয়েছে বেশ কিছু কালী মূর্তি। দেখলে ভয় হয়। করালবদনী, বিভীষণা, আবার কোনটি শান্ত স্নিগ্ধ মূর্তি বিশিষ্ট। কোনটির পদতলে শ্রীরামকৃষ্ণ মাতৃপূজায় ব্যস্ত। কোনটিতে বা রামকৃষ্ণদেব মায়ের মুখে প্রসাদ গুঁজে দিচ্ছেন।

দর্শকদের ভালো লেগেছিল।

সকলেই সমবেত এই কালী মূর্তিদের উদ্দেশ্যে সশ্রদ্ধ প্রণাম জানিয়েছিলেন। হয়তো প্রার্থনা জানিয়েছিলেন মাগো দৈত্যদলনী অসুরনাশিনী দেশকে এবার রক্ষা কর মা। অসুর নিধন কর, এদের মনে ভক্তি দাও, বিশ্বাস দাও – এদেরকে মানুষ কর। সন্ত্রাস দূর কর।

পা পা করে এগিয়ে তৃতীয় সিরিজের ছবির সামনে এসে ভিড় দাঁড়িয়েছে। এখানে বেশ কিছু ছবি। প্রতিটি বৈচিত্র্যময়।

সবই দশভুজা দুর্গার প্রতিবিম্ব, প্রতিচ্ছবি। নবারুণ কিরণে জ্যোতির্ময়ী হইয়া হাসিতেছেন। নীচে লেখা এই মা যা হইবেন।

দশভুজা দশ দিকে প্রসারিত তাহাতে নানা আয়ুধরূপে নানা শক্তি শোভিত, পদতলে শত্রু বিমর্দিত, পদাশ্রিত বীর কেশরী শত্রু নিপীড়নে নিযুক্ত। দিগভুজা।

দিগভুজা নানা প্রহরণধারিণী শত্রুবিমর্দিনী বীরেন্দ্র পৃষ্ঠবিহারিণী দক্ষিণে লক্ষ্মী ভাগ্যরূপিণী বামে বাণী বিদ্যাবিজ্ঞানদায়িনী সঙ্গে বলরূপী কার্ত্তিকেয়, কার্যসিদ্ধিরূপী গণেশ।

উপস্থিত সকলেই মাকে প্রণাম করেছিলেন।

দুর্গাকে সাথে প্রণাম জানিয়েছিলেন।

মৃন্ময়ী মূর্তি কোথাও ছিল না কিন্তু উপস্থিত দর্শকগণ চিন্ময়ী মাকে দেখার স্বাদ পেয়েছিলেন। মনে মনে আবারও প্রণাম করার সাথে সাথে সেই যোগমায়ার উদ্দেশে হয়তোবা তারা বলেছিলেন – তুমি মা দুর্গা দশপ্রহরণধারিণী সর্ব মঙ্গলদায়িনী বরাভয়দাত্রী। তুমি মা শক্তি। তুমিই মা শান্তি। তুমি মা রক্ষা করো তোমারই সৃষ্ট এই পৃথিবীকে, তোমারই স্থিতি এই প্রকৃতিকে। তোমাকে নমস্কার।

সর্বশেষ ছবিটিতেও শুধুই মা দুর্গার মুখটি দেখা গেছিল আকাশে এক ঝাঁক মেঘের মধ্যে আর নীচে কাশ ফুলের বনে দাঁড়িয়ে ভক্তবৃন্দ হাত জড়ো করে দাঁড়িয়ে। নীচে লেখা সেই পুষ্পাঞ্জলির মন্ত্র – রূপং দেহি, ধনং দেহি, যশো দেহি, দ্বিষো জহি।

কালীবাড়ির স্টেজে মাইকে তখনও মাতৃমন্ত্র, চণ্ডীপাঠের হালকা সুর শোনা যাচ্ছিল ।

শরতের উৎসব এবারে (২০২০) হেমন্ত উৎসব, শারদীয়া দুর্গাপুজো অনুষ্ঠিত হয়েছিল কার্তিক মাসে। মহালয়ের ৩৫ দিন পর ২২'এ অক্টোবর। করোনা অতিমারীর ভয় উপেক্ষা করে কালীবাড়ি সমিতি যথারীতি একচালায় প্রতিমা পুজোর আয়োজন করেছিল।

প্রচুর বাধা নিষেধ থাকা সত্ত্বেও কালীবাড়ি প্রাঙ্গণে দুর্গাপুজো এক প্রকার জোর করেই ২০২০ সালে অনুষ্ঠিত হয়। বাড়ীর লোকের আপত্তি উপেক্ষা করে আমি নবমীর সন্ধ্যায় কালীবাড়িতে মায়ের পুজো দেখতে যাই। মন্দির প্রাঙ্গণে যা আমি চাক্ষুষ দেখেছিলাম তা আমার ধারণায়ও আসে নি। প্যান্ডেলের ভেতরে সারি সারি কাঠের ব্যারিকেড তৈরি করা হয়েছে। তার ভেতর দিয়ে খান দেড়শো ভক্ত গা বাঁচিয়ে দ্রুত প্রতিমা দর্শন করে বেরিয়ে যাচ্ছেন। সবাইকে কেমন ভীত ত্রস্ত দেখতে লাগছিল। ভক্তদের মুখ মাস্কে ঢাকা, পুরনো পরিচিতদের মুখ চিনে ওঠা দুষ্কর।

আমি মায়ের দর্শনের পরে গেটের বাইরে রিডিং রোডের বিপরীত ফুটপাথে অশোকতরুর তলায় আনমনা হয়ে একাকী দাঁড়িয়ে ছিলাম। কত কথাই মনে এসেছিল সেই সন্ধ্যায়। মনে পড়ে যায় প্রতি অষ্টমী-নবমীর দিন বিকেল পাঁচটা নাগাদ ভারতের রাষ্ট্রপতি এবং প্রধানমন্ত্রী নিয়ম করে কালীবাড়ির প্রাঙ্গণে দুর্গাপুজো দেখতে আসতেন। দেহরক্ষীর দল নামমাত্র ওনাদের সাথে দেখা যেত। সেই যুগে খাবার স্টল লাগত ঠিক কালীবাড়ির বাইরের ফুটপাথে।

সেই নবমীর সন্ধ্যায় আমি অবসন্ন পায়ে নিখোঁজ ডালহৌসী স্কোয়ারের খোঁজে এগিয়ে গেছিলাম। ১৯২১ সালে কালীবাড়ির দুর্গাপূজো শুরু হয়েছিল লুপ্ত এই পাড়াতেই। তার ঠিক ছত্তিরিশ বছর পরে অর্থাৎ ১৯৫৭ সালে পাশের পাড়ায় (Outram Square)-এ ৩৮ নম্বর বাড়ীতে আমার জন্ম হয়েছিল।

যাযাবর তাঁর 'দৃষ্টিপাত' বইয়ে লিখেছিলেন –

স্কোয়ার আছে লর্ড ডালহৌসীর নামে, যিনি একে একে পাঞ্জাব ও ব্রহ্মদেশ যোগ করলেন ভারত সাম্রাজ্যে, জোর করে দখল করলেন পেশোয়ারদের সাতারা, কেড়ে নিলেন ঝাঁসী, নাগপুর, নিজামের বেরার, নবান ওয়াজেদ আলী শা'র কাছ থেকে অযোধ্যা।'

১৯২১-২৭ সাল অবধি কালীবাড়ির দুর্গাপুজো ডালহৌসী স্কোয়ারের মাঠে আয়োজিত হয়েছিল। পাশেই রিডিং রোডের পশ্চিম দিকে ছিল বনানী আচ্ছাদিত ছায়াঘেরা দুর্গম অরণ্য। কালীবাড়ি, বিড়লা মন্দির ও রাইসিনা স্কুল নির্মাণের পরিকল্পনা তখনও শুরু হয় নি। রিডিং রোডের আরাবল্লী পর্বত থেকে রাতের অন্ধকারে শোনা যেত ময়ূরের কেকারবে সমবেত অট্টহাসি। শিয়ালের 'হুক্কা হুয়া ক্যা-হুয়ার' চিলচিৎকার ভেসে আসতো প্রহরে প্রহরে। শিয়ালের ডাক বন্ধ হলে অসংখ্য ঝিঁঝিঁপোকার শব্দ সাথে তক্ষকের ডাক অদ্ভুত সে কনসার্ট। রিডিং রোডের আকাশে বাতাসে নানা পশু পাখির বিচিত্র আওয়াজ নিস্তব্ধ পরিবেশকে ছমছমে করে তুলতো। নির্জন গহন পথ পারাপার করতে অতি সাহসীরও বুক কেঁপে যেত।

ঘন গভীর জঙ্গল থেকে সেকালে নাকি ক্ষুধিত হায়েনার পাল বেরিয়ে এসে রিডিং রোডে হঠাৎ হঠাৎ খ্যা খ্যা জাতীয় রুষ্ট গর্জন তুলতো। পুজোর রাতে হায়েনার ভয়ে আশে পাশে পাড়ার ছেলে বুড়োর দল ডালহৌজী স্কোয়ারের পুজো মাঠ থেকে নাটক দেখে হাতে হ্যারিকেন ঝুলিয়ে দুরু দুরু বক্ষে বাড়ি ফিরতেন।

গত শতাব্দীর কুড়ি দশকে গোল মার্কেট স্কোয়ারের বাসিন্দারা পশু বা পাখির ডাকের মাধ্যমেই রাত কত হলো জানতে পারতেন। কুক পাখি প্রতি প্রহরে একবার করে আকাশে পাক দিত। নিস্তব্ধ নিঝুম পুজোর রাতে ডালহৌজী স্কোয়ারে অর্ধ চন্দ্রের ফিনিক ফোঁটা রুপোলী আলো গাছাগাছালির ফাঁক দিয়ে ঠাকুরের চাঁদপানা মুখে প্রতিফলিত হত। চাঁদে মেঘে মিশে আকাশে অদ্ভুত ছবি ফুটে উঠেছে তখন, চলন্ত মেঘগুলো নিঃশব্দে ছুটে চলেছে। চন্দ্র কিরণে সিঁদুরে রাঙা দেবী দুর্গার মুখের আদল দেখে মনে হতো সাক্ষাত মা মহামায়া মর্তে আবির্ভূত হয়েছেন।

কালীবাড়ির দুর্গা পুজোর ইতিহাস লিখতে লিখতে মনে পড়ে ১৯২১ সালে লুপ্ত ডালহৌসী স্কোয়ারের প্রতিমা গড়ান হয়েছিল কাশীতে ও মোগলসরাই পথ পর্যন্ত কুলীর মাথায় করে নিয়ে আসা হয়। তারপর রেল গাড়িতে চড়িয়ে প্রতিমা দিল্লীতে আনা হয়। ইতিহাসের পাতা ঘাঁটলে আরও জানা যায় ক্যান্টনমেন্ট রোডের (Irwin Road) পুজো ১৯২৬ সালে বন্ধ হয়ে যায় এবং সেই পুজো সমিতি ডালহৌসী স্কোয়ারের পুজোর সাথে যুক্ত হয়। ডালহৌসী স্কোয়ারের প্রতিমা টিমারপুর পুজো সমিতিকে দিয়ে দেওয়া হয়।

শোনাকথা, রেলস্টেশন থেকে গরুর গাড়িতে করে প্রতিমা আনার আগে গোল মার্কেটের আশেপাশে পাড়ায় কান পাতলেই দুন্দুভির গম্ভীর শব্দ শোনা যেত। ঘোষক উচ্চস্বরে ঘোষণা শুরু করে দিত 'শুন নগরবাসীগণ ... । কাশী থেকে প্রতিমা আগমনের সময়সূচী জানিয়ে দুন্দুভির উপরে পর পর কয়েকটা ঘা মেরে গোটা পাড়া কাঁপিয়ে বাজনাদার বলিষ্ঠ পদক্ষেপে এগিয়ে যেত। পাড়ার বাসিন্দারা বুঝে যেতেন মায়ের প্রতিমা গোটা পরিবার সমেত স্টেশন থেকে গরুর গাড়িতে চড়িয়ে নিয়ে আসার সময় হয়ে এসেছে।

২০২০ সালে রাতের বেলায় লুপ্ত ডালহৌজী স্কোয়ারের পাশের রাস্তায় নির্জনে দাঁড়িয়ে পুরনো দিনের কত কথা মনে ভিড় করে আসছিল। ফিরে গেছিলাম গত শতাব্দীর ষাটের দশকে। অবচেতন মনে দেখলাম স্কোয়ারের চারটে ব্লকের ঘেরাটোপে বত্তিরিশটি ঘন অন্ধকারময় বাড়ির বারান্দার কয়েকটি প্রদীপের আলো কাঁপা কাঁপা জ্বলছে। চৌরাস্তার মোড়ে লজঝরে একটি দোকান সেজবাতির লম্ফ মৃদুশিখার আলো আধারে তখনও খোলা রয়েছে। খদ্দরের আশায় গালে হাত দিয়ে দোকানী বসে আছে, বেতের দরমার ঝাঁপ তখনও নামানো হয় নি। নিশুথি রাতে দোকানের সেজবাতির শিখা উতলা বাতাসে নিভে গেছে, সেই মুহূর্তে ছোট মণিহারী দোকানটা ঘোরঘুট্টী অন্ধকারে আরও রহস্যময় দেখতে লাগছে।

ISHANTOSH HAL

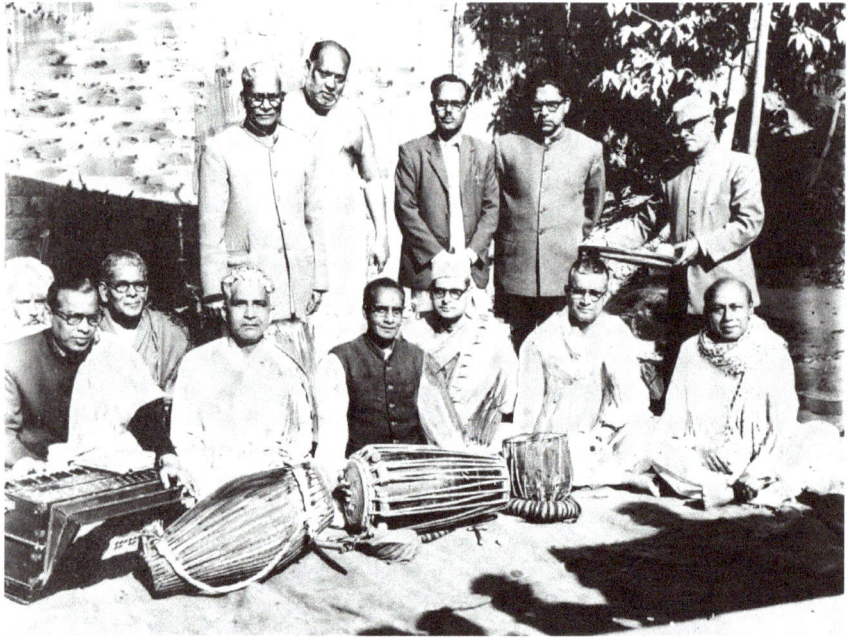

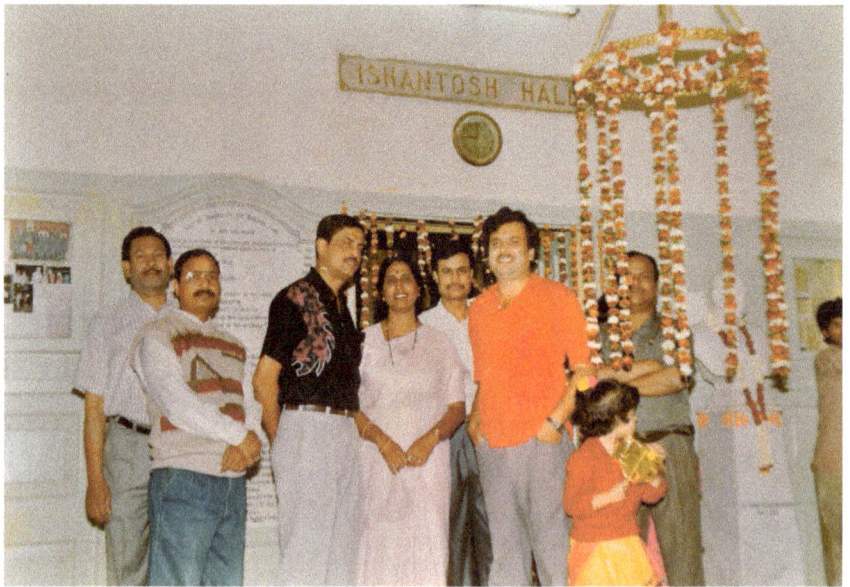

The people in those photos were related to New Delhi Durga Puja Samity, Kali Bari

ব্ল্যাক অক্টোবর

২০২০ সালের জাঁকজমকহীন শারদ পুজো কীভাবে যে নিঃশব্দে কেটে গেছিল ভাবতেই কষ্ট হয়। দশমীর ভোরবেলায় ভাবছিলাম অপয়া অক্টোবর মাস নিয়ে অপ্রিয় গোটাকয়েক সত্যি ঘটনা লিখে ফেলি।

আমার কলমে ১৯৪২ সালের অক্টোবর মাস থেকে কাহিনী লেখা শুরু হয়েছে এবং শেষ করেছি করোনা যখন সম্পূর্ণ নিয়ন্ত্রণে এসেছে। যা যা ঘটনা মনে এসেছে হুবুহু তাই দশমীর সকালে ডায়েরিতে লিখে ফেলেছি।

'১৯৬৫ সালে পাকিস্তানের ভারত আক্রমণের জন্য কালীবাড়িতে অক্টোবর মাসের পুজোতে সমস্ত আমোদ-প্রমোদ বন্ধ রাখা হয়।

তারও পূর্বে ১৯৪২ সালে Curfew – এর জন্য ঘড়ির সময় এক ঘন্টা বাড়িয়ে দেওয়া হয় (War Time).

1948 sale Pioneer Bank দেউলিয়া হয়ে যাওয়ায় পুজো সমিতি ৫২৮ টাকা লোকসান ওঠায়।

অর্ধ শতাব্দী আগে কালীবাড়ির বেদিতে সেপ্টেম্বর ও অক্টোবর মাসে দু-দুবার দুর্গাপুজো অনুষ্ঠিত হয়। প্রথমবার কালীবাড়ি প্রাঙ্গণে ঘট পুজো পণ্ডিত গুরুপদ ঠাকুরমশায় স্বয়ং আয়োজন করেছিলেন এবং তার পরের মাসে গৌর পালের হাতে গড়া দেবী দুর্গার বিগ্রহ সাজিয়ে আবার সেই বেদিতেই শারদ পুজো ধুমধাম সহকারে সম্পন্ন হয়।

পঞ্চাশ বছর আগে কালীবাড়িতে যেই ঘট পুজো একবারের জন্য হয়েছিল তাই ২০২০ সাল থেকে দিল্লীর বিভিন্ন বেদী প্রাঙ্গণে পুনরায় শুরু হয়েছে। পলি মাটির তৈরি ছয় ফুটের দুর্গা বিগ্রহ দিল্লীতে আজ সম্পূর্ণ ভাবে বর্জিত। শুধু মাত্র কালীবাড়িতে সেই পুরনো ট্র্যাডিশিনাল প্রথায় ডাকের সাজে সজ্জিত একচালা ঠাকুর পূজিত হয়েছিল। মহালয়ের ৩৫ দিন পর বাইশে অক্টোবর দুর্গাষষ্টির তিথি পড়েছিল। ২০২০ সালের পঞ্জিকায় পুজোর দিনাক্ষণ দেখে মনে হয়েছিল অশনি সংকেতের আভাস দেখা দিয়েছে।

সত্তর দশকের অক্টোবর মাসের মাঝামাঝি ভাসানের দিন কাশ্মীরি গেট বেঙ্গলী বয়েজ স্কুলের বাইরে দেবীর বিগ্রহ দাউ দাউ করে পুড়ে যেতে স্বচক্ষে দেখেছিলাম। 'দিল্লি দুর্গা পুজো সমিতি'-র ঠাকুর পুড়ে যাওয়ার কাহিনী আমি সবিস্তারে 'নানা রঙের দিনগুলি' পর্বে লিখে রেখেছি।

আশি সাল থেকে শোভাযাত্রার রুটে ঘন ঘন যানজট বিভ্রাট এবং ভাসানের দিন গীতা ঘাটে অসম্ভব ভিড় হতে শুরু করে। ফলত সেই দশকের শেষাশেষি

সাউথ দিল্লীর সমগ্র ঠাকুর ওখলা ক্যানালে ভাসানো শুরু হয় এবং জেপিসি দুভাগে বিভক্ত হয়ে যায়। ভাসানের ঘাট অদল বদল হয়ে যাওয়াতে গীতা ঘাটে নিরঞ্জন উৎসবের জৌলুস ম্লান হয়ে যায়।

পুরনো কালে ওখলা একটা দ্বীপের মতো দেখতে লাগত। যমুনার ধারাকে একটি কৃত্রিম খালের মধ্যে দিয়ে ভিন্নমুখী করা হয়। সে-খাল এক টুকরো ভূমিখণ্ড দিয়ে বেষ্টন করে রাখা ছিল। বৃক্ষবহুল ছায়াছন্ন। খালের মুখ খোলা ও বন্ধ করার জন্য লকগেট, তার ওপরে প্রশস্ত সেতু। টাঙ্গা ও মোটর অনায়াসে যেতে পারে। ছুটির দিন দলে দলে লোক যেত পিকনিক করতে। ওখলা নয়াদিল্লীর বটানিক্স।

সেকালে গোল মার্কেটে 'ভারত ভাণ্ডার' মাছ শিকারের ছিপ, সুতো, বঁড়শি, হুইল, ফাতনা প্রভৃতি বিক্রি করত। ওখলায় গিয়ে মাছধরার বাতিক ছিল পাড়ার কিছু হুজুগে জেঠুদের। অবশ্য মস্ত ব্যাপার নয়, - পুঁটি, চ্যালা প্রভৃতি ছোট ছোট মাছ ধরার নেশা।

২০১৮ সালের অক্টোবর মাসে National Green Tribunal ফরমান জারি করে যমুনা নদীতে ঠাকুর ভাসান বন্ধ করে দেয়। লক্ষ্য করে দেখেছিলাম বিভিন্ন পুজো সমিতি কৃত্রিম পুষ্করিণী তৈরী করে ঠাকুর ভাসানোর নামে ছিন্নভিন্ন মায়ের মূর্তিকে বাঁশ দিয়ে অপর্যাপ্ত জলে চোবাচ্ছে। শিব ঠাকুরের আপন দেশে হিন্দু ধর্মের চূড়ান্ত অনাচার দেখে সেবার আমি স্তম্ভিত হয়ে গেছিলাম। এখানেই কিন্তু থেমে থাকে নি, Delhi Pollution Control Board তাদের নোটিফিকেশন জারি করে প্রত্যেকটি পুজো কমিটিকে নির্দেশ দিয়েছিল ভাসানের দিন প্রতিমা বড় আকারের কন্টেনারে বিসর্জন দিতে হবে।

২০২০ সালে অক্টোবর মাসে National Disaster Management Authority দিল্লীতে বড় দুর্গাপুজোগুলি সম্পূর্ণভাবে ব্যান করে দেয়। রাজধানীর পুজোর ইতিহাসে ২০২০ সালের অক্টোবর মাস ছিল বাঙালীদের জীবনে nightmare।

সবকটি unpleasant ঘটনা নানা সময়ে দিল্লীর বুকে অক্টোবর মাসেই ঘটেছিল তাই আমার বর্তমান লেখার টাইটেল দিয়েছি 'ব্ল্যাক অক্টোবর-Black October'.

চার দশক আগে (১৯৮৪) সালে আমাকে নিউ দিল্লী দুর্গা পূজা সমিতি 'জয়েন্ট প্রসেশন কমিটি'-র যুগ্ম সম্পাদক পদে মনোনীত করেছিল। সেবার 'জেপিসি'র সভাপতি হয়েছিলেন দিল্লীর অতিরিক্ত পুলিশ কমিশিনার শ্রী নিখিল কুমার।

আজ এতকাল পরে লিখতে বসে রাজধানী দিল্লীর দুর্গা পুজো ও কালী পুজোর ইতিহাস অনেকটাই ঝাপসা হয়ে গেছে। দীর্ঘ পথ চলতে চলতে কত

বিক্ষিপ্ত ঘটনা মনে পড়ে যায়। স্মৃতি মানুষকে প্রতারণা করে, লেখা করে না তাই অক্টোবর মাসের ঘটনাগুলো লিখে যেতে চাই।

১৯৮৩ সালে অক্টোবর মাসে সি আর পার্ক মেলা গ্রাউণ্ডের ঠাকুর ভাসানের শোভাযাত্রা রিং রোড পথে গীতা ঘাট অভিমুখে এগিয়ে চলেছিল। রাজঘাটের কাছাকাছি সিলামপুর পুজা সমিতির ট্রাকে বসা শোভাযাত্রীর দল মেলা গ্রাউণ্ডের মিছিল কে দ্রুত পাশ কাটাতে গিয়ে মুখোমুখি হয়ে যায়। তাড়াহুড়োয় চালক ঝটিটি কনভয় ভেদ করতে গিয়ে রিং রোডে দীর্ঘ ট্র্যাফিক জ্যাম সৃষ্টি করে ফেলে। ফলে শোভাযাত্রীর দুই দলের মধ্যে রীতিমত তুলকামাল বেঁধে যায়। পুলিশ এসে যাওয়াতে শোভাযাত্রীর দল নিজেদের মধ্যে ব্যাপারটা দ্রুত মিটিয়ে ফেলে।

তারপরের ঘটনাটি আমি ১৯৮৪ সালে পুলিশ হেডকোর্টার্সে নিখিল কুমারের চেম্বারে জেপিসি'র মিটিং চলাকালীন সবিস্তারে জানতে পারি –

যখন মেলা গ্রাউণ্ড ও সিলামপুর সমিতির তরুণ সদস্যদের মধ্যে বাকবিতণ্ডা ও ধাক্কাধাক্কি ধস্তাধস্তি চলছিল তখন শ্রীমতী ইন্দিরা গান্ধী রাম লীলা গ্রাউণ্ডে রাবণ পোড়ান দেখতে ওনার গাড়ির কনভয় নিয়ে এগোচ্ছিলেন। প্রধান মন্ত্রীর এম্ব্যাসাডার গাড়ির গতি রাস্তা খালি না থাকাতে স্লো হয়ে যায়। সেই ঘটনার বিবরণ যখন পুলিশ হেডকোয়ার্টার্সে বসে ডিসিপি (হেড কোয়ার্টার্স) দিচ্ছিলেন তখন নিখিল বাবুর মুখ দুর্ভাবনায় থম থমে হয়ে যায়। মনে রাখতে হবে মিটিংটা হচ্ছিল ১৯৮৪ সালের অক্টোবর মাসে। তার আগে জুন মাসে অপারেশন ব্লুস্টার হয়ে গেছে এবং শ্রীমতী ইন্দিরা গান্ধীর সম্পূর্ণ নিরপত্তা তখন পুলিশি এজেণ্ডায় টপ প্রায়োরিটি।

মনে পড়ে নিখিল কুমার তৎক্ষণাৎ মিটিং থামিয়ে আমাদের আদেশ দিয়েছিলেন আগামীকাল মেলা গ্রাউণ্ড পুজো সমিতির সচিব এবং সভাপতি দুজনকে ওনার চেম্বারে সরাসরি হাজির করতে হবে। ১৯৮৪ সালে মেলা গ্রাউণ্ড পুজো সমিতির সচিব ছিলেন শ্রী সত্য রঞ্জন সাহা এবং সভাপতি ছিলেন যতদূর মনে পড়ে দত্ত বাবু। ওনার পুরো নামটা আজ মনে নেই, জানি না উনি এখনও বেঁচে আছেন কি না? অবশ্য চিত্তরঞ্জন পার্কের সেই সময়কালের বেশির ভাগ মানুষগুলো আর নেই।

পরের দিন নিখিল কুমারের চেম্বারে ম্যারাথন মিটিং হয় এবং উনি আমাদের পরিষ্কার নির্দেশ দিয়েছিলেন এরকম অপ্রিয় ঘটনার পুনরাবৃত্তি শোভাযাত্রা রুটে ও গীতা ঘাটে নিরঞ্জন উৎসবের সমাগমে এবারে যেন না ঘটে। যাইহোক ১৯৮৪ সালের ভাসান শোভাযাত্রার দীর্ঘ পথে ও গীতা ঘাটে পুলিশ এবং জেপিসি স্বেচ্ছাসেবক বাহিনীর সক্রিয় যৌথ সহযোগিতার কারণে কোনও দুর্ঘটনা ঘটে নি। কিন্তু ৩১শে অক্টোবর ১৯৮৪ সালে দিল্লীর বুকে রক্তাক্ত

ইতিহাসের কাহিনী আজও সকলের মনে গভীর দাগ কেটে রয়েছে। যদিও সেই ঘাতক হামলার সাথে পুজোর কোনও সম্পর্ক ছিল না কিন্তু মর্মান্তিক ফায়ারিংটা ইতিহাসের পাতায় অক্টোবর মাসকে কলঙ্কিত করে রেখেছে।

৩১ অক্টোবর। ১৯৮৪। ডঃ পি ভেনুগোপাল, অল ইন্ডিয়া ইনস্টিটিউট অফ মেডিক্যাল সায়েন্সেস'-এর চিফ অফ কার্ডিয়াক সার্জারি, তাঁর স্মৃতিচারণে সেই দিনের ঘটনার উল্লেখ করেছিলেন –

সকাল ১০টা নাগাদ এক জুনিয়র হাঁফাতে হাঁফাতে এসে বলেছিলেন, 'মিসেস গান্ধীকে ক্যাজুয়ালটিতে ভর্তি করা হয়েছে।' কিছু ভাবার সময় ছিল না, একটা লম্বা স্প্রিন্ট টেনে দৌড়েছিলাম। দেখেছিলাম, গুলিবিদ্ধ ইন্দিরাকে। তাঁর নিজের রক্তেই শাড়িটা চুপচুপে ভিজে গেছে। দেহে প্রাণের কোনও স্পন্দন নেই। তাও হাউহাউ করে কাঁদতে কাঁদতে ইন্দিরার দুই সহযোগী এম এল ফতেদার ও আর কে ধাওয়ান তাঁকে রক্ত দিতে অনুনয় করেন। তার আগেই অবশ্য বিরল ব্লাড গ্রুপ ও নেগিটিভের রক্ত দেওয়া হচ্ছে, যেটা বেরিয়ে আসছে।

বললাম ওটি-তে নিন ওঁকে। চেয়েছিলাম, কোনও ভাবে যদি বাইপাস মেশিনে ইন্দিরাকে দিয়ে ক্ল্যাম্পিংয়ের মাধ্যমে তার তলপেটের দিকে রক্ত আসা বন্ধ করানো যায়। সেটা ওই মুহূর্তে অনেক বেশি জরুরি ছিল। কারণ তলপেট তো গুলিতে ঝাঁঝরা। শীর্ণকায় শরীরটি দেখে শিউরে উঠেছিলাম আমি। তলপেট থেকে চলকে পড়ছিল রক্ত। মুখমণ্ডল ফ্যাকাশে। শরীরে কি আর এক ফোঁটা রক্তও আছে।

ইন্দিরার শরীরে ৩০টি গুলি লেগেছিল। ২৩টি গুলি তাঁর শরীর ফুঁড়ে বেরিয়ে যায়। শরীরে গেঁথে ছিল সাতটি গুলি। এখনও যেন চোখের সামনে দেখতে পাচ্ছি, শাড়িতে হাত দিতেই ঝনঝন করে গুলিগুলো মেঝেতে পড়ছে। এক সময় দেখলাম আমার রক্ত-লাগা পায়ের ছাপ। প্রথম কয়েকটি গুলি লাগার পরও কোনও ভাবে যদি ইন্দিরাকে আড়াল করা যেত, বা ধাক্কা দিয়ে সরিয়ে দেওয়া যেত, তা হলেও হয়ত বেঁচে যেতে পারতেন তিনি।'

১৯৮৫ সালে নিখিল কুমার নর্থ ইস্টে বদলি হয়ে যাওয়াতে তারপর ওনার পরিবর্তে শ্রী অশোক ব্যানার্জি, অবসরপ্রাপ্ত আইপিএস, জেপিসি কমিটির সভাপতি পদে মনোনীত হন।

১৯৮৫ এবং ১৯৮৬ সালে অশোক ব্যানার্জি তাঁর মোতি বাগের দোতলা ফ্ল্যাটে ডিসিপি (ট্র্যাফিক) এম এস উপাধ্যায়ের সাথে পুজো এবং ভাসানের সিকুরিটির আয়োজন নিয়ে ঘন ঘন বৈঠক ডাকতেন। আমি তখনো জেপিসির যুগ্ম সম্পাদক পদে বহাল ছিলাম। দিল্লীর সমস্ত জেপিসি সদস্যদের কালীবাড়ির স্টেজে মিটিং ডেকে বারেবারে পুজো মণ্ডপে এবং গীতা ঘাটে সতর্ক থাকতে বলা হয়। সেই সময়ে সিসিটিভি ছিল অজানা তাই পুজো প্যান্ডেলে দর্শনকারীদের

গতিবিধি লক্ষ্য রাখা সম্ভব ছিল না। তখন অনেক পুজো সমিতির ধারণা হয়েছিল পুলিশ বাহিনী অযথা 'সিকুরিটি সিনড্রোম' ফোবিয়াতে ভুগছে। ১৩৫টি দিল্লীর পুজো সমিতির কর্মকর্তারা পুলিশের সতর্ক থাকার ফরমান কে চুরাশির দাঙ্গার পরবর্তী তিন বছর কিছুটা রুটিন ভাবে নিয়ে ছিল। সিকুরিটির শিথিলতার জেরে যে কি দারুণ মাশুল ১৯৮৭ সালে সকলকে দিতে হয়েছিল সেই কাহিনী পরিশেষে সকলকে আমি শোনাতে চাই।

২১শে অক্টোবর ১৯৮৭ সালের অভিশপ্ত রাত

ছোট কালীপুজোর আগের রাতে চিত্তরঞ্জন পার্ক মেলা গ্রাউণ্ড প্যান্ডেলে এবং আশেপাশে যা ঘটেছিল সেই বিভীষিকাময় বিবরণ লিখতে বসে আমার কলম কেঁপে কেঁপে উঠছে।

বাইশে অক্টোবর অল ইন্ডিয়া রেডিও ও দূরদর্শন চ্যানেলে এবং খবর কাগজ মারফৎ জানা যায় তিনজন টেরোরিস্ট গতকাল রাতের বেলা ছড়িয়ে ছিটিয়ে রাস্তায় পথচলা নিরীহ লোকেদের ওপর মেশিনগান চালিয়ে অবাধে গুলি ছুঁড়তে থাকে। উগ্রবাদীরা সাউথ দিল্লীর অন্ধকার রাস্তায় দিকবিদিক গুলি চালাতে চালাতে কালকাজী অভিমুখে দ্রুত দুচাকা বাহনে এগিয়ে যায়।

ছিনতাই করা বাহনে বসে সন্ত্রাসবাদীরা আচম্বিতে মেলা গ্রাউণ্ড পুজো প্যান্ডেলে গেটক্র্যাশ করে ঢুকে পরে এবং উন্মাদের মত যত্রতত্র গুলি চালায়। দুঃস্বপ্নময় রাতে ঝাঁকে ঝাঁকে গুলি চালানোর 'ফটর ফটর' ফাটা শব্দকে মেলা গ্রাউণ্ডের আশেপাশের বাসিন্দারা ভেবেছিল ধানি পটকার আওয়াজ তাই তাদের মনে কোনও সন্দেহ হয়নি। তখনও আধো অন্ধকার প্যান্ডেলে পুজো সমিতির কয়েকজন কর্মকর্তা ছড়িয়ে ছিটিয়ে দাঁড়িয়ে ছিলেন। তাদের ওপর অতর্কিতে দুষ্কৃতিরা বন্দুকের ধুমায়িত নল ঘুরিয়ে ট্রিগার টিপে নির্বিকারে গুলি চালায় এবং দত্তবাবুরও পায়ে গুলি লাগে। পরে খবর কাগজ পড়ে জানা যায় চিত্তরঞ্জন পার্কের সবার প্রিয় বাসিন্দা কাঞ্জিলালবাবু আততায়ীর ছিটকানো গুলির আঘাতে সে রাতে নিহত হন। এছাড়া দশটি তরতাজা নিরীহ মানুষ মেশিনগানের গুলিতে ঝাঁজরা হয়ে সাউথ দিল্লীর ফুটপাথে অকালে প্রাণ হারিয়ে লুটিয়ে পরে।

চিত্তরঞ্জন পার্কের DMS বুথে প্রাত্যভ্রমণকারীরা খবরটা প্রথম জানতে পারেন। সেই সময় বেশির ভাগ বাড়িতে টেলিফোন ছিল না তাই সেই অবিশ্বাস্য খবরটি এলাকায় ছড়াতে দেরি হয়েছিল।

শোকাহত চিত্তরঞ্জন পার্কের কোনও বাসিন্দা তাঁদের বাড়িতে কালীপুজোর রাতে মোমবাতি বা টুনি লাইট জ্বালায় নি। শুধু প্রতিটা বাড়ির সামনের বাগানে তুলসী মঞ্চে একটি করে প্রদীপ সারা রাত জ্বলেছিল। গোটা চিত্তরঞ্জন পার্ক অঞ্চল কালীপুজোর অমা-যামিনীতে ঘন অন্ধকার আস্তরণে ছেয়ে গেছিল।

সেই অন্ধকারময় রাতে চিত্তরঞ্জন পার্ক কলোনির একতলা বাড়ীগুলো দেখতে লাগছিল ঘনকৃষ্ণ অন্ধপ্রাচীর। শুধু শোনা গেছিলো কয়েকটি বাড়ির অন্দরমহল থেকে মৃদু মৃদু কান্নার শব্দ।

২০২০ সালের দশমীর সকালে 'ব্ল্যাক অক্টোবর' লিখতে বসে মনে পড়ে যায় পুলিশ তাদের ওয়াকি-টকি'তে বিভিন্ন পুজো সমিতিকে পাঠানো অবিরাম সতর্ক থাকার SOS ম্যাসেজের আগাম সঙ্কেত। আজও বুঝে উঠতে পারি নি ঘটনাটি শুধুমাত্র ভাগ্যের নিষ্ঠুর পরিহাস না কি সিকুরিটি থ্রেট পারসেপশন কে পুজো কমিটিগুলো হালকা ভাবে নিয়েছিল??

আরও একটি দুর্ঘটনার কথা লিখে আমি 'ব্ল্যাক অক্টোবর' রচনাটিতে শেষ করব। ঘটনাটি বিলেতে ঘটেছিল ১৯৯০ সালে ষষ্ঠির দিন।।

১৯৮৯ সালে নিউ দিল্লী কালীবাড়ি সমিতির সভাপতি জাস্টিস সব্যসাচী মুখার্জি সুপ্রিম কোর্টের প্রধান বিচারপতি পদে নিযুক্ত হন। নিউ দিল্লী কালীবাড়ি ও দিল্লীর বাঙালী সমাজের তরফ থেকে ভারতবর্ষের প্রধান বিচারপতির সন্মানার্থে সম্বর্ধনা সভা আয়োজন করা হয়েছিল। সেই বিরল ছবিটি নিচে তুলে ধরা হয়েছে এবং ছবিতে আমিও নিজেও আছি।

১৯৯০ সালে জাস্টিস সব্যসাচী মুখার্জি পুজোর আগে অ্যামেরিকা ও ইংল্যান্ডে অফিশিয়াল কাজে জান। তারপর অ্যামেরিকা থেকে ইংল্যান্ডে আসার পথে হিথরো এয়ারপোর্টে উনি আচমকা অসুস্থ হয়ে পড়েন এবং ষষ্ঠির দিন হাসপাতালে ভর্তি থাকাকালীন মারা যান। ওনার মৃত্যু নিয়ে তৎকালীন পার্লামেন্টে চিকিৎসার গাফিলতি প্রশ্নে তুমুল তোলপাড় হয়েছিল। বহু রাজনৈতিক নেতা প্রধান বিচারপতির আকস্মিক মৃত্যুর খবরে সংশয় প্রকাশ করে পার্লামেন্টে মুখর হয়েছিলেন। অপয়া অক্টোবর মাসের ঠিক পাঁচ দিন আগে ষষ্ঠির সকালে জাস্টিস সব্যসাচী মুখার্জির মৃত্যু খবর আমরা সন্ধ্যা আরতির সময় পাই।

আজ জাস্টিস সব্যসাচী মুখার্জিকে সবাই ভুলে গেছেন এবং নিচের ছবিটি সনাক্ত করার মত কালীবাড়ি সমিতির কতিপয় সদস্য শুধু বেঁচে আছেন। ইতিহাস ঘাঁটলে জানা যায় সুপ্রিম কোর্টের জাস্টিস বিজন মুখার্জি, ১৯৫২-৫৪ সালে কালীবাড়ি সমিতির সভাপতি ছিলেন। তার অনেক পরে সুপ্রিম কোর্টের জাস্টিস এ এন সেন ১৯৮০-৮৪ সাল পর্যন্ত কালীবাড়ি সমিতির সভাপতি পদে মনোনীত হয়েছিলেন।

২০২০ এবং ২০২১ সালের কালান্তক অক্টোবর মাসে দুর্গা পুজো যাঁরা সশরীরে দেখেছেন তাঁরা সকলে খুবই ভাগ্যবান কারণ সেই দু'বছরে অজস্র লোক করোনায় আক্রান্ত হয়ে বেঘোরে প্রাণ হারিয়েছিলেন।

শতবর্ষের বেঙ্গলী ক্লাব, কাশ্মীরি গেট

দিল্লীর প্রাচীনতম বাঙালী সংস্থাটি স্থাপিত হয়েছিল ১৯২৫ সালে। অবশেষে বেঙ্গলী ক্লাবের বয়স একশো বছর অতিক্রম করেছে কিন্তু দুঃখের বিষয় গুরুত্বপূর্ণ এই খবরটি নতুন প্রজন্মের কারুর জানা নেই। তার কারণ ক্লাবের বেশিরভাগ পুরনো সদস্য আজ আর বেঁচে নেই। আমি কোন দিনই বেঙ্গলী ক্লাবের সাথে যুক্ত ছিলাম না কিন্তু দিল্লীর নানা তথ্যাদি সংগ্রহ করার সময় মনে হয়েছে শতাব্দী পূর্তি উপলক্ষে সংস্থাটির সম্বন্ধে কিছু লিখে যাওয়া উচিত হবে নতুবা প্রাচীন ক্লাবটি সম্ভবত স্মৃতির অতলে তলিয়ে যাবে। আমি যখনই কাশ্মীরি গেট মেট্রো স্টেশনে নেমে 'Ritz' সিনেমা হলের বাইরে দাঁড়াই তখন স্বাভাবিক ভাবেই আমার চোখ চলে যায় ওপারে দোতলা ভবনে লুপ্ত ক্লাবঘরটির দিকে। বর্তমানে সেই ক্লাবঘরটির সাইনবোর্ডে এক অচেনা হোটেলের নাম দেখা যায়।

বহুদিন ধরে চিন্তা ভাবনা করেও ক্লাবটির বিষয়ে কি লিখবো তা স্থির করে উঠতে পারি নি। ২০১৮ সালে টেলিফোনের মারফতে আমার পরিচয় শ্রদ্ধেয় শ্রী কমলেশ্বর সেনের সাথে হয়েছিল, তখন উনি থাকতেন মুম্বাই শহরে। কমলেশ্বরবাবু বহু বছর বেঙ্গলী ক্লাবের সক্রিয় সদস্য ছিলেন। ক্লাবের আর এক

সদস্য ফচুদা (অমলেশ্বর) ছিলেন ওনারই ভাই। কমলেশ্বরবাবু আমাকে বেঙ্গলী ক্লাব এবং কাশ্মীরি গেট দুর্গাপুজো সমিতির টুকরো টুকরো গল্প সময় সময় শুনিয়েছিলেন। ৪ মে, ২০২৪ সালে টাইমস অফ ইন্ডিয়া কাগজে কমলেশ্বরদার মৃত্যু সংবাদ পড়ে আমি স্তম্ভিত হয়ে গেছিলাম। খবর কাগজে ছাপা অবিচুয়ারি পড়া মাত্র আমি আমার এই রচনাটি লিখতে শুরু করে দিই।

২০২১ সালে কল্পনাদির (গুপ্ত) সাথে পুরনো দিল্লীর বাঙালীদের ইতিহাস নিয়ে আমার টেলিফোনে বার্তালাপ হয়। আজও আদুবাবুর মেয়ে অর্থাৎ কল্পনাদির সাথে Whats App-মাধ্যমে আমার যোগাযোগ আছে। উনিই খুব সম্ভবত সেই সময়ের একমাত্র আদি শহরের বাসিন্দা রয়ে গেছেন, অবশ্য বর্তমানে কল্পনাদি ইস্ট অফ কৈলাশে থাকেন।

কমলেশ্বরদা ও কল্পনাদির সাথে কথা বলে বুঝেছিলুম সেকালে বেঙ্গলী ক্লাবের সদস্যদের দিল্লী গেটে খেলার মাঠে ফুটবল ম্যাচ দেখার প্রচণ্ড রকম আসক্তি ছিল। তখন থেকেই আমি Durand Cup Final-এ Mohan Bagan Vs East Bengal টিমের খেলার প্লট মনে মনে ফেঁদে রেখেছিলুম। বেঙ্গলী ক্লাবের ব্যাপারে যাবতীয় ইতিহাস দিল্লী ট্রিলজিতে ('মুছে যাওয়া দিনগুলি' 'নানা রঙের দিনগুলি' এবং 'তিন পয়সার পালা') লেখা আছে। ঐতিহ্যময় ক্লাবের ১০০ বছর পূর্তি উপলক্ষে 'রাইসিনা হিল' বইটিতে বেঙ্গলী ক্লাবের বিষয় লিখতে গিয়ে আমি ফুটবল ম্যাচের টপিকই বেছে নিয়েছি, আশা রাখি গল্পটি ক্রীড়াপ্রেমীদের পড়তে ভাল লাগবে। আসুন তাহলে গত শতাব্দীর ষাটের দশকে ফিরে যাওয়া যাক।

আজ শুক্রবার, বিকেল তিনটে থেকে ডুরাণ্ড কাপ ফাইনাল ম্যাচ দিল্লী গেট মাঠে হবে। রাম রাবণের যুদ্ধ দেখতে ক্লাবঘরে সাজো সাজো রব উঠেছে। বেঙ্গলী ক্লাবের যুবকেরা যাবে খেলার মাঠে তাদের সাইকেল চালিয়ে আর বড়রা যাবেন টাঙ্গা ভাড়া করে আগ্রা হোটেল হয়ে দিল্লী গেট স্টেডিয়ামে। এবারে দরিয়াগঞ্জ পাড়ায় আগ্রা হোটেলে মোহনবাগান ও ইস্টবেঙ্গলের গোটা টিমকে তোলা হয়েছে।

সকাল দশটা নাগাদ পাঁচজন সিনিয়ার সদস্যদের ক্লাবের নিচে অপেক্ষামান টাঙ্গার হাতল ধরে দু'চাকা বাহনে চড়তে দেখা যায় ফলে টাঙ্গাটা জোরে দুলতে শুরু করে দেয়। সেই পাঁচজন ক্লাবের কর্মকর্তাদের নাম হাঁদাদা, পুতুলদা, শ্যামলদা, নিশিথদা ও বরুণদা। এনাদের সামান্য পরিচয় আমার কল্পিত গল্পের শুরুতে দিয়ে রাখি। হাঁদাদা ছিলেন চাঁদনি চক অঞ্চলে প্রতিষ্ঠিত অন্নপূর্ণা মিষ্টান্ন ভাণ্ডারের মালিক। পুতুল নাগ তখন দিল্লী বিশ্ববিদ্যালয়ে কর্মরত প্রোফেসর এবং নাটক পরিচালনায় তাঁর খুবই নাম জশ হয়েছে। বরুণদা ও শ্যামলদা কাজ করেন United Bank of India, মাদ্রাস হোটেল/

করোল বাগ ব্রাঞ্চে। আশুতোষ রায়ের পুত্র নিশিথদা ভাইদের সাথে চাঁদনি চকে বিখ্যাত IMH প্রেসটি চালান।

সেকালে ক্লাবের ফোক্কড় ছেলের দল নাকি হাস্যরসিক হাঁদাদা কে নিয়ে অজস্র সরস গল্প রচেছিল, হাঁদাদা তাতে কখনই রাগ করতেন না। মনে হত উনিও গল্পগুলো উপভোগ করতেন। কয়েকটা রম্য গল্প তুলে ধরলাম।

হাঁদাদা হামেশাই টাঙ্গা ভাড়ার দর কম হাঁকতেন।

'হাঁদাদা, গাড়োয়ানকে জিজ্ঞেস করতেন, 'দিল্লী গেট খেলার মাঠে যেতে কত নেবে?'

গাড়োয়ান, 'এমনিতে ত দেড় টাকা, কিন্তু কর্তাদের জন্য এক টাকাতেই হবে।'

হাঁদাদা, 'বল কী হে? ছয় আনাতে হবে না?'

গাড়োয়ান, 'আস্তে কন কত্তা, ঘোড়ায় শুনলে হাসবো – তারপরে সহিসের কটূক্তি, 'ওরে বাবুদের চাকার লগে বাঁইধা ল'।

হাঁদাদা মাঝে মাঝে পাখী মারা দোনলা বন্দুক কাঁধে নিয়ে যমুনার তীরে শিকারে যেতেন, সাথে থাকত তাঁর চাকর। চলনে বসনে হাঁদাদার ছিল রাজকীয় চাল। পাখী দেখলে চাকরকে ধীরেসুস্থে বলতেন, 'বন্দুকো।' চাকর হাঁদাদার থেকেও এক কাঠি বাড়া। তার চাল আরও ভারিক্কি। আরও ধীরেসুস্থে বন্দুক এগিয়ে দেয়। হাঁদাদা গদাইলস্করী চালে 'বন্দুকো' জোড়া লাগিয়ে বলতেন, 'কার্তুজো'। ক-রে, ক-রে সব যখন তৈরি তখন পাখীরা সাইবেরিয়ায় চলে গেছে। চাকর সরোষে বলত, হাঁদাদার ভাগ খারাপ।' তবুও হাঁদাদা দু-একটা গুলি ছুঁড়তেন। ফলং শুন্যং।

হাঁদাদা ছিলেন শখের মাছ শিকারী। মাসের প্রথম শনিবার নিয়মকরে হাঁদাদার চাকর যমুনার জলে চার খাইয়ে আসতেন । ফলে গন্ধভরা খাদ্যের সন্ধান পেয়ে সেই জায়গায় মাছেরা এসে জমত। রববার সকালে বঁড়শি কাঁধে নিয়ে যমুনার তীরে গিয়ে হাঁদাদা চাকর সমেত বসতেন। ভাগ্যের এমন বিড়ম্বনা, চারা ফেলা সত্তেও হাঁদাদার ফাতনা ডোবে কস্মিনকালে। আকছার রববারই যায় বিনা-শিকারে। হাঁদাদার প্রিয় চাকর গভীর মনোযোগ দিয়ে প্রভুর মাছ ধরা দেখত। একবার নাকি হাঁদাদা কয়েকটা চুনো পুঁটি ধরেছিলেন। চাকর জ্যান্ত মাছগুলো মাথার ওপর ঝুড়িতে চাপিয়ে হাঁদাদার পেছন পেছন নিশ্চিন্দে হেঁটে আসছিল। চাল চলনে চাকরকে তখন দেখতে লাগছে পাক্কা মেছুরেদের মত। হঠাৎ আকাশ থেকে চিল ঝাঁপিয়ে ছোঁ মেরে একটা মাছ মুখে তুলে নিমিষে উড়ে চলে যায়। উত্তেজিত চাকর 'কা কা রবে' তখন চেল্লাচিল্লি শুরু করে দিয়েছে।

হাঁদাদা সেই দেখে চীৎকার করে চিল কে বলতে লাগলেন, 'আরে কোরছ কি? শুধু মাছটা নিয়ে তোমার হবে কি, রেসিপিটা যে পকেটে রয়ে গেছে। কী উৎপাত, দাঁড়াও না।

সকাল সাড়ে দশটায় সময় ডান পাশে সুলতান সিংহ বিল্ডিং সংলগ্ন বাটার দোকান ও সরোজিনী লজকে পেছনে রেখে মন্থর গতিতে টাঙ্গা ক্যাঁচক্যাঁচে আওয়াজ তুলে এগিয়ে চলেছে আগ্রা হোটেলের দিকে। কষাঘাতে জর্জরিত ঘোড়া চলছে ধুঁকতে ধুঁকতে, চারপেয়ে অবলা অশ্বের ক্ষুরের একটানা খটখট শব্দে পথচারীর দল টাঙ্গাটাকে অলস নয়নে দেখছে। লাল কিল্লা ছাড়িয়ে সামান্য এগিয়ে বাম পাশের ভেতরের রাস্তায় আগ্রা হোটেল; প্রায় এক একর পরিধির মধ্যে অতিথিশালা কে দেখতে বেশ ছিমছাম লাগে। হোটেল কম্পাউণ্ডের বাইরে তখন খান পঞ্চাশ ফুটবল ফ্যানেরা জটলা করে দাঁড়িয়ে আছে। কাগজের রিপোর্টাররা খেলার খবরের আশায় হোটেলের আশে পাশে হন্যে হয়ে উঁকিঝুঁকি দিচ্ছে। একটি দাঁড় করানো মিনি বাস প্লেয়ারদের পিক-আপের জন্য পার্ক করে রাখা হয়েছে।

আগ্রা হোটেলের আকাশে দেখা যায় ঝাঁকে ঝাঁকে সবুজ মেরুন, লাল-হলুদ রঙের ঘুড়ি চক্রাকারে ফৎফৎ করে উড়ছে আর অসংখ্য পায়রা একবার ডান দিকে গিয়ে ঘুরে বাঁদিকে পাক খেয়ে ফিরে আসছে। জাম্মা মসজিদের মিনার থেকে পায়রাগুলোকে উড়িয়ে দেওয়া হত আগ্রা হোটেলের উদ্দেশ্যে। এই ভাবে খেলা পাগল মুসলমান সাপোর্টাররা খেলোয়াড়দের প্রতি শ্রদ্ধা জাহির করত। তাদের পোষা এক ঝাঁক নারঙ্গী হলদে সবুজ নীল বেগনী রঙের পায়রা উড়ে সমানে চক্কর দিতে থাকত। পায়রাগুলো যখন নীলাকাশে তাদের ডানা ঝাপটাতো, দেখলে মনে হত রুপোর কোন জিনিষ ছড় ছড় করে চলে যাচ্ছে। এক একটা দলে দশ-বারোটা পায়রা থাকত, কিছুক্ষণ ওড়ার পরে পায়রার দল আগ্রা হোটেলের ছাদে গিয়ে তাদের ডানা গুটিয়ে স্থির হয়ে বক বকম ডাক দিতে শুরু করে দিত।

হোটেলের ছোট্ট লনে ইস্ট বেঙ্গল টিমের এক্সট্রা প্লেয়াররেরা খেলার প্র্যাকটিস করতে তখন রীতিমত ব্যস্ত হয়ে আছে। হোটেলটির সামনে কিছুক্ষণ টাঙ্গার আরোহীরা অধীর আগ্রহে দাঁড়িয়ে থাকে নামী প্লেয়ারদের অটোগ্রাফ সংগ্রহের আশায়। কিন্তু নামী খেলোয়াড়দের আশেপাশে কোথাও দেখা যায় না। গ্যালারিতে ভালো আসন দখল করার আশায় হাঁদাদা অধৈর্য হয়ে ঘোড়ার সহিসকে অতঃপর তাড়া লাগিয়েছেন যাতে টাঙ্গা তাড়াতাড়ি দিল্লী গেট স্টেডিয়ামের দিকে রওয়ানা দিতে পারে। ওপারের রাস্তায় জুম্মাবারের

নামাজ-রোজা শেষ করে কাতারে কাতারে স্থানীয় মুসলমান যুবকেরা গোলচা সিনেমার নিচ দিয়ে দ্রুতপদে এগিয়ে চলেছে খেলার মাঠের দিকে।

বেলা প্রায় এগারোটা নাগাদ পথিমধ্যে ২ নম্বর দড়িয়াগঞ্জে সত্যনারায়ণ মিষ্টান্ন ভাণ্ডারে টাঙ্গাটি এসে থামল। মিষ্টির দোকানের মালিক কালীপদ হালদার তখন শিঙাড়ায় পুর ঠাসতে ব্যস্ত। বড় বড় উনুন গন গন করে জ্বলছে তার ওপরে বিশাল লোহার কড়াইতে শিঙারা জিলিপি ভাজা হচ্ছে। ভিয়েনের সামনে চেয়ার পেতে আদুবাবু খোশমেজাজে বসে আছেন, দোকানের পাশেই ওনার বসত বাড়ি। কালীপদবাবু হাঁদাদাকে জানালেন আদুবাবুর শখ হয়েছে আজ যে টিমই জিতুক ক্লাবের সব মেম্বারকে বিকেলে ক্লাবঘরে মিষ্টি খাওয়াবেন, তাই এত ব্যস্ততা। কালীবাবু তারপর পুতুলদার ফ্লাস্কে চা ভরে দিয়ে পাঁচজন কে তড়িঘড়ি বিদায় জানালেন।

কিছুক্ষণ পরে টাঙ্গা এসে থামল দিল্লী গেট স্টেডিয়ামে কিন্তু দেখা গেল খেলার মাঠে দর্শকদের ঢুকতে দেওয়ার সময় তখনও হয় নি। অগত্যা টাঙ্গাটাকে Irwin Hospital-এর পাশে গাছতলার নিচে দাঁড় করিয়ে পাঁচজন বন্ধু চিনে বাদাম খেতে খেতে পাশেই ফিরোজ শাহ কোটলা গ্রাউণ্ডে ঢুকে পড়লেন। সেই মাঠে অল্পবিস্তর লোক তখন ছড়িয়ে ছিটিয়ে ক্রিকেট খেলা দেখছে। দলের পাঁচজন পূর্ব দিকের খালি গ্যালারিতে যমুনার নির্মল হাওয়া খেতে বসে গেলেন। পেছনের ফুটবল স্টেডিয়ামে খেলা শুরু হবে দুপুর তিনটে থেকে সুতরাং বেশ কিছুক্ষণ ক্রিকেট খেলা দেখা যেতেই পারে।

ফিরোজ শাহ কোটলা গ্রাউণ্ডের মধ্যিখানে খেলা হচ্ছে আর চারিদিকে ঘিরে স্রেফ নন্দন কানন, যত্ন করে ছাঁটা ঘাসজমি। তার মাঝখানে নিখুঁত পিচ দেখেও চোখ জুড়োয়। মাথার ওপর নীল আকাশ, গায়ে লাগছে যমুনার ফুরফুরে বাতাস। চারধারে ফুলের বাহার, সবুজ মাঠে সাদা পোশাক পরে বাইশটা খেলোয়াড় আর তাদের সাহায্যকারীরা। মাঠে খেলা হচ্ছে, চারধারে মুষ্টিমেয় ক্রিকেট পাগল দর্শক রোদে পা ছড়িয়ে ঘাসে বসে খেলা দেখছে। সুন্দর ছোট্ট প্যাভিলিয়ান, তার কাছে এক সারি বেতের চেয়ার পাতা। অভিভাবকেরা তাদের ছেলেদের খেলার নিয়ম কানুন বলে দিচ্ছেন। মাঠের কোন জায়গায় লং ফিল্ড, কোথায় কভার পয়েন্ট, কাকে স্লিপ বলে, গুগলি কি, পায়ের বদলে হাত ঠেকলেও লেগ-বিফোর উইকেট হয়।

পুতুলদা ফ্লাস্ক থেকে গরম ধূমায়িত চা বার করে অন্যদের এগিয়ে দিতে দিতে সিগারেট ধরিয়ে আমেজে টান দিতে লাগলেন। হাঁদাদা চুকুস চুকুস করে চা চাখতে চাখতে বন্ধুদের তখন মোগল ইতিহাস শোনাতে শুরু করে দিয়েছেন –

পাশের রাস্তায় বৃদ্ধ বাহাদুর শাহ জাফরকে জন্তুর মত বন্দী করে বন্দীশালায় সাজিয়ে রাখা হয়েছিল। মানুষ যাতে দেখতে পায় তাদের সম্রাটের

অবস্থা। মুঘল সম্রাটের সন্তানদের নগ্ন করে তাদের ইংরেজরা এই রাস্তা দিয়ে হাঁটিয়ে নিয়ে গেছিল। প্রকাশ্যে দিল্লী দরোজায় ফাঁসি দিয়ে অথবা গুলি করে হত্যা করা হয় একের পর এক শিশু, কিশোর, যুবককে। রাজরক্ত ঝর ঝর ধারায় গড়িয়ে পড়লো দিল্লী গেটের ধূলিধূসর পথে। সম্রাটবংশধরদের বিকৃত মৃতদেহ দেখে শিউরে উঠলো পথচারীরদল, বারংবার অশ্রুসিক্ত চক্ষু মার্জনা করলো নিশব্দে।

পরিবেশটা হালকা করার জন্য দলের চারজন হাঁদাদা কে চেপে ধরলেন তাদের ক্রিকেটের গল্প শোনাতে হবে। হাঁদাদা যেন মুখিয়েই বসে ছিলেন, দু'চুমুকে চা শেষ করে সাতিশয় আহ্লাদিত হয়ে উৎসুক শ্রোতাদের ক্রিকেট খেলার গল্প শোনাতে শুরু করে দিলেন –

বিশ্ব ক্রিকেটের মক্কা ইংল্যান্ডের লর্ডসের মাঠে লাগোয়া এম. সি. সি. মিউজিয়ামে ক্রিকেট ইতিহাসের নানাবিধ সংগ্রহের সঙ্গে সযত্নে রক্ষিত আছে একটি উড়ন্ত চড়ুই পাখি, যার নীচে রাখা একটি লাল ক্রিকেট বল। নীচে লেখা 'দ্য স্প্যারো অন দ্য বল'।

ক্রিকেটিয় যত বিষাদ-গাথা আছে এ বিশ্বে, এটি তার মধ্যে অন্যতম।

যারা এই মিউজিয়ামে গেছেন, তাঁরা জানেন এই কাহিনী। ১৯৩৬ সালে ৩ জুলাই লর্ডসের মাঠে মেরিলিবোন ক্রিকেট ক্লাব (এমসিসি) এবং ক্যামব্রিজ বিশ্ববিদ্যালয়ের ক্রিকেট ম্যাচ চলছিল। ক্যামব্রিজের ফাস্ট বোলার ভারতীয় বংশোদ্ভত জাহাঙ্গীর খানের ছোঁড়া বলের আঘাতে স্ট্যাম্পের পিছনে চড়ুইটা মারা যায়।

ক্রিকেটের মাঠে এমন ঘটনাকে স্মরণীয় করে রাখতে ওই চড়ুই পাখিটির মৃতদেহটি সংরক্ষণ করে রাখার সিদ্ধান্ত নেয় এমসিসি বোর্ড। সঙ্গে সেই বলটিও।

আজও সেই বলের ওপর 'স্টাফ' করা উড়ন্ত চড়ুইটি রাখা আছে মিউজিয়ামে। বছরের পর বছর ধরে ক্রিকেটপ্রেমীরা এটি দেখে এর পেছনের কাহিনীরও খোঁজ নেন।

ঘড়িতে ইতিমধ্যে একটা বাজতে চলেছে, বেশ কিছু অত্যুৎসাহী গেছো ছেলে ছোকরাদের দেখা যায় স্টেডিয়ামের লাগোয়া গাছগুলোর উঁচু ডালে চড়ে বসেছে, এরা টিকিটের অভাবে আকাশ ছোঁয়া গাছের মগডাল আঁকড়ে বসে ফুটবল ম্যাচ দেখবে। খেলায় গোল হলে সমস্ত স্টেডিয়াম আনন্দে গর্জন করে উঠত। দেখা যেত হাজার হাজার লোকের হর্ষধ্বনির মাঝে নড়বড়ে ডালে বসা ডানপিটে সাপোর্টাররা ভারসাম্য হারিয়ে মাটিতে কুমড়ো গড়াগড়ি দিচ্ছে। ডানপিটের মরণ গাছের ডগায়; এদের জন্য অপ্রিয় প্রবাদ বাক্যটি খাঁটি।

তারপর দলের দু'জন বাদে তিনজন কে দেখা গেলো লোহার ফটকে ভিড় ঠেলে ধস্তাধস্তি করে দিল্লী গেট স্টেডিয়ামে ঢুকতে। গিসগিস করছে ভিড়।

তবু তো এখন কিউ হয়েছে, আগে-আগে ঘোড়ার সঙ্গে যুদ্ধ করে ঢুকতে হত গুণ্ডার কাছ থেকে বেশি দরে টিকিট কেটে। তখন গ্যালারির বাইরে কাঁটাতারের বন্ধন ছিল না, বিনা টিকিটে কত কত লোককে যে ভেতরের জনতা টেনে তুলেছে তার লেখাজোকা নেই। খেলার মাঠে একবার ঢুকতে পারলে কেল্লা ফতে হয়ে যাবে যেন।

দলের দু'জন অর্থাৎ বরুণদা ও নিশিখদা মাঠে না ঢুকে বাইরে ঘাসের উপর বসে নির্লিপ্ত মুখে সিগারেট খেতে শুরু করে দিলেন। ক্লাবের তরুণ যুবকদের মধ্যে বাচাল একজন গাছতলার নিচে সাইকেল দাঁড় করাতে করাতে নিশিখদাকে ফোক্কুরি করে জিজ্ঞেস করে বসল 'এ কি দাদা, আপনারা মাঠে ঢোকেন নি যে?' নিশিখদা নির্লিপ্ত মুখে জবাব দেন 'আমরা তো কই মাঠে ঢুকি না, বাইরে বসে থাকি চিরদিন! আমরা অপয়া, অনামুখো, অলুক্ষণে, আমরা মাঠে ঢুকলে মোহনবাগান নির্ঘাত হেরে যাবে, তাই আমরা খেলা দেখি না, বাইরে বসে দাঁতে ঘাস কাটি আর থেকে থেকে চিৎকার করি 'থ্রি চিয়ার্স ফর মোহনবাগান – হিপ হিপ হুররে'! বরুণদা ও নিশিখদা সঙ্গে রাখতেন নিজেদের কালো ছাতা, যা জোরে জোরে তিনবার খুলে বন্ধ করলে মোহনবাগানের সব অমঙ্গল নাকি দূর হয়ে যায়।

তখনও খেলা শুরু হতে প্রায় ঘণ্টা দুই দেরি আছে, চানাচুরওয়ালাদের ঠুন ঠুন ঘণ্টাধ্বনিতে খেলার মাঠ সরগরম। ঝুড়ির মধ্যে কাগজের ঠোঙ্গায় বাদাম ভাজা আর চানাচুর ভরে ঘণ্টা বাজাতে বাজাতে ওরা ছুটোছুটি করে বিক্রি করছে। পুতুলদা চানাচুরওয়ালা কে ডাক দিয়ে তিন ঠোঙ্গা ঝাল মশলা কিনে ফেললেন। কাঠের গ্যালারিতে চামড়ার মশক কাঁধে বয়ে ভিস্তিওয়ালা জল ফিরি করছিল। লঙ্কা মাখানো সাড়ে বত্তিরিশ ভাজা খাওয়ার পরে এক পানিপাঁড়েকে ডেকে তিন পয়সা দিয়ে আঁজলা করে সবাই জল খেলেন। সমস্ত গ্যালারীতে তখন ফেরীয়ালাদের বিচিত্র হাঁকডাক শোনা যাচ্ছে – তাদের ঝাঁকাতে দেখা যায় রাবড়ি মালাই পেঁড়া বরফি কচৌড়ি। হাতে সময় আছে দেখে বন্ধুরা হাঁদাদাকে খেলার গল্প শোনাতে অনুরোধ জানালেন, কইয়ে বইয়ে উৎফুল্ল হাঁদাদা তাঁর স্টক হাতড়িয়ে শ্রোতাদের তারপর পেশ করলেন গোল দেওয়ার গাল-গল্প –

মোহনবাগান! আজকাল আর যেন তেমন করে বাজে না বুকের মধ্যে। সেই মোহনবাগান আর নেই। আজকালকার মোহনবাগান যেন 'মোহন' সিরিজের উপন্যাসের মতই বাসি।

কিন্তু সে-সব দিনের মোহনবাগান মৃত-দেশের পক্ষে সঞ্জীবিনী ছিল। রাজনীতির ক্ষেত্রে যেমন ছিল 'বন্দেমাতরম' তেমনি খেলার ক্ষেত্রে 'মোহনবাগান'। আসলে, মোহনবাগান একটা ক্লাব নয়, দল নয়, সে সমগ্র দেশ – পরাভূত, পদানত দেশ, সেই দেশের সে উদ্ধত বিজয় নিশান।

তখনো খেলার মাঠে সাম্প্রদায়িকতা ঢোকেনি, মোহনবাগান তখন হিন্দু-মুসলমানের সমান – তার মধ্যে নেবুবাগান কলাবাগান ছিল না। সেদিন 'ক্যালকাটা' মাঠের সবুজ গ্যালারি পুড়েছিল তাতে হিন্দু-মুসলমানের সমান একসঙ্গে হাত মিলিয়েছিল, একজন এনেছিল পেট্রোল, আরেকজন এনেছিল দিয়াশলাই। সওয়ার পুলিশের ঘোড়ার খুড়ে একসঙ্গে জখম হয়েছিল দু'জনে।

খেলার মাঠে ঢুকে মোহনবাগানের বিরুদ্ধে যে অবিচার অনুষ্ঠিত হতে দেখেছে দেশের লোক, তাতে রক্ত ও বাক্য দুইই তপ্ত হয়ে উঠেছে ইংরেজের বিরুদ্ধে। আর এই তপ্ত বাক্য আর রক্তই ঘরে-বাইরে স্বাধীন হবার সঙ্কল্পে ধার জুগিয়েছে। সে-সব দিনে রেফারিগিরি করা ইংরেজের একচেটে ছিল, আর সেই একচোখা রেফারি পদে-পদে মোহনবাগানকে বিড়ম্বিত করেছে। অবধারিত গোল দেবে মোহনবাগান, হুইশিল দিয়েছে অফসাইড বলে। ফাউল করলে ক্যালকাটা; ফাউল দিলে না, যদি বা দিলে, দিলে মোহনবাগানের বিপক্ষে। কিছুতেই মোহনবাগানকে দাবানো যাচ্ছে না, বিনা মেঘে বজ্রপাতের মত বলা-নেই দিয়ে বসল পেনাল্টি। এককেটা জোচ্চুরি এমন দুকান-কাটা ছিল যে সাহেবদের কানও লাল না হয়ে থাকতে পারত না। খেলোয়াড়দের পক্ষে রেফারিকে মারা অত্যন্ত গর্হিত কর্ম সন্দেহ নেই, কিন্তু তিতিবিরক্তি হয়ে সেদিন যে ডালহৌসীর মাঠে বলাই চাটুজ্জে সাহেবকে মেরেছিল সেটা অবিস্মরণীয় ইতিহাস হয়ে থাকবে।

বস্তুত আট আনার লোহার চেয়ারে বসে কী আর ভদ্রলোক সেজে থাকা যায়। যদি কেউ 'গোল' মিস করে তখন এক চোট উল্লম্ফন; বেরিয়ে যা, বেরিয়ে যা মাঠ থেকে। আর রেফারি যদি একটা অমনোমত রায় দেয় অমনি আবার উচ্চঘোষ; মারো, মারো শালাকে, থোঁতা মুখ ভোঁতা করে দাও। এ সব মহৎ উত্তেজনা গ্যালারি ছাড়া আর কোথাও হওয়া সম্ভব? সাধ্য কি তুমি চেয়ারে হেলান দিয়ে বসে থাকতে পারবে! এই, সেন্টার কর, ওকে পাশ দে, ঐখানে থ্রু মার, - এমনি বহু নির্দেশ দর্শকরা দিতে থাকে।'

গ্যালারিতে উঠে দাঁড়াতে না পারলে, উল্লাস-উল্লোল হওয়া যায় কি করে? খেলার শুরুতেই যেমনি দুই দল শুন্যে বল হাই কিক মেরে মাঠে নামল অমনি সবাই উঠে দাঁড়ালো গ্যালারিতে। হাঁদাদা তখন গজগজ করে বলে চলেছেন 'গ্যালারিতে যে যার জায়গায় বসে তো দিব্যি খেলা দেখা যায়, তবে মিছিমিছি এরা উঠে দাঁড়ায় কেন?'

পুতুলদা জবাব দেন 'উঠে দাঁড়াতে হচ্ছে আট আনার চেয়ার ও চার আনার গ্যালারির মধ্যেকার জায়গায় লোক দাঁড়িয়েছে বলে। বাধ্য হয়ে তাই গ্যালারির প্রথম ধাপের লোককে দাঁড়াতে হচ্ছে এবং ফলে একে-একে অন্য

ধাপ। তা ছাড়া বসে বসে বড় জোর হাততালি দেওয়ার মত খেলা তো এ নয়। উঠে দাঁড়াতেই হবে, অন্তত মোহনবাগান যখন গোল দেবে।

হাঁদাদার মুখে গল্প শোনার আগ্রহে গ্যালারিতে তখন ছোটখাটো ভিড় জমে গেছে। বেঙ্গলী ক্লাবের তরুণ সদস্যরা হাঁদাদার গল্প হাঁ করে গিলছে। দেরিতে মাঠে ঢোকার কারণে আদুবাবু ও ডঃ সন্তোষ সেন ভিড় ডিঙিয়ে ঠেলে ঠুলে সেই গল্পের কেন্দ্রস্থলে ধপাস করে বসে পড়লেন। রেডিও কমেন্টেটর শরদিন্দু সান্যালকে দেখা যায় তাঁর সাহেবি পোষাকে অর্ধদগ্ধ বর্মা চুরুট দাঁতে চিবিয়ে, মাথায় অপেরা হ্যাট পরে পা পা এগিয়ে আসছেন গল্প শুনতে। জায়গাটা চুরুট-নেভিকাট-ক্যাপস্টান- চারমিনারের ঘুরন্ত ধুঁয়ায় আচ্ছন্ন হয়ে গেছে। তখনও খেলা শুরু হতে বেশ দেরী আছে সুতরাং রেডিওতে খেলার কমেন্টারি রিলে করার সময় ওনার হয়নি। খেলার দর্শকরা শরদিন্দু সান্যালের সাথে সেকালে তুলনা করতেন অজয় বসুর। অজয় বাবুর সেই উদাত্ত কন্ঠস্বর শ্রোতাদের মনে শিহরণ জাগিয়ে তুলত। কী অসাধারণ ভাষাশৈলী এবং নাটকীয় বাচনভঙ্গী। সবুজ ঘাসে-মোড়া ময়দানে চুনীর চোখধাঁধানো 'ব্যাকভলি; ভোলা যায় না এমন ধারাভাষ্য; বেতারের একক অভিনয়ের মতো উজ্জ্বল। সেই সময় কলকাতায় রমরমা করে চলত রেডিওর দোকানগুলো। দোকানের কত শ্রুতিমধুর নাম ছিল যেমন বেতারজগৎ আকাশবাণী ছাড়াও বেতার বাণী, রেডিওঘর, শ্রবনী, বেতার বন্ধু, সুর আকাশ, রেডিও বিপণী ইত্যাদি।

হাঁদাদা তখন খোশমেজাজে পা ছড়িয়ে মুরুব্বিয়ানা ভঙ্গীতে গল্পের ফুলঝুরি ছুটিয়ে দিয়েছেন।

সবুজ-মেরুন সৈনিক – বদ্রু বন্দ্যোপাধ্যায় বললেই কলকাতার সাবেক ফুটবল ভক্তদের মনে পড়ে যাবে পাঁচের দশকের সবুজ-মেরুনের কথা। বি. এন. আর. ক্লাবের খেলোয়াড় বদ্রুকে অভিনেতা জহর গঙ্গোপাধ্যায় তাঁর বাড়িতে লুকিয়ে রেখেছিলেন শৈলেন মান্নার অনুরোধে, মোহনবাগানে সই করাবার জন্য। ১৯৫২-৫৯ সালে মোহনবাগানের প্রথম ডুরাণ্ড জয়ের নায়কও তিনি। প্রথম রোভার্স কাপও তাঁর হাত ধরেই, মোহনবাগানের সোনার সময়জুড়ে ঝলমল করছে বদ্রু বন্দ্যোপাধ্যায়ের নাম। ১৯৫৬ সালে মেলবোর্ণ অলম্পিক টুর্নামেন্টে ভারত কে নেতৃত্ব দিয়েছিলেন তিনি।

সুকুমার সমাজপতি বলেছিলেন অবিশ্বাস্য গতিতে পেনাল্টি বক্সের সামনে বদ্রুদা ছিলেন ভয়ঙ্কর। বদ্রুদা ছিলেন আমার শৈশবের নায়ক। ওঁর আকর্ষণেই নিয়মিত ময়দানে খেলা দেখতে যেতাম পঞ্চাশের দশকে। বদ্রুদা খেলতেন রাইট ইনসাইড পজিশনে। সাত্তারদা ছিলেন লেফট ইনসাইড পজিশনে। ওঁরা দুজন বিপক্ষের ডিফাণ্ডারকে স্বস্তিতে থাকতে দিতেন না। বদ্রুদার নিশানা

ছিল নিখুঁত। বিপক্ষের পেনাল্টি বক্সের সামনে বল পেলেই চোখ বন্ধ করে শট নিতেন, একশোটার মধ্যে অন্তত পঁচানব্বইটা শটে গোল করতেন বদ্রুদা।

একটা ম্যাচের কথা মনে পড়ে যায়, মোহনবাগানের মাঠে খেলা হচ্ছে। বদ্রুদা সেই ম্যাচে দুটো গোলই করেছিলেন পেনাল্টি বক্সের প্রায় ১৫-২০ গজ দূর থেকে ডান পায়ের গোলার মতো নিখুঁত শটে। আর অবিশ্বাস্য ছিল তাঁর গতি। বল নিয়ে ঝড়ের গতিতে বিপক্ষের রক্ষণ ভাগ ভেঙ্গে দামাল হাতির মত হামলে পড়তেন। ডিফেণ্ডারের কাছে বদ্রুদা ছিলেন আতঙ্ক। অসম্ভব ভালো গোল চিনতেন।

কলকাতা ময়দানে চুনীদার (গোস্বামীর) আগমনের আগে বদ্রুদাই ছিলেন সেরা আকর্ষণ। বদ্রুদাকে দলে দেখতে না পেলে মোহনবাগান মাঠের গ্যালারিতে বিষণ্ণতা নেমে আসত। দর্শকরা মুষড়ে পড়তেন।

হাঁদাদা চুনীর নাম নিতেই ডঃ সন্তোষ সেন চুনী গোস্বামীর সেই বিখ্যাত বাইসাইকেল কিকে গোল করার গল্পটা শুনতে চাইলেন। তখনও খেলা শুরু হতে প্রায় পঁয়তাল্লিশ মিনিট বাকি আছে। মিলিটারি ব্যান্ড তাদের বাজনাবাদ্য নিয়ে ঝলমলে 'ডুরাণ্ড' কাপটাকে ঘিরে এটেনশন পোজে দাঁড়িয়ে আছে।

চুনীর চোখ জুড়নো গোলে মোহনবাগানের বাজিমাৎ

সেদিনের খেলার ক্যাপ্টেন ছিলেন চুনী গোস্বামী। দুই পায়ে পরে থাকতেন অ্যাঙ্কলেট নি-কাপ। একবার চুনীর পায়ে বল পড়েছে কি রক্ষে নেই। সারা মাঠ চষে বেড়াতেন ভুতে পাওয়ার মতো। আউটলাইন দিয়ে তীরবেগে বল নিয়ে যখন ছুটতেন তখন কার সাধ্যি তাঁকে আটকায়ে।

সেবার নিজের দলের অবধারিত পরাজয় সুনিশ্চিত, খেলা শেষ হতে প্রায় দশ মিনিট বাকি। হঠাৎ দেখা গেল চুনী সেন্টার ফরওয়ার্ডের সঙ্গে জায়গা বদল করে ফেললেন এবং চোখের নিমিষে সেন্টার হাফ কে বল কাটিয়ে দু-দুটো ফুল ব্যাককে ড্রিবল করে বল গোল লাইনের মধ্যে আসতেই তৎক্ষণাৎ বাঁ পায়ে বুলেটের মতো শুট করলেন, গোলকিপার বুঝতেই পারলনা কী ভাবে বল নেটের মধ্যে ঢুকে পড়েছে।

পরপর তিনটি হ্যাট্রিক, শেষ গোলটা দিয়েছিলেন দেখবার মতো। একেবারে পটে আঁকা ছবি। খেলার ফল তখন টু'অল, শেষ হতে আর এক মিনিট বাকি। চুনী লেফট আউটকে একটা থ্রু পাস দিয়েই ইশারা করলেন বলটা উঁচু করে পেনাল্টি এরিয়ার মধ্যে ফেলতে। বলটা রামধনুর মতো বেঁকে এসে পেনাল্টি এরিয়ায় পড়তে না পড়তেই কোত্থেকে বিদ্যুৎগতিতে চুনী ছুটে এসে মাটি থেকে শুন্যে প্রায় তিনফুট লাফিয়ে উঠেই মাথাটা ঘুরিয়ে এমন হেড করলেন যে বলটা ট্যাঁজেন্ট হয়ে গোল পোস্টে ঢুকে গেল।, অপর পক্ষের ব্যাক আর গোলকিপার শুধু ফ্যালফ্যাল করে তাকিয়ে কাণ্ডটা দেখল।

চুনী গোস্বামীর সেই বিখ্যাত সাইকেল কিকের গোলে আন্ধ্রা প্রদেশ পুলিশ টিমকে ১-০ গোলে পরাজিত করে। ডান দিক দিয়ে রামবাহাদুর বল নিয়ে এগোচ্ছে সাথে অসীম মল্লিক ও সুকুমার সমাজপতিকে নিয়ে। রামবাহাদুর গোল লাইন পর্যন্ত বল এনে নিয়মমাফিক গোলমুখে বল পাঠান। মাথা সমান নিখুঁত উচ্চতায় যখন বল যাচ্ছে তখন বলরাম বলের গমনপথে কপাল এগিয়ে দিল। বল ভালভাবে লাগল না ওর কপালে। ছুঁয়ে গেল মাত্র, তবে বলের গতি সামান্য বদলাল। এবং সেইটাই সর্বনাশ ডেকে আনল আন্ধ্রার টিমের। সেই বল পড়ল এগিয়ে আসা অরুময়ের মাথায়। অরুময় হেড করে এগিয়ে দিল সামনের গোলের দিকে পিঠ করে দাঁড়িয়ে থাকা চুনীকে। বল আলতো হয়ে মাথার ওপর উঠে আসছে এবং পেছনে গোল। এবার কি করা? বলটা ধরে তারপর শরীরটাকে ঘুরিয়ে গোলে শট নেওয়া।

দেখা গেলো জোয়ারের টানে সাগরের ঢেউ যে ভাবে পাকিয়ে ফুঁসে ওঠে এবং ঢেউয়ের মাথায় ঝকমকিয়ে জ্বলে ওঠে হিরের দ্যুতি, সেইভাবেই ফুলে উঠল মেরুন-সবুজ একটা ঢেউ আকাশের দিকে মুখ করে তার মাথার ওপর ঠিকরে উঠল একটা পা। এরকম নিখুঁত বাইসাইকেল কিক চুনী গোস্বামীর পা থেকে আর কখনো দেখা যায় নি।

গল্পের মাঝে হঠাৎ ব্যান্ড পার্টি বজ্রনাদে জয়ভেরী বাজাতে শুরু করে দিল সাথে বিউগল-রণশিঙ্গারের আওয়াজে আকাশ গর্জে উঠল। দূরে দেখা যায় কবাড়ি বাদশাহ ঝালর দেওয়া জমকালো গরম শিরওয়ানি পরে, গলায় গলাবন্ধ, মাথায় পশমের টুপি ও বার্নিশ করা জুতো পায়ে, হাতে সিল্কের খোলা ছাতা নাচাতে নাচাতে পাত্র মিত্রদের সাথে সদম্ভে ডাইনে বাঁয়ে তাকাতে তাকাতে জয়দীপ্ত ভঙ্গিমায় মাঠে ঢুকছে। শাহেনশাকে সেই মুহূর্তে দেখতে লাগছে ঠিক খাঞ্জেখাঁর মত। কথিত শাহাজানের উত্তরসূরিকে দেখে মুসলমান দর্শকেরা সার বেঁধে উঠে দাঁড়িয়ে দূর থেকে নত মস্তকে সমবেত সেলাম জানায়। রোদে ভরা আকাশের নিচে ডুরাণ্ড কাপটিও যেন আনন্দে ডগমগিয়ে উঠল। অস্তগামী সূর্যের কিরণে কাপটি ঝকমক করছে।

চার আনার গ্যালারির মাঝখান থেকে কট্টর সাপোর্টার বনারসীর বাজখাঁই গলা শোনা যায় '**আস-সালামু আলাইকুম**'। এই বনারসীর হাতে থাকত রিষ্টওয়াচ, তখনও হাতঘড়ির চল খুব একটা ছিল না। খেলার মাঠে একমাত্র বনারসী আর রেফেরীর হাতেই ঘড়ি পরা থাকত। রেফারীকে টেক্কা দেওয়ার জন্য জিরাফের মতো লম্বাটে বনারসী আগে ভাগেই তার খাম্বাজি ডাকে ঘোষণা করে দিত 'হাফ টাইম' 'অফ সাইড' 'পেনাল্টি' বা 'টাইম ওভার'। তাতেও সে ক্ষান্ত হত না, মাঝে মাঝেই ফাটা বাঁশের মতো চেঁচিয়ে উঠে রেফারীকে দুয়ো দিত। রেফারী বেচারা খেলার মাঠে বনারাসীর নানা কটূক্তি

শুনে রীতিমত নাস্তানাবুদ হয়ে যেত। কখনো কখনো গ্যালারীতে বসা দর্শকদের মনে হত খেলার মাঠে বনারসী যেন সর্বদা রেফারির ঘাড়ে চড়ে বসে আছে।

দিল্লী গেটের আকাশে তখন সাদা পায়রা আর রঙিন ঘুড়িতে ছেয়ে গেছে, সূর্যের আলো ঢাকা পড়ে খেলার মাঠে ক্ষণেকের জন্য ছায়া নেমে এসেছে। কবাড়ি বাদশার মাঠে প্রবেশ করা মাত্র মুসলমান গ্যালারীতে আতসবাজী বাজানোর ধুম পড়ে যায়। অদূরবর্তী জুমা মসজিদ থেকে ভেসে আসছে আজান ও 'আল্লা-হু-আকবর'-এর ক্ষীণ শব্দতরঙ্গ।

রেফারির তীব্র সিটি আর বনারসীর উচ্চগ্রামে আকাশ ফাটিয়ে আগেভাগে 'হাফ টাইম' ঘোষণায় স্টেডিয়ামে সমস্ত দর্শক তাদের আসন ছেড়ে উঠে দাঁড়িয়েছে। তখনও হাড্ডাহাড্ডি খেলায় গোলহীন ড্র চলছে। সে সময়ে কোল্ড ড্রিঙ্কস-এর বদলে খেলোয়াড়দের লেবু খাওয়ানোর রীতি ছিল। রেডিও ঘোষক শরদিন্দু স্যান্যাল ইতিমধ্যে মাইকে দর্শকদের ডুরাণ্ড কাপের ইতিহাস জলদগম্ভীরস্বরে শোনাতে শুরু করে দিয়েছেন -

The Durand Football Tournament commonly known as Durand Cup, is an annual domestic football competition in India which was first held in 1888 in Shimla. The tournament is the oldest existing club football tournament in Asia and the fifth oldest national football competition in the World.

Most successful team (s) Mohun Bagan East Bengal (16 titles each)

The tournament is named after its founder Sir Henry Mortimer Durand, the foreign secretary of India from 1884 to 1894.

The matches were played in Dagshai, near Shimla.

ঘোষক শরদিন্দু সান্যাল থামতেই, হাঁদাদা উচ্চঃস্বরে বাংলা আর বাঁকা চোরা ইংরেজিতে রিলে শুরু করে দিলেন, শুনে মনে হবে দুজনের মধ্যে কমেন্টারি বলার তুমুল প্রতিযোগিতা শুরু হয়ে গেছে।

১৯৪০ সালে প্রথম ডুরাণ্ড কাপ ফাইনাল জেতে মহামেডান স্পোর্টিং

1941-47 Tournament not held due to World War II and the partition of India

১৯৫০ মোহনবাগান হায়দারাবাদ পুলিশের কাছে ১ গোলে হেরে যায়
১৯৫১ ইস্টবেঙ্গল – Rajasthan Armed Constabulory কে ১ গোলে হারিয়ে কাপ জেতে
১৯৫২ ইস্টবেঙ্গল Hyderabad City Police কে ১ গোলে হারায়
১৯৫৩ মোহনবাগান National Defence Academy কে ৪ গোলে হারায়
১৯৫৬ ইস্টবেঙ্গল ২ গোলে Hyderabad City Police কে হারায়
১৯৫৭ Hyderabad City Police East Bengal কে ২-১ গোলে হারায়
১৯৫৯ মোহনবাগান ৩-১ গোলে মহামেডান কে হারায়
১৯৬০ মোহনবাগান ইস্টবেঙ্গল ১-১

রাত তখন সাতটা, সান্ধ্য মজলিশের আসরে বেঙ্গলী ক্লাবে লোকে লোকারণ্য। আজকের খেলার ফলাফল ১-১ গোলে ড্র হয়েছে, এ বছর মোহনবাগান ক্লাব ও ইস্টবেঙ্গল ক্লাব ডুরাণ্ড ফাইনালে যুগ্ম বিজয়ী তকমা পেয়েছে। হাঁদাদা সভাঘরে কাশ্মীরি চেয়ারে রাজকীয় স্টাইলে বসে আছেন। আদুবাবুর চ্যালারা অর্থাৎ তরুণ পরিবেশকেরা বেতের চ্যাঙারিতে সদ্য ভাজা দালপুরির স্তূপ আর বারকোশে ছোলার দাল, আলুর দম সাথে জিলিপির গামলা বয়ে ক্লাবের সদস্যদের পরিবেশন করতে ব্যস্ত। সাথে কেটলি উপুড় করে ভাঁড়ে ফুটন্ত চা'ও দেওয়া হচ্ছে সকলকে। তখনও দেখা যায় হাঁদাদা এতটুকু ক্লান্ত হননি, আসর সরগরম করে বিরামহীন বকেই চলেছেন -

চুনী গোস্বামী একমাত্র খেলোয়াড় যিনি ৩৫০ গোলের মাইলফলক স্পর্শ করেছেন//
চুনী গোস্বামী মাঠে থাকা সর্বোচ্চ প্লেয়ার//
ডুরাণ্ড কাপে প্রতিটি ম্যাচে সর্বাধিক অ্যাসিস্ট করেছেন//
চুনীর কোচ ছিলেন রহীম সাহেব//
চুনী অন্য কোনও ক্লাবের জার্সি পরে মাঠে নামেননি কখনও//
চুনী গোস্বামী ছিলেন ভারতীয় ফুটবলে ডন ব্র্যাডম্যান//

ইডেনদের ক্রিকেট মাঠে Tiger Patudi কে দেখতে ভিড় পাতলা হয়ে গিয়েছিল মোহনবাগান তাঁবুতে চুনী আসাতে//

গোলকিপার পিটার থঙ্গরাজের সঙ্গে অদ্ভুত এক বোঝাপড়া ছিল চুনীর। থঙ্গরাজ বল ধরে দুবার ড্রপ ফেলে এগিয়ে আসতে দেখলেই মাঠের মাঝখান থেকে দৌড়তে শুরু করতেন চুনী – তারপর সেই বল শট নিতেন গোলে।

বল পায়ে চুনীর সাপের মতো আঁকা-বাঁকা দৌড়, দৃষ্টিনন্দন গোল, কিংবা বুদ্ধিদীপ্ত অ্যাসিস্টের জন্য তাঁকে সময়ের সেরা মানে অনেকে। কেউ কেউ তো

সর্বকালের সেরা তালিকায় চুনীর নামটা লেখাতে চান। রেকর্ড গড়াই হয় ভাঙার জন্য – এই আপ্তবাক্য মেনে নিয়েও বলে দেওয়া যায়, এমন কিছু কিছু রেকর্ড চুনী গড়ে রেখেছেন সেগুলো ভাঙতে ভারতবর্ষের কোণে কোণে আরও একজন চুনী গোস্বামীকে জন্ম নিতে হবে।

রাত দশটা বেজে গেছে, হাঁদাদার বাড়ি থেকে গৃহভৃত্য তাঁকে ডাকতে এসেছে, অবশেষে হাঁদাদা কে থামতে হল। সদানন্দময় হাঁদাদা তখন বেজায় কাহিল হয়ে পড়েছেন। ক্লাবঘরের বিজলি বাতি নিভিয়ে দেওয়া হয়েছে, রাতের অন্ধকারে সিঁড়ি বেয়ে লন্ঠনের কাঁপা আলোয় ক্লাবের সদস্যরা একে একে নীচে নেমে আসছেন।

তিরিশ বছর পরে কোন এক চৈতালি ঝড়ের রাতে বেঙ্গলী ক্লাবের তরুণ সদস্যরা দল বেঁধে বিপরীতে Ritz সিনেমা হলে নাইট শো দেখতে গেছিল। রাত বারোটা নাগাদ 'শো' শেষ হলে তারা হলের বাইরে দাঁড়িয়ে সিগারেট ধরাতে গিয়ে বিদ্যুতের প্রতিঝলকে দেখেছিল বিপরীতে ক্লাবের জানালার কপাট বাতাসের হাহাকারে ক্রমে খুলে যাচ্ছে। আকাশে তখন গুরু গুরু মেঘ ডাকছে। দিগন্ত বাতাসে উঠেছিল এক টুকরো মেঘ। অন্ধ তারাহীন আকাশ পৃথিবীর উপর অর্থহীন গভীরতা দিয়ে তাকিয়েছিল। শুধু ঝড়বৃষ্টির উশৃঙ্খল মাতামাতিতে নির্জন পথ ধ্বনিত হচ্ছিল। বাতাস হেঁকে যাচ্ছিল আর দুর্যোগের রাতে অবিশ্রান্ত জলের ধারায় ঝম ঝম ঝম। স্তব্ধ রজনীতে রিমঝিম বরষনে ক্লাবঘরে পুতুলদার চকিত ছায়ার আভাস নিমিষের জন্য দেখা গেছিল। সকলেই সেই মুহূর্তে ভেবেছিল এ দেখা তাদের দৃষ্টিভ্রম, স্বপ্নের কল্পনা মাত্র। কিন্তু তারপরেও যুবকেরা শুনতে পেয়েছিল পুতুলদার গলায় জলভরা মেঘস্বরে নাটকের সংলাপ আওড়ানোর প্রতিধ্বনি।

ক্লাবের সুদীর্ঘ শতাধিক বৎসর ইতিমধ্যে অতিক্রম করে গেছে অথচ ক্লাবঘরের দোতলায় সন্ধ্যা বাতি জ্বালাবার মতো কেউ আর বেঁচে নেই, প্রাণবন্ত ক্লাবের সদস্যরা কোথায় যে হারিয়ে গেলেন? অন্ধকার রাতে ক্লাবের শুন্যঘরে আলেয়ার আলো দপ করে জ্বলে ওঠে ক্ষণতরে। আজও রাতের বেলা ক্লাবের নীচে দাঁড়ালে 'নানা রঙের দিনগুলি' নাটকের রিহার্সালের সংলাপ ক্ষীণ শুনতে পাওয়া যায়। সেই নাটকে পুতুলদার প্রিয় ডায়ালগ এখনও শহরের প্রাচীন বাসিন্দাদের স্মৃতি থেকে মুছে যায় নি –

যারা বলে নাট্যভিনয় একটা পবিত্র শিল্প এমন বাজে কথায় আমি বিশ্বাস করি না। হ্যাঁ, ভালো লাগলে – পাবলিক মহোদয় আলবাত হাততালি দেবে। খুব প্রশংসা করবে। সব ঠিক আছে, কিন্তু যতক্ষণ তুমি স্টেজের উপর দাঁড়িয়ে ততক্ষণ।

দিলদারের ভূমিকায় প্রবীন অভিনেতা পুতুল নাগ তাঁর ফেলে আসা অভিনয় জীবনের স্মৃতি-রোমন্থন করছেন। রাতের শূন্য ক্লাবঘরে মানুষটি নেশার ঘোরে স্মৃতি চারণ করে চলেছেন। রাতের নির্জনতা ও মৃত্যু তাঁর কাছে একরকম মনে হয়।

Photo: The erstwhile Bengalee Club

দিল্লীর শ্রেষ্ঠ বাঙালী

দিল্লীর সম্পূর্ণ ইতিহাস সংকলিত করতে গিয়ে লক্ষ্য করেছি প্রবাসী বঙ্গীয় সমাজ রাজধানীর শ্রেষ্ঠ গুণীজনের সন্ধান আজও খুঁজে পাননি। বহুবার দিল্লীর বিভিন্ন পূজা সমিতি ও ক্লাব তাদের পুজো প্যান্ডেলে বা সভাঘরে 'গুণীজন সন্মান' সম্বর্ধনা আয়োজিত করেছে কিন্তু দেখা গেছে মনোনীত শ্রধ্যার্ঘ ব্যক্তিরা জগৎজোড়া স্বীকৃতি কখনই অর্জিত করতে সক্ষম হননি। তাঁদের কীর্তিকলাপও আমাদের মনে ব্যাপক প্রভাব বিস্তার করেনি। মুছে যাওয়া দিনগুলি সিরিজে চতুর্থ পর্ব (রাইসিনা হিল) শেষ করার সময় মনে হয়েছে রাজধানীর সেরা কৃতবিদ্য বাঙালীর পরিচয় বিস্তারিত ভাবে লিখে রেখে যাওয়ার দায়বদ্ধতা আমি এড়িয়ে যেতে পারি না।

দিল্লীর শ্রেষ্ঠ গুণীজন শনাক্ত করার কাজ অতি কঠিন এবং বিতর্কিত বিষয়ও বটে। আমার পছন্দের বিজ্ঞ সুধী পণ্ডিতজনকে রাজধানীর 'শ্রেষ্ঠ বাঙালী' শিরোপা দেওয়া দিল্লীবাসীর কাছে হয়তোবা গ্রহণযোগ্য নাও হতে পারে। কেন আমার নিজস্ব পছন্দের বঙ্গ সন্তান রাজধানী দিল্লীর ইতিহাসে চির উল্লেখনীয় থেকে যাবে তার যুক্তি-যৌক্তিকতা আমি বিশদে লিখেছি। প্রবন্ধটি আরম্ভের আগে আনন্দ বাজার পত্রিকায় প্রকাশিত ছোট্ট একটি কোর্ট অর্ডারের খবর দিল্লীবাসীদের অবগত করাই।

থানায় অভিযোগ দায়ের করেছিলেন নীরদবাবুর পুত্র পৃথ্বীনারায়ণ বাবু, কি ছিল সেই অভিযোগ?

"নীরদ সি-র স্মারকের খোঁজে তদন্তের নির্দেশ আদালতের। দক্ষিণ কলকাতার একটি অভিজাত ক্লাবের প্রদর্শন কক্ষ থেকে উধাও হয়ে গিয়েছিল অনাবাসী ভারতীয় লেখক, প্রয়াত নীরদ সি চৌধুরীর নানা মুল্যবান সামগ্রী ও স্মারক। সেই ঘটনায় নির্দিষ্ট অভিযোগের ভিত্তিতে ভবানীপুর থানাকে এফ আই আর দায়ের করে তদন্ত করার নির্দেশ দিলেন আলিপুর আদালতের মুখ্য বিচারবিভাগীয় বিচারক শুভ্র সোম ঘোষাল।

আলিপুর আদালত সূত্রে জানা গিয়েছে, গত জানুয়ারি মাসে নীরদ সি চৌধুরীর ছেলে পৃথ্বীনারায়ণ চৌধুরী আদালতে এই ঘটনার একটি অভিযোগ দায়ের করেছিলেন। তাঁর বক্তব্য, তিনি আইনত তাঁর বাবার সম্পত্তির উত্তরাধিকারী। এই সক্রান্ত নথি কলকাতা হাই কোর্টের কাছে রয়েছে।

পৃথ্বীনারায়ন জানান ১৯৯৯ সালে নীরদ সি-র সমস্ত স্মারক, মেডেল ও দুষ্প্রাপ্য কিছু গ্রন্থ একটি সম্মতিপত্রের মাধ্যমে তিনি দক্ষিণ কলকাতার ওই ক্লাবকে দিয়েছিলেন, তাদের প্রদর্শন কক্ষে রাখার জন্য। তাঁর দাবি ক্লাব থেকে খোয়া যাওয়া ওই সমস্ত স্মারকের বর্তমান মুল্য কয়েক মিলিয়ন পাউন্ড। কারণ সেই সব জিনিষের মধ্যে উইলিয়াম শেক্সপিয়রের প্রবন্ধের প্রথম সংস্করণও রয়েছে। যা এক কথায় অমূল্য।

পৃথ্বীনারায়ণের অভিযোগ সম্প্রতি তিনি লক্ষ করেন, ওই ক্লাবে তাঁর বাবার দুষ্প্রাপ্য কিছু স্মারক ও গ্রন্থ নেই। বিষয়টি জানাতে ক্লাবকে যোগাযোগ করেন তিনি। কিন্তু তাঁর অভিযোগ, ওই ক্লাব তাঁর সঙ্গে কোনও রকম সহযোগিতা করেনি। তিনি জানান, তাঁর সঙ্গে ক্লাবের যে চুক্তি হয়েছিল, তাতে স্পষ্ট বলা ছিল, কড়া নিরপত্তার বলয় তৈরি করে তবেই ওই সমস্ত অমুল্য সামগ্রী জনসাধারণের জন্য প্রদর্শনের ব্যবস্থা করা হবে।

পৃথ্বীনারায়ণের অভিযোগের ভিত্তিতে বিচারক ভবানীপুর থানাকে এ বিষয়ে অনুসন্ধান করে আদালতে রিপোর্ট জমা দিতে নির্দেশ দিয়েছিলেন।

সম্প্রতি ভবানীপুর থানা সেই অনুসন্ধান রিপোর্ট জমা দিয়ে জানিয়েছে, অভিযোগের সত্যতা মিলেছে। ক্লাব থেকে বহু মূল্যবান সামগ্রী উধাও বলে প্রাথমিক তদন্তে উঠে এসেছে"।

খবরটি পড়ে আমি কৌতূহলী হয়ে নীরদবাবুর বিষয়ে পড়ালেখা শুরু করি। একটি প্রবন্ধে এক জায়গায় নীরদ সি বিনয়ের সঙ্গে লিখেছিলেন, "আমার অবর্তমানে ব্যক্তি হিসেবে কোনো বাঙালী আমাকে স্মরণ করিবে না। আমি অবশ্য এখনও নিজেকে 'বাঙালী হিন্দু' অথবা 'হিন্দু বাঙালী' বলিয়া পরিচয় দেই। কখনও নিজেকে 'ইন্ডিয়ান' বলি না।... তবু অন্য বাঙালীর কাছে আমি কোনদিকে শ্রেষ্ঠ বাঙালী বলিয়া গণ্য হইব না।"

His six greatest Bengalis: The greatest Bengali ever born or probably will be born was always Tagore. Then, Bankim Chandra Chatterjee Keshav Chandra Sen Vivekananda Sarat Chandra Chatterjee and Subhas Bose.

Why not Satyajit Roy? He was only an entertainer. <u>And Nirad Choudhury himself? It's not for me to</u> speak about it.

শেষের আন্ডারলাইনটি আমার লেখায় ইন্ধন জুগিয়েছে এবং আগাগোড়া নীরদবাবুর জীবনী অধ্যয়নের পড়ে আমার দৃঢ় বিশ্বাস হয়েছে নীরদ সি চৌধুরী রাজধানী দিল্লীর এযাবৎ শ্রেষ্ঠ বাঙ্গালী পুরুষ। সম্পূর্ণ রচনাটি পড়ে পাঠক বিচার করবেন নীরদবাবু আদৌ যোগ্যতম ব্যক্তি ছিলেন অথবা আমার নিজস্ব পছন্দ কখনই তথ্যভিত্তিক ভাবে যুক্তি সংগত নয়।

Niradbabu's writings were always a treat: Khushwant

"When Nirad C Choudhuri dies you will know about death" commented the irrepressible writer Khushwant Singh to a newsman just before he left the country in 1970.

It was a remark by someone who was close to Niradbabu, for the scholarly writer had claimed that he didn't believe in God, in life after death, in moksha and did not have any religious convictions. I would often ask him about death, and if he would leave a will. His views were most provocative" says Mr. Singh.

In an interview some years back Mr Chaudhuri had been quoted as saying he had left clear instructions to his sons that there should be no religious rituals and that his ashes should not be brought home.

He believed that he would be immortalized in his books. He said not adhering to his views would mean disregarding a man's last wishes.

"He was probably right about the fact that his writings would immortalize him. He wrote with rate alacrity and his artistic treatment of the language was a treat, he was a genius, probably the finest Indian writer." says Mr. Singh.

Niradbabu was always aware of his literary genius. And his almost encyclopaedic erudition captivated many. Mr. Singh recalls an incident when the enigmatic writer lectured a Novel prize-winning writer from Iceland on Icelandic literature

Mr Singh was reminded of those formidable intellectual errors in his recently released book The Sikhs. "He was right of course, there was no questioning his observations. I made the necessary changes in the second edition giving up illusion of being an authority on the subject.

People close to him felt that he was an anachronism. He was brought up reading Shakespeare, and influenced by Milton, Wellington and Burke. His Anglophilia alienated the government at a time when it was putting behind its colonial past. "He never forgave the government for persecuting him for his work (The Autobiography of an Unknown Indian)."

Khushwant Singh describes the man's resolve, citing the times when the financially destitute author's wife would borrow money. Niradbabu had no idea that this was going on and even in those trying times he turned down a lucrative government offer to write a brochure on the Bangladesh war, saying "Even if the government of

India has lifted its ban on me, tell them that Nirad C Chaudhuri has not lifted his ban on it."

The author, though of irascible temperament, was capable of great sensitivity, mostly reserving it for his wife and equally beloved exotic cacti grown on his rooftop garden. His close friends were surprised that he lived on for so many years after his wife passed away.

Khushwant Singh remember the time when Niradbabu once left a party without his wife and came back saying, "Where is that big fat black boiler that keeps the engine going."

The devoted Nirad C Chaudhuri who might have asked the question many a time after her death will never have to ask the question again. Reunited with her, he might be forced to be believe in life after death, after all'.

Mr Chaudhury, who was most noted for his first work, The Autobiography of An Unknown Indian, made his entry into the scene of scholarly literature with a thick memoi of his childhood in colonial India, in what is now Bangladesh.

Mr Chaudhuri published Unknown Indian in 1951. At the age of 90 he added a second 1000 page tome of autobiography, Thy Hand, Great Anarch. His last of book of essays, Three Horsemen of the new apocalypse, was written when he was 100.

His wife Amiya, whom he married in 1932, died in 1994. He is survived by three sons, Dhruva, Kirti and Prithvi. Nirad Babu always gave the impression his golden years were yet to come. A few weeks ago before his stroke, one could still call him a lying, if not walking, encylopaedia. From his horizontal position, he still quoted quotations and ordered one to fetch books from the shelves.

The Times of India 2/8/1999

Nirad C Chaudhuri, the Indian born author and scholar who was acclaimed, for his first work, The Autobiography of an Unknown Indian, could be described as 'a man born in the wrong country in the wrong century."

Critics called him the last British imperialist.

Throughout his life, Chaudhury gained a reputation for eccentricity. When he lived in New Delhi's run-down old city, he strolled to work in a natty western suit and bowler hat.

After moving to England in his 1970s, Mr Chaudhuri preferred the wrapround dhoti of his native Bengal to receive guests at his home.

His niece Krishna Bose wrote that when she lived with her uncle in 1947 in New Delhi, he once told her:

"When somebody comes to visit me, I open my conversation with Plato, as if he were my next door neighbour. If the visitor survives, he becomes a good friend."

New Delhi, 2/8/1999

V S Naipaul calls his first book "the one great book to have come out of the Indo-English encounter". Almost all of the nine books that followed received critical attention and sometimes substantial praise. His study of Indian history and culture, The Continent of Circa, won the Duff Cooper Memorial Prize". His biography of the pioneering orientalist, Max Mueller has become the standard work. His life of Robert Clive is both marvelously evocative and provocative. And yet none of them is in print'.

Nirad Chaudhuri seems never to have mentioned the atrocities of British in 1857. Nor did he notice the suppression of the National Movement of Freedom. In the 50 years of the 20th Century, even though he knew Subhas Bose was incarnated frequently.

What we suddenly saw the dedication to "The British Empire" of his Autobiography and he began to say, in an unbridled manner, that the whole of modern India was the creation of British rule."

Soon after, he left India to settle in Oxford, The British Conservative Government honoured him with the title "Companion of Indian Empire".

It is possible that being the odd Indian with fullsome praise for the British Government and its education system, he sensed the contempt of most members of Indian intelligentsia had for him. But this made him more childish in his petulent sarcastic dismissal of all these who dared express their doubts about his abject loyalty to Imperial British.

There is an apt Hindustani phrase "Badnam bhi honga to kiya naam na honga – even if we get bad name, will not we be famous?" This seems to have been the childlike attitude of Nirad Chaudhuri throughout his adult years.

Five foot, five inches tall, lean and eloquent, Nirad Chaudhuri remained, until the hundredth year of his life, the devotee of Britain.

May be one can guess that he loved India so much that he hated it for not being a Britain. All the same one cannot refrain from offering praise to Nirad Chaudhuri for his enormous knowledge and brilliant style of Indian English writing.

Unknown Indian Mulk Raj Anand

Towards the end of his life, over the last six to seven years, he had started writing in Bengali again. He used to receive sacks of letters from remote corners of Bengal, from young and old, saying how much they enjoyed his writing.

His favourite quote during his last days was: There is only one thing certain in life and that is death. There is only one thing uncertain and that is when it will come."

As I remember him, sitting in my home in far-off Bangalore, the strains of a Tagore song which he played to me during the interviews come to my mind:

ভরা থাক স্মৃতিসুধায় বিদায়ের পত্রখানি।
মিলনের উৎসবে তায় ফিরায়ে দিয়ো আনি।
বিষাদের অশ্রুজলে নীরবের মর্মতলে
গোপনে উঠুক ফলে হৃদয়ের নূতন বাণী।
যে পথে যেতে হবে সে পথে তুমি একা–
নয়নে আঁধার রবে, ধেয়ানে আলোকরেখা
সারা দিন সঙ্গোপনে সুধারস ঢালবে মনে
পরাণের পদ্মবনে বিরহের বীণাপাণি।।

Down Memory Lane Nupur Basu

নীরদবাবুর মতো বিচিত্র চরিত্রের মানুষ আমি কাউকে দেখিনি। এখানে একটা কথা বলা প্রয়োজন মনে করি। ওঁকে যতটা ঘনিষ্ঠভাবে চেনার সুযোগ আমি পেয়েছিলাম তেমন আর কেউ পায়নি বলেই আমার বিশ্বাস। অনেকেই ওঁর পাণ্ডিত্য আর অসাধারণ স্মৃতিশক্তির কথা বলে। জীবন ওঁর কাছে অন্তহীন আকর্ষণের বস্তু। ওঁর স্মৃতির ভিত্তি সেই আকর্ষণজাত কৌতূহলে। দেশ ভ্রমণ করার মতো সম্বল ওঁর ছিল না। কিন্তু পুস্তকের পৃষ্ঠা থেকে ওঁর বিশ্বদর্শন হয়েছিল। বিশেষ করে ইউরোপ সম্পর্কে এ কথাটা খাঁটি সত্য।

ইজিপ্ট থেকে ফিরে ওঁর সঙ্গে দেখা করতে গিয়েছি। উনি ভ্যালি অফ কিংস সম্পর্কে পুঙ্খানুপুঙ্খ সব প্রশ্ন করতে লাগলেন। আমি টুরিস্ট হিসেবে গিয়েছি। ওঁর প্রশ্ন শুনে মনে হল – উনি যেন কালই ও-দেশ থেকে ঘুরে এসেছেন। ওঁর ঘরে আমি মিশর-বিষয়ক কোনও বই দেখিনি। তাই জিজ্ঞেস করলাম – আপনি শেষ কবে মিশর সম্বন্ধে পড়াশুনো করেছেন? হিসেব করে বললেন – সত্তর বছর আগে। ওঁর স্মৃতিশক্তি না, অন্তহীন জীবনরস মিশরের ইতিহাস ওঁর চেতনায় বাঁচিয়ে রেখেছে।

রবীন্দ্রনাথের দশটি গল্প বিশ্বসাহিত্যের চিরন্তন সম্পদ। রবীন্দ্রনাথের রচনা ওঁর জীবনে কতটা জায়গা জুড়ে ছিল, ওঁর সঙ্গে ঘনিষ্ঠ পরিচয় না হলে তা জানতে পারতাম না। একদিন ওঁর প্রিয় ছোটগল্প 'দৃষ্টিদান' পড়ে শোনাচ্ছেন। শেষ অংশে পৌঁছে হঠাৎ হাউ হাউ করে কেঁদে উঠলেন। বললেন, 'আমি এ আর পড়তে পারি না।' ওঁকে দিয়ে ওঁর প্রিয় দশটি গল্প অনুবাদ করাবার বহু চেষ্টা করেছি। কিন্তু বললেই উনি বিশ্বভারতীকে গাল পাড়তে শুরু করতেন। সেখানেই আমার প্রস্তাবের ইতি।

এই অসাধারণ মানুষটির ঘনিষ্ঠ সম্পর্কে এসে আমি নানা দিক থেকে লাভবান হয়েছিলাম। কী তীব্র দারিদ্র আর অপমানের মধ্যে ওঁর প্রথম জীবন কাটাতে হয়েছে, তা নীরদবাবু নিজেই লিখেছেন। ওঁদের প্রজন্মে অসংখ্য পরাজিত ব্যর্থকাম মানুষের ভিড়ে অল্প কিছু মানুষ জীবনযুদ্ধে জয়ী হয়েছিলেন। নীরদবাবু সেই মুষ্টিমেয় লোকেদের একজন। কিন্তু দীর্ঘ সংগ্রামের ক্ষতচিহ্ন ওঁর সর্বাঙ্গে। ওঁর দোষ বলতে সেই ক্ষতচিহ্নগুলিই বুঝি। তসলিমা নাসরিন ওঁর সঙ্গে দেখা করে চলে আসবার সময় গেটে দাঁড়ানো বৃদ্ধ ব্যক্তিটিকে 'দুঃখি মানুষটি' বলে বর্ণনা করেছেন।

আমার সঙ্গে ওঁর প্রথম পরিচয় ১৯৪৬-৪৭ সালে, দিল্লীতে আমার পিসেমশায় বাসায়। তারপর ওঁর মোরি গেটের বাড়িতে গিয়েছিলাম – উনি কোন পদ্ধতিতে ওঁর বিরাট পাণ্ডিত্য অর্জন করেছেন সে কথা জানতে এবং তা থেকে শিক্ষা নিতে। দিল্লীতে ১৯৫৭ সন থেকে ১৯৭২ অবধি পনেরো বছর বাস করার সময় আমি আর ওঁর খোঁজ করিনি। আবার সাক্ষাৎ হল অক্সফোর্ডে। সেখানে ওঁর জীবনের শততম বছর অবধি কতবার যে ওঁর সঙ্গে সন্ধ্যা কাটিয়েছি, তাঁর কোনও হিসেব রাখিনি।

ওঁর স্ত্রীর মৃত্যুর পর একদিন উনি অঝোরে কাঁদছেন। ওঁর একটি লেখা থেকে ওঁদের দাম্পত্য জীবন সম্বন্ধে দুটি লাইন পড়ে শোনালেন। তার বক্তব্য – ওঁদের জীবনে প্রেমের ফল ফললেও, অবকাশের অভাবে প্রেমের ফুল ফুটতে পারেনি। তার কারণ অপরিসীম দারিদ্র। বইটি বন্ধ করে বললেন – এর জন্য উনি বাঙালিদের কখনও ক্ষমা করতে পারবেন না। ওঁর অনেক লেখাতেই এই অক্ষমতার প্রকাশ। ওঁর দুর্ভাগ্যের কারণ যে বাঙালি জাতি না, ওঁর বহু-প্রশংসিত ইংরেজ শাসন – এ কথাটা ওঁকে কখনও মানাতে পারিনি। কিন্তু উপর্যুক্ত অক্ষমতা সত্ত্বেও ওঁর রচনা বহু দিন মানুষ গভীর অভিনিবেশ নিয়ে পড়বে। আর এই বিরাট মাপের মানুষটিকে কেউ সহজে ভুলবে না। ভুললে লোকসানটা মানবজাতির, বিশেষ করে আমাদের – বাঙালি তথা ভারতীয়দের।

বাঙাল নামা - তপন রায় চৌধুরী

শ্রীযুক্ত নীরদ চৌধুরী তাঁর 'অজানা ভারতীয়ের আত্মজীবনী' লিখে দেশবিদেশে সুনাম (কারো কারো মতে কুনাম) অর্জন করেছেন। বইখানা পাঠ করবার সুযোগ-কিংবা কুযোগ – আমার এখনও হয়নি। তবে পুস্তকখানার মূল প্রতিপাদ্য বিষয় কী, সে কথা আমি চৌধুরী মহাশয়ের নিজের মুখেই শুনেছি এবং তিনি তাঁর ভুবনবিখ্যাত পুস্তক থেকে গুটিকতক অধ্যায় আমাদের পড়ে শুনিয়েছেন। ও! সে কি ইংরেজির বাহার – তার ভিতর কত ভাষা থেকে, কত কেতাব থেকে কত রকম – বেরকমের আলপনা, কত ব্যঙ্গ, কত হুঙ্কার, কত বাকচাতুরী – ছত্রে ছত্রে হাউই উড়ছে, পটকা ফাটছে – মূল বিষয়ের দিকে ধ্যান দেয় কার ঠাকুরদার সাধ্যি!

সুপণ্ডিত শ্রীযুক্ত নীরদ সি চৌধুরীর নাম প্রস্তাব করি। ইউরোপীয় কাণ্ডকারখান উনি বিলক্ষণ বিচক্ষণরূপে জানেন। তদুপরি তিনি সংস্কৃত ভাষা এবং ভারতীয় ঐতিহ্যের সঙ্গে উত্তমরূপে সুপরিচিত। শেয়ানা পাঠক নিশ্চয়ই লক্ষ করেছেন তিনি সপ্তাহের পর সপ্তাহ শুধুমাত্র ইউরোপীয় গুণীজ্ঞানিরই উদ্ধৃতি দেন।

শ্রীযুত চৌধুরী পত্রান্তরে একখানা প্রবন্ধ লিখেছেন। সেই প্রসঙ্গে তিনি বলেছেন, তিনি এককালে বাংলায় লিখতেন এবং ইচ্ছে করলেই বাংলায় সর্বশ্রেষ্ঠ লেখকদের একজন হতে পারতেন।

চৌধুরী মশাই মানুষ; তাঁরও নানা দোষ আছে। কিন্তু তিনি যে অত্যধিক বিনয়-ভারে অবনত এ কথা তাঁর শত্রুও বলবে না। তাঁর বাংলা লেখা আমার কিছু কিছু পড়া আছে। বাংলা সাহিত্যের কিঞ্চিৎ সাধনা আমিও করেছি, যদিও শ্রেষ্ঠ লেখকদের অন্যতম হওয়ার চেষ্টায়, দিল্লি আমার জন্য এখনও বিলক্ষণ দূর অস্ত। তিনি কাঁচা বা নিকৃষ্ট বাংলা লিখতেন একথা আমি বলব না, কিন্তু তিনি যে কীটসের মত কোন ভয়ঙ্কর অমৃতভাণ্ড নিয়ে বাংলা সাহিত্যে নামেন নি, সে-কথাও আমাকে বাধ্য হয়ে বলতে হচ্ছে।

তবে এ দম্ভ কেন? এর সোজা অর্থ কি এই নয়, আমি ইচ্ছা করলে পবননন্দন পদ্ধতিতে এক লম্ফেই সেখানে উঠতে পারতুম। দ্বিতীয়ত, ছোঃ, বাংলা একটা সাহিত্য, তাতে আবার নাম করা। মারি তো হাতি, লুটি তো ভাণ্ডার। নাম করতে হয় তো ইংরেজিই সই।

আপন আপন মাতৃভাষাকেও তাচ্ছিল্য।

বৃথা তর্ক। আমি শুধু শেষ প্রশ্ন শুধাই – স্বজাতীয় লেখক, আপন আপন মাতৃভাষাকেও তাচ্ছিল্য করে কে কবে সত্য বড় হয়েছে??

সৈয়দ মুজতবা আলী

বিশ্লেষণ আর ক্ষুরধার যুক্তিই তার পাণ্ডিত্যের বৈশিষ্ট

ফুলশয্যার রাতে বর নববধূকে জিজ্ঞেস করলেন, "বেঠোফেন-এর নাম শুনেছ?"

নববধূ নিরুত্তর। কয়েক মুহূর্ত চুপচাপ। নতুন বেনারসির খসখস, রজনীগন্ধার সুবাস।

বর কী ভেবে এবার শুধোলেন, "স্পেলিংটা বলো দেখি।"

বর কিশোরগঞ্জের ভিলেজ অ্যাটর্নি উপেন্দ্রনারায়ণ চৌধুরী-র ছেলে নীরদচন্দ্র। জন্ম ১৮৯৭ সালের ২৩ নভেম্বর। মা সুশীলাসুন্দরী। বরের বয়স ৩৫। উচ্চতা পাঁচ ফুট। রুগ্ন শরীর। নববধূর নাম অমিয়া। উচ্চতা পাঁচ ফুট তিন ইঞ্চি। বরের চেয়ে অপেক্ষাকৃত সুস্বাস্থ্য।

তবে শরীর যেমনই হোক, বরের মস্তিষ্ক অসামান্য সতেজ। প্রখর স্মৃতিশক্তি, প্রবল মনের জোর, তেমনই অগাধ পাণ্ডিত্য। তার ওপরে যুক্তি ও বিশ্লেষণের অনন্যতা। ইংরেজি ও সংস্কৃত ছাড়াও ফ্রেঞ্চ, ল্যাটিন ও গ্রীক ভাষায় দখল। খুব ছোট বয়সেই শেক্সপিয়র আয়ত্ত করে ফেলেছিলেন নীরদচন্দ্র।

কোনও স্থায়ী চাকরি ছিল না। এদিক ওদিক পত্র পত্রিকায় ছিটেফোঁটা লিখে সামান্য উপার্জন। প্রায় সবটাই চলে যেত পাশ্চাত্য সঙ্গীতের রেকর্ড আর বইপত্র কিনতে। সংসারে টানাটানি। হাত পড়েছে স্ত্রীর গয়নাতেও। পরে কখনও আর্মি অ্যাকাউন্টস বিভাগে, কখনও বা শরৎচন্দ্র বসুর সচিব রূপে, আবার কখনও অল ইন্ডিয়া রেডিওতে যুদ্ধের ভাষ্যকারের চাকরি করেছেন।

পারিবারিক ধর্ম ছিল ব্রাহ্ম। তবে তিনি মনে করতেন এদেশের ধর্ম একটা মাত্র নয়। উপাসনালয়ে বহু ঈশ্বরের অবস্থান। হিন্দু ধর্ম কোনও এক বিশেষ দর্শন তত্ত্বের নিগড়ে বন্ধ নয়, তা আচরণের ধর্ম মাত্র।

ইতিহাস ছিল প্রিয় বিষয়। স্কটিশ চার্চ কলেজে ভর্তি হয়েছিলেন। উচ্চশিক্ষার পাঠ সাঙ্গ করতে পারেননি। তাঁর অটোবায়োগ্রাফি অব আননোন ইন্ডিয়ান' গ্রন্থে তাঁর ইতিহাস বোধের প্রমাণ মেলে।

সুভাষচন্দ্র বসুর প্রায় সমবয়সি। গভীর সম্ভ্রম ছিল বসু পরিবারের প্রতি। মনে করতেন শরৎচন্দ্র বসুই ছিলেন পশ্চিমবঙ্গের প্রথম মুখ্যমন্ত্রী হওয়ার যোগ্যতম মানুষ।

নীরদ সি চৌধুরী ছিলেন আপাদমস্তক ব্রিটিশ ভক্ত। ভারতীয়ত্ব সম্পর্কে একটা নাকউঁচু মনোভাব। আর বাঙালি! বাঙালি সম্পর্কে তিনি পরে লিখলেন 'বাঙালি থাকিব নাকি মানুষ হইব'। তিনি জিন্সকে ভারতীয় পোশাক মনে করতেন না। জিন্স পরাও পছন্দ করতেন না। হার্ড কভার যুক্ত বই ছাড়া তিনি ছুঁতেন না। বলতেন পেপার ব্যাক হাতে ধরা 'বারবনিতালয়ে গমনের ন্যায়'।

এক সময় 'মডার্ন রিভিউ' পত্রিকার সঙ্গে যুক্ত হন। 'শনিবারের চিঠি'-তে সজনীকান্ত দাসদের দলে ভিড়ে 'বলাহক নন্দী' ছদ্মনামে একে একে 'রবীন্দ্রনাথ নজরুল প্রমুখকে মুক্তকচ্ছ করতে লেগে গেলেন। প্রায় অনেক ব্যাপারে বাঙালিকে তিনি হেয় করে তুড়ি মেরে উড়িয়ে দিয়েছেন। তাঁর ধারণা বাঙালি মদ খায় বটে, কিন্তু না জানে গ্লাস ধরতে, না জানে সিপ করতে। তাবড় তাবড় বঙ্গপুঙ্গবকে এই সব শিখিয়েছেন তিনি। যেমন বিভূতিভূষণ বন্দ্যোপাধ্যায়। তিনি রিপন কলেজে সহপাঠী ছিলেন তাঁর।

রবীন্দ্রনাথ জমে থাকা পারিবারিক ধুলো ঝেড়ে ফেলে রবীন্দ্রনাথ হয়ে উঠতে চাইতেন। কিন্তু পদে পদে বাধা তাঁর সর্বজনবিদিত বাবুয়ানি আর শৌখিনতা। রবীন্দ্রনাথের অনেক কিছু তাঁর ভাল লাগত না। যেমন, রবীন্দ্রনাথ পারিষদ পরিবৃত হয়ে থাকা উপভোগ করতেন। জমিদারি আর সামন্ততান্ত্রিক শোণিতস্রোত তাঁর শিরা উপশিরায় প্রবাহিত কি না!

'আত্মঘাতী রবীন্দ্রনাথ' বইতে নীরদচন্দ্র বলেছেন, রবীন্দ্রনাথ তাঁর এক কন্যার মৃত্যুশয্যায় গীতা পড়ে শোনাচ্ছেন। মেয়েটির বয়স সবেমাত্র ১৩। মৃত্যুযন্ত্রণায় মধ্যে এটা কি তার কাছে পরিহাস নয়!

এক বার তিনি কোনও এক বাংলা পত্রিকার শারদীয়া সংখ্যার প্রবন্ধে লেখেন 'তথাকথিত' বাংলাদেশ। বাংলাদেশ যে তত দিনে স্বাধীন সার্বভৌম এবং স্বতন্ত্র একটি রাষ্ট্র এ সংবাদ তার কাছে ছিল না, সম্ভবত প্রবাসে থাকার কারণেই। ক্ষুণ্ণ ক্ষুব্ধ বাংলাদেশের নাগরিকরা ঘোরতর বিরূপ হয়েছিলেন। প্রকাশককে সেই সংখ্যার প্রতিটি কপি বাজার থেকে তুলে নিতে হয়েছিল।

আর এক বার এক বাংলা দৈনিকে তিনি বিখ্যাত বাঙালি মনীষীদের একটি নামের তালিকা প্রস্তুত করেন। তাতে বিদ্যাসাগরের নাম নেই। স্বভাবতই বিতর্ক এবং প্রশ্নের ঝড়। নীরদচন্দ্রের যুক্তি, সে যুগে বিদ্যাসাগর নিজ বাসভবনে একটি পাঠাগার গড়ে ছিলেন। এটি বাঙালির চরিত্রসুলভ নয়। বিদ্যাসাগর এই শিক্ষা রপ্ত করেছিলেন ইংরেজের কাছ থেকে। ফলে বাঙালিসুলভ বৈশিষ্ট থেকে তিনি সরে গিয়েছিলেন, এখানেই তিনি আর বাঙালি রইলেন না।

প্রেম নামক বিশেষ আবেগ নীরদচন্দ্রের কাছে বিশেষ তাৎপর্য বহন করে না। এটি নিতান্তই স্বাভাবিক এবং জৈবিক। বরং বিরহ শক্তি এবং অন্তর্দৃষ্টির উৎস।

তার বোধে মাক্সিয় দর্শন এ যুগের নিরিখে অপ্রাসাঙ্গিক। তিনি পাশ্চাত্য সভ্যতার প্রশংসা করেছেন এক দিকে, অন্য দিকে ভারতীয় সংস্কৃতির সঙ্গে তুলনা করে তা যে হীন, তা বলতেও ছাড়ছেন না। তার কাছে রেনেসাঁ হল মোগলযুগের আচ্ছন্নতা কাটিয়ে পাশ্চাত্য সভ্যতার সংস্পর্শে এসে নতুন করে ভারতীয় আধ্যাত্মিকতার মহত্ত্বকে অনুভব করা। হিন্দুদের সুপ্রাচীন

আধ্যাত্মিকতার গালভরা বড়াই নিতান্তই ভুয়ো অর্থহীন, নীরদচন্দ্র তাঁর 'আত্মঘাতী বাঙালী' গ্রন্থে দৃষ্টান্ত দিয়ে তা দেখিয়েছেন।

হাজার ব্যর্থতা সত্ত্বেও সততা ও দৃঢ় মানসিকতা থেকে এক চুলও সরেননি। ভারতীয় জাতীয়তাবাদী আন্দোলন সম্পর্কে তিনি সন্দিহান। নেতাদের যোগ্যতার উপরেও তাঁর আস্থা কম। তাঁর সততা স্পষ্টবাদিতার জন্য তাঁকে বিভিন্ন সময়ে মূল্যও দিতে হয়। তিনি তাঁর লেখা 'দাই হ্যান্ড, গ্রেট অ্যানার্ক' বইটিতে ভারতীয় বরেণ্য ব্যক্তিবর্গের সম্পর্কে বিরূপ মন্তব্য করায় রেডিওর চাকরি হারান। পেনশন থেকেও বঞ্চিত হয়েছিলেন।

১১ বছর বয়সে নীরদচন্দ্র ফরিদপুর ছেড়ে কলকাতায় আসেন। তাঁর মুখে পূর্ববঙ্গীয় ভাষা শুনে কলকাতাস্থ আত্মীয়-পরিজন, যাঁরা বয়সে অন্তত তাঁর চেয়ে তিন গুণ বড়, তাঁরাও টিটকিরি দিতে ছাড়েননি।

কলকাতায় এসে ওঠা পূর্ববঙ্গীয়দের 'বাঙাল' ভাষার জন্য কি না কে জানে, তখনকার দিনে ম্যাট্রিকুলেশন পরীক্ষার্থীদের শুদ্ধ বাংলা লেখার আলাদা একটা প্রশ্ন থাকত। নীরদচন্দ্রকেও রবীন্দ্রনাথের কবিতা থেকে শুদ্ধীকরণ করতে হয়েছিল। পরে যখন তিনি বাংলায় লেখালিখি শুরু করলেন, সব সময় সাধু ভাষাতেই লিখে গেলেন। তাঁর প্রথম বাংলা বই 'বাঙালী জীবনে রমণী'-র জন্য প্রচুর টাকা আগাম পেয়েছিলেন নীরদচন্দ্র। নীরদচন্দ্র চৌধুরী-র লেখা 'অটোবায়োগ্রাফি অব অ্যান আননোন ইন্ডিয়ান' একজন ইতিহাসবিদের চোখে দেখা ব্রিটিশ ভারতের অবিভক্ত বাংলা। এক জন ভারতীয় বালকের বেড়ে ওঠার কাহিনী। সেটা গত শতকের গোড়ার দিককার কথা। যে জগতে ক্রমশ তিনি আর তাঁর নিজের পথ খুঁজে নিতে পারছেন না, ছটফট করছেন। সেই সঙ্গে ব্রিটিশ শাসনের বরাতের লেখা ক্রমশ স্পষ্ট হয়ে উঠছে পরিণতির ইঙ্গিত দিয়ে। সেই সন্ধিক্ষণের কথা সমাজ ইতিহাসের পাতা থেকে নীরদ চৌধুরীর অটোবায়োগ্রাফির পাতায় উঠে আসছে সৎ স্বচ্ছ অবিকৃত বিবরণে। বইটির বহু অংশে রয়েছে লেখকের পিতৃভূমী এবং মাতুলালয়ের গ্রামের কথা। বয়ঃসন্ধিকালে জাতীয়তাবাদী মনোভাবের জাগৃতি, কলকাতার মানুষ আর জীবনের কথা।

শেষাংশে লিখছেন তাঁর 'আইডিয়াজ অব অ্যান এপিটাফ' – 'হিহার লাইজ দ্য হ্যাপি ম্যান হু ওয়াজ অ্যান আইলেট অব সেন্সিবিলিটি সারাউণ্ডেড বাই দ্য কুল সেন্স অব হিজ ওয়াইফ, ফ্রেন্ডস অ্যান্ড চিলড্রেন'। 'অটোবায়োগ্রাফি বইটি তিনি উৎসর্গ করলেন 'টু দ্য মেমারি অব দ্য ব্রিটিশ/এমপায়ার ইন ইন্ডিয়া/ হুইচ কনফারড সাবজেক্টহুড/আপন আস/বাট উইথহেল্ড সিটিজেনশিপ।' এই উৎসর্গ ক্রুদ্ধ করল কতিপয় ভারতীয় তথা বাঙালিকে। যারা বরাবরই নীরদ সি-র ভাব-ভাবনা অপছন্দ করে আসছেন। তাঁকে এর জন্য সাম্রাজ্যবাদীদের

শেষ সমর্থক, ব্রিটিশভক্ত দালাল ইত্যাদি বাণ ছুঁড়তে কসুর করেননি তারা। তারা খেয়াল করল না ভারতীয়রা ইংরেজদের কাছ থেকে 'সাবজেক্টহুড' পেলেও 'সিটিজেনশিপ' থেকে বঞ্চিত বলে নীরদচন্দ্র কী ভাবে ইংরেজদের শ্লেষবিদ্ধ করলেন।

'অটোবায়োগ্রাফি' পড়ে এ দেশের মানুষ অসন্তুষ্ট হলেও বিদেশীরা বইটির প্রশংসা করলেন। তাদের মধ্যে এমন দু'জন ছিলেন যাঁদের প্রশংসা পাওয়া বিরল ব্যাপার। এক জন বিদ্যাধর সুরজপ্রসাদ নায়পল, অন্য জন উইনস্টন চার্চিল। ভি এস নায়পল লিখলেন, 'নো বেটার পেনিট্রেশন অব দ্য ইন্ডিয়ান মাইন্ড বাই দ্য ওয়েস্ট অ্যান্ড নাও ক্যান বি রিটন ইন ১৯৯৮, ইট ওয়াজ ইনক্লুডেড, অ্যাজ ওয়ান অব দ্য ইন্ডিয়ান কন্ট্রিবিউশন।' (দ্য নিউ অক্সফোর্ড বুক অব ইংলিশ প্রোজ – ভি এস নায়পাল)।

অটোবায়োগ্রাফির জন্য নীরদ সি-র বিলেত ভ্রমণের আমন্ত্রণ এল ব্রিটিশ দুতাবাসের মাধ্যমে। মাত্র ছ'সপ্তাহের জন্য। সেই প্রথমবার, তাঁর স্বপ্নের 'স্বদেশযাত্রা'। তাঁর বিলেত ভ্রমণের অভিজ্ঞতা নিয়ে তিনি লিখলেন 'অ্যা প্যাসেজ টু ইংল্যান্ড'। তখন তাঁর বয়স ৬০ বছর।

রবীন্দ্রনাথের 'নবেল' প্রাপ্তিতে কতিপয় খ্যাতনামা ইংরেজ তাঁর যোগ্যতা ও স্বচ্ছতা বিষয়ে সন্দেহ প্রকাশ করেন। রুষ্ট নীরদচন্দ্র ইংরেজদের বুদ্ধিভ্রম সম্পর্কে নিঃসন্দেহ হন। এক সময়ের সভ্যতার ধারক বাহক আর্যদের উত্তরপুরুষ ব্রিটিশদের যে বৌদ্ধিক অবমনন ঘটেছে, সে কথা তাঁর 'দ্য কনটিনেন্ট অফ সার্স' গ্রন্থে বিধৃত আছে।

ব্রিটিশরা অবশ্য নীরদচন্দ্রের যাবতীয় সমালোচনা সহজ ভাবেই গ্রহণ করেছেন। ম্যাক্স মুলার-এর জীবনী লেখার জন্য ব্রিটিশরা যে পাঠাগারগুলো তাঁর জন্য খুলে দিয়েছিলেন, সেটা তিনি বলেই সম্ভব হয়েছিল। তার ইংরেজি লেখার প্রকার-প্রকরণের আর এক মুগ্ধ পাঠক কবি স্টিফেন স্পেনডার। তিনি বলতেন, 'ওঁর ইংরেজিকে আমরাও ভয় পাই।'

নীরদচন্দ্র খুব জাঁক করে বলতেন, "এক বর্ণ ইংরেজিও আমি কোনও ইংরেজের কাছে শিখি নাই। যা শিখিয়াছি সবই গ্রামের পাঠশালার গুরুমশাইদের কাছে থেকে।" নবতিপর নীরদচন্দ্র ধুতি পাঞ্জাবি আর তালতলার চটি পরে খুরপি হাতে বাগান করতেন। অবসরে শুনতেন পছন্দের রবীন্দ্রসঙ্গীত। টেমস নদীতে বজরায় ভাসতে ভাসতে আবৃত্তি করছেন রবীন্দ্রনাথের 'আশা'। স্পষ্ট ও নির্ভুল উচ্চারণ। 'দূরদর্শন'-এ ভারতীয়দের কাছে তা এক দুর্লভ প্রাপ্তি। তখন অনেক দিনই তিনি সুদূর দ্বীপবাসী। ভারতের এক রাষ্ট্রদূত এক বার তাঁর সঙ্গে সাক্ষাৎ করেন। আলাপের পর নীরদচন্দ্র তাঁর স্বভাবসুলভ ভঙ্গীতে জানান, লোকটা লেখাপড়া জানে বলেই মনে হল।

১৯৭০-এ দ্বিতীয় বারের জন্য বিলেত গেলেন। অক্সফোর্ড-এর ২০ লাথবেরি রোডের বাড়িতে সেই যে উঠলেন, আর ফিরলেন না। তাঁর সেখানকার বাসস্থানে লাগানো হয়েছিল সন্মাননার বিশেষ স্মারক 'ব্লু প্লেক'। পেয়েছিলেন ডাফ কুপার মেমোরিয়াল অ্যাওয়ার্ড, অক্সফোর্ডের ডি লিট, রানি দ্বিতীয় এলিজাবেথ কর্তৃক কম্যান্ডার অব দ্য অর্ডার অব দ্য ব্রিটিশ এম্পায়ার (সিবিই) উপাধি, বিশ্বভারতীর দেশিকোত্তম, আনন্দ পুরষ্কার, সাহিত্য অ্যাকাডেমি ও বিদ্যাসাগর পুরষ্কার। ১৯৯৯ সালের ১ অগস্ট প্রায় ১০২ বছর বয়সে তিনি প্রয়াত হন।

৯৭ বছর বয়সে তুখোড় স্মৃতি নিয়ে লিখলেন 'থ্রি হর্সমেন অব দ্য নিউ অ্যাপোক্যালিপ্স' নামক বহুদর্শীর আলেখ্য। বাঙ্গালীর নৈতিক অবক্ষয় আর রাজনৈতিক ভ্রষ্টাচারের যে চিত্র সেখানে অঙ্কিত, তা আজকের প্রেক্ষাপটেরই যেন নির্ভুল পূর্বানুমান। আজীবন নীরদচন্দ্র যেমন বুঝেছেন, তেমন লিখেছেন। কী ব্রিটিশ কী ভারতীয়, কাউকেই কখনও রেয়াত করেননি। ফলে দু'দেশের কাছেই জুটেছে পুরষ্কার ও তিরস্কার। ব্রিটেনের নাগরিকত্ব পেয়েছিলেন। নিজের সংগ্রহের সমূহ বইপত্র ইম্পেরিয়্যাল লাইব্রেরিকে দান করলেন না, দান করলেন ক্যালকাটা ক্লাবকে। সারাজীবন ভারতীয় পাসপোর্ট নিজের কাছেই রেখে দিলেন, ব্রিটিশদের কাছে আর জমা করেননি। কে বলতে পারে, হয়তো তাঁর নিজের মধ্যেও কোনও সূক্ষ্ম দ্বন্দ্ব আর দোলাচল ছিল আজীবন।

রঘুনাথ প্রামাণিক – রবিবাসরীয়

জীবনস্মৃতি

অধুনা বাংলাদেশের কিশোরগঞ্জে ২৩ নভেম্বের ১৮৯৭ সালে নীরদচন্দ্র চৌধুরীর জন্ম। উনবিংশ শতাব্দী শেষ হবার তিন বছর আগে তাঁর জন্ম ও মারা যান একবিংশ শতাব্দীর প্রাক্কালে। নিজেকে তিনি খাঁটি বাঙালী বলতেন, অথচ ক্ষুরধার ভাষায় বাঙ্গালীদের আক্রমণ করেছেন বারবার। চলনে-বলনে, আচার ব্যবহারে, সাজপোশাকে পাক্কা সাহেব ছিলেন। কিংসলে সাহেব একবার বলেছিলেন, ইংরেজরা যেসব আদব কায়দা ভুলে গেছে, তা নীরদ সি চৌধুরীর কাছে শিখে নিতে পারে।

মৈমনসিংহ জেলার কিশোরগঞ্জ শহরে তাঁর জন্ম, সেই কিশোরগঞ্জের সঙ্গে পরে আর সংযোগ রাখেননি কিন্তু আজীবন মনে রেখেছেন জন্মস্থানের পারিপার্শ্বের খুঁটিনাটি। ইচ্ছে করলে সেখানে ফিরে যেতে পারতেন, ফেরেননি।

মফস্বল শহরের বাংলা স্কুলে পড়া নীরদচন্দ্র জ্ঞানচর্চার জন্য তিনি কলকাতার তৎকালীন ইম্পিরিয়াল লাইব্রেরিতে পাঠ করেননি এমন বিষয় নেই

যা খুঁজে পাওয়া যাবে। প্রসঙ্গত স্মরণীয়, ইংরেজের জন্য এত সুনাম অর্জন করেও নীরদচন্দ্র বাংলা ভাষাতেও লিখে গেছেন নিয়মিত। তাঁর বাংলা ভাষায় ব্যবহারও বিশিষ্ট এবং মৌলিক। সাধু ভাষা বজায় রেখে এমন সরস বর্ণনা ইদানিং দুর্লভ।

'এ পর্যন্ত আমি বাংলা বই লিখি নাই, এই আমার প্রথম বই। ১৯৩৭ সনের পর হইতে আমি আর বাংলা লিখি নাই। তারপর আমি ইংরাজী লিখিতে আরম্ভ করিলাম। কারণ তখন একটা ধারণা জন্মিয়াছিল যে বাঙালীদের জন্য লিখিয়া কোন লাভ নাই। কারণ কোন সাড়া পাই না, শুধু শুধুই আমি লিখিয়া মরি।

পঞ্চাশ বৎসর বয়সে ইংরাজিতে প্রথম বই লিখিতে আরম্ভ করেছিলাম, সত্তর বৎসর বয়সে বাংলায় লিখিলাম। ইংরাজীর বেলাতেই দেরি হইয়া গিয়াছে মনে করেছিলাম, সুতরাং বাংলার ক্ষেত্রে আরও কত দেরি যে হইয়া গিয়াছে তাহা মনে করিতেও ভীতি হইতেছে। **পঁচিশ বৎসর দিল্লীতে আছি**, এখানকার বাঙ্গালী সমাজের সহিত সেদিন পর্যন্ত কোনও পরিচয় ছিল না, এখনও বিশেষ নাই – তাই বাঙালীর সাহচর্য হইতেও যে বাংলা লেখার ঝোঁক আসিবে তাহারও সম্ভাবনা ছিল না। লিখিবার সময়ে দেখিলাম, বাংলা লেখার অভ্যাস একেবারে হারাই নাই।

আগেই বলিয়াছি, ১৯৬৫ সনে গজেন্দ্রকুমার মিত্র আমাকে অনুরোধ করেন নন্দলালবাবু সম্বন্ধে লিখিতে। তখন আমি ধীরে ধীরে আবার বাংলা লেখা আরম্ভ করি। আর দুই-চারটি প্রবন্ধ লিখিবার পর প্রথম বাংলা বই লিখিলাম "বাঙালী জীবনে রমণী"। কিন্তু বাংলাতে আবার বেশী করিয়া লিখিতে আরম্ভ করিয়াছি ১৯৮৭ সনের পর। কেন বলিতেছি। আমার ধারণা, আমি ইংরাজীতে লিখি সাধারণত পাশ্চাত্ত্য জগতের জন্য, আমার দেশের জন্য নয়। কিন্তু দেশের লোকেরা বিশেষ করিয়া বাঙালী যখন ইংরাজী পড়ে তখন তাহাদের মনে আমার লেখা সাড়া দেয় না। তাই আমি দেখিলাম যে ইংরাজীতে লিখিয়া আমার উদ্দেশ্য সিদ্ধ হইবে না। বাঙালী পরে বলিতে পারে, যে আপনি আমাদের শুধু ছাড়িয়া গেলেন, আমাদের কিছু বলিলেন না, যে আমরা কি হইতে পারি বা পারি না। শুধু আমাদের ত্যাগ করিয়াই চলিয়া গেলেন। আমি ঠিক করিলাম, বাঙালীকে এই ধারণাটা আমি করিতে দিব না। এই কারণেই আমার বাংলা লেখা পুনরায় শুরু করিলাম।

আমি অতি শৈশব হইতে জাহাজে চড়িয়াছি। ইহার ফলে বরাবরই মনে হইয়াছে, বাংলার পল্লীজীবনে ষ্টীমারে আনাগোনা একটা বড় রোমান্স। মাতুলালয়ে গেলে রাত্রিতে হঠাৎ জাগিয়া ষ্টীমারের ভোঁ শুনিতে পাইতাম। মনে হইত তিন মাইল দূর হইতে মেঘনা ডাকিতেছে। মাঠের ধারে আসিয়া

দাঁড়াইলে পূর্বদিগন্তে – সেখানে তখন ভোরের অস্ফুটও আলো ফুটে নাই – একটা উজ্জ্বল বিভা দেখ দিত, সেটা আবার সচল। উহা জাহাজের আলো। বুঝিলাম, মেঘনার উপর দিয়া সার্চলাইট ঘুরাইয়া জাহাজ যাইতেছে। কিন্তু সে কতদূরে, অন্তত বিশ মাইল।

কিন্তু ষ্টীমারে চড়িলে মনের অবস্থা সম্পূর্ণ বদল হইয়া যাইত। মনে হইত লোকালয়েই আছি। ইহার কারণ ছিল – ষ্টীমার একটি ছোট ভবের হাট। একটা জনসমাজ উহাতে থাকিত; কেহ কাহারও চেনা অন্যেরা অপরিচিত, তবু শুধু মানুষ বলিয়াই আপন। তাই ষ্টীমারের উপর হইতে তীরকে, এমন কি ষ্টেশনকেও অজানা পরলোক বলিয়া মনে হইত, বুঝিতে পারিতাম না কেন লোক সেখান হইতে ষ্টীমারে আসিতেছে, কেনই বা ষ্টীমার হইতে নামিয়া সেখানে যাইতেছে। যাহারা নামিয়া উঠিত, তাদের কাছে, নিজেদের ঘরবাড়ী স্পষ্ট, অত্যন্ত সত্য; তাহারা জানিত সেখানে মা আছে, স্ত্রী আছে, পুত্র-কন্যা, ভাই বোন সকলেই আছে। কিন্তু অন্য লোকের তাহা মনে হইত না। তাহারা ভাবিত পরিচিত ষ্টীমারের ইহলোক হইতে উদাস চড়াতে নামিয়া লোকগুলি যে কোন অপরিচিত ছায়াময় লোকে উধাও হইয়া যাইতেছে। দু-চারটা পালকি, ডুলি এমন কি ছ্যাকরা গাড়ি থাকিত সেগুলিকেও পরলোকের রথ বলিয়াই মনে হইত।

ইহার পর বাংলার জলের অন্য রূপের কথা বলিতে হয়। তাহারও বিচিত্রতা কম নয়। ছোট নদীর মূর্তি ও প্রকৃতি একেবারে অন্য রকমের ছিল। সেগুলির এত জল বা স্রোত কখনই হইত না যা পাড় কাটিয়া সোজা পথে যাইতে পারে। তাই সেগুলি বন বাদাড়ের মাঝখান দিয়া ঘুরিয়া ফিরিয়া বাঁকের পর বাঁকে চলিত। দুই বাঁকের মধ্যে সোজা খাত দেখা যাইত যেন জলের ফিতা, কিন্তু এই অংশটুকুর দৈর্ঘ বেশী হইত না, পানকৌড়ি একডুবে উহার এক প্রান্ত হইতে আর এক প্রান্ত পর্যন্ত যাইতে পারিত। প্রায়ই দেখিতাম, পানকৌড়ি টুপ করিয়া ডুব দিয়া জলের উপরে লাঙ্গলের রেখার মত দাগ তুলিয়া দূরে গিয়া আবার উঠিতেছে। কাছে না যাওয়া পর্যন্ত মনে হইত নদী বাঁকের কাছে শেষ হইয়া গিয়াছে – তাহার পর শুধু জঙ্গল। এই সব বাঁকের জন্য কোন জায়গায় পৌঁছতে আর কতদূর যাইতে হইবে জিজ্ঞাসা করিলেই মাঝিরা বলিত "চার বা ছয় বাঁক, বাবু।"

এই সব নদীতে জল এত বেশী যে দাঁড় বাওয়ার প্রয়োজন হয়। তাই দ্রুত চলিবার জন্য এক বা এক দুই লগি ব্যবহৃত হইত। আমরা কখনও কখনও মাঝির হাত হইতে লগি লইয়া তাহাদের কাজের বিঘ্ন করিতাম। তবে একটু হুঁকো টানিয়া লইবার অবকাশ পাইত বলিয়া তাহারা বেশী আপত্তি করিত না।

এই সব নদী খোলা জায়গায় পড়িলে দেখিতাম, ক্ষেত ডুবিয়া দুই ধারে ঝিলের মত হইয়া গিয়াছে। নদীর জলে এই সব জায়গায় জলে বেশ পার্থক্য থাকিত। নদীর জল বহমান, চঞ্চল, কম্পিত, উহা রোদে ও আলোতে এত চিকমিক করিত যে, জলের নীচে কিছুই দেখিতে পাইতাম না। কিন্তু ডোবা মাঠের জল স্বচ্ছ ও নির্মল হইত। তাহার ভিতর দিয়া নীচে রাশি রাশি লতার মত ঝিরঝিরে পাতার উদ্ভিজ দেখিতাম। উপরে কোথাও কোথাও সারাটা জায়গা জুড়িয়া থাকিত অগণিত শামুকের পাতা, সাদা ও লাল ফুল। উহার মৃণাল ছিঁড়িয়া টানিয়া তুলিতাম। অন্য জায়গা দেখিলে মনে হইত, একখানা বিরাট কাঁচের শার্সি বা আরশী।

রবীন্দ্রনাথের উপন্যাসেও জলের প্রভাব লক্ষ করা যায়। 'নৌকাডুবি' উপন্যাসে রমেশ ও রমলার গোয়ালন্দ হইতে গাজিপুর পর্যন্ত ষ্টীমারযাত্রার অংশটুকু অতি সুন্দর। 'গোরা'তেও গল্পের দিক হইতে যে ঘটনাটি সব চেয়ে প্রাণস্পর্শী তাহাও ষ্টীমারেই ঘটিয়াছে।

কিশোরগঞ্জ সেই সময়ে পূর্ববঙ্গের ময়মনসিংহ জেলার একটি মহকুমা শহর ছিল। শুনিয়াছি এখন এটি জেলা হইয়াছে। তখন কতকগুলি মহকুমা লইয়া একটি জেলা হইত। এই কিশোরগঞ্জেই আমি জন্মকাল হইতে আমার বারো বয়স পর্যন্ত, শৈশব ও বাল্যজীবন কাটাই।

পূর্ববঙ্গের মফস্বল শহর যেমন হইত, কিশোরগঞ্জ শহরটিও সেইরূপ ছিল। পাকাবাড়ি ছিল খুবই কম। ভদ্রলোকের পাকাবাড়ি বোধ হয় ছয়-সাতটার বেশি ছিল না, আর বাদবাকী বাড়ি ছিল টিনের। টিনের চাল। সাধারণত মেঝে মাটির হইত। দেওয়াল দরমার। দরমা মোটা নয়, পাতলা ও সুক্ষ্ম কাজের হইত, কাঠের ফ্রেমে আটকাইয়া দেওয়াল তৈরি হইত। ঘরগুলি দেখিতে খারাপ হইত না। তাছাড়া ঘরের ভিতরে চালের নিচে সিলিং থাকিত, কখনও দরমার, কোন সময়ে কাপড়ের। সেজন্য ঘরগুলি গরমেও কষ্টকর হইত না।

সকলের বাড়িতেই বাইরের মহল এবং অন্দরমহল সম্পূর্ণ পৃথক হইত। অন্দরমহলের চারিদিকে বেড়া দিয়া বন্ধ থাকিত। বেড়াও দরমার হইত। আমাদের বাড়ির বাহিরের মহলের সামনে একটি উঠান ছিল, ভেতরেও আর একটি উঠান ছিল। বাড়ির পেছনে অনেকখানি খোলা জায়গা ছিল। তাহার খানিকটা ছিল জঙ্গল। বাকিটা ছিল খালি জমি। পূর্বদিকে আমাদের জন্য বাড়ি, কিন্তু পশ্চিম দিকে সম্পূর্ণ এক সারি কলাগাছ।

আমরা বাড়ির সামনের দিকে বাস করিতাম। পিছনের দিকে নয়। বহির্মহলে একটা বড় ঘর ছিল। উহাকে আমরা কাছারিঘর বলিতাম। আর ভিতর-মহলে উঠানের চারিদিকে চারটি ঘর। এই চারটি ঘরের মধ্যে একটিকে আমরা 'নিরামিষ' ঘর বলিতাম। কারণ আমার পিসিমা বা অন্যান্য

বিধবাদের কেউ আসিলে ঐ ঘরে রান্নাবান্না করিতেন। আর উত্তরদিকে ছিল আমাদের রান্নাঘরটি। আর দুটি ঘর ছিল শোবার ও বসিবার। প্রথমে রান্না হইত কাঠের উনানে। তাহার পর কয়লা আসিল, কয়লার উনান চালু হইল।

এই হল আমাদের দেশের বাড়ি।

এখন কিশোরগঞ্জ শহরটি সেই সময়ে কিরকম ছিল বলা যাক। শহরটি একটি নদীর দুধারে। নদীটাই যেন শহরটির মেরুদণ্ডের মত। এক সময় এই নদীটী খুব বড় ছিল। ব্রহ্মপুত্র হইতে ধেনু নামে আর একটি নদী সেখানে আসিয়া পড়িত কিন্তু আমাদের সময়ে সেটা শুকাইয়া গিয়াছিল। কিন্তু তৎসত্বেও আমাদের নদীটির গ্রীষ্মকালে যে রূপ থাকিত, বর্ষাকালে তাহা আমূল পালটাইয়া যাইত।

বর্ষাকালে নদীর দৃশ্যটি খুব সুন্দর হইত। নদীর অপর পারের রাস্তা হইতে আমাদের এপারের রাস্তা পর্যন্ত জলজলে টল টল করিতে থাকিত। আর নানা রকম নৌকায় এই জলপথ ভরিয়া যাইত। আমরা তিন রকমের নৌকা দেখিতে পাইতাম। বড়টাকে বলিতাম তিন মাল্লা বা তিন মাঝির নৌকা। মাঝারিটা দুই মাঝির ও সবচেয়ে ছোটটি এক মাঝির। প্রত্যেকটির নৌকোতেই দরমার ছই থাকিত। নৌকার পিছন দিকে বসিত এক মাঝি, যে হাল ধরিয়া থাকিত। সামনে আর একজন থাকিত সে দাঁড়ও বাইতে পারিত, আবার দরকার পড়িলে লগি দিয়াও চালাইত। কোন কোন সময়ে নৌকাগুলি পাল তুলিয়াও চলিত, বিশেষ করিয়া খোলা নদী পাইলে পাল তুলিত। কিন্তু দৃশটা আসলে সুন্দর দেখিতে হইত সন্ধ্যার পর রাত্রে। নৌকাগুলি সব এক জায়গায় বাঁধা থাকিত। আর লগিগুলোও একসঙ্গে দড়ি দিয়ে বাঁধা হইত। একসঙ্গে বাঁধা লগিগুলো দূর হইতে দেখাইত বাঁশবনের মত। নৌকাগুলিতে লন্ঠন জ্বলিলেই আলো যেন ছড়াইয়া পড়িতেছে মনে হইত। লন্ঠনের আলো জ্বলিলে মনে হইত জলের নিচে যেন দেওয়ালি শুরু হইয়াছে। জল যেমন নড়িতেছে, নিচের আলোও তেমনি নড়িতেছে। এই সুন্দর দৃশ্যটি দেখিতে আমাদের ভারি ভাল লাগিত।

বর্ষাকালে বাড়ির ভিতর উঠোনে বসিয়া আমরা একটা অদ্ভুত দৃশ্য দেখিতাম। আমাদের দেশে বর্ষায় বৃষ্টি একেবারে বড় বড় ফোঁটায় পড়ে। দেখিতে দেখিতে ভিতর উঠানে প্রায় আধহাত মত জল জমিয়া যাইত। তাহার উপর বৃষ্টির বড় বড় ফোঁটাগুলি পড়িয়া ভাসিত, মনে হইত যেন খেলার পুতুল। টপ টপ টপ টপ করিয়া যেন চারিদিকে অসংখ্য পুতুল নাচিতেছে। এত সুন্দর দেখাইত, জলের পুতুল নাচিতেছে, ডুবিতেছে, আবার মাথা তুলিয়া আবার ডুব দিতেছে। হঠাৎ বৃষ্টিটা যখনই থামিয়া গেল, এক সেকেন্ডের মধ্যে

সব পুতুল কোথায় চলিয়া গেল। এই একটি অদ্ভুত দৃশ্য আমি শোবার ঘরের বারান্দায় বসিয়া দেখিতাম।

হাটবারগুলিতে, বৃহস্পতিবার ও রবিবার, চারদিক হইতে চাল, ডাল, জিনিষপত্র সবই আসিত। তাহা ছাড়া স্থায়ী দোকানও অনেক ছিল বিশেষ করে কাপড়-চোপড়ের। হাটের মধ্যে মাছের জন্য একটা দিক নির্দিষ্ট ছিল। প্রত্যেক বৃহস্পতিবার মা আগে হইতে ফর্দ করিয়া দিতেন কি কি জিনিষ হাট হইতে আনা হইবে। সে মত জিনিষপত্র হাট হইতে কিনিয়া সন্ধ্যার পর ফিরিয়া আসিত।

কিশোরগঞ্জে থাকাকালীন আমি কখনও জুতা পরি নাই। সব সময়ে খালি পায়ে থাকিতাম। আর স্কুলে যাওয়ার সময় ছাড়া গায়েও জামা থাকিত না। খালি পা, খালি গা, কোন সময় ধুতিটি কোমরে বাঁধা অথবা সামনে কোঁচা – এই ছিল নিত্যকার পোশাক।

কিশোরগঞ্জের জীবনে আর একটা জিনিষ ছিল। সেটা হইল প্রত্যেক ঋতুতে একটা করিয়া উৎসব। আমরা দেখিতাম প্রত্যেক ভাদ্র মাসে ঝুলন মেলা হইত। কিশোরগঞ্জ শহর হইতে এক মাইল দূরে একটা মস্ত বড় টিলা ছিল। সেখানে এই মেলা হইত। কিশোরগঞ্জে ইস্ট ইন্ডিয়া কোম্পানির একটা পাটের আড়ত ছিল। সেটিকে কুঠি বলা হইত। আমাদের সময়ে সে পাটের আড়ত চালাইতেন একটি তাঁতি পরিবার। উপাধি ছিল পরামাণিক।

ঝুলন মেলা হইত এক মাস ধরিয়া। তখন প্রধানত ঢাকা হইতে, কখনও বা কলিকাতা হইতেও নানা জিনিসপত্রের দোকান আসিত এই ঝুলন মেলাতে। এক-একটা জিনিষের এক-একটি পট্টি ছিল। মনে আছে, একটি দোকানে একটি মুসলমান লোক খালি বই বাঁধাইত। তখন মুসলমানরা প্রধানত কোরান বা ফার্সি বই লইয়া আসিত। বই বাঁধাইয়া লইয়া তাহার উপর সোনার জলের কাজ করিয়া লইয়া যাইত। একটি পট্টিতে কাঁচের জিনিষপত্র বিক্রি হইত।

যে যায়গাটা আমাদের সব চেয়ে বেশি ভাল লাগিত এবং যেখানে আমরা সুযোগ পাওয়া মাত্র আগে যাইতাম, সেটি হইল বাজনা তৈরীর জায়গা। একটি জায়গায় মৃদঙ্গ তৈরী হইত। মৃদঙ্গ তো ঢোল বা ঢাকের মত নয়, মাটির। দেখিতাম, মাটি দিয়া মৃদঙ্গ তৈরী করিয়া চামড়া-টামড়া লাগাইয়া ঠিক করা হইতেছে। আর একটি জায়গায় তৈরী হইত অদ্ভুত একটা যন্ত্র, আমাদের কাছে মনে হইত অদ্ভুত। কিশোরগঞ্জের মত অজ জায়গায় যে এরকম একটি যন্ত্র তৈরী সম্ভব তাহা ভাবিতে পারিতাম না। সেই যন্ত্রটি হইল বেহালা। আমরা দেখিতাম কি করিয়া বেহালা তৈয়ারী হয়। অসংখ্য বেহালা তৈরী করিয়া ঝুলাইয়া রাখা হইত। সে সময়ের বাংলায় যাহা কিছু তৈরী হইত, বলিতে গেলে তাহার প্রত্যেকটি জিনিষ মেলায় পাওয়া যাইত।

কিশোরগঞ্জে রথের মেলা হইত আষাঢ় মাসে। লোকে রথ টানিয়া লইয়া যাইত। চারিদিকের জমিতে নানা জিনিষের দোকান বসিত। সবচেয়ে বেশি প্রিয় ছিল নানারকম মাটির খেলনা পুতুল। আমরা সব চাইতে ভালবাসিতাম আহ্লাদি পুতুল। মেলা হইতে তাল-পাতা বা নারকেল পাতা কিনিয়া আমরা ভেঁপু বাঁশী বানাইতাম। যতদিন রথের মেলা থাকিত, ঐ ভেঁপু বাঁশির আওয়াজে বাড়ির সকলের কান ঝালাপালা হইত।

আমি কিশোরগঞ্জে থাকাকালীন কখনও দুর্গাপূজা দেখি নাই। তাহার প্রধান কারণ হইল বারোয়ারী চাঁদা লইয়া দুর্গাপূজা কোন ভদ্রলোকের বাড়িতে হইত না। ভদ্রলোকদের পৈতৃক বাড়িতে গ্রামে দুর্গাপূজা হইত। তাঁহারা সকলেই পূজার ছুটির সময়ে সেখানে চলিয়া যাইতেন। আর শহরে যে বারোয়ারী পূজা হইত, সেখানে মুহুরী আমলারাই প্রধানত যাইতেন। আমরা কখনো বারোয়ারী পূজাতে যাইব, একথা ভাবিতেই পারিতাম না। আমি দুর্গাপূজা একমাত্র আমাদের পৈতৃক বাড়িতে দেখিয়াছি। এমন কি কোন জ্ঞাতির বাড়িতেও পূজা দেখিতে যাই নাই। আমাদের প্রত্যেকের উপর নিষেধ ছিল।

দুর্গাপূজার পর কালীপূজায় আতসবাজি, তুবড়ি, পটকা ফাটানো হইত। পটকা অপেক্ষা আতসবাজির চল বেশি ছিল। অনেকেই ভালো আতসবাজি ঢাকা বা কলিকাতা হইতে আগে আনাইতেন। তবে কালীপূজা আমরা বড় একটা দেখি নাই।

সরস্বতী পূজা প্রায় সব বাড়িতেই হইত। সরস্বতী পূজার উৎসব আমরা ভাল করিয়াই উপভোগ করিতাম। এখন আমরা যাহাকে হোলি বা রঙখেলা বলি, আমাদের সময়ে এই উৎসবকে দোলযাত্রা বলিতাম। বাড়িতে বাড়িতে বড় টব বানাইয়া রঙ গোলা হইত।

এই হইল কিশোরগঞ্জের জীবনযাত্রা – বৈশাখ হইতে চৈত্র পর্যন্ত।

আর একবার একটা প্রলয়ঙ্কর সাইক্লোনের পর কিশোরগঞ্জে গিয়েছিলাম। ১৯১৯ সনের সেপ্টেম্বর মাস। সিরাজগঞ্জ হইতে ষ্টীমারে উঠিবার পরই দেখিলাম, নদীর পূর্বতীরের গাছপালা যেন বিধ্বস্ত মনে হইতেছে, সারারাত যেন ঝড় বহিয়াছে। ময়মনসিংহ শহরে পৌঁছিয়া শুনিলাম, ট্রেন যাইবে কিনা সন্দেহ – টেলিগ্রাফের লাইন ছিঁড়িয়া গিয়াছে, স্টেশনে খবর দিবার কোন উপায় নাই, ট্রেনের চলা বিপজ্জনক। তবু সন্ধ্যা নাগাদ সিটি দিতে দিতে ধীরগতিতে ট্রেন চলিল। ময়মনসিংহের কাছে ব্রহ্মপুত্রের পুল পার হইয়া বিশকা স্টেশনের কাছে আসিতেই দেখিলাম ঝড়ে একটা ট্রেনের কয়েকটা গাড়ীকে উড়াইয়া পাশের ধানক্ষেতের উপর ফেলিয়াছে। চোখে না দেখিলে বিশ্বাস করিতাম না।

কিশোরগঞ্জ স্টেশনে পৌঁছিয়া দেখি, চারিদিক অন্ধকার, যানবাহন নাই। মালপত্র স্টেশনে রাখিয়া একা হাঁটিয়া বাড়ির দিকে চলিলাম, মাইল দেড়েক

পথ। চলিতে পারি না, গাছ পড়িয়া জায়গায় জায়গায় রাস্তা বন্ধ। চারিদিক এত অন্ধকার যে বাড়িঘর আছে কি না তাহাও বুঝিতে পারা কষ্ট হইতেছিল। মাঝে মাঝে রাস্তা হইতে নামিয়া নদীর পাড় দিয়া বন্ধ জায়গা অতিক্রম করিয়া আবার রাস্তায় উঠিতে লাগিলাম। বাড়ী পৌঁছিয়া দেখি, চারিদিক যেন ছন্নছাড়া – বাড়িটা পাকা, তাই পড়ে নাই। 'বাবা', 'বাবা' বলিয়া তিন-চারিবার ডাক দিলাম – খবর দিই নাই, সুতরাং তাঁহারা জানিতেন না। যখন বাবা উত্তর দিলেন, "কে? নীরু?" তখন মনে হইল যেন আবার পৃথিবীতে ফিরিয়া আসিয়াছি।

১৯১৩ সনের দামোদরের বন্যার বর্ণনা শুনিয়াছিলাম ও ছবি খবরের কাগজে দেখিয়াছিলাম। কিন্তু নিজের চোখে সর্বব্যাপী বন্যা দেখিলাম ১৯২২ সনে উত্তরবঙ্গে। ইহার কথা সকলেরই জানা আছে। সিরাজগঞ্জ হইতে ট্রেনে ঈশ্বরদি আসিতেছি। গভীর রাত্রি, অন্য যাত্রীরা ঘুমাইয়া আছে। আমার কিন্তু ট্রেনে ভাল ঘুম হয় না, প্রায়ই জাগি। সে রাত্রিতে জাগিয়া মাত্র দেখিলাম, ট্রেন দাঁড়াইয়া আছে, শুনিলাম নীচে লোক চীৎকার করিয়া নির্দেশ দিতেছে, তার পর ট্রেন আবার ধীরে ধীরে চলিতেছে। একবার উঠিয়া দরজার কাছে গিয়া দাঁড়াইলাম। জ্যোৎস্না রাত্রি, প্রায় দিনের মত পরিষ্কার, তবে রুপালী। চারিদিক জলে জলাকার, এক রেলের বাঁধ ভিন্ন কোথাও স্থলের চিহ্ন নাই। একটু পরেই ট্রেনটা একটা পুলের উপর আসিয়া আরও বেগ কমাইয়া অতি ধিরে চলিল। দেখি নীচে নদীর জল প্রায় গার্ডারটা পর্যন্ত পৌঁছিয়াছে আর ফেনায় ফেনায় আবর্তিত হইয়া ঘোর গর্জন করিয়া পুলের নীচ দিয়া যাইতেছে। জলের বেগ এত প্রবল যে দূরে কয়েকটা নৌকার মাঝিরা লগি ঠেকাইয়া নৌকাগুলিকে রুখিতেছিল, নহিলে সেগুলি পুলের উপর পড়িয়া ভাঙিয়া যাইত।

পুল পার হইয়া গাড়ী যখন খোলা জায়গার ভিতর দিয়া চলিল, তখন আর একটা অদ্ভুত দৃশ্য দেখিলাম। জল উঁচু-নীচু হয় না প্রবাদেই আছে বিজ্ঞানেও বলে। কিন্তু রেল লাইনের বাঁধের দুধারের জল একেবারে অসমতল। একদিকে জল লাইনের প্রায় কাছে উঠিয়াছে, অন্যদিকে ছয়-সাত ফুট নীচে। বুঝিলাম, পুল ও কালভার্টের অল্পতার জন্য জল এক দিক হইতে আর এক দিকে তাড়াতাড়ি সরিতেছে না। আরও একটা জিনিষ দেখিলাম – পারে পারে শেয়ালরা বসিয়া আছে, ঊর্ধ্বমুখ হইয়া শৃগালজীবনের এই বিপর্যয়ের ধ্যান করিতেছে। ট্রেনের গর্জনে ও সান্নিধ্যে তাহাদের কোন ভয় নাই।

কলিকাতায় বসবাস

আমি ১৯১০ সনের জুন মাসে কলিকাতায় আসি। তারপর হইতে টানা বত্রিশ বছর কলিকাতায় থাকি। ১৯৪২ সালে কলিকাতা হইতে চলিয়া যাই। আমি

যখন কলিকাতায় আসি তখন কলিকাতা একটা প্রদেশের রাজধানী নয়, সমগ্র ভারতের রাজধানী ছিল। ভারতবর্ষের গভর্নর জেনারেল ভাইসরয় কলিকাতাতেই বৎসরের আংশিক সময় থাকিতেন। শীতকালের পাঁচ মাসের মত। তারপর সিমলায় থাকিতেন। সুতরাং ভারতবর্ষের রাজধানী কলিকাতা এবং সিমলা। সিমলা-কলিকাতা যাতায়াত ছিল বলা যায়। আর সাধারণত অক্টোবর মাসের শেষের দিকে বা নভেম্বরের প্রথম দিকে সিমলা হইতে সকলেই নামিয়া আসিত। কিন্তু কলিকাতাটাকেই আসলে সবাই রাজধানী বলিত, সিমলাটাকে কেহ রাজধানী বলিত না। বাংলা প্রদেশের রাজধানী তখন ছিল আলিপুরে।

এখন আমি প্রায়ই লোকের মুখে শুনিতে পাই, বিশেষ করিয়া যাঁহারা দক্ষিণ দিকে থাকেন তাঁহারা বলেন, আমরা কখনো নর্থ ক্যালকাটা যাই নি। নর্থ ক্যালকাটা বলিয়া আমাদের সময় কিছু ছিল না। যেটাকে দক্ষিণ কলিকাতার লোকেরা আজকের দিনে নর্থ ক্যালকাটা বলেন, সেটাই একমাত্র কলিকাতা ছিল। বাকি অংশ কলিকাতা ছিল না। ঢাকুরে যাদবপুর গোড়ে (গড়িয়া) ভবানীপুর কালীঘাট টালিগঞ্জ আলিপুর খিদিরপুর বালিগঞ্জ এই সবের কোনটিকেই কলিকাতার অংশ বলা হইত না। এগুলি কলিকাতার শহরতলী বা উপকন্ঠ ছিল। এবং সেখানকার লোকেরা যাহাকে এখন নর্থ ক্যালকাটা বলে, সে অঞ্চলে যাইতে হইলে তাহারা বলিত, আমরা কলিকাতা যাচ্ছি। ভবানীপুরের লোক কখনোই বলিত না যে তাহারা কলিকাতার লোক।

আমি সেই কিশোরগঞ্জ হইতে কলিকাতায় আসিয়াছিলাম, আর আমরা প্রথম বাড়ি লইয়াছিলাম শিয়ালদহে সার্পেনটাইন লেনে। সার্পেনটাইন লেন হইল বউবাজার আর ধর্মতলার মাঝামাঝি জায়গায়। এটি খুব ঘোরানো পেঁচানো গলি। তার ৩৮ নম্বরে আমরা থাকিতাম। তিনতলার বাড়ির চারতলার ছাদ হইতে কলিকাতার চারিদিক দেখিতে পাইতাম।

কলিকাতা আসলে ছিল লোয়ার সার্কুলার রোড আর আপার সার্কুলার রোডের মধ্যে যে জায়গা সেই জায়গাটুকু। ইহার বাহিরে দুই পা গেলে গড়পাড়, কিন্তু গড়পাটা কলিকাতার ভিতরে ছিল না। বেলেঘাটাও কলিকাতার ভিতরে ছিল না।

আমাদের সময়ে এখন যাহাকে কলিকাতা বলা হয় তাহার অপেক্ষা কলিকাতা অনেক ছোট জায়গা ছিল। সেই কলিকাতার আবার তিনটি ভাগ ছিল, একটা হইল ধর্মতলা আর চৌরঙ্গীর মোড় হইতে লোয়ার সার্কুলার পর্যন্ত, এই অঞ্চলকে বলা চলে সাহেব পাড়া। আর তাহার পিছনেই একটি পাড়া, সেখানে ফিরিঙ্গিরা আর মুসলমানরা থাকিত। বাঙালী হিন্দুপাড়া সাধারণত ধর্মতলার উত্তরে। শ্যামবাজার বাগবাজার পর্যন্ত ছিল আসল বাঙালী হিন্দু পাড়া। এই

তিনটে অংশ একে অপরের হইতে দেখিতে একেবারে অন্য রকম ছিল। যদি কলিকাতার কোন সৌন্দর্য থাকিয়া থাকে, বাইরের দিক হইতে, বিশেষ করিয়া বাড়ি-ঘরের দিক হইতে সেটা ছিল চৌরঙ্গীর ধর্মতলার মোড় হইতে সার্কুলার রোড পর্যন্ত। আমরা যখন চৌরঙ্গীর রাস্তা দিয়া যাইতাম, তখন উহার সৌন্দর্য চোখে পড়িত না। আমি এই সৌন্দর্য বুঝিতে পারিলাম যেদিন আমি চাঁদপাল ঘাট হইতে ফেরী লঞ্চে বোটানিক্যাল গার্ডেন দেখিতে গিয়েছিলাম। গঙ্গা দিয়া যাইবার সময়ে আমি দূর হইতে সমস্ত চৌরঙ্গীটা যখন দেখিলাম বুঝিতে পারিলাম সত্য কলিকাতাকে কেন বলা হইত city of palaces. সেই বাড়ির সারির মাঝামাঝি জায়গায় ছিল ইন্ডিয়ান মিউজিয়াম। সেটি একটি প্রকাণ্ড বাড়ি, দু'দিকে তখনও খালি জায়গা পড়িয়া। পরে যেটা হোয়াইটওয়ে ল্যাডলোর দোকান হয়, তখন সেটা তৈরী হইতেছিল। আর ওদিকে বেঙ্গল ক্লাবও সবে তৈয়ারী হইয়াছে।

ভিক্টোরিয়া মেমোরিয়ালে আমি যখন প্রথম যাই, তখন ভিক্টোরিয়া মেমরিয়ালের কাজ চলিতেছে। বন্ধ হয় নাই তখনও। ভিক্টোরিয়া মেমোরিয়াল গঠন করার জন্য পাঁচটা খুব বড় ক্রেন আনা হইয়াছিল, জাহাজে যেমন মাল তুলিবার জন্য ক্রেন থাকে। ছাদ হইতে দক্ষিন-পশ্চিম দিকে চাহিলেই দেখিতে পাইতাম পাঁচটা প্রকাণ্ড ক্রেন। দূর হইতে নীল আকাশের পটভূমীতে সেগুলো আঁকা ছবির মত মনে হইত। ভিক্টোরিয়া মেমোরিয়ালের কাজ শেষ হইলে ক্রেনগুলিকে নামাইয়া লওয়া হয়।

কলিকাতার চৌরঙ্গী-ধর্মতলার মোড় হইতে আরম্ভ করিয়া লোয়ার সার্কুলার রোড পর্যন্ত সাহেবের কলিকাতা বলিয়াছি বটে কিন্তু সে অঞ্চলের সবগুলো বাড়ি দেখিতে একরকম নয়। যেমন ধর্মতলার পরেই ছিল কর্পোরেশন স্ট্রীট বা জানবাজার। জানবাজার বলা হইত, আবার আমরা তালতলাও বলিতাম জায়গাটিকে। তারপরে মিশন রো দিয়া যাওয়া যাইত এজরা স্ট্রীটে। কিন্তু আসল সৌন্দর্য ছিল আরও কিছু ভিতরের দিকটায়, তাহা হইল পার্ক স্ট্রীটের পর। পার্ক স্ট্রীটের দু'দিকেই সুন্দর বাড়ি ছিল। একটা খুব বিখ্যাত সমাধি স্থান ছিল।

পার্ক স্ট্রীটের পর হইতে সার্কুলার রোড পর্যন্ত ভেতরের দিকটা দেখিতে খুবই সুন্দর ছিল। একটার পর একটা রাস্তা। পার্ক স্ট্রীট, মিডলটন স্ট্রীট, রাসেল স্ট্রীট, তারপর সদর স্ট্রীট, তারপর থিয়েটার রোড। এই রাস্তাগুলি কোনটি লোয়ার সার্কুলার রোডে কোনটি বা চৌরঙ্গীতে পড়িয়াছে। দেখিতাম ওখানে সব বাড়ি তিনতলা। সাধারণত সব বাড়ি যে দেখিতে সুন্দর তাহা নয়, কিন্তু ভিতরে গাছ বাগান ইত্যাদি থাকায় সুন্দর দেখাইত। প্রায় বাড়িতে কৃষ্ণচুড়া আর সোঁদাল গাছ ছিল। হলদে ফুল লাল ফুল গ্রীষ্মকালে ফুটিয়া

থাকিত। সাধারণত এই পাড়া অত্যন্ত নিস্তব্ধ থাকিত। রাত্রে কোন মোটরকার যদি হর্ন বাজাইত তাহা হইলে বাসিন্দারা অত্যন্ত আপত্তি করিয়া জানাইতেন যে তাঁহাদের অসুবিধা করা উচিত নয়। ইহাতে বুঝা যায় এই জায়গাটা সবদিক দিয়া সত্যই ভাল ছিল।

১৯১০ হইতে ১৯৪২ সাল পর্যন্ত এই বত্রিশ বৎসর আমি কলিকাতায় বাস করিয়াছি। এবং প্রায় সব পাড়ার সঙ্গে অত্যন্ত ঘনিষ্ঠভাবে পরিচিত হইয়াছি। আমি যে অঞ্চলে বাস করিয়াছি তখন মনে হইত এখান হইতে চলিয়া গেলে যেন বাঁচিব না। যেন আমাদের প্রাণ এই কলিকাতার মধ্যেই গাঁথিয়া আছে। আমাকে যদি তখন কেহ বলিত যে ১৯১০ সাল হইতে ১৯৪০ সাল পর্যন্ত অন্তত ৩০ বৎসর তোমায় কলিকাতা ছাড়িয়া অন্য কোথাও গিয়া থাকিতে হইবে, তখন মনে হইত যেন আমাকে নির্বাসন দেওয়া হইতেছে। কারণ সেই কলিকাতাতেই আজকালকার দিনের নবযুগের বাঙ্গালী জীবন তৈরী হইয়াছিল। সেই কলিকাতাতেই বঙ্কিম বাস করিতেন প্রতাপ মল্লিকের গলিতে, কলেজ স্কোয়ারের কাছে। সেটার মতো গিঞ্জি গলি খুব কম আছে, কিন্তু ওখানে থাকিয়াই তিনি ঐ রকম বই লিখিতে পারিয়াছিলেন। এরকম বহু উদাহরণ আছে। দ্বিজেন্দ্রলাল রায় থাকিতেন নন্দলাল চৌধুরী লেনে।

আমরা থাকিতাম তাঁহার খুব কাছেই। এই এসব ছোট ছোট গলির মধ্যে বড় বড় লেখকেরা সব বাস করিয়াছেন। তাঁহারা কখনও তার জন্য অস্বস্তি বোধ করেন নাই। কিন্তু যেটা তাঁহাদের আসল জীবন ছিল সেটা বাহিরের নয়, সে ছিল মানসিক জীবন।

প্রবাসীতে একশত টাকা বেতন পাইতাম। বিবাহের পর রামানন্দবাবুকে বলিলাম, খরচপত্র তো বাড়িল। বেতন কিছু বাড়াইয়া দিন। রামানন্দবাবু মাত্র পাঁচটাকা বেতন বাড়াইলেন। কিন্তু সেই একশ পাঁচটাকাও একসঙ্গে পাইতাম না। বাড়িভাড়া ছিল পঞ্চাশটাকা। প্রবাসীর অবস্থা খারাপ হওয়ার ফলে আজ দুইটাকা, কাল তিনটাকা এইভাবে বেতন নিতে হইত।

বিবাহের পরে আমাদের পরিবারের সহিত সাহিত্যিক বিভূতিভূষণ বন্দ্যোপাধ্যায়ের ঘনিষ্ঠতা বাড়িল। সজনীবাবু, মাঝে মাঝে সুনীতিবাবু আসিতেন। বিভূতিভূষণ রিপন কলেজে আমার সহপাঠী ছিলেন। পরে বিবাহের পূর্বে আমি যখন ৪১ নম্বর মির্জাপুর স্ট্রীটের মেসে থাকিতাম, তখন তিনিও ঐখানে থাকিতেন। ঘনিষ্ঠতা সেইখানেই বৃদ্ধি পায়। তখনই আমি তাঁহার প্রথম উপন্যাস 'পথের পাঁচালী'-র কয়েক পৃষ্ঠা দেখিবার সুযোগ পাই।

সংসার বড় হইবার সঙ্গে সঙ্গে আর্থিক কষ্ট বাড়িল। প্রবাসীর অবস্থা খারাপ হওয়ায় বাধ্য হইয়া সে জায়গা ছাড়িতে হইল। দৈনিক, মাসিক পত্রপত্রিকায় লিখিয়া কিছু উপার্জন হইলেও সংসার চালাইবার পক্ষে তাহা ছিল অত্যন্ত কম।

বেতার জগৎ মাসে দুইবার বাহির হইত। বেতার জগৎ পত্রিকার সম্পাদক নলিনীকান্ত সরকার প্রতি সংখ্যায় আমার একটি করিয়া লেখা প্রকাশ করিতে চাহিলেন। প্রতিটি লেখার জন্য পাঁচ টাকা হিসাবে মাসে দশটাকা উপায়ের বন্দোবস্ত হইল। এই সূত্রেই 'অল ইন্ডিয়া রেডিও-তে বাংলায় আন্তর্জাতিক ব্যাপার আলোচনা করিবার ও রেডিওতে পড়িবার ভারও পাইলাম। এতদিনে একটা বাঁধা আয় হইল।

মাস চারেক পরে আনন্দবাজার পত্রিকার অন্যতম মালিক আমাকে শরৎচন্দ্র বসুর কাছে লইয়া গেলেন। শরৎবাবু একজন সেক্রেটারি চান। শরৎবাবুর সেক্রেটারির কাজ করার সময়ে আমি সুভাষবাবু এবং অন্য অনেক কংগ্রেস নেতাকে নিকট হইতে দেখিবার সুযোগ পাইলাম। বলা বাহুল্য সুভাষবাবুর সহিত ঘনিষ্ঠতা বেশি হইল।

দিল্লীবাস ও অভিজ্ঞতা

১৯৪২ সনের ১৭ই মার্চ অপরাহ্নে দিল্লী আসিয়া পৌঁছাইলাম/ বই পড়িয়া দিল্লী সম্বন্ধে আমার একটা মোটামুটি ধারণা ছিল। ছবি দেখিয়া দিল্লীর স্থাপত্য সম্বন্ধে কিছু অজানা ছিল না। কিন্তু যমুনা নদী পার হইয়া দিল্লী ও লালকেল্লা দেখিয়া হতাশ হইলাম।

স্টেশনে আমাকে আমার এক প্রাক্তন সহকর্মী রাজেন সেন লইতে আসিয়াছিলেন। তিনি আমাকে টিমারপুরে তাঁহার বাসায় লইয়া গেলেন। টিমারপুর এলাকাটি বিশেষ দর্শনীয় ছিল না। ১৯১১ সালে যখন দিল্লী দরবার হয়, সে সময়ে অতিথিদের স্থান সংকুলানের জন্য ছোট ছোট অস্থায়ী বাসস্থান এখানে স্থাপিত হয়। এগুলি পরে ভাঙিয়া ফেলা হইবে ঠিক ছিল। কিন্তু ঐ দরবারেই যখন কলিকাতা হইতে দিল্লীতে ভারতের রাজধানী স্থানান্তরের কথা ঘোষণা করা হয়, তখন এই অসুন্দর বাসস্থানগুলিই সরকারী দপ্তরের কেরানীদের বাসস্থান রূপে নির্দিষ্ট হইল।

আমার অল ইন্ডিয়া রেডিওর যে অপিসে যোগ দিবার কথা সেটি আলিপুর রোডে অবস্থিত। দিল্লীতে আসিয়া বুঝিলাম, এখানে সাহেবী পোশাক ছাড়া চলাফেরা করা অসম্ভব। যদিও আমি জীবনে এই প্রথম সাহেবী পোশাক পরিলাম এবং তিনদিন আগেও কিভাবে টাই বাঁধিতে হয় জানিতাম না, দেখিলাম এই পোশাকে বেশ অভ্যস্ত হইয়া গিয়াছি।

কাশ্মীরী গেটের কাছে নিকলসন রোডের উপর একটি ফ্ল্যাট ভাড়া পাইলাম। আমার স্ত্রী আর কলিকাতায় থাকিতে চাহিলেন না। বাড়ি ভাড়া পাইবার পর তাঁহাদের দিল্লী লইয়া আসার ব্যবস্থা হইল। মার্চ মাসের ৩১

তারিখে স্ত্রী আমার তিন পুত্রকে লইয়া দিল্লী আসিয়া পৌঁছাইলেন, সঙ্গে পুত্রদের গৃহশিক্ষক এবং আমাদের বহুদিনকার ভৃত্য।

নিকলসন রোডে এই বাড়ির তিনতলায় আমরা থাকিতাম। বাড়ির সামনে নিকলসন রোড বরাবর দিল্লীর পুরাতন প্রাচীর বা দেওয়াল। সম্রাট শাহজাহান যখন আগ্রা হইতে দিল্লীতে রাজধানী স্থানান্তরিত করেন তখন এই প্রাচীর দেন। সিপাহী বিদ্রোহের সময়ে জেনারেল নিকলসন যখন বিদ্রোহী সেনাদের তাড়া করিতেছিলেন, সেই সময়ে সিপাহীদের গুলিতে নিহত হন। তাঁহার নামেই রাস্তাটির নাম নিকলসন রোড। এই অঞ্চলের চতুর্দিকে মুঘল সাম্রাজ্য ও সিপাহী বিদ্রোহের স্মৃতি-চিহ্ন দেখা যাইত।

ভারত স্বাধীনতা পাইবার বছরে অর্থাৎ ১৯৪৭-এর গোড়ার দিকে আমি আমার প্রথম বই 'দি অটোবায়োগ্রাফি অফ অ্যান অননোন ইন্ডিয়ান' রচনায় মনোনিবেশ করিলাম। এই সময়ে নানারকম দ্বিধা ও সংশয়ে আমার মন দুলিতেছিল। আমি আর বেশিদিন বাঁচিব না এমন একটা আশঙ্কা বোধ হইত। লেখা শেষ করিতে পারিব কিনা তাহাই যখন ঠিক নাই তখন আর লিখিয়া কি লাভ, এইরূপ একটা মনোভাব পাইয়া বসিল।

১৯৪৭-এর মাঝামাঝি নাগাদ আমার ধারণা হইল, ভারত এইবার শীঘ্রই স্বাধীন হইবে। তখন আমি ভাবিলাম, আমি আমার জ্ঞানকাল হইতে যাহা দেখিয়া আসিয়াছি, তাহাই লিখি না কেন। অতএব আমার জন্মস্থান কিশোরগঞ্জ হইতে আমার আত্মজীবনী শুরু করিলাম।

১৯৪৭ সালের পনেরোই অগস্ট ভারত স্বাধীন হইল। একই সঙ্গে পাকিস্তানের সৃষ্টি হইল। পূর্ববঙ্গ যেখানে আমি জন্মাইছিলাম, বড় হইলাম, বাংলা বিভক্ত হইয়া সে স্থান পূর্বপাকিস্তানে পড়িল। ইহা আমার কাছে একটি বড় রকম আঘাত।

১৯৪৮ সনের গোড়ার দিকে আমার বইটির আধা-আধি শেষ হইল। আমি জানিতাম ভারতে প্রকাশিত ইংরাজী বই বিদেশে আদর পাইবে না। কিন্তু ভারতে থাকিয়া বিদেশে ইংরাজি বই প্রকাশ করা তো অসাধ্য ব্যাপার। আমার এক সহকর্মী বিলাত যাইতেছিলেন। আমি তাঁহাকে আমার বইয়ের আংশিক পাণ্ডুলিপি আমার পছন্দমত হ্যামিশ হ্যামিলটন নামে এক ইংরাজ প্রকাশককে পৌঁছাইয়া দিবার অনুরোধ করিলাম। ১৯৫১ সনের ৮ই সেপ্টেম্বর আমার বইটা প্রকাশিত হয়। এই বই প্রকাশের সঙ্গে সঙ্গে বিদেশে বইটির প্রশস্তি হইল।

বলাবাহুল্য আমার বিরোধীরা আরও চটিলেন। কারণ তাঁহারা মার্কিন ডলার পছন্দ করিলেও সমানে অন্ধ সোভিয়েট প্রীতি দেখাইতেন। এই ভাবে আমার প্রথম গ্রন্থ একই সঙ্গে আমায় প্রশংসা, অর্থ ও বিরোধী সমালোচনা উপহার দিল।

আর একটা কথা বলিবার আছে – আমি পূর্ববঙ্গের লেখক। আমি কখনও কলিকাতাকে নিজের দেশ বলিয়া মনে করে নাই। কলিকাতায় আসিয়াও আমি মনে করিয়াছি আমি যেন প্রবাসী। সেই যে ১৯১০ সনে কিশোরগঞ্জ ছাড়িয়া আসিয়াছি তারপর কোথাও যেন দেহ মনের জন্য সত্যকার একটা বাসস্থান পাইলাম না। কলিকাতায় বড় হইয়াছি তবে সেটা হইল আমার কলিকাতার মানসিক জীবন, কিন্তু আমার এক অন্তরতম জীবন যেটা সেটা থাকিয়া গিয়াছে পূর্ববঙ্গে।

অক্সফোর্ড প্রসঙ্গ

আমি ১৯৭০ সন হইতে বিদেশে আছি। আমি নিজে হইতে কখনও বিলাতে আসি নাই। এখানে বসবাসের আগে আমি চারবার বিলাতে আসি। প্রথম ১৯৫৫ সন। দ্বিতীয়বার আমি বিলাতে আসিয়াছিলাম ১৯৬৭ সনে। ডাফ কুপার মেমোরিয়াল পুরষ্কার গ্রহণ করিতে। The Continent of Circe' বইটির জন্য এই পুরষ্কার আমাকে দেওয়া হইয়াছিল। ১৯৬৮ সনে তৃতীয়বার বিলাতে আসি। ম্যাক্সমুলারের জীবনীসক্রান্ত তথ্যাদি অক্সফোর্ডের বডলীয়ান লাইব্রেরীতে ছিল – সেজন্য আমি ছয় মাস অক্সফোর্ডেই রহিলাম। সেই আমার অক্সফোর্ডের সহিত যোগসূত্র স্থাপিত হইল।

১৯৭০ সনে আমি হিন্দু ধর্ম সম্বন্ধে বই লিখিতে আসিয়া আর ফেরত যাই নাই। কিন্তু আশ্চর্য কথা হইল ১৯৮০ সন পর্যন্ত আমি কখনও মনে করে নাই বিলেতে থাকিয়া যাইব। ১৯৮০ সনে প্রথম ঠিক করিলাম যে এখান হইতে আর ফিরিয়া যাওয়া হইবে না।

১৯৮০ সনে দুইটা উল্লেখযোগ্য ব্যাপার ঘটিল। আমার আর একটি বই লিখিবার প্রস্তাব আসিল। আমার আত্মজীবনীর দ্বিতীয় পর্ব। সেটার জন্য আমার অন্তত চার পাঁচ বছর লাগিবে, সেটার জন্য আমাকে এখানে থাকিতে হইবে। আমি বাংলায় লিখিতে শুরু করিলাম কেন, এবং কেন এখনও লিখিতিছে সে কথা আগেই বলিয়াছি। আমি বাঙালী, বাংলাদেশে বাঙালীর ভবিষ্যৎ সম্বন্ধে আমার একটা যন্ত্রণা আছে। বাঙালীর কাছে বলা এক কথা আর বিদেশের লোকের কাছে বলা আর এক কথা। বিদেশের লোকের আজিকার বাঙালী সম্বন্ধে জানার কোন আগ্রহ নাই। সুতরাং বাঙালী হইয়া বাঙালীর কথা আমি বাংলা ভাষায় লিখিব স্থির করিলাম। এইজন্য আত্মঘাতী বাঙালী রচনা করিয়াছি। আমি যখন বাংলাদেশ কথাটি বলি তখন স্বাধীনতাপূর্ব অবিভক্ত বাংলাদেশের কথাই বলি। এই বাংলাদেশ সম্বন্ধে একটা আগ্রহ ও দরদ আমার আছে।

বাংলাদেশ সম্বন্ধে বাঙালী জাতি সম্বন্ধে সুতরাং বাংলাতে বলা ছাড়া উপায় নাই। 'আত্মঘাতী বাঙালী' বলিয়া যে গ্রন্থমালা বা সিরিজ শুরু করিয়াছিলাম, এই লইয়া তিনটি গ্রন্থ বাহির হইল। এখনও একটি বাকি। একটি আত্মজীবনীর মত গ্রন্থ বাহির করিতে চাই। আমার জীবনের কাহিনী, জীবনের নানা সময়ে যে সব সময়ে যে সব সমস্যায় পড়িয়াছি সেই সব লইয়া লিখিব। ইংরাজীতে অবশ্য আমি সেটা লিখিয়াছি কিন্তু বেশীর ভাগ বাঙালী ইংরাজীতে তাহা পড়ে নাই।

সুতরাং আমার জীবনের কথা, কেন আমি দেশে আছি, আমি বাঙ্গালীর জীবন সম্বন্ধে কি চিন্তা করি, কি ভাবি সেই সব লেখা সে বইতে লিখিবার বাসনা আছে। যদি শরীর ও স্বাস্থ্য অনুকুল থাকে তবে বাসনা পূরণ হইবে। আপাতত এই হইল আমার বিলাত-বাস ও বাংলা ভাষায় লেখার কারণ।

নীরদচন্দ্র চৌধুরীর তিরোধানের পর দেশে-বিদেশের বিভিন্ন পত্রপত্রিকায় তাঁর তিরোধান সংবাদ এবং তাঁর বিষয়ে নানা স্মৃতিচারণ প্রকাশিত হয়।

নীরদচন্দ্র অস্তমিত

চলে গেলেন নীরদচন্দ্র চৌধুরী। তাঁর বয়স হয়েছিল ১০১ বছর। ১৯৯৪ সালের সেপ্তেম্বর মাসে তাঁর জীবনসঙ্গিনী অমিয়া চৌধুরী মারা যাওয়ার পর থেকেই বড় একা হয়ে পড়েছিলেন নীরদ সি।

১৯৫১ সালে প্রকাশিত 'দ্য অটোবায়োগ্রাফি অব অ্যান আননোন ইন্ডিয়ান' নীরদচন্দ্রকে রাতারাতি বিখ্যাত করে তোলে। এই আত্মজীবনী পড়ে বলা হয়েছিল, ভুল দেশে ভুল সময়ে জন্মেছিলেন মানুষটি। ওই বইয়ে লেখক ভারতে দু'শো বছরের ব্রিটিশ শাসন সম্পর্কে যে উচ্ছ্বাস প্রকাশ করেছিলেন, তাতে নিজের দেশে যথেষ্টই নিন্দিত ও সমালোচিত হন তিনি।

সমালোচকেরা তাঁকে 'শেষ ব্রিটিশ সাম্রাজ্যবাদী' বলে অভিহিত করতেন। খামখেয়ালিপনার জন্য চিরকালই তাঁর খ্যাতি ছিল। দিল্লিতে থাকতে বাড়ি থেকে তিনি অফিসে যেতেন নিখুঁত সাহেবি ছাঁটের স্যুট আর মাথায় বোলার-হ্যাট পরে। আবার অক্সফোর্ডে কেউ তাঁর বাড়িতে এলে তিনি তাঁকে স্বাগত জানাতেন ধোপদুরস্ত ধুতি-পাঞ্জাবি পরে। সত্তরের কোঠায় পা দিয়ে তিনি ভারত ছেড়ে পাকাপাকি ভাবে ইংল্যান্ডে গিয়ে বাসা বাঁধেন। নব্বই বছর বয়সে তাঁর আত্মজীবনী দ্বিতীয় খণ্ড 'দাই হ্যান্ড গ্রেট এনার্ক' প্রকাশিত হয়। আর এক দফা প্রশংসা ও নিন্দার ঝড় ওঠে। নীরদচন্দ্রের শেষ প্রবন্ধ সংকলন 'থ্রি হর্সমেন অব দ্য নিউ এপোকেলাপ্সি' যখন বেরোয়, তখন তাঁর বয়স নিরানব্বই। তখনও তাঁর চিন্তা অত্যন্ত স্বচ্ছ ও স্পষ্ট।

-আনন্দবাজার পত্রিকা, ২ অগস্ট ১৯৯৯

বাঙালির বেশেই শেষ যাত্রায় যাবেন নীরদচন্দ্র

লন্ডন, ২ অগস্ট – মৃত্যুর আগে নীরদ সি চৌধুরী জানিয়ে গিয়েছেন, তাঁর শেষকৃত্য যেন অক্সফোর্ডের সেই শ্মশানেই হয় যেখানে দাহ করা হয়েছিল স্ত্রী অমিয়াকে, '৯৪-এর সেপ্টেম্বরে। গতকাল অক্সফোর্ডে নিজের বাড়িতে স্থানীয় সময় বিকেল ৫টায় তিনি শেষ নিঃশ্বাস ত্যাগ করেন। বয়স হয়েছিল ১০১।

বিলেতবাসী হয়েছিলেন বিলেতকে ভালবেসে। পোশাকে ছিলেন পাক্কা সাহেব। তবে বাড়িতে ধুতি-পাঞ্জাবি পরতে ভালবাসতেন। তাঁর শেষকৃত্য যেন ধুতি-পাঞ্জাবি পরিয়েই করা হয়, এমন ইচ্ছার কথাও জানিয়া গিয়েছেন নীরদ সি চৌধুরী। ভারতীয় হাইকমিশনার ললিত মান সিংহের পক্ষ থেকে এ দিন তাঁর মরদেহে পুষ্পস্তবক অর্পণ করা হয়।

আকাশবাণীর এক সামান্য কর্মচারী তাঁর প্রথম পুস্তকের পাণ্ডুলিপি হ্যারল্ড ম্যাকমিলানের কাছে পাঠানমাত্র বিশ্বজোড়া প্রকাশনা সংস্থার মালিক, পরে যিনি ব্রিটেনের প্রধানমন্ত্রী হয়েছিলেন, তৎক্ষণাৎ তা ছাপার সিদ্ধান্ত নেন। এবং এই ভাবেই শুরু হয় নীরদ সি চৌধুরীর অর্ধ শতাব্দী বিস্তৃত, বন্দিত ও বিতর্কিত, সাহিত্যজীবন। প্রথম গ্রন্থ 'দ্য অটোবায়োরগ্রাফি অফ অ্যান আননোন'-এর প্রথম বাক্য থেকেই তিনি সমালোচিত। ব্রিটিশ সাম্রাজ্যবাদকে উৎসর্গ করা ওই গ্রন্থ, সরকারকে এড়িয়ে, ওই ভাবে পাঠানোর জন্য আকাশবাণী দপ্তর অবিলম্বে তাঁর কৈফিয়ত তলব করে। বলেছেন অমিতা মালিক। নীরদ সি-র সঙ্গে পঞ্চাশের দশকে আকাশবাণীর বার্তা বিভাগে কাজ করেছেন অমিতা। আকাশবাণী কিছু দিন পরেই তাঁর ভাষ্য বন্ধ করে দেয়।

খুশবন্ত সিংহ বলেছেন, "তিনি এমন এক জন যাঁকে আমি বুদ্ধিজীবী বলব। কারণ, তাঁর জীবৎকালে তাঁর সমকক্ষ মানুষ আমি আর দেখিনি। খুব কঠিন সময়ের ভিতর দিয়ে তাঁকে যেতে হয়েছে। কিন্তু বাইরের কাউকে সেটা তিনি বুঝতে দেননি। নীরদ সি অত্যন্ত গরীব মানুষ ছিলেন। তাঁর সেই গর্ব ইংল্যান্ডে গিয়েও লোপ পায়নি। এক সময় কে কে বিড়লা তাঁর অভাবের খবর পেয়ে তাঁকে ভাতা দিতে চেয়েছিলেন যে কোনও অঙ্কের। তিনি তা প্রত্যাখ্যান করেন।"

–আনন্দবাজার পত্রিকা, ৩ অগস্ট ১৯৯৯

চির বিদায় নিলেন নীরদচন্দ্র

৫ অগস্ট, লন্ডন – গত ১৩ জুলাই স্ট্রোক হওয়ার পর কাঁপা কাঁপা হাতে এক টুকরো কাগজে লিখেছিলেন দুটো শব্দ – 'গ্রেগরিয়ান চান্ট'। তাঁর শেষ

লেখা। আজ বিকেল সাড়ে তিনটেয় সেই গ্রেগরিয়ান চান্ট-এর সুরের মধ্যেই শেষকৃত্য হল নীরদচন্দ্র চৌধুরীর।

তিনি নিজে যেমন চেয়েছিলেন, সেই ভাবে পুরো বাঙালির বেশেই সাজানো হয়েছিল তাঁকে। ধবধবে ধুতি পাঞ্জাবি, গলায় সাদা চন্দ্রমল্লিকার মালা। অনুরাগীদের ছড়িয়ে দেওয়া গোলাপের পাপড়ি নিয়ে অক্সফোর্ড শ্মশানে ঢুকল নীরদবাবুর ছোট্টখাট্টো শরীরটা। বাজছিল তাঁর প্রিয় মোৎজার্টের সিম্ফনি।

এর পর সুর, পাঠ, সংস্কৃত শ্লোক আর ব্যক্তিগত, আন্তরিক স্মৃতিচারণার অসংখ্য পাপড়িতে অনুরাগীরা বিছিয়ে দিলেন তাঁর শেষ যাত্রাপথ। শ্রদ্ধা নিবেদনের সূচনা করেন ভারতের অস্থায়ী হাইকমিশনার হরদীপ পুরী, রাষ্ট্রপতি কে আর নারায়ণনের পাঠানো শোকবার্তা পাঠ করে। গীতার শ্লোক পাঠ করেন ঊষা চৌধুরী। পরিবারের ঘনিষ্ঠ অনুরাধা পাল চৌধুরী শোনালেন নীরদ সি-র প্রিয় রবীন্দ্রসঙ্গীত – 'আমার মুক্তি আলোয় আলোয়, এই আকাশে।' এরপর তাঁর দুটি বিখ্যাত বই 'অটোবায়োগ্রাফি অব অ্যান আননোন ইন্ডিয়ান' এবং দাই হ্যান্ড গ্রেট অ্যানার্ক' থেকে কিছু অংশ পড়ে শোনালেন লেখক অ্যান্ড্রু রবিনসন এবং কৃষ্ণা দত্ত। এর পর ব্যক্তিগত স্মৃতিচারণের পালা।

আনন্দবাজার পত্রিকা, ৫ অগস্ট ১৯৯৯

নীরদচন্দ্র রসিক মনীষার স্মৃতিতে তর্পণ

আনন্দ পাবলিশার্সের বাদল বসু এবং মিত্র ঘোষ ও ঘোষ প্রকাশনা সংস্থার সবিতেন্দ্রনাথ রায়ের উদ্যোগে ইউনিভার্সিটি সদনে নীরদচন্দ্রের স্মরণসভায় যে জনসমাগম মঙ্গলবার সন্ধ্যায় দেখা গেল, কলকাতা শহরে এই ধরণের সভায় তা বিরল। তা-ও এমন একজনের স্মরণে, আজীবন যিনি বাঙালিকে বাছা বাছা এবং চোখা বিশেষণে ভূষিত করেছেন। বক্তা ছিলেন সাত জন। বর্ষীয়ান সাহিত্যিক অন্নদাশঙ্কর রায় থেকে শুরু করে সাংবাদিক সুমন চট্টোপাধ্যায়। এক জন নিজেই শতবর্ষের কাছাকাছি। নীরদবাবুর সঙ্গে তাঁর সাক্ষাৎ হয়েছে দু'বার মাত্র। সেই স্বল্প সাক্ষাতেই প্রয়াত প্রাবন্ধিককে যিনি 'একাধারে বাঙালি হিন্দু এবং ইংলিশ জেন্টলম্যান' বলে সম্বোধন করলেন।

মানুষ হিসেবে কেমন ছিলেন নীরদচন্দ্র?

অন্নদাশঙ্কর মনে করেন, "তাঁর প্রয়াণের সঙ্গে সঙ্গেই বাঙালি হিন্দু এবং ইংলিশ জেন্টলম্যানের যুগ শেষ হয়ে গেল। আমাদের দুঃখ যে, তাঁর অন্ত্যেষ্টি এ

দেশে হল না। কিন্তু তাঁর অন্ত্যেষ্টিতেই বাজল রবীন্দ্রসঙ্গীত, মোৎসার্ট এবং গ্রেগোরিয়ান চ্যান্ট। বহুমুখী মানুষের অন্ত্যেষ্টিও হল বহুমুখী ভাবে।"

হোসেনুর রহমানের কথায়, "ছ'ঘন্টার এক সাক্ষাতে বলেছিলেন, আমার লেখা সব সময় জোরে জোরে পড়বেন। ৯৫ বছর বয়সে কী ভাবে লাথবেরি রোডের বাগান পরিষ্কার করতে করতে অবলীলায় এক ইংরেজ ললনাকে বলেছিলেন, "আমি এই বাড়ির মালি। মাইনে পাই না। তার বদলে এই বাড়ির মালকিন তাঁর সঙ্গে আমায় থাকতে দিয়েছেন।"

–আনন্দবাজার পত্রিকা, ১৮ অগস্ট ১৯৯৯

কিশোরগঞ্জ। ময়মনসিংহের সেই ছোট্ট মফস্বল। এক দিন ওই কিশোরগঞ্জে থেকেই তিনি স্বপ্ন দেখতেন ইংল্যান্ডের। উচ্চস্বরে আবৃত্তি করে শোনাতেন। আর শেষে? ইংল্যান্ডে বসে স্বপ্ন দেখতেন ওই কিশোরগঞ্জেরই।

জল বড় ভালবাসতেন। ভালবাসতেন দু' কূল ছাপিয়ে উপচে পড়া নদী। বর্ষাকাল। একদিন লিখেওছিলেন, "নদী, জল, উন্মুক্ত উদার নীল আকাশ, কাজলকালো বা মরালশুভ্র মেঘ বাঙালীজীবনে প্রাণের অবলম্বন। ইহাদের ছাড়িয়া জীবন্ত বাঙালী কল্পনা করা যায় না।

লাথবেরি রোডের বাড়িতে একশো এক বছরের বৃদ্ধ যে দিন শেষ নিশ্বাস ছাড়লেন, তাঁর কিশোরগঞ্জ, ময়মনসিংহ আর কলকাতার আকাশে সে দিন কিন্তু ওই কাজলকালো মেঘেরই ছটা। বাতাসে বৃষ্টির দাপাদাপি।

ওটা শ্রাবণ মাস। ক্যালেন্ডারে জানাচ্ছে, ১৫ শ্রাবণ চলে গিয়েছেন নীরদচন্দ্র। যে রবীন্দ্রনাথ তাঁর চোখে জল আনতেন, তিনিও তো মারা গিয়েছিলেন এই রকম ঝরঝর এক শ্রাবণেই।

কাকতালীয়ভাবে মনে পড়ল, প্রায় তিন দশক ইংল্যান্ডে থেকেও নিজের ভারতীয় পাসপোর্টটা কোনও দিনই বদলাননি 'কম্যান্ডার অব ব্রিটিশ এম্পায়ার' নীরদ সি চৌধুরী। শেষের জীবনে নীরদবাবু তাঁর একটি চিঠিতে লিখেছিলেন

"পুজো এল এবং গেল। কিন্তু বছরে এই একটা পর্বের কথা আসছে মনে করতেই যেন আনন্দ। এই বিদেশে বসেও এই সময়ের আমাদের শরৎকালের থোকা থোকা সাদা মেঘে ভরা নীল আকাশ চোখে ভেসে ওঠে আর যেন দেখতে পাই *দিল্লির যমুনার অন্য পারে ঘন কাশবন। সঙ্গে সঙ্গে নাকে শিউলি ফুলের গন্ধ এসে যায়।...*

Residence Nicholson Road

Location: 3490, Nicholson Road, Kashmere Gate.

SIGNIFICANCE: Built in 1935 with bricks and lime mortar, originally the residence of a Muslim family, the mansion was purchased by Shri Fakir Chand Sabbarwal in 1959. Fakir Chand was a prominent businessman in Rawalpindi who migrated to Delhi during the Partition. This double-storeyed building built in the early twentieth century has a stately carved from reflecting both colonial and other typical haveli features.

EXPLICATION: Famous as Asha Mansion, the building boasts of oriental designs, pillars, arches, large sandstone carvings and beautiful ceramic tiles. According to the traditional style, the name of the owners and the year of construction are inscribed on the front. The rooms have high ceilings and floral patterns. Built opposite the city wall, the building provides a striking contrast between the past and the present.

অনুমান করা যায় উপরুক্ত ছবির মাঝে কোথাও নীরদবাবুর বাসস্থান ছিল। ওনার ছেলেরা বোধহয় কেউ বেঁচে নেই সুতরাং সঠিক বাড়ির লোকেশন আজ আর যাচাই করা সম্ভব নয়। এই ছবিটি খুঁজতে গিয়ে আরও একটি ছবি হাতে আসে তা আমি নিচে তুলে দিয়েছি।

LUDLOW CASTLE, photograph by Robert and Harriet Tytler, 1858. Ludlow Castle served as the Residency for Thomas Metcalfe and his successor until 1857. The building seems to have escaped serious damage in 1857.

British Library, London

চলো দিল্লী পুকারকে

মহাকবি গ্যটে Goethe বলেছেন

দূরে দূরে তুমি কেন খুঁজে মরো?
সুখ তো হাতের কাছে,
শিখে নাও শুধু তারে ধরিবারে,
সুখ সে তো রয় সদা কাছে কাছে।

আর লালন ফকীর বলেছেন,

হাতের কাছে পাইনে খবর
খুঁজতে গেলাম দিল্লী শহর।

আমি ভারতবর্ষের সব প্রদেশেই বাস করেছি। **দিল্লীতেও প্রায় চার বৎসর ছিলুম** – সৈয়দ মুজতবা আলী। 'দিল্লীতে আমাকে অন্য কেউ বড় একটা চেনে না-অখ্যাত হওয়ার এই একটা মাত্র সুবিধে। এখানে বাসা পেয়েছি – Consttitution Hall-এ। পার্লামেন্টের মহামান্যবর সদস্যরা এখানে সেশনের সময় বাস করেন। এঁরা M.P.; কেউ বলে 'মহাপুরুষ' কেউ বলে 'মহাপাপী' কেউবা বলে 'মহা-পাষণ্ড'। খোদায় মালুম কোনটা ঠিক।

লেখক যখন দিল্লীতে থাকতেন সমসাময়িক ঘটনাবলি প্রসঙ্গে আনন্দবাজারে 'রায় পিথৌরা' নামে কলাম লিখতেন। ছদ্মনাম সত্যপীর, টেকচাঁদ, ওমর খৈয়াম, বিষ্ণু শর্মা, দারাসিকো, গোলাম মৌলা, প্রিয়দর্শী, অসি রায়। আনন্দবাজার পত্রিকায় 'দেহলী প্রান্তে' নামের সংবাদস্তম্ভ বেশ উল্লেখযোগ্য। 'The Statesman'-এ মুজতবা আলীকে 'Scholar gypsy' বলে অভিহিত করা হয়েছিল – তা যথার্থ।

১৯৫০ সালে হুমায়ূন কবীরের আহ্বানে মুজতবা সাহেবকে রাজধানী দিল্লীর শিক্ষামন্ত্রকে কোনও এক পদে যোগ দিতে হয়। তারপর মুজতবা সাহেব কালচারাল রিলেশন-এর সেক্রেটারির পদ ত্যাগ করে অল ইন্ডিয়া রেডিও-তে যোগ দিয়েছিলেন।

১৯৪৯ সালে ওনার প্রথম গ্রন্থ 'দেশে বিদেশে' লেখার জন্য দিল্লী বিশ্ববিদ্যালয় সৌজন্যে 'নরসিংহ দাস' পুরষ্কার লাভ করেন।

ব্যক্তিগত জীবনে তুমুল আড্ডাবাজ, এই লেখকের আদ্যন্ত রচনায় আড্ডার নিবিড় আনন্দ প্রকটিত হয়ে আছে। সৈয়দ মুজতবা আলী বাংলা ভাষায় মজলিশি সাহিত্যের বাদশা যাকে বলা যায় বৈঠকি আড্ডার রাজচক্রবর্তী। তাঁর পাণ্ডিত্যের চৌহদ্দিতে এসে পাঠকের দম বন্ধকর অবস্থার সৃষ্টি হয় না। পাঠক আমেজ অনুভব করেন।

সুনীতিকুমার চট্টোপাধ্যায় মুজতবা আলীর 'দেশে বিদেশে' সম্পর্কে বলতে গিয়ে জানান 'ডাক্তার মুজতবা আলী দর্শনশাস্ত্রের বিশেষ পণ্ডিত, আর তাছাড়া তিনি ইংরেজি, ফরাসী আর জার্মান ভাষায়ও পণ্ডিত ছিলেন। 'যে দাতা মনে করলে অর্ধেক রাজ্য ও রাজকন্যা দান করিতে পারে সে মুষ্টিভিক্ষা দিয়ে ভিক্ষুক বিদায় করিয়াছে'।

আশীর দশকে আমি কালীবাড়ির গ্রন্থালয়ে দীর্ঘ সময় নিয়ে (বছর খানেক) সৈয়দ মুজতবা আলী রচনাবলীর গোটাটা পড়েছিলাম। বইয়ের কোন এক খণ্ডে উল্লেখ আছে নিউ দিল্লী কালীবাড়ির দোতলা প্রাঙ্গণে গ্রন্থাগার উদ্ঘাটনের দিন স্বয়ং আলী সাহেব উপস্থিত ছিলেন। সুতরাং এই বিশেষ কারণে পাঠাগারটির সম্বন্ধে আমার দুর্বলতা আজীবনকাল থেকেই গেছে। আলী সাহেবের গ্রন্থাবলী

পড়ে জানতে পারি লেখকের দিল্লী বাসের সময় নানা অভিজ্ঞতার কথা। সৈয়দ মুজতবা আলীর রচনাবলীর অংশবিশেষ এখানে আমি তুলে ধরলাম।

"ভারতীয় পার্লামেন্টের বাঙালী সদস্যগণকে নয়াদিল্লীর কালীবাড়ি গত শুক্রবার সন্ধ্যায় এক বিশেষ সভায় আমন্ত্রণ করে অভিনন্দিত করেন। উল্লেখ প্রয়োজন নিমন্ত্রিত বাঙালীগণ সকলেই বঙ্গবাসী নন, এঁদের কেউ কেউ বাংলাদেশের বাইরে থেকে নির্বাচিত হয়ে পার্লামেন্টে আসন পেয়েছেন। তা ছাড়া বাংলা ভাষাভাষী উড়িয়া বিহারী আসামী সভ্যদের আমন্ত্রণ করা হয়েছিল এবং তাদের কেউ কেউ সভাস্থলে উপস্থিত ছিলেন।

শ্রীযুত শ্যামাপ্রসাদ মুখোপাধ্যায় সভাপতি আসন গ্রহণ করেন এবং নিমন্ত্রিত সদস্যগণকে মাল্যদানকরতঃ একে একে সভার সঙ্গে পরিচিত করান।

এই উপলক্ষ্যে অধ্যাপক মেঘনাদ সাহা কালীবাড়ির নুতন পুস্তকালয় এবং পঠনগৃহের দ্বার উন্মোচন করেন"।

চিত্তরঞ্জন পাকড়াশী তাঁর 'দিল্লির বাঙালি' পুস্তকে লিখেছিলেন

"১৯৫২ সালে বেঙ্গলি ক্লাব, তরুণ সংঘ এবং নিউ দিল্লি পাবলিক লাইরব্রেরি একত্র হয়ে যোগ দিল নিউ দিল্লি পাবলিক লাইব্রেরি এন্ড নগেন্দ্র রক্ষিত পাবলিক রিডিং নাম দিয়ে কালীবাড়ির নতুন ভবনে। ১৮ই জুলাই ১৯৫২ ডা. মেঘনাদ সাহা এই লাইব্রেরিটির দ্বারোদঘাটন করেছিলেন। এদের পুস্তকের সম্ভার যে কোনও পাবলিক লাইব্রেরির পক্ষে গর্বের বিষয়।

রায় পিথৌরা ছদ্মনামে আলী সাহেব রাজধানী দিল্লীর বিষয়ে এক জায়গায় বর্ণনা দিয়েছিলেন –

দিল্লিতে বিদ্বান নেই, একথা বলা আমার উদ্দেশ্য নয়। কিন্তু দিল্লিতে বই নেই। এখানকার বিদ্বানরা তাই, ঢাল নেই, তরোয়াল নেই নিধিরাম সর্দারের দল। এক হিসেবে ভালো। এখানে এন্তার বিদ্যাচর্চা থাকলে মূর্খ রায় পিঠৌরা দু'মুঠো অন্ন কামাতো কি করে? অ্যাদ্দিনে তার সব পাণ্ডিত্য ফাঁস হয়ে যেত।

দিল্লিতে একটা জিনিসের অভাব কখনও হয় না। প্রায় প্রতিদিনই কোনও না কোনও নাগরিককে অভিনন্দন করার জন্য কোনও পার্কে তাঁবু আর শামিয়ানা খাটিয়ে, লাউড-স্পীকার ঝুলিয়ে যা চেল্লাচেল্লি আরম্ভ হয়, তাতে পাড়ার লোক ত্রাহি ত্রাহি ডাক ছাড়ে – দরজা জানালা বন্ধ না করে একে অন্যের সঙ্গে কথা পর্যন্ত কওয়া যায় না। আজ এখানে সাহিত্য সভা, কাল ওখানে বর্ষামঙ্গল প্রায়ই এমন পরব হয়। এবং অনেক সময় মনে হয়েছে, এ সব পরবে সত্যকার কাজ যেন ঠিকমতো হচ্ছে না।

সব দিক দিয়েই কলকাতা শহর দিল্লীকে একশবার হার মানাতে পারে। কিন্তু হলে কী হয়? দিল্লী যে রাজধানী, অতএব দিল্লীর মাহাত্ম কলকাতার

চেয়ে বেশি। দিল্লিশহর ক্রমে ক্রমে আন্তর্জাতিক মহানগরী হতে চলল সেইটেই বড় আনন্দের কথা।

দিল্লীর দুর্গাপুজো দেখবার মত জিনিস। সব কিছু দেখিনি যা দেখলুম তাতে খুশিই হয়েছি। রুচিবাগীশরা বলেন, এরকম টাকার শ্রাদ্ধ, বাজে থিয়েটার এবং থিয়েটারকে টেক্কা দেবার জন্য কলকাতা থেকে বাংলা ফিলম আনানো, এরা যদি ট্যাক্সি করে মীরাট থেকে কলাগাছ আনালো তবে ওরা প্লেনে করে কলকাতা থেকে মাঙ্গুল্য জোগাড় করলে; এসব অপব্যয় আড়াআড়ি নিত্যান্ত অর্থহীন, মুল্যহীন এবং এদের চাপে পড়ে দেবীপুজোর মাহাত্ম গাম্ভীর্য সমস্তই নির্মমভাবে ব্যর্থ হয়।

দিল্লীর যে সব ছেলে-ছোকরারা 'দেহলি প্রান্তে' পড়ে এবং আমাকে যারা ব্যক্তিগত জীবনে কিছুটা মানে, তাদের উদ্দেশ্যে আমি দু'একটি কথা বলতে চাই।

দুর্গাপুজার প্রধান উদ্দেশ্য শক্তির সন্ধান, শক্তির সাধনা। এ শক্তি শারীরিক মানসিক নৈতিক সর্বপ্রকারের পার্থিব আধ্যাত্মিক শক্তি ছাড়িয়ে বিশ্বব্রহ্মাণ্ডের সর্বশক্তি আধার। বিশ্বব্রহ্মাণ্ডের অন্তরালে যেসব শক্তি আছে – যাদের সন্ধান করতে গিয়ে আমাদের বাক এবং চিত্ত বার বার ফিরে আসে – সেগুলিও ঐ মূল শক্তির সহিত সমাহিত। মানুষ যখন ধ্যানলোকে তাঁর শারীরিক মানসিক সর্বপ্রকারের সঙ্কীর্ণ সীমা অতিক্রম করে ব্রহ্মের সঙ্গে মিলিত হয় তখন সে শক্তি পায় সেই মূল শক্তি থেকে এই বিশ্বশক্তি তাকে অনুপ্রাণিত করে।

দুর্গাপূজার দিনে বাঙালী এ সত্য সর্বান্তকরণে স্বীকার করে। কিন্তু বাদবাকি ৩৬৪ দিন? তখন বাঙালী আবার সেই নির্জীব শক্তিহীন বাঙালী।

তাই শক্তিপূজা শুধু কয়েকটি দিনের মধ্যে সীমাবদ্ধ নয় – বৎসরের প্রতিদিন শক্তিকে স্মরণ করতে হয়, তাঁর সাধনা করতে হয়। - রায় পিথৌরা

"দিল্লীর সাংস্কৃতিক মজলিসে বাঙ্গালী এখনো তার আসন বজায় রাখতে পেরেছে। এই কিছুদিন পূর্বেই শম্ভু মিত্র দিল্লীতে যা ভেল্কি বাজি দেখালেন সে কেরামতি সম্পূর্ণ অবিশ্বাস্য। দিল্লীতে যাবতীয় চিত্র-ভাস্কর্য প্রদর্শনী হয় বাঙ্গালী উকিলবাবুর তাঁবেতে। গানবাজনাতে আলাউদ্দিন সায়েব – রবিশঙ্করের কথা নাই বা তুললুম, কারণ তিনি সরকারী নোকরি করেন"।

দিল্লি বিরাট শহর এবং এক স্থল থেকে অন্য স্থল যাওয়ার যা কুব্যবস্থা তাতে করে সেই কেন্দ্রীয় সভায় দিল্লির অধিকাংশ রবি-ভক্তরাই উপস্থিত হতে পারবেন না। তাই একই দিনে কালীবাড়ি, লেডি আরউন স্কুল, লোদি কলোনি এবং বিনয়নগরে যদি রবীন্দ্র-জন্মৎসব অনুষ্ঠিত হয় তবে সেই ব্যবস্থাই ভালো।

অবশ্য সঙ্গে সঙ্গে কেন্দ্রীয় একটি সভা হলে আরও ভালো। গেল বৎসর 'টেগোর সোসাইটি' নিউদিল্লি এবং টাউন হলে তার আগের বৎসর দিল্লি

বিশ্ববিদ্যালয়ের বড়বড় সভার আয়োজন করেছিলেন। এ বছর কেন হল না বোঝা গেল না। তবে একটা কারণ এই যে, দিল্লিতে 'প্রফেশনাল' সাহিত্যিক কিংবা সাহিত্যসেবী কেউ নেই – সকলকেই কোনও-না-কোনও দপ্তরে সুব-শাম কলম পিষতে হয়, তাই সবাই প্রতি বৎসর সব কিছু করে উঠতে পারেন না"।

শ্রীযুত অবনী সেন গত সপ্তাহে তাঁহার বিগত কয়েক বৎসরের চিত্রকলা দেহলি-প্রান্তে উপস্থিত করিয়াছেন এবং সেইগুলি দেখিয়া বহু গুণী মুগ্ধ হইয়াছেন।

অবনী সেন সরল এবং অনাড়ম্বর চিত্রকার। তিনি জীবজন্তু, প্রাকৃতি, পুরুষ-নারী দেখিয়াছেন অতি সযত্নে এবং সেইগুলির প্রকাশ দিয়াছেন নিজস্ব সরল পদ্ধতিতে। শুধুমাত্র মনোরঞ্জন করিবার জন্য কিংবা 'আর্টিস্টিক' হইবার জন্য তাঁহার চিত্রে কোনও প্রকারের ছলনা নাই। দিল্লী নগরীতে এ বড় বিস্ময়কর বস্তু।

অবনী সেন ছিলেন রাইসিনা স্কুলের আর্ট টিচার এবং গোল মার্কেট পাড়ায় থাকতেন।

দিল্লীতে দেয়ালি উৎসব দেখে আলী সাহেব নিজের অভিজ্ঞতা শুনিয়েছিলেন। 'ভারতবর্ষের সর্বত্রই দেয়ালি-উৎসব হয় এবং সর্বত্রই ওই আলো জ্বালানো হয়। দিল্লীতেও বিস্তর আলো জ্বালানো হয়েছিল – বহু রঙের বহু ধরণের আলো জ্বালিয়ে। মোটামুটিভাবে বলতে গেলে কলকাতাতেও এই রকম রঙ বেরঙ্গা আলো জ্বালানো হয়।

আমার কিন্তু এখনও ভাল লাগে ছোট শহরের দেয়ালি দেখতে যেখানে বিজলী বাতি নেই। রাস্তায় দাঁড়িয়ে যখন দেখি একটি মেয়ে তার ছোট ভাইকে সঙ্গে নিয়ে এ-পিদিমে তেল ঢালছে, ও পিদিমের পলতে উস্কে দিচ্ছে, পিদিমের আলো তার মুখে এসে পড়েছে, ছোট ভাইকে হাত ধরে এক পিদিম থেকে আর এক পিদিম জ্বালাতে শেখাচ্ছে, তখন মনের উপর যে ছবিটি আঁকা হয় সে-ছবি বহু বৎসর পরেও স্মরণ করেও প্রবাসীর মনে আনন্দ হয়।'

আলী সাহেব পুরনো দিল্লীর ট্রাম সম্বন্ধে একদা লিখেছিলেন :

হাতে যদি মেলা সময় থাকে তবে ট্রামে চাপো। নইলে হন্টন প্রশস্ততর, অর্থাৎ সঙ্কীর্ণতর অর্থাৎ কম সময় লাগবে। বস্তুত আপনি গলিঘুঁজি দিয়ে যাবার সময় ঐ ট্রামকে অন্তত বার দুতিন অনেক দূর থেকে দেখতে পাবেন – আপনার অনেক পিছনে।

দিল্লীতে তো এক আঙ্গিনা দিয়ে, ওর রান্নাঘরের দাওয়া থেকে লম্ফ মেরে, তেসরা আদমীর চৌবাচ্চায় উঠে, এমন কি সুড়ুৎ করে কোনো রমনীর

প্রসাধনকক্ষের এক দরজা দিয়ে ঢুকে অন্য দরজা দিয়ে মোকাম পৌঁছানই রেওয়াজ”। সে কালে শহরের ঘুম ভাঙত ভোরের ট্রামের ঘন্টিতে।

অতি অনিচ্ছায় একবার আলী সাহেবকে ট্রামে উঠতে হয়েছিল। লেখকের বর্ণনায় সেই ট্রাম চলতে চলতে ঘ্যাচাং করে দাঁড়িয়ে পড়ল। কি ব্যাপার? আগের একটা ট্রাম মোড় নিতে গিয়ে লাইন থেকে ছিটকে পড়েছে। বাদবাকি সব ট্রাম তার পিছনে গড্ডালিকায় দাঁড়িয়ে। লোহার ডাণ্ডা দিয়ে জনকয়েক লোক ছিটকে পড়া ট্রামকে লাইনে ফেরত নিয়ে যাবার চেষ্টা করছে। চেষ্টার চেয়ে চিৎকার চেঁচামেচি হচ্ছে বেশী। রাস্তার ছেলে বুড়ো ট্রামটার চতুর্দিকে ছুটোছুটি লাগিয়েছে। আর কত প্রকারেরই না উপদেশ, আদেশ অনবরত ট্রামের ভিতর বাহির দু’দিক থেকেই উপচে পড়ছে।

কলকাতায় গ্রামের মানুষ বা নতুন শহরে আসা মানুষের মধ্যে এক অপার বিস্ময়ের কেন্দ্র ছিল ট্রাম। রুপোলী পর্দায় নিশ্চিন্দিপুর থেকে কলকাতায় এসে অপুর বিস্ময়, কিংবা, ‘মহানগর’ – ‘বাড়ি থেকে পালিয়ে’ ছবিতে শহরের রাস্তার সিম্বল হয়ে উঠেছিল এই ট্রাম।

এই শীতে বঙ্গদেশ হইতে যাঁহারা দিল্লি আগমন করিবেন, তাঁহাদিগকে আরও সদুপদেশ দিবার বাসনা হইতেছে। চাঁদনি চউকে গৃহিণী কত বস্তু ক্রয় করিবেন, তাহার অল্পবিস্তর ধারণা আপনাদের হয়তো আছে, কিন্তু অধুনা ভারত সরকার দিল্লিতে যে কটেজ ইন্ডাস্ট্রিস এম্পোরিয়াম প্রতিষ্ঠা করিয়াছেন তাহাতে গৃহিণী প্রবেশ করিলে আপনার কি দুরবস্থা হইবে, তাহার কল্পনা আমি করিতে অক্ষম।

যাদুঘরে গৃহিণীকে লইয়া জান পরমানন্দে, নির্ভয়ে। মনিব্যাগ, চেক বুক পকেটে বিরাজমান – কোনও ভয় নাই – গৃহিণী অশোকস্তম্ভ কিংবা যক্ষিণীর প্রতিমূর্তি ক্রয় করিতে চাহিলেও আপনাকে বিন্দুমাত্র বিচলিত হইতে হয় না। সরকার এই প্রতিষ্ঠানে যে সব তরুণীদিগকে নিযুক্ত করিয়াছেন, তাহারা বিক্রয় করার কলাকৌশল এমনি মোক্ষম আয়ত্ত করিয়াছে যে, আমার গৃহিণীর মত কৃপণাও লোহিত-বর্তিকা প্রজ্বলন করিত্যে বাধ্য হইয়াছিলেন।

যদিও বা আপনি এই কুম্ভীরের চক্ষুতে ধূলি নিক্ষেপ করিতে সমর্থ হয়েন, তথাপি আপনার জন্য দিল্লিতে আর একটি ব্যাঘ্র রহিয়াছে।

কাশ্মীর সরকারের নিজস্ব কুটির শিল্প প্রতিষ্ঠান। বড়ই মনোরম বিপণি। কত প্রকারের শাল-দুশালা, পট্টু-ধোসা, পাপিয়ের মাশের কলাসামগ্রী, ধাতুনির্মিত তৈজসপত্র – দেখিতে দেখিতে আপনার গৃহিণী চঞ্চল হইয়া উঠিবেন, তাহার নিশ্বাস ঘন ঘন বহিতে থাকিবে, কল্পনার চক্ষে তিনি দেখিবেন কোন শাল ক্রয় করিলে তিনি ডলি মলি তাবৎ সুন্দরীদিগকে কলিকাতার সান্ধ্যক্লাবে নির্মমভাবে পরাজয় করিতে সক্ষম হইবেন আর আপনিও সঙ্গে সঙ্গে রক্তবর্তিকার যে

বিভীষিকা দেখিতে পাইবেন, তাহার কল্পনা করিয়া আমার বিঘ্নসন্তোষই হৃদয় বিপুলানন্দ লাভ করিতেছে। আমার নিজস্ব নিদারুন অভিজ্ঞতা এই স্থলে বর্ণন করিব না।

সৈয়দ মুজতবা আলী দিল্লীর সংক্ষিপ্ত মোগল ইতিহাস লিখে গেছিলেন - দিল্লীর স্থাপত্য তার রাজবংশানুযায়ী ভাগ করা যায়।

দাস-বংশ

কুতুব মিনার, কুওওতুল-ইসলাম মসজিদ, ইলতুতমিশের সমাধি। (কুওও-তুল-ইসলাম মসজিদের আঙিনায় – সেহন – চন্দ্ররাজা নির্মিত একটি শতকরা নিরানব্বই ভাগের লৌহস্তম্ভ আছে। এটি ও মসজিদের থামগুলো হিন্দু যুগের।)-সব কটি কুতুবের গা ঘেঁসে।

খিলজী-বংশ

আলাউদদীন খিলজী নির্মিত 'আলা-ই-দরওয়াজা'- কুতুবের গা ঘেঁসে। আলাউদদীন কিংবা তাঁর ছেলের ('দেবল-দেবীর' বল্লভ) তৈরী মসজিদ-দিল্লী-মথুরা ট্রাঙ্ক রোডের উপর (নিউ দিল্লী থেকে মাইল খানেক) নিজামউদদীন আউলিয়ার দরগার ভিতর।

তুগলক-বংশ

গিয়াসউদদীন তুগলক নির্মিত আপন সমাধি-কুতুব থেকে মাইল তিনেক দূরে তাঁর-ই নির্মিত তুগলুকাবাদের সামনে। তুগলুকাবাদ।

ফিরোজ তুগলুক নির্মিত হাউজ খাস-দিল্লী থেকে কুতুব যাবার পথে রাস্তার ডান দিকে। ফিরোজ নির্মিত ফিরোজশাহ-কোটলা-দিল্লী এবং নয়াদিল্লীর প্রায় মাঝখানে (অন্যান্য দ্রষ্টব্যের ভিতর এখানে আছে একটি অশোকস্তম্ভ; ফিরোজ এটাকে দিল্লীতে আনিয়ে উঁচু ইমারত বানিয়ে তার উপরে চড়ান)।

সৈয়দ এবং লোদীবংশ

লোদী গার্ডেনস- নয়াদিল্লীর লোদী এসটেটের গা ঘেঁসে – ভিতরে আছে, (ক) মুহম্মদ শাহ সৈয়দের কবর, (খ) সিকন্দর লোদীর তৈরি মসজিদ এবং মসজিদের প্রবেশগৃহ (গ) অজানা কবর এবং (ঘ) সিকন্দর লোদীর কবর।

ইসা খানের কবর – হুমায়ুনের কবরের বাইরে। যদিও পরবর্তী যুগের, তবু লোদীশৈলীতে তৈরি।

মোগল-বংশ

বাবুর কিছু তৈরি করার সময় পান নি। কেউ কেউ বলেন, পালম এয়ারপোর্টের সামনে যে দুর্গের মতো সরাই এটি তাঁর হুকুমে তৈরি। এতে দ্রষ্টব্য কিছুই নেই।

হুমায়ূনও এক পুরনো কিলা (ন্যাশনাল স্টেডিয়ামের পিছনে) ছাড়া কিছু করে যেতে পারেন নি। পুরনো কেল্লারও কতখানি তাঁর কতখানি শের শা'র, বলা শক্ত। কেল্লার ভিতরে মসজিদটি কিন্তু শের শা'র তৈরি এবং এর শৈলী পাঠান মোগল থেকে ভিন্ন। সাসারামে শেরের কবর সৈয়দ-লোদী শৈলীতে।

হুমায়ূনের বিধবার- আকবরের মাতার – তৈরি হুমায়ুনের কবর। নিজামউদদীন আউলিয়ার দরগার সামনে, দিল্লী-মথুরা রোডের ওপাশে।

আকবরের কীর্তি-কলা আগ্রাতে – সেকেন্দ্রা ফতহ-পুর সিক্রী, আগ্রা দুর্গ। ঐ সময়ে তৈরি দিল্লীতে আছে আৎকা খান, আজিজ কোকলতাশ, আব্দুর রহীম খানখানা ও আদহম খানের কবর।

শাহাজাহান-দিল্লী দুর্গ বা লাল কিলা। তার-ই সামনে চাঁদনী চৌকের কাছে জাম-ই মসজিদ।

ঔরঙ্গজেব – লাল কিলার ভিতর মোতী মসজিদ।

ঔরঙ্গজেবের ভগ্নী রৌশনারার নিজের তৈরি সমাধি – রৌশনারা গার্ডেনসের ভিতর।

নিজাম উদ-দীনের দরগায় গোরের জায়গা জোগাড় করা সহজ নয়। সম্রাটনন্দিনী জাহানারার গোর এখানেই। দৈর্ঘ ১৩ ফুট ৯ ইঞ্চ, প্রস্থে ১১ ফুট ৬ ইঞ্চি। বহুলোক তাঁদের দেহরক্ষা করেছেন পীর নিজাম উদ-দীনের গোরের আশেপাশে। স্থাপত্যের দিক দিয়ে এঁদের অনেকেরই কবর অতুলনীয়।

দিল্লি অনেকটা জেরুজালেমের মত। এর ঐতিহাসিক মুল্য তো আছেই, তীর্থের দিক দিয়ে এ জায়গা কম নয়। চিশতী সম্প্রদায়ের যে পাঁচ গুরু এদেশে মোক্ষলাভ করেছেন তাঁদের তিনজনের কবর দিল্লিতে। কুতুব-মিনারের কাছে কুৎব উদ্দীন বখতিয়ার কাকীর (ইনি ইলতিৎমিশ-অলতমশের গুরু) কবর, হুমায়ুনের কবরের কাছে নিজামউদ্দীন আওলিয়ার কবর (ইনি বাদশা আলাউদ্দীন খিলজী এবং মুহম্মদ তুঘলকের গুরু) আর দিল্লির বাইরে শেষ গুরু নাসিরউদ্দীন 'চিরাগ-দিল্লি'র কবর। আর কালকাজী, যোগমায়া তো আছেনই।

দিল্লিতে আগমনেচ্ছু রসিকজনকে সাবধান করি, যদি শান্ত সমাহিত চিত্তে স্থাপত্যানন্দ উপভোগ করতে চাও তবে রবির সকালে কদাচু কুতুব, হাউজ-খাস এবং লোধি উদ্যান দেখতে যেও না।

নিতান্তই যদি যেতে চাও তবে যেয়ো সুরযুকুণ্ডে। অতি চমৎকার স্থল এবং ভিড় নেই বললেও চলে।

একবার আলী সাহেব দিল্লী গেট স্টেডিয়ামে ফুটবল খেলা দেখতে গেছিলেন, ম্যাচের কমেন্টারি খুবই ফুরফুরে মেজাজে তাঁর কলমে শুনিয়েছিলেন –

দিল্লীতে ফুটবলের কদর কম। খেলা আরম্ভ হওয়ার পনেরো মিনিট পূর্বে গিয়েও দিব্য সিট পাওয়া গেল। সঙ্গে নিয়ে গিয়েছিলুম আমার এক চ্যালাকে- শিটিফিটি দেওয়ার জন্য। পরে দেখলুম, ও ওসব পারে না, সে জন্মেছে পশ্চিমে। বললুম, আরে বাপু, মুখে আঙুল পুরে যদি হুইসিলই না দিতে পারিস তবে ফুটবল খেলা দেখতে এসেছিস কেন? রবিঠাকুরের "ডাকঘর" দেখতে গেলেই পারিস।

খেলা দেখতে এসেছে বাঙালী-তাদের অধিকাংশ আবার পদ্মার ও-পারের-আর মিলিটারি; এই দুই সম্প্রদায়। মিলিটারি এসেছে গোর্খা টীমকে সাহস দেবার জন্য, আর আমরা কি করতে গিয়েছি সে-কথা তো আর খুলে বলতে হবে না। অবশ্য আমাদের ভিতর যে 'মোহনবাগান' কিংবা 'কালিঘাট' ফ্যান ছিলেন না সে কথা বলব না, তবে কলকাতা থেকে এত দূরে বিদেশে তাঁরা তো আর গোর্খাদের পক্ষ নিতে পারে না।

পিছনে দুই সর্দারজী বড্ড ভ্যাচর ভ্যাচর করতে লাগল। ইস্ট বেঙ্গল নাকি ফাইনাল পর্যন্ত উঠেছে নিতান্ত লাকসে (কপাল জোরে), ওরা নাকি বড্ড রাফ খেলে আর পদে পদে নাকি অফসাইড। ইচ্ছে হচ্ছিল লোকটাকে দু-ঘা বসিয়ে দি কিন্তু তার বপুটা দেখে সাহস হল না।

খেলার পাঁচ মিনিট যেতে না যেতেই আমার মনে দৃঢ়প্রত্যয় হল ইস্ট বেঙ্গল নিশ্চয় জিতবে। দশ মিনিটের ভিতর গোর্খারা গোটা চারেক ফাউল করে আর ইস্ট বেঙ্গল গোটা তিনেক গোল দেবার মোকা নির্মমভাবে মিস করলে।

একবার তো বলটা গোল-বারের ভিতর লেগে দুম করে পড়ে গেল গোল লাইনের উপর। গোলি সে তড়িঘড়ি সরিয়ে ফেললে। আমি দুই-হাত দিয়ে মাথা চেপে ধরে বললুম, 'হে মা কালী, বাবা মৌলা আলি, তোমাদের জোড়া পাঁঠা দেব, কিন্তু এ-রকম আস্কারা দিয়ে মস্কোরা কোরো না, মাইরি।'

হাফ-টাইম হতে চলল গোল আর হয় না-এ কী গব্বযন্তনা রে, বাবা। ওদিকে অবশ্য ফাউলের সংখ্যা কমে গিয়েছে-রেফারি দেখলুম বেজায় দড় লোক। কেউ ফাউল করলে তার কাছে ছুটে গিয়ে বেশ দু-কথা শুনিয়েও

দেয়। জীতা রহো বেটা! ফাউলগুলো সামলাও, তারপর ইস্ট বেঙ্গলকে ঠ্যাকাবে কেডা।

নাঃ হাফ টাইম হয়ে গেল। খেলা তখনো আঁটকুঁড়ি-গোল হয় নি।

ওহে চানাচুর-বাদাম-ভাজা, এদিকে এসো তো, বাবা। না থাক, শরবতই খাই। চেঁচাতে চেঁচাতে গলাটা শুকিয়ে গেছে। চ্যালাই পয়সাটা দিলে; তা দেবে না? -যখন হুইসিল দিতে জানে না। রেফারি আর কবার হুইশিল বাজালে? সমস্তক্ষণ তো বাজালুম আমি।

হাফ টাইমের পর খেলাটা যদি দেখতেন! গপাগপ আরম্ভ হল পোলো দিয়ে রুই ধরার মত গোল মারা।

আমি তো খেলার রিপোর্টার নই, তাই কে কাকে পাস করলে, কে কতখানি প্যাটার্ন উইড করলে, কে কজন দুশমনকে নাচালে লক্ষ্য করি নি, তবে এটা স্পষ্ট দেখলুম, বলটা মনস্থির করে ফেলেছে, সবাইকে এড়িয়ে গোর্খার গোলে ঢুকবেই ঢুকবে। এক পাশ কাটিয়ে, ওর মাথার ওপর দিয়ে, কখনো বা তিন কদম পেছিয়ে গিয়ে, কখনো বা কারো দু পায়ের মধ্যিখানের ফাঁক দিয়ে হঠাৎ দেখি বলটা ধাঁই করে হাওয়ায় চড়ে গোর্খা গোলের সামনে। সঙ্গে সঙ্গে আমার হৃৎপিণ্ডটা এক লম্ফ দিয়ে টনসিলে এসে আটকে গিয়েছে – বিকৃতস্বরে বেরল 'গো – অ – অ - ল!'

ফুটবলী ভাষায় একটি তীব্র 'সট'-এর ('Sot' Shot নয়) ফলে গোলটি হল।

পিছনে সর্দারজী বললেন, 'ইয়ে গোল বচানা মুশকিল নহী থা'।

আমি মনে মনে বললুম সাহিত্যে একে আমরা বলি "মুখবন্ধ"। এরপর আরো গোটা দুই হলে তোমার মুখ বন্ধ হবে। লোকটা জোরালো না হলে -!

লেখক শঙ্কর শ্রদ্ধেয় আলী সাহেবেকে নিয়ে 'চরণ ছুঁয়ে যাই' বইটিতে এক জায়গায় লিখেছিলেন -

"দিল্লিতে পৌঁছে দু'দিন থাকবার কথা। অফিসের কাজকর্ম সেরে ঐতিহাসিক দিল্লি শহর দেখবার তোড়জোড় করছি, এমন সময় একজন বাঙালি সহকর্মীর কাছে খবর পেলাম সৈয়দ মুজতবা আলী নাকি দিল্লিতেই থাকেন। আমি হাতে চাঁদ পেলাম। কোনো বই পড়ে স্রষ্টাকে এমনভাবে দেখবার আগ্রহ জীবনে হয়নি। খোঁজখবর নিয়ে লজ্জার মাথা খেয়ে মুজতবা আলীর অফিসে ফোন করলাম। আমার কোন বিশিষ্ট পরিচয় নেই, অখ্যাত অফিসের নিম্নতম কর্মচারী, সাধারণ বি এ পাস করার সুযোগও পাইনি। ভয় হলো, এই দিকপাল সাহিত্যিক হয়তো আমাকে কোনোরকম পাত্তা দেবেন না। কিন্তু কী আশ্চর্য! সৈয়দ মুজতবা আলী শুধু অন্তরঙ্গতার সঙ্গে কথা বললেন না, তাঁর ঘরে আসবার আমন্ত্রণ জানালেন।

দিল্লি দর্শন আমার মাথায় উঠলো, ছুটলাম Constitution Hall-এ মুজতবা আলীকে দেখতে। প্রথম দেখায় প্রায় দু'মিনিট অবাক হয়ে মুজতবা আলীর দিকে তাকিয়ে রইলাম। তারপর বললাম, "আপনার অমূল্য সময় নষ্ট করবো না – দেশে বিদেশের লেখককে দেখেই চলে যাবো।"

হাওড়ার প্যাটারসনদা বলে দিয়েছিলেন, কুতুব মিনার, লালকেল্লা এবং জুম্মা মসজিদ অবশ্যই দেখে আসতে। ফিরে আসতেই প্যাটারসনদা সব খবরাখবর জানতে চাইলেন এবং আমি সগর্বে বললুম, কুতুব মিনারের বদলে এবারে খোদ মুজতবা আলীকেই দেখে এসেছি।" – শঙ্কর

"সৈয়দদা তখন দিল্লিতে, এবার আকাশবাণীর এক বড় চাকরিতে। নীরেন্দ্রনাথ চক্রবর্তী দিল্লি গিয়ে হাজির হলেন। সৈয়দদা সাত দিন আফিস পালিয়ে নীরেন্দ্রনাথকে দিল্লি দেখালেন। ভাবছেন ওই সাত দিন ওঁদের তামাম দিল্লি দেখা হয়ে গেল। তাহলে আর সৈয়দদা কেন? ওই সাত দিনে ওঁরা মাত্র হুমায়ূনের সমাধিটি দেখে উঠতে পেরেছিলেন। এই সাত দিন হরবখত তাঁর হাতে ছিল গাবদা-গোবদা ফারগুসনের লেখা পুরাকীর্তির প্রামাণ্য এক খেতাব এবং সঙ্গে ছিলেন নীরেন্দ্রনাথ চক্রবর্তী। ওই যাত্রায় নীরেন্দ্রনাথকে তাড়াতাড়ি কলকাতায় ফিরতে হয়েছিল; তাই দিল্লির বাকি জায়গাগুলো তাঁর আর দেখা হয়নি।"

বৈঠকের গাল্পিক সাহিত্যিক বিমল মিত্র গল্প শুনতে এবং গল্প বলতে খুবই ভালবাসতেন। একদিন সাগরদার আপিস ঘরে আড্ডা চলছে। তখন আনন্দবাজার রবিবাসরীয় বিভাগ আর 'দেশ'-এর দপ্তর ছিল একই ঘরে পাশাপাশি টেবিলে। সাগরময়বাবু নিবিষ্ট মনে রাবীন্দ্রিক হাতের লেখার বিরাট পাণ্ডুলিপির প্রুফ দেখতে ব্যস্ত। বিমলবাবু কৌতূহল দমন না করতে পেরে সাগরময় ঘোষকে জিজ্ঞেস করে বসলেন 'আপনি এতক্ষণ হুমড়ি খেয়ে পড়েছিলেন সে বস্তুটি কী জানতে পারি?'

'ভ্রমণ কাহিনী'।

বিমলবাবু বড় বড় চোখে একরাশ বিস্ময়ভরা প্রশ্ন জেগে উঠল, 'লেখকটি কে?'

আপনি চিনবেন না। সৈয়দদা।' ডক্টর সৈয়দ মুজতবা আলী। শান্তিনিকেতনের প্রাক্তন ছাত্র। সেই সুবাদে আমার সৈয়দদা। আগামী সপ্তাহ থেকেই লেখাটি প্রকাশিত হবে। তবে এটুকু বলে রাখছি, এই এক বই লিখেই ইনি বাংলা সাহিত্যে পাঠকচিত্ত জয় করবেন।

১৯৪৯ সালে ওনার উক্ত আলোচিত 'দেশে বিদেশে' গ্রন্থাকারে প্রকাশিত হল। কয়েকমাস পরে এই গ্রন্থের জন্য দিল্লি বিশ্ববিদ্যালয় থেকে 'নরসিংহ দাস' পুরস্কার লাভ করলেন।

কলকাতার নিউ এজ পাবলিশার্স থেকে প্রকাশিত হল মুজতবার ‘দেশে বিদেশে’। সচেতন পাঠক এই একটি বইয়ের মধ্য দিয়েই তাঁর সঙ্গে আজন্ম জুড়ে গেলেন। নড়েচড়ে বসলেন বাঙালি পাঠক। আর পিছনে ফিরে তাকাতে হয়নি মুজতবাকে।

ড. সুনীতিকুমার চট্টোপাধ্যায় মুগ্ধ হয়ে লিখলেন, ‘চলতি বাংলা যে কত জোরদার ভাষা, তা ইনি নিজের বিশিষ্ট ভঙ্গীতে বা ঢঙে নতুন করে প্রকাশ করে দিয়েছেন। এই রকম ভাষা পৃথিবীর যে কোন শ্রেষ্ঠ ভাষার সঙ্গে তাল রেখে চলতে পারে, তাতে আর সন্দেহ নেই। অন্তর্নিহিত শক্তিকে টেনে বার করাই মুনশিয়ানা – ডাক্তার মুজতবা আলী সে মুনিশিয়ানার অধিকারী।’

‘দেশে বিদেশে’-র অন্তিম দৃশ্যে তাঁর আফগান ভৃত্য আব্দুর রহমান-এর যে চিত্রটি লেখক এঁকেছেন আমাদের সাহিত্যে তা প্রোজ্জ্বল হয়ে থাকবে –

প্লেন ছেড়ে দিয়েছে। জানালা দিয়ে তাকিয়ে দেখি দিগন্ত বিস্তৃত শুভ্র বরফ। আর এয়ারফিল্ডের মাঝখানে আব্দুর রহমান তার পাগড়ীর ন্যাজ মাথার উপর তুলে দুলিয়ে দুলিয়ে আমাকে বিদায় জানাচ্ছে। বহুদিন সাবান ব্যবহার করেনি বলে আব্দুর রহমানের পাগড়ী ময়লা। কিন্তু আমার মনে হল চতুর্দিকের বরফের চেয়ে শুভ্রতর আব্দুর রহমানের পাগড়ী আর শুভ্রতম আব্দুর রহমানের হৃদয়...

‘দেশে বিদেশে’-র প্রচুর রিভিউস আলী সাহেব চিঠির মাধ্যমে অহরহ পেতেন, তার কোন এক প্রশংসা ভরা চিঠির উত্তরে লিখেছিলেন –

‘তুমি আমার বইয়ের যে রকম বেশরম প্রশংসা করেছ তা থেকে পরিষ্কার মালুম হচ্ছে তুমি আমার লেখাটি পড়োনি। যাতে ভালো করে পড়তে পারো সেজন্য এই বইটা দিলাম।’

দিল্লি থেকে বিদায় নেবার সময় আলী সাহেব লিখেছিলেন –

‘দিল্লি ছাড়ার সময় আমার ঘনিয়ে এল। বিচক্ষণ জন দিল্লিতে বেশিদিন থাকে না। পঞ্চপাণ্ডব পর্যন্ত মৃত্যুর সময় ঘনিয়ে এল দেখে হিমালয়-মুখো রওয়ানা দেন। এমন কী সামান্য কুকুরটা পর্যন্ত এখানে পড়ে থাকে নি!

দিল্লি কি সত্যই খুব মন্দ জায়গা?

এ-রকম দিনের পর দিন গভীর নীলাকাশ আপনি কোথায় পাবেন? সকাল বেলায় সোনালী রোদ ট্যারচা হয়ে, আপনার চোখের উপর এসে পড়েছে, আহা! সবুজ ঘাসে শিশিরের ঝিলিমিলি, প্রাত্যঃস্নান শান্ত ঋজু ঝাউ সামনে দাঁড়িয়ে, শীতের বাতাসে বুগনভেলিয়ার মৃদু কম্পন, তারপর ধীরে ধীরে প্রখর হয়ে প্রখরতর রৌদ্রে বিশ্বাকাশের আলিঙ্গন, ধুপছায়াতে কালো-সবুজের স্নেহচিক্কণ

আলিম্পন, আপনার আমার মত গরিবের ফালি। অঙ্গনটুকু নন্দনকানন হয়ে উঠল–আপনি সেই সৌন্দর্যের মোহে আপিস কামাই দিয়ে আনন্দঘন দিন স্বর্ণরৌদ্রে চক্ষু মুদ্রিত করে কাটালেন –

এ শুধু দিল্লিতেই সম্ভব।

দিল্লি ত্যাগ তাই সহজ কর্ম নয়।।

আলী সাহেব ছিলেন প্রচণ্ড খাদ্যরসিক। আলী সাহেব লিখেছিলেন –

আমি বাঙালী, আমি 'দেহলিপ্রান্তে' বসেও বাঙালী-রান্না খাই। আমি আতপ চালের ভাত, কিঞ্চিৎ ঘৃত, সোনা মুগের ডাল, সর্ষে বাটায় মাছের ঝাল ইত্যাদি খেয়ে থাকি। বাঙালীর অন্যান্য রান্না নিয়েও আমার দম্ভের অন্ত নেই, কিন্তু বিশ্বের দরবারে যদি আমাদের অর্থাৎ ভারতীয় রান্নার কেরদানি দেখাতে হয় তবে শুধু বাঙালী হেঁশেল দেখালেই চলবে না।

হ্যাঁ, আলবত, অতি অবশ্যই আমি স্বীকার করি, বাঙালীর সর্ষে-ইলিশ, মালাই চিংড়ি, ডাব-চিংড়ি, বাঙালী বিধবার নিরামিষ (বিশেষ করে 'বোষ্টমের পাঁঠা এঁচোড়), জলখাবারের লুচি, আলুর দম, সিঙাড়া, মাছের ডিমের বড়া, মোচার পুর দেওয়া সমোসা ইত্যাদি, তারপর ছানার মিষ্টি, রসগোল্লা, লেডিকেনি, সন্দেশ, চিনিপাতা দই, মিহিদানা সীতাভোগ আরও কত কী!

১৯৪৯-৫০ সালের কথা। রামনগর (নিউ দিল্লী রেল স্টেশনের বিপরীত) থেকে 'হিন্দুস্থান স্ট্যান্ডার্ড' পত্রিকাটি প্রকাশিত হতে থাকে এবং এই পত্রিকার সাথে জড়িত ছিলেন সৈয়দ মুজতাবা আলী, সন্তোষ কুমার ঘোষ, অশ্বিনী গুপ্ত, শচীন্দ্রলাল ঘোষ, সাংবাদিক সুনীল বসু, শৈলেন চ্যাটার্জি (আভা গান্ধীর দাদা) প্রভৃতি। প্রতি মাসের প্রথম ও তৃতীয় রবিবার সকালে আলী সাহেব ওখানে সাহিত্যের আসর বসাতেন। কলকাতার নামী সাহিত্যিকরা দিল্লী এলে আলী সাহেব তাঁদের নিয়ে আসতেন এই আসরে। বৈঠক শেষে মিষ্টিমুখের ব্যবস্থা থাকত। উদ্যোক্তরা গোল মার্কেটে গাড়ি পাঠিয়ে সিঙ্গারা ও রাজভোগ আনাতেন 'বেঙ্গল সুইট হোম' থেকে।

প্রায় ৬৫ বছর আগেকার কথা। রামনগরের বিশাল এলাকা নিয়ে হিন্দুস্তান স্ট্যান্ডার্ড। একদিকে অফিস, অন্যদিকে অফিস-কর্মীদের বাসস্থান। হিন্দুস্থান স্ট্যান্ডার্ড ক্রমে এমন একটি মনোগ্রাহী পত্রিকা হয়ে উঠল যে অনেকে তখন ভেবেছিল এই প্রতিষ্ঠানের গৌরবময় ইতিহাস থাকবে। স্টেটসম্যান পত্রিকাকে একদিন টেক্কা দেবে। তাই বোধহয় পঞ্চাশের দশকে হিন্দুস্তান স্ট্যান্ডার্ড-এর দিল্লী এডিশন বার করা হয়।

বিশাল জমি নিয়ে আধুনিক লাইনো মেশিন, রোটারি অর্থাৎ অফসেট মুদ্রণযন্ত্র। সন্তোষ কুমার ঘোষ বহুদিন এই পত্রিকায় নিউজ এডিটর ছিলেন। ভালো আধুনিক মেশিন থাকার কারণে হিন্দুস্তান স্ট্যান্ডার্ড পত্রিকায় জব ওয়ার্ক

হত প্রচুর। ১৯৬১ সালে হিন্দুস্তান স্ট্যান্ডার্ড বন্ধ হয়ে যায়। দিল্লীর ওপর অত জমি, অত বড় বিল্ডিং, অত বাসস্থান, সব রাতারাতি চলে গেল চান্দ অ্যান্ড কোম্পানির কাছে।

লেখক শঙ্কর স্মৃতিচারণে লিখেছিলেন –

আমি মানসনেত্রে অন্তিম শয়ানের দৃশ্য স্পষ্টভাবে দেখতে পাচ্ছি – মহীর কোলে মহানিদ্রাবৃত বঙ্গকুলোদ্ভব আর এক কবি মুজতবা আলী।

আলী সাহেবের সেই পরিচিত কন্ঠস্বর শুনতে পাচ্ছি। তিনি নিজেই আমার কানে কানে বলছেন "জননীর কোলে শিশু লভয়ে যেমতি বিরাম।"

১১ ফেব্রুয়ারি – ১১ টা ৫০ মিনিট মুজতবা আলীর মর জীবনের শেষ দিগন্ত, যিনি নির্ভীক হৃদয় বিশ্বাস করতেন –

মরণের তরে দু'টি দিন তুমি করো নাকো কোন ভয়

যেদিন মরণ আসে না; সেদিন আসিবে সে নিশ্চয়।

আলী সাহেবের লেখা আমায় ছুঁয়ে থাকে, আমৃত্যু থাকবে। আলী-মোহে আজও আমি আচ্ছন্ন হয়ে আছি। শুনেছি বাল্যকালে মুজতবা আলীর চেহারা অত্যন্ত সুন্দর ছিল। তাঁর বর্ণ গৌর ছিল। যৌবনে ছিলেন কাঞ্চনকান্তি সুপুরুষ। তাঁর ডাকনাম ছিল সিতারা বা নক্ষত্র। ১৩ই সেপ্টেম্বর ওনার জন্মতারিখ এবং সেই দিনক্ষণে আমার একমাত্র কন্যা ঘর আলো করে এসেছিল বহু দশক পরে। অভাবনীয় যোগসূত্র।

রাজধানী দিল্লীর শ্রেষ্ঠ
সাহিত্যিকের মৃত্যু রহস্য

সাংবাদিক বিনয় মুখোপাধ্যায় কাজ করতেন যুগান্তর পত্রিকার সহকারী সম্পাদকের। দিল্লী এসে যোগ দিয়েছিলেন কাউন্সিল অফ ইন্ডিয়ার সেক্রেটারির পদে। 'যাযাবর' ছদ্মনামে দিল্লীর তৎকালীন রাজনৈতিক পরিস্থিতি এবং জীবন নিয়ে লিখেছিলেন 'দৃষ্টিপাত' যা প্রকাশিত হয়েছিল দ্বিতীয় বিশ্ব যুদ্ধের সময়কালে। বাংলা সাহিত্যে এত জনপ্রিয় পত্রসাহিত্য অল্প প্রকাশিত হয়েছে, আর বইটি পড়েননি এমন শিক্ষিত বাঙালীর সংখ্যা সেই সময় অল্পই ছিল। এই একটি বই লেখার সুবাদে বিনয়বাবু 'যাযাবর' রূপে বাংলাভাষীদের কাছে বিখ্যাত হয়ে যান। 'দৃষ্টিপাত' গ্রন্থটি বহুকাল ধরে পাঠকের মনে গভীর ছাপ রাখতে সমর্থ হয়েছিল। সঙ্গত কারণেই এক নতুন গদ্যরীতি এবং অভিনব রচনাশৈলীর প্রয়োগ কৌশলে যাযাবরের 'দৃষ্টিপাত'কে বাংলা সাহিত্যে দৃষ্টান্ত স্থাপন বা 'ট্রেণ্ড সেটার' হিসেবে অনেকে গণ্য করেন।

আমি 'দৃষ্টিপাত' বইটি বহুবার পড়েছি এবং এখনও মাঝে মাঝে বিশেষ বিশেষ পাতায় চোখ বোলাই। আমার রচিত বই 'মুছে যাওয়া দিনগুলি- নানা রঙের দিনগুলি-অফুরন্ত মাস্টারপিস' এবং 'রাইসিনা হিল' গ্রন্থসমগ্রে 'দৃষ্টিপাত' উপন্যাস থেকে অংশবিশেষ বহু জায়গায় কোট করেছি। বইপ্রেমীদের কালেকশনের প্রথম পর্যায়ে অবস্থান করবার যোগ্যতা যথার্থই 'দৃষ্টিপাত' উপন্যাসটি।

কি অসম্ভব সুন্দর বর্ণনা দেওয়া আছে দিল্লী শহরের। সেই সময়ের দিল্লীর এতো ভাল বর্ণনা মনে হয় আর কোথাও পাওয়া যাবে না। দিল্লী কিভাবে তৈরি হয়েছে সেটা জানার জন্য এই বই একটা ভালো মাধ্যম হতে পারে। কোটেশন হিসেবেও এই বইয়ের তুলনা নেই। দিল্লী শহরে 'দৃষ্টিপাত' বইটির অসম্ভব পাঠকপ্রিয়তার কারণ ছিল দিল্লীর পুরনো তথ্য এবং নতুন কালের ইতিহাস এত রম্যভাবে কখনও আর কোনও বইতে উপস্থাপিত হয়নি। যাযাবর তাঁর 'দৃষ্টিপাত' উপন্যাসের প্রথম দুই পাতায় যা লিখেছেন তা পড়লেই বই প্রেমীদের নজর কেড়ে নিতে বাধ্য। লেখক কী ভাবে মনোগ্রাহী স্টাইলে লেখাটি শুরু করেছিলেন তা আমি এখানে তুলে দিলাম –

সাত ঘন্টা আকাশচারণের পরে উইলিংডন এয়ারপোর্টে ভূমি স্পর্শ করা গেল। বিমানঘাঁটিটি আকারে বৃহৎ নয়, কিন্তু গুরুত্বে প্রধান। পূর্ব গোলার্ধে যুদ্ধ শুরু হওয়ার পর থেকে ইঙ্গ-মার্কিন ও চৈনিক সমর-বিশারদদের এটা আগমন ও নিষ্ক্রমণের পাদপীঠ। প্রাত্যহিক পত্রিকার সংবাদস্তম্ভে এর বহুল উল্লেখ।

আমাদের বাহনটি ডাগলাস ডাবল এঞ্জিন জাতীয়। খেচর কুলপঞ্জীতে ফ্লায়িং ফোর্টেস ও লিবারেটর প্লেনের পরেই এর স্থান। নিকষ না হলেও ভঙ্গকুলীন বলা যেতে পারে। এর আকার বিশাল, গর্জন বিপুল ও গতি বিদ্যুৎপ্রায়।

পুরাণে পুষ্পকরথের কথা আছে। তাতে চেপে স্বর্গে যাওয়া যেত। আধুনিক বিমান রথের গন্তব্যস্থল মর্তলোক। কিন্তু সারথি নিপুণ না হলে যে-কোন মুহূর্তে রথীদের স্বর্গপ্রাপ্তি বিচিত্র নয়।

কাঠের সিঁড়ি বেয়ে মাটিতে নামতে হয়। বিস্ময়কর এক অনুভূতি। এই তো সকালবেলায় ছিলেম কলকাতায়। দমদমের পথে গ্যাসের আলোগুলি সব তখনও নেভেনি। ফুটপাথে খাটিয়ার উপরে আপাদমস্তক চাদর মুড়ি দিয়ে হিন্দুস্থানী দোকানদারেরা নিদ্রামগ্ন, কর্পোরেশনের উড়ে কুলীরা জলের পাইপ থেকে গঙ্গোদকের দ্বারা রাজধানীর বহুজনমর্দিত পথগুলির ক্লেদমুক্তির আয়োজনে ধাবমান। সাইকেলের হাতলে স্তূপীকৃত খবর কাগজ চাপিয়ে হকাররা যাচ্ছে এ দুয়ার থেকে ও দুয়ারে।

সদ্যগত রজনীর রেশ ধরণীর বুক থেকে নিঃশেষে মুছে যায়নি। আকাশের কৃষ্ণপক্ষের খণ্ডিত চাঁদ দূরবর্তী তরুশ্রেণীর শীর্ষে রুগ্না রমনীর নিষ্প্রভ মুখের মতো দ্যুতিহীন। মিটমিট করে জ্বলছে গুটি কয়েক মুমূর্ষু তারা। পথের পাশে ডালে ডালে কাকলি শুরু হয়েছে ধীরে ধীরে। দমদম বিমানঘাঁটির দূরবর্তী পাটকলের উত্তুঙ্গ চিমনিটা আকাশের পটে আঁকা আবছা ছবির মতো দেখাচ্ছে। বিমান কোম্পানীর সাদা ধবধবে য়ুনিফর্ম পরিহিত শ্বেতাঙ্গ কর্মচারীরা টিকিট পরীক্ষা ও মাল ওজন ইত্যাদি নিয়ে ব্যস্তসমস্ত। দূরে বারাসতের রাস্তা দিয়ে

চলেছে সারিবন্দী মন্থরগতি গরুর গাড়ি, বাতাসে ভেসে আসছে তাদের তৈলতৃষিত চাকার ক্ষীণ আর্তনাদ।

বিমানঘাঁটির বাইরে এসে দেখা গেল, যানবাহনের চিহ্নমাত্র নেই। বেলা প্রায় দেড়টা। মার্চের রৌদ্রদগ্ধ আকাশ পাণ্ডুর এবং বাতাস প্রচুর ধূলিকীর্ণ। রাস্তা জনবিরল। রুক্ষ প্রান্তরের পূর্ব পশ্চিম উত্তর দক্ষিণ – যে-দিকে যতদূর দৃষ্টি চলে উত্তপ্ত বাতাসের একটা কম্পমান নিঃশ্বাস ছাড়া আর কিছুই ইন্দ্রিয়গোচর নয়। রুদ্র বৈশাখ – কথাটা এতকাল রবি ঠাকুরের কাব্যে পড়া ছিল; কিন্তু 'লোলুপ চিতাগ্নি শিখা লেহি লেহি বিরাট অম্বর' বলতে সত্যি যে কী বোঝায় দিল্লির নিদাঘ মধ্যাহ্নে তারই খানিকটা আভাস পাওয়া গেল'।

প্রায় অর্ধ শতাব্দী আগে 'দৃষ্টিপাত' বইটি পড়ে লেখকের ভাষা জ্ঞানের দখল দেখে আমি অভিভূত হয়েছিলাম।

১৯৫০ সালে বাংলা সাহিত্যের শ্রেষ্ঠ গ্রন্থরূপে 'দৃষ্টিপাত' দিল্লী বিশ্ববিদ্যালয়ের স্বীকৃতি লাভ করে এবং লেখক বিশ্ববিদ্যালয় দ্বারা 'নরসিং দাস' পুরস্কারে সন্মানিত হন। প্রথম 'দৃষ্টিপাত' বইটি ধারাবাহিকভাবে মাসিক বসুমতীতে (বর্তমান বিলুপ্ত) প্রকাশিত হওয়া মাত্রই বাঙ্গালী পাঠকমহলে প্রচণ্ড আলোড়ন সৃষ্টি হয়। গ্রন্থপ্রেমীদের মধ্যে এই উপন্যাসটি পড়েন নি এমন বাঙালী সেই সময় খুঁজে পাওয়া কঠিন ছিল। 'দৃষ্টিপাত' উপন্যাসটি এই স্বনামধন্য সাহিত্যিককে এতোই জনপ্রিয় করে তোলে যে শোনা যায়, সেই সময় তরুণ-তরুণীদের প্রেমপত্রে তাঁর লেখার বিশেষ বিশেষ লাইন ব্যবহৃত হত। 'দৃষ্টিপাত'-এর বিক্রয় ঈর্ষাযোগ্য।

১৯৬০ সালে 'দৃষ্টিপাত' হিন্দী অনুবাদ প্রকাশিত হয়। অন্যান্য কয়েকটি ভাষাতেও ওনার লেখা অনুদিত হয়। সাহিত্যকীর্তির জন্য পরে পশ্চিম বঙ্গ সরকারের কাছ থেকে উনি বিদ্যাসাগর পুরস্কার পান।

যাযাবর অমনিবাস খুললেই প্রথম পাতায় 'সংকলয়িতার নিবেদন' পড়লে জানা যায় কোন এক দুর্ঘটনায় লেখকের অকালমৃত্যু ঘটেছিল।

চিত্রপরিচালক তপন সিনহা তাঁর আত্মজীবনীতে (autobiography) লিখেছিলেনঃ

কলেজ স্ট্রীটে এত জটলা কীসের? বইয়ের দোকানের সামনে এত ভিড়, এ তো ভাবা যায় না। কী হয়েছে দাদা? উত্তর, কিনে নিয়ে জান একখানা। কী কিনব? উত্তর আসে বই – 'যাযাবর' বইটির নাম দৃষ্টিপাত। হু হু বিক্রি। লেখক সম্বন্ধে দুঃসংবাদ – এই প্রতিভাবান লেখক বই ছাপাবার আগেই মারা গেছেন।' এক দুরন্ত প্রতিভার অকাল মৃত্যু বড়ো বেদনাদায়ক। বইটির পটভূমিকা দিল্লি। পাত্র-পাত্রী দিল্লির অধিবাসী বাঙালি, পাঞ্জাবি, মারাঠি, মাদ্রাজি প্রভৃতি উচ্চবিত্তর মানুষ। নিজেদের সংকীর্ণ সমাজ, চরম স্বার্থপরতা,

বিশ্বাস ভাঙ্গার রোম্যান্টিক কথা, ভাষাটিও রোম্যান্টিক। নিজস্ব একটা স্টাইলও আছে। 'কোথা হা হন্ত ...

আমি বহুকাল ধরে যাযাবরের অকাল মৃত্যুর কারণ খোঁজার চেষ্টা করেছি। নানাজনে আমাকে নানা ভাসা ভাসা উত্তর দিয়েছেন কিন্তু কেউই সঠিক কারণ বাতলাতে পারেননি। গুগল ঘেঁটেও কোন সদুত্তর পায়নি। আমাকে 'উন্মুক্ত উচ্ছ্বাস'-এর সম্পাদক শ্রদ্ধেয় আদিত্য সেন জানিয়েছিলেন –

'বিনয় মুখোপাধ্যায়ের সঙ্গে আমার ঘনিষ্ঠ আলাপ ছিল। ওভাবে তিনি মারা যাননি। স্বাভাবিক মৃত্যু অন্য যে ভাবে কোনো মানুষের মতো।'

চিত্তরঞ্জন পার্ক নিবাসী শ্রী প্রবাল সেন জানিয়েছিলেন –

I don't think Binoy babu died before publication of this book. He wrote another book subsequent to Drishtipat-this time Calcutta as the backdrop-Janantik. The ladies of Boxewallahs trying to stage play was main narrative. Still later he wrote a book with humorous anecdotes, titled Laghukaran (Making light of an issue-which is otherwise heavy and ponderous stuff).

I have read these three books. All these were available with Baisakhi Club in RK Puram. Part of the library was in our house and my father was associated as a founding member (continued as President for more than a decade).

Thirdly, I recall, albeit faintly, that Binoy Babu was facilitated by the Sarojini Nagar Bengali Club-sometimes during mid sixties. My father attended the functions and described to us.'

শেষমেশ আমার অহেতুক কৌতূহল ধামাচাপা পড়ে গেছিল।

তারপর বহুদিন পরে আমার হাতে একটি বই আসে, বইয়ের নাম 'পিওন থেকে প্রকাশক', লেখক বাদল বসু, আনন্দ পাবলিশার্সের প্রাক্তন-প্রকাশক। বাদল বাবু তাঁর আত্মজীবনীতে একটি দুর্ঘটনার কথা উল্লেখ করেছিলেন এবং সেই লেখাটি পড়লে পরিষ্কার বোঝা যায় লেখক যাযাবরের মৃত্যু খবর আদপে ভুয়ো ছিল। বাদল বাবুর লেখাটির অংশ আমি নিচে তুলে ধরলাম –

"একদিন আনন্দবাজার পত্রিকা এবং আনন্দ পাবলিশার্সের কর্ণধার অশোককুমার সরকারের সচিব মনোরঞ্জন মজুমদার আমাকে ফোন করলেন। মনোরঞ্জনবাবু ফোনে জানালেন, বইমেলায় সাহিত্যিক যাযাবরের একটি বই প্রকাশিত হবে। যাযাবর ছিলেন অশোকবাবুর বন্ধু। ফলে যাযাবরের বই প্রকাশের অনুষ্ঠানে অশোকবাবু যাবেন। আমাকেও যেতে বলেছেন। যা শুনলাম তাতে বইটির প্রকাশক দে'জ পাবলিশার্স। অশোকবাবুই বইটি প্রকাশ করবেন।

নির্দিষ্ট সময়ে চলে গেলাম অশোকবাবুর বাড়ি। সরকার পরিবারের অতিথি আপ্যায়ন অতুলনীয়। অতএব প্রচুর খাওয়াদাওয়া হল যেতেই। এর পর আমরা বইমেলার উদ্দেশে রওনা হলাম। আমাকে অবশ্য নিজের গাড়ি নিতে বারণ করলেন অশোকবাবু। আমি গিয়ে বসলাম চালকের পাশে। বউমাকে নিয়ে অশোকবাবু বসলেন গাড়ির পিছনের সিটে। রাস্তায় সেদিন খুব জ্যাম। গাড়ি ধীরে-ধীরে এগোচ্ছে। আর অশোকবাবু অনেক কথা বলতে লাগলেন আমার সঙ্গে।

যানজটের জন্য সেদিন বইমেলায় পৌঁছুতে দেরি হল। আমরা যখন গিয়ে হাজির হলাম, তখন মণিশঙ্কর মুখোপাধ্যায় মানে সাহিত্যিক শঙ্কর বক্তৃতা দেওয়া শুরু করেছেন। অশোকবাবুকে দেখে তিনি থেমে গেলেন। অশোকবাবু মঞ্চে উঠে বসলেন।

অনুষ্ঠানে তখন প্রবল ভিড়। পা ফেলবার জায়গা নেই। আমি কোনওমতে একটা চেয়ার জোগাড় করে অধীপবাবুর স্ত্রীকে বসলাম।

অশোকবাবু তখন বসেই নিজের বক্তব্য শুরু করলেন। আমি দাঁড়িয়ে দাঁড়িয়ে শুনছিলাম। কিছুক্ষণ কথা বলার পর তিনি হেলে পড়তে লাগলেন। প্রথমে কেউ ব্যাপারটা বুঝতে পারেননি। তার পর অনেকে গিয়ে অশোকবাবুকে তুললেন।

ততক্ষণে অনুষ্ঠান চত্বরে তুলকালাম শুরু হয়ে গিয়েছে। ভিড়ে ঠেলাঠেলি, চ্যাঁচামেচি – সবাই কেমন দিশেহারা। সেই হুলস্থূলের মধ্যে আমি আর দে'জ-এর সুধাংশুশেখর দে বইমেলার মধ্যেই একটা এ্যাম্বুলেন্স পেয়ে গেলাম। দু'জনে মিলে অশোকবাবুকে নিয়ে দ্রুত গেলাম হাতের কাছের পিজি হাসপাতালে। কিন্তু পিজিতে ইমার্জেন্সিতে যেতে তাঁরা জানিয়ে দিলেন অশোকবাবু আগেই মারা গিয়েছেন। বইমেলার অনুষ্ঠানে উপস্থিত ছিলেন ডা. ভূমেন্দ্র গুহ। মেলাতেই ভূমেন্দ্র পরীক্ষা করে বলে দিয়েছিলেন অশোকবাবু আর বেঁচে নেই। তবু শেষ চেষ্টা করার জন্য আমরা পিজি হাসপাতালে দৌড়েছিলাম।

ঘটনাটা এমনই আকস্মিক যে, অরূপ সরকার বইমেলায় থেকেও কিছু জানতে পারেননি। পরে খবর পান তিনি। শুধু তপন দাশের ক্যামেরায়

ধরা হয়েছিল সেই দৃশ্য যা পরপর সাজিয়ে ছাপা হয়েছিল পরের দিনের আনন্দবাজার পত্রিকায়।"

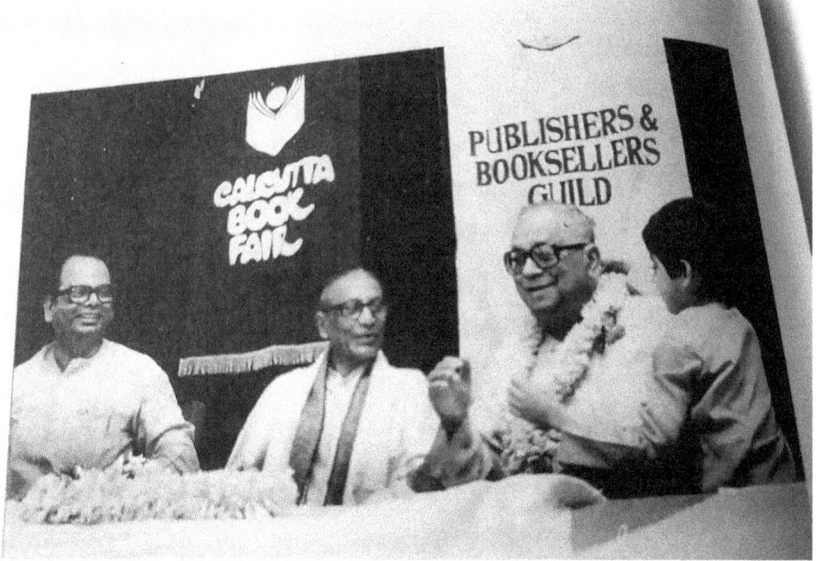

উক্ত ঘটনাটি এবং বিরল ছবিটি ছাড়া আমি যাযাবরের আর কোন যোগসূত্র খুঁজে পাইনি। ২৪ জানুয়ারি ২০২৪ সালে শুভঙ্কর (অপু) দে বাংলা দৈনিক 'আজকাল'-এ 'ধর ধর বই নিয়ে পালাল' নামক একটি ছোট্ট রচনা লিখেছিলেন। অপু বাবু হলেন Dey's Publishing-এর উদীয়মান যুগ্ম-কর্ণধার। ওনার সেই রচনায় এক জায়গায় লেখা ছিল –

'... আমার হাতে মালা পরেই একজন ইহজগৎ থেকে বিদায় নিয়েছিলেন। মানে বইমেলার মাঠেই এমন একটা ঘটনা ঘটেছিল। ১৯৮২ সাল। ময়দানের মাঠে বইমেলা। আমি তখন ক্লাস থ্রি-তে। দে'জ পাবলিশিং থেকে প্রকাশিত হচ্ছে যাযাবর অমনিবাস। বিনয় মুখোপাধ্যায় তাঁর ছদ্মনাম সমস্ত লেখার একটি সংকলন। বইমেলায় বইটি উদ্বোধন করবেন আনন্দবাজারের প্রতিষ্ঠাতা অশোক সরকার। অতিথির আসনে যাযাবর ও লেখক শঙ্কর। ফুলের মালা পরিয়ে বরণ করার দায়িত্ব পড়েছিল আমার ওপর। ছোট হাতে মালা নিয়ে এগিয়ে এসেছিলাম উদ্বোধক অশোক সরকারের কাছে। অশোক সরকার হাসি মুখে আমার হাতে মালা পরলেন। আমাদের দুজনের হাসি মুখ। অশোক সরকারের সেই শেষ হাসি। চেয়ারে বসে, আসতে আসতে ঢলে পড়লেন। অশোক সরকারের শেষ হাসির ছবি খুদে অপুকে নিয়ে ফ্রেমবন্দি করেছিলেন খুব সম্ভব তারাপদ বন্দ্যোপাধ্যায়।'

ওপরের ছবিটি দেখে লেখক যাযাবরকে সহজেই সনাক্তকরণ করা যায় এবং এটাই ওনার শেষের পরিচয়। লেখক যাযাবরের কলমে লেখা 'দৃষ্টিপাত' উপন্যাসের গুটিকয়েক পৃষ্ঠা থেকে রাজধানী দিল্লীর অতীব মনোরম বর্ণনা পুনরায় চিত্রিত করা হল।

নয়াদিল্লির রাস্তাগুলি নয়নাভিরাম। ঋজু, প্রশস্ত এবং ছায়াচ্ছন্ন। যানবাহনের সংখ্যা পরিমিত; পদাতিকদের পক্ষে অনেকটা নিরাপদ। মাঝে মাঝে গোলাকৃতি ক্ষুদ্রাকার পার্ক, সেখান থেকে সাইকেলের চাকার স্পোকের মতো একাধিক পথ নানাদিকে প্রসারিত। রাস্তার পরিচয় আমলাতান্ত্রিক।

ইমিপিরিয়াল সেক্রেটারিয়েটটি নবনির্মিত। শুধু সেক্রেটারিয়েট নয় এখানকার বাড়িঘর, পথঘাট, হাটবাজার সবই নতুন। মাঝখান দিয়ে প্রশস্ত পথ কিংসওয়ে, ভাইসরয়'স হাউসের লৌহদ্বার অবধি প্রসারিত। তারই দু'পাশে সেক্রেটারিয়েটের দুই মহল,–নর্থ ব্লক ও সাউথ ব্লক। আকৃতি, রং, রেখা, গঠনভঙ্গি হুবুহু এক। যেন ময়রার দোকানে 'আবার খাবো' বা জলতরঙ্গ ছাঁচে গড়া এক জোড়া সন্দেশ। নর্থ ব্লকের সিঁড়ির মাথায় প্রস্তর ফলকে উৎকীর্ণ পরিকল্পনার এডুইন লুটীনস এবং তাঁর সহযোগী স্যার হার্বার্ট বেকারের নাম।

নয়াদিল্লির প্রায় সমস্ত সরকারী ও বেসরকারী বাড়িগুলিই মুখ্যতঃ ক্লাসিক্যাল অর্থাৎ গ্রীক স্থাপত্যের অনুকরণ, যদিও পুরোপুরি নয়। থাম আর গম্বুজ। আর্চের সংখ্যা কম। যা আছে তাও রোমান ধরণের অর্ধবৃত্তাকার, মুসলিম পদ্ধতির সূক্ষ্মপ্রভাগের নয়। থামগুলি চতুষ্কোণ নয়। গোলাকার। সেক্রেটারিয়েট দালানে হিন্দু পদ্ধতিরও চিহ্ন আছে, –সারনাথে দৃষ্ট অশোকস্তম্ভের অনুকরণে গঠিত। আছে প্রবেশ-তোরণ ও অন্যান্য অংশে হস্তী, ঘন্টা প্রভৃতি অলংকরণের! তারই সঙ্গে আছে মুসলিম স্তাপত্যরীতির পাথরের জালি, ফতেহপুর সিক্রিতে চিস্তির কবরে যার বহুল নিদর্শন। রাজমিস্ত্রিরা বেশীরভাগ এসেছে জয়পুর, রাজপুতানার অন্যান্য স্থান এবং আগ্রা থেকে। জনশ্রুতি এই যে, তাদের মধ্যে অনেকে ছিল তাজ নির্মাতাদের উত্তরপুরুষ। নর্থ এবং সাউথ, দু'ব্লকেরই মাথায় বিরাট গম্বুজ, অনেকটা রোমের সেন্ট পল গির্জার অনুরূপ, যদিও এতে কিছুটা মুসলিম স্থাপত্যের ছাপ দেওয়ার চেষ্টা হয়েছে। চোখে দেখে মনে হয় না যে, গম্বুজ দুটির উচ্চতা কুতুবশীর্ষ থেকে মাত্র একুশ ফুট কম। দুটি ব্লকে মিলিয়ে সেক্রেটারিয়েটে কক্ষ আছে প্রায় এক হাজার, সব ক'টি মিলিয়ে বারান্দার দৈর্ঘ হবে প্রায় আট মাইল। ইলাহী কাণ্ডই বটে।

নয়াদিল্লির সেক্রেটারিয়েটকে সুদৃশ্য করার চেষ্টা দেখে আনন্দিত হয়েছি। লাল পাথরের বিরাট ভবন। মাঝখান দিয়ে দূরপ্রসারিত পথ। পথের দু'পাশে শ্যামল দুর্বার আস্তরণে ঢাকা বিস্তীর্ণ প্রাঙ্গণ।

রিডিং রোডের উপর যে কালীমন্দিরটি স্থাপিত হয়েছে মিলিত উদ্যোগ ও আর্থিক প্রচেষ্টায় তার জন্য নয়াদিল্লীর বাঙালী সমাজের গর্ব করার অধিকার আছে। মন্দিরটি পরিকল্পনা করেছেন যে স্থপতি তাঁর নাম জানি নে, কিন্তু প্রশংসা করি। আড়ম্বরহীন, বাহুল্য-বর্জিত, সহজ সরল গঠন। দূর থেকে দেখে চোখ তৃপ্ত হয়, কাছে গেলে মন শুচিতায় ভরে ওঠে।

নয়াদিল্লীর রিডিং রোডে তেমনি মন্দির। একটি নয়, দুটি নয়, পর পর তিনটি। রাস্তাটার নাম টেম্পল স্ট্রীট হলে ক্ষতি ছিল না। শ্রীযুগলকিশোর বিড়লার লক্ষ্মীনারায়ণ মন্দিরটি বোধ করি ভারতবর্ষে বর্তমান শতাব্দীতে নির্মিত সর্বশ্রেষ্ঠ দেবনিবাস। শুধু আকারে নয়, গঠন পরিপাট্যে ও অর্থব্যয়ের বিপুলতায় এর জুড়ি আছে বলে জানা নেই। দূর দুরান্ত থেকে লোক আসে। শুধু ভক্ত নয়, নিছক দর্শনাভিলাষিরাও।

কলকাতার লালদীঘির জল সাদা এবং গোলদীঘির আকার চতুষ্কোণ। কিন্তু এখানকার গোলমার্কেট সার্থকনামা। সেটা গোলই বটে। চারটি রাস্তার সঙ্গম স্থলে বৃত্তাকার দ্বীপের মতো এ-বাজারটি। দোতলা বাড়ি।

কনট প্লেসকে বলা যায় দিল্লীর চৌরঙ্গী। সাহেবী এবং সাহেবী ধরণের দোকান পসার সেখানে। কনট প্লেসের আকৃতি গোলাকার। বৃত্তের ভিতরের দিকে মুখ করে এক সারি দালান। তার পিছনে আছে অনুরূপ আর এক সারি। তাদের মুখ বাইরের দিকে। সেটার নাম কনট সার্কাস। রোমান পদ্ধতির বিরাটাকার থামের উপরে প্রসারিত বারান্দা। সেখানে অপরাহ্ন বেলায় ভিড় জমে সুবেশ নরনারীর, সওদা করে শৌখীন ক্রেতারা, আলোকোজ্জ্বল শো-কেসে বিচিত্র দ্রব্যের দর্শন পায় কৌতূহলী জনতা।

এ শহরে ফুলের অভাব নেই। পথের দু'পাশে সরকারী বাংলোগুলির বিস্তৃত অঙ্গন পুষ্পসম্ভারে সমৃদ্ধ। রাস্তার চৌমাথায় বৃত্তাকৃতি পার্কগুলিতে আছে ফুলের কেয়ারী। ডাকঘরের গায়ে হাসপাতালের মাঠে ফুটে রয়েছে, প্রচুর মরসুমী ফুল। কনট প্লেসে আছে 'ক্যানা' ফুলের ঝাড়। শীতের দিনে পুষ্পাভরণের অজস্রতা কল্পনা করা যায় গ্রীষ্মের ভগ্নাবশেষ দেখেই।

নয়াদিল্লীর আকাশে আছে বৈরাগীর দৃষ্টি, বাতাসে আছে নিঃস্বের হতাশ্বাস, মাটিতে আছে তপস্বিনীর কাঠিন্য। কিন্তু তার পথপার্শ্বে সযত্নরোপিত তরুশ্রেণী পথচারীর জন্য প্রসারিত করেছে বর্ণাঢ্য ইন্দ্রজাল।

সেদিনের রাজধানী তার অভ্রভেদী অহংকার নিয়ে বহুদিন আগে মিশেছে ধূলায়; দীন সন্ন্যাসীর মহিমা পুরুষানুক্রমে ভক্তজনের সশ্রদ্ধ অন্তরের মধ্য দিয়ে রয়েছে অম্লান। তার আকর্ষণ দুরকালে প্রসারিত।

Come September Wedding Song

বরযাত্রীর মিছিলে 'কাম সেপ্টেম্বর' বাজানোর স্মৃতি -

সেকালে বাড়িতে বাড়িতে রেডিও যন্ত্রটি ঢোকেনি তাই যাদের বাড়িতে বিয়ে হত তারা বিকেল পাঁচটা থেকে ভাড়া করা গ্রামোফোনে হিন্দি সিনেমার গানের রেকর্ড পাড়া প্রতিবেশীদের লাউডস্পীকারে জোর ভ্যলুমে বাজিয়ে শোনাত। সেই সন্ধ্যায় আমরা আর স্কুলের হোমওয়ার্ক করতাম না। গ্রামোফোনের টার্নটেবিলে ঘুরতে থাকা কালো গালার এলপি রেকর্ডে গান বাজতে শুরু হত, দূর থেকে শুনলে মনে হত যেন গানের ফোয়ারা ঝিরি ঝিরি বয়ে চলেছে। আমরা শিমুল গাছের তলায় দড়ির চারপাইয়ে বসে রফি-কিশোর-লতার গান তন্ময় হয়ে শুনতাম -

রাহি মনয়া দুখ কী চিন্তা (দোস্তী)
খুশ রহে তু সদা (খিলোনা)
আজই কি রাত দিলকি সলামী লে লে (রাম অউর শ্যাম)
আয়েগা আনেওয়ালা আয়েগা (মহল)
আজ ফির জিনে কি তমন্না হ্যায় (গাইড)
রহে না রহে হাম মেহেকা করেঙ্গে যব হাম না হোঙ্গে
তব তুমারি থাক পে তুম রুকগে চলতে চলতে (মমতা)

গানগুলো শুনতে শুনতে মনে হত আহা কি মিষ্টি গানের সুর আকাশে বাতাসে ভেসে বেড়াচ্ছে। লাগাতার গ্রামোফোনে রেকর্ড বাজানোর ফলে মাঝে মাঝে পিন গ্রুভে (groove) আটকা পড়ে যেত। রেকর্ড বনবন করে ঘুরেই চলেছে আর এগুতে পারছে না। ফলে চোঙার ভেতরে থেকে গান খাবি খেতে খেতে গাঁ ওঁ গাঁ ওঁ শব্দ ছড়াতে ছড়াতে বাতাসে মিলিয়ে যেত . . .

তারপর রাতের অন্ধকারময় রাস্তায় দেখতাম মাস্টার ব্যাণ্ডের বাজনাদাররা ঘোড়ায় বসা হবু বর কে ঘিরে আকাশ ফাটিয়ে তাদের ভেঁপু-বিউগল-ড্রামে 'কাম সেপ্টেম্বরে'র সুর তুলে মহাসমারোহে বিয়ে বাড়ির দিকে চলেছে। কিছু লোক হ্যাজাক বাতি মাথায় নিয়ে বরের ঘোড়ার আগে শোভাযাত্রার দল কে পথ দেখিয়ে বিয়ে বাড়ির দিকে দৃপ্তভঙ্গিমায় বীরোচিত পদে এগিয়ে চলেছে। সারি সারি হ্যাজাকের হাজার রোশনাইয়ে আমাদের পাড়াটা তখন ঝলমল করে উঠেছে। অভিভাবকদের চোখের আড়ালে আমরা অর্থাৎ চ্যাংড়া-চিংড়ির দল বরযাত্রীর মিছিলের সাথে মহাউল্লাসে নাচতে নাচতে বিয়ে বাড়ির বাইরে টাঙানো নীল হলদে রঙের ছককাটা শামিয়ানা আর কানাত দিয়ে ঘেরা মণ্ডপের দিকে এগিয়ে যেতাম। মাতাল করা কাম সেপ্টেম্বরের সুর শুনে আমরা যখন বরের সামনে নাচানাচি করতাম তখন স্পষ্ট দেখতে পেতাম হবু বরও ফুর্তিতে দুলতে শুরু করে দিয়েছে আর টলমল ঘোড়া কে নিয়ন্ত্রণ করতে সহিস কষে লাগাম মুঠোয় ধরে রেখেছে। সাজুগুজু করা বিয়ের পাত্র কে দেখতে লাগত ঠিক ময়ূর বিহীন নধর নাধর কার্তিকের মতো।

তারপর ব্যান্ড পার্টির রিং মাস্টার আকাশের দিকে তাকিয়ে তার ব্যাগপাইপারে উর্ধ্বশ্বাসে ফুঁ দিয়ে 'Tequila' র সুর তুলতো আর সাথে নানান বাদ্য যন্ত্র নিস্তব্ধ রাতে ঝনো ঝনো শব্দে বেজে উঠত। ঠাকুমা ঠাট্টা করে বলতেন ওরা শুধু ফাটা ক্যানাস্তার পিটতে জানে, এর চেয়ে গোরাদের বিলিতি বাদ্যির বাজনা ঢের বেশী ভালো।

শোভাযাত্রা যেখানে শেষ হত সেখানে কানাতের ফাঁক দিয়ে দেখা যেত লাল, নীল, সবুজ আলোকমালায় সজ্জিত শামিয়ানা; সাতপাকে ঘেরা মঞ্চটাকে দেখলে মনে হত যেন স্বর্গলোকের ইন্দ্রপুরী। চারিদিকে রং-বেরঙের আলোয় আলোয় ছয়লাপ। ছাঁদনাতলায় খুশীর হিল্লোল আর কাঁচভাঙা হাসির শব্দ বয়ে চলেছে। এক পাশে সাজিয়ে রাখা রয়েছে বিয়ের রকমারি মনোরম উপহার। স্বপ্নের হাট বসেছে যেন চারিদিকে।

মালা বদলের সময়ে দেখেছিলাম বরের মাথায় রাজাদের মত সোনার মুকুট তাতে চুনি পান্না ঝলমল করছে, কণের গলায় সাত রঙের সাত-লহরী হার, পায়ে হীরার মল। নববধূর সর্বাঙ্গে গয়নার আলো ঠিকরে পড়ে চোখ ধাঁধাচ্ছে, কানে দুলছে পম্পাদাম তার শেষ প্রান্তে একটি করে রক্তমণি রুবি।

চারচক্ষু মিলনের সময় দেখলাম বর-বধূতে কি যেন কথাবার্তা হল জানিনে, লজ্জা-সরমে কনে লাল টকটকে হয়ে ওঠে – ফাগ সিঁদুর সব রঙ তখন হার মানে। আনন্দ-উচ্ছ্বাসে ঘন ঘন করতালিরত মহিলাদের তখন দেখতে লাগছে ইন্দ্রসভায় অপ্সরার দল। অতিথিতিদের হাতে গোলাপের তোড়া। তাদের পোষাকে যখন গোলাপ -আতরের জল ছিটিয়ে দেওয়া হত তার ভুরভুরে খোশবাইয়ে আমাদের শরীর মন আচ্ছন্ন হয়ে যেত। লোভনীয় ফ্যানা ওঠা কোকোকোলা বোতলের কর্ক যখন ছিটকে আকাশ ভেদ করে মিলিয়ে যেত, আমরা সতৃষ্ণ নয়নে ছিপিখোলা কোকো রঙের বোতলের দিকে তাকিয়ে থাকতাম।

বর যখন ঘোড়ার পিঠ থেকে নেমে প্যান্ডেলে ঢুকে যেত তখন আমরা নাচন কুঁদন থামিয়ে বাড়ি ফিরতাম উচ্ছ্বাসে আত্মহারা হয়ে। রাতে আজব স্বপ্ন দেখতাম আমি যেন বাজনা দলের সাথে মিশে জগমগে পোষাক পরে ভেঁপু বাজাতে বাজাতে বর যাত্রীদের সাথে বিয়ে বাড়ির দিকে টলোমলো হেঁটে চলেছি। চাঁদের আলো জ্বালিয়ে আকাশে তারার ঘুটি সাজিয়ে বর-বধূতে একি খেলা খেলছে দুজনাতে। নববধূর স্মিত হাস্য ফুরোতে চায় না। কী মধুর হাসি যেন মুখ চন্দ্রের আনন্দ-পূর্নিমা। লজ্জিত আঁখিতে দেখা যায় লজ্জা, ভয়, সংকোচ।

ভোরবেলায় ঘুম ভেঙ্গে যেত নব দম্পত্তির বিদায়কালে সানাইয়ের বিষাদ সুরের মৃদু গুঞ্জনে। আবার ছুটে যেতুম বাসি বিয়ের মণ্ডপে। সেখানে গিয়ে দেখতাম কান্না কাটির পরিবেশ, সবার মুখ থমথমে। মেয়ের বাবা হাপুশ নয়নে কাঁদছে আর ব্যান্ড পার্টি ‘নীল কমল’ সিনেমার মন কেমন করা সুর তুলেছে। অবিকল হিন্দি সিনেমাটির হৃদয়বিদারক দৃশ্য যেন স্লো-মোশনে রিপিট হচ্ছে - পিতার ভূমিকায় বলরাজ সাহনী কনে সাজে সজ্জিতা ওয়াহিদা রহমানকে ভগ্নমনোরথে বিদায় জানাচ্ছে আর নেপথ্যে মুকেশের গাওয়া দরদভরা গানটি আকাশে বাতাসে কান্নার বাতাবরণ সৃষ্টি করছে ...

বাবুল কি দুয়াএ লেতি যা
যো তুঝকো সুখি সংসার এ মিলে
মায়কে কি কভি না ইয়াদ আয়ে
সসুরাল মে ইতনি পিয়ার মিলে

ওডিয়নের পাশে মহারাজা লাল এন্ড সন্স

লাল কেল্লার পেছনের ফুটপাথে প্রতি রবিবারে এ্যান্টীক সামগ্রীর বাজার বসে তাই সেই বিকিকিনির হাট কে বলা হয় 'চোর বাজার'। সেই বাজারে আমি একবার চৌকো আকারের গ্রামোফোনের পিনের খালি কৌটো খুঁজে পেয়েছিলাম। দোমড়ানো কৌটোর ওপরে দেখেছিলাম ভুবন বিখ্যাত সঙ্গীত পিপাসু কুকুর ও গ্রামোফোনের চোঙার ছবি । পুরনো বইয়ের মত বিরল গানের রেকর্ড বিক্রি হয়ে এখানে। রেকর্ড সংগ্রহকারীদের থেকে হাত বদল হয়ে চলে আসছে ফুটপাথের এক ধারের এই দোকানে। মরচে পড়া কৌটো হাতে নিয়ে আমি কিছুক্ষণের জন্য আমার ছেলেবেলায় হারিয়ে গেছিলাম।

কর্নওয়ালিস স্কোয়ারে বাবার বন্ধু 'ঠাকুরদাস' জেঠুর বাড়িতে একটা দম দেওয়া গ্রামোফোন ছিল যেটাকে 'কলের গান' বলা হত। আমি মাঝে মাঝে বাবার সাথে সেই বাড়িতে গান শুনতে যেতাম। তখন আমার খালি মনে হত চোঙার ভেতরে বসে সত্যি কোন মানুষ গান গাইছে। সেকালে রেকর্ড ছিল আটাত্তর আর পি এম, তাতে এক পিঠে একখানা করে গান থাকত। তারপর এসেছিল পঁয়তাল্লিশ আর পি এম, তাতে থাকত দু'খানা গান। তারও বহু পরে এল লং প্লেয়িং রেকর্ড, এক সঙ্গে চারটে গান এ পিঠ ওপিঠে বাজত। মনে পড়ে যায়, ঠাকুরদাস জেঠুর বাড়িতে ৭৮ আর পি এম-এর গালার রেকর্ডে শুনেছিলাম রবীন্দ্রকণ্ঠে আবৃত্তি।

বাবার বন্ধুর বাড়িতে রবিবার দুপুরে তাস-দাবা খেলার আসর জমত। ব্রিজ খেলার ফাঁকে উঁকিঝুঁকি মেরে প্রথম চিনতে পেরেছিলাম ইস্কাপন, হরতন রইতন, চিড়তন তাসের প্রতীকগুলো। দাবা খেলার চর্চা পৃথিবীতে ক্রমেই

কমে এসেছে। দাবা খেলায় যে মানুষ কি রকম বাহ্যজ্ঞানশূন্য হতে পারে তা জেঠুদের না দেখলে বিশ্বাস করা যেত না। পরশুরাম ঠাট্টা করে লিখেছিলেন, এক দাবড়েকে চাকর এসে বললে 'চা দেব কি করে? –দুধ ছিঁড়ে গেছে' তখন দাবড়ে খেলার নেশায় বললে, 'কি জ্বালা, সেলাই করে নে না।'

কর্নওয়ালিস স্কোয়ারের বাঁ দিকের ব্লকটায় এখন উইলিংডন হাসপাতালের শাখা প্রশাখা বিস্তার করেছে, বহু আগেই সেইসব সরকারী বাড়িগুলো ভেঙ্গে দেওয়া হয়েছিল। কর্নওয়ালিস স্কোয়ারের পাশে এখন তেইশ তলা ডক্টরস হোস্টেল নির্মাণ হচ্ছে। কর্নওয়ালিস স্কোয়ারের পেছনে ক্লাইভ স্কোয়ারের গায়ে লাগানো ছিল কয়লার টাল, মুদি এবং মিষ্টির দোকান। তার পাশে ছিল 'G' Point servants quarters. কর্নওয়ালিস স্কোয়ারের বাড়িগুলো ভেঙ্গে দেওয়াতে ঠাকুরদাস জেঠু চলে যান রাজা বাজার স্কোয়ারে।

তখন চল ছিল শুধু কলের গান শোনার। বড় চোঙাওয়ালা কলের গান বেশ করে হাতল ঘুরিয়ে দম দিয়ে নতুন পিন লাগিয়ে ঘুরন্ত রেকর্ডের ওপর সাবধানে বসিয়ে দিয়ে অলস দুপুরে মেঝের ওপর পা ছড়িয়ে সবাই গান শুনতেন। সেযুগে গোণাগুনতি লোকের কাছে রেডিও ছিল। তাও ভালভ সেট রেডিও। পাশের বাড়ি থেকে হয়ত বললো শিগগির রেডিওটা চালাও, পঙ্কজ মল্লিকের গান দিয়েছে। সে রেডিও চালিয়ে, গরম হয়ে তার থেকে আওয়াজ বেরোতে বেরোতে দেখা গেল, গানটি শেষ হয়ে গেছে। তখন আকাশবাণী নামটাই ছিল না, নাম ছিল ইন্ডিয়ান ব্রডকাস্টিং কোম্পানি।

রেডিও স্টেশন ছিল গ্যাস্ট্রিন প্লেসে। অনেক সঙ্গীত অনুষ্ঠান ওরা সরাসরি সম্প্রচার করত। বড়দের মুখে শুনেছিলাম সে সময়ে গানের রেকর্ডিং করার প্রচলন ছিল না, লাইভ ব্রডকাস্ট হত।

HMV Safari Fiesta ছিল একটা সাদা রঙের বাক্স যার বাইরে রেডিও আর ডালা খুললে রেকর্ড প্লেয়ার দেখা যেত। তখন রেডিওতে নব ঘুরিয়ে ঘুরিয়ে একটা লাল কাঁটা কলকাতা 'ক', কলকাতা 'খ', আর বিবিধ ভারতীতে এনে শুনতে হত। প্রায়শই টিউনিং ঠিক করতে হত, নাহলে রেডিও থেকে ঘরঘর আওয়াজ বেরত। ইলেকট্রিক আর ব্যাটারি দুটোতেই চলত এই রেডিওগ্রাম।

রেডিওর সাথের অংশের আবেদনও কম না – একটা গোল চাকতি, পাশে রেগুলেটরের মতো অফ অন সুইচ আর পরপর ৩৩, ৪৫, ৭৮ এইসব লেখা। ৩, ৪৫ rpm-এর রেকর্ডগুলো একটু ছোট সাইজের মতো, আর ৭৮ ছিল বেশ বড় বড়। কুচকুচে কালো রেকর্ড, মাঝে লাল লেবেল তার ওপর শিল্পীর নাম, গানের তালিকা সব থাকত দুই পিঠে। সাথে ছিল বিখ্যাত কুকুর Nipper যার মনিবের নাম ছিল Mark। গ্রামোফোনের ওপরে emboss করা কুকুরের ছবি দেখা যেত। ব্র্যান্ড নেম 'His Master's Voice', তাতে রেকর্ড

বসিয়ে rpm সেট করে পাশে স্ট্যান্ডে রাখা পিন একদম বাইরে প্রথম ট্র্যাকে হালকা করে ছুঁইয়ে রাখা ছিল এক সূক্ষ্ম শিল্প।

কলকের ফুলের মত দেখতে বিশাল চকচকে গ্রামোফোন পরের দিকে ঘরে ঘরে এতোটাই জনপ্রিয় হয়ে ছিল যে শরদিন্দু বন্দ্যোপাধ্যায় তাঁর গল্পে 'মার্ডার উইপন' হিসেবে ব্যবহার করেছিলেন 'গ্রামোফোনের পিন'। পিনের মুখ ভেঙ্গে গেলে বা বেঁকে গেলে রেকর্ডে স্ক্র্যাচ পড়ে যেত, পিন বদল করা ছাড়া আর কোন উপায় থাকত না। লেবেলে দেখা যেত HMV বা Colombia-র লোগো।

এক অদ্ভুত প্রশান্তি আসত গান শুরু হলে।

রবীন্দ্রনাথ এই কলের গান শুনে বলেছিলেন 'এত ক্ষুদ্র যন্ত্র হতে এত শব্দ হয়।'

স্কুলে গরমের ছুটিতে বেড়াতে যেতাম কলকাতায় পিসিমার বাড়ি, ঠিকানা ছিল ডোভারস লেন। পিসিমার বাড়ির রেডিওতে সিগনেচার টিউন শুনতে খুব ভালো লাগত, মানে অনুষ্ঠানের শুরুতে যেটা বাজত। বাজনার সুরে বোঝা যেত কোন অনুষ্ঠানটি এবারে শুরু হতে চলেছে। মহিলা মহলের আগে যন্ত্রসঙ্গীতের সুর, বাকিগুলো সব কম্পোজিশন। তার প্রায় সবগুলোই তৈরি করেছিলেন জ্ঞানপ্রকাশ ঘোষ। সংবাদ বিচিত্রার সিগনেচার টিউন ছিল ড্রাম-বাঁশি-সানাই এসব দিয়ে।

যখন আমার বারো-তেরো বছর বয়স তখন কালীবাড়ির দুর্গা পুজোয় কয়েকবার 'প্যান্ডেল' বিভাগে স্বেচ্ছাসেবক হবার সুযোগ পেয়েছিলাম। তখন বহু তাবড় তাবড় গায়কদের সংস্পর্শে এসেছিলাম। মানে পুজোর রাতে তাঁদের ট্যাক্সির ডিকি থেকে হারমোনিয়াম, বেহালা, তবলা, সেতার, পাখোয়াজ ইত্যাদি নামিয়ে গ্রিনরুমে বয়ে নিয়ে যেতাম। সেই সুযোগে অনেক গায়কের গান বিশেষ করে হেমন্ত কুমারের গান স্টেজের পাশে দাঁড়িয়ে শুনেছি।

যে সময়ের কথা বলছি, বাংলা গানের জগতে হেমন্তবাবু তখন মুকুটহীন সম্রাট। ছবির পর ছবিতে অগুনতি সুপারহিট গান। সেটা ছিল ফাংশনের যুগ। যে কোন ফাংশনই ওঁর উপস্থিতি ছাড়া ফিকে হয়ে যেত। স্টেজে গাইতে উঠলেই 'হেমন্ত' 'হেমন্ত' – চারপাশে রব উঠত।

শৈশব থেকেই হেমন্ত কুমারের গানের প্রতি আমার চির-দুর্বলতা থেকেই গেছে। হেমন্তবাবুর গানের প্রচুর স্মৃতি আমার মণিকোঠায় জমা আছে। প্রয়াত বাবুল বোসের 'বিচিত্রা' ব্যানারে রবীন্দ্র রঙ্গশালায়, এল আই সি গ্রাউণ্ডে এবং গান্ধী মেমোরিয়াল হলে বঙ্গ সংস্কৃতি উৎসব উপলক্ষে হেমন্তবাবুর গান আমি সাক্ষাতে বেশ কয়েকবার শুনেছি। সেও বোধহয় আজ পঞ্চাশ বছরের ওপরে হয়ে গেল। হেমন্তবাবুর পরনে থাকত ধোপদুরস্ত ধুতি আর ফুলহাতা শার্ট।

কালীবাড়ির স্টেজে সুনীল গাঙ্গুলি বটুক নন্দীর গিটারও উইংসের আড়ালে ঠায় দাঁড়িয়ে শুনেছি। যদি আমার ভুল না হয়ে থাকে, সুনীল বাবুর সাথে ওনার ছেলে, বর্তমানে প্রতিষ্ঠিত চিত্র পরিচালক ও অভিনেতা কৌশিক গাঙ্গুলিও একবার এসেছিলেন।

কালীবাড়ির নাট্যমঞ্চটি ও সাথে চারতলার বিবেকানন্দ ভবন ১৯৭১ সালের ২রা নভেম্বর ভারতের রাষ্ট্রপতি শ্রী ভি ভি গিরি উদ্ঘাটন করেছিলেন।

১৯৭০-৮০ সময়কালে অর্থাৎ টানা এক দশক কালীবাড়ির মঞ্চে বহু নামীদামী শিল্পীদের অনুষ্ঠান হয়েছে – শ্রীমতী কনিকা বন্দ্যোপাধ্যায়, দ্বিজেন মুখোপাধ্যায়, চিন্ময় চ্যাটার্জি, নির্মলেন্দু চৌধুরী, অর্ঘ সেন, শ্যামল মিত্র, আরতি মুখার্জি, বনশ্রী সেনগুপ্ত, হৈমন্তী শুক্লা, ধনঞ্জয় ভট্টাচার্য ও আরও অনেকে গান গেয়ে গেছেন।

কালীবাড়ির ঈশানতোষ ভবনের সামনের প্রাঙ্গণে পুজোর সময় ষাটের দশক থেকে মহারাজা লাল এন্ড সন্স তাদের গানের রেকর্ডের স্টল দিত। এই গানের দোকানের পাশেই সরস্বতী বুক ডিপো কয়েকবার পুজোয় দোকান লাগিয়েছিল।

ষষ্ঠি থেকে নবমী পর্যন্ত ঈশানতোষ ভবনের ভেতরে পুজো সমিতি শিল্প প্রদর্শনীর আয়োজন করত। বসে আঁকো প্রতিযোগিতায় ছেলে মেয়ে যারা তাদের আঁকায় প্রথম, দ্বিতীয় বা তৃতীয় স্থান পেত, সেই সব আঁকা ছবি প্রদর্শনীতে ডিসপ্লে করে রাখা থাকত। এ ছাড়া অনেক আঁকিয়ে ছেলে মেয়েরা হাতে গড়া নানা ধরণের মডেল তৈরি করে ঈশানতোষ হলের গ্যালারিতে সাজিয়ে রাখত। আমাদের মত কয়েকজন স্বেচ্ছাসেবকদের কাজ ছিল হলের গেটের বাইরে দশ পয়সা দামের প্রবেশ টোকেন দর্শনকারীদের বিক্রি করা।

মহারাজ লাল এন্ড সন্সের ইতিহাস আমার পাঠকদের আগেভাগে জানিয়ে রাখি। কলকাতায় 'দি মেলোডি' নামে একটা রেকর্ডের দোকান ছিল। সেটা ছিল শচীন দেব বর্মণ, পঙ্কজ কুমার মল্লিক, হেমন্ত মুখোপাধ্যায় এবং আরও অনেক নামজাদা শিল্পীর ডেরা। তেমনই ছিল দিল্লীতে 'মহারাজা লাল এন্ড সন্স' মিউজিক শপ। এদের দিল্লীতে চারটে রেকর্ডের দোকান ছিল। দিল্লীতে যে সমস্ত বাংলার নামীদামী গায়ক মাঝে মাঝে জলসায় গান গাইতে আসতেন তাঁরা হামেশাই 'মহারাজা লাল এন্ড সন্স'-এর দোকানে গিয়ে গানের কলের জন্য কৌটো ভরা পিন কিনে নিয়ে যেতেন। শুনেছিলাম বিশেষ একটা গ্রামোফোনের ছুঁচ তখন বিদেশ থেকে সরাসরি দিল্লীতে আমদানি হত। তাই Odeon সিনেমার পাশে মহারাজা লাল এন্ড সন্স দোকানটিতে অনেক গান পাগল খরিদ্দার ভিড় জমাতেন।

এই গানের দোকানটির ইতিহাস ঘাঁটলে জানা যায় ১৯৩৬ সালে প্রথম কালীবাড়ির দুর্গা পুজোয় 'মহারাজা লাল এন্ড সন্স' মণ্ডপে মাইকের ব্যবস্থা করে দেয়। তার আগে মাইকের অভাবে খালি গলায় শিল্পীরা আসর জমাতেন।

আমার বাড়ি ছিল কালীবাড়ির পাশেই ফারলং খানেক দূরে, তাই বাড়ির বারান্দায় বসলেই পুজোর দিনগুলিতে বাতাসে ভেসে আসত মহারাজা লাল এন্ড সন্স স্টলে লাগানো মাইকের চোঙা থেকে নানা বাংলা গান।

১৯৬৯ সালে আমি যখন ঈশানতোষ ভবনে ছবি-ভাস্কর্যের প্রদর্শনী বিভাগে স্বেচ্ছাসেবক হয়েছিলাম সে বছর মন ভরে মহারাজা লাল এন্ড সন্স স্টলে গ্রামোফোনে বাজান অজস্র বাংলা গান আধ মিনিট পরে পরে শুনেছিলাম। পাঠকের মনে হয়তোবা প্রশ্ন জাগবে আধ মিনিট মাত্র গান শোনার মানেটা কী?

সারাদিন ঠায় ঈশানতোষ হলের বাইরের গেটে বসে দেখতাম বহু ক্রেতা বাংলা রেকর্ড কেনার আগে তাদের পছন্দের গান দোকানদারকে বাজিয়ে শোনাবার ফরমাশ জানাচ্ছেন। ক্রেতাদের রকমারি পছন্দের কারণে ফরমাইশি গানের রেকর্ড আধ মিনিটেরও কম দোকানদার রেকর্ডে বাজিয়ে শোনাত। আধ মিনিট মাত্র গান শোনার জন্য ঈশানতোষ হলের বাইরে খান একশো সঙ্গীত প্রেমী ছড়িয়ে ছিটিয়ে ঝাউ ঝোপের পাশে সিমেন্টের সরু আসনে বসে থাকতেন।

ষাটের দশকে মধ্যবিত্ত পরিবারের কারুর অবস্থাই এত সচ্ছল ছিল না যে সেই স্টলে ঢুকে তাঁদের পছন্দের গানের রেকর্ড কিনবেন। তখন কারুর বাড়িতে গান শোনার কোন সরঞ্জাম ছিল না অথচ বাঙালী সঙ্গীত পিপাসুরা হেমন্তর গান শোনার জন্য ছটফট করতে থাকতেন। তাই সঙ্গীত প্রেমীর দল সারা বছর অপেক্ষা করে থাকতেন পুজোর চারটে দিন কালীবাড়িতে মহারাজা লাল এন্ড সন্স অস্থায়ী স্টলের বাইরে বসে হেমন্ত কুমারের গান শুনবে। আসলে প্রবাসী বাঙালী পরিবারেরা যখনই কলকাতায় বেড়াতে যেত তখন বড়রা উত্তম অভিনিত হিট সিনেমাগুলো অতি অবশ্যই দেখে আসতেন। ফলে দিল্লী ফেরত এসে হেমন্তর কণ্ঠে সিনেমায় শোনা গান তাঁদের সারা বছর আচ্ছন্ন করে রাখত অথচ কারুর বাড়িতে রেডিও বা দম দেওয়া গানের কল ছিল না। সেই সময় সমগ্র দিল্লীতে মহারাজা লাল এন্ড সন্স একমাত্র দোকান ছিল যারা কালীবাড়িতে পুজোর কটা দিন সঙ্গীতপ্রেমীদের রেকর্ডে গান শুনিয়ে শ্রোতাদের মাতিয়ে রাখত।

গোল্ডেন ভয়েস

১৯৬৯ সালে ঈশানতোষ হলে শিল্প প্রদর্শনী তদারকি করার জন্য যখন স্বেচ্ছাসেবক হয়েছিলাম তখন ষষ্টি থেকে নবমীর রাত পর্যন্ত যে সমস্ত হেমন্তর

গান রেকর্ডে শুনেছিলাম তার মধ্যে কয়েকটি গান আজও আমার মনে গেঁথে আছে। সে কালে HMV শারদ অর্ঘ বুকলেট ছাপিয়ে নতুন রেকর্ডের সাথে বিনা মুল্যে স্টলে গ্রাহকদের মহারাজা লাল এন্ড সন্স বিলি করত। আমিও সেই স্টল থেকে সেবার এক কপি শারদ অর্ঘ জোগাড় করেছিলাম। সেই বুকলেট পড়ে ও বিভিন্ন শারদীয়া পত্রিকা পড়ে গায়ক হেমন্তর গানের ইতিহাস জানতে পেরেছিলাম।

হেমন্ত মুখোপাধ্যায়ের প্রথম রেকর্ড কলম্বিয়া কোম্পানি থেকে প্রকাশিত হয় ১৯৩৭ সালে। জানা যায় পঞ্চাশের দশক হেমন্তর সঙ্গীত জীবনের সেরা সময়। সর্বভারতীয় আঙিনায় তিনি তখন খ্যাতির তুঙ্গে। ১৯৫১ সালে গাইলেন 'রানার' যা ওঁর সঙ্গীত জীবনের অন্যতম সেরা গান। ১৯৬৯ সালে এই গানটির রেকর্ড অষ্টমী ও নবমীর দিন মহারাজা লাল এন্ড সন্স স্টলে সব থেকে বেশি বিক্রি হতে দেখেছিলাম। হেমন্তর ফ্যানেদের দেখতাম সেই স্টলে হামলে পড়ছে আর সকলের মুখে একই কথা 'ও দাদা একটা 'রানার' – আমি যে কখন থেকে রেকর্ডটা চাইছি।' দেখা যেত অভিজাত ঘরের প্রচুর ভদ্রলোক হাতে পিচবোর্ডের কভারের খোপে ঠাসা 'রানার' গানের রেকর্ড কিনে নিয়ে বেরুচ্ছেন। পিচবোর্ডের কভারে শিল্পীর ছবি, বাদ্যযন্ত্রীদের নাম, গানের লিস্ট জ্বলজ্বল করে উঁকিঝুঁকি দিচ্ছে। আমি সতৃষ্ণ নয়নে খরিদারদের হাতে বয়ে নিয়ে যাওয়া রেকর্ডের ঠোঙা দেখতে থাকতাম। আমিই শুধু তাকিয়ে থাকতাম না, সমস্ত পুজো মণ্ডপে যত লোক উপস্থিত থাকতেন তাঁরা সবাই সেই রেকর্ডের প্যাকেটের দিকে আড়নয়নে তাকিয়ে থাকতেন। তখনকার কালে রেকর্ড হাতে নিয়ে কালীবাড়ির প্যান্ডেলে ঘোরা ছিল স্ট্যাটাস সিম্বল।

শারদ অর্ঘ বুকলেটে কোথাও যেন পড়েছিলাম ১৯৫১ সালে হেমন্ত কুমার মুম্বই পাড়ি দিয়েছিলেন 'আনন্দমঠ' ছবির সঙ্গীত পরিচালনার দায়িত্ব নিয়ে। হেমন্ত–গীতার দ্বৈতকন্ঠে গাওয়া 'জয় জগদীশ হরে' শ্রোতারা সাদরে গ্রহণ করেছিলেন।

সে বছর (১৯৬৯) সালে মহারাজা লাল এন্ড সন্স স্টলে কত যে হেমন্তর ভালো ভালো গান শুনেছিলাম যা পরবর্তী জীবনে ইউটিউবে শুনেই চলেছি –

শচীনদেব বর্মণের সুরে 'জাল' ছবিতে হেমন্তর গাওয়া

'ইয়ে রাত ইয়ে চাঁদনি'

'শাপমোচন'–এ হেমন্তর গাওয়া 'শোনো বন্ধু শোনো–তে যেমন প্রতিবাদী যুবকের ভাষা ফুটে উঠেছে, তেমনি –'ইন্দ্রাণী'র 'নীড় ছোট ক্ষতি নেই–তে প্রেমের পরশ ঝরে পড়েছে। শেষোক্ত গানটীতে হেমন্তর কন্ঠ সত্যিই সিল্কের মতো মসৃণ।

গানের স্টলে হেমন্তর গলায় বহু আধুনিক গান রেকর্ডে শুনেছিলাম –

'ধিতাং ধিতাং বোলে', 'দুরন্ত ঘূর্ণির, 'পথ হারাবো বলেই এবার', 'আমার গানের স্বরলিপি লেখা রবে'-র মতো গান যা হেমন্তবাবু মারা যাওয়ার এত বছর পরে আজও আমি ভুলতে পারিনি।

তখন মহারাজা লাল এন্ড সন্স স্টলে হিন্দি গানের রেকর্ডেরও ভীষণ চাহিদা ছিল। ক্রেতারা রেকর্ড কেনার আগে রেকর্ডটা হাতে তুলে উলটে পালটে দেখে দোকানদারকে বাজিয়ে শোনাতে বলতেন – আহা কি সব মনমাতানো গানের কলি –

'ইয়ে রাত ইয়ে চান্দনি ফির কহাঁ', 'ও নিন্দ না মুঝকো আয়ে', 'চুপ হ্যায় ধরতি চুপ হ্যায় চান্দ সিতারে', 'তেরি দুনিয়া মে জিনে সে'।

মনে পড়ে যায় প্রথম যে বার বি আর চোপড়ার সিনেমা 'কানুন' দেখতে 'রিগাল' সিনেমা হলে ঢুকেছিলাম তখন হেমন্তর গলায় টাইটেল সঙ-এ গীতার শ্লোক চলছে '*কর্মণ্যে বাধিকারস্তে মা ফলেষু কদাচান*'। পরে জানতে পেরেছিলাম এই গীতার শ্লোকটি 'বি আর ফিল্মস'-এ সিগনেচার টাইটেল সঙ হিসেবে ব্যবহৃত হত। হেমন্তর গাওয়া এই শ্লোকটি খুবই জনপ্রিয়তা পায়।

১৯৬০ সালে হেমন্ত 'শেষ পর্যন্ত' ছবিতে 'এই মেঘলা দিনে একলা', 'কেন দূরে থাকো', ও 'এই বালুকাবেলায় আমি লিখেছিনু' গানগুলো গেয়েছিলেন। সেই বছরেই গেয়েছিলেন 'অলির কথা শুনে বকুল হাসি' যা ১৯৬৯ সালে মহারাজ লাল এন্ড সন্স স্টলের বাইরে দাঁড়িয়ে উপলব্ধি করেছিলাম গানগুলো তখনও তততাই জনপ্রিয় রয়েছে।

১৯৬১ সালে হেমন্ত মুখোপাধ্যায় "সপ্তপদী" ছবির জন্য 'এই পথ যদি না শেষ হয়' গানটির সুর রচনা করেন। এ গানটি যে সর্বকালের একটি জনপ্রিয় গান তা ১৯৬৯ সালে মহারাজ লাল এন্ড সন্স স্টলে গানটির বিক্রি দেখেই বুঝেছিলাম। সেবার মিউজিক স্টলে অজস্রবার রেকর্ডটি ঘুরিয়ে ফিরিয়ে বাজানো হয়েছিল। সদ্য বিবাহিত এক কপোত কপোতিকে দেখেছিলাম গানের স্টল থেকে 'সপ্তপদী' গানের রেকর্ড কিনে বাইকে বসে আনন্দে আত্মহারা হয়ে বাড়ি ফিরে যাচ্ছেন। রয়্যাল এনফিল্ড বাইকে বসা নব পরিণীতা যুগলকে হুবুহু দেখতে লাগছিল সপ্তপদী সিনেমায় উত্তম-সুচিত্রা অভিনিত কৃষ্ণেন্দু আর রিনা ব্রাউনের প্রতিচ্ছবি। অনেকটা এই ভাবে 'রোমান হলিডে' সিনেমাতেও গ্রেগরি পেক-অড্রে-হেপবার্নকে ভেস্পা স্কুটারে রোম শহরে দেখা গেছিল।

এই সালে মুক্তিপ্রাপ্ত 'স্বরলিপি' ছবির সুরকারও হেমন্ত। এ ছবিতে তাঁর নিজের গাওয়া 'যে বাঁশি ভেঙে গেছে' গানটি খুব জনপ্রিয় হয়।

১৯৬২ সালে হেমন্ত 'দাদাঠাকুর' ছবিতে তাঁর খালি গলায় গাওয়া গান 'ও শোনরে আমার মনমাঝি' ও 'ভোট দিয়ে যা' শ্রোতাদের মনে স্থান পেয়েছিল। লিখতে লিখতে মনে পড়ে যায় 'দাদাঠাকুর' সিনেমাটি আমি ছোটবেলায় রিডিং

রোড মাঠে কোন এক সরস্বতী পুজোর রাতে দেখেছিলাম। স্মৃতি কেন নিঃশেষ হয় না।

’৬২ সাল হেমন্তকুমারের সঙ্গীত জীবনের এক স্মরণীয় বছর। এ বছরে হেমন্ত প্রযোজিত প্রথম হিন্দি ছবি ‘বিশ সাল বাদ’ ব্লকব্লাস্টার হিট হয় এবং ছবির গানগুলিও দারুণ জনপ্রিয় হয়। হেমন্তের গাওয়া ‘বেকারার করকে হমে’ ও লতার গাওয়া ‘কহিঁ দীপ জ্বলে কহিঁ দিল’ গান দুটি সুপার ডুপার হয়েছিল।

১৯৬৩ সালে ‘পলাতক’ ছবির সঙ্গীত পরিচালনা করেন হেমন্ত। হেমন্তর গাওয়া ‘জীবনপুরের পথিক রে ভাই’ ও রুমা গুহঠাকুরতার গাওয়া ‘মন যে আমার কেমন কেমন করে’ গান দুটি ভীষণ জনপ্রিয় হয়েছিল। গায়িকা-অভিনেত্রী রুমা গুহঠাকুরতার নামটা উল্লেখ করাতে একটি ছোট্ট ঘটনা মনে পড়ে যায় তা আমি এই লেখার শেষে শোনাবো। ছোট্ট ঘটনা কিন্তু খুবই আবেগ মাখানো মিষ্টি মধুর।

’৬৪ সালে হেমন্ত প্রযোজিত ও সঙ্গীত পরিচালিত ‘কোহরা’ ছবির গানগুলি জনপ্রিয় হয়। হেমন্তের নিজের কণ্ঠে গাওয়া ‘ইয়ে নয়ন ডরে ডরে’ সুপারহিট হয়। ‘এই রাত তোমার আমার’-এর আদলে সুরারোপিত এই গানটি ১৯৬৯ সালেও অল টাইম ফেভারিটের তালিকায় ছিল। এ ছবিতে লতার গাওয়া ‘ও বেকারার দিল’ গানটিও দেখেছিলাম স্টলে সবাই শুনতে চাইছে।

’৬৬ সালে ‘মনিহার’ ছবির গানগুলি সুরকার হেমন্তের এক মাইলস্টোন কাজ। এ ছবির বেশিরভাগ গানই রাগামিশ্রিত। লতার গলায় গাওয়া ‘নিঝুম সন্ধ্যায়’ এবং হেমন্তর গাওয়া ‘সব কথা বলা হল’, ‘কে যেন গো ডেকেছে আমায়’ গানগুলি সব ক’টিই রাগভিত্তিক।

এই বছরেই হৃষীকেশ মুখার্জি পরিচালিত ও হেমন্তর সুরে ‘অনুপমা’ ছবির সব গান হিট হয়। হেমন্তের গাওয়া ‘ইয়া দিল কি শুনো দুনিয়াওয়ালো’ গানটি খুবই জনপ্রিয় হয়েছিল।

গানটিতে ‘দিনের শেষে ঘুমের দেশে’-র সুরের প্রভাব বিদ্যমান। এ ছবিতে লতার গাওয়া ‘ধীরে ধীরে মাচল’ ও ‘কুছ দিল নে কহা’ এবং আশার গাওয়া ‘ভিগি ভিগি ফিজা’ দারুন হিট করেছিল।

১৯৬৯ সালে হেমন্ত প্রযোজিত ও সুরোরোপিত ‘খামোশী’ ছবির গানগুলি খুব হিট করে। কিশোরকুমারের গাওয়া ‘য়ো শাম কুছ অজীব থি’ ও ‘হেমন্তকুমারের গাওয়া ‘তুম পুকার লো’ গানদুটি অসম্ভব জনপ্রিয় হয়েছিল। ‘য়ো শাম’ গানটি ইমন রাগের ওপর রচিত হয়েছিল। কিন্তু এমন ভাবে সুর করা যে বোঝাই যায় না এটা একটা রাগের ওপর আশ্রিত। এটাই ছিল সুরকার হেমন্তর ক্যারিশমা। এ ছবিতে লতার গাওয়া ‘হমনে দেখি হ্যায়’ গানটিও জনপ্রিয় হয়। তবে মান্না দে-র গাওয়া ‘দোস্ত কহাঁ কোই তুমসা’

গানটি সেরকম জনপ্রিয়তা পায়নি। এ গানটির সুর হেমন্ত তাঁর সুরোরোপিত 'দীপ জ্বেলে যাই'-এর 'এমন বন্ধু আর কে আছে' গানটি থেকে নেওয়া। বাংলা সিনেমাটিতে গানের সাথে লিপ মিলিয়েছিলেন অনিল চ্যাটার্জি।

এবারে আমি পাঠকদের একটি সত্য কাহিনী শুনিয়ে আমার রচনাটি শেষ করবো। ঘটনাটি ঘটেছিল ১৯৯৩ সালে ঈশানতোষ ভবনের এক নম্বর ঘরে। সেবার প্রথম নিউ দিল্লী দুর্গা পুজো সমিতির পরিবর্তে নিউ দিল্লী কালীবাড়ি কমিটি শারদ পুজো আয়োজিত করেছিল। ১৯৯৩ সালের সপ্তমীর রাতে কালীবাড়ির স্টেজে Calcutta Youth Choir কে গান গাওয়াবার জন্য বুক করা হয়েছিল। সপ্তমীর দুপুরে গানের দলের পরিচালিকা রুমা গুহ ঠাকুরতা কালীবাড়ির সমিতির ঘরে আমাদের সাথে আলাপ পরিচয় করতে এসেছিলেন। তারপর চা খেতে খেতে রুমাদি আমাদের সাথে গল্প আলাপ শুরু করেন। আমরা রুমাদির মুখে গল্প শুনছি আর নেপথ্যে মহারাজা লাল এন্ড সন্স স্টল থেকে অফিস ঘরে ভালো ভালো গানের কলি ভেসে আসছে।

টুকিটাকি কথাবার্তার মাঝে রুমাদি হঠাৎ নিজের ছেলে অর্থাৎ গায়ক অমিত কুমারের প্রতি নালিশ জানাতে শুরু করে দিলেন। কিশোর কুমার এবং রুমা গুহ ঠাকুরতার পুত্র অমিত কুমার নাকি ফোনের রিসীভার নামিয়ে রেখে রাতে ঘুমোতে যায়। রুমাদি গজ গজ করে আপন মনে তখন বলে চলেছেন 'দরকারে দেখবি আমার মরার খবর তুই সময় মত পাবি না, তুই হামেশাই ফোনের রিসিভার নামিয়ে শুতে যাস।। এ কি বাজে অভ্যেস করেছিস।' তারপর উনি জানালেন কাল রাত থেকে অমিত কে বম্বেতে ফোন মেলাবার চেষ্টা করছেন কিন্তু ওকে ধরতে পাচ্ছেন না। রুমাদি তখনো গজ গজ করেই চলেছেন আর ইতিমধ্যে মহারাজ লাল এন্ড সন্স স্টল থেকে এক অতি পরিচিত গান বেজে উঠলো, গানটি সত্যিই সেই মুহূর্তে অভাবনীয় ক্লাইমেক্স সৃষ্টি করেছিল অনেকটা কো-ইন্সিডেন্ট বলা যেতে পারে। গানটি ছিল 'লুকোচুরি' সিনেমার গান –

এই তো হেথায় কুঞ্জ ছায়ায়
স্বপ্ন মধুর মোহে
এই জীবনে যে কটি দিন পাবো
তোমায় আমায় হেসে খেলে
কাটিয়ে যাবো দোঁহে
স্বপ্ন মধুর মোহে।

কিশোর কুমার-রুমা গুহঠাকুরতার গলায় যুগল গানটি পাশের স্টলে বেজে ওঠায় সেদিন আমি স্পষ্ট দেখেছিলাম বাক্যহারা রুমাদি মিষ্টি মধুর গানটির মাঝে কিছুক্ষণের জন্যে হারিয়ে গেছিলেন।

মহারাজা লাল এন্ড সন্স মিউজিক স্টলের দৌলতে আমি কালীবাড়ির এক নম্বর ঘরে বসে অভাবনীয় মনকাড়া দৃশ্য দেখে যেতে পেরেছি। সেই মুহূর্তে রুমাদির চোখ ছলছল করে উঠেছিল, তাঁর বিষণ্ণ ঔদাসীন্ন ভরা মুখের ছবি আমি আজও ভুলি নি। ১৯৯৩ সালের সপ্তমীর দুপুরে উপলব্ধি করেছিলাম রুমাদি তাঁর প্রয়াত স্বামী কিশোর কুমারকে আজও ভুলে যাননি এবং পরিষ্কার বোঝা যায় উনি অন্তহীন একাকীত্বে ভুগছেন।

দুটি বিরল ছবি লেখাটির শেষে তুলে ধরেছি।

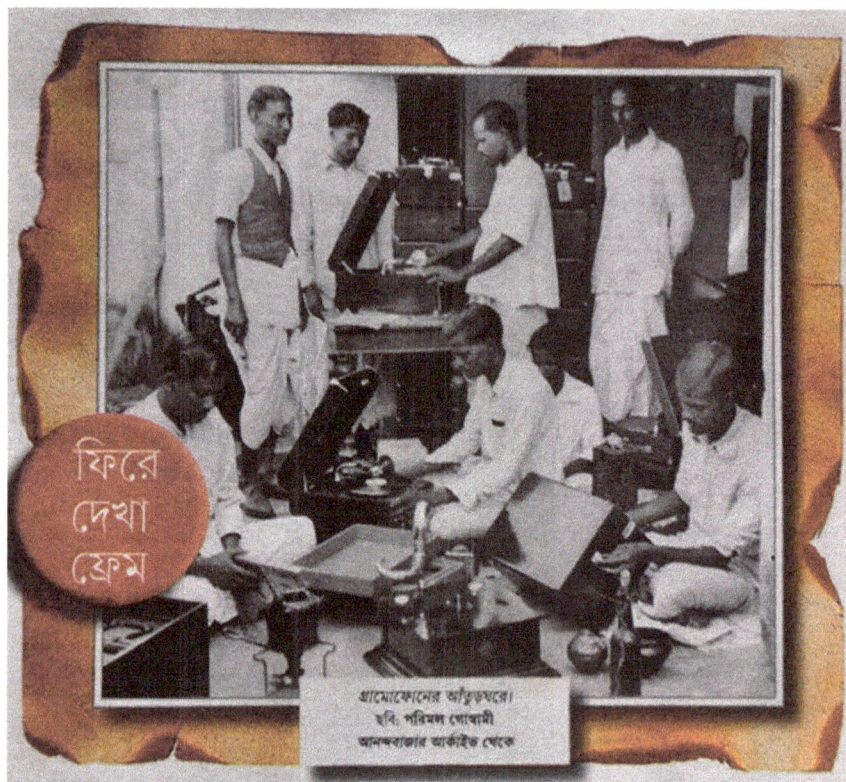

গ্রামোফোনের আঁতুড়ঘরে।
ছবি: পরিমল গোস্বামী
আনন্দবাজার আর্কাইভ থেকে

রবীন্দ্ররঙ্গশালায় মান্না দে নাইট

জীবনে প্রথম আমি মান্না দে'র গান শুনেছিলাম রবীন্দ্ররঙ্গশালায়। অনুষ্ঠানটি 'বিচিত্রা'র ব্যানারে আয়োজিত করেছিলেন প্রয়াত শ্রী বাবুল বোস। শেষবার মান্না দের গান শুনি কালীবাড়ির স্টেজে, ১৯৯৪ সালের পয়লা বৈশাখে। বাবুলদার মারফতে মঞ্চে গান গাওয়াবার জন্য নিউ দিল্লী কালীবাড়ি সমিতির তরফ থেকে মান্না দে কে আমরা সাদর আমন্ত্রণ জানিয়েছিলাম। গায়ক মান্না দে'র গাওয়া দুটি জলসায় যে সমস্ত গান শুনেছিলাম তাই আমি আজ লিখতে বসেছি। জলসায় গাওয়া গানের বিবরণ দেওয়ার সাথে সাথে ওনার আত্মজীবনী থেকে তুলে ধরেছি গানের নেপথ্য জগতের কাহিনী। আশা রাখি পাঠকদের মান্না দে'র গাওয়া গানের কয়েক কলি শোনার সাথে সাথে ওনার স্মৃতিচারণ পড়তে ভালো লাগবে।

দিল্লীর প্রবাসী বাঙালীরা বিচিত্রা ক্লাবের সৌজন্যে আয়োজিত সঙ্গীতানুষ্ঠান শোনার জন্য সারা বছর উদ্‌গ্রীব হয়ে থাকতেন কারণ রেডিও তখনও ঘরে ঘরে ঢোকেনি, গান শোনার কোন উপায়ই ছিল না। বিচিত্রার উদ্যোগে তাবড় তাবড় শিল্পীদের গান তখন রবীন্দ্ররঙ্গশালায় উন্মুক্ত আকাশের নিচে গ্যালারীতে বসে আমরা শুনতাম। সঙ্গীতপ্রেমীরা দূর দূর থেকে প্রতি বছর জলসা শুনতে টিকিট কেটে আসতেন। মান্না দে'র লাইভ প্রোগ্রাম যখন

শুনেছিলাম তখন ওনার সাথে সঙ্গত করতে এসেছিলেন রাধাকান্ত নন্দী। রবীন্দ্ররঙ্গশালায় প্রথম গানটি গাওয়ার নেপথ্য কাহিনী মান্না দে তাঁর আত্মজীবনীতে লিখেছিলেন।

'শচীনদা ছিলেন খুবই সাদাসিধে আর আত্মভোলা মানুষ। এক দিন মনে আছে, রাত প্রায় সাড়ে নটা তখন, খাওয়া দাওয়া তো রাতে সাড়ে আটটায় হয়ে যায় তাই ওই সময় হঠাৎ শচীনদাকে আমাদের আনন্দনে আসতে দেখে বেশ অবাকই হয়ে গেলাম। দেখলাম শচীনদা একটা হাফহাতা গেঞ্জি আর একটা লুঙ্গী পরে চলে এসেছেন আমাদের বাড়ি। হাতে শুধু একটা কাগজ। শচীনদা এসেই খুব ব্যস্ত হয়ে বললেন, মানা হারমোনিয়মটা লইয়া একটু বোস তো চট করে। বুঝলাম, শচীনদা এইমাত্র কোনও সন্তান প্রসব করেছেন। আর সেই সন্তানকে যতক্ষণ না পর্যন্ত আমার গলায় উনি তুলে দিচ্ছেন শান্তি পাবেন না। উনি বললেন, গানটা তোল মানা, কাল রেকর্ডিং আছে। আমি দেখলাম আহির ভৈরবের সুরে শচীনদা একটি চমৎকার গান তৈরি করেছেন 'মেরি সুরত তেরি আঁখে' ছবির জন্য। গানটা তুলে নিলাম গলায়, শর্ট নোটেশনে। তারপর উনি নিশ্চিন্ত হয়ে বাড়ি যাওয়ার সময় বলে গেলেন, এই গানটা তোর মনোমত ভাল করে সুরে খেলিয়ে গাইবি। আর এইভাবে পরের দিন রেকর্ড করলাম সেই গান –

'পুছোনা ক্যায়সে ম্যায়নে রৈন বিতাই' . . .

সেই রাতের জলসায় মান্না দে'র বিখ্যাত গানটা স্বয়ং গায়কের গলায় শুনে আবেগ আপ্লুত দশা উপস্থিত শ্রোতাদের।

তারপর মান্না দে একের পর এক মনমাতানো গান দর্শকদের গেয়ে শুনিয়েছিলেন –

দ্বিতীয় গানটি গেয়েছিলেন *'খোই খোই আঁখে হ্যায়'*

তৃতীয়টি গাইলেন *'ঝনক ঝনক তেরি, বাজে পায়েলিয়া'*

তারপর একাধিক গান উনি আমাদের শুনিয়েই চললেন – বসন্ত বাহার ছবিতে *'সুর না সাজে 'চলতি কা নাম গাড়ি'* সিনেমার গান গাইলেন *'বাবু সমঝে ইশারে – 'বাহারো কি স্বপ্নে'* *ছবিতে 'চুনারি সামাল গোরি'*– 'বুদ্ধা মিল গয়া' ছবিতে *'আয়ো কহাশে ঘনশ্যাম'*।

সলীল চৌধুরী দেওয়া সুরে 'একদিন রাত্রে' সিনেমায় হৈ চৈ ফেলে দেওয়া গানটি সে রাতে উনি গেয়েছিলেন এবং সেই গানের সাথে একটা মজাদার গল্পও জড়িয়ে আছে –

'এই দুনিয়ায় ভাই সবই হয়, ভাই সবই সত্যি, সব সত্যি'

এই গানটিতে লিপ মিলিয়েছিলেন তখনকার দিনের বাংলা ছবিতে একাধিপত্য দোর্দণ্ডপ্রতাপ অভিনেতা ছবি বিশ্বাস। মনে আছে একদিন স্টুডিওতে ওঁর সঙ্গে হঠাৎ দেখা। উনি আমায় দেখতে পেয়ে কাছে ডেকে বললেন, আরে মানা এটা তুমি কী করেছ? গানের মধ্যে এ-রকম সমস্ত বেলেল্লাপানা ঢুকিয়েছ, মাতলামি ঢুকিয়েছ, আমি এই গানে লিপ দেব কেমন করে। আর একটু সহজ করে গাইতে পারলে না গানটা।'

তারপর মান্না দে আসরে গেয়েছিলেন 'কাবুলিওয়ালা' ছবির গান *'অ্যায় মেরে প্যায়রে ওয়াতন'*

গানটি গাওয়ার আগে সলীলদা ওনাকে গানের সিচুয়েশনটা বুঝিয়েছিলেন - বলেছিলেন, সারা দিন হিং বিক্রি করার পর ডেরায় ফিরে রবাব বাজিয়ে দেশেতে রেখে-আসা তার মেয়ের কথা ভেবে গান গাইতে হবে। এদিকে অন্য কারও যাতে কোনও অসুবিধে না হয় তাই গলা চেপে আস্তে আস্তে গাইতে হবে।

সেই গান শুনে স্টুডিওর লোকেরা আমার কাছে জানতে এসেছিলেন, কোনও কারণে আমার গলা বসে গেছে কি না!'

সে রাতে তারপর যে কটি গান গেয়েছিলেন মোটামুটি তার নেপথ্য স্টোরি মান্না দে আত্মজীবনীতে লিখে গেছেন। পরের গানটা গেয়েছিলেন কল্যাণজি-আনন্দজি জুটির পরিচালনায় 'উপকার' সিনেমার গান –

'কসমে ওয়াদে প্যার ওয়াফা যব, বাতে হ্যাঁয় বাতোকা ক্যা'

এই গানটি শুনে লতা মঙ্গেস্কর মান্না দে কে ফোন করে বলেছিলেন 'মান্নাদা আপনার 'কসমে ওয়াদে' গানটি শুনলাম আমি। আমি ভেবেই পাচ্ছি না আপনি কী করে এত দরদ দিয়ে ওভাবে গানটি গাইলেন। আজ আমার একটা গানের রেকর্ডিং ছিল, কিন্তু আপনার গানের কথাটাই সব সময়ে মন জুড়ে আছে। অন্য গান আমি আর এখন গলায় আনতেই পারছি না। আমি আজ রেকর্ডিং বাতিল করতে বাধ্য হলাম।

লতা যখন গান গাওয়ার জন্য প্রথম স্টুডিওতে আসে – তখন ওর নাম একই থাকলেও সে-নামের অন্য কোনও মাহাত্ম্য ছিল না। খুবই সাধারণ এক শাড়ি আর হাওয়াই টাইপের একটা খোলা চটি পরে ও প্রথম স্টুডিওতে এসেছিল। কিন্তু বিধাতা ওর জন্য কিছু লিখে রেখেছিলেন। সেই ভাগ্যকে সম্বল করে নিজের একাগ্র সত্যনিষ্ঠ সাধনায় ও অচিরেই হয়ে উঠল কোকিল কন্ঠি, গানের বুলবুল। অসাধারণ ছিল ওর গানের পরিধি। যখন সে গান গাইত একেবারে একাত্ম হয়ে গাইত।

যখন আমি গান বাজনা শুরু করি তখন মেয়েদের মধ্যে লতা এবং নুরজাহানই সবচেয়ে নামকরা শিল্পী ছিল। দেশের স্বাধীনতার পর নুরজাহান

চলে যায় পাকিস্তানে। আর তখনই সেই শুন্যস্থান পুরনের প্রয়োজনে বম্বে সঙ্গীতজগতে প্রতিষ্ঠা পায় আশা ভোঁসলে, গীতা দত্ত প্রমুখেরা। লতা একবার আমায় বলেছিল যে, আমার সঙ্গে ওর ডুয়েট গানের সংখ্যা একশো আটাত্তর।

গীতা দত্তের সঙ্গে বেশ কয়েকটি গান দ্বৈত কন্ঠে গেয়েছিলাম আমি। প্রথম গেয়েছিলাম যতদূর মনে পড়ে সেই 'দেবদাস' ছবিতে ১৯৫৫ সালে – '*আনমিলো আনমিলো শ্যাম* . . . গীতা দত্তের গলায় একটা আলাদা মাদকতা ছিল। সেই মাদকতার ছোঁয়ায় সত্যিই ভালো গাইত গীতা দত্ত।

লতার সঙ্গে ১৯৬৮ সালে উত্তমকুমারের লিপে 'শঙ্খবেলা' ছবিতে '*কে প্রথম কাছে এসেছি*' দিয়ে শুরু করেছিলাম। সুধীনবাবুর সুরে সেটাই ছিল বাংলা ছবিতে গান গাওয়ার জন্য আমার জীবনের সব চেয়ে বড় ব্রেক। জনপ্রিয়তম নায়কের লিপে ওই রকম একটা সুন্দর প্রেমের দৃশ্য অভিনয় – ছবিটাকে সাঙ্ঘাতিক রকমের হিট করিয়ে দিলই, আমার বাংলা গানের জগতে একটা সোচ্চার উপস্থিতি ঘোষণা করে দিল। আমার মনে হয় বাংলা সিনেমায় এখন অবধি ও রকম রোমান্টিক দৃশ্য আর একটিও তৈরি হয়নি। ওই গান গেয়ে এখনো দেখেছি এক জন, অপর জনের কাছে জানতে চায় – 'কে প্রথম কাছে এসেছি'? তুমি? না আমি?

আমি যখন ছায়াছবিতে সঙ্গীতের জগতে এসেছিলাম, তখন সেরকম কিছু পরীক্ষিত ফরমুলা আগে থেকেই গড়ে উঠেছিল। তখন প্রেমের গান মানেই তালাত মামুদ গাইবে, দুঃখের গান মানেই মুকেশ গাইবে, এবং একটু নাচানাচি বা লম্ফঝম্পের গান হলে প্রথম দিকে ঠিক ছিল মহম্মদ রফি গাইবে। পরে কিশোরের নামও বিবেচিত হত সেই তালিকায়। এই ফর্মুলাটাই তখন শ্রেষ্ঠ বলে প্রমাণিত হয়েছিল কারণ তাতে বানিজ্যিক সাফল্য আসছিল।

সে সময় এক জুটি ছিল মুকেশ আর রাজ কাপুর জুটি। তখন একটা অলিখিত নিয়ম হয়ে গিয়েছিল যে, রাজা সাহেবের গান সব সময় মুকেশই গাইবে। কারণ সেটাই পরীক্ষিত বাণিজ্য-সফল জুটি। তারপর শঙ্কর জয়কিষন প্রমাণ করে দিয়েছিলেন যে রাজা সাহেবের লিপে আমার গান আরও বেশি মানানসই, সেই শ্রী 420, আওয়ারা ইত্যাদি ছবিতে আমার গান গাওয়ার সুযোগ দিয়ে।

মেহমুদ চাইত ওর লিপের সব গান যেন আমি গাই। মজার গানে ওর লিপ মেলানোও ছিল অসাধারণ। এই ভাবেই গেয়েছিলাম ওর লিপে 'ভুত বাংলো', 'জোহর মেহমুদ ইন গোয়া', 'পড়োসন', প্রভৃতি ছবিতে। মেহমুদ যখন আমায় ওর 'পড়োশন' ছবির জন্য গান করতে ডাকল আমি যেই শুনলাম কিশোরের সঙ্গে ডুয়েট গাইতে হবে, খুব সতর্ক হয়ে গেলাম।

যেদিন রেকর্ড হল গানটি, অন্য অনেক যন্ত্রীরাও সেই গানের রাম-রাবণের যুদ্ধ দেখতে এসেছিল। মনে আছে সেদিন গানটির রেকর্ডিং শুরু হয়েছিল প্রায় নটা থেকে, চলেছিল একটানা প্রায় রাত নটা অবধি। কিশোর যা গেয়েছিল সত্যিই অপূর্ব। ওর গলায় ভার্সেটিলিটি ছিল অবিশ্বাস্য রকমের ভাল। সেই গান রেকর্ডিং হওয়ার পর একবাক্যে সবাই বলাবলি করেছিল, দেখো দো রং দেখো। এক তরফ মান্নাদা যব গাতে হ্যায় তো লগতা হ্যায় কি কোই আদমি গানেমে তপস্যা কর রহে হ্যায়। সত্যিই কিশোরের গলায় এই ন্যাচারালিটি শুধু আমায় না, সমস্ত সঙ্গীত-প্রিয় মানুষকেই ভাসিয়ে ছিল একটা ভালোবাসায়, মুগ্ধতায়।

কিশোর কিন্তু মোটেই খারাপ মানুষ ছিল না, লোকে ওর সম্বন্ধে অনেক কিছুই বলত। ও তো পাগল, ও কিপটে ইত্যাদি। পাগলামি ও মাঝে মাঝে করত ঠিকই, কিন্তু আমার মনে হয় তা শুধু সুবিধাবাদী লোকেদের নিজের থেকে দূরে রাখার জন্যই ইচ্ছে করে করত। ওর আর একটা ব্যাপার ছিল আমার মতো, গানের কথা ও সুর পছন্দ না-হলে সে গান ও কিছুতেই গাইত না। বড়দের খুব সম্মান করত কিশোর। আমি ওর চেয়ে প্রায় এগারো বছরের বড় ছিলাম।

আরও কিছু ডুয়েট গেয়েছিলাম ওর সঙ্গে। 'চলতি কা নাম গাড়ি'-তে '*বাবু সমঝো ইশারে*', এবং 'শোলে'-তে '*এ দোস্তি হাম নেহি তোড়েঙ্গে*'।

মহম্মদ রফি হিন্দি সিনেমার গানের জগতে এক উজ্জ্বল নাম। উনি তখন জনপ্রিয়তার শিখরে। কী সুন্দর গাইত রফিজি। তখন প্রায় সব সিনেমাতেই রফি গান করত। কিন্তু কিশোর যখন ঝড়ের গতিতে ওর অনুকরণীয় গলা নিয়ে প্রবেশ করল, হিন্দি সিনেমার সঙ্গীত সাম্রাজ্যে আসতে আসতে ও রফির গানের হাওয়া সব কেড়ে নিল নিজের দিকে। সব গান তখন কিশোরই গায়, রফির আর ডাক আসে না সেভাবে। ধীরে ধীরে রফি সেই কঠোর বাস্তবের নিষ্ঠুরতায় অসহায় হয়ে পড়ল। জীবনের শেষ দিন পর্যন্ত রফি সেই দুঃখ ভুলতে পারেনি।

আমি সাংঘাতিক রকমের ঘুড়ি-পাগল ছিলাম। এ আমার ছোটবেলার শখ হলেও বড় হয়েও যখনই সুযোগ-সুবিধে পেয়েছি ঘুড়ি ওড়াতাম প্রাণ মন খুলে। মুম্বাইয়ে আমার বাড়ির পাশেই ছিল একটা পার্ক। তার উলটো দিকের বাড়িতেই থাকত মহম্মদ রফি। রফিজিও ঘুড়ি ওড়াতে ভালবাসত। আমরা ঘুড়ি উড়িয়ে খুব প্যাচ খেলতাম। আমি টেনে প্যাচ খেলতে ভালবাসতাম। রফিজি সুতো ছেড়ে প্যাচ খেলত। আমি করতাম কী, অনেক ওপর দিয়ে ঘুড়িটাকে আস্তে আস্তে বে-হাওয়ার দিকে নিয়ে চলে আসতাম। তারপর তীরের বেগে ঘুড়িকে নীচে দিয়ে টেনে নিয়ে রফিজির ঘুড়ির পেটের তলা দিয়ে টান লাগাতাম ঘুড়িটা হাওয়ার দিকে। ব্যস, রফিজির ঘুড়ি ভোঃ কাট্টা।

রফিজি মাঝে মাঝে জিজ্ঞেস করত, আরে মান্নাদা, আপ ইতনে বেহতরিন পতঙ্গ ক্যায়সে উড়াতা হ্যায়? ক্যায়, আপ কুছ জাদুটোনা করতে হ্যায় কি যব যব ম্যায় প্যাচ লড়তা হুঁ, তো আপ মেরে পতঙ্গ কাটতে হ্যায়। আমি মনে মনে বলতাম, আরে বাবা, একি যে-সে ঘুড়ি ওড়ানো? এ যে সিমলে পাড়ার সেই মানার ঘুড়ি ওড়ানো।

যখন আমি ছাদে ঘুড়ি ওড়াতাম, তখন আমার লাটাই ধরত পাশের বাড়ির কনকদি। কনকদি হল ছায়াছবির জগতের বিখ্যাত এবং স্বনামধন্যা অভিনেত্রী ছায়াদেবী। সে-সব দিনের মিষ্টি স্মৃতির স্বাদ একেবারেই আলাদা।

এন্টনি ফিরিঙ্গী' ছবিতে গান গেয়ে আমি বাংলা ছায়াছবির জগতে একটা চিরকালীন আসন পেয়ে যাই। এ ছবির গানগুলির জনপ্রিয়তা যত দিন গেছে, যত সময় গেছে ততই বেড়েছে। এর মধ্যে 'আমি যে জলসা ঘরে' এবং 'আমি যামিনী তুমি শশী হে' গান দুটিকে তো সর্বকালের সেরা গানের মর্যাদা দিয়েছেন আমার প্রিয় শ্রোতারা। অনিলদা, অনিল বাগচী মশাই অসাধারণ সুর করেছিলেন এই ছবির গানগুলির। আভোগী কানাড়ার মতো রাগের সুর এক অন্য মাত্রা দিয়ে তৈরি করলেন তিনি, 'চম্পা চামেলী গোলাপের-ই বাগে'র মতো অসাধারণ সুর। ওই একই ছবিতে 'I am the night, you are the moon' এবং ওরই তর্জমায় – 'আমি যামিনী তুমি শশী হে' গানটির সুর শুনে এত ভাল লেগেছিল, অতুলনীয়।

যখন শঙ্কর-জয়কিষণের সুরে 'মেরা নাম জোকার' ছবির গান গাই – 'এ ভাই জারা দেখকে চলো' তখন রিহার্সাল থেকে রেকর্ডিং অবধি পুরো সময়টা রাজাসাহেব আমার সঙ্গে ছিলেন। গানের সময় উনি বারবার মনে করিয়ে দিতেন, দাদা, এক জন জোকারের জীবন বড় দুঃখের। তার হাসি দেখে, বোকামি দেখে, এমনকী দুঃখ দেখেও দর্শকরা হাসে। গানটি এমনভাবে গান, যাতে পথ-চলতি যে কোনও মানুষ অন্য জন কে বলতে পারে, 'এ ভাই, জারা দেখকে চলো'। শুধু সামনে দেখলে চলবে না, পিছন দিকটাও দেখতে হবে। গানটি যখন রেকর্ডিং করছিলাম দেখলাম উনি কাচের ঘরের বাইরে ওই গানের সঙ্গে লিপ মিলিয়ে অভিনয় করে চলেছেন নেচে নেচে। এই গানের সুবাদেই আমায় সম্মানিত করা হয়েছিল পদ্মশ্রী খেতাবে।

জলসার আসরে সে রাতে মান্না দে সুধীনবাবুর সুরে সৌমিত্র চ্যাটার্জির লিপে কয়েকটি গান গেয়েছিলেন, হিট সিনেমাটির নাম ছিল 'তিন ভুবনের পারে' – 'হয়তো তোমারই জন্য' 'জীবনে কি পাব না'।

শ্রোতাদের অনুরোধে গাইলেন 'প্রথম কদম ফুল' ছবির গান 'আমি শ্রী শ্রী ভজহরি মান্না' 'এই শহর থেকে আরও অনেক দূরে' এবং 'বাঁচাও কে আছো মরেছি যে প্রেম করি'।

মান্না দে'কে তখন গানে ভর করেছে যেন, উৎসুক শ্রোতাদের একের পর এক গান গেয়ে শোনালেন – 'বসন্ত বিলাপ' সিনেমার *'আগুন লেগেছে লেগেছে আগুন'* সলীল চৌধুরীর সুরে 'মর্জিনা ও আবদুল্লা' ছবির গান – *'ও ভাইরে ভাই'* এবং *'বাজে গো বীণা'*।

ঘড়িতে তখন এগারোটা বাজে তারপরও গাইলেন কয়েকটি আধুনিক গান যেমন *'চার দেয়ালের মধ্যে নানান দৃশ্যকে'*। সলীল বাবুর সুরে বাংলা আধুনিক গান গেয়েছিলেন *'ধন্য আমি জন্মেছি মা'*, *'মানব না এ বন্ধনে'* সেই বম্বেতে IPTA যুক্ত থাকার সময় এই দুটো গান গেয়েছিলেন।

অনুষ্ঠানের শেষ মুহূর্তে মান্না দে বনাম রাধাকান্ত নন্দীর গান আর তবলার জবরদস্ত প্রতিযোগিতার দৃশ্য দেখেছিলাম যা আজও আমি ভুলতে পারি নি, সঙ্গতকার উবু হয়ে বসে এক অদ্ভুত ভঙ্গীতে তবলা বাজাতেন। গান শুরু হওয়ার আগে মান্না দে তাঁর তবলচির ভূয়সী প্রশংসায় মেতে উঠে ছিলেন। মান্না দে উপস্থিত শ্রোতাদের জানান –

রাধুবাবু, মানে তবলার জাদুকর, আমার জীবনে দেখা শ্রেষ্ঠ তবলা-বাদক। ওর তবলার সেন্সটাই ছিল সম্পূর্ণ আলাদা। কোন গানে যে ঠিক কোন ঠেকাটা বাজানো উচিত, সেটা রাধুবাবুর মতো আর কেউ বুঝত না। আমি তো ওকে ছাড়া কোথাও গাই না। আমি যে ক্লাসিক্যাল গানটি এখন গাইবো তার সাথে তবলা বাজাতে বাজাতে ধরা ধরা গলায় রাধাকান্ত বাবু মাঝে মাঝে বলতেন, এই গানটা আরেকবার গায়েন না মান্নাদা। এই গানটা শুনলেই আমার ভিতরটা ক্যামন যেন কইরা ওঠে মান্নাদা। আমি নিজেরে আর ঠিক যেন সামলাইতে পারি না, দেখতাম সত্যি সত্যি উনি রুমাল দিয়ে চোখ মুছছেন।

রাধুবাবুর মতো ওই সুর, তাল বাঁধবে কে? ও হচ্ছে জিনিয়াস। তবলা বাজাতে ওর অনুভূতি ছিল –

'তবলা আমায় বাজায়/তাই তো আমি বাজি/তবলাকে মোর দুঃখ দিয়ে/বাজাতে নয় রাজি।'

আমি ওনার থেকে বড় সঙ্গতকার আর কাউকে দেখেছি বলে মনে পড়ে না। ওনার দেওয়া 'ধা তেতে ধা তেতে ধাধা তেতে' নিয়মিত উঠতি গানের ছাত্রদের রেওয়াজের মধ্যে থাকে। আমি সারা ভারতে অনেক লঘু সঙ্গীতের বাজনা শুনেছি কিন্তু ওনার মত ছন্দ বিশিষ্ট বাজনা কারুর হাতে শুনিনি।

রোশন ছিলেন সেই সময় বিখ্যাত সুরকার এবং সঙ্গীত পরিচালক। ওনার সুরে *'লাগা চুনরীমে দাগ'* গানটি সঙ্গীত জগতে অমরত্বের পর্যায় চলে গেছে সেই ১৯৫৩ সালে ছবিটি রিলিজ হওয়ার পর থেকেই। উচ্চাঙ্গ সঙ্গীতের ছায়ায় সুর করতেন উনি। রোশনজীর সুরে অনেক ভজন গান গেয়েছি আমি।'

ইতিমধ্যে রবীন্দ্ররঙ্গশালার পাশের গভীর অরণ্যে বৈশাখী ঝড় শুরু হওয়ার আসন্ন সংকেত বাতাসে সোঁ সোঁ শব্দের গতিতে অনুমান করা যাচ্ছিল। এক পাল শেয়াল রাত্রির প্রথম যাম ঘোষণা শুরু করে দিয়েছে তাই শুনে মান্না দে দুশ্চিন্তাগ্রস্থ হয়ে যান। কারণ সেকালে ঘন অরণ্যের অভ্যন্তরে বৈশাখী ঝড়ের আগমন মানে দুর্দান্ত ঘূর্ণি বাতাসের প্রবল সম্ভাবনা থাকত। আকাশের অবস্থা দেখে মান্না দে তাঁর তবলচীর প্রশংসা থামিয়ে শুরু করলেন সেই বিখ্যাত গান, সিনেমাটির নাম ছিল 'দিল হি তো হ্যায়' –

লাগা চুনারী মে দাগ ছুঁপায়ু ক্যাসে . . .

ওই গানটি না শুনলে বোধহয় আমার জীবন বৃথা হয়ে যেত। স্টেজে ওনার পেছনে দুটো তানপুরা ছাড়ছে সুর, অপর পাশে সম ফাঁক তাল লক্ষ রেখে হারমোনিয়াম বাজিয়ে চলেছে অপর এক শিষ্য। সামনের সারিতে একদল সমঝদার থাকেন যাদের কাজই হচ্ছে মাথা নেড়ে গায়ককে তারিফ করা। শ্রোতাদের আসর থেকে হৈ হৈ রব উঠল 'কেয়া বাত, কেয়া বাত।

অরসিক কখনই জানে না যে সঙ্গীতের আস্বাদ ঈশ্বরাস্বাদের সামিল। যে কোন ভাল গায়কের গান শুনতে পাওয়াটাই সৌভাগ্য। সংসারের শত কর্মে বিক্ষুব্ধ চিত্তকে তিন-চার ঘণ্টার জন্য এমন একটা সুরলোকে পৌঁছে দেয়, সেই সময়টুকু রবীন্দ্রনাথের ভাষায় আপনার মনে হবে –'সমাজ সংসার মিছে সব, মিছে এ জীবনের কলরব।'

আমরা তখন নিস্পন্দ হয়ে গানের মাধুরী পান করছি এমন সময়ে নামল কয়েক ফোঁটা বৃষ্টি। মাঝরাতে আমরা ভিজতে ভিজতে জঙ্গলের ঝোপ ঝাপ ডিঙ্গিয়ে ধূলিধূসরিত কাঁচা পথ পরিক্রমা করে লাভার্স লেনের ভেতর দিয়ে বাড়ি ফিরেছিলাম। বিড়লা মন্দিরে উঁচু থামে বসানো পেটানো দেয়াল ঘড়ি থেকে তখন রাত বারোটার ঘণ্টা ঢং ঢং করে বেজেই চলেছে।

পয়লা বৈশাখ, তারিখ ১৪ই এপ্রিল, সাল ১৯৯৪ স্থান - নিউ দিল্লী কালীবাড়ি

গায়ক মান্না দে কে ডেকে দিল্লীর মঞ্চে গান গাওয়ানো তখন খুবই কঠিন সমস্যা ছিল কারণ শেষের জীবনে উনি জলসায় যাওয়া প্রায় প্রায় বন্ধ করে দিয়েছিলেন। শিল্পীর বুকিং-এর ব্যাপারে আমি কয়েকবার বাবুলদার হেলি রোডে অবস্থিত বঙ্গ ভবন আপিসে গেছিলাম। বাবুলদা তাঁর দপ্তরের কাজের ফাঁকে আমাকে মাঝে মাঝে শিল্পীদের মজার মজার গল্প শোনাতেন, তার মধ্যে একটি সরস গল্প আমার খুবই মনোরম লেগেছিল। সেই সরস গল্পটি পরে মান্না দে নিজের আত্মজীবনীতেও লিখেছিলেন।

গল্পটা শচীন দেব বর্মণকে নিয়ে, বাইরেও লোকে সেই সময় শচীনকর্তা বলে তেনাকে একডাকে চিনতেন। শচীনদা ছিলেন ঘোরতর ইস্টবেঙ্গলের সাপোর্টার। এমনিতেই ফুটবল খেলার কথা উঠলেই বা ফুটবল খেলা দেখতে যাওয়ার কথা উঠলেই শচীনদা সব কাজ ফেলে চলে আসতেন সবার আগে। এর ওপরে ইস্টবেঙ্গলের খেলা থাকলে তো আর কথাই নেই। পৃথিবীর কোনও বাঁধন দিয়েই তখন আর বেঁধে রাখা যেত না। বিখ্যাত সুরকার শচীনদা যেভাবে খেলার মাঠে নাচানাচি করতেন বা উল্লাসে ফেটে পড়তেন, অথবা প্রিয় দলের হারে যে ভাবে মুষড়ে পড়তেন, তা সত্যিই ভাবা যেত না। সম্পূর্ণ অন্য মানুষ হয়ে উঠতেন তিনি।

তখন আমি শচীনদার কাছে সহকারী সঙ্গীত পরিচালক হিসেবে কাজ করি। শচীনদার নির্দেশে গানের নোটেশন করি, ওঁর নতুন-করা সুর শিল্পীদের গলায় তুলিয়ে দিই, ঘন্টার পর ঘন্টা সেইসব গান শিল্পীদের এবং যন্ত্রীদের সঙ্গে রিহার্সাল করাই। এ-সব তো আছেই, এ ছাড়া শচীনদা বললেই পান এনে দিই, চাইলেই ছোলা ভাজা, বাদাম ভাজা এনে দিই, শচীনদার থলে বয়ে দিই, বাজার-দোকান করে দিই। শচীনদা কলা খেতে ভালবাসতেন খুব। তাই চাইলে কলাও কিনে আনতাম। আমি ছিলাম ওঁর ভাই ও বন্ধুর মতো। কাজের ব্যাপারে ওঁর কোনও ক্লান্তি ছিল না, কিন্তু ফুটবল খেলা, বিশেষ করে যদি ইস্টবেঙ্গল দলের খেলা থাকত, তা হলে আর শচীনদাকে কিছুতেই সামলানো যেত না।

এক দিন হল কী, শচীনদার করা সুর শিল্পীদের গলায় তুলিয়ে দিয়ে রিহার্সাল করাচ্ছি। এমন সময় হঠাৎ শচীনদা এসে বললেন, মানা, কী করছস? আমি বললাম, কেন? গানের রিহার্সাল করাচ্ছি। শচীনদা বললেন, আইজ ও-সব রাখ। চল আমার সাথে। কোনও প্রশ্ন করা যাবে না, কোথায় যাচ্ছি, কেনই বা যাচ্ছি। চার্চ গেট স্টেশনে আসার পর বুঝলাম শচীনদার সঙ্গে আমি মোহনবাগান-ইস্টবেঙ্গলের খেলা দেখতে যাচ্ছি। মনটা আনন্দে ভরে গেল। ভাবলাম কত দিন খেলা দেখিনি, আজ একটা সুযোগ পাওয়া গেল যা হোক।

খেলা শুরু হল। মনে মনে আমি ভীষণভাবে চাইছি মোহনবাগান জিতুক, ভাল খেলুক, গোল দিক, কিন্তু শচীনদার সঙ্গে পাশে বসে ও-সব কিছু বলা তো যাবেই না, উলটে এ-সব ভাবছি জানতে পারলে শচীনদা ভীষণ খাপ্পা হয়ে যাবেন। অগত্যা চুপচাপ বসে থাকলাম।

খেলা শুরু হওয়ার কিছুক্ষণের মধ্যেই আমার ইচ্ছাপূরণ হয়ে গেল। মোহনবাগান একটা গোল দিয়ে দিল। আমার মন আনন্দে নেচে উঠল। খুব ইচ্ছে করছিল প্রিয় দলকে চিৎকার করে সমর্থন জানাতে। কিন্তু পাশেই বসে

আছেন শচীনদা, বসে আছেন বললে একটু ভুল হবে, উনি তখন প্রিয় দলের এক গোল খেয়ে যাওয়াতে শোকে, দুঃখে, স্তব্ধ হয়ে গেছেন। তাই মনের আনন্দ মনেই চেপে রেখে শচীনদার দুঃখের সমব্যথী হওয়ার চেষ্টা করলাম। মুখটা যতটা সম্ভব দুঃখী দুঃখী করে বসে থাকলাম। কিছুক্ষণ পর শচীনদাই বোধহয় সেই দুঃখ ভোলার চেষ্টায় আমায় বললেন, মানা, যা গিয়া চিনাবাদাম লইয়া আয়। আমিও গিয়ে খুঁজে খুঁজে চিনাবাদাম নিয়ে এলাম।

সেদিন মোহনবাগান সত্যিই অসাধারণ খেলল। খেলা শেষ হওয়ার একটু আগে মোহনবাগান আরও একটা গোল দিল, আমি আরেকটু হলেই শচীনদার অস্তিত্ব ভুলে আনন্দে নেচে উঠতে যাচ্ছিলাম। কিন্তু শচীনদার মুখের দিকে তাকিয়ে বুঝলাম, এখন আমার একটু বেচাল অবস্থা দেখলেই শচীনদা আমায় রাগে দুঃখে পুরো ভস্ম করে দিতে পারেন। তাই শচীনদার পাশে কাঁদোকাঁদো মুখ করে বসে থাকলাম। সেদিন মোহনবাগান ওই দুই গোলেই জিতেছিল। দু'নম্বর গোলটা হয়ে যাওয়ার পর আর খেলা দেখাই হয় নি। শচীনদা রাগে দুঃখে ইস্টবেঙ্গল ক্লাবের খেলোয়াড়দের মুণ্ডপাত করতে করতে আমায় নিয়ে বাড়ি ফিরেছিলেন।

আজ পঞ্চাশ বছর পরে যখন গানের স্মৃতিচারণ লিখতে বসেছি ইতিমধ্যে আরও কিছু বম্বে মিউজিক জগতের হাস্য মধুর গল্প আমি সিনেমা পরিচালক তরুণ মজুমদারের স্মৃতিচারণ পরে জানতে পারি। 'সিনেমা পাড়া দিয়ে' বইটি থেকে দুটো সরস গল্প এখানে তুলে ধরলাম আশা করি পাঠকদের ভালো লাগবে।

আমি তখন থাকি বম্বেতে। চার্চ গেট স্টেশনের কাছে সমুদ্র-ঘেঁষা একটা হোটেলে। হঠাৎ এক ভরদুপুরে আমার প্রিয় হৃষীকেশ মুখোপাধ্যায়ের ছোট ভাই ছট্টুদা এসে হাজির।

–হঠাৎ এ সময়? জিজ্ঞেস করি।

–'একটা ফুটবল ম্যাচ দেখে আসবেন নাকি?' 'ইস্টবেঙ্গল বনাম মফতলাল।'

–'চলুন চলুন, শচীনদাও আসছেন আজ।'

সবাই জানে শচীনদা হলেন খানদানি বাঙাল, ইস্টবেঙ্গলের পাঁড় সাপোর্টার। ছট্টুদার অনুরোধে যেতেই হল।

মাঠভর্তি দর্শক। আমাদের আসন জুটল গ্যালারির মাঝামাঝি। পৌঁছেই দেখি সামনের দিকের একটা আসনে রাজকীয় গাম্ভীর্য নিয়ে শচীনদা বসে।

রেফারির ফুঁ। খেলা শুরু। যেই না ইস্টবেঙ্গলের পায়ে বল পড়ে অমনি শচীনদা পরম উত্তেজিত হয়ে চেঁচাতে শুরু করেন।

–'পাস, বাড়া, পাস বাড়া, লেফট ইনরে দে।'

আর মফতলালের পায়ে বল পড়লেই চুপ।

একটু দূরে, নিরাপদ দূরত্বে বসে অল্পবয়েসিদের একটা দল। তারা হইহই করে ওঠে, 'বাগ আপ, বাগ আপ মফতলাল!'

শচীনদা ভ্রু কুঁচকে ওদের দিকে তাকান। তারপর আবার মাঠের দিকে। এরকমটাই চলে কয়েকবার। ক্রমশ শচীনদার মেজাজ চড়তে থাকে।

ছোট্টু বলেন, 'শচীনদাকে খেপিয়ে দেওয়ার জন্যই ওরা এসেছে। নিজেদের শুটিং-টুটিং ক্যানসেল করে। ওই দেখুন শাম্মি কাপুর। ওদের লিডার।'

সত্যিই তাই।

বেশ কয়েকবার এরকম ঘটে যাওয়ার পর ছেলেগুলো যখন মফতলালের জন্য মহা হল্লা শুরু করেছে, হঠাৎ শচীনদার ধৈর্যের বাঁধ ভেঙে যায়। সিধে দাঁড়িয়ে উঠে ওদের দিকে চেঁচিয়ে ওঠেন

–'এই শাম্মি বান্দর কাঁহিকা! জুতা খানেকা ইচ্ছা হ্যায়?'

শাম্মি কাপুর অ্যাণ্ড কোম্পানির পুলক দেখে কে। বকুনি খাওয়াটা যেন ন্যাশনাল অ্যাওয়ার্ড পাওয়া। দাঁত বের করে হাসতে থাকে।'

দ্বিতীয় হাসির গল্পটি হল –

একদিন দুপুর তিনটে হবে তখন। শচীনদার মিউজিক রুমে ঢুকে দেখি উনি নেই। তার বদলে আছে কিশোরকুমার। শোনা গেল, কী একটা জরুরি কাজে শচীনদা বেরিয়ে গেছেন। কাজ সেরে তবে ফিরবেন।

কিশোর আমাকে খাতির করে বসাল। একেবারে ওর মুখোমুখি। সামনে হারমোনিয়াম। সেটা বাজিয়ে প্রবল আনুনাসিক সুর গাইতে থাকে শচীনদারই খুব বিখ্যাত গান

'ধীরে-সে আনা বাগিয়াঁ মে, ও ভঁওরা'

সবাই জানি, শচীনদার গলা একটু নাকি ধরনের, আর সেটাই ওঁর বৈশিষ্ট। এমন মিষ্টি লাগে সে সব গান শুনতে –'টাক দুম টাক দুম বাজে', 'নিশিথে যাইয়ো ফুলবনে', এমন অসংখ্য গান ওঁর অননুকরনীয় গলায় মাধুর্যে অমর হয়ে আছে। কিশোর ওঁর খুবই স্নেহের পাত্র। সবাই বলে যে, কিশোরের আজকের প্রতিষ্ঠার পিছনে শচীনদার অবদান নাকি সবচেয়ে বেশি। কিশোরও ওঁকে অসম্ভব শ্রদ্ধা করে।

কিন্তু শ্রদ্ধার প্রকাশ এক একজনের এক একরকম। কিশোরের আচার ব্যবহার, গান গাইবার স্টাইল সবই ব্যতিক্রমী। সুতরাং শচীনদার নকল করে এই যে গান – *'ধীরে সে আনা বাগিয়াঁ মে'*- তার আনুনাসিকত্ব শচীনদার থেকে অন্তত চার কাঠি ওপরে। চোখ বুজে, ঘাড় নেড়ে, দারুন মেজাজে গেয়েই চলেছে। হঠাৎ চোখ খুলে সামনের দিকে তাকাতেই চক্ষুস্থির। গান বন্ধ।

কেন, কী ব্যাপার, এসব বলবার আগে ঘরের ভূগোলটা একটু জানা দরকার। কিশোর বসে আছে ঘরে ঢোকার দরজারটার মুখোমুখি – যে দরজাটা দিয়ে সিঁড়ি বেয়ে উপরে উঠতে হয়। আর আমি বসে আছি দরজার দিকে পিঠ ফিরিয়ে। কী এমন ঘটনা ঘটল যাতে কিশোরের এই আচমকা ভাব-বদল সেটা বুঝতে যেই না ফিরেছি অমনি দেখি দরজার বাইরে ধুতি-পাঞ্জাবি পরে কে একজন দাঁড়িয়ে।

ফরসা রঙের গালদুটো লালচে দেখাচ্ছে। থমথমে মুখ, ঝড়ের আগাম সংকেত। কখন উনি বাইরে থেকে সিঁড়ি বেয়ে উঠে দরজায় এসে দাঁড়িয়েছেন, কে জানে। কতক্ষণ ধরে নিজের গানের এই বিচিত্র প্যারডি শুনছেন তারই বা ঠিক কী।

অনুমান করুন এই অবস্থায় কিশোর কী করতে পারে? জীভ কেটে কানে হাত দেওয়া? দৌড়ে গিয়ে পায়ে পড়া? কাকুতি-মিনতি করে ক্ষমা চাওয়া? উঁহু, এর কোনওটাই করল না। নিস্পলক চোখে ভূতগ্রস্থের মতো উঠে দাঁড়াল। ধীরেসুস্থে পিছন দিকে ফিরল। তারপর, যেন কোন তাড়া নেই, এইভাবে আস্তে হেঁটে গিয়ে দাঁড়াল উল্টোদিকের শিক-বিহীন জানালাটার কাছে। তারপর পলকের মধ্যে জানালা টপকে ওপারে অদৃশ্য। শচীনদা তাড়াতাড়ি জানালাটার দিকে এগোতেই আমি ওঁকে অনুসরণ করি। যা দেখি তা শুধু শিশুপাঠ্য অ্যাডভেঞ্চারের বইয়েই সম্ভব। পাইপ বেয়ে নীচে নেমে পাঁই পাঁই করে ছুটে গিয়ে গেটের বাইরে নিজের গাড়িতে এক লাফে উঠেই চম্পট কিশোর।

শচীনদার মুখ থেকে অস্ফুট একটা শব্দ বেরোয়, 'বান্দর!'

পয়লা বৈশাখ –স্থান - নিউ দিল্লী কালীবাড়ি

নতুন বছর উপলক্ষ্যে নিউ দিল্লী কালীবাড়ি 'ইয়েলো পেজ' ছাপিয়েছিল। ষাট ও সত্তর দশকে কারুর সঠিক নাম জানতে চাইলে লোকে টেলিফোন ডাইরেক্টরির পাতায় নজর বোলাত। অবশ্য তখন কম লোকের কাছে বাড়িতে টেলিফোন থাকত। সেই টেলিফোন ডাইরেক্টরি অচল হয়ে যাওয়াতে শেষের দিকে 'ইয়েলো পেজেস' তাদের জায়গা দখল নেয়। কালীবাড়ি সমিতি সদ্য প্রকাশিত 'ইয়েলো পেজ' মান্না দে'র হাত দিয়ে অনুষ্ঠানের শুরুতে উন্মোচন করিয়েছিল।

পরবর্তী বছরে অর্থাৎ ১৯৯৫ সালের শেষের দিকে মোবাইল আসাতে ইয়েলো পেজেস-এর চাহিদা কম হয়ে যায়। এবং তারপর থেকেই ক্রমে ক্রমে 'টেলিফোন ডাইরেক্টরি' আর 'ইয়েলো পেজেস' হারিয়ে যায়। তার জায়গায় এখন স্থান নিয়েছে 'True Caller' এবং ঠিকানা জানতে আমরা

এখন GPS দেখি। যাইহোক, সেই গানের আসরে দিল্লীর প্রায় সমস্ত বাঙালী সংস্থার প্রতিনিধিরা মান্না দে'কে মাল্যদান ও পুষ্পস্তবক দিয়ে সন্মানিত করে ছিলেন।

কালীবাড়ি স্টেজে জলসা শুরু হওয়ার আগে গানের অনুরাগীরা মান্না দে কে অনুরোধ জানায় 'আনন্দ' সিনেমার গানটি গেয়ে উনি যেন অনুষ্ঠান শুরু করেন।

মান্না দে সলিলবাবুর সুরে *'জিন্দগী ক্যায়সে হ্যায় পহেলি ছায়ে'* বিখ্যাত গানটি উচ্চাঙ্গে গেয়ে প্রথমেই আসর জমিয়ে দিলেন। সেই রাতে জনপ্রিয় ডজন খানেক হিন্দি-বাংলা গান উনি গেয়েছিলেন। 'মা' সিরিজের গানগুলির মধ্যে ছিল – *'আমায় একটু জায়গা দাও মায়ের মন্দিরে বসি'*। তারপর উনি গাইলেন –'*দরদী গো, কী* চেয়েছি আর কী যে পেলাম'।

গাইলেন পুলকবাবুর ইমন সুরে লেখা *'সুন্দরী গো দোহাই দোহাই, মান করো না'*। পুলকবাবুর আরেকটি গানও মান্না দে গাইলেন *'আমার ভালোবাসার রাজপ্রাসাদে'*। একের পর এক গান আসর মাতিয়ে মান্না দে তখন গেয়েই চলেছেন - *'কফি হাউসের সেই আড্ডাটা আজ আর নেই', 'সে আমার ছোট বোন', 'নিশুথি রাতে গুমরে কাঁদে', 'চাঁদ দেখতে গিয়ে আমি তোমায় দেখে ফেলেছি'*।

তিরিশ বছর পরে সেই রাতের জলসার কাহিনী লিখতে গিয়ে বারে বারে খেই হারিয়ে ফেলছি তাই আমাকে বাধ্য হয়ে মাঝে মাঝে শিল্পী মান্না দে'র আত্মকথা 'জীবনের জলসাঘরে' বইটির আশ্রয় নিতে হয়েছে। লিখতে লিখতে আমার চোখে দেখা সেই জলসা আর গায়কের জীবন কাহিনী মিলে মিশে একাকার হয়ে গেছে।

'তখন বাংলা ছায়াছবির স্বর্ণযুগ চলছে। মহানায়ক উত্তমকুমারের লিপে তখন যা গাইছি, সবই জনপ্রিয় হয়ে উঠছে। সেই সময়ে নচিবাবুর সুরে অনেক ছবিতে গান গেয়েছি। তার মধ্যে,' নিশিপদ্ম', 'ধন্যি মেয়ে', 'স্ত্রী', 'সন্ন্যাসী রাজা', এই ছবিগুলোর সমস্ত গানই অসম্ভব জনপ্রিয় হয়ে উঠেছিল।

মনে আছে, 'সন্ন্যাসী রাজা' ছবিতে গানের সময় নচিবাবু আমার কাছে ছোট ছোট কয়েক লাইনের অনেকগুলো গান নিয়ে এলেন। সেই ছোট ছোট গানগুলো ছিল – *'হুজুর বলে সেলাম করে', 'কারন সেবায় বারন করো', 'ঘর ও সংসার সবাই তো চায়', 'থোড়ি ভিক্ষা করকে লানা,' 'ওগো বেশি দাম বলো কার', 'সে কথা কি জানে ইন্দু', 'কত রসিক দেখ ভগবান'*। এ ছাড়া দুটো পূর্ণাঙ্গ গান গেয়েছিলাম *'কাহারবা নয়, দাদরা*

বাজাও' এবং *'ভালোবাসার আগুন জ্বালাও'*। এই ছবির গানগুলো তো ইতিহাস হয়ে গেছে।

'স্ত্রী' ছবির গানগুলিও যেমন *'হাজার টাকার ঝাড়বাতিটা', 'সখী কালো আমার ভাল লাগে না'* – ইতিহাসের পাতায় স্থান করে নিয়েছে জনপ্রিয়তার নিরিখে। 'নিশিপদ্ম' ছবির গান গেয়েই ১৯৭০ সালে শ্রেষ্ঠ নেপথ্য কন্ঠশিল্পীর জাতীয় পুরষ্কার পেয়েছিলাম। গান দুটি ছিল *'না না না আজ রাতে আর যাত্রা শুনতে যাব না' এবং 'যা খুশি ওরা বলে বলুক'* ।

'নিশিপদ্ম' ছবির এই গানগুলি আসলে নচিবাবু তৈরি করেছিলেন শচীনদাকে দিয়ে পুজোর রেকর্ড গাওয়াবেন বলে কিন্তু কোনও কারণে শচীনদা সেই গান করেননি বলেই আমি গেয়েছিলাম এই ছবিতে।

চোদ্দই এপ্রিল, ১৯৯৪ সালের মধ্য যামিনীতে মান্না দে আসরের শেষ গান গেয়েছিলেন –

'আবার হবে তো দেখা, এ দেখাই শেষ দেখা নয়তো/ যাবার বেলায় আজ, কেন যে কেবলি মনে পড়ে গো/

অসময়ে নীল আকাশে, কতদিন কত মেঘ ধরে গো . . .

গায়ক মান্না দে'র আত্মজীবনীতে লেখা শেষের কয়েকটি লাইন আমার বুকে আজও বেজে ওঠে, এ যেন আকাশচুম্বী এক দুরন্ত প্রতিভার আত্মবিলাপ –

'মৃত্যুর মিছিল দেখেছি আমার সমস্ত জীবন জুড়ে। আমার বিশিষ্ট বন্ধু মহম্মদ রফি যখন মারা যান, সেই সময় কলকাতার এক সাংবাদিক গভীর রাতে আমায় ফোন করে বলেন, রফিজি আর নেই। এই ভাবেই এক দিন খবর পেলাম মুকেশও আর নেই। সেবার মুকেশ লতার সঙ্গে অ্যামেরিকায় অনুষ্ঠান করতে গেছিল। সেখানেই হঠাৎ অসুস্থ হয়ে তার মৃত্যু হয়। একটা শোক সামলাতে না সামলাতে নতুন করে শোক পেয়েছি আমি বারবার। এরকম ভাবে হঠাৎ চলে গেল কিশোর আর পঞ্চম। প্রত্যেকের সঙ্গে ছিল আমার অবিচ্ছেদ্য বন্ধুত্ব।

সলিল চৌধুরী যখন নার্সিং হোমে গভীর রাতে মারা গেলেন তখন আমি কলকাতায় ছিলাম। ভোরবেলায় গেলাম সলিল কে দেখতে। সলিল তখন ওর সমস্ত অভাব অভিযোগ নিয়ে চলে গেছে চিরদিনের জন্য পৃথিবী ছেড়ে। সঙ্গে নিয়ে গেছে তার অসাধারণ কবিতা ভাষা আর সুরের মায়াজাল।

দেখতে দেখতে মারা গেলেন রাধুবাবু, নচিকেতা বাবু, গৌরীবাবু। তারপর কীসের এক বুক অভিমান নিয়ে চলে গেলেন পুলকবাবু। আমার জন্য গান লেখার হাত, গলার সুর এক এক করে চলে গেল কি করে আর গান গাইতে পারব?

চলার নামই জীবন। আমরা প্রত্যেকেই এই পৃথিবীতে জন্ম নিয়েছি শুধু চলারই জন্য। বড় একমুখী সে চলা।

জন্মজন্মান্তরের কথা উঠল বলেই বলি, মাঝে মাঝেই ভাবতাম, এই দেশে আর যেন না জন্মাতে হয় আমায়। কিন্তু এই পরিণত বয়সে আমি আমার মত বদল করেছি। আমি চাই আবার মায়ের মত মা পেতে, কাকার মত কাকা এবং গুরু পেতে। আবার আমি গান গাইতে চাই প্রথম থেকে। আবার ফিরে পেতে চাই আমার প্রিয় শ্রোতাদের, বন্ধুদের, হিতৈষীদের, ভক্তদের। এদের ভালোবাসার টানে বারবার আমি জন্ম নিতে চাই আমার এই দেশেই, এই সবুজ সুরেলা প্রাণভরা ভালবাসার দেশেই। বারবার প্রতিবার।

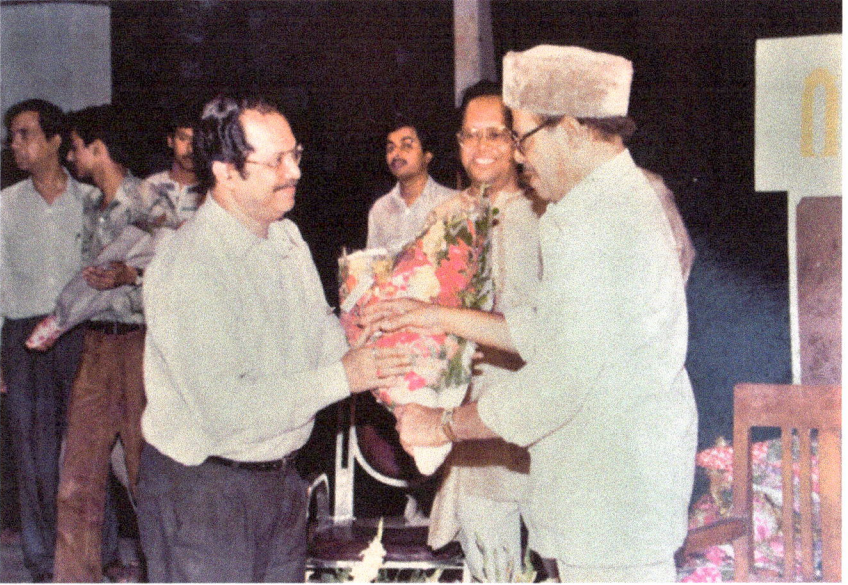

রাষ্ট্রপতি ভবন

সে বছর শচীনদা পদ্মশ্রী সন্মান পেয়েছেন। দিল্লী গেছেন, স্বয়ং রাষ্ট্রপতির হাত থেকে সার্টিফিকেট আর মেডেল নিতে।

গুরুগম্ভীর পরিবেশ। বিশাল দরবার হল-এ চাঁদের হাট। একদিকে ব্যান্ড বাজছে 'জন-গণ-মন' আর অন্যদিকে ঘোষণা অনুযায়ী একজন একজন করে এগিয়ে যাচ্ছেন। পুরো ব্যাপারটাই আগে থেকে রিহার্সাল দেওয়া, যাতে একটি সেকেন্ডের অপব্যয় না হয়।

শচীনদার নাম ঘোষিত হল। আসন থেকে উনি পা বাড়ালেন। রাষ্ট্রপতির কাছে পৌঁছবার আগে মাঝখানে একটা গোল কার্পেটের ওপর গিয়ে দাঁড়াতে হয়। একটু দূরে কয়েক ধাপ সিঁড়ি পেরিয়ে রাষ্ট্রপতির আসন। জাকির হুসেন তখন আমাদের মাননীয় রাষ্ট্রপতি।

শচীনদা যথারীতি সিঁড়ির দিকে এগোলেন। রাষ্ট্রপতির মুখোমুখি হলেন। তারপর যেই না রাষ্ট্রপতি ওঁর বুকে মেডেলটা ঝুলিয়ে দেওয়ার জন্য হাত বাড়িয়েছেন অমনি শচীনদা নাকি ঘুরে, ব্যান্ড-বাজিয়েদের লক্ষ করে মহা বিরক্তিতে এক ধমক

-'ধ্যাৎ! অকম্মার দল। বেসুরা বাজায়।'

মহাশ্বেতা দেবী তাঁর স্মৃতিচারণে লিখেছিলেন –

১৯৮৬ সালে দুজনেই 'পদ্মশ্রী' নিতে দিল্লি যাচ্ছি। তখনই কিন্তু দেখেছি, ওর চোখ ডায়াবিটিসে খুবই খারাপ। কিন্তু মোহর (কণিকা বন্দ্যোপাধ্যায় – অবনীন্দ্র ঠাকুর মোহর নামটি বিস্তারিত করে বলেছিলেন 'আকবরী মোহর') খুচমুচ করে আলুভাজা ইত্যাদি খাচ্ছে।

লোদি হোটেলে একসঙ্গে ছিলাম। কত আনন্দে না শৈশব স্মৃতি রোমন্থন করেছি। আমাকে একজন খুব ভালোবেসে একটি সাদা শাড়ি দেন, যার সবটা জুড়ে, পাড়ে ও আঁচলে আয়নার টুকরো স্টিচ করা। কোনোদিন পরিনি, সেদিন পরলাম। যখন আমরা সভাকক্ষে বসে আছি, মঞ্চে প্রধানমন্ত্রী রাজীব গান্ধী ও রাষ্ট্রপতি জেল সিংহ, মোহর নীচু গলায় বলল, 'মহাশ্বেতা'! সব কাচের টুকরো ভিতরে, সব সেলাই বাইরে, উলটো শাড়ি পরেছ।'

তেমনি শাড়ি পরেই 'পদ্মশ্রী' নিলাম। পরে মোহর হেসে বাঁচে না। ও আমাকে বড়ো অভিজাত একটি তাঁতের শাড়ি উপহারে দিয়েছিল সেবারই।

সৈয়দ মুজতবা আলী লিখেছিলেন –

গেল সপ্তাহে এখানে যা হল অভূতপূর্ব। রাষ্ট্রপতি ভবনে স্বয়ং রাষ্ট্রপতি ভারতীয় সঙ্গীতের চারজন একনিষ্ঠ সাধককে স্বহস্তে চারখানা শাল গলায় পরিয়ে দিলেন। দিল্লি শহরের বহু গন্যমান্য ব্যক্তি সেখানে উপস্থিত ছিলেন, ইউরোপীয় সংগীতের ওস্তাদ ইহুদী মেনুহীনও আনন্দের আতিশয্যে ঘন ঘন করতালি দিচ্ছিলেন।

সাদাসিধে কাপড়-জামা পরা ওস্তাদ আলাউদ্দীন সাহেব যখন শান্ত মুখচ্ছবি নিয়ে রাষ্ট্রপতির সামনে দাঁড়ালেন, আর তিনি সহাস্যবদনে ওস্তাদের কাধে শাল রাখলেন, তখন আমার ইচ্ছে হচ্ছিল, চীৎকার করে গলা ফাটিয়ে বলি 'সাধু, সাধু, সাধু।'

সভাস্থলে যে করতালি-ধবনি উঠল, তার থেকে স্পষ্ট বোঝা গেল দেশের লোক ভারি খুশি আমাদের অনাদৃত অবহেলিত গুণীরা যে রাজ-সন্মান পেলেন।

রাষ্ট্রপতিকে আমি বহু জায়গায় বহু সার্টিফিকেট-সনদ দিতে দেখেছি কিন্তু ওই চারজন ওস্তাদকে সন্মান দেখাবার সময় তাঁর মুখে যে আনন্দ ফুটে উঠেছিল, তার থেকে বোঝা গেল, তিনি ওস্তাদদের সন্মান দেখাতে পেরে খুশী হয়েছেন। এবং সত্যই তো, শুধু যে ওস্তাদরা সন্মানিত হলেন তাই নয়, এঁদের সন্মান দেখিয়ে রাষ্ট্রও তো সন্মানিত হল।

আলাউদ্দীন সাহেব আমার দ্যাশের লোক। ভেবেছিলুম তাঁকে কত কথা বলব। গলা ভেঙে গেল, কিছুই বলতে পারলুম না। রবীন্দ্রনাথের নাতনী নন্দিতাও সঙ্গে ছিল। ওস্তাদকে সেলাম করল, ওস্তাদ বললেন, মা কত দিন পরে দেখা।'

আলী সাহেব প্রজাতন্ত্র দিবসের বর্ণনা অতি সরস ভাসায় লিখেছিলেন –

ভারতীয় প্রজাতন্ত্র প্রতিষ্ঠার দ্বিতীয় বার্ষিকী মহানগরী দিল্লিতে সাড়ম্বরে সমাধান হল। বিস্তর ট্যাঙ্ক, সাঁজোয়া গাড়ি, তরো-বেতরো কামান, বন্দুক, রাজপুত, মারাঠা, গুর্খা শিখ সৈন্যবাহিনী, নৌবহরে অফিসার-মাল্লা-খালাসী

ইত্যাদি বহুসহস্র লোক বহুতর ব্যান্ডবাদ্যি বাজিয়ে রাষ্ট্রপতিকে সন্মান জানানোর পর এক দীর্ঘ মিছিল বানিয়ে শহরবাসীকে তাক লাগিয়ে দেন। সঙ্গে সঙ্গে তিন ঝাঁক জঙ্গি বিমান বিকট শব্দ করে বিদ্যুতগতিতে মাথার উপর দিয়ে আকাশের বুক এফোঁড় ওফোঁড় করে উড়ে গেল।

প্রাচীন যুগের লোক – কাণ্ডকারখানা দেখে আমার তো পিলে চমকে গেল। বাপরে বাপ – শান্তির সময়ই যখন এদের এরকম চেহারা তখন লড়াইয়ের সময় না জানি এরা কি রকম মারমুখো হয় ওঠে।

শ্রীরাম শঙ্করলাল মিউজিক ফেস্টিভ্যাল

১৯৭৩ সালে ইউনিয়ন একাডেমী স্কুল অর্থ সংগ্রহের উদ্দেশ্যে দিল্লীর 'এনকোর' নাটক দলকে ডাকিয়ে Modern School অডিটোরিয়ামে যাত্রা মঞ্চস্থ করিয়েছিল। 'করুণাসিন্ধু বিদ্যাসাগর' যাত্রা পালাটির পরিচালনায় ছিলেন ব্রজেন ভৌমিক। সেই যাত্রায় যে সমস্ত শিল্পীরা অভিনয় করেছিলেন তাঁদের প্রায় সবাই আজ পরপারে। প্রয়াত অভিনেতা-অভিনেত্রীদের বেশ কিছু নাম আজ এত বছর পরেও আমি ভুলি নি, যেমন উৎপল মুখার্জি, ব্রজেন ভৌমিক, রাধেশ গোস্বামী, অশোক ভট্টাচার্য, সুভাষ চৌধুরী, তপন সেনগুপ্ত, আশিস মজুমদার, মিনতি চ্যাটার্জি।

মনে পড়ে যায় যাত্রা শেষে শিবজীর (Shiva Prahlad Singh) বাস হঠাৎ বিকল হয়ে যায় তাই শিল্পীদের বাধ্য হয়ে গ্রিনরুমে নিশিথ রাতে আটকে থাকতে হয়েছিল। জানাশোনার সুবাদে যাত্রাদলের সাথে আমিও ছিলুম কারণ তখন আমি থাকতাম গোল মার্কেট অঞ্চলে এবং ক্লাবটি ছিল ডক্টরস লেন পাড়ায় উৎপলদার বাড়ির ঠিকানায়। সেই রাতে অপেক্ষারত যাত্রা শিল্পীদের মধ্যে 'মাস্টার মশাই' অর্থাৎ সুধীর চন্দ্রও ছিলেন। সুধীরবাবু খুব সম্ভবত 'করুণাসিন্ধু বিদ্যাসাগর' পালার সঙ্গীত পরিচালক মন্টি অধিকারীর সাথে মিউজিক উপদেষ্টা হিসেবে যুক্ত ছিলেন। মার্কেট স্কোয়ারে থাকাকালীন প্রয়াতা অধ্যাপিকা জয়ন্তী চট্টোপাধ্যায় মাস্টারমশাই নিয়ে স্মৃতিকথায় তাঁর অভিজ্ঞতা শেয়ার করেছিলেন –

সুধীর চন্দ্র-কে প্রথম দেখি, প্রথম তাঁর গান শুনি ১৯৬৫ সালের অগস্ট মাসে। বর্ষণক্ষণন্ত – এক সন্ধ্যায় ছাত্রদের নিয়ে তিনি আমাদের বাড়ি এসেছিলেন। মনে আছে ছাত্রবৃন্দের সুললিত কণ্ঠের গানে ভরে গেছিল আমাদের হৃদয়। এস্রাজের সঙ্গতের সঙ্গে দরাজ গলায় ওনার গান আজ – এতকাল পরেও যেন মনে অনুরণিত হয়।

তারপর তো নানা সময়ে বহু অনুষ্ঠানে তাঁর গান শুনে মুগ্ধ হয়েছি, আবিষ্ট হয়ে দেখেছি তাঁর পরিচালিত নৃত্যনাট্যের অনুষ্ঠান, তাঁর রবীন্দ্র বিষয়ক বিদগ্ধ ভাষণ শুনে ঋদ্ধ হয়েছি। স্বল্প পরিসরে আরম্ভ হলেও তাঁর প্রতিষ্ঠিত রবীন্দ্রসঙ্গীত শিক্ষা সংস্থা 'রবিগীতিকা' দিনে দিনে প্রসারিত, খ্যাতিসম্পন্ন হয়ে উঠেছে। বিগত অর্ধশতাব্দী ধরে দিল্লীর সাংস্কৃতিক জগতে বিশেষতঃ রবীন্দ্রসঙ্গীত ক্ষেত্রে একটি বিশিষ্ট স্থান অধিকার করে ছিলেন সুধীর চন্দ্র।'

মেকআপ আর্টিস্ট শঙ্কর সান্যাল রাতভোর সময় কাটানোর জন্য মাস্টার মশাইকে অনুরোধ জানান উপস্থিত সকলকে ওনার গান বাজনার অভিজ্ঞতা শোনাতে হবে। অতঃপর গল্প শোনার আগ্রহে মাস্টার মশাইকে গোল করে ঘিরে প্রথম সারিতে বসে গেলেন উৎপলদা, ব্রজেন দা, অমরদা, শচীপতিদা, কালুদা, অশোকদা ও আরও অনেকে।

আমি মাস্টার মশাইয়ের মুখে সেরাতে টুকরো টুকরো যে সমস্ত গল্প শুনেছিলাম তাই আজ লিখতে বসেছি। পঞ্চাশ বছর আগের ঘটনা তাই লিখতে বসে অনেক স্মৃতিই এলোমেলো হয় গেছে তাও আমি মনে করে লেখার চেষ্টা করেছি –

১৯৪৭ সালে শঙ্করলাল মিউজিক ফেস্টিভালের শুরু হয় এবং প্রথমবার গানের অনুষ্ঠানটি হয়েছিল লাল কিল্লার ময়দানে। তারপর কয়েক বছর সংস্থাটির উদ্যোগে গান-বাজনার অনুষ্ঠান চলে এই স্কুলের মাঠে। সেকালে জলসা শুরু হত রাত দশটা থেকে ও শেষ হত প্রায় ভোরের দিকে। একবার আমি এখানে ওস্তাদ কাফি খাঁর সেতার শুনেছিলাম। পরিষ্কার চাঁদের আলোয় ওস্তাদজিকে দেখেছিলাম। লম্বা একহারা চেহারা, মাথায় বাবরি চুল, চিবুকে ত্রিকোণ দাড়ি। বয়স অনুমান করা শক্ত, তবে সত্তরের কাছাকাছি। দেখলে মনে হয় যেন প্রশান্তচিত্ত সাধক।

সেই আসরে ওস্তাদজি মালকোষ বাজিয়ে শুনিয়েছিলেন। মালকোষ হল ভারতীয় শাস্ত্রীয় সঙ্গীতের বিশিষ্ট একটি রাগ। মালকোষ শব্দটি মালব্য আর কৌশিক মিলে তৈরী হয়। অর্থাৎ যিনি সাপকে গলায় মালার মত পরে থাকেন, অর্থাৎ শিব। দেবী পার্বতী এই রাগ প্রথম তৈরী করেন মহাদেব কে তাণ্ডব নৃত্য থেকে শান্ত করার জন্য।

ওস্তাদ কাফি খাঁ সেতারটা কোলে তুলে নিয়ে দর্শকদের জিজ্ঞেস করেছিলেন – কী শুনতে চান বলুন। সামনের সারিতে বসা একজন অন্তরঙ্গ শ্রোতা হাত জোড় করে বলেছিলেন, অনেকদিন আপনার মালকোষ শুনিনি।

ওস্তাদজি আস্তে আস্তে আঙুলের মেরজাপ পরে তারের ওপর মৃদু স্পর্শ করলেন; তারগুলি রণ্রণ করে উঠল। তারপর তিনি সেতারের কানে মোচড় দিয়ে তারগুলি বেঁধে নিতে নিতে বললেন – এখন হেমন্ত কাল, রাত্রি দ্বিতীয় প্রহর আরম্ভ হয়ে গেছে। মালকোষ বাজাবার উপযুক্ত সময় বটে।

চারিদিকে জ্যোৎস্না রিমঝিম করছে; রাস্তা থেকে যেটুকু শব্দ আসছে তাও যেন মোলায়েম হয়ে আসছে। ওস্তাদজি যন্ত্র বেঁধে নিয়ে বললেন – মালকোষ বাজাচ্ছি। একটা কথা বলে রাখি, যদি কিছু দেখতে পান ভয় পাবেন না।

ওস্তাদজি নিতান্ত সহজভাবেই কথাটা বললেন, কিন্তু দর্শকরা সচকিত হয়ে নড়ে চড়ে ঘনিষ্ঠ হয়ে বসতে শুরু করে দিল। তারপর ওস্তাদজি আমাদের দিকে চেয়ে বললেন – মালকোষ যদি শুদ্ধভাবে বাজানো যায় তাহলে জিনও আসে। ওরা মালকোষ রাগ শুনতে বড় ভালবাসে।

ওস্তাদজি বাজনা শুরু করলেন। লক্ষ্য করলাম, তাঁর হাতের আঙুলগুলো লোহার তারের মতো বাঁকা বাঁকা কঠিন; কিন্তু সেতারের তারের ওপর তাদের স্পর্শ কি নরম! যেন ফুলের বাগানে মৌমাছি গুঞ্জন করে বেড়াচ্ছে। বেটোফেনের সঙ্গীতের চেয়েও মিষ্টি ঠুং ঠাং সুরেলা ধ্বনি বাতাসে ঘুরপাক খাচ্ছে। তিনি প্রথমে খুব ঠায়ে বাজাতে শুরু করলেন, তারপর আস্তে আস্তে তালের গতি দ্রুত হতে লাগল। আমি উচ্চসঙ্গীতের সমঝদার নই কিন্তু শুনতে শুনতে তন্ময় হয়ে গেলাম। কে যেন ওই সুরের মধ্যে ডুকরে ডুকরে মাথা কুটে কুটে কাঁদছে, যেন অব্যক্তকন্ঠে বলছে – হামারি দুখে নাহি ওর –

ওস্তাদজির বাজনা ধীরে ধীরে শেষ হয়ে আসছে। যেন একটা মর্মন্তুদ বিলাপ ফুঁপিয়ে ফুঁপিয়ে কেঁদে কেঁদে ঘুমিয়ে পড়ল। ওস্তাদজি কিছুক্ষণ সে ভাবে বসে রইলেন। তারপর আস্তে আস্তে সেতার নামিয়ে রাখলেন।

বেগম আখাতার কে লখনউ থেকে আমন্ত্রণ জানিয়ে কর্মকর্তারা একবার নিয়ে এসেছিল। বেগম আখতার তখন গজল সম্রাজ্ঞী হিসেবে সারা ভারতে পরিচিত হয়েছেন। শ্রোতাসাধারণ আদর করে তাঁকে ডাকেন আখতারী বাই বলে। শুধু যে তিনি অধীশ্বরী ছিলেন তাই না, ও রকম আভিজাত্য মেশানো 'সুবর্ণ কিরণে রঞ্জিত' সুন্দরী কমই দেখা যেত। তিনি গান গেয়ে, গজলের তীব্র ভাষায় সুরের মায়াজাল ছড়িয়ে যখন সুরমা-টানা চোখে তাকাতেন দর্শকদের দিকে, তখন কী এক নাম-না-জানা বেদনার জন্ম হত। সমস্ত শ্রোতাদের হৃদয়তন্ত্রীতে দ্যোতনায় ছড়িয়ে পড়ত তার বিরহ বেদনা।

আখতারীবাই যখন তাঁর সমস্ত আভিজাত্য, সৌন্দর্য আর সুর নিয়ে বসতেন কোন গজলের আসরে, মুহূর্তের মধ্যে সেই মেহফিলের রঙ পুরোপুরি পালটে যেত। সেই মেহফিল সেজে উঠত নতুন করে, নানান রঙের সুরে, ভাষায়, চেতনায়।

আমার সেই উন্মন বয়সে, সেই রাতে আখতারবাইয়ের গানের সুরে, কথায়, ভাবে – এমনই বিভোর হয়ে গিয়েছিলাম যে সত্যিই তা অবর্ণনীয়। ও-রকম গান আর কোনও দিন আর কারও কাছে কি শুনেছিলাম? মনে তো হয় না।

পরবর্তী গানের পালায় সভায় এসে বসেছিলেন বিখ্যাত ক্লাসিক্যাল গায়িকা কিশোরী অমনকার। হ্যান্ডব্যাগ থেকে আয়না বার করে চোখের কাজল দেখে নিয়ে বললেন - বোলিয়ে কৌনসা গানা গাঁউ। গজল ইয়া ঠুংরি’। হর্ষোৎফুল্ল শ্রোতাদের ঘন ঘন করতালির মধ্যে নীলাম্বরী শাড়ি পরে, মাথায় ঘোমটা দিয়ে আসরে প্রথমে ধরলেন গজল –

‘জিন্দগি ইউঁভি গুজরহি যাতি
ক্যউ তেরা রাহগুজর আয়া’

তারপর গজল শেষ করে ঠুংরি ধরলেন – ‘পিয়া তেরা তিরসি নজরিয়া লাগে শ্যাম।

হইহই করে উঠল শ্রোতৃমণ্ডলী, আনন্দে হিল্লোল বয়ে গেল। বেনারসি ‘লচাও ঠুংরি’র কাটা কাটা সূক্ষ্ম কাজ, যেন থোকা থেকে একটি একটি করে আঙুর তুলে এনে রস নিংড়ে ঢেলে দিচ্ছেন। আর কী অপরূপ গায়ন ভঙ্গিমা। কোলের কাছে তানপুরাটি সোজা দাঁড়িয়ে। চারটি তারের উপর ডান হাতের চাঁপার কলির মতো মধ্যমা আর তর্জনী যেন নেচে বেড়াচ্ছে। বাঁ হাতটি কখনও কানের উপর চেপে ধরে সুর যাচাই করে নিচ্ছেন, আবার কখনও সামনে বিস্তৃত করে সমের মুখে পঞ্চমে সুর তুলে একটি ঝোঁক দিয়ে গেয়ে উঠছেন ‘লাগে শ্যাম!’ ‘নজরিয়া’ কথাটি নিয়ে ঘুরিয়ে ফিরিয়ে যখন ছোট ছোট তান তুলে নানাবিধ নকশার আলপনা আঁকছিলেন তখন তার কাজল-মাখা খঞ্জনসদৃশ চঞ্চল আঁখিতারায় যৌবনের বহু -অভ্যস্ত তির্যক চাহনি সংযমের বাঁধ ভেঙে নেচে উঠছিল। সুরের মায়াজাল আর মদভরনয়নার মোহিনী শক্তি অগণিত শ্রোতাকে আবেশে বিভোর করে ফেলেছে। মঞ্চের আলোয় নীলাম্বুরী শাড়ীর উপর রুপালি জরির অগুনতি চুমকি ফুটে উঠছে।

গান শেষ হতেই তখন করতালির শব্দে প্রেক্ষাগৃহ ফেটে পড়েছে। শ্রোতাদের ঘন ঘন অনুরোধ, আরেকটা গান শুনতে চায়। শ্রোতাদের কাছে নিবেদনের

ভঙ্গিতে ছোট্ট একটি নমস্কার জানিয়ে তানপুরাটি আলগোছে সামনে শুইয়ে রেখে ধীরপদক্ষেপে স্টেজ ছেড়ে উঠে গেলেন গ্রিনরুমে।

তারপর সুধীরবাবু আরও দুটি গল্প আমাদের শুনিয়েছিলেন –

মধ্য যামিনীতে ওস্তাদ বিলায়েত খাঁ মঞ্চে এসেছিলেন। এমদাদ খাঁ-এনায়েত খাঁর ঘরানার বিখ্যাত খাম্বাজ ধরলেন সেতারে। মন্ত্রমুগ্ধের মতো বাজনা শুনছি, সুরের মায়াজাল বিস্তার করে আলাপের পর ঝালা ও গৎ বাজিয়ে যখন শেষ করলেন তখন রাত দেড়টা। জনাকীর্ণ প্রেক্ষাগৃহ সমস্বরে আবেদন জানাল 'ঠুংরি, ঠুংরি'। মৃদু হেসে আবার সেতারটি কোলের উপর তুলে নিলেন ওস্তাদ বিলায়েত খাঁ। সবাইকে চমকে দিয়ে সুর ধরলেন রবীন্দ্রনাথের গানের –'ভেঙে মোর ঘরের চাবি নিয়ে যাবি কে আমারে।' গানের প্রথম ছত্রের সুরটি নিয়ে কত রকমের কাজ, কত বিচিত্র নকশা তুলে অপার বিস্ময় সৃষ্টি করে চলেছেন জাদুকরের মতো।

খাঁ সাহেবের বাজনার সুর ও ছন্দে সবকিছু ভুলে গেছি, কেরামৎউল্লার তবলার কেরামতি চলছে তখন, উত্তর প্রতুত্তর। ভোর রাতে ট্যাক্সি পাবার ঝামেলায় জলসা থেকে উঠে আসতে হয়েছিল।

সুধীরবাবুর মুখে শেষ গল্পটি আমাদের সকলের খুব ভালো লেগেছিল। কী ছিল সেই গানের গল্পটি –

রবীন্দ্রনাথ নাকি ওস্তাদদের খুব ভয় পেতেন। একবার বরানগরে প্রশান্ত মহলানবিশের বাড়িতে এসে উঠেছেন। কোন এক ভক্ত রবীন্দ্রনাথকে ধরে পড়লেন – বরোদা থেকে এক বিখ্যাত ওস্তাদ কলকাতায় এসেছেন, নাম ফৈয়াজ খাঁ। তাঁর গান শুনতেই হবে। রবীন্দ্রনাথ প্রস্তাব শুনেই আতঙ্কিত। কিন্তু সেই বিশেষ ভক্ত ছাড়বার পাত্র নন, গান শোনাবেনই। রবীন্দ্রনাথ নিতান্ত নিরুপায় হয়ে ভয়ে ভয়ে বললেন – তুমি যখন বলছ গান শোনাই যাক। কিন্তু তোমার ওই ওস্তাদ থামতে জানেন তো?'

ফৈয়াজ খাঁ-র গানের আসর বসল। পুরো এক ভৈরবীতে খেয়াল গাইবার পর যখন ঠুংরি ধরলেন, 'বাজু বন্দ খুল খুল যায়' তখন রবীন্দ্রনাথের চোখ মুখ আনন্দে উদ্ভাসিত হয়ে উঠেছে। বেলা বারোটা বেজে গেছে, খাবার সময় উত্তীর্ণ, রবীন্দ্রনাথের হুঁশ নেই। ফৈয়াজ খাঁ-ও তখন এত বড় সমঝদার গুণী শ্রোতাকে পেয়ে মেতে উঠেছেন। দরদি কণ্ঠে অন্তরের সমস্ত আবেগ উজাড় করে যখন একটি কলি নানা ভাবে ঘুরিয়া ফিরিছে গাইছেন 'সাঁবরিয়া নে যাদু ডারা' তখন রবীন্দ্রনাথের ঈষৎ শিরশ্চালন দেখেই বোঝা গেল যে ভৈরবীর বেদনা-মধুর সুরের মূর্ছনা তাঁকে আচ্ছন্ন করেছে।

সেদিন সকালে ওস্তাদ ফৈয়াজ খাঁ-র গান শুনে রবীন্দ্রনাথ উচ্ছ্বসিত হয়ে যে প্রশংসা করেছিলেন তা পরদিন সব খবরের কাগজে প্রকাশিত হয়েছিল।'

ওদিকে শিবজীর বাসের ভেঁপুর আর্তনাদ শুনে যাত্রাদলের সবাই চমকে ওঠে। শিল্পীরা তল্পিতল্পা বাদ্যযন্ত্র ঘাড়ে তুলে পড়িমরি করে বাসের দিকে দৌড় লাগাল। কালিঝুলি মাখা শিবজী তখন ইঞ্জিনে মোটা দড়ি ফাঁসিয়ে সজোরে ক্রমাগত হ্যাঁচকা টান দিয়ে চলেছে। মান্ধাতা আমলের সেই বাসে কোন শেলফ-স্টার্টার ছিল না তাই শিবজী নারকেল দড়ি ইঞ্জিনে ফাঁসিয়ে ঝটকা মেরে মেরে বাস স্টার্ট করত।

আমরা স্কুলের দোতলা ক্লাসরুমের জানালার বাইরে দেখতে পেতাম শিবজীর লজঝড়ে বাস গাছতলার নিচে দাঁড়িয়ে দাঁড়িয়ে ঝিমুচ্ছে, একটা হেডলাইট কানা, কোনও কাচের অবগুন্ঠন নেই। ঠিক জটায়ুর মতো দেখতে। তালিমারা হুড, সামনের আরশিটা ভাঙা, তোবড়ানো বনেট, আর চারটে চাকার টায়ার পটি লাগানো; সে এক অপূর্ব শ্রী। পাদানিতে পা দিলে মাড়ানো কুকুরের মতো ক্যাঁচ করে আওয়াজ করে ওঠে। বাসের একটি মাত্র দরজা বন্ধ করতে বেশ বেগ পেতে হত, আর যদি বন্ধ হল তাকে খোলা আরও দুঃসাধ্য। সেকালে আমাদের স্কুলের ছাত্ররা ঠাট্টা করে বলত ও তো বাস নয় মুড়ির টিন। আমাদের বাংলা স্যার বলতেন এ যে পরশুরামের ‘একগুঁয়ে বার্থা’।

শোনা কথা, এমনও দেখা গেছে জড়িপার ধুতি সোনালী গরদের বেশে বর তার সঙ্গীসাথীদের নিয়ে টোপর মাথায় আজানুলম্বিত জয়মালা গলায় ঝুলিয়ে শিবজীর বিকল বাস বিয়ে বাড়ির দিকে ঠেলে নিয়ে চলেছে। নিন্দুকেরা বলতেন শিবজির বাস নাকি হামেশাই নির্দিষ্ট লগ্ন পেরিয়ে যাবার পর ছাঁদনাতলায় পৌঁছত কারণ বাসের টায়ার আকচার ফেটে যেত। বিলম্বের কারণে কয়েকটি বিয়েও নাকি ভেস্তে গেছিল।

ভোর রাতে শিবজীর বাস শিবাজী স্টেডিয়াম অতিক্রম করে ডক্টরস লেনের দিকে এগিয়ে চলেছে। রাত্রির অন্ধকারে দেখা যায় একটা একচক্ষু দানব অট্টহাসে হা হা করে তেড়ে আসছে; কম্পমান স্টিয়ারিং হুইলটাকে শিবজী দুহাতে আঁকড়ে বুকে ঠেকিয়ে বসে রয়েছে। শিবজীর বাঁ পাশের সিটে জানালায় গরাদে মাথা কাত করে তখন মঞ্চ অভিনেতা উৎপলদা অঘোরে ঘুমচ্ছেন।

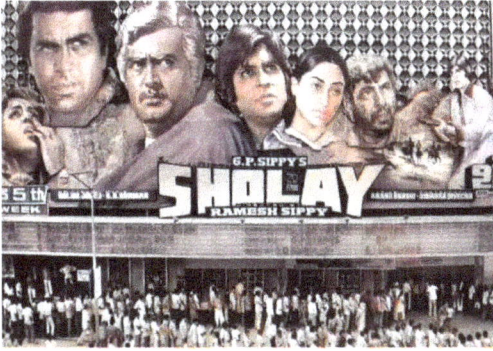

PLAZA ODEON RIVOLI REGAL

বায়োস্কোপ-সিনেমা-মুভি-পিকচার-টকি

মাত্র এক দশকের ব্যবধান, তাতেই দুরন্ত গতি ও ব্যাপ্তি ডিজিটাল বিবর্তনের। মোবাইল-ইন্টারনেটের জনপ্রিয়তার জন্মমুহূর্তে কে ভেবেছিল, এর মধ্যেই কত যন্ত্রকে ঠেলে সরিয়ে অভূতপূর্ব আধিপত্য জাহির করবে ছোট্ট এই স্ক্রিন! মাত্র দু'তিন দশক আগেও সিনেমা সংরক্ষিত হত প্রমাণ আয়তনের কৌটো বা ক্যান-এ। ক্যানপিছু কুড়ি হাজার ফিট রিল, সিনেমা-প্রতি ছয় থেকে আট ক্যান।

আশির দশকে ভিসিআর এসে সিনেমার ক্যানকে এনে ফেলল একটা দু'শো পাতার বইয়ের আয়তনে। নব্বই দশকের শেষ দিকে ভিসিডি/ডিভিডি আসাতে একটা চলচ্চিত্রের দৈহিক আয়তন এমন হল, তাকে প্রায় পকেটে নিয়ে ঘোরা যায়। তারই এক দশকের মধ্যে শীর্ণকায়তার মানদণ্ড এক লাফে পৌঁছল অন্য স্তরে। পছন্দের কয়েকশো ছবি সহজেই ঢুকে গেল একশো গ্রাম ওজনের, ইঞ্চি ছয়েকের এক্সটারনাল হার্ড-ডিস্কে। গুচ্ছ-গুচ্ছ ক্যাসেট, বই, ডিভিডি কিনে তাকে ভরানোর দিন ফুরোল।

পরের এক দশকে তারও আর প্রয়োজন রইল না। বাজারে এল অদৃশ্য স্পেস বা 'ড্রাইভ', যা নামমাত্র জায়গা নিয়ে যাবতীয় 'ড্যাটা' সংরক্ষণ করছে। ইন্টারনেট-মারফৎ সেই ড্যাটা কাজে লাগানো যাচ্ছে, চাইলেই লিংক পাঠিয়ে শেয়ার করা যাচ্ছে। কয়েক বছর আগেও পেনড্রাইভে পছন্দের শিল্পীর গান পুরে যত্রতত্র নিয়ে যাওয়া যেত, আজ সেই ক্ষুদ্রকায় বস্তুটিও সেকেলে।

কোটি কোটি কন্টেন্ট সবই ওপরে কোথাও একটা আছে, শুধু অ্যাপ খুঁজে বা লিঙ্ক খুঁজতে হবে। হাত থেকে পড়ে ভাঙার ভয় নেই, ড্যাটা অমর।

মাত্র কুড়ি বছরের ব্যবধানে এমন বিস্ময়কর প্রযুক্তিগত বিবর্তন তা শুধু আমরা প্রত্যক্ষই করিনি, তাতে শামিল হয়েছি পুরোদমে। গান, চলচ্চিত্র, স্বরচিত লেখা, হাজার হাজার ই-বই আমরা ডিজিটালি উপভোগ করছি, ভাগ করে নিচ্ছি, জমাচ্ছি। অদৃশ্য এই সংগ্রহশালায় জমা করার জায়গার অভাব নেই। তা ওজনশুন্য, আয়তনশুন্য, অথচ সুরক্ষিত।

আজকের তুলনায় ফিল্ম বানাবার ধরণ-ধারণ তখন ছিল আলাদা। এখন ছবি তোলা হয় ক্যামেরার ভিতরে থাকা একটা 'চিপ'-এ। কিন্তু তখন ছিল সেলুলয়েডের ফিল্ম – বলা হত 'র' স্টক। পিকচার নেগেটিভ, রাশ প্রিন্ট, সাউণ্ড নেগেটিভ, রাশি রাশি ফিল্ম ক্যান – সে এক গন্ধমাদন পাহাড়। ক্যামেরা বলতে ছিল মিচেল অথবা অ্যারিফ্লেক্স, সাউণ্ড রেকর্ডিং হত সিএ মেশিনে। ছবি তোলা হয়ে গেলে হাজার হাজার ফুট ফিল্মকে কেটেকুটে চূড়ান্ত চেহারায় আনাবার জন্য ব্যবহৃত হত 'মুভিওয়ালা' বলে একটা যন্ত্র। ওটার ভিতর দিয়ে ফিল্ম চালালেই ফট-ফট-ফট-ফট করে এমন আওয়াজ করত যে কানে তালা লাগবার জোগাড় হত।

আজকাল যেমন একটা ফিল্ম চলতে চলতে যদি কোথাও কাজের সামান্য ত্রুটি ধরা পড়ে তবে শুধরে নেবার উপায় থাকে, তখনকার দিনে তা ভাবা যেত না। হাজার ফিটের রিল এক একটা। রি-রেকর্ডিং চলতে চলতে যদি কোথাও মাঝপথে ভুলচুক হয়ে যায়, তাহলে আবার থেকে গোটা প্রক্রিয়াটা শুরু করতে হয়। অর্থাৎ আকাশছোঁয়া দামের রিল – পুরো টাকাটাই জলে গেল।

নতুনের ধাক্কায় দ্রুত আড়ালে চলে যাচ্ছে পেছনের দৃশ্য, টাইমলাইনে প্রচুর স্মৃতি গচ্ছিত থাকলেও ফিরে দেখার সময় নেই আমাদের। আসুন আমাদের ছেলেবেলাকার সাদা কালো ছায়াছবির জগতে ফিরে যাই কিছুক্ষনের জন্য।

ছোটবেলায় আউট্রম স্কোয়ারের মাঠে (আমার শৈশবের লুপ্ত পাড়া) ঠেলা গাড়িতে-পেরেমবুলেটেরে বসানো বায়োস্কোপে দেখেছিলাম – একটা গোল মতন কাঁচের ভিতরে স্বপ্নরাজ্য। সুন্দরী রাজকন্যে, মুখে ফেনা তেজী ঘোড়ায় চাপা বীর রাজপুত্র। বিকট রাক্ষস, কেউ থেমে থাকছে না, শুধু ছুটছে আর ঘুরছে। তারপর কট শব্দ করে ছবি অন্ধকার হয়ে গেল। আমার পালাও শেষ হল। তারপর দিদি এসে চোখ লাগাল। পর্দায় দেখা সেই বায়োস্কোপের চেয়ে এ যে কত বেশি ভালো, সে আর কি বলব।

আজ এতকাল পরে অতীতের সাদা কালো যুগের সিনেমার কাহিনী লিখতে বসেছি। ১৯৬৫ সালের সময়কাল থেকে আমার এই লেখা শুরু হয়েছে এবং

শেষ করেছি যখন টিভির পরদায় OTT এসে গেছে। কম বয়েসে আমার সিনেমা দেখার আজব অভিজ্ঞতা হয়েছিল, সিনেমাগুলো দেখেছিলাম আউট্রাম স্কোয়ারের মাঠে ও আশেপাশের তিন কিলোমিটারের চৌহদ্দির মধ্যে। যে সব স্থানে আমি ষাট ও সত্তর দশকের শুরুর দিকে সিনেমাগুলো দেখেছিলাম তার মধ্যে এই লেখার টাইটেলে চারটে বিখ্যাত সিনেমা হলের নামও উল্লেখ আছে। এছাড়া ছিল কাছেই মহাদেব অডিটোরিয়াম, মন্ডলঙ্কর হল, সাপ্রু হাউস, প্রেসিডেন্ট এস্টেটে Body Guard মাঠ, নর্থ এভেনিউ পার্কে, রবীন্দ্র রঙ্গশালা, মহারাষ্ট্র রঙ্গায়ন, খন্না, ইম্পিরিয়াল, শীলা, নাজ। আর ছিল কয়েকটি মুক্তাঙ্গন যেমন রিডিং রোডের মাঠ, বিভিন্ন স্কোয়ারের মাঠ, বুদ্ধ মন্দিরের প্রাঙ্গণ, রাইসিনা স্কুলের মাঠ, কালীবাড়ির মুক্তাঙ্গন, আরাম বাগ প্লেস আর বেঙ্গল সুইট হোমের পেছনের ত্রিকোণা পার্ক।

শোনা কথা চল্লিশ দশকে কলকাতায় কয়েকটি সিনেমা হলে অর্কেস্ট্রা পার্টি থাকত মাইনে করা। ছবি শুরু হবার আগে এবং ইন্টারভ্যালে গৎ বাজানো হত। ছবি শুরু হলে যন্ত্রীরা পর্দার পিছনে বসে ছবি দেখে দেখে আবহ সঙ্গীত বাজাত।

স্টান্ট ছবি হলে পিয়ানো বেশিরভাগ বাজানো হত পেনসিল দিয়ে। যদি একলাফে হিরো তিনতলায় উঠে গেল, অমনি পেনসিল দিয়ে রিডের ওপর খাদ থেকে নিয়ে তারা পর্যন্ত একটানে বাজাতে হবে। যখন লাফিয়ে নীচে নামবে তখন চড়া থেকে নিয়ে খাদ পর্যন্ত উলটোদিকে বাজাতে হবে। বম্বে শহরে মোহন স্টুডিয়োতে দৈত্যপ্রমাণ গ্র্যান্ড পিয়ানো বসানো হয়, তার কিবোর্ড আড়াআড়ি বেশ গভীরে কাটা ছিল। ওটা ছিল স্টান্ট ছবির মিউজিক বাজাবার পিয়ানো। পেন্সিল দিয়ে বাজানো হত।

সেকালে গড়ের মাঠে প্রকাণ্ড তাঁবুর মধ্যে এলফিনস্টোন বায়োস্কোপ (Elphinstone Bioscope) খুলেছিল তারপর থেকে নাকি লোকে ভালো ভালো ছবি দেখার সুযোগ পেত।

কলকাতায় লুপ্ত 'এলিট' সিনেমা হলের নাম আগে ছিল ম্যাডান সিনেমা। ছবি তখনো কথা কয় না। সেকালে ম্যাডান সিনেমা হলে দুর্দান্ত বাজনা বসানো হয়েছিল। পাহাড় প্রমাণ বাজনা বসাবার জন্য হল ভেঙে নতুন করে ছাদ ফুটো করে চোঙ বার করতে হয়েছিল। বাজনার নাম ছিল ওয়ারলিটজার অর্গান। তা বাজাবার জন্য আমেরিকা থেকে বাজনাদার নিয়ে আসা হয়েছিল।

কলকাতায় ষাটের দশকে বাংলা সিনেমা একসাথে তিনটে করে ছবিঘরে রিলিজ হত – উত্তরা-পুরবী-উজ্জ্বলা//মিনার- বিজলী-ছবিঘর//রূপবাণী-অরুণা-ভারতী//রাধা-পূর্ণ-প্রাচী। এই সব সিনেমা হলের সমস্ত চেনেই তখন উত্তম-সুচিত্রা জুটির হাসিমাখা মুখের পোস্টার দেখতে পাওয়া যেত। সারা

বছরই প্রায় সেখানে 'হাউস ফুল' বোর্ড ঝুলত, তা সত্ত্বেও শ'দুয়েক লোক 'টিকিট চাই টিকিট চাই' বলে অনবরত হল্লা জুড়ে দিত। সন্ধ্যের শো শুরু হয়ে গেছে। নাইট শোয়ের জন্য লাইন পড়েছে বুকিং কাউন্টারে। কয়েকজন এমনি ঘুরে-ফিরে দেয়ালের ছবিগুলো দেখে বেড়াচ্ছে। তখন কাউন্টারে ফ্রন্ট রো, মিডল স্টল, ব্যালকনির টিকিট বিক্রি হত। হলগুলোতে রমরম করে প্রায় সবকটি উত্তম-সুচিত্রা জুটির ছায়াছবি প্রদর্শিত হত, গোল্ডেন জুবিলি পেরিয়ে ডায়ামণ্ড জুবিলি হতেও দেরি হত না।

তখনকার দিনে মুক্তির আগের বুধবার অগ্রিম টিকিট কাউন্টারে পাওয়া যেত। দীর্ঘ লাইনে কম দামের টিকিটগুলোর বেশী চাহিদা থাকত। তার মধ্যে কোন কোন ছবি দর্শকদের পছন্দ হলে সেই হাউস ফুল বোর্ড আর নামত না। এমন হত একটি হিট ছবিই বছর কাবার করে দিত। সারা বছর টিকিটের জন্য হাহাকার মেচে থাকত।।

প্রথম আমি পর্দায় ডকুমেন্টারি ফিল্ম দেখেছিলাম আউট্রাম স্কোয়ারের খোলা মাঠে। সেই যুগে গ্রামগঞ্জে তাঁবু খাটিয়ে ভ্রাম্যমাণ সিনেমা দেখানোর চল ছিল। নীল আকাশের নীচে প্রোজেক্টরের ফোকাসে তথ্য চিত্র জীবনে প্রথমবার আমাদের মাঠে দেখি। আবছা মনে পড়ে রাইসিনা স্কুলের মাঠে 'ক্ষুধিত পাষাণ' দেখেছিলাম। সামান্য বড় হওয়ার পরে দেখি কালীবাড়ির মাঠে 'পথের পাঁচালী'।

আমাদের পাড়াগুলোতে চার আনা দামে টিকিট বিক্রি করে কখনো সখনো হিন্দি সিনেমা দেখানো হত। খোলা মাঠে চারপাশে লাল কানাত দিয়ে ঘিরে বারদুয়ারী-গুম্বটের সাদা দেয়ালে সিনেমা দেখতাম। কিছু দুষ্টু ছেলেদের দেখা যেত ব্লেড দিয়ে কানাত কেটে ভেতরে হুড়মুড় করে বিনা টিকিটে ঢুকে যেতে। পরের দিকে পর্দায় অনেক হিন্দি সিনেমা দেখেছিলাম যেমন ডালহাউসী স্কোয়ারে রাজ কপুরের 'ছলিয়া' আর গুরু দত্তের 'চৌধভিন কা চাঁদ'। ক্লাইভ স্কোয়ারে দেখেছি দেবানন্দের 'মায়া' এছাড়া 'বসন্ত বাহার'। মনে পড়ে তুঘলক প্লেসের মাঠে দিলীপ কুমারের 'আজাদ' স্ক্রিনিং হয়েছিল। এই তুঘলক প্লেসে আমাদের ক্লাব কিশোর সংঘ সত্তরের শুরুতে দুবার সরস্বতী পুজো আয়োজিত করেছিল, প্রথমবার আমরা পুজোর রাতে দুটো বাংলা সিনেমা দেখিয়েছিলাম – উত্তম কুমার অভিনীত 'কমললতা' ও 'শিউলি বাড়ি'।

কর্নওয়ালিস স্কোয়ারে চার আনা পয়সার টিকিটে দেখানো হয়েছিল 'চলতি কা নাম গাড়ি'- 'হাওড়া ব্রিজ'- 'মহল'। আশেপাশের পাড়ার মাঠে অন্য অনেক হিন্দি সিনেমা দেখেছিলাম ষাটের দশকের মাঝামাঝি। হিন্দি সিনেমার দৃশ্যগুলো আজও আমার মনে গেঁথে আছে।

আলো-আঁধারিতে *'আয়েগা-আয়েগা'* গান, 'মহল' ছবিতে। অশোককুমার নায়ক, গায়িকা মধুবালা, জাফরির ফোকরের ফাঁক দিয়ে আলো-আঁধারিতে মধুবালার ঢলঢলে মুখ। হাওড়া ব্রিজ সিনেমার শুটিং হয়েছিল গঙ্গায় ঝুলন্ত সেতুর ওপরে। সবচেয়ে বেশি মুগ্ধ হয়েছিলাম মধুবালার 'চলতি কা নাম গাড়ি' দেখে। সেই বইতে অশোককুমার ছিলেন কিন্তু নায়কের ভূমিকায় অভিনয়ে করেছিলেন কিশোর কুমার। অশোককুমারের সব ভাইই 'চলতি কা নাম গাড়ি' ছবিতে অভিনয় করে ছিলেন। সেই ছবিতে কিশোরকুমারের সঙ্গে মধুবালার গানটা আজও খুব মনে পড়ে –

হাল ক্যায়সা হ্যায় জনাব কা কেয়া খেয়াল হ্যায় আপকা

একটা মোটর গ্যারেজের মধ্যে মধুবালা আর কিশোরকুমার প্রেমের লুকোচুরি খেলা খেলছে।

রিডিং রোড মাঠে সরস্বতী পুজোর রাতে বাংলা সিনেমা দেখার স্মৃতি

ষাটের দশকে রিডিং রোডের মাঠে সরস্বতী পুজো উপলক্ষে বাংলা সিনেমা দেখানো হত। আমি স্কুল জীবনে কয়েকবার রাত জেগে সিনেমা দেখেছিলাম। তখন ছিল উত্তম-সুচিত্রা যুগ। উত্তমকুমার বাদে সেকালে বাংলা সিনেমা ভাবা যেত না। উত্তমের লিপে যে ছবির গান প্রথম আমার মনে সাড়া জাগায় সেই ছবির নাম ছিল 'শাপমোচন'। ছবির সুরকার ছিলেন হেমন্ত মুখোপাধ্যায়।

আজ এতকাল পরেও লিখতে বসে আমার ভালোলাগা 'ইন্দ্রাণী' ছবির দৃশ্য চোখের সামনে ভেসে আসে যেখানে উত্তমকুমার আর ইন্দ্রাণী (সুচিত্রা সেন) প্রেমের মুডে পার্কে বসে আছে। কথায় কথায় সুদর্শন বলছে 'গানের মধ্যে আছেটা কী? বলেই গেয়ে উঠছে – সা রে গা মা পা ধা নি। এই স্বরগম কিন্তু হেমন্তের কণ্ঠে।

এরপরেই ইন্দ্রাণী যখন অবাক হয়ে জিজ্ঞাসা করছে 'এই তুমি গান জানো? তখনই উত্তমের লিপে হেমন্ত কণ্ঠে শোনা যায় *'সূর্য ডোবার পালা আসে যদি আসুক বেশ তো'*। আধশোয়া অবস্থায় সুদর্শন গাইছে আর এক জায়গায় বসে মনের সব ডানা মেলে দিয়ে সহাস্য মুখে সেই গান শুনছে ইন্দ্রাণী।

এই গানের সঞ্চারীতে ইন্দ্রাণীর কাঁধে আলতো করে থুতনিটা লাগিয়ে সুদর্শন যখন গাইছে *'তার পরে সারারাত দুজনেই একা একা ভাবব, হৃদয়ের লিপিকাতে কে যেন লিখেছে এক কাব্য. . .*

পর্দাজুড়ে রোমান্টিকতার সে এক অসামান্য মুহূর্ত গড়ে ওঠে।

মনে পড়ে 'সপ্তপদী' ছবির কথা। ছবির পরিচালক অজয় কর। মেডিক্যাল পাঠরত কৃষ্ণেন্দু (উত্তমকুমার) আর রিনা ব্রাউন (সুচিত্রা সেন) হৃদয়ে প্রেমের হিল্লোল তুলে একদিন বাইক নিয়ে বেরিয়ে পড়েছে দুই হবু ডাক্তার। চালক কৃষ্ণেন্দুর পিছনে রিনা। খুশিতে আত্মহারা রিনা ব্রাউনের মুক্ত ঝরানো হাসির দৃশ্য, উত্তমকুমার গুনগুন করে গেয়ে ওঠে – *'এই পথ যদি না শেষ হয়, তবে কেমন হত তুমি বলত!'* উত্তরে প্রেমে জড়ানো নায়িকা রিনা ব্রাউন রিনরিনে গলায় বলে, *'তুমিই বলো . . . .'*

বাংলা সিনেমার শ্রেষ্ঠতম দ্বৈত কণ্ঠের এই রোমান্টিক গান নিয়ে আজও মানুষের মধ্যে প্রচুর কৌতূহল। বাংলা সিনেমার রোমান্টিক দৃশ্যের অন্যতম আইকনিক সিম্বল উত্তম-সুচিত্রার এই বাইক সফর।

'ও আমাকে টাচ করবে না। 'চ-এর ওপরে একটু বাড়তি জেদ। সপ্তপদী সিনেমায় সুচিত্রার মুখে এই সংলাপ এখনও ভোলার নয়। সেই সামান্য সংলাপ পরবর্তীকালে সুচিত্রার জীবনে অমোঘ সত্য হয়ে উঠেছিল। আর তাই, কেউ তাঁকে শেষ দেখা দেখতে পেল না।

সারা বিশ্বে এমন ঘটনা আর একজন অভিনেত্রী ঘটিয়েছিলেন। তিনি হলিউডের জনপ্রিয় অভিনেত্রী Greta Garbo. ১৯৪১ সালে তিনি যখন তাঁর জনপ্রিয়তার তুঙ্গে তখন কোন এক বিরূপ সমালোচনায় এমন আঘাত পান যে, চলচ্চিত্র জগৎ থেকে নিজেকে সরিয়ে নেন। তাঁর বিখ্যাত উক্তি ছিল, 'I want to be left alone.'

কোন এক বার সরস্বতী পুজোর মাঝরাতে দেখেছিলাম যান্ত্রিক পরিচালিত সিনেমা 'চাওয়া পাওয়া'। সেই ছবিতে হেমন্তর গাওয়া গান *'যদি ভাবো এ তো খেলা নয়'* - উত্তমকুমার বাড়ির ছাদে কিছুটা ভারাক্রান্ত মনে গাইছেন। শ্রোতা বাড়িরই কয়েকজন। গানের মধ্যে দিয়ে যেন দুঃখমিশ্রিত মায়া ছড়িয়ে দিয়েছেন।

আজও বাঙালীর কাছে হেমন্ত-উত্তম চকচকে মুদ্রার এপিঠ-ওপিঠ। ওঁদের বয়স বাড়ে না। সময়ের সাথে সাথে তাঁদের জনপ্রিয়তা, জনশ্রুতি বেড়েই চলেছে। উত্তমকুমারকে বলা হত 'ম্যাটিনি আইডল-গ্ল্যামার কিং-লার্জার দ্যান ইমেজ ইত্যাদি।

বায়স্কোপের বাক্স

ষাটের দশকে মেশিনম্যান হেক্কিন্স সাহেবের নাম খুবই পরিচিত ছিল দিল্লীর সিনেমা মহলে। তিনি তাঁর জিপসি ক্যারাভ্যানে প্রোজেক্টর মেশিন চাপিয়ে রিডিং রোড মাঠে সন্ধেবেলায় কাঁটায় কাঁটায় সময় ধরে চলে আসতেন। সাহেবের বিশাল লম্বা দশাসই চেহারা ছিল। সিনেমা চলাকালীন ওনাকে

দেখতাম প্রোজেক্টর মেশিনের সামনে কাঠের চেয়ারে বসে উজ্জ্বল তীব্র শাদা আলোয় প্রজেকশন স্ক্রীনের দিকে ঠায় লক্ষ্য রেখেছেন। মনে হত হেঙ্কিন্স সাহেবের সিনেমার প্রতিটি দৃশ্য জানা আছে, রিল শেষ হওয়ার আগেই উনি উঠে দাঁড়াতেন। পরবর্তী রিল ক্যান থেকে বার করে দ্বিতীয় প্রোজেক্টরে চাপিয়ে দেওয়ার সময় ওনার তৎপরতা দেখার মত ছিল। হঠাৎ যদি কোন যান্ত্রিক গণ্ডগোলের জন্য সিনেমার স্পুল ছিঁড়ে যেত, মিনিট পাঁচেকের মধ্যে হেঙ্কিন্স সাহেব দক্ষ্য হাতে ফিল্ম জুড়ে দিয়ে ছবি চালিয়ে দিতেন। যাকে আমরা এখন বলি resume play.

প্যান্ডেলের তলায় ছোট্ট বাঁশের বেড়ার ঘেরা-টোপের মধ্যে জোড়া প্রোজেক্টর Tripod Stand-এর ওপরে দাঁড় করিয়ে রাখা থাকত আর মাথার ওপরে একটি মাত্র ৪০ পাওয়ারের ঘোমটা পড়ান ডুম ঝুলত। আলোছায়াময় স্বল্প জায়গায় হেঙ্কিন্স সাহেব এক প্রোজেক্টরে রিল শেষ হওয়ার মুহূর্তে অন্য প্রোজেক্টর চালিয়ে দিতেই সিনেমার পর্দায় পরবর্তী দৃশ্য ফুটে উঠত, কোথাও কোন দৃশ্য প্রোজেক্টর অপারেটরের ভুলে কখনয় স্কিপ করে নি। আমরা ঘেরা দেওয়া জায়গাটাকে বলতাম সাহেবের 'প্রজেকশন খাঁচা'।

স্কুল পালিয়ে সিনেমা দেখা

রাজাবাজারে আমার স্কুলের পোয়াটাক মাইল দূরত্বে টাইটেলে নামাঙ্কিত চারটি সিনেমা হল প্রায় পাশাপাশি ছিল। ষাটের দশকে দিল্লীতে টেলিভিশনের আগমন হয় নি, শুধু বিত্তশালী বাড়িতে সবে রেডিও ঢুকেছে। খবর জানার জন্য বহু বাড়িতে তখন স্টেটসম্যান আসত। সেই কাগজে একটি গোটা পাতা ভর্তি সিনেমার ছবি এবং কোথায় কোন প্রেক্ষাগৃহে কী কী ছায়াছবি দেখানো হচ্ছে তার সময়সুচী থাকত। সেকালে শো টাইম ছিল ১২-৩//৩-৬//৬-৯ আর নাইট শো শুরু হত ন'টা থেকে, শেষ হত বারোটায়।

স্কুল জীবনে দেখেছিলাম মাঝে মাঝে হেলিকপ্টার থেকে নীচে সিনেমার লোভনীয় ইস্তেহার ছড়িয়ে দেওয়া হচ্ছে। আমরা দৌড়ে গিয়ে ছড়ানো ইস্তেহার বাড়ির ছাদ থেকে কুড়িয়ে নিয়ে আসতাম। আমাদের ন্যাড়া ছাদে দাঁড় কাগের বড়ই উপদ্রব ছিল, ছাদে চড়লেই তারা আমার মাথায় অনবরত ঠুকরোতো। যাইহোক ইস্তেহার পড়ে আমার মনে ছবিঘরে সিনেমা দেখার মারাত্মক ইচ্ছে জেগে উঠেছিল।

তারপর থেকে ক্লাসের ছাত্ররা দল বেঁধে মাঝে মাঝে 'রিভোলি' ছবিঘরের বাইরের দেয়ালে কান পেতে সিনেমার গান বা সংলাপ শোনার চেষ্টা করতাম। হলের দরজা খুললেই ঠাণ্ডা হাওয়ার ঝাপটায় শরীর কনকন করে উঠত।

সিনেমা হল কে আমরা বলতাম ঠাণ্ডাঘর। তখনকার কালে কারুর বাড়িতে পাখা ছাড়া আর কিছু থাকত না সুতরাং এসি'র শীতল বাতাসে আমাদের শরীর মন জুড়িয়ে যেত। যে সমস্ত দর্শক সিনেমা হলে ঢুকত বা শো শেষ হলে ছবিঘর থেকে বেরুত, তাদের দেখলে মনে হত ওরা যেন আলাদা জগতের মানুষ, ভাবতাম তারা কত সুখী।

ষাটের দশকে লুকিয়ে সিনেমা দেখার লোভে ছাত্রদের টিফিনের পয়সা জমাবার দিকে অতি মাত্রায় ঝোঁক বেড়ে যায়। কিন্তু তাও টিকিটের দাম কুলিয়ে উঠত না। কারন তখন ফ্রন্ট-রো টিকিটের দাম ছিল এক টাকা ষাট পয়সা। পেছনের আসনের দাম পড়ত দু'টাকা চল্লিশ পয়সা এবং ব্যালকনি টিকিটের দাম তিন টাকা কুড়ি পয়সা যা অভিভাবকরা নিজেরাও কিনতে সাহস পেতেন না। এই ছিল তখন সাধারণ পরিবারের আর্থিক অবস্থা। আজ যখন লিখতে বসেছি তখন মাল্টিপ্লেক্সে সিনেমা দেখতে একটি পরিবারের গড়ে খরচ হয় প্রায় দু'হাজার টাকা তাও গাড়ির পেট্রোলের হিসেব আলাদা। সিনেমা শেষে বাইরে ডিনার করা ইত্যাদি, তার খরচ না হয় নাই বললাম। আমাদের যুগে বাড়ির বাইরে অভিভাবকদের সাথে খাবার খাওয়ার চল ছিল না বা অন্য ভাবে বলা যেতে পারে তাঁদের সাধ্যের বাইরে ছিল। কিন্তু কোন রকম ক্ষোভ বা আক্ষেপ আমাদের ছিল না।

স্কুল জীবনে সিনেমা হলের গেটকিপাররা ছাত্রদের দুপুর বারোটার শো দেখতে দিত না কারণ আশেপাশের স্কুলের স্যারেরা হলের ম্যানেজারকে সতর্ক করে দিয়েছিলেন। সিনেমা দেখলে নাকি ছাত্রদের ইহকাল পরকাল ঝরঝরে হয়ে যাবে। পড়ুয়াদের চরিত্রদোষ ঘটবে। শুনেছিলাম শাহরুখ খান যখন সেন্ট কলম্বাস স্কুলে পড়ত তখন সেও স্কুল পালিয়ে দুপুরের শো দেখতে যেত। অথচ পড়া লেখায় ফাঁকি দিয়েও সে সিনেমা জগতে পরবর্তীকালে বিরাট নামজশ করেছে। আমার পুরনো গোল মার্কেট পাড়ার বন্ধু ডঃ শিবদাস চক্রবর্তী আমায় জানিয়েছিল –

You have forgotten that the minimum ticket rates at Savitri, Chanakya etc was 65 paise only. And there was no advance booking for these front row seats. I don't even remember the number of classes I bunked and spent a happy three hours at these venues.

শুধু রবিবার ছাত্ররা বারোটার শো বিনা বাধায় দেখতে পেত। কিন্তু রবিবারের দুপুর বেলায় তিনঘন্টা বাড়ির বাইরে থাকাটাও অভিভাবকরা ভালো চোখে দেখতেন না। যতবার ক্লাস স্কিপ করে দুপুরে সিনেমা দেখেছি,

হলের ভেতরে ইন্টারভ্যালের সময় সমানে মাথা নিচু করে বসে থাকতাম। মনে ভয় ছিল হলের ভেতরে পাড়ার কেষ্টবিষ্টু কেউ যদি দেখে ফেলেন তাহলে বাড়িতে নির্ঘাত নিষিদ্ধ খবরটা জানিয়ে বলবেন 'মশাই আপনার ছেলে অধঃপাতে গেছে'। স্কুল পালিয়ে সিনেমা দেখার গোপন খবর যদি ঘুণাক্ষরেও অভিভাবকরা জানতে পারতেন, তাহলে অবধারিত ভাবে রাতের খাবার জুটতো না। অভুক্ত পেটে সারা রাত আমাদের কাটাতে হত। সেই সময় এটাই ছিল শাস্তি দেওয়ার রেওয়াজ। আজকের দিনে ছোটদের এক বেলা খেতে না দিলে তাদের মায়েরা তুলকালাম বাঁধিয়ে দেবেন।

যাইহোক তখন সিনেমা দেখার একটা উপায় ছাত্ররা বার করে। কনট প্লেসে চারটে হলে মাঝে মাঝে মর্নিং শো দেখানো হত এবং প্রথম সারির আসনের দাম পড়ত আশি পয়সা। সেই সকালের স্ক্রিনিং কে বলা হত Reduced Rate Show. দাম কম হওয়া সত্ত্বেও মর্নিং শোতে খুব একটা ভিড় হত না তাই গেটকিপার স্কুলের ছাত্রদের আটকাত না। এই ছিল আমাদের স্কুল জীবনে সিনেমা দেখার ইতিহাস। স্কুল পালিয়ে সিনেমা দেখে আমরা এতই আচ্ছন্ন হয়ে যেতাম যে টিফিন টাইমে খেলা ছেড়ে সিনেমার গল্পই করতাম। আজ বেলা শেষে এখন কিন্তু মনে হয় আমরা পরোক্ষে অভিভাবকদের বিশ্বাস ভঙ্গ করেছিলাম। তাঁরা কত কষ্ট করে ফী জোগাড় করে আমাদের স্কুলে পাঠাতেন আর আমরা শুধু পড়ালেখায় ফাঁকিই দিয়ে গেছি।

ষাট ও সত্তর দশকে হলে দেখা সিনেমা

প্রথমে Plaza হলে যতদূর মনে পড়ে দেখেছিলাম হৃষীকেশ মুখার্জি পরিচালিত 'অনুপমা' ছায়াছবিটি। বইটির শেষের বেদনাক্রান্ত দৃশ্য আজও আমি ভুলি নি। আশৈশব মাতৃহীনা শর্মিলা টেগোর তার বাবার (তরুন বসু) অজান্তে নায়ক ধর্মেন্দ্রর সাথে ট্রেনে করে অজানা শহরে সংসার পাততে চলে যাচ্ছে। যুগলকে বিদায় জানাতে এসেছেন ডেভিড, দেবেন ভার্মা ও শশীকলা। বিপত্নীক পিতা কন্যাকে শেষ দেখা দেখতে এসেছেন গোপনে। স্টেশনে থামের আড়ালে দাঁড়িয়ে অঝোরে কেঁদে চলেছেন অসহায় পিতা।

তারপর ১৯৭৫ সালে এই হলে রিলিজ হয়েছিল ব্লকবুস্টার 'শোলে' ছবিটি। কাউন্টারে টিকিটের জন্য দর্শকদের মধ্যে যে উন্মোদনা দেখেছিলাম তা আমি আর কোন হিন্দি সিনেমার জন্য দেখি নি। বলা হয় সত্তরের মাঝামাঝি তিন ধরণের লোক ছিল। প্রথম যারা 'শোলে' দেখেননি, দ্বিতীয় যারা দেখে ফেলেছেন। তৃতীয়রা প্লাজা হলে বসে শুনেছেন গব্বর সিংহের হুঙ্কার।

রহীম চাচা অর্থাৎ অভিনেতা হাঙ্গালের বিখ্যাত ডায়লগ আজও মনে পড়ে যায়

‘ইতনা সন্নাটা কিউ হ্যায় ভাই’?

Odeon সিনেমা হলে দেখেছিলাম Sound of Music, Poseidon Adventure, Hatari আর Patton. ছবিগুলো দেখে আমার ভীষণ ভালো লেগেছিল। ছোটবেলায় ইংরেজি সিনেমা দেখবার সময় প্রায়ই হাসির ডায়ালগ বুঝতে পারতাম না তাই রীতিমত অপ্রস্তুত হয়ে যেতাম। হাসির হররা ভেসে আসত সাধারণত পেছনের দামি আসন থেকে আর ফ্রন্ট রো’তে বসা দর্শকরা সেই হাসি শুনে তারপর তাদের মুখে মেকি হাসি ফুটিয়ে তুলত। এই ছিল আমাদের স্কুল জীবনে ইংরেজি না বোঝার বিড়ম্বনা।

Odeon হলে আমি দেখেছিলাম African Safari ছবিটি, সেই প্রথম সম্ভবত Stereophonic সাউণ্ড প্রেক্ষাগৃহে ব্যবহার করা হয়েছিল। হলের ভেতরে চারিপাশে প্রচণ্ড জোরে সাউণ্ড এফেক্ট শুনে উপস্থিত দর্শকেরা স্পেল-বাউণ্ড হয়ে গেছিল। অত বড় জায়ান্ট পর্দা তার সঙ্গে তাল মিলিয়ে স্টিরিওফোনিক সাউণ্ড হলের দেয়ালে প্রতিহত হয়ে প্রতিধ্বনির সৃষ্টি তৈরি করেছিল। তীব্র সাউণ্ডের প্রতিক্রিয়া দর্শকদের মধ্যে তুমুল ঝড় তুলেছিল প্রেক্ষাগৃহের শীতল অন্ধকারে। ষাটের দশকে কিন্তু সিনেমা হলে ৩৫ এম এম স্ক্রিনিং হত, এর চেয়ে বড় সিনেমার প্রজেকশন আমরা ভাবতেও পারতাম না। সিনেমার পর্দায় প্রথম ৭০ এম এম প্রজেকশন দেখানো হয় পাহারগঞ্জে ‘শীলা’ ছবিঘরে।

ওডিয়ন ছবিঘরে একবার দেখেছিলাম ‘ধুন্দ’ হিন্দি সিনেমাটি। নায়কের ভিড়ে খলনায়ক খুঁজতে গিয়ে আমার ভালো লেগেছিল ড্যানিকে। খলনায়ক হিসেবে ওঁর প্রথম ছবি ছিল ‘ধুন্দ’ – কুয়াশা। দুর্দান্ত থ্রিলার। আগাথা খ্রিস্টির The Unexpected Guest কাহিনীর অবলম্বনে সিনেমাটি তৈরি হয়েছিল।

এক কুয়াশাময় রাতে চন্দ্রশেখরের (নবীন নিশ্চল) গাড়ি পাহাড়ি রাস্তায় বিকল হয়ে যায়। নিকটবর্তী একটি বাড়িতে সাহায্য চাইতে গেলে দেখেন হুইলচেয়ারে এক ব্যক্তির লাশ পড়ে আছে এবং সামনে পিস্তল হাতে এক রূপবতী যুবতী। এই দুটি চরিত্র হল যথাক্রমে ঠাকুর রঞ্জিত সিংহ (ড্যানি) এবং রানি -জিনাত আমান।

ওডিওন সিনেমা হল’টির ব্যাপারে আরও একটি তাজ্জব ঘটনা Times of India কাগজে ছেপেছিল।

Pocket picked at Delhi premier, but Jewel Thief kept quiet

A pickpocket pinched Dev Anand’s purse, robbing him of Rs. 15,000 during the premier of Jewel Thief (1967) at a New Delhi theatre. Adjusted the inflation, that roughly amounts to Rs. 7.5 lakh today.

"I flew all the way from Darjeeling to Delhi to attend the premier at the Odeon Cinema. The crowds were jumping up and down with delirious joy as I alighted from the car outside the theatre." the actor writes in his autobiography, Romancing with Life.

"Suddenly a hand brushed my hip pocket. I checked for my purse, and found it missing. But I did not react, for the euphoria of the moment was too immense to cry over a meagre sum of Rs. 15,000, lost in the enormous wave of goodwill and popularity," he writes.

Stardom cannot be earned or bought at a price. I let the pickpocket dance away in joy with my cash-filled purse," Anand concludes.

Interestingly, Dev Anand had played a pickpocket in the film, Pocket Maar (1956).

Rivoli সিনেমা হলটি ছিল আমার স্কুল থেকে ঢিল ছোড়া দূরত্বে। মনে পড়ে যায় এই ছবিঘরে ১৯৬৯ সালে আমি শক্তি সামন্ত পরিচালিত–রাজেশ খন্না অভিনিত 'আরাধনা' সিনেমাটি দেখেছিলাম। আরও মনে পড়ে ১৯৭১ সালে আরাধনা' সিনেমার নায়িকা Sharmila Tagore-Nawab Pataudi কে একসাথে কালীবাড়ি মঞ্চে দেখার সুযোগ পেয়েছিলাম। সেই সময়, যুগলের অসামাজিক বিয়ের খবরে বাঙালী সমাজে রীতিমত সাড়া পড়ে গেছিল।

১৯৭১ সালেই cricketer Tiger Pataudi গুরগাওনা এলাকা থেকে কংগ্রেসের বিরুদ্ধে নির্দলীয় প্রার্থী হিসেবে দাঁড়ান। তখন রাজারা Privy Council bill নিয়ে ঘোরতর অসন্তুষ্ট ছিলেন তাই বিতর্কিত ফরমানের বিরুদ্ধে নির্দলীয় পদে নবাব সাহেব দাঁড়িয়েছিলেন। রাজাদের যুগের অবসান হয়ে তখন সবে জনযুগ শুরু হয়েছে।

বহু পরে, অর্থাৎ ১৯৯২ সালে গোল মার্কেট এলাকা থেকে রাজেশ খন্না কংগ্রেসের হয়ে নির্বাচন লড়েছিলেন। তখন রাজেশ খন্নাকে নির্বাচন মিছিলে খুব কাছ থেকে দেখার সুযোগ পেয়েছিলাম সাথে ছিলেন ওনার স্ত্রী ও কন্যা ডিম্পল কাপাডিয়া এবং টুইঙ্কল খন্না।

১৯৭৪ সালে Rivoli সিনেমা হলে এলফ্রেড হিচককের সাদা কালো ভয়াবহ ছবি 'Psycho' দেখেছিলাম, সেই সময় আমি এগারো ক্লাসে পড়ি। সিনেমাটি দেখে আমি প্রায় এক মাস থম মেরে গেছিলাম, ঠিক মত রাতে ঘুমোতে

পারতাম না। বইটিতে কোল্ড ব্লাডেড মার্ডারের দৃশ্য আমার চেতনাকে রীতিমত নাড়িয়ে দিয়েছিল।

৪৫ সেকেন্ডের স্নানের শটটি হলিউড ওয়ার্ল্ডে আলফ্রেড হিচককের এযাবৎ সেরা টেক বলা হয়। আততায়ীর ভূমিকায় ছিপছিপে চেহারার Anthony Parkins-এর অনবদ্য অভিনয় দেখে আমি শিউরে উঠেছিলাম। মর্মান্তিক এক খুনের দৃশ্যে দেখা যায় হিরো রক্তলোলুপ শাণিত ছুরির ফলা দিয়ে হিরোইনকে নির্দয়ে কোপাচ্ছে।

ছায়াঅন্ধকার হোটেলে দেখা যায় স্নানরতা হিরোইনকে উন্মাদ ঘাতক নৃশংসভাবে সমানে ছুরিকাঘাত করেই চলেছে। মোটেলের মালিক multi personality disorder রোগের আড়ালে আসলে লেডি কিলার ছিল। স্ট্যাবিং করার মুহূর্তে তীক্ষ্ণ সাঁই সাঁই শব্দের প্রতিধ্বনি সমানে ছবিঘরের চারিপাশে ঘুরপাক খেতে থাকে। তারপরের দৃশ্যে দেখেছিলাম আক্রান্ত হিরোইন চান ঘরে ট্রান্সপারেন্ট পর্দা মুঠোয় আঁকড়ে ধরে মাটিতে স্লো মোশনে নুইয়ে পড়ে যাচ্ছে। নিথর দেহের বিন্দু বিন্দু রক্ত শাওয়ারের জলে টপ টপ করে পড়ে ক্ষীণ স্রোতের ধারায় নর্দমা বেয়ে গড়িয়ে চলেছে।

পরের দৃশ্যে দেখা যায় খুনি দ্রুতপদে স্নানঘর থেকে পালিয়ে যাচ্ছে আর জলমগ্ন নায়িকা ঘাড় বাঁকা অবস্থায় উপুড় হয়ে পড়ে আছে। মাথার উপরে খোলা ফোয়ারার ঝিরঝিরে জলের স্রোত রক্তাক্ত দেহ কে ধুইয়ে দিচ্ছে। জুম লেন্সের ফোকাসের কেন্দ্রবিন্দু তখন মৃতার বিস্ফারিত নয়ন মণি ও গালে জমাট দুফোটা অশ্রুবিন্দু।

রক্ত হিম করা ভয়াবহ ছবিটি দেখার পর আমি বহুদিন ওই হলের ছায়া মাড়াইনি।

Regal থিয়েটারের অপমৃত্যু

এ যেন সিনেমা পরিচালক কৌশিক গাঙ্গুলির 'সিনেমাওয়ালা' ছবির শেষ দৃশ্যের মন খারপ করা অনুভূতি। সিঙ্গল স্ক্রিনের এমন অপমৃত্যু কল্পনাই করা যায় না। রিগাল কে বলা হত "New Delhi's Premier Theatre". ১৯৩২ সালে সিনেমাঘরটি খুলেছিল। চিত্র তারকা রাজ কাপুরের সবকটি ছবি এই হলে রিলিজ হয়। রাজ কাপুর নিজেও প্রায় প্রতিটি ছবির প্রিমিয়ার শো'তে উপস্থিত থাকতেন।

নার্গিস অভিনিত Mother India ফিল্মটি রিগাল থিয়েটারে এক বছর লাগাতার চলেছিল। হেন ভিআইপি নেই যিনি থিয়েটার প্রাঙ্গণে সেকালে পদার্পণ করেন নি। Lord Mountbatten, Nehru, Indira Gandhi, I.K. Gujral, Atal

Bihari Vajpayee, L.K. Advani ও আরও অনেক ভিআইপি এই হলে একদা সিনেমা দেখতে এসেছিলেন। স্যার শোভা সিংহ গত শতাব্দীর তিরিশ দশকের শুরুর দিকে ছবিঘরটি তৈরি করেছিলেন। থিয়েটার হলে সারি সারি 'বক্স' ছিল যার ভেতরে বসে সিনেমা দেখাটা বিরাট বড় স্ট্যাটাস সিম্বল মনে করা হত।

রিগাল থিয়েটারে আমি ১৯৭১ সালে হৃষীকেশ মুখার্জি পরিচালিত 'আনন্দ' সিনেমাটি দেখেছিলাম। গত পাঁচ দশক ধরে মন খারাপ করা বইটি আমি বহুবার বাড়িতে টিভির স্ক্রিনে দেখেছি, বয়স হয়ে যাওয়াতে এখন আর 'আনন্দ' ছবির শেষের বিয়োগান্ত দৃশ্য দেখতে ইচ্ছে করে না। কিছুদিন আগে রাজেশ খন্নার জীবনী পড়তে গিয়ে এক জায়গায় আমার চোখ আটকে যায়

'Rajesh started living life like 'Anand' in his last days: Friend

Rajesh Khanna's best friend Bhupesh Raseen recalled the actor's last days and said that towards the end, he 'started living life as his character Anand Sehgal did in 'Anand'. He would jokingly ask his doctor . . . when his visa going to expire.' He told Zoom. He added Rajesh Khanna used to call Amitabh Bachchan the 'Babu Moshai of his reel life'.

পঁচাশি বছর হলটি রমরমিয়ে চলার পরে দুম করে ২০১৭ সালের মার্চ মাসে বন্ধ হয়ে যায়। তখন দিল্লী শহরের প্রাচীন সিনেমা প্রেমীরা হলের মালিককে বিশেষ অনুরোধ জানায় সম্ভব হলে ৩১শে মার্চ ৬-৯//৯-১২ ইভনিং ও নাইট শো'য়ে রাজাসাহেব রাজকাপুরের অভিনিত সিনেমা দেখানোর যেন ব্যবস্থা করা হয়। রিগাল থিয়েটারের মালিক জনসাধারণের উৎসুকতা দেখে তারপর স্বেচ্ছায় মার্চ মাসের শেষের দিনে বিকেলের শো'তে 'মেরা নাম জোকার' ও রাত ন'টায় 'সঙ্গম' সিনেমা দুটি দেখিয়েছিলেন। শো শেষে হাততালি হাউস ফেটে পড়েছিল।

পরের দিন ছবি দেখানোর খবর প্রতিটা কাগজে ফলাও করে ছেপে ছিল। পুরনো দিনের প্রচুর দর্শক পরিবারসমেত ছবি দুটি দেখতে এসেছিলেন। এবং অনেকেই গ্যালারীতে দাঁড়িয়ে ছলছল চোখে নতুন প্রজন্মের ছেলে মেয়েদের সাথে তাঁদের পুরনো দিনের সিনেমা দেখার অভিজ্ঞতা শেয়ার করেছিলেন। সোশ্যাল মিডিয়া থেকে প্রাচীন দর্শকদের মন্তব্য ও নিরুলা হোটেলের মালিকের পোস্টও এখানে তুলে দিয়েছি।

Regal Cinema & Standard restaurant Connaught Place, 1959. Horse Cart & Bicycle Plying on the Road. No Hustle Bustle of Traffic. Voh Bhi Kya Zamana Tha . . . CP Nirula

There was a coffee house right in the centre of central park where now is junction of metros. That restaurant used to be the hub of intelllectuals and sports person. No such place is built in Delhi again. Tarvinder Singh

Standard pastries and high tea was amazing. On the other side of Regal was Gaylord restaurant and Kwality Restaurant in the corner of this block. Vijendra Gupta

Old fiat and ambassador cars on road. Ali Nazim Jafri

In my young age we used to live in Paharganj and sometime go to Connaught Place and visit Standard Hotel for Expresso Coffee. Only one rupee fifty paisa with thin biscuit – Tonga charges was 15 paisa from Paharganj to Hanuman Mandir, Regal Cinema.

এই প্রন্ধটি যখন লিখছি, সম্ভবতঃ সেই সব স্মৃতিকাতর দর্শক আজ আর কেউ বেঁচে নেই।

কৌশিক গাঙ্গুলীর পরিচালিত ‘সিনেমাওয়ালা’ ছবিটিরও থিম ছিল একক পর্দার হলগুলির প্রতি শ্রদ্ধা জানানো যা ভারতে দ্রুত বিরল হয়ে উঠেছে।

উত্তমকুমার ফিল্ম ফেস্টিভ্যাল

ম্যাটিনি আইডল – ২৪ জুলাই, ১৯৮০, এদিনই লাইট-সাউণ্ড-ক্যামেরা অ্যাকশনের দুনিয়াকে বিদায় জানিয়ে না-ফেরার দেশে চলে গেছিলেন উত্তমকুমার। মহানায়ক উত্তমকুমার মারা গেছিলেন ১৯৮০ সালে। অভিনেতা উত্তমকুমারের মৃত্যুস্মরণে ১৯৮২ সালে আমাদের ক্লাব (New Delhi Youth Club) কালীবাড়ির প্রাঙ্গণে উত্তম ফেস্টিভ্যালের আয়োজন করে। উত্তম অভিনিত সাতটি সিনেমা সপ্তাহব্যাপী মে-মাসের প্রথম হপ্তায় সন্ধ্যেবেলায় ফ্রি’তে দেখানো হয়। তখনও ভিসিআর বস্তুটি ভারতবর্ষে আসেনি তাই

প্যান্ডেলে প্যান্ডেলে বাংলা সিনেমা দেখার জন্য প্রবাসী বাঙালীদের মধ্যে দারুণ ঝোঁক ছিল।

আজও মনে পড়ে, যেদিন আমরা ফ্রি কার্ড বিলি করেছিলাম, কালীবাড়ির বাইরে হাজার খানেক লোক লাইনে কয়েক ঘন্টা পাসের অপেক্ষায় দাঁড়িয়ে ছিল। পাস বিলি করা হয় বিকেল সাতটায় এবং লাইনে ভিড় হতে শুরু হয় বিকেল চারটে থেকে। প্রোজেক্টর ভাড়া প্রতি শো দেখানোর জন্য দিতে হয়েছিল তখন ১২৫ টাকা এবং সাতটি সিনেমার রিলের দাম পড়েছিল প্রায় চার হাজার টাকা। পুরো টাকাটাই আমাদের ক্লাব জোগাড় করেছিল Brochure-এ ছাপানো বিজ্ঞাপনের মারফতে। ওই স্মারকপত্রে প্রচ্ছদ এঁকেছিল ক্লাবের সক্রিয় সদস্য ও আমাদের বাল্যবন্ধু স্বর্গত শ্রী অনিশ রায়চৌধুরী।

অনীশ ছিল আমাদের সকলের প্রাণের বন্ধু, সে থাকত ১ নম্বর নিকলসন স্কোয়ারে। ওর তুলির হাত ছিল অতি সুন্দর তাই অনীশ Delhi College of Arts থেকে আঁকা শেখে। আমাকে আমার প্রয়াত বন্ধু অনীশ নানা সময় সাহায্য করেছিল। অনীশ কালীবাড়ির লাইব্রেরীতে পার্ট টাইম কাজ করত এবং বিশেষ বিশেষ বই out of turn ইসু করিয়ে আমাকে দিত। অনীশের সেই উপকারটুকু তখন না পেলে অতশত বই পড়া সম্ভব হত না, আমার শেষের বই 'অফুরন্ত মাস্টারপিস' সঙ্কলনের কাজে সেই সব বইয়ের লেখা নোট বহু বছর পরেও কাজে এসেছিল।

অনীশ কে বলে কয়ে আমরা মহানায়ক উত্তমকুমারের ছবিটি আঁকিয়ে নিয়েছিলাম, বদলে ওকে বেশ কয়েকটি সিনেমার পাস দিয়েছিলাম। ওর হাতে আঁকা সুভেনিয়র-এর ছবিটি আজও আমি যত্ন করে তুলে রেখেছি। সযত্নে আঁকা ওই ছবিটি আজ যদিও ধুসর হয়ে গেছে কিন্তু আমাদের ক্লাবের কেউ অনীশকে ভোলিনি। যখনি অনীশের কথা ওঠে আমরা সবাই একবাক্যে স্বীকার করি ওর হাতে কালি তুলি ছবিকে নিখুঁত ফুটিয়ে তুলত। পাড়ার মাঠে ইজেল খাটিয়ে ছবি আঁকা বা পুজোর আগে কালীবাড়িতে 'বসে আঁকো' প্রতিযোগিতায় অনীশ কে দেখতাম উবু হয়ে বাটিতে তুলি ডুবিয়ে রঙ বেরঙের ছবি আঁকছে। ও আপন হাতে রঙ গুলত, ডান হাতের সব ক'টি আঙুল তখন লালে লাল হয়ে যেত। অনীশ গাছের গায়েও ছবি আঁকত। টুনটুনি পাখির পালক দিয়ে নিখুঁত তুলি বানাত। আমরা অনীশের ফাইন আর্টস দেখে ঠাট্টা করে বলতাম 'ও জলেও আঁক কাটতে পারে আবার আকাশের ছবিও ইজেলে চমৎকার ফুটিয়ে তুলতে পারে'। অনীশ আমাদের গর্ব করে বলত, লিলি ফুলকে তুলি দিয়ে রঙ মাখাতে হয় না।

আচমকা অকাল মৃত্যু অনীশের উদীয়মান প্রতিভা কে ছিনিয়ে নিয়েছিল, বন্ধু বেঁচে থাকলে আমাদের বয়সী হত। নিউ দিল্লী ইউথ ক্লাবের প্রায় সব

সদস্য এখনো বেঁচে আছে শুধু দু-তিনজন ছাড়া এবং সকলেই আমরা বৃদ্ধের পর্যায় প্রায় এসে গেছি।

উত্তম ফিল্ম ফেস্টিভ্যাল উপলক্ষ্যে আরও কয়েকটি ঘটনা আমার এখনও মনে আছে। যেমন প্রতি রাতে সিনেমা দেখতে প্রায় হাজার দুই দর্শক উপস্থিত থাকত। পরিস্কার মনে আছে সাতদিন ব্যাপী সিনেমা চলাকালীন কোন এক রাতে তুমুলে বৃষ্টি হয় এবং সেই কারণে 'মরুতীর্থ হিংলাজ' ছবিটি দেখানো সম্ভব হয়নি। ছবিটি আমরা এক সপ্তাহ পরে দেখাই সাথে আরও দুটি ছবি যোগ করে সারারাত ধরে তিনটি ছবি চালানো হয়। যদিও সময়টা গ্রীষ্মকাল ছিল কিন্তু সেবছর (১৯৮২) দিল্লীর তাপমাত্রা কম থাকাতে অনেকেই হাফ সোয়েটার গায়ে দিয়ে সিনেমা দেখতে এসেছিলেন।

ফিল্ম ক্রিটিক অমিতা মালিকের অধীনে দেবু মজুমদার তখন স্টেটসম্যান পত্রিকা অফিসে কাজ করতেন। উনি স্বয়ং মন্দির প্রাঙ্গণে এসে ফিল্ম ফেস্টিভ্যালের বৃত্তান্ত আমার থেকে জেনে নিয়ে পরে কাগজে লিখেছিলেন।

'দেয়া নেয়া' সিনেমাটি কালীবাড়িতে যেদিন দেখানো হয়ে, সেরাতে প্যান্ডেলে ভিড় উপচে পড়েছিল ফলে ক্লাবের সদস্যদের বাধ্য হয়ে গেটের কানাত খুলে দিতে হয়। ভিড় সামলাতে ব্যস্ত থাকাতে ছবিটি আমাদের কারুর পক্ষে দেখা সম্ভব হয় নি। শো'টি শেষ হলে ক্লাবের ছেলেরা প্রোজেক্টরম্যান কে বলে কয়ে কালীবাড়ির ময়দানে ছবিটির রিপিট প্রজেকশন করাই এবং আমরা ও বেঙ্গলী ক্লাবের উপস্থিত সদস্যরাই শুধু সেই ছবিটি দেখেছিলাম। দ্বিতীয়বার 'দেয়া নেয়া' ছবিটি মাঝরাতে শেষ হবার পরে আমরা প্রোজেক্টরম্যানকে 'মরুতীর্থ হিংলাজ'-এর একটা বিশেষ রিল চালাতে অনুরোধ জানাই।

প্রায় ৪৩ বছর পরে সেই রাতের ঘটনা হুবুহু লিখতে গিয়ে আমার স্মৃতি ঝাপসা হয়ে গেছে তবে এটুকু মনে আছে ক্লাবের কয়েকজন বন্ধু হেমন্তর গাওয়া গানের সিকোয়েন্সের সাথে নিরিবিলি রাতে তাদের কন্ঠ মিলিয়েছিল। লিখতে লিখতে অভিনেতা অনিল চ্যাটার্জির লিপে গাওয়া গানটির লাইন কটি মনে না আসাতে আমি এই মুহূর্তে ইউটিউব সাইটে 'মরুতীর্থ হিংলাজ' সিনেমাটি সার্চ করতে শুরু করে দিয়েছি। ইউটিউবে গানটি অবশেষে খুঁজে পাওয়ার পরে জেগে উঠল আমার ধূসর স্মৃতি, অতঃপর গীতিকার গৌরীপ্রসন্ন মজুমদারের রচিত স্বরলিপি তুলে ধরে আমার ছায়াছবি জগতের দীর্ঘ ষাট বছরের স্মৃতিচারণের সমাপ্তি টানছি।

'তোমার ভুবনে মা গো এত পাপ
এ কী অভিশাপ,

নাই প্রতিকার-
মিথ্যার জয় তাই, সত্যের নাই আজ অধিকার।'
শোনামাত্র গায়ে কাঁটা দিয়ে উঠেছিল। 'রোমাঞ্চ' কথাটা গল্প-উপন্যাসে পড়েছি।
'রোমাঞ্চিত' হওয়া আসলে সে বস্তুটি কী, আজ আবিষ্কার করলাম।
'কোথায় অযোধ্যা, কোথা সেই রাম
কোথায় হারালো গুণধাম?
এ কী হল? এ কী হল?
পশু আজ মানুষের নাম-
সাবিত্রী-সীতার দেশের দাও দেখা তুমি এসে
দূর করে দাও এই অনাচার।।'
আশেপাশে চেয়ে দেখি বন্ধুদের চোখ পর্দার আলোয় চকচক করছে। চকচক,
না কি ছলছল? সঞ্চারী শুরু হয়
তোমার কঠিন হাতে বজ্রবিণায়
মিথ্যার করো অবসান-
তোমার এ পৃথিবীতে যারা অসহায়
তুমি মা তাদের করো ত্রাণ।
চরণতীর্থে তব আবার শরণ লব
দুর্গম এই পথ হবে পার।।'

অনেকদিনের আগের কথা, মরুতীর্থ হিংলাজের গানের দৃশ্যপট চোখের সামনে
ভেসে ওঠেছে। অবধূত যখন তাঁর 'মরুতীর্থ হিংলাজ' নিয়ে নিঃশব্দে বাংলা
সাহিত্যের আসরে প্রবেশ করেছিলেন, তখন উভয় বাংলার বাঙালী পাঠক
রীতিমত বিস্মিত হয়েছিলেন। লেখক বেলুচিস্তানের পশ্চিমদিকে হিন্দুদের শ্রেষ্ঠ
তীর্থ হিংলাজ দেখে এসেছিলেন। ভগবান রামচন্দ্র রাবণ-বধ করে ব্রহ্মহত্যার
পাপ-ভাগী হয়েছিলেন। তাঁর পাপস্খালন হয়ে এই মহাতীর্থ দর্শনে।

সাপ্রু হাউজে ঋত্বিক ঘটক ফিল্ম ফেস্টিভাল

১৯৭৫। ১লা মার্চ বেঙ্গলী ক্লাব নিউ দিল্লির সপ্রু হাউসে ঐতিহাসিক 'ঋত্বিক ঘটক চলচ্চিত্র উৎসব' আয়োজিত করে। ঋত্বিক ঘটকের সব ক'টি 'ফিচার ফিল্ম' এবং ডকুমেন্টারি জোগাড় করা এক দুরুহ কাজ ছিল – বিশেষত বাংলাদেশের ছবি 'তিতাস একটি নদীর নাম'। অনেক কাঠ-খড় পুড়িয়ে, দিল্লি-কলকাতা দৌড়ঝাঁপ করে তবেই 'ঋত্বিক ঘটক চলচ্চিত্র উৎসব'-এর সাফল্যতা পাওয়া গেছিল। তৎকালীন প্রধানমন্ত্রী শ্রীমতী গান্ধির সহপাঠী শ্রীমতী ঊষা ভগৎ-এর সুপারিশ নিয়ে বাংলাদেশের হাই-কমিশনার জনাব মুজিবর রহমান মারফৎ তদ্বির করাতে 'তিতাস একটি নদীর নাম' চলচ্চিত্রটি একটি মাত্র শো দেখানোর অনুমতি পাওয়া যায়।

এছাড়া বিভিন্ন পরিবেশকের কাছ থেকে ফিল্ম জোগাড় করাও ছিল প্রায় সাধ্যাতীত। এই অসাধ্য সাধন করেছিলেন আমাদের ক্লাবের এক অত্যন্ত জনপ্রিয় সদস্য সঞ্জীব (বাবু) চ্যাটার্জি। বাবু চ্যাটার্জিকে বিশেষভাবে সহযোগিতা দিয়েছিলেন আরেক সদস্য স্মরজিত দত্ত। তাঁদের অক্লান্ত পরিশ্রম ও অদম্য উৎসাহ এই চলচ্চিত্র উৎসবের অভাবনীয় সাফল্যতা এনে দেয়।

১লা মার্চের এক সপ্তাহ আগেই সাত দিন সব কটি শো হাউস ফুল হয়ে যায়। যাকে বলে টোটাল হাউস ফুল। এই চলচ্চিত্র উৎসবের উপদেষ্টাদের মধ্যে

শ্রীমতী ঊর্মিলা হাকসার, শ্রীমতী ধর ও শ্রী শ্যামাপ্রসাদের নাম বিশেষভাবে উল্লেখযোগ্য। যে ছবিগুলি দেখানো হয়েছিল সেগুলি হলো – অযান্ত্রিক, কোমল গান্ধার, বাড়ি থেকে পালিয়ে, সুবর্ণরেখা, মেঘে ঢাকা তারা, যুক্তি তক্কো গপ্পো, তিতাস একটি নদীর নাম আর তথ্যচিত্র – দূর্বার গতি পদ্মা, রাঁধেভু, Pryse। কাহিনী চিত্র নাগরিক এবং তথ্যচিত্র My Lenin – ভারত সরকারের অনুমতি না পাওয়ায় দেখানো যায়নি। তবে ছাত্রদের বিশেষ অনুরোধে নাগরিক ও My Lenin জেএনইউ ক্যাম্পাসে দেখানো হয়েছিল। হাউস ফুল থাকার জন্য তিতাস একটি নদীর নাম শো-এর দিন অনেক ছাত্র হলে ঢুকতে না পারায় একটু গণ্ডগোলের সৃষ্টি হয়। শেষকালে পরামর্শ করে ছাত্রদের যাতায়াতের পথের ওপর বসতে দিয়ে সমস্যার সমাধান হয়।

ঋত্বিক ঘটক প্রত্যেক দিন ১লা মার্চ থেকে ৭ই মার্চ রোজ হলে উপস্থিত থাকতেন। এই চলচ্চিত্র উৎসব আয়োজিত করে ক্লাবের প্রভুত সুনাম অর্জন হলেও অর্থ সমাগম হয়নি'।

ঋত্বিক ঘটক পরিচালিত ছায়াছবিগুলোর রিভিউ বাংলা কাগজে ছেপে ছিল, সংবাদ সাপ্তাহিকে সুদিন চট্টোপাধ্যায় লিখেছিলেন –

সপাটে চাবুক আছড়ে পড়ে চেতনায়, যখন সেই বিধ্বস্ত বৃদ্ধটি সকাতরে বলে ওঠেন, "এমন কোমল দ্যাশটা ছাইড়া, আমার নদী, পদ্মার ইলিশ ছাইড়া, আমি যামু ক্যান?"

উত্তরে আর একটা চাবুকের সপাং 'যাইবা থাইবার লইগা। এই শ্যাষ সুযোগ, শরণার্থী হও।"

পরিষ্কার হয়ে গেলো, 'কোমল গান্ধার' ছায়াছবি, এই সবুজ, শ্যামল, সোনালী দেশটাকে দু' ফালা করে কেটে ফেলার অসহনীয় যাতনার ছবি।

তারপর ১৯৬০ সালে 'মেঘে ঢাকা তারা'য় দর্শক শুনেছে বাংলার হাহাকার 'দাদা আমি বাঁচতে চাই।' উদ্বাস্তু জীবনের অনিশ্চয়তার করুণ কান্না। তিনটি ছবি 'কোমল গান্ধার' 'সুবর্ণ রেখা' ও 'মেঘে ঢাকা তারা' – মনে হতেই পারে, এই ছবি 'ত্রয়ী' একত্রে ১৯৪৭-এ বাংলার বুকের ওপর দিয়ে বয়ে যাওয়া রাজনৈতিক ঝড়ের শোকবহ ধ্বংসচিত্র।

১৯৪৩ থেকে ১৯৪৭, দুর্ভিক্ষ থেকে দেশভাগ, পূর্ব বাংলার জন্মভিটে থেকে উচ্ছিন্ন মানুষ আছড়ে পড়ল কলকাতার রাজপথে। 'কোমল গান্ধার' প্রথম থেকেই সুর ও স্বরে প্লাবিত কথোপকথন, যাতে বারংবার উঠে এসেছে দেশভাগ, নীতিহীনতা ও নৈতিক আদর্শ। এর সুরে গানে ও গানের কথায় জড়িয়ে রয়েছেন সলিল চৌধুরী, বিজন ভট্টাচার্যের মতো খ্যাতনামারা। ছবির আবহ রচনা করেছেন সরোদিয়া ওস্তাদ বাহাদুর খান। শুরুতেই, সরোদ, সারেঙ্গী ও সুরশৃঙ্গার-এর সঙ্গে তালবাদ্যের মিলিত মনোহারি ঐকতান ধীরে

ধীরে ছড়িয়ে পড়ে আঞ্চলিক বিবাহগীতির এক অনবদ্য আহ্বানে। মন অনায়াসে গেঁথে যায় ছবিতে। ছুটন্ত রেলগাড়ীর আওয়াজ, পাখির ডাক মনটাকে একত্র করে চলচ্চিত্রের কাহিনীমুখী করে দেয়।

একটা দৃশ্যে দেখা যায় – কলকাতা থেকে ঢাকা যাওয়ার রেললাইনটা পদ্মার পারে এসে শেষ। ওদিকে আর কোনদিন এগোবে না এই পথ। ওপারটা আর আমাদের নয়। পদ্মার মুখোমুখি, পাশাপাশি দাঁড়িয়ে, অনুসূয়া আর ভৃগু। ওপারের ভূমিখণ্ডটা অজানা হয়ে গেছে, পূর্ব পাকিস্তান। কিন্তু তাদের ফেলে আসা দিনগুলো, স্বপ্নগুলো, দুঃখ সুখগুলো, কোনটা তো অজানা, অপরিচয়ে ম্লান হয়ে যাওয়ার নয়, তাদের কথাই তারা বলে নিস্তরঙ্গ জলের ওপর দুজোড়া জলভরা চোখ মেলে। আবহে বাজে বিয়ের কন্যা বিদায়ের গান।

এ ছবির সুর আর গান আজও আমার মন অস্থির করে। মুক্তির পরপরই দেখেছিলাম এ ছবি। তারপর বারবার দেখেছি, ফিরে ফিরে দেখেছি। 'এস মুক্ত কর'র মত গণসংগীত, ধুলো মাটি জল বাতাস মাখানো বাংলার ভাটিয়ালী গীত, আর সেই গানের সঙ্গে নৌকা বাইচের দৃশ্য, 'এপার পদ্মা, ওপার পদ্মা/ মাঝে জাগনার চর/তারই ধারে বসে আছে/শিব সদাগর। অসাধারণ বললে খুব কম বলা হবে, মনে হয় এপার ওপার ভাঙা বাংলার রোদন যেন আছড়ে পড়ছে পদ্মার জলধারায়।

সুরকার সলিল চৌধুরী তাঁর আত্মজীবনীতে (জীবন উজ্জীবন) লিখেছিলেন –

মদ্যপানই ঋত্বিকের জীবনে অভিশাপ দেখা দিল এবং জীবনের বহু অমূল্য মুহূর্তের জলীয় সমাধি ঘটাল। ১৯৪৭ থেকেই ঋত্বিক, মৃণাল (সেন) এবং আমি ছিলাম অবিচ্ছেদ্য বন্ধু। আমরা ছিলাম বেকার। কাজেই ওর পয়সাতেই আমাদের চা সিগারেট চলত। পেরাডাইজ কাফের আড্ডা জমত। ঋত্বিক বিড়ি খেত। তখন এক আনায় দুটো কেপসটান পাওয়া যেত।

উত্তর জীবনে আমি আর ঋত্বিক বয়ে গেলাম – মৃণালটাই কি করে সচ্চরিত্র রয়ে গেল। মদ ছুঁলো না জীবনে।'

চিত্র পরিচালক তরুণ মজুমদার তাঁর আত্মজীবনীতে (সিনেমা পাড়া দিয়ে) ঋত্বিকবাবুর প্রশংসায় পঞ্চমুখ হয়ে লিখেছিলেন –

যে সময়টার কথা বলছি তখনও এই পোড়া বঙ্গদেশে টিভি-র আবির্ভাব হয়নি। শহরবাসীর মনোরঞ্জনের জন্যে দুটোই উপকরণ ছিল। সিনেমা আর হাতিবাগানের রঙ্গমঞ্চগুলি।

বাংলা ছায়াছবিতে তখন ভরা কটালের বাণ। একই সঙ্গে সত্যজিৎবাবু, মৃণাল সেন, তপন সিংহ আর ঋত্বিকবাবুর মতো গুণীরা দর্শকদের মুগ্ধ করে চলেছেন। সাধারণ দর্শকদের বাইরে এঁদের প্রত্যেকেরই নিজস্ব ভক্তকুল গড়ে উঠেছে। একজনের ছবি যেই না মুক্তি পেল অমনি ঝাঁকে ঝাকে সবাই ছুটল।

প্রথম দিন প্রথম শো-এর টিকিটের জন্যে কাড়াকাড়ি, মারামারি। শো ভাঙলেই হলের লাউঞ্জে দাঁড়িয়ে উত্তেজিত আলোচনা – ছবির দোষগুণ সম্পর্কে।

এইরকম কোনো এক শুক্রবারে দক্ষিণ কলকাতার বসুশ্রীতে সত্যজিৎবাবুর একটা ছবি মুক্তি পেয়েছে। শো শেষ হওয়া মাত্র কাতারে কাতারে দর্শক লাউঞ্জে বেরিয়ে এসে উচ্ছসিত প্রশংসায় সরব। এমন সময় লম্বা লম্বা পা ফেলে বাইরে থেকে ঋত্বিকবাবুর প্রবেশ। এদিক ওদিক তাকিয়ে নিজের ভক্তকুলের একজনকে দেখতে পেয়ে কাছে ডাকেন ঋত্বিক।

–'এই শোন!'

বলা দরকার, এর আগেই ওঁর 'অযান্ত্রিক' বাজারে বেরিয়ে গেছে। ছবি দেখে সবাই মুগ্ধ।

–'কেমন দেখলি?'

'দারুণ। মানে খুব ভালো। মানে আপনার ষ্ট্যাণ্ডার্ডে না হলেও ছবিটা - '

বাকিটা বলার আগেই ঋত্বিক বুক বাজিয়ে বলে ওঠেন – 'তবে লম্বু হলেই ভাল ডিরেক্টর হওয়া যায় না, বুঝলি?'

ঋত্বিকবাবু আর সত্যজিৎবাবু প্রায় সমান 'লম্বু'। ইঙ্গিতটা কার দিকে বুঝতে অসুবিধে হয় না কারো। একটা কথা এই ফাঁকে জোর দিয়ে বলি। ওপরের মন্তব্য শুনে কেউ যদি ভেবে না বসেন দুই 'লম্বু' একে অপরকে টপকে যাওয়ার জন্যে ছটফটানিতে ভোগেন। বরং তার ঠিক উল্টো। দুজনেই পরস্পরের কাজের গুণমুগ্ধ দর্শক।

কারো কারো মুখে শুনেছি, এককালে নাকি ভদ্রলোক এসব স্পর্শ করতেন না। এই মানুষটিকে দেখেছি, যখন কাজ করতে নামতেন – আগুনের গোলা যেন। যেমন তীক্ষ্ণ বুদ্ধি তেমনি দায়বদ্ধতা। ভিতরের এক অস্থির তাড়নায় ছটফট করছেন। সিনেমা যে মনোরঞ্জনের বস্তু নয়, সমাজচেতনা বাড়াবার হাতিয়ার, এটা প্রমাণ করার জন্যে এমন বিষয়বস্তু বেছেছেন, এমন সাহস দেখিয়েছেন, যা শ্রদ্ধায় মাথা নিচু হয়ে যায়। তীক্ষ্ণ, সাহসী আর বেপোরায়। এক কথায় শাণিত তরোয়াল যেন। দেশভাগের মর্মান্তিক জ্বালা নগ্ন নির্মম করে ফোটানোর তাগিদ আর কে অনুভব করেছেন ওঁর মতো। ধীবরদের জীবন আর নকশাল আন্দোলনের বিশ্লেষণ কার ছবিতে এমন করে স্থান পেয়েছে।?'

ওপরে দেওয়া ঋত্বিক বাবুর ছবিটি আমার মনে গেঁথে গেছে। যদিও আমি আঁকা ছবিটি সিনেমা পরিচালক তরুণ মজুমদারের আত্মজীবনী থেকে নিয়েছি কিন্তু হুবুহু এইরকম ভাবে স্বচক্ষে ওনাকে বহুবার নিউ দিল্লী কালীবাড়ির অফিসে বাংলা কাগজের অপেক্ষায় দাঁড়িয়ে থাকতে দেখেছি। তখন বেশকিছু সময় উনি কালীবাড়ির পান্থনিবাসে আত্মগোপন করে ছিলেন। ওনার নির্বাসিত জীবন কাটাবার কারণটা আজও অজানাই থেকে গেছে।

Dr Rajendra Prasad laying the foundation stone of the building of
All India Fine Arts & Crafts Society 1st January, 1952

আইফেক্স মঞ্চে ধূলিলিপ্ত পদচিহ্নরেখা

২৮শে মে, ২০২৩ সালে আইফেক্সের বিপরীতে নবনির্মিত সংসদ ভবনটির দ্বারোদঘাটন হয়। আইফেক্সের অবস্থান হল রফি মার্গ -রাইসিনা রোড- রেড ক্রস রোড ও রেল ভবনের চৌমাথার মোড়ে। সেই রাতে আমি টিভি স্ক্রিনে দেখেছিলাম নিউ পার্লামেন্ট হাউস আলোর রোশনাইয়ে আকাশকে ঝলমলে করে তুলেছে। লেজারের ঝিকিমিকি রিফ্লেকশনে কোমল নীলাভ রশ্মি দীপ্তি সংলগ্ন আইফেক্স ভবনের তেতলা চাতালে ক্ষণে ক্ষণে আছড়ে পড়ছে। লেজারের তীক্ষ্ণ ঠিকরানো আলোর ঝলকে আকাশের বুকে ছুটন্ত আগুনের রক্তরাঙা স্বর্ণবিন্দুর ছটা বারে বারে জ্বলছিল-নিভছিল। নানাবর্ণের সেই আলো-ছায়ার খেলা আইফেক্স মঞ্চের দেয়ালে মুহূর্তে মুহূর্তে প্রতিফলিত হতে দেখে আমি আত্মবিস্মৃত হয়ে পড়েছিলাম। পুরনো স্মৃতি আমাকে আষ্ঠেপৃষ্ঠে ঘিরে ধরেছিল।

'দশচক্র', 'রক্তকরবী', 'পুতুল খেলা', 'রাজা', 'রাজা অডিপাস' নিয়ে শাহী দিল্লীর কেন্দ্রবিন্দুতে স্থিত আইফেক্স অডিটোরিয়ামে টানা পাচদিনের উৎসব হয়েছিল বহুরূপীর ব্যানারে। বহুরূপীর শো রেজিস্টার থেকে জানা গেছে ১৯৬৬-তে সব মিলিয়ে ৪৫টি অভিনয় করেছিল বহুরূপী। তার মধ্যে ২৯টি কল শো, রাজধানী দিল্লীতে ১৪টি, ইলাহাবাদে ২টি।

আনন্দবাজার পত্রিকা, ২২ অগস্ট ২০২১

বহুরূপী নাট্যদলে তখন ছিলেন শম্ভু মিত্র, তৃপ্তি মিত্র, কুমার রায়, গঙ্গাপদ বসু, অরুণ মুখোপাধ্যায়, অমর গাঙ্গুলী, কালীপদ ঘোষ।

১৯৬৬ সালে রাষ্ট্রীয় নাট্য বিদ্যালয় – National School of Drama আইফেক্স সভাঘরে তাদের সফল ছাত্রদের ডিপ্লোমা প্রদান করেছিল। অনুষ্ঠান শেষে ওম শিবপুরী নির্দেশিত বিখ্যাত 'তুঘলক' নাটকটি মঞ্চস্থ হয়। রাষ্ট্রীয় নাট্য মঞ্চের ইতিহাস ঘাঁটলে জানা যায়, নাট্য নির্দেশক ইব্রাহিম আলকাজি পরিচালিত 'এন্টীগোনী' (Antigone) প্লে'টি সর্বপ্রথম তাদের ক্যাম্পাসের বাইরে আইফেক্স প্রেক্ষাগৃহে মঞ্চস্থ হয়েছিল। সেই প্রথম NSD টিকিট বিক্রি করার প্রথা শুরু করে। শো দেখতে যারা এসেছিলেন তাদের মধ্যে অবশিষ্ট দর্শকদের মুখে শোনা গেছিল, ভারতবর্ষের তৎকালিন প্রধান মন্ত্রী পণ্ডিত জহর লাল নেহরু 'এন্টীগোনী' নাটকটি দেখে ভূয়সী প্রশংসা করেছিলেন; বলেছিলেন – অনেক বছর পরে এত ভাল নাটক দেখলাম। তারপরেই পণ্ডিত নেহরুজীর নির্দেশে রাষ্ট্রীয় নাট্য বিদ্যালয়ের ডিপ্লোমা কোর্সকে সরকার মান্যতা দেয়। ।

গত *শতাব্দীর* ষাটের দশকে নান্দীকার গোষ্ঠী আইফেক্সে কয়েকটি নাটক মঞ্চস্থ করেছিল। সেই নাটকগুলো দেখে এক পত্রকার লিখেছিলেন –

অজিতেশের potentiality ছিল সাংঘাতিক। এক রাত্রে যদি অজিতেশের 'শের আফগান' দেখে তার পরে 'মঞ্জরী আমের মঞ্জরী' দেখা যায় তবে দুটো চরিত্র চিত্রণের মধ্যে কোনও মিল খুঁজে পাওয়া যাবে না। গৌরকিশোর ঘোষ মন্তব্য করেছিলেন 'মঞ্চে কেয়া চক্রবর্তীর থেকে প্রতিভাময়ী অভিনেত্রী এক তৃপ্তি ছাড়া কেউ নেই। রক্ত করবীর নন্দিনী তৃপ্তি মিত্র তখন ছিলেন অপ্রতিরোধ্য এবং অপরাজিতা। আইফেক্সে যাঁরা 'ছেঁড়া তার' বা 'অপরাজিতা' দেখেছেন তাঁরা স্বীকার করবেন তৃপ্তি মিত্র কত বড় শিল্পী ছিলেন।

নতুন সংসদ ভবন উদ্ঘাটনের দিন বিকেলে টেলিভিশন পর্দায় আলো-ছায়া ঘেরা আইফেক্স ভবন দেখার পর থেকে আমার মনে ইচ্ছে জেগে ছিল নাট্যশালার হালহকিকৎ সরেজমিন দেখতে যাবো! এক ছুটির বিকেলে Violet Line মেট্রোয় চেপে সেন্ট্রাল সেক্রেটারিয়েট আণ্ডারগ্রাউণ্ড স্টেশনে নেমে গেট নম্বর ৫ থেকে এসকেলেটার বেয়ে ওপরে উঠে আসি। জায়গাটাকে কোন এক সময় বলা হত Boat Club, এখন তার পাশে খানিকটা অংশে অস্থায়ী পুলিশ ক্যাম্প তৈরি হয়েছে । রেল ভবনের সামনে এসে দেখি 'বন্দে মাতরম' রেল ইঞ্জিনের ছোট্ট মডেল ডিসপ্লে'তে সাজিয়ে রাখা হয়েছে। তার পাশে রাইসিনা রোড আর রেডক্রস রোড ভিআপি'দের নিরপত্তার কারণে জনসাধারণের জন্যে আপাতত বন্ধ রয়েছে। রফি মার্গে শান বাঁধানো পীচ সড়ক হেঁটে ক্রস করতে গিয়ে দেখি গোটা আইফেক্স ভবন কে আলো দিয়ে সাজানো হয়েছে। সেই মুহূর্তে আইফেক্স ভবনটির জেল্লা দেখে আমি উৎফুল্ল হয়ে উঠেছিলাম।

আমার ধারণা ছিল আইফেক্স ১৯৮০ থেকে বন্ধ পড়ে আছে কিন্তু খবরটা আদপেই সঠিক নয়। কিছুদিন আগে কাগজে পড়েছিলাম আইফেক্সের পাশে ইন্ডিয়ান রেড ক্রস সোসাইটির অফিসটি শিফট করে যাবে। সেখানে তৈরি হবে সংসদদের জন্য প্রাইভেট চেম্বার। উক্ত জমিটি বহু কাল আগে জুনাগরের নবাব দানে দিয়েছিলেন।

আইফেক্স ভবনে ঢুকে দেখলাম দু'পাশে সরু গ্যালারিতে চিত্র প্রদর্শনী চলছে এবং বেশ কিছু উৎসুক দর্শক ছবি দেখতে ব্যস্ত। আইফেক্সের সামনের ছোট্ট এক ফালি সুরম্য উদ্যানে দেখলাম নিখুঁত যত্ন সহকারে মালিরা ফুলের কেয়ারী ছেঁটে ঝাঁঝরি দিয়ে চারাগাছে ঝিরি ঝিরি জলের ফোয়ারা ছিটোচ্ছে। ষাট ও সত্তর দশকে কিন্তু মাঠটির বিশেষ দেখভাল হত না। মাঠটি দেখে কত কথাই আমার মনে পড়ে গেছিল। এই মাঠেই দিল্লীর তাবড় তাবড় অভিনেতারা আড্ডা জমাতে আসতেন। সেই সময়কার যত বাঙালী মেম্বার অব পার্লামেন্ট ইস্টার্ন কোর্ট বা কন্সটিটিউশন ক্লাবে উঠতেন, তাঁরা আইফেক্সে নাটক দেখার আগে বা বিরতির সময় এই ছোট্ট মাঠে দাঁড়িয়ে সিগারেট খেতেন।

ওপরের দিকে তাকিয়ে দেখি আইফেক্স এখন তিনতলা ভবন, ষাটের দশকে দোতলা পর্যন্ত ছিল। গোটা ভবনটি রীতিমত রিনোভেট করা হয়েছে। তিনতলার দিকে আমার চোখ যেতেই ঊর্ধ্ব আকাশে দেখলাম তারামণ্ডলের মেলা বসেছে, অপার বিস্ময়ে আমার চোখ চিকিমিকি করে উঠেছিল। তারাগুলো আকাশে ঝিকিমিকি করছে, প্রশ্নচিহ্নর মতো সাজানো সপ্তর্ষি। পাশেই একটা ফুটকি, ওর নাম অরুন্ধতী। ওর পাশেই ধ্রুবতারা। আকাশে সব তারারাই জায়গা পালটায় কিন্তু এটি অনড়, তাই এর নাম ধ্রুবতারা। তারাগুলি তখন পূর্ণদীপ্তিতে দীপ্যমান। সবুজ মাঠে দাঁড়িয়ে কিছুক্ষণের জন্যে তারকা-আলোকময় স্তব্ধ রজনীর মাঝে আমার উন্মন মন অসীম আকাশে হারিয়ে গেছিল।

আইফেক্সের একজন স্টাফকে আমি প্রশ্ন করেছিলাম ভেতরের প্রেক্ষাগৃহ বন্ধ কেন পড়ে রয়েছে। সে দেখলাম আইফেক্সের ভেতরের অডিটোরিয়াম সম্বন্ধে কিছুই জানে না। আইফেক্স হলের অন্দরে ঢুকতে গেলে দু'পাশে দুটো এন্ট্রি গেট ছিল। প্রেক্ষাগৃহের দুর্নিবার আকর্ষণে সকলের অলক্ষিতে গেট ঠেলে ভেতরে ঢুকতেই কান্নার হা হা ধ্বনি ভেসে এল সুদূর অতীত থেকে। গোটা জায়গাটা দেখতে লাগছে নির্বান্ধবপূরী। গেটের ফাঁক দিয়ে ঈষৎ সরু আলোর ফোকাসে ছায়ান্ধকার স্টেজটি আমাকে দেখে যেন ডুকরে উঠল। কান পাততেই ক্ষীণ কোলাহলের কোরাস শুনতে পেলাম। বহুদূরের অস্পষ্ট ছায়াছবির মত এরা কারা? ঝাপসা স্টেজে ক্রমশ সবই দৃশ্যমান হল। নারী কন্ঠের চাপা আর্তনাদ চতুর্দিকে মথিত হচ্ছে **'মেয়েটা কে বেচে দিলেন বাবু'**। সহ-অভিনেত্রীর আকুল ক্রন্দনধ্বনি ইমারতের দেয়ালে প্রতিধ্বনি তুলেছে তখন।

মুহূর্তে মনে পড়ে যায় এই প্রেক্ষাগৃহেই 'টিনের তলোয়ার' নাটকটি আমি তিয়াত্তরে দেখেছিলাম। চকিতে ছায়াছবির মত দেখলাম অভিনেত্রী শোভা সেন উৎপল দত্তকে 'মেয়ে কেনা বেচার' আরোপে বিদ্ধ করে উগড়ে দিচ্ছেন অন্তরের সমস্ত ক্ষোভ। উপ-নায়িকা ময়না (ছন্দা চট্টোপাধ্যায়) স্টেজের এক কোণে দাঁড়িয়ে ফুলে ফুলে কাঁদছে। ময়নাকে কাঁদতে দেখে উৎপল দত্ত নাঙ্গা তলোয়ার হাতে নিষ্ফল আক্রোশে স্টেজময় দাপাদাপি করে বেড়াচ্ছেন। ক্যাপ্টেনবাবুর ভূমিকায় উৎপল দত্তের মেজাজ তখন সপ্তমে, রেগে অগ্নিশর্মা।

কিছুক্ষণ স্বপ্ন বিভোর অবস্থায় হারিয়ে যাওয়ার পরে সম্বিত ফিরতেই হলের দুর্গতি দেখে অবসাদে আচ্ছন্ন হয়ে গেছিলাম। র‍্যানস্যাক অবস্থায় পড়ে থাকা হল'টাকে দেখে মনে হয়েছিল ভুতুড়ে বাড়ি।

পরিতাপ জর্জরিত মনে আমি আইফেক্স অডিটোরিয়াম থেকে নিঃশব্দে বাড়ি ফিরে আসি। সেই রাতেই বাড়ি ফিরে আইফেক্সের পুরনো স্মৃতি লিখতে বসি। ভাবলাম আইফেক্স মঞ্চে আমার দেখা শ্রেষ্ঠ নাটক নিয়ে লিখলে কেমন হয়। ১৯৭৩ সালে পিএলটি দল আইফেক্সে কয়েকটি নাটক মঞ্চস্থ করেছিল তার মধ্যে 'টিনের তলোয়ার' পালাটি দেখে আমি যারপরনাই মুগ্ধ হয়ে গেছিলাম। পিএলটি সেবার চারটি নাটক দিল্লীতে মঞ্চস্থ করেছিল – টিনের তলোয়ার, ব্যারিকেড, টোটা ও বুড়ো শালিকের ঘাড়ে রোঁ।

বাংলা নাটকের হৃদয়-মোচড়ান ইতিকথা 'টিনের তলোয়ার' মস্ত আলোড়ন তুলেছিল সত্তর-একাত্তর সালের ডামাডোলের মুহূর্তে। সেকালে এলটিজি (পরে পিএলটি) দলের প্লে মিনারভা থিয়েটারে দেখার জন্য এত বেশী চাহিদা থাকত যে বহু আগ্রহী দর্শক কাউন্টারে অ্যাডভান্স টিকিট কাটতে গিয়ে শুন্য হাতে বাড়ি ফিরে যেতেন। নাটক দেখার এত চাহিদা তখন হয়েছিল যে উৎপল দত্ত হলটি দীর্ঘ মেয়াদে লিজে নিয়ে নিয়েছিলেন। মিনারভা হলেই একদা অঙ্গার, কল্লোল, মানুষের অধিকারে' বিখ্যাত নাটকগুলো মঞ্চস্থ হয়েছিল।

সুবিখ্যাত চিত্র পরিচালক তরুণ মজুমদার 'টিনের তলোয়ার' নাটকটি দেখে এতই অভিভূত হয়ে যান যে তাঁর আত্মজীবনীতে (সিনেমাপাড়া দিয়ে) নাটকটির বিষয়ে সবিস্তারে লিখেছিলেন –

সেদিন সন্ধ্যায় ঘুরতে ঘুরতে রবীন্দ্রসদনে পৌঁছে দেখি বিশাল ভিড়। একটা নাটকের কথা কিছুদিন ধরেই লোকের মুখে মুখে ঘুরছিল। আজও তার অভিনয়। নাটকের নাম 'টিনের তলোয়ার'। পরিচালনায় উৎপল দত্ত।

হাউস ফুল হয়ে আছে তা সত্ত্বেও টিকিটের জন্য হাহাকার। প্রথম বেল বেজে গেল। দ্বিতীয় বেলও। আমার এক বন্ধু, দুটো টিকিট হাতে নিয়ে এসে বলল, একটা টিকিট বাড়তি হয়ে গেছে। এ তো মেঘ না চাইতেও জল।

ভিতরে গিয়ে নিজের নম্বর দেওয়া আসনে বসামাত্র হল অন্ধকার ও প্রারম্ভিক কনসার্ট বেজে ওঠে। তারপর যা ঘটে চলে তা জীবনে অভূতপূর্ব।

'টিনের তলোয়ার' একেবারেই অন্যরকম। এমনকী, 'অঙ্গার', কিংবা 'কল্লোল'-এর কথা মনে রেখেও। যেমন বক্তব্যের জোর তেমনই বহিরঙ্গের জাঁকজমক। আর অভিনয়? কাকে ছেড়ে কাকে বলব? বিশেষত মূল চরিত্র ক্যাপ্তেনবাবুর ভূমিকায় উৎপল দত্ত। এ ছাড়াও ছন্দা চট্টোপাধ্যায়, সমীর মজুমদার, শোভা সেন, সত্য বন্দ্যোপাধ্যায় – এমনকী ক্ষুদ্রাতিক্ষুদ্র ভূমিকায় শিল্পীরাও যেন এক মহার্ঘ জড়োয়া হারের দুর্মূল্য মনিমানক্যের মতো ঝলমল করছেন।

শো শেষ হয়ে গেল কিন্তু আমি যেন একটা ঘোরের মধ্যে রয়ে গেলাম। কিছুদিনের বিরতি দিয়ে পর পর আরও দু'বার দেখে ফেললাম 'টিনের তলোয়ার'। শেষবার আমাকে সঙ্গ দিয়েছিলেন আমার এক প্রযোজক। নাটক শেষ হতেই তাঁকে নিয়ে সিঁড়ি দিয়ে নেমে আসতে আসতে প্রশ্ন করলাম

–'আচ্ছা, এমন একটা বিষয় নিয়ে ছবি হতে পারে না?'

–'নিশ্চই পারে। আপনি যদি করেন তো আমি আপনার সঙ্গে আছি। উত্তর আসে'।

চিত্রস্বত্বের জন্য উৎপল বাবুর বাড়িতে পা দেওয়া মাত্র উনি ওঁর স্বভাবসুলভ মজার ভঙ্গিতে বলে ওঠেন, 'আরে, আসুন, আসুন, হুজুর-এ-আলা, আলাপনা বসতে আজ্ঞা হোক।

আমি আমার মনোবাসনা ব্যক্ত করতেই একেবারে মাইকেলীয় ভঙ্গিতে পরের বাক্য 'ইহা অপেক্ষা অধিকতর সুখ-সংবাদ এ ধরণীতে আর কী সম্ভবে।' এই ধরণের স্বত্ব কেনাবেচার একটা জাগতিক দিক আছে। অর্থাৎ অর্থকরী দিক। প্রসঙ্গটা উত্থাপনা করতেই এক ফুৎকারে উড়িয়ে দিয়ে ওর মন্তব্য, সে সব আলোচনা ছবিটা শেষ হওয়ার পর করা যাবে। আগে এগোন তো।

'আর একটা ব্যাপারে রাজি হবেন?'

–'যথা?'

– 'এ ছবির চিত্রনাট্যটা লিখে দেবেন?'

– 'নাটক লিখি, লিখছিও অনেক। ওটা নিয়ে অসুবিধে হয় না। কিন্তু ফিল্মের চিত্রনাট্য। দাসানুদাস আপনার ক্ষমাপ্রার্থী'।

কিছুতেই রাজি করানো গেল না। তবে কথা দিলেন, নাটকটির একটা সাইক্লোস্টাইল কপি উনি দু-দিনের মধ্যে পাঠিয়ে দেবেন। দিয়েছিলেনও তাই।

একদিকে চিত্রনাট্য লেখা, পাশাপাশি প্রোডকশনের প্রস্তুতিপর্ব – স্টুডিয়োর অফিসে লোকজনের যাতায়াত বেড়ে গেল। 'টিনের তলোয়ার' ছবি হচ্ছে এ খবরটাও চাপা রইল না বেশিদিন। চিত্রনাট্য লিখি আবার কাটি। এরই মধ্যে

একটা ঘটনা ঘটে গেল যার ফলে উত্তম আর আমি সামনাসামনি হয়ে যাই। উত্তম সামনের দিকে একটু ঝুঁকে এসে বলে, 'একটা কথা শুনে রাখুন। আমি আমার অভিনয় স্টাইল পালটাচ্ছি। অ্যান্ড বীরকৃষ্ণ দাঁ উইল বি দি ফার্স্ট স্টেপ। নায়ক-টায়ক অনেক হল জীবনে।, এবারে টোটালি অন্য রকম। ভিলেন, ভীতু, মেরুদণ্ডহীন, খেয়ালী যতরকম উলটোপাল্টা ক্যারেক্টার আছে – সব করব। বাইরে নয়, নিজের কাছে প্রুভ করব – আমি পারি। ইয়েস। পারি আমি।'

তখনও বুঝতে পারি নি বিধাতাপুরুষ সম্পূর্ণ এক অন্য চিত্রনাট্য লিখে ফেলেছেন আমাদের জন্য। এর পরের ঘটনা আজ আর বিশদে বলার দরকার নেই। ২৪ই জুলাই, গুরুতর অসুস্থ অবস্থায় বেলভিউ নার্সিং হোমে গভীর যবনিকার ওপারে আড়াল হয়ে যান। হঠাৎ মনে পড়ে যায় প্রিয় লেখকের একটি অমোঘ পঙক্তি, 'দুপুরের আগেই বিকেল হয়ে গেল সেদিন, বিকেলের আগেই অন্ধকার'।

আজ আর স্টুডিয়োর আলোগুলো জ্বালাবে না কেউ, আমি নিশ্চিত।'

নাট্যকার উৎপল দত্ত নানান ধরনের অস্ত্র ব্যবহার করে নাটক-যাত্রা পালার নাম দিতেন যেমন 'টিনের তলোয়ার, রাইফেল, তীর, টোটা, কৃপাণ, সন্ন্যাসীর তরবারি'। রণ সংগ্রাম বিষয়ে যখন লিখেছেন তখন নামকরণ করেছিলেন 'ফৌজ, ব্যারিকেড, দুর্গ'। অঙ্গার, ফেরারী ফৌজ, একলা চলো রে, সীমান্ত, ঘুম নেই, স্পেশাল ট্রেন, কত নাটক লিখেছেন জানি না, পঞ্চাশের কম তো নয়ই।

কিন্তু এর মধ্যে টিনের তলোয়ার-এর পাণ্ডুলিপি সেরার সেরা। টিনের তলোয়ার উৎপল দত্তের অনবদ্য এক সৃষ্টি। টিনের তলোয়ারের ধার আজও আমাদের ফালাফালা করে দেয়।

ভারতবর্ষের নাটকের ইতিহাস ঘাঁটলে জানা যায় LTG/PLT মঞ্চস্থ নাটকগুলো দেখার জন্য টিকিটের চাহিদা থাকত তুঙ্গে। আমি দাবি করে বলতে পারি উৎপল বাবুর সমগ্র নাটকের টিকিট বিক্রি এবং যাত্রার বায়েনার রেকর্ড ভারতবর্ষে আর কোন নাটক দল আজও ভাঙতে পারে নি। এই নাট্যদলের টিকিটের ব্ল্যাক হতেও আমি স্বচক্ষে দেখেছি যখন আমি 'দুঃস্বপ্নের নগরী'-র প্রথম দিনের শো দেখেছিলাম। সময়টা যতদূর মনে পড়ে বোধহয় ১৯৭৪ সালের কথা, ভেনু ছিল কলামন্দির। আরও মনে আছে টিকিট কাউন্টারের বাইরে সাঁটানো পোস্টারে হাউস ফুল-এর সাথে লেখা ছিল 'এ নাটকে কোন বিরতি নেই।'

সত্যজিৎ রায়ের স্ত্রী বিজয়া রায় তাঁর আত্মজীবনীতে লিখেছিলেন, স্বামী-স্ত্রী দুজনেই উৎপল দত্তর নাটক দেখতেন। শুনেছিলাম এক ভদ্রলোক টিনের

তলোয়ার দেখেছিলে ৩১ বার। কি আছে এই বিখ্যাত নাটকে? আসুন তাহলে টিনের তলোয়ার নাটকের বিশেষ বিশেষ সংলাপবার্তা ও কতকগুলো দৃশ্য আপনাদের সামনে তুলে ধরি।

প্রথম দৃশ্য –

{এক আধটা গ্যাসের বাতি টিম টিম করে জ্বলছে। নটবর নামক শীর্ণ যুবক পোস্টার সাঁটা শেষ করে মই থেকে নামে। নিচে মই ধরে দাঁড়িয়েছিলেন, বেণীমাধব ওরফে কাপ্তেনবাবু মদের ঘোরে বেসামাল। আর বেণীমাধবের পায়ের কাছেই ম্যানহোল থেকে মাথা বার করে বালতিভর্তি ময়লা তুলছে, একজন মেথর।}

বেণী।। যা এবার মেছোবাজারের হাঁড়িহাটায় একটা মারবি, আর চোরবাগানের মোড়ে একটা, তারপর শুয়ে পড়। ভোর হতে দেরী নেই আর।

নটবর।। আপনাকে ধরে ধরে নিয়ে যাবো না?

বেণী।। যা, যা, ফকড়েমি করিস নে। সামান্য চার পাঁইট বাংলায় আমার নেশা হয় না। দেখ বাপু, আমি বাংলা খাই তেরো বছর বয়স থেকে, গাঁজা চোদ্দ থেকে, চরস আর আফিম ষোল থেকে। দর্জির কাছে জামা করতে গেলে, সে বাংলার গ্যারিককে চিনে ফেলে, বলে পকেট কোন সাইজ করব, পাঁইট না হাফ-পাঁইট। আজ পর্যন্ত আমি যা টেনেছি তাতে তোমার গর্ভধারিণী বেহুলার ভেলা ভাসাতে পারবেন।

[নটবর মই কাঁধে প্রস্থান করে। বেণী পোস্টারে বিভোর হয়ে দু'পা পিছোল ভাল করে দেখতে। মেথর (মুকুল ঘোষ) এক বালতি ময়লা প্রায় তাঁর পায়ে ঢেলে দিতে তিনি চমকে ওঠেন।]

মেথর।। মাপ করবেন বাবু।

বেণী।। ঠিক আছে, ঠিক আছে। দেখুন, ওটা পড়তে পারছেন?

মেথর।। পড়তে জানি না। আমি কলকেতার তলায় থাকি।

বেণী।। আপনি থিয়েটার দেখেন? আপনি মাইকেল মধুসূদন দত্তের কাব্য পড়েছেন?

মেথর। কেন দেখব? বেল পাকলে কাকের কি? বাবুরা রোয়াবি করবেন, বাজারের কসবি নিয়ে হলাহলি গলাগলি করবেন, আর এমন ভাষা বলবেন যা আমরা বুঝি না। (ময়লা ফেলে) তার চেয়ে বাইজীর খ্যামটা ভাল। আমাদের বস্তির রামলীলা ভাল।

বেণী।। মহাকবি। মাইকেল দুটি জিনিষ বিদেশ থেকে এনে এদেশে প্রচলন করে গেছেন, অমিত্রাক্ষর ছন্দ এবং সিগারেট। দুই বৎসর হল আমাদের

সকলকে শোকসাগরে নিমিজ্জিত করে তিনি মহাপ্রয়াণ করেছেন। ঐ লুটিসে লেখা আছে ময়ূরবাহন নাটক আসিতেছে। আমার নাম বেণীমাধব চ্যাটুজ্জ্যে, ওরফে কাপ্তেনবাবু। ইন্ডিয়ান মিরার পত্রিকা আমার এক্টো দেখে বলেছে আমি বাংলার গ্যারিক। কই গ্রেট নেশনেল থিয়েটারের অর্ধেন্দু মুস্তাফিকে তো বলেনি। বেণীমাধব চাটুজ্জে পাথরে প্রাণ প্রতিষ্ঠা করতে পারে, কাষ্ঠপুত্তলির চক্ষু উন্মীলন করে দিতে পারে। আমি স্রষ্টা। আমি তাল তাল মাটি নিয়ে জীবন্ত প্রতিমা গড়ি। আমি একদিক থেকে ব্রহ্মার সমান। আমি দেবশিল্পী বিশ্বকর্মা।

[মেথর খানিক আগেই ম্যানহলে ডুব দিয়েছিল] এবার বেণীর হুঁশ হয় তিনি একা। শুন্যে হাতড়ে তিনি শ্রোতাকে খোঁজেন।] আরে? আজ বোধহয় বেশি টেনে ফেলেছি। পষ্ট দেখলাম এখানে - ! (মেথর মাথা তোলে)

বেণী।। আমি বামুন নই। আমার জাত হচ্ছে থিয়েটারওয়ালা, অভিনয় বেচে খাই। আমার নিমচাঁদ তো দেখেন নি। গিরিশ ঘোষের সাধ্য আছে অমন নিমচাঁদ করে? আর ঐ গ্রেট নেশনেলের বর্ণচোরা আমেরা কি করেছে জানেন? আমাদের একট্রেস মানদাসুন্দরীকে ফুসলিয়ে নিয়ে গেছে। ঐ মানবদাকে আমি গড়েছি নিজের হাতে। আমি তাকে নীলদর্পণে ক্ষেত্রমণি সাজাই। তিল তিল করে প্রস্ফুটিত কুসুমসম প্রকাশিল তিলোত্তমা। আর বেটি আজ গ্রেট নেশনেলে চলে গেল। এদিকে ময়ূরবাহন নাটক নামাই কি করে? অনুরাধার পার্ট লেবে কে?

[নেপথ্যে নারীকন্ঠের গান।]

বেণী।। এ কার কন্ঠস্বর ? এ স্বরের কলকল্লোলে ওলিকুল উঠিল গুঞ্জরি, অমানিশার বক্ষ চিরি ঊষার চঞ্চল অভিসার, জগতে বসন্ত নামিল হরষে। কে মেয়েছেলেটা?

মেথর।। ময়না (ছন্দা চট্টোপাধ্যায়) বদ্দিবাটির আলু, হাসনানের বেগুন, এসব বেচে পেট চালায়।

ময়না।। ছেড়ে কলকেতা বোন-হবো পগার পার।
পূঁজিপাটা চুলোয় গেল, পেট চালানো হলো ভার . . .

পঞ্চম দৃশ্য

বীর-।। (সমীর মজুমদার) আমি ঠিক করেছি, থিয়েটারের ব্যবসা ছেড়ে দেব।

বেণী। এতগুলো ছেলেমেয়ে নিয়ে আমি কোথায় গিয়ে দাঁড়াবো? আমাদের পুতুলনাচ করিয়ে টাকা তুলে নিয়েছেন। এখন গাছতলায় বসিয়ে দিলেন?

বীর।। না, না, ওসব কুচিন্তা করছেন কেন? আপনাদের জন্য পাকা ব্যবস্থা করে এনেছি। এই দলিলটা আমার উকিলরা করে দিয়েছে। প্রথমত শ্যামবাজারে আমার যে গরবিলি জমিটুকু আছে, সেটা বেঙ্গল অপেরাকে দিয়ে দেব। দ্বিতীয়ত, ওখানে বেঙ্গল অপেরার নিজের থিয়েটারের জন্য আমি আট হাজার টাকা দেব। তৃতীয়ত, তারপর আমি এই থিয়েটারি ঝামেলাতে নেই, স্বত্বাধিকারী হবেন আপনি নিজে।

বেণী।। নিজেদের থিয়েটার? (কন্ঠ তুলে ভীম গর্জনে) আমি কাঁপিয়ে দেব! আমি ব্রহ্মার মুখের ওপর তর্জনী নেড়ে বলব, নাট্যশালায় গড়েছি এমন জগৎ, যা তোমার চার মাথার কোনটাতেই আসেনি, দেবতা। আমি এখনও অভিমন্যু রথী, নিক্ষেপিব রথচূড়, রথচক্র, কভু ভগ্ন অসি সপ্তরথী দুর্ভাগ্যের পানে। জানেন বাবু, আপনার কোন কথাটাতে আমি সবচেয়ে খুশি হয়েছি? তিন নম্বর! আপনি আর থাকছেন না।

প্রিয়।। (অসিত বসু) বদলে কি চায়? বিনামূল্যে দাক্ষিণ্য বিতরন এমন বজ্জাতে সম্ভবে না। প্রতিদানে কি চায়?

বীর।। হ্যাঁ, তা একটা চাই-ই-চাই। ঐ শঙ্করী পাখা মেলে উড়ছে যার তার সঙ্গে। ওকে আমি ... ইয়ে রাখবো, সে ব্যবস্থাটা করে দিতে হবে।

[প্রিয়নাথ শিহরিত।]

বেণী।। ও, এই কথা। তা শঙ্করীকে সুখে রাখবেন তো?

বীর।। পাটরানী, পাটরানী করে রাখবো।

বীর।। দেবেন থোবেন কেমন?

বীর। ধোপাপুকুর লেনের বাড়িটা লিখে দেব। আর গয়না-টয়না – সে মহাশয়কে ভাবতে হবে না। পাটরানী! উঠি আজ। ও হ্যাঁ, মুক্তাগাছার রায়রা বলছিল, ওদের বংশধরদের অন্নপ্রাশনে ওদের বাড়ীতে ঠেটার করতে যাবেন?

বেণী।। (সদর্পে) আপনি কি আমাদের ভাড়াটে নাচের দল মনে করেন, যে বড়লোকের বাড়ীর উঠোনে গিয়ে নাচবো। ওরা মেয়েছেলে দেখতে চায় তো কাছেই বিশেষ পাড়া আছে, সেথায় তারা স্বচ্ছন্দে গমন করতে পারে। এটা নাট্যমন্দির। আমরা জলসাঘরে যাই না। এখানে পুজারীর ভাব নিয়ে বসে নাটক দেখতে হয়।

বীর। ও আচ্ছা। দেখুন, আমি কখনো ভদ্র মেয়ে রাখিনি।

বেণী।। কেন নিজের বউকে রেখেছেন।

বীর। (হেসে) তা বটে! ঐ শঙ্করীর দিকে এগুতেই ফোঁস করে ওঠে। এবার ব্যবস্থাটা করে দিন, ভদ্রঘরের মেয়েছেলে রেখে দেখি একটু। কাপ্তেনবাবু, মাইরি বলছি এমন রূপ চক্ষেতে বহুকাল পড়েনি গো।

[প্রস্থান। প্রায় সঙ্গে সঙ্গে প্রবেশ করেন বসুন্ধরা (শোভা সেন) ও ময়না (ছন্দা চট্টোপাধ্যায়]

বেণী।। কোথায় থাকো আঙুর? আমার পাতাচাপা কপাল মাইরি আবার খুলে গিয়েছে! নিজেদের থিয়েটার! নিজেদের থিয়েটার হবে!

[বসুন্ধরা ও ময়না হর্ষধ্বনি করে পরস্পরকে জড়িয়ে ধরে।]

বসু।। (শোভা সেন) দাঁ বলে গেল বুঝি?

বেণী।। হ্যাঁ! আর বীরকেষ্ট সে-থিয়েটারে থাকছে না।

ময়না।। আমি কালীঘাটে জোড়া পাঁঠা দেব। শয়তানটা এমন ভাবে তাকায় মনে হয় আমার গায়ে জামা নেই।

প্রিয়।। স্টপ ইট! কালনেমির লঙ্কাভাগটা পরে করবেন। আগে জিজ্ঞেস করুন, কি মুল্যে বেণীবাবু থিয়েটার কিনছেন?

বেণী।। প্রায় বিনামূল্যেই বলা যায়। ময়না বীরকেষ্টর ধোপাপুকুরের বাড়িতে থাকবে – ব্যস।

[ময়না অস্ফুটে আর্তনাদ করে ওঠে।]

বসু।। (বজ্রাহতের মতন) মেয়েটাকে বেচে দিলেন, বাবু?

বেণী।। কথাগুলো অত নাটুকে ক'রে ছাড়ার কোনো দরকার নেই। বাড়ি দেবে, গয়না দেবে, পাটরানী করে রাখবে। মেয়ে আমাদের সুপাত্তরেই পড়লো।

বসু।। আর মনটা? মেয়েটার মনেও তোমরা গয়না পরাবে নাকি?

বেণী।। ও ছিল রাস্তার ভিখিরি। যা পাচ্ছে বর্তে যাবে।

ময়না।। ভিখিরি যখন ছিলাম, তখন তরকারি বেচে পেট চালাতাম। এখন এমন ভদ্রমহিলা বানিয়েছ, বাবু, যে পতিতাবৃত্তি ছাড়া আর পথ নেই! কেন তুলে এনেছিলে রাস্তা থেকে? জবাব দাও। কেন রাস্তা থেকে তুলে এনে আমায় এ অপমান করলে?

বেণী।। অপমান আবার কিসের? বলছি না গয়না দেবে।

বসু।। কথাগুলো একটু সমঝে বোলো! গয়নার জন্য নিজেকে বেচতে সবাই নাও চাইতে পারে। তুমি হয়তো থিয়েটারের জন্য ইজ্জৎ বেচতে পারো, সবাই অত সস্তা নাও হতে পারে।

প্রিয়।। রোম পুড়ছে আর সম্রাট ব্যায়লা বাজাইতেছেন। তার চেয়ে ঐ শুয়োরের বাচ্চা বীরকৃষ্ণ দাঁর ভাড়া করা মোসাহেব হয়ে যান।

বেণী।। আমি বাবুকে বলে দিয়েছি, ময়না যাবে।

ময়না।। (চেঁচিয়ে) যখন রাস্তার আলু বেচতাম, তখন কারুর সাহস হয়নি আমাকে জিজ্ঞেস পর্যন্ত না করে আমাকে দোকানের পসরা করে দেবে। কারুর সাহস হয়নি পুতুলের মতন আমায় হাটে নিয়ে গিয়ে এমন বেচাকেনা করবে।

বেণী।। কাঁদিস নে, কাঁদলে তোকে কুৎসিত দেখায়।

প্রিয়।। আপনার কোনো মোরালিটি নেই। নীতিবোধ, ন্যায়বোধ – এসব আপনার ধাতেই নেই।

বেণী।। নীতিবোধ নিয়ে চললে আর থিয়েটার করতে হত না এ দেশে। বীরকৃষ্ণ দাঁয়েদের মাথায় কাঁঠাল ভেঙে থিয়েটার চালাতে হয়। তাই চালিয়ে আসছি বহু বৎসর। গলায় নীতির পৈতে ঝুলিয়ে ব্রহ্মজ্ঞানী সাজলে এই কলকাতায় না হত থিয়েটার, না হত নাচ-গান, না হত নাটক-নভেল লেখা।

[আরেকটি দৃশ্যে উৎপল দত্তর একটা বিশেষ ডায়ালগ দর্শকরা দারুণ উপভোগ করেছিল –

ময়না।। প্রিয় নেই।?

বেণী।। সে ঘোড়ার আস্তাবলে চাকরি নিয়েছে। দেখা করতে হলে মল ঝমঝম করতে করতে চলে যাও সিঁদুরেপট্টির আস্তাবলে। অসংখ্য ঘোড়ার মধ্যে যার মাথায় টুপি দেখবে, সে কিন্তু ঘোড়া নয়, প্রিয়নাথ।)।

আসুন আবার আমরা পঞ্চম দৃশ্যে ফিরে যাই।

প্রিয়। । তাই বলে মেয়েটার সতীত্বকে বাজি রেখে পাশা খেলবেন?

বেণী।। সতীত্ব! সেটা একটা কুসংস্কার। যতই সাহেবি পোশাক পরো না কেন, প্রিয়নাথ মল্লিক, আসলে তোমার মনটা পড়ে আছে হিন্দুয়ানির আস্তাকুঁড়ে! সতীত্ব-টতীত্ব আমি মানি না। বীরকেষ্ট ওকে ছুঁলেই মহাভারত অশুদ্ধ হয়ে যাবে, এমন পবিত্র সোনার অঙ্গ ওর নয়। এ কালে আর সীতা-সাবিত্রীদের দরকার নেই। কলকেতার বাবুর দল ওদের ভিটেছাড়া করেছেন।

বসু।। যাকে ময়না ঘেন্না করে তার সঙ্গে জোর করে গাঁটছড়া বেঁধে দেয়ার চেয়ে মেয়েটাকে মেরে ফেললেই পারো। নিজের মেয়ে হলে একাজ করতে পারতে না, বাবু।

বেণী।। পারতাম নিশ্চয়ই পারতাম। থিয়েটারের জন্য সব করতে পারি, করে এসেছি, করে যাবো। বীরকেষ্ট বলেছে, ময়নাকে পেলে সে থিয়েটার গড়ে দেবে। ময়নার মতো মূলধন আমার হাতে থাকতে এত বড় দাঁও ছেড়ে দেব?

বসু।। কথাগুলো বলছো বীরকেষ্টর মতন – মূলধন, দাঁও, ব্যবসা। তুমি থিয়েটার খুলছো না, খুলতে যাচ্ছো গদি, দোকান, দালালির আপিস। সেখানে ময়নার সতীত্ব বিক্রী হবে।

বেণী।। (হেসে) আঙুরের মুখে সতীত্বের কথা শুনে হাসি পাচ্ছে।

বসু।। ঐটুকু হাসির অপমান আর গায়েই লাগে না, বুঝলে বাবু? এত লাথি ঝাঁটা খেয়েছি সারা জীবন, ওতে আর আঁচর লাগে না। কিন্তু বেশ্যাবৃত্তি করেছি বলেই জানি ময়নার অদৃষ্টে তুমি কি লিখতে যাচ্ছ, আর সেই জন্যই তোমাকে আমি তা করতে দেব না। ময়না, তুই চলে যা এ দল ছেড়ে।

বেণী।। ময়নাকে না পেলে বীরকেষ্ট দল তুলে দেবে। তখন কি খাবে?

বসু।। ভিখ মেগে খাবো। ময়না, চলে যা। কাপ্তেনবাবুর এই বাগানবাড়িতে নাচনেওয়ালি হয়ে থাকিস নে মা, চলে যা।

ময়না।। কোথায় যাবো? আর তো তরকারির ঝুড়ি মাথায় নিয়ে বাজারে গিয়ে বসতে পারবো না! এমন ভদ্রমহিলা বানিয়েছ যে, খেটে খাওয়ার উপায় পর্যন্ত হারিয়ে ফেলেছি।

বেণী।। এক মিনিট। যেতে চাও, চলে যাও কিন্তু আমি যা যা ওকে দিয়েছি সব ফেরত দিয়ে তবে যেতে পারবে।

প্রিয়।। ময়না, গয়না-টয়না যা আছে খুলে দিয়ে দাও।

বেণী।। গয়না! প্রিয়বাবু, এবার মুৎসুদ্দির মতন কথা কইলে তুমি। নগদ ছাড়া আর কিছু বোঝ না? যা দিয়েছি সব ফেরত দিয়ে যেতে পারবে, ময়না? আমি শঙ্করীকে ফেরত চাই, ময়না দূর হয়ে যাক। কার জন্যে তোমরা এমন আকুল হয়েছ? এ কে? এ তো আমার সৃষ্টি। এর সবটাই তো আমার। এই রূপ, কথা, চিন্তাধারা, খ্যাতি, অভিনয়, প্রাণ – সব আমি গড়েছি। তোমরা কি অধিকারে আমার শিল্পে ভাগ বসাতে আসছ? এক মুহূর্তে আমার শিক্ষা ফিরিয়ে নিলে, এর জিভ আড়ষ্ট হয়ে যাবে, বিকৃত উচ্চারণে কদর্য ভাষা বলতে বলতে ভদ্রঘরের মেয়ে আবার নর্দমার ঘৃণ্য কুক্কুরীর রূপ পরিগ্রহ করবে। একদিন স্টেজে একটা আলোকে তেরচা করে মুখে মারলে এর রূপ ধ্বসে কঙ্কালের বীভৎসতা বেরিয়ে আসবে। এর সবই আমি দিয়েছি। সেসব ফেরৎ দাও, তারপর যেখানে ইচ্ছে যাও, আমার কিছুই এসে যায় না।

[ময়না কাঁদছে]

বসু।। ওসব কি দিয়েছিলে শিকল পরাবার জন্য? না মুক্তি দেবার জন্য? আমি যেমন পতিতাবৃত্তি থেকে মুক্তি পেয়েছি অভিনেত্রী হয়ে। তাহলে কেন ওকে আবার বাঁদী করে পাঠিয়ে দিচ্ছ বীরকেষ্টর জলসাঘরে!

বেণী।। বাঁদী আবার কি? বাঁদী কেন? বীরকেষ্ট অভিনয় করতে দেবে সেটাই মুক্তি। আর ঐ প্রিয়নাথের ঘরে গিয়ে অভিনয় ছেড়ে দিয়ে গেরস্ত বউ হয়ে বাকি জীবনটা হেঁসেল আর আঁতুড়ঘরে কাটালে, সেটাই হবে বাঁদীগিরি, পতিতাবৃত্তি। কাল সকালেই ময়না যাবে বীরকেষ্টর বাড়ি, এটা আমার সিদ্ধান্ত। আর নইলে দল তুলে দিয়ে স্বপ্নের থিয়েটার গড়ার আশা ভেঙে দিয়ে, নূতন

নূতন নাটকে নিত্যনূতন পার্ট করার উল্লাস ভুলে – চলে যাক প্রিয়নাথ মল্লিকের বিয়ে-করা বেশ্যা হতে।

প্রিয়।। হোল্ড ইওর টাং, স্যার। আমার উচিত এই মুহূর্তে আপনাকে উচিত শিক্ষা দেয়া। ছেড়ে দিলাম। চলো ময়না, আমরা চলে যাই।!

ময়না।। (চীৎকার করে কাঁদতে কাঁদতে) পারবো না। থিয়েটার ছাড়া বাঁচবো না। এরাই পিতামাতা, ভাইবোন, সব। এদের পথে বসিয়ে চলে যেতে পারবো না। আবার গরীব হয়ে যেতেও পারবো না।

[সাজঘরের দেওয়ালে অন্তর্হিত হয়ে যায়, কালো শুন্যতার মাঝে ময়না একা দাঁড়িয়ে দু'বাহু জড়িয়ে যেন আশ্রয় খোঁজে।]

ময়না। দারিদ্রকে আমি ঘৃণা করি। সোপান বেয়ে ধীরে ধীরে উঠেছি এখানে, গায়ে উঠেছে গয়না, পায়ের কাছে হাতজোড় করে ধন্না দিয়ে পড়ে আছে কলকেতার বড়লোকের দল। আবার ধাপে ধাপে নেমে গিয়ে গেরস্ত ঘরে ঝি-গিরি আমি করতে পারবো না।

প্রিয়।। (ছায়ার মতন দূরে দাঁড়িয়ে) একটা অশিক্ষিত রুচিহীন ব্যধিগ্রস্ত মুৎসুদ্দির শয্যায় গেলে কোথায় থাকবে তোমার স্বাধীনতা?

ময়না।। আমি চোখ বুজে থাকবো। আমার মন পড়ে থাকবে এস্টেজের ঝলমল করা আলোর জগতে। আর নানা কৌশলে বীরকেষ্টর টাকা হাতাবো, গাড়ি-বাড়ি হাতাবো, গয়না গড়িয়ে নেব। (কেঁদে ফেলে) কাপ্তেনবাবু এইসব শিখিয়েছেন।

বসু।। (অন্ধকার থেকে বেরিয়ে আসেন) ঘর বাঁধো ময়না। আমি ঘর বাঁধতে পারি নি। পনেরো বছর বয়সে এক রাজা বাহাদুর, তার নাম বলবো না, আমাকে চুরি করে নিয়ে যান। তাঁর শখ মিটে গেল শিগগিরই। তারপর দেহ বেচে পেট চালিয়েছি বহু বছর। আর একাকিত্বের একটা দিগ্বিদিকহীন প্রান্তরে ঘুরে বেড়িয়েছি নিরাপত্তা আর আশ্রয়ের খোঁজে। তুমি আমার সেই স্বপ্ন, ময়না, তোমার সংসার হোক, কোলে রাঙা ছেলে আসুক, তোমার মধ্যে আমি পূর্ণ হই।

ময়না।। (হেসে ওঠে) আমি কলকেতাকে পেয়েছি হাতের মুঠোয়। আমি ঐ বাবুদের পেয়েছি পায়ের তলায়। আর অভিনয় করে আমি কখনো হয়েছি রাজকুমারী, কখনো নবীনা তপস্বিনী, কখনো বা রুদ্ররোষ সম্রাজ্ঞী রিজিয়া। সেসব আমি ছাড়বও না।

প্রিয়।। গুলিয়ে ফেলেছ। রং-কাঠ-চট-আলো-জরিকে ভাবছো আসল জগৎ।

ময়না।। আমার কাছে সেটাই আসল। থিয়েটার ছাড়া বাঁচবো না! সতীত্ব একটা কুসংস্কার – এই আবার শেখানো বুলি বলছি!

প্রিয়।। ময়না, চলো যাই, বেড়াতে যাই। রক্তমাংসের মানুষের মাঝে বেড়াতে যাই। স্টেজের কপট মায়াকানন তোমায় ভুলতে হবে।

ময়না।। রুষিলা বাসবত্রাস! গম্ভীরে যেমতি নিশীথে অম্বরে" – এখন বিরক্ত কোরো না প্রিয়নাথ। কাপ্তেনবাবু কাল মুখস্থ ধরবেন। না পারলে মারবেন!

"নিশিথে অম্বরে মন্দ্রে জীমূতেন্দ্র কোপি –

বীরকৃষ্ণ।। (গুটি গুটি এগুচ্ছেন) স্যাকরার দোকান থেকে গড়িয়ে এনেছি এই ব্রেসলেট আর দুল। তোমায় মানাবে ভাল বিধুমুখী।

ময়না।। "কহিলা বীরেন্দ্র বলী" (বাহু বাড়িয়ে দেয়, বীর ব্রেসলেট পরাচ্ছেন) "ধর্মপথগামী হে রাক্ষসরাজানুরাজ, বিখ্যাত জগতে তুমি। কোন ধর্মমতে, কহ দাসে শুনি, জ্ঞাতিত্ব, ভ্রাতিত্ব, জাতি সকলি দিলা জলাঞ্জলি?"

।।পর্দা।।

নাটক শেষে আমি কি ভাবে বাড়ি ফেরত গেছিলাম, আজ এতকাল পরে আর তা মনে নেই। কিন্তু এখনও মনে আছে পরের রাতে 'ব্যারিকেড' নাটকটি দেখে পিএলটি দলের শিল্পীদের সাথে বাসে কালীবাড়ির পান্থনিবাসে ফিরেছিলাম। আমার বাড়ি তখন ছিল কালীবাড়ির বিপরীতে আউট্রাম স্কোয়ারে।

টিনের তলোয়ার প্রথম কলকাতায় মঞ্চস্থ হয়েছিল ১৯৭১ সালে। আইফেক্সে ১৯৭৩ সালে এই নাটকটি দেখার পর দীর্ঘ পঞ্চাশ বছরেরও বেশী সময় পার করে এসেছি। এই মুহূর্তে স্মৃতিচারণ লিখতে বসে নিজেকে ভীষণ গর্বিত মনে করছি কারণ আইফেক্স থেকে রিডিং রোড পর্যন্ত পিএলটি দলের অভিনেতাদের সাথে বাস সফরে স্বল্প সময় আনন্দে কাটিয়েছিলাম। যেই পথ দিয়ে আমাদের বাস গেছিল তার ঠিক পাশের সড়কের ছবি নিচে দিয়েছি। নতুন সংসদ ভবন তৈরি হবার পরে নিরপত্তার কারণে পথটি ঘিরে দেওয়া হয়েছে। সর্বসাধারণের জন্য এখন রেড ক্রস রোডে যাতায়াত সম্পূর্ণ বর্জিত। সংসদ ভবনের বিপরীত রাস্তায় ছোট্ট মসজিদে ১৯৭৭ সালে সমাধিস্থ হয়েছিলেন ডঃ ফকিরুদ্দিন আলী। কিন্তু বর্তমানে সেই কবর সহজে খুঁজে পাওয়া যায় না। ।

রাজশাহী সড়কটির ইতিহাসে উল্লেখ আছে ('১৯২০/১৯৩০ দশকে নয়া দিল্লি অত্যন্ত ছোট পরিসরে ছিল। প্রেসিডেন্টের বাড়ি তৈরি তখন শেষ হয়নি, সেখানে আরা মেশিন, চুন তৈরির জায়গা ছিল – এরই নাম ওল্ড মিল রোড')। মনে পড়ে যায় নাটক দলের মাঝে সেই বাসে আমিই সব থেকে ছোট ছিলাম। জানিনা দীর্ঘ সময়ের ব্যবধানে পিএলটি দলের ক্ষণিকের সহযাত্রীরা কেউ আজ বেঁচে আছেন কি না।

উৎপল দত্তর অভিনয় আমাকে আগাগোড়া অভিভূত করেছে। এই মুহূর্তে ইউটিউবে উৎপল দত্তর অভিনয়ের ফুটেজ ঘাঁটতে গিয়ে আমার চোখ চলে গেছে 'সপ্তপদী' ছায়াছবিতে উৎপল দত্তর ধ্বনিগাম্ভীর্য গলায় উত্তমের লিপে আবৃত্তি পাঠের নাটকীয় দৃশ্যে। অজয় করের পরিচালনায় উত্তম সুচিত্রা অভিনিত সপ্তপদী সিনেমায় একটি সীন ছিল 'ওথেলো' থেকে। ওথেলো আর ডেসডিমোনাকে হত্যার দৃশ্য। 'ইট ইজ দি কজ, ইট ইজ দি কজ মাই সোল' দিয়ে আরম্ভ ডেসডিমোনাকে হত্যার দৃশ্য।

The iconic Othello play sequence of the film-noted theatre personalities like Utpal Dutt & Jeniffer Kapoor gave their voices for Othello & Desdemona in this – it was a movie inside of a movie experience for all.

"It is the cause it is the cause, my soul, -
Let me not name it to you, you chaste stars!
It is the cause, Yet I'll not shed her blood;
Nor scar that whiter skin of hers than snow,
And smooth as monumental alabaster.
Yet she must die, else she'll betray more men.
Put out, and then put out light.

ছায়াবলম্বনে

লালকেল্লা – প্রমথনাথ বিশী// শাহজাদা দারাশুকো শ্যামল গঙ্গোপাধ্যায়// স্থাবর বলাইচাঁদ মুখোপাধ্যায়// ক্ষুদিত পাষাণ রবীন্দ্রনাথ ঠাকুর// দৃষ্টিপাত- যাযাবর// সত্যেন্দ্রনাথ দত্ত কাব্যগুচ্ছ// বাঙালনামা-তপন রায়চৌধুরী// উদ্ধারণপুরের ঘাট-অবধূত// বিষবৃক্ষ-মিহির সেনগুপ্ত// শঙ্করবাঈ -তারাশঙ্কর বন্দ্যোপাধ্যায়// সঞ্চয়িতা-রবীন্দ্রনাথ ঠাকুর// INDIA-A CELEBRATION OF INDEPENDENCE 1947 TO 1977 ESSAY BY VICTOR ANANT// THE FINEST IN DELHI & NCR BOOK 1// DELHI THE EMPEROR'S CITY REDISCOVERING CHANDNI CHOWK AND ITS ENVIRONS- VIJAY GOEL // DILLIS RED FORT BY THE YAMUNA-N. R. BATRA// DELHI INDIA IN ONE CITY TEXT- MALAVIKA SINGH// Raghu Rai's Delhi// শম্ভু মিত্র চরণেষু- দেবতোষ ঘোষ// শ্রেষ্ঠ গল্প- প্রেমেন্দ্র মিত্র// সাগরময় ঘোষ রচনাসংগ্রহ// সৈয়দ মুজতবা আলী রচনাবলী// অসি রায় গল্পসমগ্র// যদুবংশ বিমল কর উপন্যাসের নাট্যরূপ- বিলাস বসু// কল্লোল যুগ- অচিন্ত্যকুমার সেনগুপ্ত// সিনেমাপাড়া দিয়ে- তরুণ মজুমদার// রূপসী বাংলা-জীবনানন্দ দাস// percival spear DELHI its monuments and history updated & Annotated by Narayani Gupta Laura Sykes// রচনাসংগ্রহ- সুখলতা রাও// Chandni Chowk The Mughal City of Old Delhi Swapna Liddle// সৈয়দ মুজতবা আলী স্মৃতি-সত্তা-সাহিত্য সম্পদনা এন জুলফিকার// সেকালের কলিকাতার দুর্গোৎসব- হরিপদ ভৌমিক// রাগে-অনুরাগে- হেমন্ত - শুভজিৎ মজুমদার// মরুতীর্থ হিংলাজ- অবধূত // দিল্লির বাঙালি- চিত্তরঞ্জন পাকরাশী// মহাপ্রস্থানের পথে- প্রবোধকুমার সান্যাল// সৈয়দ মুজতবা আলী শ্রেষ্ঠ রম্যরচনা// Connaught Place and the Making of New Delhi- Swapna Liddle // পাকদণ্ডী- লীলা মজুমদার// আমাদের কথা- বিজয়া রায়// জীবনের জলসাঘরে- মান্না দে// এক জীবনেই স্মৃতিকথা- মহাশ্বেতা দেবী// জীবন উজ্জীবন – সলিল চৌধুরী// TREES OF DELHI A FIELD GUIDE- PRADIP KRISHEN// সপ্তপদী- তারাশঙ্কর বন্দ্যোপাধ্যায়// টিনের তলোয়ার রেডিও নাটক-ইউটিউব // রাজপুত জীবন-সন্ধ্যা- রমেশচন্দ্র দত্ত// মহারাষ্ট্র জীবন-প্রভাত রমেশচন্দ্র দত্ত// আম আঁটির ভেঁপু - বিভূতিভূষণ বন্দ্যোপাধ্যায়// বনফুল কিশোর সমগ্র// নীরদচন্দ্র চৌধুরী শতবার্ষিকী সংকলন// আলোকেরই ঝর্নাধারায় দিল্লির বাংলা নাটকের গল্প- সম্পাদক রঞ্জিত সমাদ্দার// মধুসূদন রচনাবলী- শ্রী মাইকেল মধুসূদন দত্ত// প্রেমেন্দ্র মিত্রের সমস্ত গল্প// নকশিকাঁথা- তরুণ মজুমদার// গল্পসমগ্র- সুবোধ ঘোষ // মনে পড়ে- তপন সিংহ//

লেখকের কাছাকাছি- সবিতেন্দ্রনাথ রায়// আলোছায়ার দিনগুলি -অরবিন্দ মুখোপাধ্যায়// স্মৃতির অতলে- অমিয়নাথ সান্যাল// স্মৃতিকণ্ডূয়ন- প্রণব বর্ধন // আপিলা চাপিলা - অশোক মিত্র// কুদরৎ রঙ্গিবিরঙ্গী- কুমারপ্রসাদ চট্টোপাধ্যায়// শ্রেষ্ঠ কিশোর গল্প- তারাশঙ্কর বন্দ্যোপাধ্যায়// বনফুলের ছোটগল্প সমগ্র// আধি সদি(হিন্দি) ১৯৫৯-২০০৯ অমিতাভ শ্রীবাস্তভা// মহাস্থবির জাতক- প্রেমাঙ্কুর আতর্থী// মালকোষ - শরদিন্দু বন্দ্যোপাধ্যায়// কলকাতার ফিরিওয়ালার ডাক- রাধাপ্রসাদ গুপ্ত// ছেলেবেলার দিনগুলি- পুণ্যলতা চক্রবর্তী// আরণ্যক- বিভূতিভূষণ বন্দ্যোপাধ্যায়// আজকাল// দুয়ার হতে অদূরে- বিভূতিভূষণ মুখোপাধ্যায়// দিল্লির এক সংবাদপত্রের বিস্মৃত কাহিনী-আদিত্য সেন (দিগঙ্গন শারদীয়া সংখ্যা ১৪৩০) পুরনো গোলমার্কেটে বাঙালী ব্যবসায়ী-পীযূষকান্তি রায়// হেডমাস্টার-তারাশঙ্কর বন্দ্যোপাধ্যায়// হেমচন্দ্র বন্দ্যোপাধ্যায় কবিতাসংগ্রহ// ছোট্ট একটা স্কুল- শঙ্খ ঘোষ// টিনের তলোয়ার-উৎপল দত্ত/ পথের পাঁচালী-বিভূতিভূষণ বন্দ্যোপাধ্যায়// ChatGPT//YouTube//Google/Wikipedi// আনন্দ বাজার ২৫-৯-২২ // আনন্দ বাজার ১৮.১০.২২// রবিবার বর্তমান-১৪.৮.২২// আনন্দ বাজার ২.১১.২২// ২৭.১১.২২//দৈনিক স্টেটসম্যান ১৫.২.২৩// ২৮.২.২৩// আনন্দ বাজার ৫.৩.২৩// এই সময় ৪.৫.২৩// আনন্দ বাজার ২.৬.২৩//পিওন থেকে প্রকাশক-বাদল বসু //চলচিত্র আজীবন- তপন সিনহা//THE GRANDEUR OF REPUBLIC DAY CELEBRATIONS INDIA A KALEIDOSCOPE OF CULTURAL AND MILITARY HERITAGE//The Times of India 07.03.2024///Rajiv by Sonia Gandh// Ebrahim Alkazi Holding Time Captive A Biography by Amal Allana//Scrap Book – A treasure trove of news clippings from the 50s to the 90s//The Times of India 1.4.2024//যাযাবরের সাহিত্যকৃতি-অরুণ মুখোপাধ্যায়//Delhi Red Fort to Raisina by Salman Khurshid- Ritish Nanda and Malvka Singh//The Hamlyn Pictorial History 20th Century by Lord Briggs

Milton Keynes UK
Ingram Content Group UK Ltd.
UKHW022329271124
451619UK00003B/19